Clara et la pénombre

JOSÉ CARLOS SOMOZA

Clara et la pénombre

ROMAN

Traduit de l'espagnol
par Marianne Millon

J'AI LU

TITRE ORIGINAL
Clara y la Penumbra

ÉDITEUR ORIGINAL
Editorial Planeta SA, Barcelone

pour Lázaro Somoza

Le beau n'est que le commencement du terrible.

RILKE

L'adolescente est nue sur un podium. Le ventre lisse et l'ellipse sombre du nombril se trouvent à hauteur de notre regard. Elle a le visage incliné, les yeux baissés, une main devant le pubis, l'autre sur la hanche, les genoux rapprochés et légèrement fléchis. Elle est peinte en terre de Sienne naturelle et ocre. Des ombres terre de Sienne foncée soulignent les seins et épousent l'aine et la fente. Nous ne devrions pas dire « fente » parce que nous parlons d'une œuvre d'art, mais à la voir aucun autre terme ne nous vient à l'esprit. C'est une infime ouverture verticale, sans trace de duvet. Nous faisons le tour du podium et contemplons la silhouette de dos. Les fesses brunies reflètent des grappes de lumière. Si l'on recule, son anatomie semble plus innocente. De petites fleurs blanches lui tapissent les cheveux. Il y a d'autres fleurs à ses pieds, une flaque de lait. Même à cette distance, nous percevons toujours l'odeur si particulière qu'elle dégage, semblable à celle d'une forêt parfumée par la pluie. Devant le cordon de sécurité, un panneau indique le titre en trois langues : *Défloration*.

Deux notes de musique qui émanent du haut-parleur tirent le public de son ravissement : le musée ferme. Une jeune fille l'annonce en allemand, puis en anglais et en français. En général, tout le monde la comprend, ou capte du moins le message implicite. L'enseignante du collège huppé de Vienne regroupe ses ouailles en uniforme et les compte, afin de s'assurer qu'il n'en manque aucune. Elle a emmené ses élèves voir l'exposition, bien qu'il s'agisse de nus. Ce n'est pas grave, ce sont des œuvres d'art. Pour les Japonais, ce qui est grave, c'est qu'on ne les ait pas laissés prendre de photos, aussi ne sourient-ils pas en sortant. Ils se consolent dans l'entrée, où l'on vend des catalogues au prix de cinquante euros avec des photographies en couleur. Un joli souvenir à rapporter de Vienne.

Dix minutes plus tard, le public ayant déserté la salle, un événement inattendu se produit. Plusieurs hommes arrivent, un badge accroché au revers de leur costume. L'un d'eux se dirige vers le podium sur lequel se trouve l'adolescente et dit à voix haute :

— Annek.

Rien ne se passe.

— Annek, répète-t-il.

Un battement de paupières, le cou s'anime, la bouche s'ouvre, le corps frémit, les seins minuscules sont projetés en avant sous l'effet de la respiration.

— Tu peux descendre seule ?

Elle acquiesce, mais hésite un peu. L'homme lui tend la main.

Enfin, l'adolescente descend du podium, entraînant du pied une poussière de pétales.

Annek Hollech tourna la manette du premier flacon relié à la douche en métal chromé, et l'eau devint verte. Puis elle tourna la deuxième et se frictionna avec de l'eau rouge. Elle se laissa ensuite inonder par de l'eau bleue et violette. Chacun des liquides contenus dans les flacons nettoyait un seul des quatre produits fixés sur sa peau : peintures, huiles, fixateurs de cheveux, parfums artificiels. Les flacons étaient numérotés et teintaient l'eau de couleurs différentes pour permettre à l'utilisateur de les identifier. La peinture et les fixateurs furent les premiers à se diluer dans un fracas de gouttes. Le parfum de terre humide était toujours le plus tenace. Pendant que la cabine se remplissait de vapeur, le corps de la jeune fille disparut derrière un rideau d'arc-en-ciel liquide. Il y avait vingt autres cabines dans la pièce, chacune occupée par une silhouette floue. On entendait l'écho des douches.

Dix minutes plus tard, enveloppée de serviettes et de brouillard, elle marcha pieds nus jusqu'au vestiaire, se sécha, se coiffa, s'enduisit le corps de crèmes, l'une hydratante et l'autre protectrice, à l'aide d'une éponge à long manche pour le dos, et cacha son visage, dépourvu de cils, sous deux couches de produits cosmétiques. Puis elle ouvrit son casier et y décrocha ses vêtements. Ils étaient neufs, achetés récemment dans les boutiques de Judengasse, Kohlmarkt, la Haas Haus et la luxueuse rue Kärntner. Elle aimait acheter des vêtements et des accessoires dans les villes où elle était exposée. Au cours des sept semaines qu'elle venait de passer à Vienne, elle avait également acquis de la porcelaine et du cristal d'Ausgarten, et des friandises de chez Demel pour sa mère, de même que des petits bibelots pour son amie Emma Van Snell, qui était œuvre d'art comme elle mais exposée à Amsterdam.

Ce mercredi 21 juin 2006, Annek s'était rendue au musée en chemisier rose, veste de treillis et pantalon ample multipoches. Elle prit tous ces vêtements dans le casier et les passa. Elle ne portait pas de sous-vêtements parce que ce n'est pas recommandé quand on doit être exposé complètement nu (à cause des marques). Elle mit des chaussures fourrées en peluche qui avaient une forme d'ourson, attacha sa montre-bracelet noire sans cadran et prit son sac.

Sur le siège contigu, dans la salle d'étiquetage, se trouvait Sally, l'œuvre du podium n° 8. Elle portait un chemisier mauve sans manches et un jean. Elles se dirent bonjour et Sally expliqua :

— Hoffmann estime que je perds la couleur pourpre, comme un Van Gogh qui perdrait ses jaunes. Il veut essayer une couleur plus intense, mais, à la conservation, ils croient que cela pourrait m'abîmer la peau. Qu'est-ce que tu en penses ? La contradiction habituelle : certains veulent te créer, d'autres te conserver.

— C'est vrai, dit Annek.

Un employé apporta deux boîtes d'étiquettes. Sally ouvrit la sienne et en prit une.

— Je rêve de mon lit, dit-elle. Je ne crois pas que je vais m'endormir rapidement, mais je resterai couchée à regarder le plafond et à profiter de la position horizontale. Et toi ?

— Je dois d'abord appeler ma mère. Je l'appelle toutes les semaines.

— Où est-elle en ce moment ? Elle voyage beaucoup, non ?

— Oui. À Bornéo, elle photographie des singes. Annek se mit une étiquette autour du cou et referma l'attache. De temps en temps, elle m'envoie la photo d'un couple de singes par courrier électronique.

— C'est vrai ?

— Oui. Je ne sais pas si elle essaie de me dire de me marier.

Sally émit un rire contenu à travers sa parfaite dentition blanche.

— Au moins, elle t'envoie quelque chose. Mon papa new-yorkais ne me scanne même pas la photo de deux hot-dogs. Il n'a jamais apprécié de voir sa fille se transformer en un tableau de prix.

Un silence. Annek attacha la dernière étiquette à sa cheville. Son cou, sa cheville et son poignet droits montraient trois bristols rectangulaires de huit centimètres sur quatre et de couleur jaune vif attachés par des cordons noirs. Sally avait également fini d'attacher les siens. Dans le miroir, elles regardèrent s'éloigner les premières œuvres : Laura, Cathy, David, Estefanía, Celia. Un défilé de silhouettes athlétiques et étiquetées.

— Je n'ai plus mes règles à nouveau, dit Annek sur un ton indifférent. Elles vont et viennent depuis Hambourg.

Sally la regarda un instant.

— Ce n'est pas grave, ça nous arrive à toutes. Lena dit que sa menstruation est comme un parapluie : elle l'a et la perd, puis elle la retrouve et la perd à nouveau. C'est une des multiples conséquences du fait d'être un tableau, tu sais.

— Oui, je sais – Annek regardait toujours dans le miroir. De toute façon, je me sens mieux quand je ne les ai pas, conclut-elle.

— Dis, tu as des projets, pour lundi prochain ?

La question l'intrigua. Elle ne prévoyait jamais rien pour le jour de fermeture du musée, hormis ces orgies frénétiques d'achats avec son inépuisable carte de crédit. Tout le reste, les promenades en solitaire à la Hofburg, à Schönbrunn, au Belvédère (en fait, pas si solitaires, puisque les agents l'accompagnaient), ou les visites au musée d'Art historique ou à la cathédrale Saint-Étienne, y compris les ballets et les spectacles du festival de juin, tout l'ennuyait et l'écœurait jusqu'à la nausée. Elle se demandait ce que pouvait faire une œuvre d'art comme elle dans cette ville, où tout était art. Elle souhaitait poursuivre la tournée hors Europe. Pour l'année prochaine, 2007, la Fondation leur avait promis qu'ils iraient en Amérique et en Australie. Peut-être trouverait-elle là-bas de véritables distractions.

— Rien, répondit-elle. Pourquoi ?

— Laura, Lena et moi, on s'était dit qu'on pourrait passer la journée au Prater. Tu viendrais ?

— D'accord.

Elle se sentit soudain envahie par une vague de gratitude envers Sally. À quatorze ans, Annek Hollech était le plus jeune tableau de l'exposition (Sally, par exemple, avait dix ans de plus). Les jours de congé, les autres œuvres partaient chacune de leur côté. Personne ne s'occupait d'elle. Pour toute autre fille qu'Annek, habituée à la solitude et au silence des musées, aux galeries et aux maisons particulières, cette situation aurait été insupportable. Le geste de Sally l'avait donc émue. Mais il aurait été très difficile de s'en apercevoir, car son visage exprimait les seules émotions que le peintre lui faisait exprimer.

— Merci, dit-elle simplement, déposant sur elle un regard bleu-vert.

— Ne me remercie pas, répondit Sally. Je le fais parce que j'aime bien être avec toi.

Et cette phrase si gentille l'émut à nouveau.

Ils descendaient en ascenseur. Deux Annek aux cheveux blonds et lisses, avec quelques étiquettes jaunes attachées autour du cou, se reflétaient dans les verres foncés des lunettes de Díaz. Óscar Díaz était l'agent de service qui la raccompagnait à l'hôtel. Il la gratifiait toujours d'un sourire aimable et d'une banale phrase de politesse. Ce mercredi, cependant, il était d'un laconisme inhabituel. Elle aurait aimé amorcer la conversation, parce qu'elle se sentait très détendue après sa discussion avec Sally, mais elle se souvint qu'il n'était pas bon que les œuvres d'art bavardent avec le personnel de surveillance et décida d'oublier le mutisme de Díaz. Elle avait d'autres choses auxquelles penser.

Elle était *Défloration*, l'une des pièces maîtresses de Bruno Van Tysch, depuis deux ans, et elle ignorait combien de temps il lui restait avant que le peintre ne décide de la remplacer. Un mois ? Quatre ? Douze ? Vingt ? Tout dépendrait de la rapidité avec laquelle mûrirait son corps. La nuit, nue dans les vastes lits des chambres d'hôtel, elle passait le doigt sur le bord des étiquettes attachées à son cou ou à son poignet, ou elle portait la main à la signature tatouée sur sa cheville gauche (BVT en bleu indigo), et implorait silencieusement le lointain dieu de l'art et de la vie de veiller sur son anatomie, qu'elle n'évolue pas en secret, s'il vous plaît, que ses seins ne poussent pas, que ses jambes ne s'élèvent pas comme la glaise sur le tour, que les mains qui peignaient ses hanches ne parcourent pas, chaque jour, un trajet plus ample, plus curviligne.

Elle ne voulait pas cesser d'être *Défloration*.

Il lui en avait coûté six ans d'efforts pour devenir un chef-d'œuvre. Elle devait tout à sa mère, qui avait découvert ses possibilités en tant que toile et l'avait conduite à la Fondation alors qu'elle n'avait que huit ans. Son père aurait refusé, bien sûr, mais il ne put s'y opposer parce qu'il ne vivait plus avec elles : le couple était séparé depuis presque cinq ans et Annek l'avait à peine connu. Elle savait que c'était un homme brutal, alcoolique et déséquilibré, un peintre dépassé de tableaux sur toile qui s'entêtait à vouloir vivre de son art et refusait d'admettre que les tableaux non humains étaient passés de mode. Depuis que la mère d'Annek avait obtenu sa garde, mais surtout depuis qu'Annek avait commencé ses études à Amsterdam afin de devenir une toile professionnelle, cet homme irascible et inconnu n'avait cessé de les importuner, excepté lors de ses fréquents séjours à l'hôpital ou en prison. En 2001, Annek était exposée au musée Stedelijk d'Amsterdam dans *Intimité*, le premier tableau que Van Tysch avait peint avec elle, quand son père surgit à l'improviste dans la salle. Annek reconnut les traits décomposés, terrifiants, et les yeux rougis qui la contemplaient à dix pas, devant le cordon de sécurité, et elle sut ce qui allait se passer un instant avant que cela n'arrivât. « C'est ma fille, criait l'homme, hors de lui. Elle s'expose nue dans un musée et elle n'a que neuf ans ! » Il fallut l'intervention d'un bataillon d'agents de la sécurité. S'ensuivirent un scandale et un très court procès, et son père se retrouva à nouveau en prison. Annek voulait oublier ce désagréable épisode.

En sus d'*Intimité*, le maître avait peint deux autres tableaux avec elle : *Confessions* et *Défloration*. Ce dernier, daté de 2004, était considéré comme l'une des plus grandes œuvres de Bruno Van Tysch ; une partie de la critique spécialisée n'hésitait pas à le qualifier de l'une des œuvres les plus importantes de la peinture de tous les temps. Annek figurait en lettres d'or dans les annales de l'histoire de l'art et sa mère était très fière d'elle. Elle lui disait régulièrement : « Ce n'est qu'un début. Tu as toute la vie devant toi, Annek. » Mais la jeune fille détestait avoir « toute la vie devant elle », elle ne voulait pas grandir, l'éventualité de devoir abandonner *Défloration*, d'être remplacée par une autre adolescente, l'angoissait.

La menstruation avait fait irruption comme une tache rouge sur une toile immaculée, ou comme un signal de danger. « Attention, Annek, tu mûris, Annek, tu seras bientôt trop âgée pour l'œuvre », l'avertissait ce signal. Elle était si contente de la perdre, au moins pendant quelque temps ! Elle priait le dieu de l'art (celui de la vie la haïssait), mais le dieu de l'art était le maître, qui se contenterait de lui dire, un jour : « Nous devons te remplacer pour la pérennité du tableau. »

Elle tenta de faire taire son angoisse. En vain : elle était toujours là.

Le parking était sombre et hanté par l'écho des moteurs. Un immigré turc appelé Ismaïl le surveillait ce soir-là. Il fit un signe de la main à Díaz. Quand il sourit, les pointes de sa moustache noire se redressèrent. Díaz lui rendit son salut tout en ouvrant la porte arrière de la camionnette. Ismail vit le corps d'Annek s'incliner pour monter dans le véhicule et les ténèbres ocre recouvrir progressivement sa silhouette : le dos, le contour de ses hanches, les fesses, les longues jambes, une chaussure fourrée en peluche, l'autre. La porte se referma, la fourgonnette démarra, manœuvra pour sortir puis s'éloigna. L'hôtel *Vienna Marriott* se trouvait sur la Ringstrasse, à quelques pâtés de maisons du complexe artistique du Museumsquartier, et le trajet était court et sûr, de sorte qu'Ismaïl n'avait aucune raison de penser qu'un problème pût survenir, ni même quelque chose d'inhabituel.

Il ne se doutait pas que c'était la dernière fois qu'il voyait Annek Hollech vivante.

Premier pas

LES COULEURS DE LA PALETTE

Blanc, rouge, bleu, violet, écru, vert,
jaune et noir sont les couleurs de base de la palette
dans la peinture des corps humains.

BRUNO VAN TYSCH,
Traité de peinture hyperdramatique.

Comme ce serait merveilleux,
si nous pouvions pénétrer
dans la maison au miroir.

LEWIS CARROLL

Clara était peinte en blanc de titane depuis plus de deux heures quand une dame accompagnée de Gertrude descendit la voir. Du coin de l'œil, elle distingua des lunettes de soleil, un petit chapeau à fleurs et un tailleur gris perle. Elle avait l'allure d'une cliente importante. Elle s'adressait à Gertrude tout en évaluant Clara du regard.

— Tu sais que Roni et moi avons acquis un Bassan il y a deux ans ? Un fort accent argentin. Le titre était *Jeune Fille soutenant le soleil*. Roni aimait le brillant des épaules et du ventre, mais je lui ai dit : « Roni, mon Dieu, nous avons beaucoup de tableaux, où allons-nous mettre celui-là ? » Et Roni disait : « Nous n'en avons pas tant que ça. Tu remplis la maison de *bric-à-brac*[1] et je ne m'en plains pas. » Rires. Eh bien, tu sais ce que nous avons fait du tableau, finalement ? Nous l'avons offert à Anne.

— Très bien.

La femme ôta ses lunettes tout en se penchant.

— Où est la signature ?... Ah, sur la cuisse... C'est beau... Qu'est-ce que je te disais ?

— Que tu avais offert le tableau à Anne.

— Ah, oui. Anne et Louis étaient ravis, tu les connais. Anne voulait savoir si les mensualités étaient élevées.

1. En français dans le texte. *(N.d.T.)*

Je lui ai dit : « Ne vous inquiétez pas, nous les paierons. C'est un cadeau que nous tenons à vous faire. » Puis j'ai demandé au tableau si elle voyait un inconvénient à partir à Paris avec ma fille. Elle m'a répondu que non.

— Un tableau acheté ne doit voir aucun inconvénient à suivre son propriétaire où que ce soit, déclara Gertrude.

— J'aime faire preuve de délicatesse avec les tableaux... Celui-ci est très beau, c'est vrai. Les *r* vibraient dans sa bouche comme un court-circuit. Comment astu dit qu'il s'intitulait ?...

— *Jeune Fille à son miroir.*

— Beau, très beau... Si tu le permets, Gertrude, je vais prendre un catalogue.

— Tous ceux que tu voudras.

Clara resta immobile après leur départ. « Beau, beau, très beau, mais tu ne vas pas m'acheter. Ça se sent à des kilomètres. » Elle savait que c'était mal de se laisser distraire alors qu'elle se trouvait en pleine *immobilité*, mais elle ne pouvait l'éviter. Elle était inquiète du fait qu'on ne l'achetait pas.

Quel était le problème avec *Jeune Fille à son miroir* ? Elle l'ignorait. L'huile n'était pas extraordinaire, mais on l'avait acquise dans des œuvres bien pires. Elle posait debout entièrement nue la main droite sur le pubis et la gauche sur un côté, les jambes un peu écartées, peinte de haut en bas dans différentes nuances de blanc. Ses cheveux étaient une masse compacte de blancs profonds qui faisaient ressortir les tons brillants et veloutés. Devant elle se dressait un miroir rectangulaire de presque deux mètres de hauteur incrusté dans le sol, sans cadre. C'était tout. Il coûtait deux mille cinq cents euros avec un entretien de mille cinq cents euros par mois, un prix accessible pour n'importe quel collectionneur moyen. Alex Bassan lui avait assuré qu'elle serait vendue rapidement, mais elle était exposée depuis presque un mois à la galerie GS de la rue Vélasquez de Madrid et personne n'avait encore fait d'offre concrète. On était le mercredi 21 juin 2006 et l'accord entre le peintre et GS expirait dans une semaine. Si rien ne se passait d'ici là, Bassan la retirerait et Clara devrait attendre qu'un autre artiste veuille peindre un original avec elle. Mais, pendant ce temps, de quoi allait-elle vivre ?

Au naturel, sans peinture, Clara Reyes possédait des cheveux blond platine légèrement ondulés retombant sur ses épaules, les yeux bleus, des pommettes marquées, une expression à la fois naïve et malicieuse et une taille gracile, faussement délicate, démentie par une surprenante résistance physique. Pour rester ainsi, il lui fallait de l'argent. Elle avait acheté un appartement aux murs blancs au dernier étage d'un immeuble, rue Augusto Figueroa, et installé dans le séjour un petit gymnase avec un tatami entouré de miroirs et d'appareils. Elle pratiquait la natation les jours de fermeture des galeries et quand elle n'était pas employée comme œuvre. Elle se rendait chaque mois chez l'esthéticienne. Elle avait une alimentation diététique et surveillait sa silhouette avec des balances électroniques. Elle utilisait trois sortes de crèmes par jour pour conserver la peau douce et ferme propre aux toiles. Elle avait éliminé deux petites verrues de son torse et fait disparaître une cicatrice au genou gauche. Ses règles avaient disparu comme par enchantement grâce à un traitement précis et elle contrôlait avec des médicaments ses nécessités physiologiques. Elle avait procédé à une épilation entière et définitive sur tout son corps, y compris les sourcils ; elle ne conservait que ses cheveux. Les sourcils et la toison du pubis sont faciles à peindre si l'artiste le souhaite, mais longs à repousser. Ce n'étaient pas des caprices, mais son travail. Être un tableau lui coûtait beaucoup d'argent et elle ne gagnait beaucoup d'argent qu'en étant un tableau. Curieux paradoxe qui lui faisait penser que Van Tysch, grand parmi les grands, avait raison d'affirmer que l'art n'était pas autre chose que de l'argent.

Cette année ne lui avait pas mal réussi, après tout. Une femme chef d'entreprise catalane l'avait achetée pour Noël dans *La Fraise*, de Vicky Lledó, mais Vicky avait une clientèle très fidèle et vendait bien toutes ses œuvres. Elle travaillait conjointement avec Yoli Ribó pour ce tableau : elles étaient toutes deux assises sur un piédestal, peintes dans des tons écrus, bras et jambes entrelacés, tenant entre les dents une fraise en plastique rouge quinacridone. C'était une posture simple, même si elles devaient utiliser quotidiennement un aérosol pour diminuer les sécrétions salivaires (« Imagine un tableau en train de baver, avait dit Vicky, ce n'est pas très esthétique »). Mais quand on s'y était habitué, le fait de supporter cette fraise en plastique dans la bouche six heures par jour semblait être la chose la plus facile du monde. Et l'hyperdrame avait opéré une osmose idéale avec Yoli : elles partageaient la fraise, le souffle, le regard et le toucher comme de véritables amantes. Vicky les avait signées sur le deltoïde, un V et un L horizontaux de couleur rouge. Elles restèrent un mois chez la chef d'entreprise avant d'être remplacées. Il lui fallut à nouveau chercher du travail. En mars, elle avait remplacé une Française dans un extérieur du peintre portugais Gamaio à Marbella et en avril Queti Cabildos dans *Élément liquide II* de Jaume Oreste, un autre extérieur à La Moraleja, mais on n'est pas très bien payé si on n'est pas le modèle original.

Enfin, en mai, la grande nouvelle. Elle reçut un appel d'Alex Bassan. Il voulait peindre un original avec elle.

« Alex, tu tombes à pic », pensa-t-elle. C'était un artiste sans grande méthode, mais qui se vendait. Il avait peint Clara dans deux originaux quelques années plus tôt et elle était familiarisée avec sa façon de travailler. Elle accepta la proposition en un clin d'œil.

Elle arriva à Barcelone début mai et s'installa dans le duplex proche de la Diagonal[1] dans lequel Bassan vivait et travaillait. Clara dormait sur l'un des trois lits pliants de l'atelier. Les deux autres étaient occupés par une fillette bulgare (ou roumaine ?) de onze ou douze ans que Bassan utilisait comme esquisse à ses moments perdus, et par une autre esquisse appelée Gabriel, que le peintre surnommait Malheur parce que la première fois où il l'avait utilisé, c'était pour créer une œuvre portant ce titre. Malheur était maigre et soumis. À l'étage supérieur, vivaient Bassan et sa femme. Pendant que Clara travaillait, la fillette se promenait comme un fantôme dans l'atelier, avec un de ces jouets électroniques japonais qu'il faut nourrir, élever et éduquer à partir de boutons. Cet objet fut la seule chose qu'elle lui vit porter pendant les deux semaines qu'elle passa chez Bassan : c'était comme si la fillette était venue sans bagages et sans vêtements. Quant à Malheur, il se bornait à entrer et à sortir. Il alléguait qu'il travaillait en même temps pour plusieurs artistes barcelonais.

Bassan avait conçu des schémas préalables avant l'arrivée de Clara. Il s'était servi d'un modèle américain appelé Carrie. Il lui montra les photos : Carrie debout, Carrie sur la pointe des pieds, Carrie à genoux, toujours devant un miroir placé à distance variable. Mais il n'était pas satisfait des résultats. Les premiers jours, il utilisa Clara sans miroir. Il la peignit en noir et blanc avec des aérosols pour ébauche et la soumit à l'inspection de lumières simples sur fond sombre. Il ajouta des

1. Grande artère qui traverse Barcelone d'ouest en est. *(N.d.T.)*

fixateurs pour les cheveux et la laissa plusieurs heures debout sur une jambe.

— Mais qu'est-ce que tu cherches, Alex ? lui demandait-elle.

Bassan était un homme gigantesque et vigoureux, au physique de bûcheron. Entre les revers de sa veste, dépassait un torse velu. Il peignait généralement comme il parlait : par impulsions. Parfois, ses gros doigts grattaient la peau de Clara lorsqu'il profilait un endroit délicat.

— Ce que je cherche ? Quelle question, Clara, ma petite. Qu'est-ce que j'en sais. J'ai un miroir. Je t'ai, toi. Je veux faire quelque chose de simple, de naturel, avec des couleurs fondamentales, peut-être une gamme de blancs très brillants. Et je veux une expression... Je ne sais pas... Je te veux sincère, ouverte, sans entraves... Sincérité : c'est le mot. Apprendre à nous connaître, traverser le miroir, voir comment on vit dans le monde du miroir...

Clara ne comprenait pas un mot, mais c'était aussi le cas avec les autres peintres. Cela ne la dérangeait pas : elle était le tableau, pas le critique d'art ; son travail consistait à laisser le peintre exprimer avec elle ce qu'il avait en tête, non à le comprendre. Et puis elle faisait une confiance aveugle à Bassan. Avec Bassan, tout était inattendu : la trouvaille surgissait par hasard, d'un bond, et quand cela se produisait elle vous parvenait à l'âme.

Un jour, au milieu de la deuxième semaine, Bassan plaça un miroir sur le sol de l'atelier et lui fit signe de se blottir nue contre le mercure et de s'observer. Plusieurs heures s'écoulèrent. Clara, pelotonnée contre le miroir, voyait des auréoles de vapeur.

— Tu aimes te regarder ? lui demanda soudain le peintre.

— Oui.

— Pourquoi ?

— Je crois que je suis séduisante.

— Raconte-moi la première chose qui te passe par la tête. Ne réfléchis pas. Dis-moi ce que c'est.

— Nombril, dit Clara.

— Un nombril ?

— Pas *un* nombril. *Mon* nombril.

— Tu pensais à ton nombril ?

— Oui. En ce moment précis, oui. C'est que je suis en train de le regarder.

— Et que pensais-tu de ton nombril ? Qu'il était joli ? Qu'il était laid ?

— Je pensais que ça me semblait incroyable. D'avoir un trou dans le ventre. N'est-ce pas étrange ?

Bassan resta immobile (sa façon de réfléchir) et se frappa immédiatement les cuisses (sa façon de trouver quelque chose).

— Nombril, nombril... Trou... Le commencement du monde et de la vie... Je l'ai. Lève-toi. Avec la main droite, tu vas te couvrir le sexe, mais le pouce sera légèrement relevé. Voyons... Comme ça... Non, un peu plus... Comme ça... En montrant ton nombril de biais...

L'œuvre finit par être très simple. Bassan l'avait placée debout, bras et jambes un peu écartés, la main droite sur le pubis et le pouce un peu moins soulevé qu'il ne l'avait pensé tout d'abord. Il élabora un mélange de blanc au zinc et l'en recouvrit entièrement, incluant les « taches naturelles » (traits, aréoles, seins, nombril, parties génitales et raie des fesses). Il utilisa de la céruse pour les zones les plus lumineuses puis la repassa avec des touches de blanc de titane. Il fixa et modela ses cheveux en une masse de blanc homogène de façon qu'ils collent à sa tête. Sur la peinture du visage, il traça avec un pinceau conique en poils de martre des traits simples : sourcils, cils et lèvres dans un marron de Naples très adouci par du blanc. Face à elle, incrusté dans le sol, il installa un miroir en pied. Il dirigea vers son corps deux rails zénithaux en parallèle soutenant chacun trois projecteurs halogènes. Les puissantes lumières faisaient étinceler l'huile sur sa peau. Le 22 mai, il tatoua la signature sur sa cuisse gauche : un *B* majuscule et deux *s* minuscules. « Bss. » Cela résonnait comme un doux sifflement, pensait-elle, un bourdonnement de guêpe.

— Je crois qu'il vaudrait mieux essayer à Madrid, affirma Bassan. J'ai reçu une proposition intéressante de GS.

Bassan conçut personnellement le catalogue. « Les catalogues d'une exposition sont plus importants que les œuvres », disait-il. « Nous les peintres, aujourd'hui, nous ne créons pas des tableaux mais des catalogues », remarquait-il habituellement. Quand il reçut les premières épreuves de l'imprimerie, fin mai, il en envoya un exemplaire à Clara. Il était beau, en carton blanc satiné avec la photo du visage peint de Clara en couverture. En l'ouvrant sur la phrase en lettres dorées : « Le peintre Alex Bassan et la galerie GS ont le plaisir de… » Bassan eut cette définition exquise dans l'une de ses phrases impulsives : « On dirait l'invitation à la première communion d'un elfe. » L'inauguration eut lieu le jeudi 1er juin 2006, au GS de Madrid, à huit heures du soir, un événement comme les autres. Gertrude paya la moitié des boissons. Les gens se soûlaient dans le vestibule puis descendaient à la cave pour regarder Clara, qui était placée au centre de la minuscule salle. Devant elle se dressait le miroir sans cadre ni base, dans une verticale parfaite, comme par magie. Derrière elle, sur le mur blanc, un bristol : « Alex Bassan. *Jeune Fille à son miroir*. Huile sur jeune fille de vingt-quatre ans avec miroir en pied et lumières. 195/35/88 cm. » Sous le bristol, une console supportant des catalogues. Il n'y avait ni podium ni cordons de sécurité d'aucune sorte : elle se tenait debout sur le sol propre et blanc, aussi brillant que le miroir ou qu'elle-même. La pièce était minuscule et, lorsqu'elle se remplit, Clara craignit de se faire écraser un pied. Un extincteur blanc était fixé au mur dans un coin. « Au moins, je ne brûlerai pas en cas d'incendie », pensa-t-elle.

Elle écouta les éloges des experts. Des critiques, aussi. Cela ne s'adressait pas à elle, bien sûr, mais à l'œuvre. C'était pourtant elle que l'on regardait : ses cuisses, ses fesses, ses seins, son visage immobile. Et on regardait le miroir. Il y eut une exception. À un moment donné, elle distingua de biais une silhouette qui s'approchait de son oreille gauche et entendit une obscénité. Elle en avait l'habitude et ne cilla même pas. Dans les expositions d'art hyperdramatique, il était fréquent de voir se glisser un anormal qui ne s'intéressait pas à l'œuvre mais à la femme nue. À en juger par son haleine, ce type était ivre. Il s'écoula un certain temps et l'ivrogne resta à ses côtés, à la regarder. Clara eut peur qu'il ne tentât de la toucher, car il n'y avait aucun surveillant. Mais l'homme s'éloigna peu après. S'il avait tenté quelque chose, elle aurait dû abandonner l'immobilité pour lui faire une remarque verbale. Si, malgré cela, le type avait insisté, elle n'aurait pas hésité à lui donner un coup de genou dans les testicules. Cela n'aurait pas été la première fois qu'elle cessait d'être une œuvre d'art pour se défendre d'un spectateur agité. L'art HD déchaînait des passions inavouables et les tableaux féminins qui ne bénéficiaient pas d'une surveillance apprenaient vite la leçon.

Jeune Fille à son miroir pouvait être installé facilement dans n'importe quel salon spacieux. Le pourcentage qu'elle toucherait sur la vente et la location, ajouté à la somme qu'elle avait perçue pour son travail avec le peintre, lui aurait assuré le reste de l'été.

Mais on ne l'achetait pas.

— Clara.

Elle prit sa respiration en entendant la voix de Gertrude dans l'escalier.

— Clara, il est déjà 13 h 30. Je vais fermer.

Cela demandait un certain effort de sortir de l'immobilité vers le monde des objets vivants. Elle remua la mâchoire, avala de la salive, battit des paupières (elle gardait imprimés sur la rétine deux camées de son visage labourés à force de lumière et de temps), étira les bras et tapa des pieds par terre. Elle avait des fourmis à une jambe. Elle se massa le cou. L'huile lui tendait la peau.

— Deux messieurs veulent te parler, ajouta Gertrude. Ils sont dans mon bureau.

Elle interrompit ses exercices et regarda la galeriste. Gertrude se trouvait au pied de l'escalier. Son visage aux yeux verts et aux lèvres carmin n'exprimait rien, comme d'habitude. C'était une femme d'âge mûr, très grande et pâle comme le mont Blanc, d'une pâleur qui resplendissait presque. Allongée sur la neige, elle serait devenue une paire d'émeraudes en forme d'amandes et une bouche couleur rouge à lèvres. Elle aimait porter des tuniques blanches et parlait comme si elle interrogeait un prisonnier de guerre sous la torture. « Je suis allemande, mais je vis à Madrid depuis plusieurs années », lui expliqua-t-elle lorsqu'elles se rencontrèrent. Elle prononçait « Madrid » comme un robot des films de série B. « Les initiales de mon nom sont GS. » Et elle lui donna son nom en entier, mais Clara ne s'en souvenait jamais. « Enchantée », dit Clara, et elle reçut un sourire en guise de réponse. Bassan assurait que c'était une bonne galeriste, et qu'elle possédait une clientèle choisie de collectionneurs d'art hyperdramatique. Clara n'avait pas eu l'occasion de le vérifier. En revanche, ce qu'elle avait pu constater, c'était que Gertrude était brusque et traitait les tableaux avec mépris. Peut-être était-elle plus aimable avec les peintres. Et puis, c'était une maniaque de la propreté. Elle ne lui permettait pas d'utiliser les toilettes pour se maquiller ou se démaquiller après le travail. Elle disait que, hormis sur la peau des tableaux, elle ne voulait voir de peinture nulle part ailleurs. Le premier jour, elle lui désigna un petit débarras dans le fond et affirma que les œuvres s'en accommodaient fort bien. Pour chaque séance de travail, Clara entrait dans ce réduit, passait le maillot poreux et la capuche de teinture imprégnés des couleurs préparées par Bassan et attendait presque une heure que celles-ci se fixent sur sa chair. Elle ôtait alors maillot et capuche et sortait nue et brillante de blanc, descendait l'escalier et adoptait la posture et l'expression que le peintre avait décidées. Quand la galerie fermait, elle devait rentrer chez elle le corps peint sous son survêtement et un béret ridicule pour dissimuler ses cheveux blancs ; elle pouvait juste enlever la peinture de son visage. Cela n'avait rien d'agréable de conduire la peau durcie par l'huile.

— Deux messieurs ? Elle se racla la gorge pour retrouver la voix. Que veulent-ils ?

— Je ne sais pas. Ils sont dans mon bureau, ils attendent.

— Mais sont-ils descendus voir l'œuvre ? Souvent, elle ne savait pas combien de visiteurs étaient venus.

— Pas aujourd'hui, bien sûr. Ils veulent parler à Clara Reyes. Ils ne m'ont parlé d'aucune œuvre.

Tandis que Clara réfléchissait, Gertrude ajouta :

— Je suppose que tu ne vas pas aller les voir comme ça. Tu peux mettre un des peignoirs qui se trouvent dans le débarras. Mais ne touche à rien. Je ne veux pas de taches de peinture dans mon bureau.

Les deux hommes l'attendaient debout, examinant des prospectus sur papier glacé. C'étaient des catalogues d'œuvres faites avec elle. Elle reconnut *Tendresses*, de Vicky, *Horizontal III* de Gutiérrez Reguero et *Le loup, pendant ce temps, meurt de faim*, de Georges Chalboux. Les illustrations montraient son corps nu ou presque nu peint de plusieurs couleurs. Il y avait également des prospectus concernant *Jeune Fille à son miroir*. L'un des hommes jetait les catalogues sur la table après les avoir montrés à l'autre, comme s'il les avait comptés. Ils portaient des costumes de prix, et ils étaient très probablement étrangers. Ce dernier point fit battre son cœur plus vite : s'ils venaient de loin pour la voir, cela signifiait peut-être qu'elle les intéressait vraiment. « Calme-toi, parce que tu ne sais pas encore ce qu'ils vont te proposer. »

Ils l'invitèrent à prendre une chaise. En s'asseyant, son peignoir s'ouvrit comme un pétale dans la partie inférieure et une jambe peinte en blanc de titane et céruse resta à découvert jusqu'à mi-cuisse. Elle croisa les mains sous sa poitrine et adopta une pose de jeune fille bien élevée.

— Alors ? demanda-t-elle.

Les hommes restèrent debout. Seul l'un d'eux parla. Son espagnol était truffé d'erreurs, mais intelligible. Clara ne parvint pas à identifier l'accent.

— Vous êtes Clara Reyes ?

— C'est ça.

L'homme sortit quelque chose de sa mallette : c'était le CV que Clara envoyait habituellement aux artistes les plus importants d'Europe et d'Amérique. Son rythme cardiaque s'accéléra.

— Vingt-quatre ans, lut l'homme à voix haute, un mètre soixante-quinze, quatre-vingt-cinq centimètres de tour de poitrine, cinquante-cinq de tour de taille, quatre-vingt-cinq de tour de hanches, cheveux blonds naturels, yeux bleu ciel avec des reflets verts, épilée, sans taches, ferme et lisse, apprêtée quatre fois... Exact ?

— Exact.

L'homme poursuivit sa lecture.

— Vous avez étudié l'art HD et les techniques du modèle à Barcelone avec Cuinet et l'art adolescent à Francfort avec Wedekind. Et à Florence avec Ferrucioli, exact ?

— Enfin, avec Ferrucioli je ne suis restée qu'une semaine.

Elle ne voulait rien dissimuler, parce que ensuite venaient les questions personnelles.

— Des artistes espagnols et étrangers vous ont peinte. Vous maîtrisez l'anglais, peut-être ?

— C'est ça. Parfaitement.

— Vous avez fait des extérieurs et des intérieurs. Que faites-vous le mieux ?

— Les deux. Je peux être œuvre d'intérieur ou d'extérieur saisonnière, et même permanente, selon les vêtements et la période de l'année, bien sûr. Mais je peux poser nue en extérieur en permanence avec la protection adéqu...

— Nous vous avons vue dans d'autres œuvres, l'interrompit l'homme. Vous nous plaisez.

— Merci beaucoup. Et vous n'êtes pas descendus voir *Jeune Fille à son miroir* ? C'est un Bassan impressionnant, vraiment, je ne dis pas ça parce que je suis le tableau, mais…

— Vous avez également fait des tableaux mobiles des deux sortes : actions et rencontres, l'interrompit l'homme à nouveau. Étaient-ils interactifs ?

— C'est ça. À plusieurs reprises, oui.

— Vous a-t-on achetée ?

— Presque chaque fois.

— Bien. L'homme sourit et contempla les papiers comme si l'origine de ce sourire se trouvait là. Ceci est un CV publicitaire. Maintenant je veux entendre le CV privé.

— À quoi faites-vous allusion ?

— À votre vie professionnelle complète, celle que vous ne pouvez citer dans un prospectus. Par exemple : avez-vous été décoration, objet mobile, ustensile ?

— Je n'ai jamais fait d'artisanat humain, répliqua Clara.

C'était vrai, même si elle ignorait si l'homme la croyait. Mais elle trouva sa phrase un peu présomptueuse, aussi ajouta-t-elle :

— En Espagne, il n'est encore pas très fréquent d'acquérir des décorations humaines.

— Art-shocks ?

Elle ne répondit pas immédiatement. Elle se redressa sur son siège (le murmure de l'huile sur ses fesses peintes) et s'apprêta à rester en alerte.

— Excusez-moi, à quoi rime cet interrogatoire ?

— Nous voulons savoir quel niveau d'exigence nous pouvons attendre de vous, répondit tranquillement l'homme.

— Je n'aimerais pas faire quelque chose d'illégal, je vous préviens.

Elle attendit une réaction qui ne vint pas.

— Enfin, j'accepterais peut-être, s'empressa-t-elle d'ajouter. Mais je veux que vous me disiez ce que vous allez faire, où vous allez le faire et qui est l'artiste qui m'engage.

— Répondez, s'il vous plaît.

Elle pensa qu'elle ne risquait rien à dire la vérité. De toute façon, elle n'était pas mineure, et les deux art-shocks pour lesquels elle avait été achetée cette année ne figuraient pas parmi les plus durs et n'avaient été exposés que dans des lieux privés devant un public adulte. Mais il était également vrai que, les deux fois, s'étaient déroulées des scènes qui dépassaient peut-être les limites autorisées. Par exemple, dans *625 + 50 lignes* d'Adolfo Bermejo, l'une des toiles décapitait un chat vivant et jetait le sang sur le dos de Clara. Était-ce un délit ? Elle n'en était pas sûre, mais la question était générale et elle pouvait y répondre de façon générale.

— Oui, j'ai fait des art-shocks.

— Tachés ?

— Jamais, déclara-t-elle fermement.

— Mais vous avez travaillé avec Gilberto Brentano, si je ne m'abuse.

— J'ai fait deux ou trois art-shocks avec Brentano l'année dernière, mais aucun n'était taché.

— Vous avez appartenu à une société d'approvisionnement en matériel jeune pour des œuvres d'art ?

— J'ai travaillé quelques mois pour The Circle.

— À quel âge ?

— À seize ans.

— Que faisiez-vous ?

— Comme d'habitude. On m'a peint les cheveux en rouge, on m'a mis des anneaux et j'ai participé à quelques fresques de style *Redhair Road*.

— C'était votre première expérience artistique ?

— C'est ça.

— D'après ce que je vois, dit l'homme, vous aimez l'art dur et risqué. Vous n'avez pas l'air dur et risqué. Vous semblez plutôt douce.

Sans savoir pourquoi, Clara aimait la froideur méprisante de ce type. Un sourire détendit l'huile de ses traits.

— En fait, je suis douce. Je m'endurcis quand on me peint.

L'homme ne sembla pas prendre cette phrase à la légère.

— Nous venons vous proposer quelque chose de dur et de risqué, le plus dur et le plus risqué que vous ayez fait dans votre vie de tableau, le plus important et le plus difficile, dit-il. Nous voulons nous assurer que vous nous serez utile.

Soudain, elle sentait sa bouche aussi sèche que la peau recouverte de peinture qu'elle cachait sous le peignoir. Son cœur battait fort. Ces paroles l'avaient excitée. Clara aimait les extrêmes, l'obscurité au-delà de la frontière. Si on lui disait : « N'y va pas », son corps se levait et y allait pour le simple plaisir de désobéir. Si quelque chose lui faisait peur, elle essayait peut-être de le tenir à distance, mais ne le perdait jamais de vue. Elle détestait les instructions des artistes ordinaires, mais si un peintre qu'elle admirait lui demandait de commettre une folie, quelle qu'elle fût, elle aimait obéir aveuglément. Et ce « quelle qu'elle fût » ne connaissait pas trop de limites. Cela l'obsédait de savoir jusqu'où elle se permettrait d'aller si une situation idéale se compliquait. Elle se croyait encore loin de son propre plafond. Ou de son fond.

— Ça s'annonce bien, dit-elle.

Après avoir attendu un instant, l'homme ajouta :

— Bien sûr, vous devrez tout arrêter pendant un bon bout de temps.

— Je peux tout arrêter si l'offre en vaut la peine.

— Elle en *vaut* la peine.

— Et je dois le croire ?

— Nous ne voulons pas nous précipiter, ni vous ni nous, n'est-ce pas ? L'homme porta une main à sa veste. Un portefeuille noir en cuir. Une carte de visite turquoise. Appelez ce numéro. Vous avez jusqu'à jeudi soir pour vous décider.

Elle examina la carte avant de l'enfouir dans la poche de son peignoir : il n'y avait qu'un numéro de téléphone. Il pouvait s'agir d'un portable.

Le bureau de Gertrude était une petite pièce blanche sans fenêtres. Il lui sembla pourtant qu'il avait commencé à pleuvoir au-dehors. On entendait un artistique simulacre de pluie en sourdine. Les deux hommes la regardaient fixement, comme s'ils attendaient qu'elle dise quelque chose.

— Je n'aime pas accepter des offres sans rien savoir, dit-elle.

— Vous n'avez rien à savoir : vous êtes l'œuvre. les seuls qui savent sont les artistes.

— Alors dites-moi qui est l'artiste qui veut me peindre.

— Vous ne pouvez pas connaître son nom.

Elle encaissa le mépris apparent sans répliquer. Elle savait que le type lui disait la vérité. Les grands peintres ne révélaient jamais leur identité à la toile avant de commencer le travail : de la sorte, ils gardaient le secret sur le tableau qu'ils allaient peindre.

La porte s'ouvrit et Gertrude apparut.

— Excusez-moi, mais je sors déjeuner et je dois fermer la galerie.

— Ne vous inquiétez pas, nous avons fini. Les deux hommes ramassèrent les catalogues et partirent en silence.

Pendant l'exposition de l'après-midi, sa poitrine se soulevait avec la respiration. Comme elle était nerveuse, l'immobilité lui semblait plus difficile que jamais. Mais le fait de rêver l'aidait à rester immobile, parce que dans le sommeil on peut se déplacer dans l'immobilité. Le temps passa et personne ne descendit la voir, mais cela lui était égal, parce qu'elle jouissait de la compagnie de ses fantaisies.

Le plus dur et le plus risqué. Le plus important et le plus difficile.

Son plus grand désir était d'être peinte par un génie. Plusieurs noms lui venaient à l'esprit, mais elle n'osait pas spéculer. Elle ne voulait pas se faire trop d'illusions et connaître ensuite la déception. Elle resta debout dans cette blancheur silencieuse jusqu'à ce que Gertrude lui dise qu'elle fermait.

Au-dehors, il pleuvait vraiment : une violente averse d'été que la télévision avait anticipée. Dans d'autres circonstances, elle aurait couru jusqu'à l'entrée du parking, mais elle préféra cette fois marcher lentement sous la décharge torrentielle, son sac de peintures à l'épaule. Elle sentait le survêtement l'envelopper comme un drap humide et le béret lui dégouliner sur la tête, mais la sensation n'était pas désagréable. Qui plus est, elle appréciait ce plongeon dans des diamants d'eau glacée.

Le plus dur et le plus risqué. Le plus important et le plus difficile.

Et si c'était un piège ? C'était parfois le cas. On vous engageait en feignant de représenter un grand maître, on vous emmenait hors du pays et on vous obligeait à participer à de l'art taché. Mais elle ne le croyait pas. Et puis, même si c'était ça, elle prendrait le risque. Être une œuvre d'art signifiait accepter tous les risques, toutes les immolations. Elle redoutait davantage d'affronter une déception qu'un danger. Elle admettait n'importe quel guet-apens, hormis celui de la médiocrité.

Le plus dur et le plus risqué. Le plus important et

Soudain elle eut l'impression que son corps était une bougie fondue. Elle crut qu'elle se liquéfiait, qu'elle fondait sous la pluie. Elle regarda ses pieds et comprit. Elle avait oublié qu'elle était toujours peinte et l'eau la faisait déteindre. Elle laissait dans la rue une traînée discontinue et blanche, un flux lacté et sinueux qui coulait sous son survêtement vers le trottoir de la rue Vélasquez et que la pluie se chargeait d'effacer avec la violente précision d'un peintre pointilliste. Blanc, blanc, blanc.

Peu à peu, éclaircie par l'eau, Clara entrait dans l'ombre.

Rouge. Le rouge était la couleur prédominante. Rouge comme un éclat de coquelicots broyés. Mlle Wood ôta ses lunettes pour contempler les photos.

— Nous l'avons trouvée ce matin dans une zone boisée du Wienerwald, à une heure de voiture de Vienne, dit le policier. Deux amateurs d'ornithologie qui étudiaient le chant des chouettes nous ont prévenus. Enfin, ils ont prévenu la police en uniforme, et le lieutenant-colonel Huddle nous a appelés. C'est la procédure.

Bosch passait les photos à Mlle Wood tandis que le policier parlait. Le paysage comprenait la pelouse, les troncs de hêtres et différentes fleurs, et même la présence surprenante d'un gobe-mouche posé sur l'herbe à côté du chemisier rose en lambeaux. Mais tout était recouvert de rouge, jusqu'à la chaussure en forme d'ours en peluche qui dépassait derrière un arbre. Le visage de l'ours souriait.

— Ces choses éparpillées tout autour… dit Mlle Wood.

La table était immense et le policier, assis en face de Wood, ne pouvait voir ce qu'elle lui montrait, mais il savait parfaitement de quoi elle voulait parler.

— Ce sont les vêtements.

— Pourquoi sont-ils si déchirés et tachés de sang ?

— Bien observé, effectivement. C'est la première chose qui nous a intrigués. Mais nous avons trouvé des restes de tissu incrustés dans les blessures. La conclusion est simple : il l'a découpée avec ses vêtements avant de les lui arracher.

— Pourquoi ?

Le policier fit un geste vague.

— Abus sexuel, peut-être. Mais nous n'en avons pas la preuve, nous attendons le rapport définitif du médecin légiste. Cependant, le comportement de ces individus ne suit pas toujours un schéma logique.

— Elle est comme... comme exposée, non ? Placée de façon à être prise en photo.

— C'est dans cette position que vous l'avez retrouvée ? demanda Bosch au policier.

— Oui, sur le dos, bras et jambes allongés.

— Il lui a laissé les étiquettes, signala Bosch à Mlle Wood.

— Je vois, dit-elle. Les étiquettes sont difficiles à déchirer, mais avec l'instrument dont il s'est servi pour lui infliger ces blessures, il aurait pu les découper comme du papier. A-t-on identifié l'appareil qu'il a utilisé ?

— De type électronique, de toute façon, répondit le policier. Nous pensons à un trépan ou à une sorte de scie automatique. Chaque blessure constitue une coupure profonde et unique. Il tendit le bras à travers la table et posa la pointe d'un crayon sur l'une des photos qui était la plus proche. Il y en a dix au total : deux au visage, deux à la poitrine, deux au ventre, une à chaque cuisse et deux dans le dos. Huit d'entre elles forment des croix de Saint-André. Il y en a donc quatre. Celles des cuisses constituent deux lignes verticales. Et ne me demandez pas non plus pourquoi.

— Elle a succombé à ses blessures ?

— Probablement. Je vous ai dit que nous attendions le rapport de...

— L'heure de la mort a-t-elle été évaluée ?

— D'après l'état du corps, nous pensons que les faits se sont déroulés dans la nuit du mercredi, quelques heures après qu'elle a été emmenée dans la fourgonnette.

Mlle Wood tenait ses lunettes noires entre deux doigts de la main gauche. Elle en toucha délicatement le bras de Bosch.

— Je dirais qu'il y a peu de sang tout autour. Tu ne trouves pas ?

— J'étais en train de me faire la réflexion.

— C'est vrai, acquiesça le policier. Il n'a pas opéré sur place. Il a pu la découper à l'intérieur de la fourgonnette. Il a peut-être utilisé un sédatif, parce que le corps ne présentait pas de traces de lutte ni de liens. Puis il l'a traînée là et l'a abandonnée sur l'herbe.

— Et il lui a arraché ses vêtements à découvert, remarqua Wood, en prenant le risque que les amateurs d'ornithologie aient décidé d'observer les chouettes une nuit plus tôt.

— Oui, c'est étrange, n'est-ce pas ? Mais je vous ai dit que leur comportement…

— Je comprends, l'interrompit la femme, chaussant à nouveau ses lunettes. C'étaient des Ray-Ban à monture dorée et verres opaques. Il semblait impossible au policier qu'elles permettent à Mlle Wood de voir quelque chose dans l'obscurité rougeâtre qui régnait dans ce bureau. L'ellipse rouge de la table, en se reflétant sur les verres, se reproduisait en lagunes sanglantes. Pourrions-nous écouter l'enregistrement, détective ?

— Bien sûr.

Le policier se pencha sur une mallette en cuir.

Quand il se redressa, il avait en main un magnétophone portable. Il le plaça à côté des photos comme s'il s'agissait d'un souvenir de voyage touristique.

— Il se trouvait aux pieds du cadavre. Une bande au chrome d'une durée de deux heures sans inscriptions ni marques. L'appareil avec lequel elle a été enregistrée semble être de bonne qualité.

D'une impulsion de l'index, il mit l'appareil en marche. Un bruit soudain fit hausser les sourcils à Bosch. Le policier s'empressa de baisser le volume.

— C'est très fort, dit-il.

Une brève pause. Un claquement. La bande commença à défiler.

Au début, il y eut un battement d'ailes. Les crépitations d'un feu. Un oiseau entouré de flammes. Puis une respiration haletante. Le premier mot naquit. On aurait dit une plainte, un gémissement. Mais il se répétait, et il était possible d'en comprendre le sens : *Art*. Après un nouvel effort du souffle, la première phrase s'égrena à tâtons. La diction était nasale, interrompue par des halètements, un remue-ménage de papiers, et le grincement du magnétophone. La voix était celle d'une adolescente. Elle s'exprimait en anglais.

— *L'art est destruc... destruction. Avant, il n'était que... ça. Dans les grottes, on ne peignait que ce que... ce que l'on voulait sa... sacri... sacri...*

Des craquements. Un bref silence. Le policier appuya sur la touche pause.

— Là, il a interrompu l'enregistrement, certainement pour lui faire répéter la phrase.

La suite était plus claire. Chaque mot était maintenant prononcé avec une lenteur minutieuse. Ce que l'on percevait de ce nouveau discours était une tentative désespérée de la gorge pour ne pas se tromper. Mais quelque chose qui était peut-être de la terreur fendait les lacs gelés des pauses.

— *Dans les grottes, on ne peignait que ce que l'on voulait sacrifier... L'art des Égyptiens était funéraire... Tout était dédié à la mort... L'artiste dit : je t'ai créé pour te chasser et te détruire et dans ton sacrifice final repose le sens de la création... L'artiste dit : je t'ai créé pour honorer la mort... Parce que l'art qui survit est l'art qui est mort... Si les figures meurent, les œuvres perdurent...*

Le policier arrêta l'enregistrement.

— C'est tout. Bien sûr, nous sommes en train de l'analyser au labo. Nous croyons qu'il l'a réalisé dans la fourgonnette, fenêtres fermées, parce qu'il n'y a pas tellement de bruits de fond. Il s'agissait certainement d'un texte rédigé et l'enfant a dû le lire.

Le lourd silence se poursuivit après les paroles du policier. « C'est comme si, en l'écoutant, en entendant sa voix, nous avions enfin compris toute l'horreur », pensait Bosch. Cette réaction ne le surprenait pas. Les photos l'avaient impressionné, certes, mais, d'une certaine façon, il était facile de prendre ses distances par rapport à une photo. À l'époque où il était un membre actif de la police hollandaise, Lothar Bosch avait développé une froideur inattendue envers les terrifiants fantômes de couleur rouge convoqués dans la chambre noire. Mais écouter la voix était une chose très différente. Derrière cette gorge, vibrait un être humain qui avait connu une mort terrifiante. Le violoniste devient plus évident quand on entend le violon.

Aux yeux de Bosch, habitué à la voir poser à l'air libre, ou à l'intérieur de pièces ou de musées, nue ou presque nue et peinte de plusieurs couleurs, elle n'avait jamais été une « enfant », comme l'appelait le policier, hormis une fois. Cela s'était produit deux ans plus tôt. Un collectionneur colombien appelé Cárdenas, aux antécédents pas très nets, l'avait achetée dans *La Guirlande*, de Jacob Stein, et Bosch ne s'était pas senti très rassuré sur ce qui pourrait se passer dans cette hacienda située aux environs de Bogotá quand elle poserait huit heures par jour devant son propriétaire, vêtue d'un seul ruban en velours autour de la taille. Il décida de la doter d'une protection supplémentaire et lui donna rendez-vous dans ses bureaux du Nouvel Atelier à Amsterdam pour l'en informer. Il revoyait nettement ce moment : l'œuvre pénétra dans son bureau en jean et tee-shirt, la peau apprêtée et dépourvue de sourcils, avec les trois étiquettes jaunes habituelles, mais, par ailleurs, sans une goutte de peinture sur elle, et lui tendit la main. « Monsieur Bosch », lui dit-elle.

C'était la même voix de fillette que sur l'enregistrement. Le même accent hollandais, la même douceur.

Monsieur Bosch.

Par ce simple geste et ces paroles, la toile s'était transformée sous ses yeux en une fillette de douze ans. La sensation revêtit l'apparence d'un éclair. Des images de sa propre nièce, Danielle, de quatre ans plus jeune, lui traversèrent l'esprit. Il comprit qu'il permettait à une gamine de se rendre seule pratiquement nue chez un adulte possédant des antécédents judiciaires. Mais, quand le vertige cessa, il retrouva sa neutralité coutumière. « Ce n'est pas une enfant, c'est une toile, bien sûr », se dit-il. Il n'était rien arrivé de mauvais à l'œuvre dans l'hacienda de Bogotá. Aujourd'hui, en revanche, quelqu'un l'avait détruite dans un bois de Vienne.

Tandis qu'il écoutait l'enregistrement, Bosch s'était rappelé cette tendre pression sur la main droite et le « monsieur Bosch » prononcé avec une délicatesse inconsciente. Deux modes de perceptions différents, mais identiques dans le fond : douceur, chaleur, innocence, douceur, douceur…

Devant lui se tenait le policier, qui le regardait comme attendant qu'il dise quelque chose.

— Pourquoi a-t-il laissé l'enregistrement ? demanda Bosch.

— Ce genre de fous veut que tout le monde écoute ses théories, dit le policier.

— Vous avez retrouvé la camionnette ? demanda Mlle Wood.

— Non, mais cela ne saurait tarder, s'il ne l'a pas fait disparaître d'une manière quelconque. Nous connaissons le modèle et la plaque minéralogique, alors...

— Il a été très malin, dit Bosch.

— Qu'est-ce qui vous fait dire ça ?

— Nos fourgonnettes sont équipées d'un système de repérage, le GPS, qui indique la position du véhicule à chaque instant. Nous l'avons installé l'année dernière pour prévenir le vol d'œuvres de prix. Mais, mercredi soir, nous avons perdu la trace de celui-ci peu après sa sortie du musée. Il a dû trouver le système et réussir à le désactiver.

— Pourquoi avez-vous attendu si longtemps avant de nous appeler ? Nous n'avons été informés que jeudi matin.

— Nous ne nous sommes pas rendu compte de la disparition du signal. Le système déclenche une alarme si la fourgonnette s'écarte du chemin prévu, s'il y a un accident ou si elle s'arrête longuement avant d'arriver à l'hôtel. Mais, dans ce cas précis, l'alarme ne s'est pas déclenchée et la disparition du signal nous a échappé.

— Cela indique que le type connaissait l'existence de ce système, observa le policier.

— C'est pour cela que nous avons pensé qu'Óscar Díaz avait dû collaborer d'une façon ou d'une autre, ou être le coupable.

— Voyons si je vous ai bien compris. Óscar Díaz était chargé de la raccompagner à son hôtel, n'est-ce pas ? Une sorte d'agent de sécurité de votre entreprise, non ?

— Oui, un agent de notre équipe, acquiesça Bosch.

— Et pourquoi votre propre agent ferait-il une chose pareille ?

Bosch regarda le policier puis Mlle Wood, qui restait plongée dans le silence.

— Nous l'ignorons. Les états de service de Díaz sont impeccables. S'il était fou, il l'a parfaitement dissimulé pendant des années.

— Que savez-vous de lui ? A-t-il de la famille ? Des amis ?...

Bosch récita les références qu'il savait maintenant par cœur pour les avoir revues cent fois au cours des derniers jours.

— Célibataire, vingt-six ans, originaire de Mexico, père mort d'un cancer du poumon, sa mère vit avec sa sœur dans le district fédéral. Óscar a émigré aux États-Unis à dix-huit ans. Il est costaud, il aime le sport. Il a travaillé comme garde du corps pour des entrepreneurs d'origine hispanique vivant à Miami ou à New York. L'un d'eux possédait une œuvre hyperdramatique chez lui. Óscar s'est renseigné et a commencé à assurer la sécurité de petites expositions dans des galeries new-yorkaises. Puis il a travaillé pour nous. Nous lui avons confié des responsabilités, parce qu'il était intelligent et assez compétent. La première œuvre de la Fondation qu'il a surveillée était un Buncher exposé par la galerie Leo Castelli.

— Un quoi ?

Mlle Wood prit sèchement la parole.

— Evard Buncher est l'un des fondateurs de l'hyperdramatisme orthodoxe, avec Max Kalima et Bruno Van Tysch. Il était norvégien, et pendant la Seconde Guerre mondiale il a été arrêté par les nazis et envoyé à Mauthausen. Il a survécu. Il s'est rendu à Londres, a rencontré Kalima et Tanagorsky et a commencé à utiliser des êtres humains au lieu de toiles pour peindre ses tableaux. Mais il les enfermait dans des boîtes. Certains disent qu'il a été influencé par son expérience au camp de concentration.

« Cette femme est un ordinateur », pensa le policier.

— Ce sont de petites boîtes, ouvertes sur un côté, poursuivit Wood. La toile s'introduit dans l'une d'elles et y reste pendant plusieurs heures. Elle se tourna vers le mur qui se trouvait derrière elle et désigna la photo grand format qui le décorait. Voici un Buncher, par exemple.

Le policier l'avait vue à son arrivée et s'était demandé ce que cela pouvait bien signifier. Deux corps nus et peints en rouge compressés dans un cube en verre. Le cube était si petit qu'il les obligeait à se fondre dans une contorsion compliquée. Les parties génitales étaient visibles, pas les visages. À en juger par les premières, il s'agissait d'un homme et d'une femme. La photo, gigantesque, occupait presque tout le mur de ce bureau du Museumsquartier. « *Ceci* est censé être une œuvre d'art, pensa le policier. Et n'importe qui pourrait l'acheter et l'emporter chez lui. » Il se demanda si son épouse aimerait avoir ce genre de chose pour décorer la salle à manger. Comment pouvaient-ils supporter aussi longtemps ces positions inhumaines ?

Il se rappela l'exposition qu'il avait vue cet après-midi même.

L'art n'avait jamais particulièrement intéressé Félix Braun, détective de la section des homicides du département des recherches criminelles de la police autrichienne. Ses préférences de bon Viennois s'arrêtaient à la musique du XXe siècle. Naturellement, il avait vu plusieurs œuvres hyperdramatiques exposées à l'air libre dans des lieux publics de Vienne, mais jamais une exposition entière avant cet après-midi.

Il était arrivé au Museumsquartier – le centre culturel et artistique qui abritait la majorité des musées d'art moderne de Vienne – quarante minutes avant l'heure prévue pour la réunion avec Mlle Wood et M. Bosch.

Comme il n'avait rien de mieux à faire, et vu les circonstances particulières de l'affaire, il avait décidé de visiter l'exposition dont faisait partie l'adolescente assassinée.

Elle était exposée à la Kunsthalle. Un immense panneau portant la photo de l'une des figures (il apprit par la suite qu'il s'agissait de *Calendula desiderata*) occupait l'intégralité de la façade principale du bâtiment. Le titre de la collection était écrit en allemand avec de grandes lettres rouges : *Blumen*, de Bruno Van Tysch. Un titre très simple, pensa Braun. *Fleurs*. Avant d'accéder à la salle, le public passait par un détecteur magnétique, un portail à rayons X et une cabine individuelle d'analyse d'images. Bien sûr, son arme réglementaire fit sonner l'alarme du premier filtre, mais Braun avait déjà décliné son identité. Il franchit des doubles portes et pénétra dans l'obscurité inhumaine de l'art. Au début, il pensa à des statues peintes et placées sur des piédestaux. Puis, en s'approchant de la première, il osa à peine croire qu'il s'agissait d'un individu de chair et d'os, d'une personne vivante. Tailles pliées comme des charnières, jambes dressées à la verticale, épaules arquées à l'architecture de pont... Elles ne bougeaient pas, ne clignaient pas des yeux, ne respiraient pas. Les bras imitaient des pétales et les chevilles, de loin, ressemblaient à des tiges. Il fallait s'approcher du cordon de sécurité et observer très attentivement pour distinguer des muscles, des poitrines couronnées par le bouton rouge des mamelons, les parties génitales dépourvues de duvet et d'obscénité, des parties nettes d'idées comme des corolles de fleurs. Puis l'odorat de Braun prit le relais, l'informant que chacune dégageait un arôme différent et pénétrant, perceptible à une certaine distance y compris par-dessus les différentes odeurs (pas toutes agréables) du public qui remplissait la pièce, comme le thème d'un instrument soliste se détachant sur l'accompagnement d'orchestre.

Blumen.Fleurs. La collection de vingt *Fleurs* de Bruno Van Tysch. *Calendula desiderata, Iris versicolor, Rosa fabrica, Hedera helix, Orchis fabulata.* Les titres étaient presque aussi fantastiques que les œuvres elles-mêmes. Il se rappela avoir vu des photos de quelques-unes de ces *Fleurs* dans une revue, dans le journal ou à la télévision. Elles étaient presque devenues des icônes culturelles du XXIe siècle. Mais il ne les avait jusqu'alors jamais contemplées *au naturel*, toutes ensemble, exposées dans cette immense salle de la Kunsthalle. Et, bien sûr, il ne les avait jamais *senties*. Braun passa pendant une demi-heure d'un podium à l'autre, la bouche paralysée par l'étonnement. C'était une expérience saisissante.

Ce fut celle qui était peinte en rouge qui sollicita le plus son attention. Sa couleur était si intense qu'elle provoquait une illusion d'optique : une aura, une tache sur la rétine, la légère distorsion de l'air que produit un objet très chaud. Il s'approcha du podium comme en état de transe. Dans son odeur, incisive et prodigieuse comme celle des étalages d'essences arabes, Braun crut percevoir une note familière. L'œuvre se trouvait accroupie sur la pointe des pieds. Elle avait les deux mains devant le sexe et la tête inclinée à droite (à gauche de Braun). Elle était entièrement rasée et épilée. Il pensa soudain qu'elle n'avait pas de traits, mais, sous l'intense mascara vermillon, on remarquait l'égratignure des paupières, la protubérance du nez et le repoussé d'une paire de lèvres. Les deux petits seins lui apprirent qu'il s'agissait d'une jeune femme. Elle ne bougeait pas, ne tremblait pas. Braun fit le tour du podium sans découvrir aucun type de support qui l'aurait aidée à se maintenir sur la pointe des pieds dans cette position.

Ce fut alors qu'il crut reconnaître la fragrance.

Cette silhouette avait une odeur légèrement similaire à celle du parfum qu'utilisait son épouse.

Quand il se retrouva dans la rue, étourdi, il tenta vainement de se rappeler le titre de la *fleur* qui avait l'odeur de sa femme. *Tulipe pourpre ? Carmin magique ?*

Il s'efforçait encore de s'en souvenir.

— Buncher a créé une collection appelée *Claustrophilie*, poursuivait Bosch. Óscar a raccompagné chez elle pendant toute une saison *Claustrophilie 5*, le modèle Sandy Ryan, la septième remplaçante du tableau. Il était poli avec les œuvres, parfois un peu bavard, mais toujours respectueux. En 2003, il a acheté un appartement à New York et s'y est installé, mais il était en Europe depuis le mois de février, pour surveiller les tableaux de la collection *Fleurs*. À Vienne, il était descendu dans un hôtel de Kirchberggasse avec le reste de l'équipe. L'hôtel est tout proche du centre culturel. Nous avons interrogé ses collègues et ses supérieurs directs : personne n'a rien constaté d'étrange chez lui au cours des derniers jours. C'est tout ce que nous savons.

Braun avait commencé à prendre des notes dans un petit carnet.

— Je sais où se trouve Kirchberggasse, dit-il. Son ton semblait indiquer qu'il était le seul Viennois du groupe. Nous allons devoir perquisitionner sa chambre.

— Bien sûr, acquiesça Bosch.

Ils s'en étaient déjà chargés, de même que pour son appartement de New York, mais Bosch n'allait pas le dire au policier.

— Il faut également envisager la possibilité que Díaz ne soit pas coupable, précisa alors Bosch, comme s'il avait voulu jouer les avocats du diable de sa propre théorie. Dans ce cas, il conviendrait de se demander pourquoi il a disparu.

Braun fit un geste vague donnant à entendre que cette question ne relevait pas de la compétence de Bosch.

— Quoi qu'il en soit, dit-il, et tant que nous ne disposerons pas d'informations contradictoires, nous devrons considérer Díaz comme le principal objectif de notre recherche.

— Que sait la presse ? demanda Mlle Wood.

— L'identité de l'adolescente n'a pas été révélée, comme vous nous l'avez demandé.

— Et Díaz ?

— Sa description n'a pas été rendue publique, mais nous avons établi des contrôles à l'aéroport de Schewechat, dans les gares et aux frontières. Mais nous devons tenir compte du fait que nous sommes vendredi et que nous avons reçu la plainte hier. Ce type a eu presque toute la journée pour quitter le pays.

Mlle Wood et M. Bosch acquiescèrent en silence. Ils avaient également prévu cette contingence. De fait, ils avaient agi beaucoup plus vite que la police autrichienne : Bosch savait qu'en ce moment dix groupes différents d'agents de sécurité recherchaient Díaz dans toute l'Europe. Mais ils avaient besoin de la police nationale, il n'était pas question de ménager leurs efforts.

— En ce qui concerne la famille de la victime... dit Braun, et il regarda Bosch en titubant.

— Elle n'avait que sa mère, mais celle-ci est en voyage. Nous avons demandé la permission de l'en informer personnellement. Au fait, je crois que nous pouvons garder les photos et la cassette, non ?

— Oui. Les copies vous sont destinées.

— Merci. Reprendrez-vous du café ?

Braun répondit après une pause. Il s'était mis à contempler la serveuse qui venait d'entrer silencieusement dans la pièce. C'était la jeune fille brune à la robe longue rouge et au plateau argenté qui l'avait servi auparavant. On ne pouvait pas considérer que sa physionomie fût d'une étrangeté ou d'une beauté inhabituelle, mais elle avait *quelque chose* que Braun ne parvenait pas à définir. Un balancement, un rythme appris, des gestes subtils de danseuse secrète. Braun connaissait l'existence des décorations et des ustensiles humains, mais cette fille s'en tenait aux limites de la stricte légalité. Il n'y avait rien de délictueux dans son apparence ou sa conduite, et tout ce que Braun imaginait en la voyant pouvait fort bien n'exister que dans son cerveau. Il accepta davantage de café et continua à observer la jeune fille qui versait l'arc dense et fumant du moka viennois dans sa tasse. Il pensa à nouveau, comme la fois précédente, qu'elle était nu-pieds, mais il ne pouvait s'en assurer en raison de la longueur de la robe et de l'obscurité de la pièce. Elle dégageait des rafales de parfum.

Ni Bosch ni Mlle Wood ne reprirent de café. La serveuse fit demi-tour. On entendit le froufrou de la robe lui battant les jambes. La porte s'ouvrit et se referma. Braun resta un instant à regarder cette porte. Puis il cligna des paupières et revint à la réalité.

— Nous vous sommes très reconnaissants de la collaboration de la police autrichienne, détective Braun, disait Bosch. Il venait de réunir les photos qui se trouvaient sur la table (une ellipse en laque rouge qui imitait la forme d'une palette de peintre) et sortait la cassette du magnétophone.

— Je n'ai fait que mon devoir, déclara Braun. Mes supérieurs m'ont ordonné de me présenter au musée pour vous communiquer les informations, voilà tout.

— Vous allez penser que la situation est un peu curieuse, et nous le comprenons parfaitement.

— « Curieuse », c'est peu dire, sourit Braun, essayant de faire en sorte que la phrase semble cynique. En premier lieu, ce n'est pas la norme dans notre département de cacher des informations aux journaux sur les activités d'un éventuel psychopathe. Demain, une nouvelle adolescente pourrait être retrouvée morte dans le bois et nous nous trouverions devant un sérieux problème.

— Je comprends, acquiesça Bosch.

— En deuxième lieu, le fait de révéler à des particuliers comme vous des détails directement reliés à l'enquête n'est pas non plus une pratique très fréquente dans la police, du moins dans ce pays. Nous n'avons pas l'habitude de collaborer avec des entreprises privées de sécurité, et encore moins dans ces proportions.

Nouvel assentiment.

— Mais... Braun ouvrit les bras dans un geste qui semblait signifier : « On m'a chargé de venir vous informer, et c'est ce que je fais. » Bref, je suis à votre disposition, ajouta-t-il.

Il ne voulait pas montrer son dégoût mais ne pouvait l'éviter. Ce matin il avait reçu pas moins de cinq appels émanant de différents départements de plus en plus élevés dans les sphères politiques. Le dernier provenait d'un haut fonctionnaire du ministère de l'Intérieur dont le nom n'apparaissait jamais dans les journaux. On lui conseilla de ne pas oublier son rendez-vous au Museumsquartier et on le pria de mettre à la disposition de Bosch et de Wood toute l'information et l'aide disponibles. Il était évident que la Fondation Van Tysch disposait d'influences étendues et complexes.

— Votre café, dit Bosch en désignant la tasse. Il va refroidir.

— Merci.

En fait, Braun n'en voulait plus. Mais il prit la tasse par courtoisie et feignit d'en boire une gorgée. Tandis que les personnages qui se trouvaient en face de lui échangeaient des propos quelconques, il les observa. Le dénommé Bosch lui était beaucoup plus sympathique que la femme, bien qu'il n'eût aucun mérite à cela. Il lui donnait une cinquantaine d'années. Il avait l'air d'un type sérieux, avec cette calvitie brillante entourée de cheveux blancs et ce visage aux traits nobles. Et puis, lors des présentations, il avait avoué à Braun que, dans sa jeunesse, il avait travaillé pour la police hollandaise, de sorte qu'ils étaient presque collègues. Mais Mlle Wood n'était pas faite du même bois. Elle semblait jeune, entre vingt-cinq et trente ans. Elle avait les cheveux lisses, noirs, et coupés *à la garçonne*[1] avec une raie parfaite sur la droite. Sa physionomie osseuse était plastifiée par une robe à bretelles dans l'échancrure de laquelle était accroché le badge rouge du département de la sécurité de la Fondation Van Tysch. Le reste consistait en des tonnes de maquillage et ces absurdes lunettes noires. À la différence de son collègue, Wood ne souriait jamais et parlait comme si tout le monde était à son service autour d'elle. Braun plaignit Bosch de devoir la supporter.

Soudain, Félix Braun se sentit étranger. Ce fut presque comme un dédoublement de la personnalité. Il se vit assis dans cette pièce éclairée par des ampoules rouges et décorée avec la photo de deux personnes comprimées dans un cube en verre, devant une table rouge en forme de palette de peintre, en face de ces deux types extravagants, servi par une serveuse aux airs d'odalisque, après avoir contemplé une exposition de jeunes gens nus et peints qui sentaient différents arômes, et il eut du mal à comprendre ce que pouvait bien faire là un policier de la brigade des homicides tel que lui. Il ne comprenait pas non plus très bien ce que tout cela avait à voir avec les faits. Le corps déchiqueté qu'ils avaient trouvé au Wienerwald ce matin-là était celui

1. En français dans le texte. *(N.d.T.)*

d'une pauvre adolescente de quatorze ans sauvagement assassinée, l'un des pires cas de sadisme que Braun ait jamais vus. Quelle relation y avait-il entre cet assassinat et un bureau rouge, une odalisque, deux types ridicules et un musée ?

— En fait, dit-il, et son changement de ton fit que l'homme et la femme interrompirent leur conversation et le regardèrent, je n'ai pas très bien compris votre rôle dans cette affaire, hormis le fait d'être les directeurs de l'entreprise de sécurité à laquelle appartient le suspect. Un crime brutal a été commis, et cela relève de la responsabilité exclusive de la police.

— Vous savez ce qu'est l'art hyperdramatique, détective ? demanda soudain Mlle Wood.

— Qui ne le sait pas, répondit Braun. Je viens de voir l'exposition *Fleurs*. Et j'ai un cousin qui s'est acheté un livre pour peintres débutants. Il veut s'entraîner avec tout le monde et chaque fois que je vais le voir il me demande de lui servir de modèle...

Bosch rit avec Braun, mais le sérieux de Mlle Wood resta intact.

— Donnez-moi une définition, demanda-t-elle.

— Une définition ?

— Oui. Qu'est-ce que l'art HD pour vous ?

« Que cherche-t-elle maintenant ? » se dit Braun. Cette femme le rendait nerveux. Il ajusta son nœud de cravate et se racla la gorge tout en regardant autour de lui, comme pour chercher les mots corrects dans un coin de la pièce rougeoyante.

— Je dirais que ce sont des personnes qui restent immobiles et dont les autres disent que ce sont des peintures, non ? répondit-il.

Son ironie ne modifia pas le visage de la femme.

— C'est tout le contraire, répliqua Wood. Elle sourit alors pour la première fois. C'était le sourire le plus désagréable que Braun ait vu de sa vie. Ce sont des peintures qui bougent parfois et ressemblent à des personnes. Ce n'est pas une question de terminologie, mais de points de vue, et c'est celui que nous avons adopté à la Fondation. Le ton de Mlle Wood était glacial, comme si, mystérieusement, chacune de ses paroles avait constitué une menace voilée. La Fondation se charge de protéger et de gérer les œuvres de Bruno Van Tysch dans le monde entier, et je suis la principale responsable du département de la sécurité. Ma tâche, de même que celle de mon collaborateur, M. Lothar Bosch, consiste à empêcher que les tableaux de Van Tysch ne souffrent le moindre dommage. Et Annek Hollech était un tableau qui valait beaucoup plus que tous nos salaires et pensions de retraites réunis, détective. Il s'intitulait *Défloration*, c'était un original de Bruno Van Tysch, il était considéré comme l'une des grandes œuvres de la peinture moderne et il a été détruit.

La furie glaciale dégagée par cette voix qui murmurait rapidement impressionnait Braun. Mlle Wood fit une pause avant de poursuivre. Ses lunettes noires contemplaient Braun avec le double reflet rouge de la table incrusté en elles.

— Ce que vous considérez comme un assassinat, nous, nous le considérons comme un grave attentat contre l'une de nos œuvres. Comme vous le comprendrez, nous nous sentons extrêmement impliqués dans l'enquête, aussi vous avons-nous demandé de collaborer. Est-ce clair pour vous ?

— Parfaitement.

— Ne croyez pas un instant que nous allons vous gêner dans votre travail, poursuivit Wood. La police va d'un côté et la Fondation du sien. Mais je vous demanderai de nous tenir au courant de tout changement qui interviendrait au cours de vos recherches. Merci beaucoup.

La réunion prit fin sur-le-champ. Guidé par la fille des relations publiques qui l'avait reçu à son arrivée, Braun parcourut au retour les couloirs labyrinthiques de l'aile ovale du Museumsquartier. Dans la rue, le lourd soleil d'été lui rendit sa tranquillité.

Tout en rentrant chez lui en voiture, et sans signe précurseur, le nom exact scintilla dans sa tête comme un éclair rouge. *Pourpre magique*.

C'était le titre de l'œuvre si rouge qui avait le même parfum que sa femme. Rouge feu, rouge carmin, rouge sang.

La carte était bleu turquoise, bleu sortilège, bleu comme les princes des contes[1], bleu de mer idéale. Elle scintillait sous la lumière de la lampe du séjour. Le numéro était imprimé au centre, en fines lettres d'imprimerie noires. Il n'y avait rien d'autre que ce numéro, un téléphone mobile probablement, bien que l'indicatif soit curieux. Tout en le composant, Clara s'aperçut que sur son ongle brillaient encore des restes de peinture de *Jeune Fille à son miroir*. La deuxième sonnerie convoqua la voix d'une femme jeune. « Oui ? »

— Bonjour, je suis Clara Reyes.

Elle réfléchissait à ce qu'elle allait ajouter quand elle se rendit compte qu'on avait raccroché. Elle supposa que la communication avait été interrompue accidentellement. Cela arrivait parfois avec les téléphones mobiles. C'étaient des appareils détestables qui servaient presque pour tout, voire parfois à parler, comme le disait Jorge. Elle appuya sur la touche bis du téléphone. La même voix répondit sur un ton identique.

— Je crois que nous avons été coupées, dit Clara. Je…

On raccrocha.

1. La tradition hispanique veut que le prince charmant soit vêtu de bleu. *(N.d.T.)*

Intriguée, elle rappela. On raccrocha pour la troisième fois.

Elle réfléchit un instant. Elle revenait de la galerie GS, et la première chose qu'elle avait faite après s'être douchée et avoir ôté la peinture de ses cheveux et de son corps avait été de prendre la carte de visite et de téléphoner. Elle était assise sur le tatami bleu marine du séjour, jambes croisées, une serviette bleue nouée autour de la poitrine. Elle avait ouvert les fenêtres et la brise nocturne lui éventait l'épaule. Sur la chaîne murmurait un blues très doux. « Ce n'est pas un problème téléphonique. Cette fois, ils ont raccroché avant. Ils l'ont fait exprès. »

Elle opta pour cette stratégie. Elle éteignit la platine avec la télécommande, consulta l'heure sur la pendule placée sur l'étagère, rappela.

Quand la femme répondit, Clara garda le silence.

Le silence se dilata des deux côtés de la ligne : il se fit profond, incompréhensible. On n'entendait rien, pas même une respiration, bien qu'il fût évident que cette fois on n'avait pas raccroché. Mais on ne parlait pas non plus. « Combien de temps vais-je devoir attendre qu'ils se décident ? » pensait-elle.

Soudain, on raccrocha. La pendule indiqua qu'il s'était écoulé une minute.

Ainsi donc, le silence constituait le message. Cette fois, il avait été beaucoup plus long, ce qui signifiait probablement qu'ils ne souhaitaient pas qu'elle parle. Mais on avait raccroché.

Elle écarta violemment les cheveux blonds et humides qui lui masquaient le visage. Il lui semblait évident qu'elle affrontait une curieuse épreuve de tension.

Tous les grands peintres tendaient leurs toiles avant de commencer une œuvre. La tension était le portique d'entrée dans le monde de l'hyperdrame : une façon de préparer le modèle à ce qui se profilait, de l'avertir que dorénavant rien de ce qui se déroulerait ne suivrait les voies logiques ou les normes acceptées par la société. Clara avait l'habitude d'être tendue de plusieurs façons. Le déploiement d'une infrastructure sadomasochiste était la méthode la plus utilisée par les artistes du Circle et Gilbert Brentano. Au contraire, Georges Chalboux tendait de façon subtile, créant une émotion préalable par le biais d'individus spécialement entraînés qui feignaient d'aimer ou de détester les modèles de ses œuvres, ou devenaient menaçants, successivement fuyants ou affectueux, suscitant en eux de l'anxiété. Des peintres exceptionnels tels que Vicky Lledó s'utilisaient *eux-mêmes* pour tendre. Vicky était particulièrement cruelle, parce qu'elle utilisait des émotions sincères : c'était comme un mystérieux dédoublement de la personnalité, comme s'il avait existé une Vicky humaine et une Vicky artiste dans le même corps et qu'elles aient travaillé chacune pour son compte.

Pour dépasser de façon satisfaisante la phase de tension, la toile devait savoir deux choses : la seule règle était qu'il n'existait pas de règles et la seule conduite possible était d'avancer.

Rappeler pour retrouver le silence n'allait pas lui servir à grand-chose : elle devait faire un pas supplémentaire. Mais dans quel sens ?

La signature d'Alex Bassan à la cuisse gauche la démangeait. Elle se gratta avec précaution, sans utiliser les ongles, tout en réfléchissant.

Elle eut une idée. Absurde, aussi pensa-t-elle que c'était la bonne (il en allait toujours ainsi dans le monde de l'art). Elle posa le combiné sur le tatami, se leva et se pencha à la fenêtre. Son corps nu sous la serviette et encore humide n'éprouva ni froid ni gêne devant l'invasion de la fraîcheur.

La pluie avait lavé la nuit. Elle ne sentit pas les ordures, la circulation, les excréments, le centre de Madrid, mais quelque chose qui ressemblait à l'odeur de la mer dans la ville, cette brise nocturne avec laquelle, parfois, Madrid se camouflait en plage. Mais il y avait de la circulation. Les voitures avançaient en se reniflant mutuellement le derrière et en clignant de leurs yeux lumineux. Elle regarda le bâtiment d'en face : trois fenêtres restaient allumées au dernier étage et à l'une d'elles, aux rideaux bleu cobalt, il y avait des plantes. Il pouvait s'agir de jacinthes bleues. Elle s'accouda sur le rebord et observa la rue du haut des quatre étages de son bloc. La brise lui agita les cheveux comme un funambule fatigué.

Personne ne semblait l'observer. Il était absurde de croire qu'on l'épiait, qu'on l'observait.

Absurde, et pourtant exact.

Elle prit le téléphone sans fil, consulta à nouveau la pendule, regagna la fenêtre et composa à nouveau le numéro de la carte turquoise.

— Oui ? dit la voix de femme.

Elle attendit en silence, le plus près possible de la fenêtre, essayant de ne pas bouger. Les pans de la serviette bleue s'agitaient en l'air. Soudain, on raccrocha. Elle consulta la pendule. Cinq minutes exactement. Un véritable record, ce qui prouvait qu'elle avait fait quelque chose de *correct* et que, si incroyable que cela puisse sembler, on l'observait. Mais elle n'avait pas encore fait *tout* ce qu'ils voulaient. Elle essaya autre chose : elle rappela et, à un moment donné, sans quitter la fenêtre, elle porta une main à ses cheveux et les lissa. On raccrocha immédiatement, presque sans lui donner le temps d'aller jusqu'au bout de son geste.

Elle sourit et acquiesça en silence, en contemplant la rue. « Ah, je vous ai pincés : vous voulez que je ne parle pas, que je me penche à la fenêtre, que je ne bouge pas et... Quoi d'autre ? » Bassan lui disait parfois que son visage exprimait la bonté et la malice en même temps, « comme un ange qui éprouverait la nostalgie du diable ». À ce moment, son expression était plus diabolique qu'angélique. « Quoi d'autre, hein ? Que voulez-vous d'autre ? »

Chaque fois qu'elle faisait les premiers pas dans l'étrange temple de l'art, au début d'une nouvelle œuvre, il lui arrivait la même chose : elle était émue. C'était la sensation la plus incroyable au monde. Comment pouvait-on travailler à autre chose ? Comment pouvait-il y avoir des gens tels que Jorge, qui *n'étaient* ni œuvres d'art ni artistes ?

Elle s'amusa à imaginer cela (son imagination bouillonnait dans ces moments-là) : le silence du téléphone durait dix minutes si elle se penchait au balcon, quinze si elle posait un pied sur le seuil, vingt-cinq si elle plaçait l'autre, trente si elle se dressait sur la corniche, trente-cinq si elle faisait un pas dans le vide... Peut-être alors quelqu'un répondrait-il.

« Mais cela reviendrait à abîmer la toile, et non pas à la tendre. »

Elle opta pour une autre émotion, beaucoup plus modeste. Elle consulta à nouveau la pendule et, sans quitter la fenêtre, elle ôta la serviette et la jeta à terre. Elle appela. Elle entendit la réponse habituelle. Elle attendit.

Le silence devint compact.

Quand elle estima que cinq minutes s'étaient largement écoulées, elle se demanda ce qu'elle devrait faire d'autre, si on raccrochait à nouveau. Elle ne voulait pas encore l'imaginer. Elle resta immobile et nue devant la fenêtre. Dans le combiné, le silence persistait.

La faute en revint au petit chat noir.

Elle l'avait vu pour la première fois dans une piscine d'Ibiza, sous un soleil de plomb. Le petit chat la regardait à la façon étrange des chats, en ouvrant démesurément ses yeux de cristal de quartz et en la défiant de déchiffrer son secret. Mais elle avait quatorze ans et elle était allongée à plat ventre sur une serviette, la partie supérieure du bikini dégrafée, et les secrets ne lui importaient pas tellement en cet instant. Elle gagna la confiance du félin en chantonnant doucement. Ou peut-être fut-ce le chat qui s'éprit de sa beauté. Oncle Pablo, qui l'avait invitée cet été à Ibiza, avait l'habitude de lui demander en plaisantant des nouvelles de son conseiller en image. « Belle comme tu l'es, tu dois en avoir un », lui disait-il. Avec ses longs cheveux blonds, ses yeux comme deux petites planètes marines sans trace de terre ferme et sa silhouette tendue par l'adolescence et parfaitement dessinée par la peau, Clara était plus qu'habituée aux éloges véhiculés par les regards. Lorsqu'elle était enfant, le père d'un camarade de collège appelé Borja avait remis à son père une carte de visite en lui disant qu'il était producteur à la télévision et qu'il souhaitait faire des essais avec Clara. Il n'avait jamais vu pareille enfant, déclara-t-il. Son père fut très fâché et ne voulut même pas en entendre parler. Il y eut une violente discussion à la maison ce soir-là et l'avenir télévisuel de Clara fut mutilé pour toujours. Elle avait sept ans à l'époque. À neuf ans, quand son père mourut, il était déjà trop tard pour lui désobéir. La vie fut dès lors plus difficile, parce que la disparition paternelle avait laissé la famille dans le besoin. La mercerie que tenait sa mère, et dans laquelle Clara commença à travailler dès qu'elle put, leur permit de survivre, et leur procura l'argent pour que son frère José Manuel finisse le lycée et commence des études de droit. Et il y avait l'aide de l'oncle Pablo, qui ne les oubliait pas. Il était entrepreneur, marié à une jeune Allemande, et vivait à Barcelone. Ce fut lui qui eut l'idée de recueillir Clara chaque été et de l'emmener dans son appartement de Cortixera, à Ibiza, avec ses cousines. Les cousines étaient plus âgées et la laissaient seule, mais pour elle cela n'avait pas d'importance : le seul fait de sortir de l'appartement tristounet de Madrid et de vivre un mois dans ce lieu minuscule et immense peint en bleu par le soleil lui semblait merveilleux.

Mais rien ne serait arrivé sans le petit chat noir.

Ou peut-être si, mais différemment : Clara croit au hasard. Le chat s'approcha d'elle, d'abord méfiant, puis se transforma en boule de velours à reflets bleutés, dans ce lumineux été de 1996 avec une odeur de chlore et de brise marine. Mais le petit chat ne sentait pas ça mais le savon, et il était évident qu'il avait un maître parce qu'il était trop propre pour venir directement de la nature.

— Bonjour, le salua Clara. Où est ton maître, chaton ?

L'animal miaula dans ses mains avec une bouche qui ressemblait à un petit cœur, ou à une amande ouverte de l'intérieur. Elle sourit. Elle n'avait pas peur du tout. Dans sa maison du village de montagne d'Alberca, où son père était né et où ils allaient tous les étés de son vivant, elle s'était habituée à toutes sortes d'animaux domestiques. Elle le caressa comme elle aurait pu le faire avec une lampe recelant un génie qui aurait accordé des vœux.

— Tu t'es perdu ? lui demanda-t-elle.

— Il est à moi, dit une voix.

Ce fut alors qu'elle aperçut les jambes maigres, mouillées et brunes de Talia, debout devant elle. En levant les yeux, elle vit son sourire se découpant dans le soleil, et sut (parce qu'elle croyait au hasard) qu'elles allaient devenir amies.

Elle avait treize ans, de grands yeux et la peau couleur café. Elle souriait et parlait en même temps et avec une douceur égale, comme si sourire et parler avaient été la même chose pour elle, comme si tout ce qu'elle avait dit avait été joyeux et que tous ses sourires avaient été des mots. Sa mère était vénézuélienne, de Maracay, et son père espagnol. Ils possédaient une maison à l'autre bout de l'île, près de Punta Galera. Talia se trouvait par hasard dans le lotissement, en raison d'une visite que ses parents avaient rendue à des amis. De sorte que ce fut le petit chat noir qui les présenta.

Le père de Talia avait beaucoup d'argent, beaucoup plus qu'oncle Pablo, qui vivait déjà bien. La maison de Punta Galera était une immense villa face à la mer avec un terrain vallonné couvert d'arbres et d'ombre, de jardins et d'étangs. Talia invita Clara chez elle deux jours plus tard, et Clara fut émerveillée de voir qu'ils avaient des majordomes, pas simplement des dames qui faisaient la lessive et préparaient les repas, mais des gens en uniforme au regard vitreux. Mais le plus incroyable était la piscine. Une très grande pièce d'eau rectangulaire. Cela semblait fantastique que Talia, avec son petit corps brun, disposât de cet immense salon saphir pour elle seule, de ce sol de dalles liquides sur lequel se promener en flottant. Mais la première impression de Clara fut différente.

Une autre fille partageait la piscine avec elle. S'agissait-il d'une sœur ? D'une amie ?

Elle était plus âgée, sans aucun doute. Elle se trouvait à genoux près du bord, plutôt à quatre pattes, et ne portait qu'un minuscule slip tanga bleu. Son corps brillait de façon très étrange. Elle ne modifia pas sa posture d'un millimètre tandis que Clara et Talia s'approchaient.

— C'est un tableau qui appartient à mon papa, expliqua Talia. Il a payé beaucoup d'argent pour l'avoir.

Clara se pencha et observa l'expression rigide, la peau luisante d'apprêt et d'huiles, les cheveux s'agitant légèrement au vent.

— Je n'arrive pas à le croire, s'enthousiasmait Talia en voyant son étonnement. Tu ne connais pas l'art HD ? Bien sûr, qu'elle est de chair et d'os, comme toi et moi ! C'est un tableau hyperdramatique... Tu n'en as jamais vu ? Elle n'est ni en transes ni dans quoi que ce soit de ce genre, elle pose. Et l'odeur que tu remarques est celle de l'huile.

« Eliseo Sandoval. *Au bord de la piscine*. 1995. Huile et crèmes solaires sur une jeune fille de dix-huit ans avec tanga en coton. » Ce fut ce que Clara lut sur le petit bristol posé par terre à côté de la silhouette.

Comme la plupart des gens, Clara avait entendu parler de l'art hyperdramatique et avait vu des documentaires et des reportages sur le sujet, mais elle n'avait jamais vu d'œuvre au naturel.

Ce fut comme un sortilège. Elle s'agenouilla à côté du tableau et oublia tout. Elle le scruta du regard, du bout des doigts aux cheveux peints. Les deux attaches du tanga étaient en forme de V : il y avait dans le jardin de la maison un arbre qui imitait la même lettre. Elle parcourut des yeux chaque millimètre de chair paralysée comme s'il s'agissait d'un film qu'elle aurait voulu voir toute sa vie. Tremblante, elle leva un doigt et l'appuya sur la cuisse droite de cette chose. Ce fut comme de toucher la silhouette d'une jarre. La chose ne cligna même pas des yeux.

— Écoute, ne fais pas ça, la gronda Talia. On ne touche pas les peintures. Si mon père te voyait... !

Le jour s'écoula comme un tourment. La diversion était un effort impraticable. La faute n'en revenait pas à la pauvre Talia, bien sûr, mais à cette *maudite* chose, cette *obscène* et maudite chose qui ne voulait pas bouger, qui resta là, sous le soleil, sur l'eau, sans transpirer ni se plaindre, plongée dans la contemplation d'un petit espace sur les dalles. Cette forme paralysée et magique du tanga en V, à la fois dépourvue de vie et qui en regorgeait, était la seule coupable.

À un moment donné, Clara se sentit mal. L'air n'emplissait pas ses poumons, elle s'étouffait. Elle partit en courant et se réfugia dans la maison. Elle y trouva le petit chat sur le canapé du luxueux séjour et se pelotonna à côté de lui. Ses joues brûlaient et elle avait du mal à respirer. Quand Talia arriva enfin, Clara la regarda d'un air implorant.

— Elle ne part *jamais* d'ici ? sanglota-t-elle. Elle ne mange pas ? Elle ne dort pas ?

— Bien sûr, qu'elle mange et qu'elle dort. Elle n'est exposée que de 11 heures du matin à 7 heures du soir.

Dans l'après-midi, un majordome alla la prévenir. Il était 7 heures précises. Clara, qui avait surveillé l'heure toute la journée, s'approcha alors du tableau. Elle le vit bouger ; elle le vit étirer chacune de ses extrémités après une longue pause et, à un rythme qui ressemblait à celui d'un enfant qui naît, dresser le tronc et relever la tête les yeux fermés, se transformer en femme, en jeune fille, en quelqu'un comme elle. Sur fond bleu.

« Je veux être ça. Je veux être *ça* », pensa-t-elle.

Elle claquait des dents.

Une femme écarta les rideaux couleur cobalt, se pencha et se mit à arroser les fleurs bleues. Soudain elle releva la tête et surprit Clara. Après l'avoir contemplée un instant, elle fit un geste d'appréhension. Puis elle se retira du balcon, ferma la fenêtre et tira les rideaux. Les vitres reflétèrent le corps nu de Clara encadré par sa fenêtre, sa silhouette souple au visage dépourvu de sourcils et au pubis épilé, les seins comme deux ondulations sur une feuille de papier, les cheveux séchés par la brise nocturne, la main droite soutenant le combiné téléphonique, le tout plongé dans le monde bleu cobalt et outremer de la vitre d'en face.

Dans le combiné, le silence persistait. On n'avait pas raccroché.

Elle s'était laissé emporter par les souvenirs, et l'apparition de cette femme l'avait brusquement ramenée à la réalité. Ibiza, Talia et l'instant inoubliable où elle avait découvert l'art HD furent dissous dans le ton le plus sombre de la nuit. Elle ignorait depuis combien de temps elle attendait dans la même position. Elle pensait que cela faisait au moins deux heures. Elle sentait la main avec laquelle elle tenait le combiné beaucoup plus froide que le reste du corps et les muscles de ce bras tout engourdis. Elle aurait donné n'importe quoi pour changer de posture, mais elle restait immobile, le téléphone collé à l'oreille ; elle essayait même de respirer le moins possible, comme si elle avait travaillé en tant que tableau. Elle ne transférait pas son poids d'un pied sur l'autre : elle restait droite et ferme, la main gauche appuyée sur la hanche, serrant les genoux contre la colonne du radiateur qui se trouvait sous les rideaux afin de se rapprocher de la fenêtre.

Elle avait envie de raccrocher. Parce qu'il était possible que cette attente absurde fût une erreur. L'idée qu'elle devait attendre nue et tranquille à la fenêtre n'était peut-être que le fruit exclusif de son imagination. Après tout, elle n'avait pas encore reçu une seule instruction de la part du peintre, qui qu'il fût, ni un seul geste, ni un seul mot. Qui aurait songé à peindre avec le silence invisible ? Sans parler de la facture démesurée de téléphone que l'aventure allait lui occasionner. Jorge allait rire.

« Je vais compter jusqu'à trente... Enfin, jusqu'à cent... Si rien ne se passe, je raccroche. »

Elle se sentait épuisée (toute la journée debout dans le tableau de Bassan), affamée et ensommeillée. Elle commença à compter. Elle entendit des rires d'adolescents de l'autre côté de la rue. Ils l'avaient peut-être vue. C'était sans importance. Elle était un tableau professionnel. La pudeur et la timidité étaient restées en arrière depuis très longtemps.

« Vingt-six... Vingt-sept... Vingt-huit... »

Sa vie tout entière était art. Elle ne savait pas où se situait la limite, si tant est qu'il y eût des limites quelque part.

Elle avait appris à montrer et à utiliser son anatomie seule, devant les autres et avec les autres. À ne considérer comme sacré aucun de ses recoins. À supporter le plus possible le siège de la douleur. À rêver à l'intérieur de la contraction de ses muscles. À percevoir l'espace comme du temps et le temps comme quelque chose d'étendu, un paysage dans lequel se promener ou se détendre. À contrôler ses sensations, à les inventer, à les imiter. À franchir toutes sortes de barrières, à laisser de côté toute réserve, à lâcher le lest du remords. Une œuvre d'art n'avait rien qui lui appartînt : corps et esprit étaient destinés à créer et à être créés, à se transformer.

C'était la profession la plus étrange et la plus belle du monde. Elle l'avait commencée au retour même de cet été à Ibiza, et ne l'avait jamais regretté.

Chez Talia, elle apprit qu'Eliseo Sandoval, le peintre d'*Au bord de la piscine*, vivait et travaillait à Madrid avec des collègues, dans une villa située près de Torrejón. Quelques semaines plus tard, elle s'y présenta, solitaire et nerveuse. La première chose qu'elle découvrit fut qu'elle n'était pas la seule à franchir le pas et que l'art HD était plus populaire qu'elle ne l'aurait cru en Espagne. La villa était un bouillonnement de peintres et d'adolescents aspirant à devenir des œuvres d'art. Eliseo, jeune artiste vénézuélien au visage de boxeur avec une fascinante fossette au menton, se proposait, pour un prix modique, de donner des cours rudimentaires à des modèles mineurs, bien que ce soit en secret et sans espoir de les vendre, parce que l'art HD avec des mineurs n'avait pas encore été légalisé. Clara piocha dans ses maigres économies et vint chaque week-end. Elle apprit entre autres à se montrer nue à l'intérieur et à l'extérieur de la maison, seule ou en public. Et à rester plusieurs heures la peau peinte. Et les bases de l'hyperdrame : les jeux, les essais, les formes d'expression. Son frère apprit ces visites et les affrontements et les interdictions commencèrent. Clara découvrit que José Manuel voulait devenir son nouveau cerbère après la mort de son père. Mais elle ne l'y autorisa pas. Elle menaça de quitter la maison et, quand la situation devint insoutenable, elle partit. À seize ans, elle alla travailler au Circle, une société internationale d'artistes marginaux qui préparaient du matériel jeune pour de grands peintres. Elle se tatoua le corps, se teignit les cheveux en rouge, se perfora le nez, les oreilles, le bout des seins et le nombril avec des anneaux et participa à de grotesques œuvres murales. Elle gagna de l'argent et put étudier auprès de Wedekind, Cuinet et Ferrucioli. À dix-huit ans, elle commença à vivre avec Gabi Ponce, un peintre débutant qu'elle avait connu à Barcelone, son premier amour, son premier artiste. Quand elle en eut vingt, Alex Bassan, Xavier Gonfrell et Gutiérrez Reguero commencèrent à faire appel à elle pour créer des originaux. Puis vinrent les plus grands : Georges Chalboux peignit un lutin avec son corps, Gilberto Brentano la transforma en jument et Vicky tira d'elle des expressions qu'elle n'aurait jamais cru son visage capable de receler.

Les génies ne l'avaient cependant pas encore touchée.

Mais que se passerait-il, se demandait-elle, que se passerait-il si on la tendait plus qu'il n'était prudent, si on essayait de pousser la situation jusqu'à la limite, que se passerait-il si...

La nuit était devenue d'un bleu profond. La brise qui la rafraîchissait auparavant lui glaçait maintenant les os.

Elle avait compté jusqu'à cent, puis encore cent, et encore. Elle avait fini par arrêter de compter. Elle n'osait pas raccrocher, car, au fur et à mesure que le temps passait, ce qui l'attendait par la suite lui semblait *plus important* (et difficile). Le plus important, le plus difficile, le plus dur et le plus risqué.

Elle contempla le silence, la dormition de la lumière, l'empire des chats. Être témoin de l'aube dans une ville lui sembla être la même chose que d'observer la petite aiguille de la pendule.

Qu'allait-il se passer, se demandait-elle, si on ne lui parlait pas ? Quand, à quel moment faudrait-il considérer que le moment final de ce jeu était arrivé ? Qui céderait le premier à cette pulsion énorme et injuste ?

Soudain, la voix de la femme revint dans le combiné. Son oreille ne lui avait pas servi pendant si longtemps qu'elle lui fit presque mal, comme la pupille d'un aveugle qui retrouve soudain la lumière. La voix fut tranchante et précise. Elle mentionna un lieu, la place Desiderio Gaos, sans numéro. Un nom, M. Friedman. Un rendez-vous, 9 heures précises ce matin-là. Puis on raccrocha.

L'espace d'un instant, elle voulut rester dans la même posture, le combiné en l'air. Puis, avec une grimace, elle retrouva l'inconfort de la vie.

On était à l'aube du jeudi 22 juin 2006.

Le grenier. Le grenier. La maison d'Alberca. Papa.

Un soleil magnifique brillait sur le jardin. C'était une vision enchanteresse : l'herbe, les orangers, la chemise bleue à carreaux de son père, le chapeau en paille et ses lunettes à verres épais et carrés parce que Manuel Reyes était myope, un myope intense et presque volontaire, ou du moins résigné, que cela ne dérangeait pas de porter cet instrument volumineux en vieux carey sur le nez. Il assurait que ses lunettes conféraient un certain sérieux aux explications détaillées qu'il donnait aux touristes sur les tableaux du musée du Prado. Parce que c'était en cela que consistait le travail de son papa : guider les gens dans les salles du musée en expliquant à voix haute et avec une sobre érudition les secrets des *Lances* et des *Ménines*, ses œuvres préférées. Papa élaguait les orangers pendant que son frère José Manuel s'entraînait avec le chevalet dans le garage (il voulait devenir peintre, mais papa lui conseillait de faire des études) et elle attendait dans sa chambre pour aller à la messe avec maman.

Ce fut alors qu'elle entendit le bruit.

Dans une maison comme la Maison, où il en niche tant (de bruits), un de plus n'a pas d'importance. Mais celui-ci était parvenu à l'intriguer. Ses sourcils formèrent un petit *v*. Elle alla voir qui ou quoi l'avait produit.

Le grenier. La porte s'était légèrement entrouverte. Sa mère y était peut-être allée pour ranger quelque chose puis ne l'avait pas bien refermée.

Le grenier était la pièce interdite. Maman ne laissait pas les enfants y entrer parce qu'elle craignait que les objets entassés là ne leur tombent dessus. Mais Clara et José Manuel pensaient qu'il recelait quelque chose d'horrible. Ils étaient d'accord sur ce point. Ils ne différaient que sur la signification qu'ils prêtaient au mot horrible. Pour son frère, ce qui était horrible était mauvais ; pour Clara, bon ou mauvais, mais surtout *attirant*. Comme un bonbon, qui pouvait être mauvais mais attirant en même temps. Si la chose horrible leur était apparue, José Manuel aurait reculé, terrorisé, et Clara se serait approchée, fascinée, avec la discrétion d'un enfant la nuit des Rois[1]. La qualité de l'horrible gouvernerait le double mouvement : une chose *véritablement* horrible aurait effrayé José Manuel et attiré Clara comme une possédée, l'aurait lancée en avant comme on lance une pierre (avec le même sombre naturel) dans l'obscurité d'un puits.

Maintenant, enfin, l'horrible l'invitait à entrer. Elle aurait pu appeler sa mère (elle l'entendait vaquer à la cuisine), ou descendre dans le jardin et rechercher la protection de son père, ou descendre encore jusqu'au garage et demander de l'aide à son frère.

Mais elle se décida.

En tremblant comme elle n'avait jamais tremblé, même le jour de sa première communion, elle poussa la vieille porte et aspira des tourbillons de poudre bleue. Elle dut reculer et décharger une rafale de toux qui rendit son aventure un peu moins glorieuse. Il y avait tellement de poussière et cela sentait si mauvais, comme une chose fermentée, qu'elle pensa qu'elle ne pourrait pas le supporter. Et puis, elle allait salir sa robe pour aller à la messe.

Enfin quoi, trouver l'horrible exige certains sacrifices, pensa-t-elle. L'horrible ne pousse pas dans les ar-

1. En Espagne, ce sont les Rois mages et non le père Noël qui apportent les cadeaux aux enfants, la nuit de l'Epiphanie. *(N.d.T.)*

bres, à la portée de quiconque : cela demande du travail de le trouver, comme pour l'argent, d'après papa.

Elle prit deux ou trois bouffées d'air à l'extérieur et fit une nouvelle tentative. Elle effectua quelques pas timides dans l'obscurité malodorante, cligna des yeux, sa vue s'habitua à l'inconnu. Elle découvrit des corps attachés par des cordes et les identifia comme de vieilles couvertures. Des cartons empilés. Un échiquier gondolé. Une poupée sans vêtements ni yeux assise sur un agenda. Des toiles d'araignée et des ombres bleues. Tout cela l'impressionna relativement, mais ne l'effraya pas. Elle s'attendait à trouver ce genre de choses.

Elle était sur le point d'éprouver l'inévitable déception quand soudain elle le vit.

L'horrible.

Il était à sa droite. Un geste léger, une ombre mobile illuminée par la clarté du seuil. Elle tourna sur elle-même avec un calme inédit. Le degré d'horreur qu'elle éprouvait était parvenu à son maximum (elle se sentait sur le point de hurler), ce qui signifiait qu'elle avait enfin découvert l'horrible et qu'elle s'apprêtait à le contempler.

C'était une fillette. Une fillette qui vivait au grenier. Elle portait un ensemble bleu marine de Lacoste et avait les cheveux lâches et très bien coiffés. Sa peau semblait de marbre. On aurait dit un cadavre. Mais elle bougeait. Elle ouvrait la bouche, la refermait. Elle battait intensément des paupières. Et elle la regardait.

La terreur lui traversa la peau. Son cœur devint une souris et elle le sentit grimper à l'aveuglette à l'intérieur de sa poitrine jusqu'à lui obstruer la gorge. Ce fut un instant de terrifiante éternité, une fraction de seconde fugace et définitive, comme l'instant de notre mort.

En quelque sorte, d'une façon inexplicable mais puissante, elle sut à cet instant précis que cette fillette était la vision la plus terrifiante qu'elle eût jamais contemplée et qu'elle contemplerait jamais. Ce n'était pas seulement horrible, mais infiniment insupportable.

(Cependant, sa joie ne connaissait pas de limites. Elle contemplait enfin l'horrible. Et l'horrible était une fillette de son âge. Elles pourraient être amies et jouer ensemble.)

Elle s'aperçut alors que le vêtement Lacoste était celui que sa mère lui avait mis ce dimanche, que la coiffure était semblable à la sienne, que les traits étaient les siens, que le miroir était grand et que son cadre était dissimulé dans la pénombre.

— C'était une frayeur stupide, lui dit sa mère, qui était accourue en l'entendant crier et la tenait dans ses bras.

L'aube peignait en bleu ciel l'indigo du plafond. Clara battit des paupières, et les images du rêve qu'elle venait de faire fondirent dans la lumière des murs. Tout était normal autour d'elle, mais en elle s'agitait encore le tourbillon de ce souvenir de son enfance lointaine, cette « frayeur stupide » dans le grenier de la vieille maison d'Alberca, un an avant la mort de son père.

Le réveil avait sonné : sept heures et demie. Elle se rappela son rendez-vous place Desiderio Gaos avec le mystérieux M. Friedman et se leva d'un bond.

Être tableau professionnel lui avait appris, entre autres, à considérer les rêves comme les instructions étranges d'un artiste intérieur anonyme. Elle se demandait pourquoi son inconscient avait récupéré cette ancienne pièce de sa vie et l'avait une nouvelle fois placée sur l'échiquier.

Cela signifiait peut-être que la porte du grenier s'était ouverte à nouveau.

Et quelqu'un l'invitait à entrer et à contempler l'horrible.

Les yeux de Paul Benoît n'étaient pas violets, mais dans la lumière de la pièce ils en avaient presque l'air. Lothar Bosch regarda ces yeux en sachant, et ce n'était pas la première fois, qu'il allait devoir faire attention. Avec Paul Benoît, il fallait toujours être prudent.

— Tu connais le problème, Lothar ? Aujourd'hui tout ce qui est précieux est éphémère. C'est-à-dire qu'à une autre époque la solidité et la durée constituaient des valeurs en soi : un sarcophage, une statue, un temple ou une toile. Mais, actuellement, tout ce qui a un prix se consomme, s'use, s'éteint, que l'on parle ressources naturelles, drogues, espèces protégées ou art. Nous sommes passés par une phase préalable dans laquelle les produits rares avaient plus de valeur *parce qu'*ils devenaient rares. C'était logique. Mais quelle en a été la conséquence ? Qu'aujourd'hui, pour que les choses aient *davantage* de valeur, elles *doivent* être rares. Nous avons inversé la cause et l'effet. Aujourd'hui, nous raisonnons ainsi : « Les bonnes choses n'abondent pas. Faisons donc en sorte que les mauvaises choses n'abondent pas, et elles deviendront bonnes. »

Il fit une pause et tendit la main presque sans regarder. La Table Basse était prête à lui remettre la tasse en porcelaine, mais le geste de Benoît la prit par surprise. Il y eut une oscillation fatale, et les petits doigts du conservateur en chef heurtèrent la tasse et renversèrent une partie de son contenu sur la soucoupe. Rapide et efficace, la Table Basse plaça une nouvelle soucoupe et nettoya la tasse avec l'une des serviettes en papier qu'elle transportait sur la plaque en laque attachée autour de sa taille. C'était une étiquette de couleur blanche fixée à sa main droite qui disait : « Maggie. » Bosch ne connaissait pas Maggie, il y avait de nombreuses décorations qu'il ne connaissait pas. Bien qu'elle fût à genoux, on pouvait facilement constater que Maggie était très grande, elle mesurait probablement presque deux mètres. C'était peut-être cette disproportion qui l'avait empêchée de devenir une œuvre d'art, supposait Bosch.

— Aujourd'hui, acheter ou vendre un tableau peint sur toile n'est plus une bonne affaire, poursuivit Benoît, précisément parce qu'on ne les consomme plus avec la rapidité nécessaire. Tu sais quelle a été la clé du succès de l'art hyperdramatique ? Sa fugacité. Nous payons plus cher et plus vite pour une œuvre qui dure ce que dure la jeunesse que pour une autre qui survit cent ou deux cents ans. Pourquoi ? Pour la même raison qui fait que nous parvenons à dépenser plus d'argent pendant les soldes qu'un jour normal. Le syndrome du : « Vite, ça ne va pas durer ! » C'est pour cette raison que les œuvres adolescentes sont si précieuses. Opération parfaite au deuxième essai, pensa Bosch : la Table Basse était attentive aux gestes de Benoît, et ce dernier collabora en essayant de prendre soigneusement la tasse que lui tendait la décoration. Goûte un peu de ce breuvage, Lothar. Ça sent le thé, ça a le goût du thé, mais ce n'est pas du thé. Ce qu'il y a, c'est que si ça sent le thé et que cela a le goût du thé, pour moi *c'est* du thé. Mais cela ne m'énerve pas et cela soulage mon ulcère.

Bosch saisit la délicate imitation en porcelaine que lui offrait la Table Basse et contempla le liquide. Il était difficile de déterminer sa couleur exacte sous cette funèbre lueur violette. Il décida qu'il pouvait être violet. Il le porta à son nez. Cela sentait le thé, effectivement. Il but. Cela avait un goût d'éclairs. De caramel battu au mixeur et mélangé à du sirop pour la toux. Il réprima une grimace et constata avec soulagement que Benoît ne le regardait pas. Mieux valait. Il feignit de continuer à boire.

La pièce où il se trouvait appartenait au Museumsquartier. C'était un grand rectangle, insonorisé et tapissé d'éclairages de divers tons de violet : au plafond, resplendissaient des pourpres doux, au sol des cobalts et au mur des carrés de couleur lavande, de sorte que les figures semblaient flotter dans un aquarium de vin de Bourgogne. Excepté la Table Basse, il n'y avait pas d'autres décorations. Pour ce qui était du reste, l'extrémité du fond ressemblait à un studio de télévision. Dix moniteurs en circuit fermé étaient rassemblés sur des panneaux fixés au mur ; leurs écrans éteints reflétaient des ongles qui projetaient une lumière violette. Devant, étaient assis Willy De Baas et deux de ses aides prêts à ouvrir la séance d'assistance psychologique du samedi soir. L'assistance appartenait à la conservation ; elle était donc sous la responsabilité directe de Paul Benoît. De Baas se sentait de toute évidence un peu nerveux à cause de la présence de son chef.

D'un air béat, Benoît déposa la tasse sur la soucoupe, se pourlécha les lèvres et regarda Bosch. Les lumières des murs lui rougissaient les pupilles ; sa calvitie lui constituait une casquette pourpre cardinal et les pieds et la moitié inférieure de son pantalon lançaient des braises violettes.

— C'est la raison pour laquelle des événements tels que celui de *Défloration* passent aussi mal, Lothar, parce que les tableaux adolescents sont très précieux.

Nous sommes parvenus malgré tout à empêcher que la nouvelle ne circule à Amsterdam. Elle n'est connue que dans les hautes sphères. Stein n'a pas voulu faire de commentaires et Hoffmann avait du mal à le croire. On n'en a bien sûr rien dit au maître. L'inauguration de *Rembrandt* a lieu le 15 juillet et certains tableaux sont encore en période de tension ou d'apprêt. Le maître est pour l'instant intouchable. Mais on dit que des têtes vont tomber. Pas la tienne ni celle d'April, mais...

— Personne n'est responsable, Paul, dit Bosch. Nous nous sommes tout simplement fait avoir. Que ce soit Óscar Díaz ou non, il est certain que le plan était bon et que nous nous sommes fait avoir, c'est tout.

— En fait, précisa Benoît en tendant sa tasse pour la faire remplir par la Table Basse, ce serait à nous de l'attraper. Nous avons besoin de le soumettre à un interrogatoire minutieux, et la police ne saurait pas obtenir de lui toutes les informations. Tu comprends, n'est-ce pas ?

— Je comprends parfaitement, et nous y travaillons. Nous avons fouillé son appartement à New York et sa chambre d'hôtel, ici à Vienne, mais nous n'avons rien trouvé d'anormal. Nous savons qu'il aime la photo et la campagne et qu'il vit seul. Nous essayons de retrouver sa sœur et sa mère au Mexique, mais je ne pense pas qu'elles nous disent grand-chose d'intéressant.

— Je crois avoir entendu dire qu'il avait une petite amie appelée Briseida Canchares, colombienne, licenciée en art. La police ne le sait pas, et nous avons préféré ne pas l'en informer et la rechercher de notre côté. Briseida a rencontré Óscar à Amsterdam le mois dernier. Plusieurs amis d'Óscar les ont vus ensemble. Elle a une bourse de l'université de Leyde pour faire un travail sur des peintres classiques et elle résidait temporairement dans cette ville depuis le début de l'année, mais elle a disparu elle aussi...

— C'est une coïncidence intéressante.

— Bien sûr. Thea a parlé hier à ses amis de Leyde. Briseida semble être partie à Paris en compagnie d'un autre ami. Nous y avons envoyé Thea pour le vérifier. Nous attendons de ses nouvelles d'un instant à l'autre.

Bosch se demandait si Benoît serait offensé de constater qu'il ne boirait plus de cette mixture. Il dissimula la tasse de sa main droite.

— Il faut la retrouver et la faire parler, Lothar. Par tous les moyens. Tu as conscience de la situation, n'est-ce pas ?

— J'en ai conscience, Paul.

— *Défloration* partait chez Sotheby's en automne. Les enchères auraient créé l'événement jusque sur les chaînes sportives. Des gros titres comme « mineure nue aux enchères », « l'adolescente la plus chère de l'histoire »... Bref, le genre de stupidités qui envahissent les premières pages des journaux... Mais dans ce cas les sottises auraient été vraies. *Défloration* était le tableau le plus cher de *Fleurs* et n'a pas encore de remplaçante. Les offres que nous recevons dépassent largement celles qui furent faites en leur temps pour *Pourpre*, *Calendula* et *Tulipe*. En fait, les enchères ont *déjà* commencé. Tu sais que nous aimons jouer sur les deux tableaux.

Bosch acquiesça tout en feignant de boire une autre gorgée de thé. En fait, il trempait ses lèvres.

— Tu serais étonné de savoir ce que certaines personnes sont prêtes à faire pour l'entretien mensuel de cette œuvre, poursuivit Benoît. D'autre part, je savais comment motiver les plus intéressés. *Défloration* était triste, ces derniers temps, Willy pensait que cela pouvait être un début de dépression, et j'ai pensé profiter de la circonstance dans notre intérêt. Les yeux de Benoît brillèrent d'orgueil. Nous aurions laissé courir la nouvelle selon laquelle le coût d'une éventuelle psychothérapie augmenterait le loyer du tableau. Et nous ne pouvions pas oublier que l'œuvre était âgée de quatorze ans, avait besoin de sortir, de voyager, de se distraire, de s'acheter des choses... Bref, que son futur acquéreur devrait l'entretenir luxueusement s'il ne voulait pas débourser le triple pour une restauration. Stein m'a dit que c'était un coup de maître. Il fit une pause et crispa les lèvres en même temps qu'il levait les yeux au ciel dans une attitude caractéristique. Bosch savait qu'il faisait un éloge de sa propre personne. « Il adore rappeler ses succès », pensa-t-il. En deux ans, ils nous auraient payé une deuxième fois le prix du tableau rien qu'en location. Nous aurions alors négocié son remplacement, si le maître avait accepté. La toile n'aurait plus été aussi jeune et nous l'aurions retirée de l'affaire, mais il en serait venu une autre. La location aurait certes un peu baissé, mais nous aurions mis la difficulté de la remplacer à profit pour faire une nouvelle bonne affaire. *Défloration* serait entré dans l'histoire comme un des tableaux les plus chers du monde. Et maintenant...

Les moniteurs de télévision émirent un vrombissement et projetèrent une lumière grise. La session d'assistance allait commencer. De Baas et ses assistants étaient prêts à écouter les plaintes des œuvres qui avaient des problèmes. Benoît ne sembla pas s'en apercevoir : il crispait à nouveau les lèvres, mais son expression n'était plus triomphale.

— Maintenant, tout est foutu, conclut-il.

L'un des assistants de De Baas se retourna pour appeler la Table Basse d'un geste. Il n'aurait servi à rien de crier, parce que la Table portait des caches auditifs. Les caches étaient nécessaires quand on voulait parler en privé devant une décoration. Elle se leva dans un délicat équilibre, marcha nu-pieds sur le sol violet en transportant la théière et les tasses, se plaça près de De Baas et commença à servir le thé. Qui pouvait être Maggie, se demanda soudain Bosch ; de quelle lointaine contrée pouvait-elle venir et avec quels lointains espoirs ; que faisait-elle complètement nue dans la pièce, la tête rasée, des caches sur les oreilles, la peau peinte en mauve avec des arabesques noires et une planche attachée à la taille par un anneau ? Il était condamné à ne pas connaître les réponses, parce que les décorations ne parlaient à personne et personne ne leur demandait jamais rien.

— Lothar, dit soudain Benoît, j'aimerais savoir si une sorte de… d'hypothèse de « montage » peut avoir un sens. Il dessina le mot en l'air avec un geste de la main droite. Tu vois ce que je veux dire ?

— Tu veux dire que…

— Que tout est… Je frissonne rien que d'en parler… Du « cinéma ».

— Du cinéma, répéta Bosch.

À cet instant apparut sur les moniteurs le visage de *Jacinthe mouchetée*, la première *fleur* qui avait demandé un rendez-vous à l'assistance. Elle venait de prendre une douche et d'enlever sa peinture. Son crâne lisse et sa peau apprêtée, sans cils ni sourcils, s'imprimait sur le fond noir. Les yeux étaient incolores comme du verre rond. On pouvait voir le lien auquel était suspendue l'étiquette du cou.

— *Buona sera*, Pietro, dit De Baas sur un ton cordial, parlant au micro. En quoi pouvons-nous t'aider ?

— *Bonjour, monsieur De Baas*. La voix de la toile italienne remplit les amplificateurs. *Comme toujours. La dioxacine me produit des picotements. Je ne comprends pas pourquoi M. Hoffmann s'entête à l'utiliser pour l'indigo de mes bras…*

Benoît accorda à peine une seconde d'attention à la conversation entre De Baas et le tableau. Il reprit immédiatement le fil de son discours.

— Oui, du cinéma. Voilà. À première vue, Óscar Díaz est un psycho-quelque chose, non ? Il a surveillé le tableau à plusieurs reprises et, pendant ce temps, il se réjouissait en pensant à la façon dont il allait le détruire. Il prépare bien son plan et décide de faire le coup mercredi soir. Il conduit la fourgonnette, mais, au lieu de se rendre à l'hôtel, il se dirige vers le bois. Il a tout préparé. Il oblige le tableau à lire un texte absurde tout en enregistrant sa voix, puis il la découpe et procède à son rituel de fou, quel qu'il soit. C'est l'idée, non ?

— Dans les grandes lignes, oui.

— Bien, alors maintenant imagine que ce soit un montage. Imagine que Díaz ne soit pas plus fou que toi et moi, et que les enregistrements et l'infrastructure sadique soient du cinéma destiné à nous égarer et à nous faire penser à une sorte d'assassin en série, quand, en réalité, le secteur de la concurrence l'a *payé* pour détruire le tableau juste avant les enchères. Il fit une pause et haussa un sourcil. Tu as été policier, Lothar. Comment trouves-tu cette idée ?

« Ridicule », pensa Bosch. Par chance, il n'avait pas besoin de dissimuler son cerveau derrière sa main gauche, comme il le faisait avec sa tasse, pour empêcher Benoît de savoir ce qu'il pensait.

— J'ai du mal à l'accepter, dit-il.

— Pourquoi ?

— Simplement parce que je ne peux croire que quelqu'un ait pu infliger *ça* à une jeune fille comme Annek juste pour nous faire rater une vente de plusieurs millions de dollars, Paul. Tu as plus d'expérience dans ce domaine, mais... Réfléchis un instant : s'ils voulaient détruire le tableau, pourquoi ne pas le faire de mille façons plus rapides... Même s'ils voulaient imiter un acte de sadisme, comme tu le dis, il y avait d'autres méthodes... C'était une jeune fille de quatorze ans, mon

Dieu. On l'a découpée avec... avec une sorte de scie électrique... et elle était *vivante*...

— Ce n'était pas une jeune fille de quatorze ans, Lothar, précisa Benoît. C'était un tableau dont la valeur était estimée à plus de cinquante millions de dollars comme prix *initial*.

— D'accord, mais...

— Ou tu vois les choses sous cet angle, ou tu seras dans l'erreur totale.

Bosch acquiesça docilement. L'espace d'un instant, on n'entendit que la conversation entre De Baas et *Jacinthe mouchetée*.

— La dioxacine facilite l'élaboration d'un violet bleuté plus profond, Pietro.

— *Vous me dites toujours la même chose, monsieur De Baas... Mais ce n'est pas vous qui avez les bras qui piquent.*

— Pietro, s'il te plaît, ne te fâche pas. Nous essayons de t'aider. Je vais te dire ce qu'on va faire. On parlera à M. Hoffmann. S'il nous assure que la dioxacine est indispensable, nous chercherons un moyen de t'insensibiliser les bras... Juste les bras, qu'est-ce que tu en penses ?... On peut le faire...

— Cinquante millions de dollars, ça fait beaucoup d'argent.

Soudain, le calme feint de Bosch se brisa. Il cessa de hocher la tête de façon affirmative et fixa Benoît du regard.

— Oui, ça fait beaucoup d'argent. Mais désigne-moi du doigt la personne capable d'infliger ça à une jeune fille de quatorze ans pour tenter de nous faire perdre des enchères de plusieurs millions. Désigne-moi cette personne et dis-moi : « C'est elle. » Et laisse-moi la regarder dans les yeux et constater qu'ils ne contiennent que l'argent, les œuvres d'art et les enchères. Alors seulement je te donnerai raison.

Bruit de porcelaine. L'un des assistants de De Baas déposait les tasses, vides maintenant, sur la Table Basse, qui attendait à genoux.

— Bien sûr, ce n'est pas saint François d'Assise qui a détruit le tableau, si c'est ce que tu veux dire...

— C'est un fils de pute sadique. Les joues de Bosch avaient pris une couleur que les lumières de la pièce transformaient en violet. J'ai très envie de l'attraper, crois-moi.

Il y eut une pause. « Te fâcher avec Benoît ne te servira à rien, se dit Bosch. Calme-toi une bonne fois pour toutes. » Il regarda les moniteurs en essayant de se détendre. Le tableau acquiesçait en écoutant les conseils de De Baas. Bosch se rappela que *Jacinthe mouchetée* était exposée le mollet droit levé au-dessus de l'épaule et la tête appuyée sur la plante du pied. Il ne pouvait s'imaginer lui-même recourbé dans cette posture, pas même une fraction de seconde, mais *Jacinthe* le supportait six heures par jour.

Il s'aperçut que Benoît regardait lui aussi les écrans.

— Mon Dieu, à quel prix nous conservons ces œuvres. Je rêve parfois moi aussi que je les détruis.

Sur les lèvres du conservateur en chef, cette phrase surprit Lothar Bosch. Benoît utilisait habituellement un langage violent lorsqu'il n'y avait pas de toiles ou de décorations luxueuses susceptibles de l'entendre (la Table Basse portait des caches), mais il ne semblait pas avoir de points faibles. Du moins ne se manifestaient-ils jamais en public. Il ressemblait à un retraité faussement naïf à qui l'on pouvait faire confiance. Sa tête était complètement chauve et charnue comme une balle anti-stress : on la regardait et il semblait qu'on pouvait la presser un peu pour se détendre. En fait, c'était lui qui serrait la vôtre sans que vous vous en rendiez compte. Bosch savait qu'il avait exercé en tant que psychologue clinicien privé dans un quartier chic de Paris avant de rejoindre la Fondation, et son ancien métier lui était d'une grande utilité auprès des toiles. Un succès thérapeutique très particulier avait fourni au Dr Benoît l'occasion d'un rapide changement de travail. Valérie Roseau, une jeune toile française avec laquelle Van Tysch avait peint son chef-d'œuvre première manière *La Pyramide*, refusa un jour de rester exposée au Stedelijk. Cela déclencha une crise dans laquelle plusieurs millions de dollars étaient en jeu. Valérie suivait depuis des années un traitement psychologique dû à une névrose. Les spécialistes savaient que c'était là la raison de son refus d'être exposée et s'efforçaient de la soigner. Benoît opta pour une autre stratégie : au lieu de tenter de soigner la névrose de Valérie, il la convainquit de rester au musée. Stein s'empressa de lui offrir le poste de conservateur en chef.

Les tableaux adoraient parler avec Benoît, surtout les plus jeunes. Ils racontaient leurs angoisses à ce grand-père chauve à l'accent français et décidaient de rester sur la brèche. Il s'agissait bien sûr d'un truc magistral. En fait, Benoît était un individu dangereux ; plus dangereux, à sa façon, que Mlle Wood. Bosch pensait qu'il était le plus dangereux de tous.

Excepté Stein et le maître, bien sûr.

— Ils sont riches et jeunes, disait Benoît avec mépris tout en regardant les écrans. Que veulent-ils de plus, Lothar ? J'ai du mal à les comprendre. Ils ont des vêtements, des bijoux, des décorations et des jouets humains, des voitures, des drogues, des amants... Ils indiquent l'endroit du monde où ils aimeraient vivre, et nous leur y achetons un palais. Que veulent-ils de plus ?

— Peut-être une autre vie. Ils sont humains eux aussi.

Le front de Benoît se couvrit de rides. Il resta ainsi plusieurs secondes tandis que Bosch souriait avec résignation, mais d'un air de défi.

— S'il te plaît, Lothar, ne me dis pas ces choses pendant que je bois mon succédané de thé. Mon ulcère a empiré ces derniers temps. Ce que Van Tysch leur a donné est supérieur à eux-mêmes et à leurs misérables vies. Il leur a donné l'éternité. Ne s'en rendent-ils pas compte ? Ce sont des œuvres incroyablement belles, les plus belles qu'aucun peintre ait jamais créées, mais cela ne leur suffit pas : ils se plaignent de mal au dos, de picotements dans le derrière et de dépression. S'il te plaît, Lothar, s'il te plaît.

— J'ai juste voulu dire...

— Non, non, Lothar, fais pas chier. Benoît leva la main. C'était comme s'il avait repoussé une nourriture répugnante. La beauté exige certains sacrifices. Tu ne sais pas ce que cela nous coûte d'entretenir ces délicates petites fleurs. Fais pas chier. Parlons d'autre chose.

Avec un geste de colère, il tendit sa tasse en l'air. La Table Basse s'approcha rapidement, courba le dos en projetant le ventre et plaça la planche sous la table. Elle dut fléchir les genoux presque à s'en asseoir sur les talons, parce que Benoît avait à peine levé le bras. Son sexe épilé et peint en mauve se trouva à la vue de Bosch.

— Tu en reprends plus toi aussi, Lothar ? demanda Benoît en indiquant à la décoration de ne remplir la tasse qu'à moitié.

— Non, non, merci beaucoup. Bosch profita de l'occasion pour abandonner la sienne, presque pleine, sur la Table Basse.

— Ça t'a plu ?

— Délicieux.

— N'est-ce pas ? Je le commande spécialement à une entreprise, à Paris. Ils ont des succédanés de presque tout ce que tu peux imaginer, et même des succédanés de succédanés.

Il y eut une pause. Sur les écrans apparut *Pourpre magique*.

— Tu comptes rester longtemps à Vienne, Paul ? demanda Bosch au bout d'un instant.

La question surprit Benoît au milieu d'une gorgée. Il déglutit avidement tout en agitant la tête.

— Le temps nécessaire. Je veux m'assurer que l'affaire sera ébruitée le moins possible. Ce qui est évidemment assez difficile. Sans aller plus loin, hier, j'ai eu une agréable conversation téléphonique avec un ponte du ministère de l'Intérieur autrichien. Ces gens-là vous glacent le sang. Il insistait pour rendre la nouvelle publique. Mon Dieu, qu'arrive-t-il dans ce maudit pays depuis qu'au siècle dernier un parti néonazi a relevé la tête ? Ils traitent toutes les questions comme s'ils marchaient sur des œufs, les prennent avec des pincettes. Ils protègent toujours leurs arrières... Il est allé jusqu'à m'accuser de mettre en danger la population de Vienne !... « La seule chose en danger pour l'instant, à ma connaissance, ce sont nos tableaux », lui ai-je dit. L'imbécile ! Enfin, ça, je ne le lui ai pas dit, ajouta-t-il après une pause.

Bosch eut un petit rire silencieux, qui ne se manifesta que par son expression et sa bouche entrouverte.

— Paul, tu as besoin de succédané de thé en intraveineuses.

— Je n'aime pas les Autrichiens. Ils sont trop tordus. Cet escroc de Sigmund Freud était autrichien. Je te jure que...

On entendit un bruit à la porte et la silhouette menue d'April Wood apparut.

— Le policier que nous avons vu hier t'a-t-il appelé ? demanda-t-elle directement à Bosch.

— Félix Braun ? Non. Pourquoi ?

— J'ai laissé un message sur son répondeur en exigeant qu'il nous appelle immédiatement. Ses hommes ont retrouvé la fourgonnette ce matin, mais ne nous ont rien dit. Je l'ai appris grâce à nos informateurs. Ah, bonjour, Paul. C'est bien, que tu sois venu. Nous allons pouvoir rire tous ensemble.

— La fourgonnette ? dit Benoît. Et Díaz ?

— Aucune trace.

Les deux hommes accueillirent la nouvelle d'un air soucieux. L'espace d'un instant, on n'entendit que la conversation entre De Baas et la *fleur* pourpre. Un agent approcha une chaise. Wood y laissa tomber son anatomie aux dimensions réduites et croisa les jambes, révélant un jodhpur et des bottes en cuir pointues. Son cou mince dépassait de trois paumes au-dessus de ses épaules, enveloppé dans un foulard en soie pourpre. Le badge rouge accroché à son revers était assorti au foulard. On aurait dit un joli garçon, un fils à papa efféminé qui venait de se faire renvoyer pour la troisième ou quatrième fois de l'université. Sa présence avait quelque chose qui provoquait le découragement : cela ne tenait pas à sa posture assise, ni au rictus sur ses lèvres, ni à sa façon de regarder (même si Bosch préférait son profil à son regard de face), ni à ses vêtements voyants. Séparément, tous les éléments qui composaient Wood étaient attrayants ; c'était l'ensemble qui les rendait désagréables.

— Tu veux un peu de succédané de thé ? proposa Benoît en désignant la Table Basse.

— Non, merci, Paul. Prends-le, toi, tu vas en avoir besoin. Parce que le plus amusant vient maintenant.

Bosch et Benoît la regardèrent.

— La fourgonnette était à quarante kilomètres au nord de la zone où l'on a retrouvé le tableau, cachée au milieu des arbres. Le système de repérage était désactivé, comme nous le supposions. À l'arrière, il y avait un sac en plastique ensanglanté. Il s'en est peut-être servi pour envelopper l'œuvre après l'avoir déchiquetée et pouvoir ainsi la traîner sur l'herbe sans se tacher. Et sur le sentier il y avait des traces d'autres pneus, on aurait dit ceux d'une voiture de tourisme. Une autre voiture l'attendait certainement là. M. le Malin a tout bien organisé.

— Ça me fait mal, monsieur De Baas. Disons que ça me fait mal. Je peux le supporter, mais ça me fait mal.

C'était la voix d'*Orchis fabulata*. Elle se trouvait au gymnase pour toiles du Museumsquartier, adoptant une pose classique de tension : debout, repliée sur elle-même, les mains sur les cuisses et la tête entre les courbes. Pour filmer son visage, la caméra devait se tenir derrière elle presque au ras du sol. Bien sûr, le visage d'*Orchis* apparaissait à l'envers sur l'écran.

— Cela te fait mal juste quand tu adoptes la posture, Shirley ? demanda De Baas.

Benoît ne regardait pas les moniteurs mais Wood. Il avait soudain l'air irrité.

— April, où est passé Díaz, pour l'amour du ciel ? Ce type est un simple agent de surveillance. Il ne peut pas avoir conçu un plan de cette envergure ! Où est Óscar Díaz ?

— Fais tourner un globe terrestre, Paul. Tu tomberas peut-être dessus.

— Je n'apprécie pas trop la plaisanterie ces derniers temps, je te préviens.

— Ce n'est pas une plaisanterie. Entre le moment où il a détruit le tableau et celui où nous avons commencé à le rechercher, il s'est écoulé plusieurs heures. Si nous considérons qu'il disposait d'un autre véhicule et si nous y ajoutons de faux papiers, il peut se trouver dans n'importe quel coin de la planète.

— Aïe, en ce moment, la douleur est… oh…

— Ne la supporte pas, Shirley. N'essaie pas de la supporter, parce que nous ne pourrons pas savoir quand cela te fait mal… Je vois l'effort que tu fais… Laisse-toi aller. Exprime la douleur que tu ressens.

— Nous devons retrouver cette Colombienne, murmura Benoît entre ses dents.

— Cela semble plus réalisable, dit Mlle Wood. Thea vient de m'appeler de Paris. Notre chère Briseida Canchares se trouve chez Roger Levin, le fils aîné de Gaston.

— Le marchand d'art ? Benoît se passa une main sur le visage. Tout est de plus en plus compliqué…

— Je dois la do-do-dominer, mon-mon-monsieur De Ba-a-aas… Je su-su-suis un tableau, mon-mon-monsieu-eu-eur De Ba-a-a-aaaaaas…

— Non, non, non, Shirley. C'est une erreur. Tu ne peux pas surmonter ta douleur. Je veux que tu l'exprimes… Allons, Shirley, n'en supporte pas davantage : crie si c'est nécessaire…

— Roger et la fille vont ce soir à l'une de ces fêtes-surprise qu'organisent les Roquentin pour attirer des clients et faire des affaires avec de faux tableaux. Mais ils auront la surprise à leur retour à la maison. Wood consulta sa montre. Thea doit m'appeler d'un moment à l'autre.

— Crie, Shirley. Aussi fort que tu pourras. Je veux entendre à quel point tu as mal au dos…

— N-n-n-n… N-n-n-n-n-n-nnnnnnn…

Bosch observa les moniteurs. Des pleurs secs ridaient le visage de la toile (elle était apprêtée et n'avait pas de larmes). Ses genoux, à côté du visage, tremblaient. Benoît et Wood étaient les seules personnes qui ne faisaient pas attention à ce qui se déroulait sur les écrans : la Table Basse ne regardait pas non plus, mais la Table Basse était une décoration.

— April, fais-lui suffisamment peur, indiqua Benoît. À elle et à cet imbécile de fils Levin, si nécessaire.

Wood acquiesça.

— Nous avons prévu de leur faire tellement peur qu'ils se pisseront dessus, Paul.

— Romberg est à Vienne ?

— Romberg est en République tchèque à cause de l'affaire des faux. La semaine dernière, nous avons retrouvé une esquisse apocryphe de l'une des figures de *Couple* et nous lui avons fait passer l'envie de participer à des falsifications. Je ne crois pas qu'elle nous dénonce, mais l'affaire est délicate.

— Tu ne vois pas, Shirley ? Tu as *trop* mal ! Je vais compter jusqu'à trois. À ce moment, tu pousseras un cri, d'accord ?...

— April, oublie les faux pour l'instant. Il s'agit d'un sujet prioritaire.

— Depuis quand es-tu aussi le chef de la sécurité, Paul ?

— Ce n'est pas ça, April, ce n'est pas ça...

— De toutes tes forces !... Un véritable *hurlement*, Shirley...

— La police autrichienne recherche Díaz jusque sous la moquette du ministre de l'Intérieur, dit Wood. Je ne crois pas qu'il soit nécessaire d'investir davantage d'hommes et d'argent dans un travail qu'ils peuvent faire pour nous. Le fait que les chiens nous rapportent la proie ne veut pas dire que ce soient eux les chasseurs, Paul.

— Deux...

— D'accord, faisons à ta façon, April. Je veux juste...

— Trois !

— *AaaaaaaaaAAAAAHHHH... !!*

C'était étrange et fascinant de voir un visage crier la tête en bas : au sommet, sous un front pyramidal et minuscule, un énorme œil aveugle pourvu d'une tentacule rose ; à la base, deux brèches serrées entre des rides. À l'exception de la Table Basse, tout le monde porta les mains à ses oreilles.

— Merde, Willy ! s'exclama Benoît. Tu ne peux pas mettre un bâillon à cette imbécile ? Il est impossible de parler dans ces conditions !

Willy De Baas s'écarta du micro et déconnecta les haut-parleurs.

— Désolé, Paul. C'est Shirley Carloni. En avril, elle s'est fissurée et nous l'avons restaurée, tu te rappelles ? Mais elle ne s'est pas remise.

Bosch se rappela que l'expression « se fissurer » était devenue populaire parmi les membres de l'équipe de conservation de *Fleurs*. Elle servait à désigner le problème le plus grave qui pouvait affecter les œuvres : les lésions de la colonne.

— Retire-la une semaine, suspends les flexibilisateurs, augmente les analgésiques et appelle les chirurgiens, dit Benoît.

— C'est ce que je pensais faire.

— Eh bien fais-le, et baisse le volume de ton magnifique haut-parleur, s'il te plaît... Qu'est-ce que je disais ?... April : je ne veux pas superviser ton travail, ne confonds pas. Tu sais la confiance que nous plaçons en toi. Mais ce problème est... disons... un peu spécial. Ce salaud n'a pas détruit une adolescente, mais un patrimoine de l'humanité.

— Je m'en charge, Paul, dit Wood avec un sourire.

— Tu t'en charges, très bien, moi aussi je m'en charge. Nous nous chargeons tous de cette entreprise artistique, April. Nous pouvons dire cela à la compagnie d'assurances, si tu veux : « Nous nous en chargeons. » Nous pouvons également le dire à nos investisseurs et clients particuliers : « Ne vous en faites pas, nous nous en chargeons. » Ensuite, on leur organise un dîner dans un salon décoré avec dix nus de Rayback et cinquante belles décorations qui feront les tables, vases et chaises dans le style de Stein, on leur en fout plein la vue et on leur réclame davantage d'argent. Mais ils nous répondront avec raison : « Vos décorations sont sublimes, mais si un agent de votre équipe de surveillance peut détruire impunément une œuvre, qui voudra assurer vos œuvres à l'avenir ? Et qui paiera pour les acquérir ? »

Benoît gesticulait, sa tasse vide à la main. La Table Basse attendait depuis un certain temps qu'il la repose sur le plateau, mais Benoît, distrait, ne s'en rendait pas compte. La décoration ne disait ni ne faisait rien : elle se contentait d'attendre, assise sur les talons, se concentrant sur l'équilibre. Son ventre, en respirant, faisait osciller la théière. En observant la scène, Bosch eut une envie insolite de rire.

— Cette entreprise est fondée sur la beauté, disait Benoît, mais la beauté n'est rien sans le pouvoir. Imagine tous les esclaves morts et le pharaon qui doit transporter seul les blocs de pierre…

Il se fissurerait, décréta Benoît, de bonne humeur. Une brèche s'est ouverte dans la forteresse, April, et c'est toi qui es chargée de la colmater.

Il sembla enfin s'apercevoir de la présence de la tasse, la déposa sur la Table Basse, qui se redressa avec agilité.

À cet instant, la couleur de la pièce, comme sous l'effet d'un nuage de tempête, glissa sur le spectre vers un pourpre plus profond.

— *Je veux savoir ce qui est arrivé à Annek*, entendit-on en anglais de Harlem.

Ils se tournèrent tous vers les écrans en sachant que c'était Sally avant de la voir. Elle était appuyée à l'une des plinthes du gymnase destiné aux toiles et la caméra la filmait jusqu'à mi-cuisses. Elle portait un tee-shirt et un pantalon court. Le pantalon lui rentrait dans l'aine. Elle avait ôté la peinture avec du dissolvant, mais sa peau d'ébène continuait à projeter des lueurs pourpre sombre. L'étiquette qu'elle portait autour du cou était une exception jaune prise entre les seins.

— *Je ne crois pas à cette histoire de grippe… La seule cause de retrait d'un tableau de cette putain de collection est qu'il soit fissuré, et si papa Willy m'entend, qu'il ose le nier…*

Willy De Baas avait débranché les micros et parlait sur un ton précipité avec Benoît.

— Nous avons dit aux tableaux qu'Annek avait la grippe, Paul.

— Putain, mâchonna Benoît.

Sally ne cessait de sourire en parlant. En fait, elle semblait heureuse. Bosch supposa qu'elle était droguée.

— *Regarde ma peau, papa Willy : regarde mes bras, et ici, sur le ventre… Si tu éteins les lumières, tu pourras encore me voir. Ma peau est une framboise périmée. Je la regarde et j'ai envie de manger des prunes. Je suis comme ça depuis un an et on ne m'a pas retirée une seule fois. Ou tu te fissures, ou tu es exposée, grippe ou pas. Mais ni Annek ni moi ne pouvons nous fissurer, n'est-ce pas ?… Nos postures avec le dos droit sont plus commodes que celles de la majeure partie des modèles. Tout le monde considère ça comme une chance. Quelle chance ! disent-ils… Moi, je dis : ça dépend du point de vue… Les autres tableaux, on les emporte sur une civière à la fin de la journée, c'est vrai… Mais nous, on nous envie parce que nous pouvons marcher sans avoir mal au dos et que nous n'avons pas besoin d'implants de flexibilisateurs pour nous permettre de nous coller sur la colonne avec le pied du même côté, n'est-ce pas, papa Willy ?… Mais cela nous marginalise aussi, puisque nous n'appartenons pas au groupe des fissurés officiels… Alors ne me racontez pas d'histoires. Qu'est-ce qui est arrivé à Annek ? Pourquoi l'avez-vous retirée ?*

— Putain, répéta Benoît.

— Elle peut déclencher un bon scandale, dit De Baas, le cou tordu en direction de Benoît.

— Elle va le faire, précisa un assistant.

— *Que se passe-t-il, papa Willy ?... Pourquoi ne réponds-tu pas ?...*

Benoît lâcha un juron, indigné, et se leva.

— Laisse-moi intervenir, Willy. Pourquoi lui as-tu raconté cette stupide histoire de grippe ?

— *Papa Willy ? Tu es là ?*

Benoît s'approchait à pas rapides de De Baas tout en continuant à parler.

— C'est un tableau à trente millions de dollars, Willy. Trente kilos et un entretien mensuel dont je préfère ne pas parler... Il prit le micro que lui tendait De Baas. Et il est devenu irremplaçable : le propriétaire la veut *elle*. Il faut y aller doucement...

Soudain, la voix de Benoît se fit merveilleuse.

— Sally ? Ici Paul Benoît.

— *Wow*. Sally sortit les pouces de son pantalon et plaça les deux mains autour de sa taille. *Grand-père Paul en personne... Quel honneur, grand-père Paul... C'est toujours grand-père Paul qui répond au téléphone quand il s'agit de rectifier, n'est-ce pas ?*

« Elle est droguée, c'est sûr », pensait Bosch. Sally traînait les phrases et laissait ses lèvres entrouvertes pendant les pauses. Pour Bosch, c'était l'une des plus belles toiles de toute la collection.

— Effectivement, dit Benoît sur un ton sympathique. Dans cette maison, nous fonctionnons comme ça : Willy est moins payé que moi, c'est pourquoi il dit plus de sottises. Mais aujourd'hui c'était un pur hasard. Je suis de passage à Vienne, et j'ai eu envie de venir vous voir.

— Eh bien je vais te donner un conseil, n'entre pas au gymnase, grand-père. Certaines fleurs sont devenues carnivores. Elles disent que tu t'occupes mieux des chiens que tu possèdes en Normandie que de nous.

— Je ne te crois pas, je ne te crois pas. Tu es très méchante, Sally.

— Qu'est-il arrivé à Annek, grand-père ? Dis-moi la vérité, pour changer.

— Annek va bien, répondit Benoît. Le maître a décidé de la retirer quelques semaines pour fignoler certains détails.

L'excuse était absurde, mais Bosch savait que Benoît avait une grande expérience dans l'art de mentir aux tableaux.

— Pour fignoler ? Arrête tes conneries, grand-père ! Tu me prends pour une imbécile ?... Le maître l'a terminée il y a deux ans... S'il l'a retirée, ce doit être parce qu'il veut la remplacer...

— Ne te fâche pas, Sally, c'est ce qu'on m'a dit. Et on me dit généralement la vérité. Il n'y aura pas de remplaçante pour *Défloration* avant deux ans. Le maître l'a emmenée à Edenburg pour corriger certains détails de la couleur du corps, c'est tout. Théoriquement, il peut le faire : *Défloration* n'a pas encore été vendu.

— C'est vrai, ce que tu me dis, grand-père ?

— Je ne pourrais pas te mentir, Sally. Hoffmann ne fait-il pas la même chose avec toi ? Ne retouche-t-il pas le pourpre qu'il t'applique tous les quatre matins ?

— C'est vrai.

— Elle marche... murmura l'un des assistants, admiratif. Elle marche ! De Baas siffla pour le faire taire.

— Pourquoi n'avez-vous pas dit la vérité dès le début, grand-père ? Pourquoi avoir inventé cette histoire de « grippe » ?...

— Qu'aurions-nous pu dire ? Que l'un des tableaux de plus grand prix de Bruno Van Tysch n'est pas encore terminé ? Inutile de te dire que cela reste entre toi et moi, Sally, d'accord ?

— *Je garderai le secret.* Sally s'arrêta un instant et quelque chose changea dans son expression. Soudain, Bosch cessa de penser à des œuvres d'art et contempla sur l'écran une jeune fille solitaire et craintive. *Bref, je suppose que je ne verrai plus cette pauvre petite pendant un bon moment... Cela me fait un peu de peine, grand-père. Annek est une enfant, elle n'a personne... Je crois que je me suis prise d'affection pour elle parce que moi aussi je me sens seule... Tu sais que je l'avais invitée à venir se promener lundi au Prater ?... Je pensais que ça pourrait l'aider...*

— Et tu l'as aidée, Sally, j'en suis sûr. Maintenant, Annek se sent mieux.

« Cynisme trois fois par jour après les repas », pensa Bosch.

— *Quand est-ce que je retournerai chez monsieur P ?*

Bosch se rappela que *Tulipe pourpre* avait été acquise environ quinze ans plus tôt par un individu appelé Perlman. Il s'agissait de l'un des clients les plus appréciés de la Fondation. Sally était la dixième remplaçante du tableau. Toutes les filles qui l'avaient précédée et elle-même appelaient Perlman « monsieur P ». Dernièrement, monsieur P semblait s'être entiché de Sally et il exigeait qu'elle ne soit pas remplacée avant la fin de l'année. Comme il payait un prix astronomique pour l'entretien de l'œuvre, ses désirs étaient des ordres. Et Perlman avait aimablement cédé sa *Tulipe* pour cette tournée européenne, de sorte qu'il était nécessaire de lui renvoyer l'ascenseur.

— Willy est le plus indiqué pour te renseigner sur ce point. Je te le passe. Courage.

— *Merci, grand-père.*

Tandis que De Baas poursuivait la conversation, Benoît sembla se dépouiller d'un masque à la froide lumière violette des murs. Il sortit un mouchoir de sa veste et s'épongea tout en donnant libre cours à sa nervosité.

— J'en ai assez de ces foutus tableaux, croyez-moi... Des petits merdeux élevés à la catégorie d'œuvres d'art... Et il déforma la voix, imitant l'accent de Sally : « Moi aussi, je me sens seule... » On l'a sortie de son quartier de Noirs, elle touche plus en un mois que ce que je gagnais en un an quand j'avais son âge, et elle trouve le moyen de dire qu'elle se sent « seule » !... Imbécile !

Un petit rire unique de moustique satisfait ponctua ses paroles : c'était Mlle Wood, mais Bosch l'avait vue plus d'une fois rire de la sorte quand quelqu'un manifestait son amertume.

— Vous avez été magnifique, chef, dit un assistant, levant le pouce en direction de Benoît.

— Merci. Et ne me refaites pas le coup de la grippe, je vous en prie. Il faut être très délicat avec ces tableaux pour les maintenir en bon état, très subtils. Ils sont drogués, mais intelligents. Si nous les remplacions plus tôt, nous ferions des économies d'entretien. Je préfère bien entendu entretenir les *Monstres*. Il fit une pause et souffla. Du jour au lendemain, l'art est devenu une folie...

— Heureusement que nous avons « grand-père Paul » pour restaurer tous les tableaux, dit Wood.

Benoît feignit de ne pas l'avoir entendue. Il se dirigea vers la porte, mais s'arrêta à mi-chemin.

— Je dois partir. Vous ne le croirez peut-être pas, mais ce matin j'ai un concert privé à la Hofburg. Réunion de haut niveau. Il y aura trois hommes politiques et moi. Un contre-ténor de dix-huit ans chantera *La*

Belle Meunière. Si au moins je pouvais échapper à ce concert, j'en serais heureux. Et il agita un index en l'air. S'il vous plaît, April : des résultats.

Il continua à agiter le doigt sans rien ajouter.

Le téléphone mobile de Mlle Wood se mit à sonner.

— On tient la Colombienne, dit-elle à Bosch en raccrochant.

Ils sortirent tous deux précipitamment de la pièce violette.

Couleur chair. Elle voyait une silhouette couleur chair dupliquée sur les cinq miroirs tandis qu'elle faisait ses exercices de toile sur le tatami. C'étaient d'étranges exercices, caractéristiques d'un tableau professionnel : elle s'arc-boutait, tournait sur elle-même, se dressait, immobile, sur la pointe des pieds. Puis elle se doucha, prit un petit-déjeuner végétarien, se maquilla sourcils, cils, lèvres, et choisit un haut en coton pourvu d'une fermeture Éclair, une ceinture à boucle, et un pantalon, le tout écru. L'écru et le beige étaient parfaitement assortis à sa nudité pâle et à ses cheveux presque blond platine. Elle composa alors le numéro de téléphone de Gertrude, la galeriste de GS, et laissa un message sur son répondeur. Elle était dans l'impossibilité d'aller s'exposer ce jour-là en raison d'un rendez-vous urgent, lui dit-elle. Elle la rappellerait. Elle savait que l'Allemande allait pousser les hauts cris, mais cela ne la dérangeait pas le moins du monde. Elle prit son sac et ses clés de voiture et sortit.

Elle trouva facilement. La place Desiderio Gaos était à Mar de Cristal, il s'agissait d'un espace vide assiégé par des bâtiments neufs et symétriques en brique rose. Le seul lieu dépourvu de numéro correspondait à un immeuble de bureaux de huit étages. Il n'y avait pas d'enseigne sur les portes d'entrée en métacrylate. Elle sonna et reçut un vrombissement en guise de réponse. Elle poussa l'un des battants de porte et s'introduisit dans un vestibule spacieux et aseptique à l'odeur de cuir tendu. Ici et là, des tables pourvues de prospectus et des canapés moelleux. Les murs étaient nus et lisses comme elle-même sous ses vêtements. Le sol semblait glissant. Il n'y avait personne. Ou si. Au centre, un comptoir de réception, et au centre de ce dernier, une tête. Clara s'approcha de cette tête. C'était une femme jeune. Elle arborait une coiffure spectaculaire, mais le plus curieux était la pince qui couronnait ses cheveux : une petite main en plastique ouverte en griffe ; entre ses doigts passaient les mèches. Elle était très maquillée et ses yeux disparaissaient presque sous le beige.

— Bonjour.

— Bonjour. Je m'appelle Clara Reyes. J'ai rendez-vous avec M. Friedman.

— Oui.

La fille se leva et quitta le comptoir en dégageant une bouffée de parfum et en révélant une jupe en crêpe de Chine, des chaussures à plate-forme et un haut en velours. Clara pensa qu'il s'agissait peut-être d'une décoration, mais ne vit pas d'étiquettes à ses poignets ou à ses chevilles.

— Par ici.

Elles s'engagèrent dans un petit couloir. Le sol était délicatement recouvert de moquette, leurs pas cessèrent donc de résonner et le silence s'établit. Nouvelle porte. Coups légers. Ouverture. Un bureau aux murs couleur rose-layette-sain. Orchidées fraîches dans un coin. M. Friedman était debout au milieu de ce monde pacifique. Deux sièges blancs encadraient un bureau, l'un d'eux était dépourvu de dossier, mais Friedman ne lui proposa aucun des deux. Il ne la salua pas non plus, ne sourit pas, et ne dit ni ne fit rien. Le silence était brutal comme celui qui annonce les mauvaises nouvelles. Quand la jeune fille les laissa seuls, Clara et Friedman s'observèrent mutuellement.

C'était un type étrange. Il portait un costume irréprochable en fil d'étain, une cravate en soie et une chemise au col italien, le tout un ton plus foncé que l'ensemble de Clara. Mais sa physionomie était mal dessinée : la première moitié du visage ne correspondait pas à l'autre. Le poignet de Dieu avait tremblé le jour où il lui avait attribué cette tête. Il était si immobile et silencieux que Clara crut qu'il s'agissait d'un portrait en cérublastine de Friedman, et que ce dernier n'allait pas tarder à apparaître soudain dans l'embrasure d'une porte. Ce fut à ce moment qu'il bougea. Il effectua une rotation sur lui-même et, dans un tournoiement de colombe, prit la feuille de papier et le stylo qui se trouvaient sur le bureau et que son corps avait occultés jusqu'alors. Il pinça le papier entre deux doigts maigres et l'éleva à la hauteur de son épaule.

— Commençons par ça. Lisez attentivement. Il y a six clauses et il est libellé à votre nom. Si vous êtes d'accord, signez. Sinon, allez-vous-en. Si vous avez un doute, demandez-moi. Vous avez compris ?

— Parfaitement, merci.

Trois mètres les séparaient, mais Friedman ne fit pas mine de s'approcher. Il resta debout devant son bureau à brandir la feuille de papier. Clara pensa à un entraîneur de dauphins tenant le petit poisson devant sa mascotte. Elle émit un soupir, s'avança vers Friedman et prit la feuille. Puis elle s'écarta pour la lire.

C'était une sorte de contrat. L'en-tête comportait un dessin : une main sur une cuisse, un pied sur la main, un coude sur le pied, le tout formant une étoile beige clair. Elle le reconnut immédiatement. C'était le logotype de F & W, l'un des meilleurs ateliers d'apprêt du monde avec celui de Leonardo et Double I. Elle ne savait pas qu'ils avaient leur siège en Espagne ; à en juger par l'aspect flambant neuf du bâtiment, peut-être venaient-ils de s'y installer.

Elle reçut un impact de pur bonheur. On ne l'avait jamais apprêtée chez F & W (ni chez Leonardo, ni chez Double I) parce que cela coûtait très cher et que la majorité des artistes qui l'avaient peinte n'aurait pu se permettre cette dépense exorbitante. Chalboux et Brentano auraient pu, mais ils possédaient leurs propres maisons d'apprêt. Vicky l'avait fait apprêter une seule fois pour l'action *La Reine blanche* par la maison espagnole Crisálida. Gamaio avait lui aussi eu recours aux services de Crisálida. Les autres avaient opté pour la peindre sans l'apprêter. Mais l'apprêt était fondamental quand on prétendait créer une œuvre de grande qualité. Le fait que l'artiste qui l'engageait eût choisi F & W ne fit que confirmer sa conviction qu'il s'agissait de quelqu'un de très important.

Six clauses, caractéristiques de tout atelier d'apprêt. Elle, Clara Reyes Pijuán, était la toile, avec le numéro d'ordre tant dans la classification internationale des toiles. F & W était l'entreprise d'apprêt. L'entreprise n'acceptera pas de responsabilités résultant du comportement négligent de la toile. La toile se soumettra à tous les essais que l'entreprise jugera opportuns. La toile est avertie que certains essais comportent un risque physique et/ou psychique, ou peuvent offenser son éthique, ses coutumes ou son éducation. L'entreprise considérera la toile comme du « matériel artistique » à toutes fins utiles. N'entre pas dans ces considérations ce qui a un rapport avec la toile mais qui *n'estpas* la toile, comme ses vêtements, sa maison, sa famille et ses amis. *Mais* tout ce qui constitue la toile entre dedans : son corps et tout ce que celui-ci comporte. La toile sera assurée avant de commencer l'impression. En bas, deux épigraphes. Friedman avait signé pour « L'entreprise ». Clara prit le stylo, s'appuya sur la table et en dirigea la pointe vers l'espace vide de « La toile ». Mais au moment où elle frôlait la feuille de papier, curieusement, Friedman l'arrêta.

— J'aimerais que vous sachiez que l'artiste nous a donné le droit de renvoyer le matériel si nous estimons qu'il n'atteint pas un certain niveau de qualité.

— Je ne comprends pas.

Le visage déséquilibré de Friedman révéla de l'impatience.

— Vous êtes censée m'écouter.

— Excusez-moi, dit Clara.

— Je vais le dire autrement. Plus simplement. En des termes plus appropriés pour vous.

— Merci.

Clara ne se démontait pas. Elle savait que Friedman la traitait avec un mépris absolu par pure déformation professionnelle : les entreprises d'apprêt ne voyaient pas les toiles comme des personnes, mais comme de simples objets pourvus d'orifices et de formes sur lesquels elles pouvaient travailler.

— L'apprêt sera dur. Si vous ne répondez pas à nos critères de qualité, nous vous renverrons.

— Je vois.

— Réfléchissez. Friedman laissa glisser son regard vide sur les bras minces de Clara, recouverts par le vêtement. Vous ne semblez pas très résistante. Vous êtes trop fine de constitution. Pourquoi perdriez-vous votre temps et nous feriez-vous perdre le nôtre ?

— Je me suis soumise à des apprêts très durs. L'an dernier, avec Brentano...

Friedman l'interrompit en faisant une grimace.

— Ça n'a rien à voir avec l'école de Venise, l'« extimité » ou les tableaux tachés... Il n'y aura pas de cagoules en cuir, de fouets ou de menottes, je le regrette pour vous. Il s'agit d'un atelier d'apprêt professionnel. Il avait un air offensé. Nous n'acceptons que du matériel de première classe. Même si vous signez ce document aujourd'hui, nous pouvons vous renvoyer demain, après-demain ou dans cinq minutes. Nous pouvons vous renvoyer quand nous le souhaiterons, sans vous fournir d'explications. Nous vous ferons peut-être passer par tout le processus d'apprêt avant de vous renvoyer.

— Je comprends, dit Clara calmement.

Mais elle dissimulait. En réalité, elle tremblait jusqu'à la moelle. Ce n'était cependant pas de la peur ou de la rage qu'elle ressentait, mais un désir d'affronter les menaces de Friedman. Le défi la stimulait. Son excitation était telle qu'elle pensa que Friedman allait s'en apercevoir.

Il y eut une pause.

— Vous feriez mieux de ne pas signer, dit Friedman. C'est un conseil.

Clara baissa le regard vers la feuille.

Le stylo traça une arabesque.

Friedman contracta son visage asymétrique en un geste étrange (se réjouissait-il ? cela l'ennuyait-il ?). En fait, c'était l'un des types les plus laids que Clara ait vus de sa vie. Mais en cet instant elle le trouvait investi d'une sorte de mystérieux attrait.

— N'allez pas dire ensuite que nous ne vous avons pas prévenue.

— Je ne le dirai pas.

— Asseyez-vous.

Clara s'installa sur le siège dépourvu de dossier et Friedman s'accouda à son bureau. Son accent était neutre, comme s'il n'avait pas été espagnol, comme s'il n'avait été d'aucun lieu repérable ou comme s'il avait été de tous. Il prononçait l'espagnol avec la précision d'un ordinateur. Il ne souriait pas, mais il ne se montrait pas non plus tout à fait sérieux.

— Il est neuf heures et quart, dit-il sans consulter aucune horloge. Vous disposez maintenant de huit heures pour organiser votre vie comme bon vous semble. À 17 h 15, vous devrez vous présenter ici à nouveau. Vous pouvez prendre une douche auparavant, mais ne vous maquillez pas, ne vous mettez pas de crème ni de parfum. Et venez habillée comme vous voudrez, mais je vous préviens que tous les vêtements et les objets que vous porterez seront détruits.

— Détruits ?

— C'est une norme de F & W. Nous ne voulons être responsables d'aucun article qui vous appartienne, afin d'éviter les réclamations. F & W ne vous dédommagera pas pour la perte de vos vêtements ou objets, aussi, n'apportez rien de valeur. En résumé, apportez des choses que vous ne craignez pas de *perdre*. Me suis-je exprimé clairement ?

— Oui.

— Le reste, c'est-à-dire vous, sera photographié et filmé dans le but d'établir une police d'assurance. Après cette formalité, votre corps devient un matériel de F & W jusqu'à la fin de l'apprêt. Vous ne pourrez pas rentrer chez vous, vous ne pourrez aller nulle part et vous ne pourrez communiquer avec personne. Si tout va bien, le processus sera terminé en trois jours. À ce moment, si vous nous semblez d'une qualité supérieure, nous vous remettrons à l'artiste. Sinon, nous ôterons l'apprêt et vous renverrons chez vous.

— D'accord.

— Si vous dépassez les limites, si vous exprimez vos opinions, vos désirs personnels, si vous opposez quelque obstacle que ce soit à l'apprêt ou si vous agissez à votre compte, nous considérerons le contrat comme annulé.

— Vous voulez dire que je ne pourrai pas parler ?

— Je veux dire, répliqua Friedman avec une lenteur enjouée, que si vous continuez à poser des questions, j'annulerai le contrat.

Clara garda le silence.

— Nous n'admettrons ni questions, opinions, souhaits ou réserves de votre part. Vous êtes la toile. Un artiste a besoin de partir de zéro avec une toile pour créer une œuvre durable. Chez F & W, nous sommes spécialisés dans la *transformation* des toiles en *zéro*. Je pense que je me suis fait comprendre.

— Parfaitement.

— Nous avons l'habitude de travailler par phases, poursuivit Friedman. Il y en aura quatre : cutanée, musculaire, viscérale et mentale, chacune dirigée par les spécialistes correspondants. Je me chargerai de la première. Je vérifierai l'état des différentes couches de votre peau, la proéminence des taches naturelles et artificielles, des duretés et des desquamations. Je m'assurerai que vous pouvez être peinte de l'intérieur. Avez-vous déjà été peinte de l'intérieur ?

Clara fit un signe affirmatif.

— Le fond des rétines avec un crayon optique et l'intérieur de la bouche, dit-elle. Et bien sûr, le nombril, la vulve et l'anus, ajouta-t-elle.

— Sous les ongles ?

— Non.

— L'ouïe ? Je ne parle pas de l'oreille, mais du conduit auditif.

— Non.

— Les fosses nasales ?

— Non plus.

— Le revers des paupières ?

— Non.

— Pourquoi souriez-vous ?

— Excusez-moi, mais je n'arrive pas à concevoir pourquoi il est nécessaire de peindre une ouïe ou l'intérieur du nez...

— Cela dénote un manque d'expérience, dit Friedman. Je vais vous donner un exemple. Un extérieur nocturne, tout le corps peint en noir et des gouttes de rouge phosphorescent dans les tympans, les fosses nasales, l'envers des paupières et l'urètre afin de donner l'impression que le modèle brûle de l'intérieur.

C'était vrai, et elle fut contrariée d'avoir révélé son ignorance sur ce point.

— Vagin, urètre, rectum, canaux lacrymaux, rétines, bulbes pileux, glandes sudoripares, énuméra Friedman. N'importe quel endroit du corps d'une toile peut être peint. Les techniques modernes permettent également de percer l'intérieur des dents, de peindre les racines, puis, quand le tableau est remplacé, de remédier aux imperfections. Un corps peut se transformer en *collage*. Dans les art-shocks très violents, on peint parfois les veines et le sang pour que, lorsqu'ils sautent au cours d'une amputation, cela produise un bel effet. Et au cours des étapes finales d'un tableau taché, on peut peindre les viscères après, voire pendant l'extraction : le cerveau, le foie, les poumons, le cœur, les seins, les testicules, l'utérus et le fœtus qu'il peut contenir. Vous le saviez ?

— Oui, murmura Clara, réprimant un frisson. Mais je n'ai jamais rien fait de tel.

— Je sais, mais nous ignorons ce que l'artiste va faire avec vous. Nous devons être prêts à tout, nous attendre à tout, lui offrir de tout. Je me fais comprendre ?

— Oui.

Clara avait du mal à respirer. Elle gardait la bouche ouverte et ses joues décolorées par les dissolvants avaient rougi. Les possibilités évoquées par Friedman ne lui semblaient pas plus terribles que sa décision personnelle de les accepter, de laisser l'artiste faire tout ce qu'il voudrait d'elle. La clé résidait sans doute dans le génie. Quelqu'un lui avait dit un jour que Picasso était si génial qu'il pouvait faire n'importe quoi. Clara était sûre qu'elle laisserait un Picasso lui faire absolument *n'importe quoi*.

Elle réfléchit un peu. *N'importe* quoi ?

Oui. Sans palliatifs.

Mais l'artiste devrait peut-être être un peu meilleur que Picasso.

— Vous regrettez déjà d'avoir signé ? demanda Friedman, se méprenant sur son expression.

— Non.

L'espace d'un instant, il y eut un échange de regards entre l'imprimeur et la toile.

— Si vous avez une question, posez-la maintenant.

— Quel est l'artiste qui va me peindre ?

— Je ne peux pas vous le dire. D'autres questions ?

— Non.

— Eh bien nous vous attendons ici à 17 h 15 précises.

Huit heures pour organiser sa vie c'est presque trop, pensa Clara. Sa vie, du moins, était très simple : travail et loisir. Elle devait simplement appeler Bassan pour résoudre le premier point. Quant au second, elle y parviendrait en appelant Jorge. Comme si cela ne suffisait pas, en arrivant chez elle, elle découvrit que Bassan lui avait laissé un message sur son répondeur. Il ne semblait pas très sérieux mais n'employait pas non plus le ton affectueux habituel. Gertrude lui avait téléphoné pour l'informer de ce que Clara ne comptait pas s'exposer ce jour-là et le peintre lui demandait des explications. « Je veux bien tout ce que tu veux, Clarita, mais préviens-moi à temps. » Elle pouvait comprendre qu'il soit préoccupé, mais ce reproche l'irritait un peu. Elle l'appela à Barcelone et tomba sur le répondeur.

— Alex, dit-elle dans le silence, c'est Clara. On me propose quelque chose d'intéressant et je ne vais pas pouvoir continuer à faire *Jeune Fille à son miroir,* je regrette. De toute façon, il ne nous restait plus qu'une semaine chez GS. Et puis je crois me rappeler que tu disposes d'une remplaçante... Vraiment, je regrette les problèmes que cela peut te poser mais je n'ai pas le choix. Je t'embrasse.

Puis elle réfléchit à ce qu'elle allait dire à Jorge. Quand elle en fut sûre, elle composa son numéro de mobile. Mais la boîte vocale lui répondit. Il lui sembla que la vie était soudain devenue un dialogue entre le silence et elle. Elle décida de laisser un autre message.

— Jorge, c'est Clara. Je vais partir quelques jours pour un travail qu'on me propose. – Une pause –. Ça a l'air très bien. – Une pause –. Super bien. Je te rappellerai, si je peux. Je t'embrasse.

Il était un peu plus de dix heures et demie et elle avait les paupières lourdes. Elle débrancha le téléphone de sa chambre et se jeta sur les draps. Elle avait besoin de terminer sa courte nuit. Elle régla son réveil électronique à 2 heures de l'après-midi et s'endormit sur-le-champ. Elle ne rêva ni d'Alberca ni de son père, mais d'un tableau extérieur que Gutiérrez Reguero avait peint avec elle trois ans plus tôt, *L'Arbre de la science.* Mais elle oublia tout ce qui avait un rapport avec ce rêve au réveil. Elle se leva, courut vers la salle de bains et se livra à la giboulée de la douche. Comme on le lui avait indiqué, elle n'utilisa ensuite aucune crème. Elle regarda son corps nu dans la glace et lui dit au revoir : elle savait que c'était la dernière fois qu'elle le voyait au naturel. Puis, enveloppée dans le peignoir, elle mit un disque compact de jazz très doux et se laissa bercer par la sombre mélodie tandis qu'elle inspectait ses armoires.

Le problème provenait du fait que tout ce qu'elle possédait lui plaisait. Acheter des vêtements et des accessoires était l'un de ses plus grands plaisirs. L'annonce par Friedman que tout ce qu'elle porterait serait détruit semblait être une tâche très simple à affronter, mais maintenant, devant la réalité de sa belle et onéreuse garde-robe, elle hésitait. Il y avait des créations de Yamamoto, Stern, Cessare, Armani, Balmain, Chanel… Et ce n'était pas tant l'argent qu'il lui avait coûté que le plaisir de cette douceur de chairs tissées. Pour elle, chaque vêtement, chaque ensemble, avait une personnalité différente. C'étaient comme de nouveaux et doux amis. Elle ne pouvait pas leur faire ça.

Et si elle optait pour le survêtement qu'elle mettait pour aller au travail ? Mais en le voyant là, plat et obéissant sur le lit, les manches vides, attendant sa présence pour l'étreindre, elle comprit que ce serait comme de condamner le vieux chien fidèle de la famille à une mort inattendue.

Rien à faire avec le contenu des placards, donc. Elle monta sur une chaise et fouilla en haut. Malheureusement, elle se débarrassait généralement de ses vieux vêtements. Mais elle conservait des choses d'hiver, et la première qu'elle trouva fut un pantalon en velours sombre et un pull-over à col roulé couleur chair.

Elle se rappela la première fois où elle avait mis cet ensemble. La texture douce comme du poil de chat convoqua soudain un fantôme.

Vicky.

Vicky était jeune, à peine un an de plus que Clara, jolie, mince, des cheveux courts couleur paille, droguée et géniale. En peu de temps, elle était devenue le plus important peintre hyperdramatique d'Espagne. Une bourse lui avait permis de poursuivre ses études en Angleterre avec Rayback et à la Fondation Van Tysch d'Amsterdam avec Jacob Stein. Elle avait même reçu l'oracle des lèvres du maître en personne. Elle ne se contentait pas d'assumer sa condition de lesbienne : elle l'agitait comme un étendard. Dans ses œuvres, elle dénonçait la marginalisation des homosexuels ou se moquait des femmes et des hommes réprimés « par une société de classes, romaine et vaticane, une parodie de ce que prétendirent un jour créer les Grecs ». Ses deux grandes amoureuses avaient été anglo-saxonnes, deux rutilants et beaux tableaux, Shannon Coller et Cynthia Bergmann. Au début 2004, elle choisit Clara pour un intérieur en couple avec Yoli Ribó qu'elle comptait intituler *Assieds-toi*. L'après-midi où elles se rencontrèrent était gris et glacial. Clara choisit cet ensemble en velours qu'elle venait d'acheter pour aller voir l'artiste dans sa villa de Las Rozas, Vicky la reçut en manches de chemise, maculée de couleurs, et la fit entrer dans son atelier à l'étage supérieur de la maison. Une svelte et blonde esquisse sur laquelle elle avait renversé des seaux entiers de peinture dressait sa nudité sur la plante des pieds dans un coin. La maison comptait plusieurs décorations illégales, presque toutes obscènes. Une Table masculine conçue à Londres leur servit du thé, des gâteaux et des cigarettes de marijuana ; un Jouet japonais, masculin également, le corps peint en rouge quinacridone, offrait des choses plus excitantes, mais Clara n'aimait pas jouer avec lui, malgré l'insistance de Vicky à lui en faire cadeau.

— Je ne m'en sers pas, lui dit Vicky, mais c'est un cadeau. Si tu veux, garde-le.

Avant de parler de l'œuvre, Vicky se livra à un de ses classiques interrogatoires rapides.

— De quel signe es-tu ?

— Bélier, dit Clara. Je suis née le 16 avril.

— On ne va pas s'entendre. Et elle déchira l'air de ses ongles propres. Je suis Lion.

Mais elles s'entendirent bien, du moins au début. Elle lui expliqua son projet pour *Assieds-toi*. Yoli et Clara seraient assises sur un échafaudage à six mètres de hauteur, peintes en écru, dans une attitude amoureuse. Le tableau était une commande pour une maison provençale surchargée d'œuvres. Vicky avait eu l'idée de faire se détacher sa peinture en l'installant au plafond. Elles y passeraient un mois et il y avait une possibilité d'exposition permanente. Cela impliquait beaucoup d'efforts et une équipe d'entretien de grande qualité, mais leur rapporterait une véritable fortune à toutes les trois. « Comme elle fait bien l'article », pensa Clara. Elle accepta le travail et commença à être esquissée le lendemain.

Deux semaines après cette première rencontre, au cours d'une séance, il se passa quelque chose. Vicky la silhouettait et glissait doucement sa main recouverte de peinture écrue sur le contour de ses cuisses. Lorsqu'elle arriva au genou, Clara remarqua la différence de pression, le silence pesant, l'immobilité, le chatouillis sur la peau peinte.

— Tu aimes les femmes, Clara ? demanda soudain Vicky, en toute tranquillité.

— J'aime certaines femmes, répondit Clara tout aussi calmement.

Elle était nue, à moitié peinte dans divers tons, assise sur ses talons dans l'atelier de Vicky. Celle-ci portait son uniforme de travail : chemise sale et déboutonnée, et pantalon de survêtement.

La main était toujours sur son genou.

— Tu as eu des expériences avec des femmes ?

— Oui, dit Clara. Et avec des hommes, ajouta-t-elle.

Cela n'avait rien d'étonnant chez une toile, et elles le savaient toutes deux. Pour un tableau, c'était facile d'aimer un autre corps, quel qu'il fût : les barrières devenaient floues, les limites disparaissaient.

— Tu coucherais avec moi ? demanda alors Vicky.

Clara aima ce geste doux et l'harmonie de la rougeur de Vicky qui, l'espace d'un instant, colora son visage bien davantage que celui de Clara.

— Oui, dit-elle.

Vicky la regarda et continua à peindre. Sa main se déplaçait avec efficacité en distribuant la couleur écrue sur le contour du genou. Clara ne sut jamais quand cela arriva. Un moment plus tôt il y avait de l'art, la technique et le geste du peintre ; un moment plus tard, la sensation, l'essoufflement, l'étreinte de l'amante. Et le pinceau se fit soudain caresse.

Plus tard, quand la relation entre elles deux fut une réalité, Vicky lui reprocha d'avoir répondu aussi calmement. Elle utilisait cet argument contre Clara quand elle se fâchait contre elle. « Tu as dit oui comme si je t'avais proposé de faire du parapente de nuit. Tu as dit oui comme si je t'avais proposé de faire la connaissance d'un prix Nobel de physique. Allez, essayons, as-tu dit. Il n'y avait pas de véritable amour ni de sincérité dans ta déclaration. » « De véritable amour, non, répliqua Clara, de sincérité, si. » « Tu n'éprouves aucun sentiment », décréta Vicky. « J'essaie de les dissimuler : je suis une œuvre d'art », répliqua Clara. Et elle ajouta : « Toi, tu es une artiste et tu ne peux pas les dissimuler. Et même, tu les inventes quand tu n'en as pas. »

Assieds-toi fut exposé en Provence de façon permanente. Ce fut une période épuisante : elles disposaient de quelques heures pour se reposer, manger et récupérer avant de remonter sur l'échafaudage. Ce laps de temps était variable, puisqu'il était soumis au rythme de vie de l'acheteur, aux visites qu'il recevait ou aux fêtes qu'il organisait. L'équipe d'entretien avait beau être très efficace, les deux figures terminèrent exténuées. L'expérience fut cependant merveilleuse pour Clara. La même année, Vicky la peignit dans cinq autres œuvres, les premières en couple et le reste en solitaire : *Le Baiser*, *Instant*, *Double ou rien*, *Tendresses* et *La Robe noire*. En dehors du travail, son obsession pour Clara ne cessait pas : elle l'appelait le matin, le soir, pleurait sur son épaule, lui disait soudain des choses intimes sur la froideur de son père – chirurgien – ou l'indifférence de sa mère – professeur d'université – pour sa carrière de peintre. Selon les jours, elle se considérait comme « une petite conne de fille à papa » ou la victime malgré elle « d'un couple de fils à papa ». Mais tout cela cessait quand elle se mettait au travail. Au lit, elle pouvait être une âme sensible, mais quand elle avait les mains couvertes de peinture elle devenait une créature de feu capable de dessiner des choses grandioses sur un corps de femme. Mais Vicky humaine et Vicky artiste n'étaient pas des compartiments étanches. Tandis que Vicky humaine tombait amoureuse de ses modèles, Vicky artiste utilisait cet amour pour les peindre. C'était une caractéristique curieuse, mais Clara ignorait si cela venait de son tempérament ou de sa façon de peindre.

2004 fut l'année Vicky, du moins pour Clara : un torrent dont il fallait simplement s'éloigner ou le laisser vous emporter. Elle était de ces gens qui se consument au fur et à mesure qu'ils brillent, comme les bougies.

Le pire était sa jalousie. Mais, à l'époque, elle n'avait même pas de motifs. Clara avait quitté Gabi Ponce, son premier fiancé, et vivait seule dans son appartement sous les toits, rue Augusto Figueroa. Elle ne voyait plus Alexandra ni Sofia Lundel, les deux amies dont elle avait de temps en temps partagé le lit. Et elle n'avait pas encore rencontré Jorge Atienza. Mais Vicky ne se contentait pas d'inventer les sentiments, elle inventait aussi les raisons. Un soir, elle lui fit une scène dans un restaurant où elles dînaient ensemble à propos d'une femme peintre italienne qui avait invité Clara à travailler dans un art-shock avec trois autres toiles féminines. Vicky lui dit de refuser et, Clara passant outre son conseil, elle jeta les couverts par terre et repoussa le maître d'hôtel qui accourait avec sollicitude, comme le bon pasteur, pour calmer son troupeau. Des heures plus tard, elle appela Clara pour se réconcilier : « J'avais trop bu, excuse-moi. » Et, sans transition, Vicky artiste prit la parole : « Je voulais te dire qu'aujourd'hui, au restaurant, ton visage... Mon Dieu, ta pâleur quand je me suis mise à te crier dessus... Clara, s'il te plaît, laisse-moi *utiliser* cette pâleur... Ces yeux que tu posais sur moi aujourd'hui... »

Elle s'en était inspirée. En trois semaines, le nouveau tableau fut prêt. Clara, peinte couleur marbre avec des ombres céruléennes, serait étendue à plat ventre sur une couverture en velours, un tissu identique à celui de l'ensemble qu'elle portait l'après-midi où elles s'étaient connues, et son visage adopterait la pâleur naturelle de son mécontentement. Vicky comptait l'intituler *Tendresses*. Au cours de la répétition hyperdramatique, elles jouèrent la scène de la dispute au restaurant comme elles se la rappelaient. La peintre aurait voulu attraper cette pâleur fuyante sur ses joues, mais le fait de mêler l'art à la vie réelle mettait Clara mal à l'aise.

Vicky finit par se mettre vraiment en colère et commença à l'insulter. Soudain, parmi ses propres cris, elle s'arrêta et se jeta sur le visage de Clara. « Comme ça ! Cette pâleur-là ! C'est ce que je cherche ! » s'exclama-t-elle, déchaînée. Et Vicky artiste prit les rênes.

Un jour, Clara lui reprocha cet abus exagéré des sentiments réels pour peindre ses tableaux. Vicky eut un sourire étrange.

— Je ferais n'importe quoi pour l'art, tu sais, lui dit-elle. N'importe quoi. Rien ne m'intéresse plus que l'art : ni sentiments, ni justice, ni piété, ni famille, ni santé, ni amour, ni argent… Enfin, réfléchit-elle, peut-être l'argent. L'argent, oui. L'art est de l'argent.

Tendresses fut acquis par un collectionneur madrilène au double de son prix réel. Clara fut exposée à son domicile un mois durant.

Au début 2005, Vicky tenta de mettre fin à ses jours par overdose d'héroïne, ce ne fut pas à cause de Clara mais de son nouvel amour, Elena Valero, avec laquelle Clara avait travaillé dans *Instant*. Le jour où on l'admettait à l'unité de soins intensifs de La Paz, parvenait la nouvelle que la Fondation Van Tysch lui décernait le prix Max Kalima pour l'ensemble de son œuvre. Étourdie sous les effluves d'oxygène, Vicky apprit la bonne nouvelle des lèvres d'une infirmière. Quand elle fut remise, elle affirma avoir également retrouvé la stabilité sentimentale. Elle projetait un nouveau tableau avec Clara pour la fin de l'année, mais elle ne l'appelait plus aussi souvent. Elles ne s'étaient pas revues depuis *La Fraise*. Clara ignorait ce qu'elle éprouvait pour elle : était-elle amoureuse de Vicky, ou admirait-elle simplement son génie ? Ce qui était sûr, c'est qu'elle voulait l'oublier mais n'y parvenait pas. Parfois, elle se voyait allongée sur le tissu en velours dans le salon du collectionneur de *Tendresses*, le genou gauche replié sur le ventre, le talon dirigé vers le sexe, les yeux clos et le visage convulsé dans cette « pâleur couleur de dégoût » que Vicky avait tirée d'elle, tandis qu'elle pensait que tout cela était la seule trace que la peintre avait réussi à laisser en disparaissant de sa vie : une texture de velours, des joues exsangues.

Elle sortit l'ensemble du débarras et le posa sur le lit. Puis elle en trouva un autre, un pull et un pantalon beiges, qui lui rappelait davantage Jorge, parce qu'elle le mettait aux premiers temps de leur relation.

Elle hésita un moment, d'un regard inquisiteur (Vicky ou Jorge ? Jorge ou Vicky ?), et se décida à condamner Vicky Lledó à la destruction. Elle aurait chaud pendant le trajet mais cela n'avait pas d'importance.

Il était presque 3 heures de l'après-midi quand elle s'aperçut qu'elle devait manger quelque chose. Elle improvisa une salade et des sandwiches et but de l'eau minérale.

Puis, comme il lui restait du temps, elle décida de se préparer à ce qui l'attendait. Elle fouilla dans sa petite pharmacie de produits chimiques de la salle de bains, choisit deux tonifiants musculaires à prendre par voie orale et une pilule qui retarderait l'apparition de ses nécessités physiologiques et les accompagna de la dernière gorgée d'eau. Puis elle ôta le peignoir, se rendit à la cuisine et en rapporta une salière, trouva un masque que l'on donne aux passagers dans les avions et plusieurs poids d'ordre croissant et fit sur le tatami de nouveaux exercices, différents de ceux du matin : rester immobile sur la pointe des pieds la langue enduite de sel, marcher dans l'appartement les yeux bandés, devenir une boule en soutenant un poids avec la partie de son corps qui serait la plus élevée. Les exercices soumettaient sa volonté sans l'annihiler, l'aidant à se percevoir comme une chose aveugle, une chose capable d'être utilisée et transformée. Elle était habituée à cette préparation depuis l'époque du Circle. C'était grâce à elle qu'elle avait pu supporter le travail avec Brentano.

À 16 h 45 elle passa le pull couleur chair, mit son pantalon en velours et la veste et chaussa de vieilles sandales provenant de son passé le plus lointain. Elle se regarda dans le miroir. Rien de ce qu'elle portait ne lui allait bien, elle avait l'air d'une jolie fille déguisée en épouvantail, et c'était justement ce à quoi elle voulait ressembler.

Les derniers détails, auxquels elle n'avait pas pensé, la dérangèrent particulièrement. Qu'allait-elle faire de ses clés ? Elle ne pouvait pas les emporter. Jorge possédait un double, mais elle ne voulait pas dépendre de lui à son retour, quelle que soit l'heure. Elle n'avait pas confiance dans les voisins et il n'y avait pas de concierge.

Elle décida simplement de ne rien faire. Elle trouvait cohérent de fermer la porte derrière elle et de ne pas pouvoir entrer à nouveau. Elle demanda un taxi par téléphone, estima le montant de la course et mit l'argent dans la poche de sa veste.

Ce fut alors qu'elle découvrit le porte-clés.

Elle comprit qu'elle avait mis cet ensemble sans fouiller les poches auparavant. Les vieux vêtements deviennent un petit cimetière de la mémoire. Et là, dans une allée, était enterré le porte-clés de son père. Elle l'avait utilisé pendant longtemps avec cette dévotion pleine d'abnégation que l'on réserve aux objets qui ont appartenu aux morts. Quand il s'était cassé, elle avait dû transférer les clés dans un nouveau. Elle ne se rappelait pas pourquoi il se trouvait dans cette poche et pourquoi elle ne l'avait pas encore jeté. Peut-être à cause de sa valeur sentimentale. Cela l'amusa.

Il représentait une reine des échecs, un cadeau du club où Manuel Reyes avait l'habitude de jouer. Son père était un passionné d'échecs, et son frère avait hérité de ce sobre passe-temps. La reine était noire. « C'est la reine de Reyes[1], disait son père (Clara s'en souvint soudain). On m'a donné la noire parce que c'est celle des perdants. »

L'espace d'un instant, elle envisagea la possibilité de la sauver. Mais elle la remit dans sa poche. « Désolée, majesté. Puisque tu étais là, tu vas y rester. »

Habillée avec le costume de Vicky, chaussée de sandales d'adolescente, sentant dans la poche le porte-clés de son père.

En descendant dans la rue elle éprouva une sensation si intense qu'elle dut regarder des deux côtés pour s'assurer qu'elle se trompait. Elle sentait qu'on la surveillait. Elle se trompait peut-être.

C'était l'après-midi du jeudi 22 juin 2006. Le soleil brillait couleur chair.

1. Jeu de mots avec le patronyme, *reyes* signifiant « rois ». *(N.d.T.)*

Briseida Canchares se réveilla un pistolet soudé à la tête. Vue de si près, l'arme ressemblait à un cercueil en fer collé à sa tempe. Le doigt posé sur la détente était pourvu d'un ongle peint en vert *viridian*. Elle suivit la direction de l'avant-bras nu et découvrit la blonde. C'était la chatte aux yeux d'émeraude et à la petite robe couleur camouflage qui avait demandé du feu à Roger chez les Roquentin. C'était arrivé pendant qu'ils contemplaient le tableau *Orbite invisible* d'Elmer Fludd, et un surveillant avait dû s'approcher pour prévenir : « On ne peut pas fumer, mademoiselle. La fumée irrite les yeux des tableaux et les fait tousser. » Elle avait eu un sourire pervers pour Roger tout en lui rendant son briquet. Puis elle s'était perdue dans la foule et Briseida ne l'avait pas revue.

Jusqu'à présent.

La blonde était habillée de la même façon et souriait pareillement. La seule différence était l'arme. Elle portait un doigt à ses lèvres tout en la tenant en joue (« Je ne dois pas parler », traduisit Briseida) et lui faisait des signes (« Je dois me lever). Elle soupçonna qu'il s'agissait d'un rêve et obéit donc pour cette raison, parce qu'elle aimait faire des choses fascinantes dans les rêves. Elle écarta les draps et se leva. Le canon appuyé sur sa tempe reculait sans se décoller d'elle, comme si sa tête avait été en métal et que l'arme avait été aimantée. Elle tourna lentement et avec la délicatesse d'un vaisseau spatial déposa la pointe des pieds sur la moquette fraîche de l'appartement de Roger. Elle était entièrement nue et avait un peu froid. Il faisait encore nuit – elle ne pouvait savoir l'heure exacte, le réveil se trouvait du côté de Roger – et la lumière venait de la lampe de chevet. Elle se rappela s'être couchée très tard en partageant respirations et batailles avec Roger – dont la bouche avait cet arrière-goût de champagne millésimé et de havane velouté et la langue était comme un tapis vert de marijuana –, avant que la nuit ne les enveloppe sous un manteau d'ivresse et...

Au fait.

Où était Roger ?

Elle le découvrit assis à l'autre bout de la chambre. La seule chose qu'il portait était sa bague à l'auriculaire gauche. Cette bague avait tatoué plusieurs fois les fesses de Briseida, mais il lui avait dit qu'il ne pouvait pas l'ôter. Cela portait malheur. Elle venait d'un coin perdu du Brésil où il l'avait subtilisée à un chaman porteur de secrets. Une petite émeraude qui ressemblait à une minuscule goutte de pus vert forêt y était sertie. Elle détenait un grand pouvoir, bien que Roger ne sût pas très bien en quoi il consistait. Il affirmait qu'il n'existait que cinq ou six bijoux de ce genre au monde. Quel type incroyable, ce Roger. Un peu salaud aussi, bien sûr, mais Briseida n'avait connu personne d'aussi riche et qui ne fût pas, en même temps, un peu salaud.

À ce moment, cependant, même la magie du bijou ne semblait pas en mesure de l'aider. Une tenaille en forme de main lui enserrait la mâchoire au point de lui faire gonfler les joues. À l'extrémité de la main-tenaille, une femme à l'allure spectaculaire, dans le style de la blonde mais plus impressionnante, de celles que Roger baisait le week-end uniquement, lui enfonçait dans la gorge un pistolet militaire argenté. Le canon faisait gonfler sa pomme d'Adam. La femme portait une veste et un pantalon vert « tapis de table de jeu », foulard et béret vert olive et gants pistache. L'une de ses jambes était introduite entre les jambes écartées de Roger (peut-être le genou lui écrasait-il les parties génitales, d'où son expression désespérée), l'autre s'affirmait derrière, dans une position de tir. Elle ne regardait pas Roger mais Briseida, comme si elle comptait sur elle pour savoir ce qu'elle devait faire par la suite. Son regard était de ceux que l'on n'oublie pas facilement. Le genre de regard, pensa Briseida, que l'on contemple une seconde avant de ne plus rien contempler d'autre.

Elle dut cependant reconnaître que le maquillage et le mélange de verts (veste-pantalon, gants-béret, yeux-ombres) était parfait. Défilé paramilitaire ! Terrorisme *prêt-à-porter*[1] ! Qu'est-ce qui empêche les commandos spéciaux de la police, l'armée ou savoir quelle autre saloperie armée imprévue de s'adapter à la mode ? se demandait-elle.

La blonde l'invitait toujours à se lever. Elle consulta du regard Roger, qui agita la main comme pour dire : « Va, vas-y tranquille », et sortit du lit sans cesser d'observer tous ceux qui étaient présents.

« Ce sont des voleurs, ou des flics ? Sont-ils venus pour enlever Roger ? Récapitulons. Hier soir, nous étions à cette fête... »

Dieu qu'elle avait mal au crâne. Elle ne pouvait pas réfléchir. Cela provenait peut-être du mélange d'alcool, de haschisch et de pilules qu'elle avait pris chez les Roquentin. Et puis, la scène était si curieuse que la terreur qui commençait à lui piétiner la poitrine de l'intérieur était encore muselée. Tout avait été savamment préparé

1. En français dans le texte. *(N.d.T.)*

par le dieu de l'art : une combinaison de fascination – blonde en tenue de camouflage –, de ridicule – Roger et elle à poil, poisseux de rêves lourds – et d'absurde – la fille déguisée en mannequin en tenue militaire ; un équilibre à la Cézanne vert cobalt, vert militaire, vert turquoise, vert tapis, vert pomme des murs de la chambre. Si je devais mourir jeune, pensait Briseida, je choisirais précisément cet instant vert et peut-être, ah, la flamme de l'arme sortirait-elle comme un haricot lumineux et son torse châtain – s'harmonisant avec la couleur jungle de la tenue de camouflage – produirait de l'eau d'étang avec de la mousse coupée en brosse.

Dommage que l'impression esthétique se soit un peu perdue quand la blonde la poussa vers les hommes qui attendaient dans le séjour.

On la saisit par les bras avec une force vertigineuse et on l'assit dans un fauteuil devant ce qui semblait être un ordinateur portable éteint. Briseida avait crié pendant le trajet, brisant, sans doute, un certain code de silence, parce que quelques secondes plus tard elle entendit des paroles en français et des bruits provenant de la chambre et des paroles en néerlandais et d'autres bruits dans le séjour. Mais les paroles suivantes étaient en anglais et s'adressaient à elle.

— Ne recommencez pas à crier, dit Blonde-Aux-Yeux-Fascinants en se penchant à son oreille. Et n'essayez pas de vous lever.

Elle n'aurait pas pu, même si elle l'avait voulu : deux paires de gants de fer la rivaient à son siège.

— Voici un verre d'eau. Vous pouvez boire, si vous voulez. Je vais appuyer sur une touche de cet ordinateur et sur l'écran apparaîtra une personne qui vous posera quelques questions. Parlez à voix haute et claire. Ne laissez aucune question sans réponse et ne traînez pas. Si vous ne connaissez pas la réponse ou souhaitez réfléchir, dites-le. Nous savons que vous maîtrisez l'anglais, mais si vous ne compreniez pas quelque chose, dites-le aussi.

La blonde appuya sur une touche et le visage d'un homme âgé, chauve, avec des cheveux blancs près des oreilles apparut. Dans un cadre de l'angle supérieur gauche, les bytes convoquèrent une jeune fille à la peau mate, aux cheveux aile de corbeau, aux pommettes hautes et aux lèvres charnues tenue par quatre mains gantées aux épaules et aux bras, la poitrine dénudée. Elle se rendit compte qu'il s'agissait d'elle. On la filmait et on transmettait les images en temps réel à Dieu sait quel foutu coin de la planète. Une horloge se détachait dans l'angle opposé, égrenant les secondes. « Syndrome hallucinatoire résultant de la consommation désordonnée de toxiques » : ainsi Stan Coleman, son inoubliable, fortuné – et salaud – professeur d'art contemporain de Columbia définissait-il toutes les choses étranges qui se produisaient après une *orgie*[1] de drogues douces. Il devait s'agir de ça. Cela ne pouvait pas lui arriver.

— Bonjour, mademoiselle. Excusez-nous de vous déranger, mais nous avons un besoin urgent de savoir quelque chose, et nous comptons sur votre généreuse collaboration.

L'homme parlait anglais avec un indéniable accent continental, peut-être allemand ou hollandais. Dans la partie inférieure, masquant le cou et son nœud de cravate, apparurent les phrases sous-titrées en français et en allemand. Briseida n'avait pas besoin d'autres langues pour se sentir terrorisée.

— Nous savons beaucoup de choses sur vous : vingt-six ans, née à Bogotá, licenciée en histoire de l'art auprès d'une université de New York, votre père est attaché culturel de votre pays à l'ONU... voyons... Je me

1. En français dans le texte. *(N.d.T.)*

suis perdu… L'homme pencha la tête et l'espace d'un instant l'écran se transforma en mappemonde polie par sa calvitie. Vous effectuez un travail pour l'université… Sujet : la collection chez les peintres… Cette année, vous avez résidé aux Pays-Bas pour étudier la collection d'objets de Rembrandt à son domicile d'Amsterdam. Aujourd'hui vous vous trouvez à Paris, avec notre bon ami Roger Levin, et ce soir vous étiez ensemble à la fête des Roquentin… Tout cela est exact, n'est-ce pas ?

Briseida s'apprêtait à répondre « oui » quand la bonne fée de l'informatique fit disparaître l'image parmi les éclairs verts et un autre visage surgit : une femme mince coiffée *à lagarçonne*[1] et qui portait des lunettes noires. Les lettres de ses sous-titres étaient en vert.

— Bonjour, je suis le Méchant Flic. Son accent était plus britannique que celui de l'homme et sa voix plus inquiétante. Elle avait un sourire en lame de faux. Je veux juste vous dire bonjour. Sacrée baraque, celle des Roquentin, hein ? Le salon est du XVIIIe, à ce qu'il me semble, et les fresques du plafond ont été peintes par le maître Luc Ducet et représentent l'histoire de Samson et Dalila. Dans l'aile ouest, une salle pourvue de deux globes terrestres évoque le déluge universel, depuis la construction de l'arche jusqu'au retour de la colombe avec la branche d'olivier dans le bec. Nous connaissons bien Leo Roquentin… Sa collection d'art HD est bonne, surtout les Elmer Fludd de la salle principale. Mais ce n'est là que la partie émergée de l'iceberg. Avez-vous participé cette nuit à l'art-shock qui était présenté dans l'immense cave sous la maison ? Il s'intitulait *Art-Echecs* et était de Michel Gros, pour vingt-quatre jeunes gens des deux sexes et du matériel plastique… Les silhouettes, complètement nues et peintes en divers tons de vert, sont les pièces d'un échiquier

1. En français dans le texte. *(N.d.T.)*

de trente mètres carrés et les invités suggèrent des mouvements. Les pièces renversées sont à la disposition des invités. Tous les excès sont permis. Vous n'y avez pas joué ?... Votre petit copain Roger ne vous en a sûrement pas parlé. Vous avez dû vous contenter de voir les tableaux d'en haut : l'art-shock était destiné aux gens distingués. Leo les éblouit avec des rencontres interactives puis leur propose des affaires juteuses avec des tableaux encore plus interdits.

Cette femme disait-elle la vérité ? Certes, Roger s'était absenté un bon moment pour bavarder avec Roquentin tandis qu'elle errait d'un coin à l'autre sur des tapis verts, dans l'interminable billard des invités, contemplant les magnifiques huiles d'Elmer Fludd. À son retour, elle lui dit qu'il semblait un peu nerveux. Le col de sa chemise était dégrafé. « Un art-shock en forme de jeu d'échecs avec des pièces humaines... » pensa-t-elle. Pourquoi Roger ne lui avait-il rien dit ? Que se passait-il au sous-sol du monde, sous les pieds des gens riches ?

La femme fit une pause et sourit à nouveau de cette façon si désagréable.

— Ne vous inquiétez pas : les hommes sont tous les mêmes. Ils adorent faire des secrets. Nous les femmes, nous sommes plus sincères, vous ne croyez pas ? J'espère du moins que vous l'êtes, mademoiselle Canchares. Je vous laisse avec mon ami le Gentil Flic, qui va vous poser quelques questions. Si vos réponses nous convainquent, nous débrancherons l'ordinateur, nous rentrerons à la maison, et sans rancune. Dans le cas contraire, c'est le Flic Sympa qui s'en ira, et le Méchant Flic, c'est-à-dire moi, reviendra. Vous m'avez comprise ?

— Oui.

— Ravie de vous avoir connue, mademoiselle Canchares. J'espère que nous n'aurons pas l'occasion de nous revoir.

— Enchantée, bredouilla Briseida.

Elle ne savait que penser des menaces de la femme. Étaient-ce de simples fanfaronnades ? Et que dire de toute cette mascarade en costumes militaires ? Prétendaient-ils lui faire revivre les peurs ataviques des guérillas ? Soudain elle eut l'impression de se trouver dans un carnaval, une farce artistiquement organisée – quel était le néologisme qu'utilisait Stan ? une *imagic*, une image magique, un archétype culturel sur lequel reporter notre appréhension ou notre passion, parce que, affirmait Stan, aujourd'hui tout, absolument tout, de la publicité aux massacres, des aides pour lutter contre la faim dans le Tiers Monde jusqu'aux tortures, se fait avec style.

Mais, carnaval ou pas, il était certain que cette comédie atteignait son but : elle se sentait terrorisée. Elle avait envie de pisser sur le canapé de Roger et de vomir sur la moquette de Roger.

Explosion verte. L'homme.

— Voilà la question… Écoutez attentivement.

Briseida s'étira autant que les serres posées sur ses épaules et sur ses bras le lui permettaient. Elle avait mal aux cuisses à force de les tenir serrées pour cacher son sexe autant que possible. Soudain, elle était consciente de sa totale nudité.

— Nous savons que vous êtes très amie avec Óscar Díaz. Je vous répète le nom : Óscar Díaz. La question est : où se trouve votre ami Óscar en ce moment ?

Un endroit du cortex cérébral de Briseida Canchares, vingt-cinq ans (l'homme s'était trompé, elle n'aurait vingt-six ans que le 3 août), licenciée en histoire de l'art, effectua un rapide calcul et dressa une liste de conclusions provisoires : Óscar Díaz ; quelque chose en rapport avec Óscar ; Óscar a fait quelque chose de mal ; on va faire quelque chose de mal à Óscar…

— Où se trouve votre ami Óscar ? répéta l'homme.

— Je ne sais pas.

Soudain, l'écran se recouvrit d'un liquide vert pourriture qui rappela à Briseida ses périodes d'essais chimiques de restauration de tableaux. Un sourire. Le visage de la femme aux lunettes noires.

— Réponse incorrecte.

Une mèche de son cuir chevelu sembla soudain prendre vie. Elle poussa un cri et ses yeux lui inventèrent une fête avec explosion de pétards, nuit de la Saint-Sylvestre dans un hôtel de la forêt tropicale. Son cou se tordit en arrière et ses vertèbres cervicales furent sauvées du désastre grâce à l'aérobic qu'elle pratiquait quotidiennement. Dans son univers s'immobilisèrent deux planètes vertes perverses – Vénus était verte dans les livres de science-fiction *pulp* que Stan Coleman dévorait à la tonne – qui la tinrent en joue avec un instrument esthétique et certainement très onéreux, formé par un crayon en métal chromé et une pointe effilée sur laquelle brillait une petite goutte de sang martien.

— Ce jouet est un pinceau optique, dit la blonde à deux centimètres de son visage. Je ne vais pas te noyer sous les détails techniques ; disons que c'est une copie améliorée de celui qu'utilisent les peintres pour travailler sur la rétine des tableaux apprêtés. La rétine est la couche pigmentée que nous avons au fond de l'œil et qui nous permet, entre autres, de distinguer les couleurs. La plupart du temps, elle n'a aucun intérêt, mais elle est utile si on veut voir le monde, non ? Je vais te peindre les rétines en vert opaque. D'abord ton œil gauche, puis le droit. Le problème est que je vais utiliser une peinture permanente, parfaitement déconseillée dans ces cas. Tu n'auras ni cicatrices ni hématomes externes, tout sera très esthétique et comme il faut, tu sais ? Mais quand ce sera fini, tu devras te sucer les doigts pour savoir que ce sont les tiens. Cependant, ce sera une cécité magnifique, dans un ton vert bouteille. Ne bouge pas.

L'ordre était inutile. Briseida ne pouvait bouger que la bouche et la paupière droite. Quelque chose lui maintenait la paupière gauche ouverte jusqu'à la limite des larmes. Cela sentait la peau synthétique : un gant. Des vautours en cuir accrochés à son anatomie lui tenaient les poignets, les genoux, les chevilles, la gorge, les cheveux. Elle voulait balbutier en anglais, mais un espagnol informe sortait par bribes. Elle devait pourtant parler anglais. L'anglais sert dans ce genre de situation, où l'on est torturé par un étranger. *OK, Johnson family at holidays. Mary Johnson est dans la cuisine. Où est Mary Johnson ?* Soudain, par le couloir gauche de son nerf optique, pénétra un univers délirant d'un rouge-vert aussi kitsch qu'un bouddha phosphorescent à un étalage de rue. La couleur lui rappelait les cartes postales de Pierre et Gilles qu'elle avait l'habitude d'envoyer à ses parents depuis l'Europe. Elle crut qu'elle était aveugle.

La main qui lui tenait les cheveux la lâcha alors et une autre lui saisit la nuque et la poussa brutalement en avant comme si elle avait voulu lui écraser le visage contre l'écran de l'ordinateur. Elle se retrouva le nez à un pouce des sous-titres français et allemands. Elle réprima une montée subite de nausée.

— Deuxième chance. C'était la femme. Notre amie s'est contentée d'approcher le pinceau de votre pupille... Écoutez sans crier... À la deuxième réponse erronée, elle dessinera une virgule sur votre rétine... À partir de cet instant, vous pourrez voir un croissant de lune vert en plein jour. Curieux effet esthétique, vous ne trouvez pas ?... Cessez de gémir et écoutez attentivement... Après la deuxième séance, vous aurez intérêt à conserver votre rétine gauche dans un flacon. Je vous assure qu'elles brillent la nuit d'une lumière verte, comme les statuettes de la Vierge à Lourdes... Concentrez-vous, s'il vous plaît. Le prix est une vue saine.

— Nous vous répétons la question. C'était l'homme à nouveau. Où est Óscar Díaz ?

Comme les mains qui lui maintenaient les épaules et les bras ne l'avaient pas relâchée et que celle qui lui serrait la nuque l'agrippait toujours, Briseida eut l'impression, pendant un instant terrible, que son *barbecue*[1] de vertèbres cervicales allait céder dans un craquement de bois brisé. Elle décida que c'était la meilleure chose qui pouvait lui arriver.

— Je ne le sais pas, je le jure, s'il vous plaît, je ne le sais pas, je jure que je ne le sais pas, à Vienne, oui, à Vienne, mais je ne le sais pas, *je le jure, je le jure*... ! Salive, larmes et paroles coulaient sur son visage comme si la même glande les avait sécrétées. *Je ne sais pas où c'est vrai je ne sais pas où c'est vrai je le jure s'il vous plaît s'il vous plaît s'il vous s'il vous*

Les arcades l'interrompirent.

Assis devant l'ordinateur portable dans son bureau du Museumsquartier, Lothar Bosch pressa un bouton dans la mémoire de son téléphone mobile et appela le numéro qui surgit à l'écran. Il eut une conversation brève mais énergique avec l'un de ses hommes à Paris. Mlle Wood, pendant ce temps, lui tournait le dos en contemplant le matin viennois à travers la vitre. Bosch remarqua qu'elle fumait une de ses répugnantes cigarettes écologiques, et le brouillard vert mentholé formait des halos sur la vitre autour de sa tête.

1. En français dans le texte. *(N.d.T.)*

— Monsieur Lothar Bosch : un vrai gentleman avec les dames, l'entendit-il dire.

— Nous lui avons suffisamment fait peur avec le jeu du pinceau optique, tu ne crois pas ? répliqua Bosch, un peu blessé par l'ironie que distillait sa compagne. Et ce n'est pas la manière d'aborder une conversation. Nous n'obtiendrons rien de la sorte.

Son œil était sauf. C'étaient des gens très aimables, en fait. Ils avaient même cessé de la tenir pour qu'elle puisse vomir confortablement.

Briseida vomissait comme elle le faisait quand elle était enfant : une main appuyée sur son front et une autre sur son estomac. C'était son habitude, sa coutume. Ce fut un curieux moment que celui du *déjà-vu*[1] de la bile. Maman lui disait qu'elle se recroquevillait comme un chat. La grand-mère pensait que c'était une mauvaise façon de vomir. Cette petite chatte allait souffrir toute sa vie parce qu'elle vomissait mal, disait-elle. En cela elle ne tenait pas de son père, surtout pendant les gueules de bois. Stan jouissait lui aussi d'un vomissement facile, long et abondant. En général, tout ce que sécrétait son professeur d'art était pareil. Pas comme Luigi, son professeur d'esthétique, l'estomac à l'épreuve de pizzas couvertes de piments, rigide, refoulé et impuissant. Tu les reconnaîtras au vomissement, non à l'éjaculation. L'éternuement, le vomissement et la mort étaient les trois seules choses véritablement imprévisibles, incontrôlables et soudaines du corps, point-virgule, point à la ligne, point final du texte de la vie : ce fut ce que lui dit un jour un professeur dans un collège suisse.

1. En français dans le texte. *(N.d.T.)*

Elle soulagea ses convulsions avec une gorgée d'eau fraîche. Mon Dieu, dans quel état avait-elle mis la moquette de Roger. Un homme avec un si grand sens de l'esthétique – était-il vrai qu'il avait joué la nuit précédente aux échecs avec *vingt-quatre jeunes* pour pièces –, et voyez ce qu'elle venait de déposer sur sa moquette, du jus de radis éparpillé sur le sol italien lustré. Briseida se voyait obligée d'écarter les pieds pour éviter de frôler la flaque, et de la sorte elle ouvrait les cuisses. Mais comme on ne la maintenait plus, elle pouvait se couvrir de ses mains. Le Bon Ordinateur – ou était-ce le Gentil Flic ? – attendait avec un Montblanc en or appuyé à la tempe. La blonde et les soldats respiraient derrière le fauteuil, prêts à agir. Une petite fenêtre de Windows intitulée « Méchant Flic » se blottissait dans le coin gauche opposé à la fenêtre de Briseida. Mais le Gentil Flic lui avait dit que le Méchant souhaitait pour l'instant se reposer.

— Vous vous sentez mieux ?

— Oui. Je peux me rhabiller ?

Un temps d'hésitation.

— Nous aurons bientôt fini, je vous assure. Maintenant dites-moi tout ce que vous savez sur Óscar.

Elle commença avec fluidité. Une ligne droite de mots tranquilles et techniques sur l'art (cela l'aida à se relaxer). Elle ne regardait pas l'écran en parlant, ni le sol – le vomi –, mais un saladier contenant des fruits sur la table, derrière l'ordinateur : poires et pommes vertes aussi calmantes qu'une infusion.

— Je l'ai rencontré au MOMA de New York au printemps dernier. Il surveillait *Buste*, une eau-forte de Van Tysch. Je suppose que vous connaissez l'œuvre, mais je peux la décrire… C'est une étude préparatoire pour *Défloration*… Une fillette de douze ans placée dans une chambre noire avec une ouverture. L'ouverture ne permet de voir que son visage et ses épaules peintes dans des tons légers de gris sur la peau apprêtée avec des acides, dans le style des eaux-fortes humaines. Pour la voir, les spectateurs doivent défiler un par un, gravir les deux marches placées devant la chambre et se situer à un pouce de distance de son visage. La fillette regarde sans ciller les yeux couverts de noir de Mars et son expression est presque… presque surnaturelle… C'est un tableau incroyable…

« La sensation éprouvée est comme d'entrer dans un confessionnal et de découvrir que le curé a l'aspect de vos péchés », avait dit un critique hispanique à propos de *Buste*, mais Briseida ne mentionna pas ce commentaire parce qu'elle ne souhaitait pas donner de leçons magistrales sur l'art. L'œuvre avait fait sensation au cours de sa tournée américaine, essentiellement parce que l'exposition de *Défloration* avait été interdite par un comité de censeurs aux États-Unis.

— Óscar était le coordonnateur de la surveillance de *Buste*. Un jour, il m'a vue faire la queue dans une longue file de gens. J'étais allée au MOMA pour voir un Elmer Fludd qui était exposé dans la salle voisine, mais je ne voulais pas partir sans jeter un coup d'œil à l'eau-forte de Van Tysch. Le week-end précédent, j'étais tombée en jouant au basket et je marchais avec des béquilles. En me voyant, Óscar s'approcha immédiatement et proposa de me faciliter l'accès à l'œuvre. Il commença à se frayer un passage et me conduisit à la pièce. Il se comporta en véritable gentleman.

— Et vous êtes devenus amis ? demanda l'homme.

— Oui, nous avons commencé à nous voir régulièrement.

Ils faisaient de grandes promenades, mais, de façon presque inévitable, se retrouvaient toujours à Central

Park. Il adorait les arbres, la campagne, la nature. Il était expert en photo de paysage et possédait tout un équipement : Reflex de 35 mm, deux trépieds, des filtres, des téléobjectifs. Il avait une profonde connaissance de la lumière, de l'air et des reflets de l'eau, mais la vie ne l'intéressait guère au-delà des insectes. Óscar était vert comme une tige, peut-être aussi un peu immature.

— Il a fait des photos de moi partout : devant les étangs, les lacs, donnant à manger aux canards...

— Vous parlait-il parfois de son travail ?

— Peu. Il disait qu'il avait été surveillant dans une galerie de la chaîne Brooke avant d'être engagé en l'an 2000 par la Fondation Van Tysch de New York, qui a son siège sur la Cinquième Avenue. Son chef était une fille appelée Ripstein. Il gagnait beaucoup de fric mais vivait seul. Et il détestait cette manie esthétique de son entreprise, comme il la définissait : par exemple, on l'avait obligé un temps à porter un postiche.

— Que vous a-t-il dit à ce sujet ?

— Que le fait qu'il soit chauve, ou devienne chauve ne dérangeait personne. Pourquoi devaient-ils l'obliger à porter un postiche ? « Les chefs sont tous chauves, à l'exception de Stein, et cela ne dérange personne, me dit-il. Mais, nous, nous devons être mignons. » Et il ajouta que la Fondation Van Tysch ressemblait à un repas dans un restaurant à la mode : beaucoup d'image, beaucoup de goût, beaucoup d'argent, mais en sortant votre estomac supporte encore deux hot-dogs et une portion de frites.

— Il a dit ça ?

— Oui.

L'homme avait-il souri, ou n'était-ce qu'un défaut de l'image ?

— Il disait également qu'il ne pouvait pas voir les personnes qu'il surveillait comme des œuvres d'art... Pour lui, c'étaient des êtres humains, et certains lui faisaient beaucoup de peine... Il m'a parlé d'une fille... Je ne me souviens pas de son nom... Un modèle qui passait des heures entières recroquevillée dans une caisse dans un original de Buncher, une des *Claustrophilies*. Il m'a dit qu'il avait assuré sa surveillance à plusieurs reprises et que c'était une fille intelligente et sympathique qui écrivait dans son temps libre des poèmes dans le style de Sapho de Lesbos...

« Mais qui cette facette d'elle peut-elle bien intéresser, se plaignait Óscar. Pour les gens, elle n'est qu'une figure qui s'exhibe nue dans une caisse huit heures par jour. » « Mais le tableau est *beau*, répliquait-elle. *Les Claustrophilies* ne sont-elles pas belles, Óscar ? Et *Buste*... Une fillette de douze ans enfermée dans une chambre obscure... Tu y penses, et tu dis : « Quelle horreur, pauvre petite. » Mais ensuite, tu t'approches et tu vois ce visage peint en gris, cette expression... Mon Dieu, Óscar, c'est de l'*art* ! À moi aussi, cela me fait de la peine d'enfermer une fillette dans une boîte, mais... Que pouvons-nous faire si la figure qui en résulte est si... si *belle* ? »

Nous avions des discussions de ce genre. Je finissais par lui demander : « Pourquoi est-ce que tu continues à surveiller des tableaux, Óscar ? » « Parce qu'on me paie mieux que partout ailleurs », répondait-il. Mais ce qu'il aimait vraiment, c'était apprendre des choses sur moi. Je lui ai parlé de ma famille de Bogotá, de mes études... Il a été ravi à l'idée que l'on puisse se revoir cette année à Amsterdam, parce qu'il avait un travail à faire en Europe...

— Il vous a dit de quelle sorte de travail il s'agissait ?

— Assurer la surveillance des tableaux pendant la tournée de la collection *Fleurs* de Bruno Van Tysch.

— Il vous en a parlé ?

— Pas tellement... Il considérait cela comme un travail parmi d'autres... Il m'a dit qu'il allait rester un an en Europe et qu'il passerait les premiers mois entre Amsterdam et Berlin... Il me demandait de lui parler de mes recherches... Il adorait savoir que Rembrandt collectionnait des choses telles que des crocodiles empaillés, des familles de coquillages, des colliers ethniques et des flèches... Cela m'intéressait, d'autre part, d'obtenir la permission de visiter le château d'Edenburg, et j'ai pensé qu'il pourrait m'aider.

— Pourquoi vouliez-vous visiter Edenburg ?

— Pour voir si c'était vrai, ce que l'on raconte sur Van Tysch, qu'il collectionne des espaces vides. Les gens qui sont allés à Edenburg assurent qu'au château il n'y a ni meubles ni décorations, que des pièces vides. J'ignore si c'est vrai, mais j'ai pensé que cela pouvait constituer un bon... couronnement pour mon travail...

— À Amsterdam, vous avez continué à voir Óscar, n'est-ce pas ? demanda l'homme.

— Une seule fois. Le reste s'est passé au téléphone. Il n'arrêtait pas de suivre la collection de Berlin à Hambourg, de Hambourg à Cologne... Il n'avait pas beaucoup de temps libre. Briseida se frottait les bras. Elle avait froid, mais elle essayait de se concentrer sur les réponses.

— Que vous disait-il au téléphone ?

— Il me demandait comment j'allais. Il voulait me voir. Mais je crois que notre relation, s'il y en avait eu une, était terminée.

— Et la fois où vous l'avez vu ?

— C'était en mai. Óscar était à Vienne. Il avait obtenu une semaine de congé et m'a appelée. J'habitais à Leyde et nous nous sommes donné rendez-vous à Amsterdam. Il était descendu dans un petit hôtel près de la place du Dam.

— Un voyage très précipité, non ?

— Il s'ennuyait en Europe. Ses amis étaient aux États-Unis.

— Qu'avez-vous fait à Amsterdam ?

— On s'est promenés le long des canaux, on a mangé dans un restaurant indonésien... Soudain, Briseida décida de perdre patience. Que voulez-vous que je vous dise d'autre ! Je suis fatiguée et très énervée ! Je vous en prie !...

La fenêtre du Méchant Flic laissa la place à la femme aux lunettes noires. Briseida en fit presque un bond sur son siège.

— Je suppose que vous baisiez aussi, non ? Je veux dire, en plus de toutes ces intéressantes conversations sur l'art et la photographie de paysages...

Il n'y eut pas de réponse.

— Vous voyez ce que je veux dire ? demanda la femme. Le crac-crac, le crac-crac que pratiquent habituellement les hommes et les femmes, parfois les hommes d'un côté et les femmes de l'autre, parfois ensemble.

Briseida décida que cette inconnue était la personne la plus désagréable qu'elle eût jamais vue. Même à bonne distance d'un écran d'ordinateur, le visage plissé, en deux dimensions et lumineux, la tête réduite par les Jivaros du software, cette femme la crispait au-delà du supportable.

— Vous baisiez, oui ou non ?

— Oui.

— Il s'agissait d'un investissement, ou d'un compte courant ?

— Je ne vois pas ce que vous voulez dire.

— Je vous demande si vous obteniez quelque chose en échange, par exemple un abonnement aux visites à

Edenburg, ou si c'était pour faire quelque chose avec la moitié inférieure d'Óscar.

— Allez vous faire foutre. Les mots montèrent en Briseida sans effort ni crainte, comme des amants désespérés. Allez vous faire foutre. Brûlez-moi les yeux, si vous voulez, mais allez vous faire foutre.

Elle attendait une vengeance, mais, à sa grande surprise, rien ne se produisit.

— Y avait-il de l'amour entre Óscar et vous ?

Elle détourna le regard vers les murs verts de l'appartement de Roger.

— Je n'ai pas envie de répondre à cette question.

Cette fois-ci cela se produisit, et de façon tellement scintillante que ses yeux passèrent du vert du mur à celui du pinceau en un seul changement de plan. Elle se trouva, soudain, complètement immobilisée et accessible, comme une primipare. D'épais gants de jardinier lui enserraient le visage. La pression sur sa mâchoire lui laissa à peine vociférer qu'elle allait répondre, bien sûr, qu'elle allait répondre à tout ce qu'on lui demanderait, s'il vous plaît, s'il vous plaît... Heureusement, en anglais, c'est plus facile : *please* peut se dire dans un léger crachat. Elle entendit un clic, une petite syllabe d'abeille, et constata à nouveau que son œil était intact.

— Non ! Il n'y avait pas d'amour ! Je ne sais pas ! Je ne sais pas s'il m'aimait !... Et je le considérais comme un ami !... Elle sentait la plante de ses pieds humide et poisseuse. Elle comprit qu'elle avait marché dans son vomi, mais quelle importance, maintenant qu'elle pleurait et que la femme sur l'écran – buste impassible découpé par ses pleurs – la voyait pleurer. S'il vous plaît, laissez-moi !... Je vous ai dit tout ce que je savais !...

— Allons, allons, reconnaissez-le, dit la femme. Il y a eu un certain intérêt, n'est-ce pas ? Quelle attirance auriez-vous éprouvée, sinon, pour un chauve que l'on obligeait à porter un postiche au travail et qui vous parlait de paysages et de Sapho de Lesbos ? Vous n'avez pas de problèmes avec les hommes, il me semble : vous avez un peu tortillé du croupion à Amsterdam, Roger Levin vous a vue et vous a proposé d'habiter chez lui. N'est-ce pas ?

C'était une façon cruelle de résumer ce qui s'était passé. La semaine précédente, à Amsterdam, Briseida avait visité l'exposition *Plaisirs* de Maurice Marchal, un peintre qui l'intéressait parce qu'il collectionnait des objets fétichistes et ne peignait que des hommes en érection. Roger Levin se trouvait également à la galerie cet après-midi-là, par pure coïncidence, comme il le lui expliqua par la suite. Il était venu à Amsterdam afin d'y rencontrer les huiles de la Fondation et d'obtenir des renseignements sur l'inauguration si attendue de *Rembrandt* prévue pour le 15 juillet. Au passage, il voulait acheter un Marchal pour une amie. À l'en croire, la première chose qui lui avait plu chez Briseida était l'éventail brun de ses cheveux frôlant ses fesses hautes. Briseida s'était penchée pour observer un tableau, un jeune homme musculeux au pénis dressé dans une verticale exacte peinte en vert Véronèse. Roger avait profité de la symétrie pour s'approcher et lui commenter en anglais qu'elle avait adopté la même position que celle du tableau. Ce ne fut pas une phrase très intelligente, mais elle dépassait la moyenne des premières phrases qu'on lui avait adressées en de telles occasions. Levin avait un visage sympathique et portait un costume et un gilet. Ses cheveux constituaient un élevage d'escargots passés à la brillantine. En fait, il était irrésistible, y compris au milieu du paysage qui les entourait, avec plus d'une dizaine d'hommes nus et peints en rouge brandissant leur membre. Mais son attrait principal était son père, et Roger s'empressa de le mentionner. Briseida savait que Gaston Levin était l'un des plus importants marchands d'art français. Avec le naturel avec lequel il semblait tout improviser, Roger avait pensé que Briseida pourrait l'accompagner à son retour à Paris et loger quelques jours dans sa maison métallisée de la *rive gauche*[1]. Pourquoi pas ? pensa-t-elle. C'était une opportunité unique de connaître de près les affaires d'une grande famille d'intermédiaires de tableaux.

Par chance, le Méchant Flic avait à nouveau disparu.

— Après Amsterdam, vous n'avez pas revu Díaz ? poursuivit l'homme.

— Non. Il m'a appelée il y a deux semaines pour la dernière fois... Le dimanche 18, je crois...

— Il vous a dit quelque chose de nouveau ?

— Il voulait me demander comment obtenir un permis de résidence dans un pays de la Communauté européenne. Il savait que j'en avais obtenu un grâce à ma bourse universitaire.

— Pourquoi cela l'intéressait-il ?

— Il m'a dit qu'il avait rencontré quelqu'un récemment, un sans papiers, et qu'il voulait lui donner un coup de main.

Briseida s'aperçut qu'elle avait dit quelque chose d'important pour *eux*. La tension de l'homme sur l'écran fut presque tangible.

— Vous a-t-il parlé de cette personne ?

— Non. Je crois que c'était une femme, mais je n'en suis pas sûre...

— Pourquoi le croyez-vous ?

— Óscar est comme ça, sourit Briseida. Il adore aider les dames.

— Que vous a-t-il dit exactement ?

1. En français dans le texte. *(N.d.T.)*

« C'est un immigrant, mais sans papiers. Comme tu as vécu en Europe pendant plusieurs mois, j'ai pensé que tu saurais comment faire pour obtenir un visa », lui avait dit Óscar. Il n'avait pas voulu lui donner davantage de détails, mais Briseida était presque sûre qu'il parlait d'une femme. Et cela avait été tout.

— Êtes-vous convenus de vous rappeler en vous quittant ?

— Il m'a dit qu'il me rappellerait, mais pas quand. En quittant Amsterdam, j'ai laissé le numéro de téléphone de Roger à des amis pour qu'Óscar puisse me joindre, mais il n'a pas encore appelé.

— Vous êtes-vous occupée de ce dont il vous avait parlé ?

— J'ai demandé quelques renseignements à mon ambassade, pas grand-chose... Je peux me moucher, s'il vous plaît ?

— Bon, nous n'obtiendrons rien de plus. Dis à Thea de tout nettoyer, de calmer le jeu et de décamper, murmura Mlle Wood, et elle éteignit son ordinateur portable dans un geste rageur.

Calmer le jeu n'allait pas être chose facile et Bosch le savait. Roger Levin était un crétin, mais il devait présentement être très fâché d'avoir été tiré du lit de force alors qu'il jouissait de sa dernière conquête, et avoir déjà téléphoné – ou s'apprêter à le faire – à son papa magnifique. En fait, pendant que son fils jouait aux échecs dans les sous-sols de la demeure des Roquentin – et employait toute son astuce à prendre le fou des blancs, Solange Tandrot, dix-huit ans, blonde frisée, fine et anorexique, mais n'y parvint pas, et se vit en revanche dans l'obligation de prendre Robert Leyoler, un robuste pion de dix-neuf ans ; Gaston avait été prévenu la nuit précédente de ce qui allait se passer par un appel téléphonique. Bosch lui avait expliqué que la seule qui les intéressait était la Colombienne et que son fils ne serait pas inquiété – faux, naturellement : ils allaient les interroger séparément. Levin père avait donné son consentement, mais il fallait quand même faire attention. On ne pouvait ignorer l'influence de Levin. C'était un marchand de faible envergure, mais très astucieux, qui vivait luxueusement dans un immeuble décoré dans le style années 1920, *quai*[1] Voltaire. On disait que sa femme accrochait ses vêtements à un Max Kalima original, *Judith*, dont le modèle, Annie Engels, s'arc-boutait devant la cheminée du salon. Quoi qu'il en soit, on ne pouvait pas plaisanter avec la famille Levin. Par chance, Bosch connaissait le point faible du marchand. Levin était amoureux de certains originaux de la première époque du maître. Il cherchait à les acquérir à un « prix spécial » pour les revendre ensuite aux États-Unis. La négociation avec Stein en était au point mort : Levin savait que, s'il se conduisait mal, Stein bloquerait la vente. On ne plaisantait pas non plus avec la Fondation Van Tysch.

— Qui était-ce, Roger ? Ils n'étaient pas de la police, n'est-ce pas ? Tu les connaissais ?

Roger observait dans le miroir une contusion à son omoplate gauche, peut-être due à un coup porté par la femme soldat. Quoi qu'il en soit, il avait mal. Il dissimulerait l'hématome avec de la crème pour le corps. Il se sentait humilié par ce qui s'était produit, ses jambes tremblaient encore, mais il se consolait en pensant que ce n'était pas, comme il l'avait craint

1. En français dans le texte. *(N.d.T.)*

au début, une invasion de véritables policiers – il possédait une chambre forte à l'étage inférieur dont même son père ignorait l'existence –, et qu'ils n'avaient abîmé aucune de ses belles huiles de l'étage supérieur.

— C'étaient... c'étaient des gens qui travaillaient pour moi, répondit-il. Son père lui avait interdit de commenter l'incident avec la fille.

— Qui travaillaient pour toi ?

— Oui, comme ceux que tu as vus hier chez les Roquentin ! Des abrutis que l'on paie pour porter des armes et surveiller des tableaux !... Qu'importe, qui c'était !...

— Ils cherchaient un ami à moi qui travaille à la Fondation Van Tysch... Pourquoi ?

— Qu'est-ce que j'en sais !

— On va aller voir la police.

— Il vaut mieux laisser courir, dit Roger. Les affaires, tu sais...

Briseida continua à se sécher avec la serviette sans rien dire. Elle venait de prendre une douche et de constater qu'elle était indemne après cette incroyable séance de peinture. C'est-à-dire, de torture. Mais elle pensa que, dès qu'elle serait habillée, elle ramasserait ses affaires et partirait de chez Roger Levin. Accepter son invitation avait été une erreur. Elle était presque sûre qu'une grande partie de la responsabilité de ce qui s'était passé était imputable à Roger et à la bande de malfaisants qui l'entourait.

Et Óscar ? Elle désirait sincèrement qu'il ne lui soit rien arrivé de mal, mais un pressentiment dont elle ne pouvait se défaire lui disait qu'elle ne le reverrait jamais.

— Je suis de plus en plus persuadée que Díaz n'a rien à voir avec ça, dit Mlle Wood.

— Alors pourquoi a-t-il disparu ? demanda Bosch.

— C'est ce que je n'arrive pas à comprendre.

La cigarette écologique, écrasée dans le cendrier, constituait une ride verte.

— Mais qu'est-ce que c'est que ça ? demanda Jorge.

— C'est moi, dit Clara.

Il n'arrivait pas à le croire. La créature qui le regardait depuis cette couleur jaune était un être d'un autre monde, un démon de conte chinois, un lutin à la peau soufrée. Clara, oui, mais moins. Clara et Jaune d'œuf. Ou Clara *corrigée*, parce qu'il se rappelait que la courbe de ses clavicules n'avait jamais été aussi douce ni l'ombre sous ses pommettes aussi imprécise. Et le contour de ses muscles. Et sa silhouette. C'était elle, mais elle était différente. Et ceux qui l'avaient dessinée ainsi ne disposaient pas de couleur chair, juste de crayons d'un jaune très léger dans les tons citron. Comme il était habitué à la deviner dans le carnaval incessant des huiles, une parcelle de son cerveau ne fut pas surprise. Mais *ça*, c'était un peu plus que de la peinture.

— Si tu veux, j'enlève mes vêtements, dit-elle – même le son de sa voix était différent : un certain écho cristallin ? Mais je te préviens que le reste est encore plus dans ce style.

Jorge s'approcha avec précaution. Dans le visage de la créature, la brèche des lèvres s'inclina vers le bas.

— Je ne mords pas, tu sais ? Et je ne suis pas contagieuse.

Elle était debout, dans une posture de bonne élève, les mains dans le dos. Ses vêtements – un top avec des bretelles croisées qui s'arrêtait au nombril et une mini-jupe soulignée de plis – semblaient juvéniles et normaux. « Mais c'est du matériau capitonné, lui expliqua-t-elle, destiné à assurer le transport de toiles. » Les chaussures étaient des sandales plates et fermées comme des chaussons.

— Qu'est-ce qu'on t'a fait ?

— On m'a apprêtée.

— Apprêtée ?

— C'est ça.

Jorge connaissait le terme de la même façon qu'il savait ce qu'était une endoscopie ou une IRM. L'argot du partenaire est le premier que l'on apprend, parfois le seul. Il existait cependant une légère différence : il faisait la grimace quand il l'entendait prononcer des mots tels qu'« hyperdramatique », « apprêter » ou « immobilité ». Il pensait que c'était un peu injuste de sa part, mais, hélas, malheureusement inévitable. La profession de Clara le dépassait. Il est vrai que celle de Beatriz, son ex-femme, ne l'enthousiasmait pas du tout – la copulation des bactéries, mon Dieu –, et celle de sa sœur Arabia, la décoration, sans parler de celle de son frère Pedro, critique d'art, lui semblaient excentriques, mais la biologie, la décoration ou la critique d'art sont des professions que l'on peut comprendre. Travailler comme tableau dépassait cependant toutes ses capacités de réflexion.

— Excuse-moi, mais je crois me rappeler qu'on t'a « apprêtée » en d'autres occasions, c'est du moins ce que tu m'as dit, et pas...

— Jamais comme ça, Jorge, jamais comme ça. Ce que tu vois là est un travail de spécialistes. Il a été effectué à F & W, la meilleure maison. Si je te racontais tout ce qu'on m'a fait...

— Même tes yeux...

— Oui, l'iris, le tissu conjonctif et la rétine. Et le reste du corps, en incluant les orifices et les cav... eueueuh... ités, acheva-t-elle et elle tira la langue.

Un fil d'étain tremblant apparut entre le labelle des lèvres. Jorge avait vu des orchidées pourvues d'appareils reproducteurs du même ton que cette chose. Il n'y avait pas que la langue mais aussi le palais tout entier. « Est-ce que ça déteint ? » se demanda-t-il dans un éclair de machisme. Elle adorait provoquer en lui cet étonnement.

— Ne t'inquiète pas, l'apprêt n'est jamais permanent. Dessous, j'ai gardé mon aspect habituel. Mais tu n'as pas encore vu le plus beau.

Qu'y avait-il d'autre à voir ? Il cligna des yeux, s'approcha plus près.

— Il ne s'agit pas de ma peau, mais de ce que je porte, l'aida Clara.

Alors il le découvrit. Un bristol entre ses seins, attaché autour de son cou par un fil noir. Et un autre, similaire, à sa cheville droite. Couleur jaune orangé, jaune fort, jaune empereur de Chine. Elle lui avait dit un jour que cette couleur, juste cette couleur, était celle des étiquettes de...

— C'est ça. Clara eut un sourire triomphal en voyant qu'il comprenait enfin. La Fondation Van Tysch m'a engagée !

Une valise, se disait Jorge, porte également des étiquettes aux couleurs de la compagnie aérienne avec laquelle elle voyage, et cela ne surprend personne. Mais savoir ce qu'allait penser toute personne qui observerait cette fille en top et jupe blanc perle, aux cheveux et à la peau comme le plastique d'une poupée, sans cils ni sourcils, presque sans traits, mais attirante malgré tout, oui, et même, pour une raison morbide et inexplicable, *particulièrement* attirante, trois étiquettes jaunes accrochées sur le corps. Un mannequin japonais de la dernière génération ? Une attraction pour les vols long-courriers ? Pour Jorge, elle pouvait être toutes sortes de choses. Une clochette sans ailes de libellule ; une créature féerique récemment sortie des pinceaux de ces Anglais romantiques que Pedro détestait tant et portant un ensemble estival.

— Ne t'inquiète pas, le rassura-t-elle, personne ne me verra. On m'a emmenée à Barajas dans une fourgonnette blindée, nous ne sommes pas entrés par la zone des passagers mais par celle du chargement et du déchargement des marchandises fragiles, comme on fait avec les toiles imprimées qui passent d'un pays à l'autre. Ses yeux projetaient des étincelles jaunes. Cette pièce est destinée à l'usage exclusif du matériel artistique que transporte KLM. C'est là que je dois attendre qu'on me prévienne pour monter dans l'avion qui m'emmènera en Hollande.

La pièce offrait un confort limité à un banc jaune – sur lequel elle s'était reposée avant l'arrivée de Jorge – et une console dans le style d'un comptoir de bar étroit le long d'un mur. Ils préférèrent poser leur postérieur sur la console.

— Qui va te peindre... ? murmura Jorge comme en rêve, sans oser prononcer le nom doré. C'est Van... ?

Clara, qui ajustait le décolleté de son top, tendit la main et lui posa un doigt jaune sur les lèvres, au milieu de sa moustache grise. Jorge sentait l'odeur des produits chimiques.

— Ne le dis pas. Ça va sûrement me porter malheur si tu le dis. Je n'en suis pas encore sûre. Et puis souviens-toi qu'il y a plusieurs artistes à la Fondation. Cela pourrait être Rayback, Stein, Mavalaki...

— Mais... la collection *Rembrandt*...

— Oui, oui, d'accord ! C'est *sa* collection et j'ai encore le temps d'être un de ses tableaux ! Mais, s'il te plaît, ne le dis pas ! Je suis tellement heureuse de ce qui m'arrive que je ne veux penser à rien d'autre !...

Ils se regardèrent. Clara resplendissait sous les néons. Jorge se sentait un peu sombre. Il ne partageait rien avec cette petite silhouette transformée en *alien*, cette porcelaine à moitié achevée – mon Dieu, la voir ainsi le faisait grincer des dents, ce jaune constituait pour ses yeux un ongle crissant sur le tableau noir ; il aurait été disposé à lui adjoindre cette couche de rose chair qui lui manquait. Il comprenait son excitation, mais ne pouvait aller plus loin. Qui le lui aurait reproché ? Il était radiologue, il avait quarante-cinq ans, les cheveux poivre et sel et brillants comme le coton qui imite la neige sur les sapins de Noël, mais ceci constituait l'une des deux seules exceptions lumineuses de son existence. Sa moustache était grise, par exemple. Et cinq ans d'échec de son mariage avec une biologiste, Beatriz Marco, l'avaient convaincu que sa vie n'était guère plus resplendissante que sa moustache. Clara était l'autre exception lumineuse. Il l'avait connue l'année précédente, au printemps, un jour où le soleil semblait s'obstiner à tout peindre en jaune. Son frère Pedro l'avait invité à un cocktail chez une collectionneuse, une Belge vivant à Madrid prénommée Édith, désireuse de montrer à tous son acquisition flambant neuve : *La Reine blanche*, la dernière œuvre de Victoria Lledó. À l'époque, Jorge avait l'esprit occupé par son divorce. Le travail ne lui manquait pas – son cabinet de radiologie était assailli de façon satisfaisante –, mais il était plus seul que le roi perdant aux échecs. Il n'imaginait pas que sa rencontre avec *La Reine blanche* allait changer sa vie. Un sixième sens infaillible (« tu l'as hérité de ton père », disait sa mère) lui fit accepter cette invitation décisive que son frère avait improvisée dans le seul but de le distraire.

Édith Je-ne-sais-qui-weke, prodigue en tuniques et parfums, les promena dans sa chaumière de La Moraleja en leur montrant sa collection complète d'œuvres hyperdramatiques : hommes et femmes peints et immobiles, disposés dans le salon, la bibliothèque et sur la terrasse. « Bon Dieu, que font-ils comme ça, debout ? s'interrogeait Jorge, plongé dans la beauté lasse des visages. À quoi pensent-ils pendant que nous les regardons ? »

Ils arrivaient au jardin, où était exposée l'œuvre de Vicky Lledó.

— C'est une *outside performance*, dit Édith, et elle se tourna vers Pedro. Ici, on appelle ça des actions en extérieur, n'est-ce pas ?

— Qu'est-ce que ça veut dire ? demanda Jorge.

— Ce sont des tableaux HD dans lesquels les figures se déplacent et exécutent des choses planifiées par l'artiste, répondit Pedro, didactique. On appelle ça des « extérieurs » parce qu'on les expose à l'air libre, et des actions parce qu'elles se déroulent par intermittence et se répètent dans un cycle continu qui n'a rien à voir avec la présence du public. Si on les montrait comme n'importe quel autre spectacle et que le public doive venir à une heure précise pour les voir, ce seraient des rencontres.

— Alors, c'est comme un art-shock ?

Édith et Pedro échangèrent un sourire complice.

— Les art-shocks, mon cher frère, sont des rencontres interactives, c'est-à-dire des spectacles à horaire fixe auxquels le propriétaire du tableau ou ses amis peuvent participer s'ils le souhaitent. La majeure partie sont de type sexuel ou violent et complètement illégaux.

Mais ne prends pas cet air intéressé, mon salaud, parce que aujourd'hui tu n'auras pas cette chance : *La Reine blanche* n'est pas un art-shock mais une action non interactive. C'est-à-dire qu'un tableau fera quelque chose par intermittence sans participation directe du public. Bref, tout ce qu'il y a de plus innocent, n'est-ce pas, Édith ? La Belge acquiesçait avec un petit rire affable.

Jorge se prépara à s'ennuyer. Il ne se doutait pas de ce à quoi il allait assister.

Le jardin était vaste et protégé de la curiosité par un très haut mur. L'œuvre était exposée sur la pelouse. Il s'agissait d'une pièce sans toit pourvue de trois murs blancs et d'un sol à damier. Dans le mur du fond, au ras du sol, on distinguait une ouverture rectangulaire à travers laquelle scintillait l'herbe. À l'intérieur de la pièce, il y avait une table, des chaises, des sandwiches, de l'eau et un portemanteau, le tout de couleur blanche. Une jeune fille à l'opulente chevelure blonde en robe de mariée très blanche était nonchalamment allongée sur les dalles. Son visage et ses mains resplendissaient d'une lividité éthérée. Soudain, tandis que Jorge regardait, elle se mit à quatre pattes, se dirigea vers l'ouverture, y introduisit la tête, recula, l'introduisit à nouveau. L'image était choquante, comme un film surréaliste.

— Vous voyez ? expliquait Édith. Elle veut sortir par ce trou, mais elle ne peut pas, parce que la robe de mariée ne passe pas...

— La métaphore est simple, dit Pedro : elle en a assez de vivre enfermée dans le mariage bourgeois.

Efforts inutiles pour introduire les dentelles festonnées. Recul. Nouvelle tentative. Taille souple, fesses en l'air, hanches encastrées dans le cadre. Jorge souffrait en la contemplant : il se sentait en quelque sorte dans une situation identique avec Beatriz.

— La jeune fille comprend qu'elle doit l'enlever pour atteindre son but, poursuivait Édith... Ah, regarde : maintenant elle l'enlève et l'accroche au portemanteau... Elle vainc ses préjugés, pour ainsi dire, se déshabille et s'enfuit... Et, faisant un geste vers ses invités : Allons de l'autre côté du jardin pour voir la suite.

Son frère dut lui donner un coup de coude.

— Jorge n'avait jamais vu un tableau action en vrai, riait Pedro.

— C'est beau, hein ? Édith clignait de l'œil.

Il eut l'impression de marcher en rêve vers la partie arrière du jardin, derrière la pièce. Il y avait là un espace carré recouvert de sable humide qui faisait également partie de l'œuvre. La jeune fille était allongée dessus. Elle semblait heureuse. Le soleil explosait en petits points de fulguration sur son corps peint comme dans une toile de Seurat. Jorge, bouche bée, n'avait jamais vu nudité aussi parfaite. Les seins étaient menus, mais ressortaient avec précision sur ce torse qui s'échelonnait doucement au fil des côtes. L'ondulation du ventre était authentique, il ne s'agissait pas d'un artifice de la contraction musculaire. Il pensa qu'il pouvait embrasser la taille de ses mains. Les jambes étaient d'une longueur inouïe : il était facile de se tromper avec des jambes présentant cette tournure, mais Jorge les explora au ralenti d'un œil radiologique sans découvrir aucun défaut tout au long de l'asphalte musculaire. Même les pieds et les mains – toujours si difficiles, hélas, pour un peintre et pour la génétique – n'étaient pas erronés : doigts longs et équilibrés, proportions respectées, tendons qui n'attiraient l'attention que pour signaler qu'ils étaient vivants. Ses références culturelles, soumises à la beauté de la fin du XXe siècle et du début du XXIe, furent unanimes : un chef-d'œuvre.

Mais il n'y avait pas que la forme, il y avait le geste, les expressions contradictoires d'un visage à la fois malicieux et ingénu, la façon de souligner les articulations, l'usage des muscles qui dans des corps tels que celui de Jorge dormaient en permanence jusqu'à ce que les convulsions de l'agonie les réveillent – peut-être. C'était l'ensemble le plus harmonieux qu'il eût jamais vu. La jeune fille se retournait en se recouvrant de sable frais. Puis elle se leva et commença une danse brutale – ses cheveux se transformant en un tourbillon de lingots –, cria et fabriqua un cache-sexe avec des feuilles de mûrier en l'ajustant à sa taille élastique. Pendant toute la durée de cet exercice plein de fureur, sa peau exsudait de la peinture : un ton très clair de citrons pressés que son frère définit comme « jaune gomme-gutte ». Dans l'esprit fébrile de Jorge, le mot acquit une sonorité de danse sacrée. Tandis qu'il entrait dans la maison pour aller chercher à boire et revenait rapidement au jardin pour assister à la suite, il murmurait pour lui : « Gomme-gutte. Gomme-gutte. » Cela devint un rythme obsédant.

Le soir déclinait. Le tableau évoluait depuis une heure et demie. Comme couronnement de sa bacchanale privée, la jeune fille se masturba : lentement, de façon impérieuse, allongée sur le sable. Jorge n'eut pas l'impression qu'elle feignait.

— Mais à ce moment, poursuivait Édith dans son espagnol étranger et musical, après l'extase elle commence à avoir faim et soif. Froid aussi. Et elle se rappelle que la nourriture, l'eau et le vêtement sont à l'intérieur de la pièce. Elle se glisse donc à nouveau par l'orifice, remet la robe de mariée et redevient la jeune fille chaste et bien élevée du début. Et le tableau recommence après une pause. C'est chargé de sens, non ?

— Typique de Vicky Lledó, définit Pedro en tirant sur sa barbe. La libération totale de la femme ne sera pas possible tant que l'homme continuera à lui faire du chantage avec les bénéfices apparents de l'état de bien-être.

Ce soir-là, le tableau rentrait à Madrid en taxi. Jorge proposa de le raccompagner (par chance, Pedro préféra partir de son côté). En pull-over, jean et un foulard autour du cou, elle ne lui sembla pas moins excitante que nue, décoiffée et bronzée de sueur et de sable. Son absence de sourcils et le brillant de sa peau l'attiraient. Elle lui expliqua qu'elle était « apprêtée ». C'était la première fois qu'il entendait ce mot. « Apprêter signifie préparer une toile pour la peindre », précisa-t-elle. Pendant le trajet, les mains collées sur le volant, il lui posa quelques questions et obtint quelques réponses : elle avait vingt-trois ans (presque vingt-quatre) et était modèle en art HD depuis ses seize ans. Jorge apprécia sa désinvolture, son intelligence, sa façon d'agiter les mains en parlant, le ton doux mais décidé de sa voix. Elle lui expliqua des choses fantastiques sur son travail. « Les modèles d'art HD ne sont pas des acteurs, ne confonds pas : ce sont des œuvres d'art et ils font *tout* ce que les peintres décident qu'ils doivent faire, oui, sans aucune restriction. L'hyperdramatisme s'appelle ainsi précisément parce qu'il va *au-delà* du drame. Il n'y a aucun mensonge. Dans l'art HD tout est réel, y compris le sexe, quand il y en a, et la violence. » Qu'éprouvait-elle en faisant tout cela ? Eh bien ce qu'elle était censée éprouver, ce que le peintre souhaitait qu'elle éprouve. Dans le cas de *La Reine blanche* : claustrophobie, liberté absolue, malaise et retour à la claustrophobie. « Un métier incroyable », admit-il. « Et toi, dans quoi est-ce que tu travailles ? » « Je suis radiologue », répondit-il.

Ensuite vinrent les rendez-vous, les promenades, les nuits partagées.

Si on lui avait demandé de résumer cette relation, il aurait répondu sans hésiter : « Étrange et excitante. »

Tout en elle le fascinait. La façon dont elle se maquillait parfois. Les essences lointaines avec lesquelles elle se parfumait à l'occasion. La luxueuse élégance de sa garde-robe. Sa suprême indifférence pour se dénuder. Sa bisexualité sans réserve. Les exercices scandaleux auxquels elle devait parfois se plier quand on la peignait. Et cependant, malgré tout, son *ingénuité* d'actrice débutante. Chez elle, les contradictions étaient la norme. Il dévorait ses qualités jusqu'à la satiété. Il regrettait alors un peu de simplicité. Beatriz redevenait simple après avoir épié la copulation de ses bactéries. Pourquoi Clara ne pouvait-elle l'être quand elle se dépouillait de la peinture ? Pourquoi cette terrible sensation de *fétichisme*, comme si coucher avec elle était revenu à embrasser une chaussure de luxe ?

Depuis quelque temps, il l'obligeait à se disputer : c'était sa façon d'obtenir de la simplicité. « Tous les couples se disputent. Nous aussi. Conclusion : nous sommes un couple comme les autres. » La logique de ce raisonnement lui semblait rigoureuse. Ils avaient livré leur dernier combat le jour de l'anniversaire de Clara, le 16 avril. Ils allèrent dîner dans un nouveau restaurant qu'il avait découvert – chandeliers, accordéon et plats qui exigeaient une langue souple pour prononcer leur nom. Jorge ferme les yeux et la revoit telle qu'elle était cette nuit-là : une robe en cuir de Christian Lacroix et un collier auquel était suspendu un anneau d'argent portant la signature du créateur. Tout cela et seulement cela, sans sous-vêtements, parce qu'elle s'exposait nue le matin dans un tableau de Jaume Oreste. Le regard de Jorge zigzaguait de cet anneau à la courbe des seins comprimés par le décolleté. Ils respiraient comme une baleine blanche, l'anneau oscillait comme le hublot d'un bateau. Bien sûr, il était excité – il l'était toujours quand il sortait avec elle – mais il avait également envie de détruire cette somptueuse harmonie. C'était comme la tentation qui pousse l'enfant à briser l'assiette la plus précieuse du vaisselier. Il commença de façon sibylline, sans dévoiler ses véritables intentions, mettant à profit la conversation.

— Tu savais que *Monstres* a été l'exposition la plus visitée de la Haus der Kunst de Munich depuis son inauguration ? C'est Pedro qui me l'a dit l'autre jour.

— Ça ne m'étonne pas.

— Et à Bilbao ils se battent pour accueillir *Fleurs* au Guggenheim, mais Pedro dit que ça va leur coûter les yeux de la tête. Et cela n'est rien : tous les pronostics s'accordent pour dire que la nouvelle collection qui sera présentée cette année, *Rembrandt*, va dépasser *Fleurs* et *Monstres* par le nombre de visiteurs et le prix des œuvres. Certains disent que ce sera l'exposition la plus importante de l'histoire. Bref, ton « maître » a fait en sorte que l'art hyperdramatique soit l'un des commerces les plus lucratifs du XXe siècle...

Joli coup d'hameçon, capitaine Achab ! Les deux baleines symétriques se dressent en même temps. Le bateau en argent s'agite.

— Et toi, comme toujours, tu penses que le monde est devenu idiot.

— Non, le monde est idiot depuis l'origine, ce n'est pas ça. Ce qui se passe, c'est que je ne suis pas d'accord avec l'opinion que la majorité des gens a de Van Tysch.

— Laquelle ?

— Que c'est un génie.

— C'en est un.

— Excuse-moi, Van Tysch est un malin, ce n'est pas la même chose. Mon frère dit que l'art hyperdramatique a été créé par Tanagorsky, Kalima et Buncher au début des années 1970. Eux, c'étaient vraiment des artistes, mais ça ne leur a pas rapporté un radis. Alors Van Tysch est arrivé, il avait hérité dans sa jeunesse une fortune d'une sorte d'oncle d'Amérique, il a inventé un système d'achat et de vente des tableaux, créé une Fondation pour gérer ses œuvres et a veillé à s'en mettre plein les poches avec l'hyperdramatisme. Quelle bonne affaire, putain.

— Tu penses que ce n'est pas bien ?

Elle faisait preuve d'une tranquillité insupportable. Habituée à se maîtriser, elle utilisait cette maîtrise comme un avantage par rapport à lui. Jorge avait beaucoup de difficultés à la faire sortir de ses gonds, parce que la patience d'un modèle est infinie.

— Ce que je pense, c'est que c'est du business, pas de l'art. Même si, à y bien réfléchir, n'est-ce pas ton cher Van Tysch qui a sorti cette connerie : « l'art, c'est de l'argent » ?

— Et il avait raison.

— Il avait raison ? Rembrandt est un génie parce que ses tableaux valent aujourd'hui des millions de dollars ?

— Non, mais si les tableaux de Rembrandt ne valaient pas aujourd'hui des millions de dollars, qui cela intéresserait-il, que ce soit un génie ? Il s'apprêtait à répliquer quand une goutte de crème – ils en étaient au dessert : des crêpes roulées fourrées à la crème – vint tomber de façon imprévue sur sa cravate (*paf*, capitaine Achab, une mouette t'a fait dessus), ce qui l'obligea à déployer l'irritant rituel de la serviette tandis qu'elle poursuivait. Van Tysch a compris que pour créer un art nouveau il faut simplement lui faire générer de l'argent.

— Ce raisonnement ne s'applique qu'au business, ma chérie.

— L'art, c'est du business, Jorge, déclara-t-elle, impassible, et la flamme des bougies, photocopiée par ses yeux bleus, vacilla.

— Mon Dieu, écoutez l'avis d'une œuvre d'art ! Alors, d'après toi, qui es un tableau professionnel, l'art, c'est du business ?

— C'est ça. Comme la médecine.

« C'est ça. » Ce foutu tic verbal qu'elle avait. Elle ouvrait la bouche et haussait un de ses faux sourcils peints en prononçant cette expression rythmée.

— Tu te fais payer pour tes radios comme un peintre pour ses tableaux, poursuivit-elle. Ce n'est pas toi, qui dis toujours que tel ou tel collègue devrait savoir que « la médecine est de l'art » ? Eh bien voilà.

— Voilà quoi ?

— La médecine, c'est de l'art, et donc du business. Aujourd'hui, tout est pareil : art et business. Les véritables artistes savent qu'il n'y a pas de différence entre les deux. Du moins, aujourd'hui, il n'y en a aucune.

— D'accord, admettons que l'art soit du business. Alors l'art hyperdramatique est une affaire qui consiste à acheter et à vendre des personnes, non ?

— J'ai saisi ton allusion, mais je dois te dire que nous, les modèles, nous ne sommes pas des personnes quand nous faisons une œuvre d'art : nous sommes des tableaux.

— Ne dis pas de bêtises. C'est bon pour tromper le public. Mais les êtres vivants ne sont pas des tableaux.

— Maintenant tu ressembles à ceux qui pensaient, au début du siècle dernier, que les tableaux impressionnistes n'étaient pas de véritables tableaux. L'histoire de l'art a admis l'impressionnisme, puis le cubisme, et maintenant elle admet l'hyperdramatisme.

— Parce que ce sont des affaires juteuses, n'est-ce pas ? Elle haussa ses épaules parfaites sans répliquer. Écoute Clara, je ne veux pas être iconoclaste, mais l'art hyperdramatique consiste à placer des filles comme toi nues dans diverses postures. Il y a aussi des garçons, bien sûr. Et beaucoup d'adolescentes, et même des enfants. Mais combien d'hommes ou de femmes mûrs vois-tu dans les œuvres d'art HD ? Dis-moi ! Qui paierait vingt millions d'euros pour emmener chez lui un gros type peint et lui faire prendre une posture ?

— Je te rappelle que le tableau qui donne son nom à la collection *Monstres* de Van Tysch se compose de deux personnes très grosses. Et il vaut beaucoup plus que vingt millions, Jorge.

— Et les décorations ? Transformer quelqu'un en cendrier ou en chaise, qu'est-ce que tu en penses ? C'est aussi de l'art ?... Et l'art-shock ?... Et les tableaux « tachés » ?...

— Tout cela est complètement illégal et n'a rien à voir avec l'hyperdramatisme orthodoxe.

— Laissons tomber. Je sais que c'est un péché d'utiliser le nom de Dieu sans nécessité.

— Tu veux un autre rouleau, ou tu te contenteras de parler ? Elle désigna son assiette avec les crêpes roulées intactes – un autre corollaire de son métier : elle contrôlait les calories avec précision, surveillait son poids avec des appareils électroniques portatifs, la nouvelle mode, dînait de jus de fruits hypervitaminés, semblait ne jamais avoir faim.

Cette nuit, ils firent l'amour chez lui. Ce fut comme toujours : un exercice d'une délicatesse plaisante. Elle était une toile et il devait prendre des précautions. Il lui demandait parfois pourquoi elle n'était pas aussi « soigneuse » avec elle-même dans ces rencontres interactives brutales appelées art-shocks auxquelles elle participait parfois. « C'est différent parce que c'est de l'art, répliquait-elle. Et en art tout est permis, même d'abîmer la toile. » « Ah », disait-il. Et il continuait à l'admirer.

Il était fou d'elle. Il était las d'elle. Il voulait ne jamais l'abandonner. Il voulait la quitter pour toujours.

— Tu ne pourras pas, lui dit un jour son frère Pedro. Quand on tombe amoureux d'un tableau, c'est toujours la même chose : on ne sait pas pourquoi il nous plaît, mais on ne peut pas s'en défaire.

Clara ignorait ce qu'elle éprouvait pour Jorge. Ce n'était pas de l'amour, bien sûr, puisqu'elle ne pensait pas avoir jamais éprouvé de véritable amour pour rien ni personne, hormis l'art – des gens tels que Gabi ou Vicky constituaient des facettes de ce diamant. Et elle supposait que Jorge n'était pas amoureux lui non plus. Elle comprenait que pour lui ce soit très valorisant de sortir avec une toile, disons que cela participait du même statut social que de s'acheter une Lancia ou un Patek Philippe, de vivre dans cet appartement de la rue Conde de Peñalver ou de diriger un cabinet de radiologie prospère. « Coucher avec une huile relève presque du luxe, n'est-ce pas, Jorge ? C'est bon pour ton statut social. »

Bien sûr, il lui plaisait, avec ces cheveux blancs et cette moustache dressés sur sa formidable stature, ses yeux gris et sa mâchoire forte. Cela l'excitait de penser qu'elle pervertissait un homme mûr. Elle adorait le faire rougir. Mais elle aimait aussi imaginer le contraire, que c'était lui qui la pervertissait. Le maître aux cheveux blancs. Le mentor bronzé aux UV. Comme si cela ne suffisait pas, Jorge n'appartenait pas au monde de l'art, détail qu'elle trouvait délicieux par son étrangeté.

Sur l'autre plateau de la balance, elle plaçait sa vulgarité absolue. Le Dr Atienza s'en tenait à l'opinion ridicule selon laquelle l'art hyperdramatique était une forme d'esclavage sexuel légalisé, la prostitution du XXIe siècle. Il lui semblait inconcevable que quelqu'un pût acheter un mineur nu au corps peint pour l'exposer chez lui. Il pensait que Bruno Van Tysch était un jouisseur dont le seul mérite avait consisté à hériter d'une fortune prodigieuse. Elle écoutait ses emportements avec amertume, parce que la chose qui l'énervait le plus au monde était la médiocrité. Clara avait besoin des génies comme un oiseau de l'infinité de l'air. Mais elle pouvait comprendre la raison de tant de vulgarité. La profession qu'il exerçait ne consistait pas, comme la sienne, à se livrer, corps et esprit. Il n'avait jamais ressenti ce frisson entier, la fragilité et le feu d'un modèle dans les mains d'un peintre expert ; il ne connaissait pas le nirvana de l'immobilité, les fluctuations du temps dans la paralysie d'un salon, les regards du public comme une froide acupuncture sur la peau.

Ils ignoraient tous deux où les mènerait cette relation dans laquelle ils partageaient un lit et des soirées. Probablement à la rupture. Jorge voulait des enfants. Il lui en parlait parfois. Elle le regardait avec une douce compassion, comme un martyr regarderait quelqu'un qui lui demanderait : ça vous fait mal ? La seule vie qu'elle avait envie de reproduire, répondait-elle, était la sienne propre. « Chaque fois que je suis un tableau, c'est comme si j'accouchais de moi-même, tu comprends ? » Il ne comprenait évidemment pas.

Ce qu'elle préférait chez lui était peut-être le bénéfice qu'elle tirait de son caractère paisible et avisé. Même endormi, Jorge était thérapeutique : il avait une respiration régulière, n'était pas tendu par les cauchemars, ne craignait pas l'obscurité d'une pièce, contrairement à elle, lui expliquait la meilleure façon de se reposer. Ses paroles étaient des crèmes prescrites par un médecin aimable et son sourire un calmant précis et instantané. Si loin de tout ce qu'elle faisait, et si approprié.

À cet instant, elle avait besoin d'une forte dose de Jorge.

— Tu es sûre qu'ils ne te racontent pas d'histoires ? demanda-t-il, essayant de se montrer sceptique.

— Évidemment, que j'en suis sûre. Ça va être la chose la plus importante de ma vie. Non seulement je vais gagner plus d'argent que je n'en ai jamais rêvé, mais je vais devenir... je suis sûre que je vais devenir une... une... une *grande* œuvre d'art. Jorge s'aperçut de son hésitation : comme si elle avait su que tout ce qu'elle pouvait dire resterait très en deçà de la réalité. Aujourd'hui, on m'a assuré que dans vingt-quatre mille ans on continuerait à parler de *moi*, ajouta-t-elle dans un murmure. Tu peux le croire ? C'est la femme de la Fondation qui me l'a dit. *Vingt-quatre mille ans*. Tu peux le croire ? Je n'arrête pas d'y penser. Tu imagines ?

Elle venait de lui faire un résumé rapide de ce qui s'était passé. Elle lui parla de la visite des deux hommes à GS et de son rendez-vous du jeudi avec Friedman. Le travail d'apprêt avait été réparti entre cinq experts : Friedman s'était occupé lui-même de l'examen de ses cheveux et de sa peau ; M. Zumi, des muscles et des articulations ; M. Gargallo avait mis sa physiologie au point ; la fratrie Monfort affiné sa concentration et ses manières. Le premier la reçut dans la cave de l'immeuble de Desiderio Gaos après qu'on l'eut dévêtue, que l'on eut détruit ses vêtements et fait des photos pour la compagnie d'assurances. Il la palpa minutieusement. Elle devrait se faire couper les cheveux, dit-il. Et il fallait les recouvrir d'un gel supportant la peinture. La douceur de sa peau ne lui sembla pas appropriée. Il prescrivit des crèmes. Il nota les rebords et les plis. Il observa l'os de son larynx lorsqu'elle déglutissait, la façon dont ses côtes ressortaient, la réaction de la pointe des seins à la pression et au froid, les caractéristiques de ses muscles. Puis il explora chacun de ses orifices et des cavités correspondantes avec les doigts et des lumières. « Épargne-moi les détails », l'implora Jorge.

M. Zumi, un Japonais mystérieux et laconique, s'occupa d'elle au premier étage quand Friedman eut terminé. Il y avait un gymnase, aux appareils duquel Clara se suspendit pendant plusieurs heures. Zumi surprit une certaine laxité au niveau des cervicales et une tendance à l'accumulation d'acide lactique dans les jambes. Couverte de sueur, elle le voyait sourire en silence devant chaque sinistre torture : équilibre sur un pied, suspendue au plafond par les chevilles, sur la pointe des pieds sur une poutre, pliant le dos, levant les bras avec des poids attachés à ses biceps. Deux heures plus tard, le matériel épuisé passa aux mains de M. Gargallo, au troisième étage. Gargallo était spécialiste en réactions physiologiques de tableaux, et collectionnait un nombre infini d'expérimentations filmées, une vidéothèque de DVD absolument répugnante. Il était convaincu de sa propre inutilité.

— Le seul viscère qui compte est le seul dans lequel je ne sois pas expert, dit-il à Clara, et il désigna sa tête. Heureusement, je suis expert dans le deuxième par ordre d'importance. Il désigna son entrejambe.

C'était un type affable, adipeux et au teint jaunâtre, avec une barbichette de bouc et des lunettes rondes et sales. Il commença par l'avertir que tout son travail était « une cochonnerie indispensable ». « Nous aimerions bien être de purs objets d'art comme une pièce de toile ou un morceau d'albâtre, philosophait Gargallo. Mais nous sommes la vie. Et la vie n'est pas de l'art : la vie est dégoûtante. Ma tâche consiste à empêcher que la vie se comporte comme de la vie. » Ses exercices furent une autre sorte de cauchemar : le matériau – elle, immobile et nue – dut supporter des corps étrangers sur ses paupières saupoudrées à la pipette ; le chatouillis de plumes dans des replis lointains ; des drogues qui agitaient ventre et vessie à l'unisson ou modifiaient les états d'âme, diminuaient l'excitation sexuelle ou provoquaient des maux de tête ; des substances qui faisaient baisser la tension ou éprouver le froid, la chaleur ou des picotements – mon Dieu, ces envies de se gratter, interdites à tous les tableaux ; le vertige de la faim intense ; la malédiction rugueuse de la soif ; l'assaut pénible des insectes et autres bestioles – « chez les tableaux d'extérieur il est fréquent qu'ils grimpent le long des jambes », disait Gargallo ; la fatigue extrême et le sommeil, ce rouleau compresseur de la conscience qui a raison de la volonté de tout tableau permanent. Gargallo essayait de nouveaux facteurs de gêne, procédait ici et là à des ajustements quand il relevait une défaillance du matériel, préconisait parfois des médicaments, notait les incidents.

On la laissa se reposer quelques heures et, encore épuisée, elle dut monter au cinquième étage pour s'en remettre à Pedro Monfort. « J'ai commencé dans une cave et je vais finir au grenier », pensa-t-elle avec un cerveau exténué mais décidé à résister. Les Monfort étaient frère et sœur, lui très jeune et elle d'âge mûr. Ils se consacraient à l'apprêt de pensées, noble travail s'il en fut, mais ils ne semblaient pas heureux. En fait, Pedro Monfort s'inclinait devant des spécialistes tels que Gargallo. C'était un type à l'air intellectuel et au visage mal rasé qui aimait les longs silences et truffer ses phrases d'obscénités.

— Les seules choses importantes sont le con et la bite, lâcha-t-il soudain devant une Clara épuisée. C'est moi qui te le dis, je connais parfaitement le cerveau.

Il affirmait également que la concentration était impossible.

— On ne peut se concentrer qu'en se distrayant. Je sais bien qu'on vous apprend autre chose à l'académie, à vous les tableaux, mais les méthodes des académies, je m'en fous. Observe des enfants qui jouent. Ils sont très concentrés sur ce qu'ils font. Pourquoi ? Parce qu'ils fournissent un « effort de concentration » ou parce qu'ils jouent ? C'est évident, putain : ils sont concentrés parce qu'ils s'amusent, parce qu'ils aiment ça. Il est absurde que tu fasses des efforts pour te concentrer sur l'immobilité. Ce que tu dois faire, c'est aimer ça.

C'était l'un des mots qu'il répétait le plus. « Aime », disait-il, proposant un nouvel exercice mental.

Marisa Monfort, d'âge mûr, les cheveux teints et les yeux disparaissant sous le rimmel, reçut les vestiges de Clara au septième étage. Son bureau était sombre et elle ne semblait pas heureuse elle non plus. Deux serpents tatoués décoraient le revers de ses mains, segmentées par le boulier d'innombrables bracelets jaunes. Elle se tenait les tempes en parlant comme si elle avait appuyé sur deux boutons. « Moi, je m'occupe de la mémoire, petite, lui dit-elle. Les habitudes accrochées à notre moi qui entravent tant le travail hyperdramatique. » Elle la fit entrer trois fois dans son bureau et analysa ses gestes. Elle se montra préoccupée par sa tendance excessive à se répéter. Heureusement, elle ne découvrit aucun « de ces vices qui gâchent la qualité d'un bon matériel » : un tic, se ronger les ongles, la petite toux qui s'empare de nous quand nous sommes nerveux, les postures défensives. Elle l'assaillit de situations imaginaires. Elle lui montra des photos obscènes ou terribles. Elle évalua parfaitement son absence de pudeur. Elle fut par contre catégorique sur les conduites illégales : Clara ne pouvait commettre le moindre délit sans protestations de sa conscience.

— Petite, petite : pour être un grand tableau, il faut passer *toutes* les barrières – lui reprocha Marisa Monfort avec des accents de sibylle. Tu ignores dans quel monde tu pénètres, petite. Être une œuvre d'art a quelque chose de… d'inhumain. Tu dois être plus froide, beaucoup plus froide. Imagine un sujet de film de science-fiction : l'art est comme un être d'une autre planète et se manifeste à travers nous. Nous pouvons peindre des tableaux ou composer des musiques, mais ni le tableau ni la musique ne nous appartiendront, parce que *ce ne sont pas des choses humaines*. L'art nous utilise, petite, il nous utilise afin de pouvoir exister, mais c'est comme un *alien*. Tu dois penser à ça : quand tu es un tableau, tu n'es pas humaine. Imagine un insecte. Un insecte très étrange. Imagine-toi ainsi, comme un insecte, capable de voler, de sucer des fleurs, d'être fécondée par la trompe d'un mâle et d'empoisonner un enfant avec ton dard… Imagine que tu es cet insecte, maintenant.

Clara se l'imaginait, mais elle était incapable de comprendre ce que pensait l'insecte.

— Quand tu sauras ce que l'insecte *pense*, tu seras une bonne œuvre d'art, lui dit Marisa Monfort.

Au huitième étage se trouvait l'atelier d'apprêt. Des agrandissements de photos de grands succès de F & W en tapissaient les murs : un tableau aquatique de Nina Soldelli, la fabuleuse Kirsten Kirstenman debout dans un intérieur de salon, la surprenante figure féminine à la chevelure en flammes de Mavalaki et un extérieur de Ferrucioli sur une falaise, toutes ces œuvres imprimées par F & W. Ce fut là qu'elle écouta, enfin, le verdict glacé de Friedman : ils la prenaient avec des réserves. Elle était un bon matériel, mais elle devrait se perfectionner. Une femme à l'accent sud-américain – elle reconnut la voix : c'était celle qui avait testé sa tension nerveuse au téléphone – lui montra le contrat. Quatre feuilles de papier turquoise à en-tête de « The Bruno Van Tysch Foundation, Department of Art ». Elle avait du mal à y croire. La joie l'envahissait. La durée du contrat était d'un an. Le paiement, cinq millions d'euros, s'effectuerait en deux temps : la moitié de la somme était déjà sur son compte, le reste serait versé à la fin de l'œuvre. Ce à quoi s'ajouteraient le pourcentage sur la vente du tableau et la location mensuelle. Une assurance tous risques et deux annexes y étaient incluses : l'une d'exclusivité et l'autre d'engagement moyennant lesquelles elle promettait de ne jamais se laisser falsifier. Une troisième annexe l'obligeait à tout laisser entre les mains du département d'art. L'art pouvait faire n'importe quoi d'elle, parce que l'art était l'art. Ce que l'art allait faire d'elle, seul l'art le savait, mais, quoi qu'il arrive, elle devrait l'accepter. Le peintre qui l'engageait appartenait à la Fondation, mais elle ne connaîtrait pas son identité avant le début du travail. Clara signa les quatre feuilles.

— Quelle folie, murmura Jorge.

— Tu n'as aucune idée de la façon dont tout cela fonctionne. Tout est régi par le secret le plus absolu. Rembrandt, le Caravage, Rubens et d'autres grands maîtres avaient leurs « secrets professionnels », non ? Fabrication de couleurs, choix des toiles… Eh bien les peintres modernes en ont eux aussi. De la sorte, ils empêchent les autres de copier leurs idées.

— Et ensuite, qu'est-ce que tu as fait ?

— Temps libre jusqu'à l'étape finale de l'apprêt.

Ce fut le samedi. Cela dura toute la journée. Une coupe de cheveux, une douche d'acides, des apprêts de crème répartis sur son corps au moyen d'immenses brosses mobiles comme dans un lavage automatique de voiture, effacement des cicatrices (y compris la signature d'Alex Bassan), estompage d'empreintes, façonnage et moulage des muscles et articulations avec des flexibilisateurs et des crèmes ; teinture de la peau, des cheveux, des yeux, des orifices et des cavités avec cette couche de blanc de base et une fine couche de peinture jaune. Enfin, les étiquettes, sur lesquelles ne figuraient que son prénom, le logotype de la Fondation et un mystérieux code-barre.

On était le dimanche 25 juin 2006, et la phase d'apprêt était achevée. On l'habilla d'un ensemble blanc comprenant un haut et une minijupe, on l'emmena à l'aéroport de Barajas et on la rangea dans cette pièce. On lui demanda alors si elle voulait dire au revoir à quelqu'un. Elle choisit Jorge, qui venait de rentrer de son congrès de radiologie et avait écouté son message.

— C'est tout, conclut-elle.

Jorge apprécia les choses de son point de vue.

— Cinq millions d'euros, c'est beaucoup d'argent. On peut dire que tes problèmes sont résolus.

— Tu oublies le pourcentage sur la vente et la location. S'ils font un chef-d'œuvre avec moi, je peux facilement tripler cette somme.

— Mon Dieu.

Les yeux dorés de Clara s'ouvrirent avec précision tandis qu'elle souriait : deux Jorge s'imprimèrent sur ses iris jaunes.

— L'art est de l'argent, murmura-t-elle.

Il regardait fixement ce spectre de plus en plus doré. « On ne l'a pas encore peinte, et elle vaut déjà une fortune. » Dans le silence qui suivit, ils entendirent le son amorti des haut-parleurs de l'aéroport de Barajas.

— Vingt-quatre mille ans, dit Jorge sur un ton qui laissait penser qu'il s'agissait d'une quantité négociable, comme s'il se fût agi d'argent. Une œuvre d'art HD peut-elle durer aussi longtemps ?

— Il ne faudrait que vingt-quatre mille remplaçants, un par an. Mais, moi, je passerais à la postérité comme le modèle original.

Et un million d'années ? Un million de personnes, calcula Jorge. En ne comptant que les habitants de Madrid, une personne par an, l'œuvre pouvait durer aussi longtemps que la vie de l'homme sur la Terre, sans oublier le prologue anthropoïde. Naturellement, il faudrait pour cela plusieurs générations, mais que sont trois ou quatre millions de personnes ? Soudain il lui semblait que ce n'était pas Clara qu'il contemplait : il contemplait l'éternité tout entière.

— Ça semble fantastique, dit-il.

— J'ai un peu peur, avoua-t-elle, et elle ajouta, souriant nerveusement : Juste un peu, mais de grande qualité.

Jorge tendit impulsivement les bras.

— Non, dit-elle en reculant. Ne me prends pas dans tes bras. Tu pourrais m'abîmer. J'ai envie de pleurer, mais je ne veux pas non plus. De toute façon, on m'a assuré que je manque de larmes et de sueur. Et il me reste à peine quelques sécrétions de salive. Cela vient de l'apprêt.

— Mais tu te sens bien ?

— Je me sens incroyablement bien, prête à *tout*, Jorge, à tout. En ce moment, je serais capable de faire de mon corps *n'importe quelle chose* qu'un peintre m'ordonnerait de faire.

Il ne tenait pas à en savoir davantage. Un homme en uniforme bleu sombre de pilote entra alors. Il était grand et séduisant, avec des lèvres épaisses et portait un nœud de cravate lâche.

— Avion prêt, dit-il avec un fort accent.

Clara regarda Jorge. Il aurait aimé dire quelque chose de transcendantal, mais ces moments n'étaient pas sa spécialité.

— Quand te reverrai-je ? se contenta-t-il de demander.

— Je ne sais pas. Quand on m'aura peinte, je suppose.

Ils se regardèrent un instant et soudain Clara se rendit compte qu'elle pleurait. Elle ne sut pas quand cela avait commencé, parce que ce qui était sûr, c'était qu'il n'y avait pas de larmes, mais le reste du mécanisme était intact : nœud dans la gorge, efforts de la paupière, irritation oculaire, angoisse au ventre. Les larmes, l'artiste devrait les ajouter, se dit-elle, peut-être en les lui peignant sur les joues, ou les imiter avec de petits éclats de cristal, comme pour certaines Vierges. Puis elle se reprit. Elle décida de ne pas se laisser gagner par l'émotion. Une toile devait se montrer neutre.

Elle quitta Jorge sans tourner la tête et suivit l'homme à travers un couloir métallique bruissant de rugissements d'avion. À chaque pas, l'étiquette qu'elle portait à la cheville lui frappait le pied.

Ce fut une chose soudaine. Peut-être son sixième sens (« tu l'as hérité de ton père »), qui fit résonner l'alarme quand il la vit disparaître par la porte. Clara ne devait pas s'en aller, elle ne devait pas accepter ce travail. Clara *était en danger*.

L'espace d'un instant, Jorge tituba et pensa l'appeler, mais la sensation – si absurde – se dissipa de façon aussi rapide et neutre que pour elle.

Il oublia ce pressentiment peu après.

Elle n'avait jamais éprouvé autant de crainte et de joie à la fois. Elles étaient là, reconnaissables, contradictoires : une terreur démesurée et une joie extatique. Elle se rappela que sa mère disait une chose semblable sur l'instant où elle était entrée à l'église le jour de son mariage avec papa. Le souvenir la fit sourire tandis qu'elle suivait l'homme en uniforme de pilote dans ce couloir assourdissant. Elle imagina qu'il y avait des gens qui la regardaient des deux côtés et qu'elle glissait entre des brumes de soie en direction d'un autel sur lequel se dressaient des objets aussi dorés ou jaunes qu'elle : un tabernacle, des calices, la croix.

Doré, jaune, doré.

Noir.

Le fond est noir charbon et le sol noir de fumée. Sur ce sol est posé un siège en métal ressemblant à un tabouret de bar. Annek Hollech est assise sur ce tabouret, balançant un de ses pieds nus. Elle ne porte qu'un tee-shirt noir avec le logotype de la Fondation et les trois étiquettes accrochées à son cou, à son poignet et à sa cheville. Ses cuisses fines, découvertes jusqu'à l'approche de l'aine, ressemblent à des ciseaux ouverts sur la superficie desquels se reflètent des lignes de lumière tamisée. Tout en parlant, elle bouge à droite à gauche les talons appuyés sur la barre du tabouret. Ses cheveux châtain clair ont tendance à se refermer comme un rideau sur son visage dépourvu de sourcils, un visage en ombres aussi pur que l'argile fraîche. Les doigts de la main droite jouent avec la chevelure, la ramènent en arrière, la coiffent, caressent une mèche.

— C'est vraiment ce que tu penses ? demanda l'homme d'un endroit invisible.

Geste de la tête.

— Tu confonds peut-être le manque de temps avec le manque d'intérêt. Tu sais bien que le maître se consacre totalement à l'achèvement des œuvres de l'exposition en l'honneur de Rembrandt du 15 juillet prochain.

— Ce n'est pas son travail. Maintenant elle jouait à plier et à déplier le bord inférieur du tee-shirt. Il ne veut plus me voir. Nous les tableaux, nous voyons ces choses-là. Emma l'a remarqué elle aussi.

— Tu veux dire que ton amie Emma Van Snelle a remarqué elle aussi que le maître semble avoir perdu son intérêt pour toi ?

Geste de la tête.

— Annek, nous savons par expérience que les tableaux qui ont un propriétaire se sentent mieux, plus protégés. Emma a été achetée. N'est-ce pas ce qui t'arrive ? Le fait de ne pas encore avoir été achetée ? Tu te rappelles quand nous t'avons vendue dans *Confessions*, *Porte entrebâillée* et *Été* ? Tu n'étais pas bien, chez M. Wallberg ?

— C'était différent.

— Pourquoi ?

Elle sembla rougir, mais l'apprêt empêcha la couleur de ses joues de s'altérer.

— Parce que le maître disait qu'il n'avait jamais rien fait de tel que *Défloration*. Quand il m'a appelée à Edenburg pour commencer les ébauches, il m'a dit qu'il voulait peindre avec moi un souvenir de son enfance. J'ai pensé que c'était joli. M. Wallberg m'aimait, mais le maître m'avait créée. M. Wallberg est le meilleur propriétaire que j'aie eu, mais c'est différent… Le maître a fait tant d'efforts pour moi…

— Tu veux parler du travail hyperdramatique.

— Oui. Il m'a emmenée dans la forêt d'Edenburg… Là, il a trouvé une expression… Il a trouvé sur mon visage quelque chose qui lui plaisait… Il m'a dit que c'était incroyable… Que j'étais… que j'étais comme un de ses souvenirs…

Le pied gauche bougeait en cercles lents sur la moquette noire : une aiguille qui tourne sur un disque en vinyle. La signature à la cheville étincelait pendant les orbites.

— Ça ne me dérangerait pas de ne pas être achetée. Je voudrais juste… qu'il ne souffre pas à cause de moi… J'ai fait tout ce qu'il m'a demandé. Tout. Je sais qu'il est égoïste de ma part de penser qu'il me doit quelque chose en échange, parce qu'en me peignant dans *Défloration* il m'a… il m'a donné… la meilleure chose du monde, je le sais, mais…

Elle se tut.

— Je t'écoute, l'incita l'homme.

Lorsqu'elle releva la tête, les yeux verts d'Annek brillaient un peu plus.

— J'aimerais… j'aimerais lui dire… que je ne peux pas éviter… je ne peux pas éviter de vieillir… Ce n'est pas ma faute… J'aimerais que mon corps soit différent… Sa voix se brisait. Ce n'est pas ma faute.

À cet instant il se passa une chose incroyable. Le corps d'Annek s'ouvrit en silence par le milieu, comme une fleur, de la tête aux pieds. La chaise sur laquelle elle était assise fut elle aussi fendue. Entre les deux moitiés, pénétra avec élan un homme âgé, en costume sombre, avec une calvitie voyante entourée de cheveux blancs. Il s'arrêta brusquement et dit :

— Oh, je suis désolé. Tu étais avec le vidéo-scanner. Je ne savais pas.

Lothar Bosch s'écarta et la figure en trois dimensions d'Annek se recomposa dans un silence pur, comme l'eau s'empresse de remplir le vide quand le doigt plongé dedans l'abandonne. Mlle Wood appuya sur le bouton pause et l'adolescente resta immobile au milieu de la pièce.

— C'était fini, dit Wood, et elle bâilla. Ensuite, c'est pareil.

Elle actionna le rembobinage et Annek se mit à exécuter une terrifiante danse de Saint-Guy. Elle ôta alors le décodeur de RA et le posa sur la table, conjurant le spectre de l'adolescente. La table constituait une moitié d'ellipse incrustée dans le mur. Il s'agissait de l'unique meuble couleur bois qui se trouvait dans cette petite pièce audiovisuelle du Museumsquartier. Tout le reste était noir, y compris les chaises aux pieds très fins. Wood occupait une chaise et son ensemble gilet et robe de couleur rose brillait dans le noir. À côté d'elle s'élevait une pile de cassettes de RA. Du mur, à sa gauche, des caméras et des amplificateurs sortaient comme des gargouilles.

Bosch, dans un élégant costume gris – la carte rouge du revers ressemblait à un œillet de noce –, occupa la chaise opposée et sortit ses lunettes de lecture.

— Depuis quand es-tu ici ? demanda-t-il.

Il se faisait du souci pour elle. Ils étaient à Vienne depuis cinq jours, incluant ce lundi 26 juin, à travailler sans cesse. Ils logeaient à l'*Hôtel Ambassadeur*, mais utilisaient à peine leurs suites respectives pour autre chose que pour dormir. Et chaque fois que Bosch se rendait au Museumsquartier, aussi tôt que ce fût, elle était là, occupée. Soudain, il pensa que Wood ne se couchait probablement même pas la nuit.

— Depuis un moment, dit-elle. J'avais quelques interviews d'assistance à revoir, et mon père me conseillait de ne pas laisser un travail en cours.

— Un bon conseil, admit Bosch. Mais fais attention et n'abuse pas des décodeurs de réalité amplifiée. Ils peuvent abîmer la vue.

Mlle Wood s'étira sur son siège et son gilet s'ouvrit comme une paire d'ailes et projeta du parfum en direction de Bosch. Les petits monticules de ses seins tatouèrent la robe rose. Bosch baissa la tête, confondu. Tout lui plaisait, chez cette femme : les bouffées de ses parfums, son corps menu et cristallin sculpté avec des arabesques, même la minceur extrême de ces jambes dont il apercevait les genoux par-dessus la table. Et le deuil de sa voix grave, qu'il écoutait en ce moment.

— Ne t'inquiète pas, j'ai également fait un tour dans les environs. Un lundi à Vienne, à l'aube, peut être réconfortant. Et j'ai constaté une chose : ici, les gens achètent beaucoup de pain, tu ne trouves pas ? J'ai vu plusieurs types avec un pain sous le bras, comme à Paris. J'ai eu l'impression qu'ils s'étaient donné le mot pour promener leur pain sous mon nez.

— En fait, ce sont des hommes de Braun chargés de te surveiller.

Son sourire lui apprit que la plaisanterie avait fait mouche. Le thème de la nourriture était dangereux pour Wood.

— Cela ne me surprend pas, même s'ils feraient mieux de surveiller d'autres choses, dit Wood. Notre oiseau s'est évaporé, n'est-ce pas ?

— Complètement. Hier c'était dimanche, et je n'ai pas pu parler à Braun, mais mes amis de la recherche criminelle assurent qu'il n'y a eu aucune arrestation. Et ne crois pas que les autres nouvelles soient tellement meilleures.

— Commence. Wood se frottait les yeux. Mon Dieu, je tuerais pour un bon café. Un café noir, très noir, un bon *schwarze* viennois, chaud et fort.

— Une décoration sert les gens du département de l'art ce matin. Je lui ai dit de passer.

— Tu es un être parfait, Lothar.

Bosch eut l'impression d'être nu. Heureusement, la honte cessa immédiatement. À cinquante-cinq ans, il n'y a plus de combustible pour alimenter une rougeur durable, pensait-il. Le vieux sang perd de sa force.

— Je commence à te connaître, répliqua-t-il.

Les papiers tremblaient légèrement entre ses doigts, mais sa voix était ferme. Mlle Wood s'accouda sur la table et appuya les doigts sur ses tempes en l'écoutant.

— Nous avons dit l'autre jour que ce meuble avait trois pieds, n'est-ce pas ? Le premier s'appelle Annek, le deuxième Óscar Díaz et le troisième, nous pourrions le nommer la Concurrence. Après avoir constaté que Wood acquiesçait, il poursuivit : Bien, en ce qui concerne le premier, il n'y a rien. La vie d'Annek était désastreuse, mais je n'ai pas trouvé de gens capables de lui faire du mal pour des motifs personnels. Son père, Pieter Hollech, est un malade mental. Il purge actuellement une peine de prison en Suisse pour avoir provoqué un accident de la circulation en conduisant en état d'ivresse. La mère d'Annek, Yvonne Neullern, a obtenu le divorce et la garde de sa fille lorsque Annek avait quatre ans. Elle est reporter graphique spécialisée dans la photo animalière. En ce moment, elle se trouve à Bornéo. La conservation s'est mise en contact avec elle pour lui annoncer la nouvelle…

— Bien, la famille du tableau est écartée. Poursuis.

— Les précédents acquéreurs d'Annek n'offrent rien de concret non plus.

— Wallberg était tombé amoureux de la toile, n'est-ce pas ?

— Annek lui plaisait, effectivement, acquiesça Bosch. Wallberg l'a achetée dans trois œuvres : *Confessions*, *Porte entrebâillée* et *Été*. Cette dernière était une action non interactive. Tu te rappelles la réunion que nous avons eue avec Benoît, quand il nous a dit qu'il fallait préciser ce que Wallberg éprouvait *réellement* pour Annek ?… Non, ce n'était pas comme ça. Il a dit : « Nous devrions faire la distinction entre la passion artistique et la passion érotique de M. Wallberg… »

Le rire choral – plus bref chez Wood – l'encouragea. Son imitation de Benoît avait été opportune. « Je la fais rire, mon Dieu. C'est génial. »

Soudain, toute trace de joie disparut chez Bosch : ce fut quelque chose d'aussi brusque que l'obscurité imprévue d'un rideau de nuages. Sa grimace perdit de la lumière, ses lèvres se posèrent sur les commissures.

— Pauvre Annek, dit-il.

Après quelques battements de paupières, il examina les papiers qui se trouvaient devant lui.

— Quoi qu'il en soit, Wallberg est en train d'agoniser dans un hôpital de Berkeley, en Californie. Cancer du poumon. Le reste des acheteurs ne semble pas suspect non plus : Okomoto est aux États-Unis, il cherche des tableaux ; Cárdenas est toujours en Colombie et ses antécédents sont toujours aussi flous, mais il n'a pas importuné Annek quand elle était exposée dans *La Guirlande*, et ses remplaçantes non plus... Il toussa et son index chercha l'en-tête suivant. Quant au vaste éventail de fous... D'après les données dont nous disposons, ils sont presque tous internés à l'hôpital ou en train de purger des peines de prison. Il en reste quelques-uns comme cet Anglais qui a couvert de tracts les façades du Nouvel Atelier en accusant la Fondation de faire commerce de la pornographie enfantine...

— Quel est le rapport ?

— Il a utilisé une photo de *Défloration* pour illustrer les tracts.

— Je vois.

— Nous ne savons pas où il se trouve. Mais nous allons poursuivre nos recherches. Et le pied « Annek » du meuble est prêt.

— Écarte-le. Passons à Díaz.

— Eh bien, Briseida Canchares...

— Écartée elle aussi. Cette nymphomane de l'art n'a rien à voir avec ce qui s'est passé. Ce qui nous intéresse le plus est ce qu'elle a dit au sujet d'une soi-disant « sans papiers ». Continue. Wood jouait avec son briquet, une jolie miniature Dunhill en acier noir. Ses doigts longs et fins le faisaient tourner comme la carte d'un magicien.

— Les amis de Díaz à New York le décrivent comme un naïf au cœur tendre. Ses collègues de tournée sont plus « scientifiques », comme tu dirais : d'après eux, c'est un solitaire inadapté. Il ne voulait se lier à personne et préférait s'amuser de son côté. Certes, la deuxième fouille de sa maison de New York n'a donné aucun résultat. Il se consacrait entièrement à la photo, mais rien à voir avec une éventuelle obsession pour la destruction de tableaux ni pour l'art. Dans sa chambre d'hôtel de Kirchberggasse, nous avons trouvé l'adresse et le numéro de téléphone de Briseida à Leyde et... écoute ça... Un agenda avec des photos de paysages qui est en réalité... un journal.

La tête de Wood, avec son casque de cheveux courts brillant comme du cuir verni, exécuta un mouvement si rapide que Bosch pensa un instant que son crâne avait craqué. Il s'empressa de la rassurer.

— Mais il ne nous fournit aucune piste : Díaz avait l'habitude de noter où se trouvaient les paysages pour revenir les photographier quand la lumière serait meilleure. De temps en temps, il parle de Briseida ou d'un ami, mais pour des questions triviales. Il parle aussi de son amour de la nature. Il y a même un poème. Et quelques réflexions sur son travail, dans le style « je les vois comme des personnes, non comme des œuvres ». La dernière note remonte au 7 juin. Il haussa les sourcils. Je regrette : rien sur un sans papiers, homme ou femme.

— Merde.

— C'est ce que j'ai dit. En revanche, j'ai une bonne nouvelle. Nous avons trouvé près de l'hôtel *Marriott* d'ici, à Vienne, un café dont le serveur se souvient de Díaz. Il semble que cela soit l'un des lieux qu'il fréquentait après avoir raccompagné les tableaux à l'hôtel. Le barman dit qu'il commandait généralement un bourbon, ce qui était rare chez ses clients, et que c'est pour ça qu'il l'avait remarqué, et aussi à cause de son accent sud-américain et de sa peau foncée.

— New York a complètement corrompu notre photographe de paysages, commenta Wood. Ses doigts retouchaient sa coiffure. Bosch constata qu'ils bougeaient comme ceux d'un médium : la conscience de Wood n'était pas responsable de ces gestes doux, infiniment esthétiques, si habituels chez elle. La conscience de Wood était concentrée sur les paroles de Bosch (« pas sur moi, sur mes *paroles*, ne te trompe pas, mon vieux ») avec l'expression d'un naufragé qui aperçoit dans l'obscurité la lumière d'un bateau.

— Mais il y a un élément curieux, dit-il. Le barman assure que la dernière fois où il l'a vu fut un jeudi, il y a deux semaines, le 15 juin. Il se rappelle la date précisément en raison d'une autre coïncidence : c'était l'anniversaire d'un ami et il avait tout préparé pour quitter rapidement le local. Il dit que Díaz bavardait au comptoir avec une fille inconnue, brune, mince, séduisante, très maquillée. Il a eu l'impression qu'ils parlaient anglais. Les serveurs ne se souviennent pas très bien d'elle, parce que ce soir-là il y avait beaucoup de monde. Díaz et elle sont partis ensemble. Le barman ne les a pas revus depuis.

— Quand Díaz a-t-il appelé son amie colombienne pour lui demander des renseignements sur les permis de séjour ?

— Le dimanche 18 juin, d'après ce que nous a dit Briseida.

Le profil de Wood semblait taillé dans la pierre.

— Trois jours : un bon laps de temps pour devenir intimes. Notre ami Óscar s'est apitoyé sur la Colombienne en moins de temps.

— Certes, admit Bosch, mais si nous mettons la Fille Inconnue dans le sac, alors il se peut que Díaz soit entièrement innocent. Imagine un instant qu'elle agisse avec des complices. Ils s'arrangent pour soutirer des informations à Díaz sur la réception du tableau et le mercredi ils s'introduisent dans la camionnette et obligent Díaz à les conduire au Wienerwald.

— Où Díaz se trouve-t-il, alors ? demanda Wood.

— Ils l'ont obligé à les suivre, comme otage...

— En prenant le risque qu'il leur échappe et les dénonce ? Non. Si Díaz n'est pas coupable, alors il est *mort*. C'est une conclusion qui me semble évidente. La question de fond est : pourquoi son *cadavre* n'a-t-il pas encore été retrouvé ? C'est ce que je ne parviens pas à comprendre. Même en tenant compte du fait qu'ils aient eu besoin de lui pour conduire la fourgonnette, pourquoi ne l'a-t-on pas retrouvé dedans ? Où l'ont-ils emmené ? Pourquoi dissimuler le cadavre de Díaz ?

— Cela revient à penser que Díaz est coupable lui aussi.

— Écartons la Sans Papiers. Que nous reste-t-il ?

— Dans ce cas, la théorie de la police semble fonctionner : Díaz procède à l'enregistrement et découpe Annek à l'intérieur de la fourgonnette. Ensuite, il la conduit à l'écart, enveloppe Annek dans du plastique, la pose dans l'herbe et la déshabille. Il place l'enregistrement à ses pieds et s'en va dans un autre endroit, à quarante kilomètres au nord, où l'attend une autre voiture.

— Pour moi, cette théorie ne fonctionne pas.

— Parce que ?

— Díaz est un pauvre type, dit Mlle Wood. Il écrit des poèmes, photographie des paysages et se laisse manipuler par des filles telles que Briseida. S'il a quelque chose à voir dans tout ça, il n'a pas agi seul.

— Comme agent de sécurité, il était très compétent, objecta Bosch. Nous avons choisi les meilleurs pour le transport des tableaux à l'hôtel, rappelle-toi.

— Je ne dis pas que c'était un mauvais agent de sécurité. Je dis que c'est un pauvre type. Un doux dingue. Il n'a pas pu monter ça tout seul.

De légers coups à la porte et une lente brise parfumée. La décoration n'était pas une Table Basse ni aucun autre Meuble mais un ornement d'angle, un pauvre objet malheureux qui travaillait le lundi (jour de repos des œuvres d'art au Museumsquartier), un de ces ornements que la décoration inventait pour mettre de l'animation dans les pièces vides, ce que l'on percevait surtout dans leur inexpérience au moment de servir le café. Il fallut quelques secondes à Bosch pour s'apercevoir qu'il s'agissait d'un homme jeune, probablement d'un garçon de dix-huit ou dix-neuf ans. La coiffure était un gribouillis de boucles bleutées et symétriques en forme de volutes criblé de plumes argentées. La tunique, longue et tubulaire, en velours noir, mettait à nu un décolleté très prononcé dans le dos, presque un défaut, qui à son extrémité inférieure ne parvenait pas à recouvrir la moitié de fesses fermes et peintes, comme tout le corps, en châtain foncé. Il posa deux tasses de café sur la table. Son maquillage ne dévoilait pas de pensées ou d'états d'esprit ; c'était le masque d'un guerrier polynésien ou d'un esprit vaudou. On lisait « Michel » sur l'étiquette blanche suspendue à son cou. La signature sur la partie basse du dos était d'un certain Grath. Il portait des caches sur les oreilles.

Quand la décoration se tourna vers Bosch, ce dernier put observer ses mains : elles brillaient d'un bronze sombre ; les ongles étaient onyx.

— Tout est trop parfait, Lothar, disait pendant ce temps Mlle Wood : un deuxième véhicule attend au Wienerwald, probablement de faux papiers... Un plan minutieux, en somme. J'admettrais que quelqu'un l'ait payé pour emmener le tableau au Wienerwald, mais même cela ne me semble pas crédible.

— Alors tu veux que nous écartions aussi le pied « Díaz ». Je te préviens que le meuble va tomber…

— Nous ne pouvons pas écarter Díaz complètement. Je crois qu'il a joué le rôle du bouc émissaire. Ce que je ne comprends pas, c'est pourquoi il a disparu.

— Il se peut qu'on ait dissimulé son cadavre pour que les soupçons retombent sur lui, et que le véritable criminel puisse s'échapper, remarqua Bosch.

Mlle Wood s'était penchée en avant pour examiner la partie basse du dos de la décoration, où se trouvait la signature. L'ornement attendait debout que l'exploration prenne fin. Son étiquette indiquait qu'il pouvait être touché, et Wood glissait une main sur la taille et la naissance des fesses brillantes de bronze. Son expression, sourcil froncé, était celle de quelqu'un qui évalue en expert la porcelaine d'un pot. Parallèlement, elle répondit à l'observation de Bosch.

— C'est la meilleure théorie. Mais ma question est *où se trouve-t-il* ? La police a ratissé la zone sur plusieurs kilomètres, Lothar. Ils ont utilisé des chiens et un équipement de dragage très sophistiqué. Où est le cadavre de Díaz ? Et où l'a-t-on *assassiné* ? On n'a pas retrouvé un seul indice dans la fourgonnette, pas de traces de lutte, pas une goutte de sang. Réfléchis un peu à ça : il détruit le tableau et il perd du temps à le déshabiller en plein air, courant le risque d'être découvert. Mais, en revanche, il a conçu un plan minutieux pour s'échapper en faisant retomber tous les soupçons sur l'agent de sécurité qui gardait le tableau. Tu trouves ça logique ?

— Je dois admettre que non.

Wood cessa de toucher le postérieur de la décoration, leva le bras, saisit l'étiquette qu'elle portait autour du cou et tira dessus, obligeant l'ornement à se pencher pour pouvoir la lire. Sur l'étiquette, en plus du nom du modèle, figuraient les coordonnées de l'artisan et de la pièce. Bosch savait que Mlle Wood achetait des décorations et des ustensiles pour sa maison de Londres. La vente d'artisanat humain était officiellement interdite, mais les décorations continuaient à se vendre et beaucoup de gens d'un certain niveau social les achetaient de la même façon qu'ils achetaient des drogues douces.

Après avoir lu les renseignements, Wood lâcha l'étiquette et la décoration se redressa, effectua un demi-tour dans l'obscurité et sortit sans bruit en foulant la moelleuse moquette noire de ses pieds nus. Mlle Wood fit une grimace en goûtant son café chaud.

— Je suis sûre que Díaz est mort, affirma-t-elle. Le problème consiste à faire en sorte que sa mort concorde avec tout le reste.

— Il nous reste la Concurrence et les Adversaires. Bosch feuilleta ses papiers. Je dois reconnaître que, là, je m'y perds, April. Je ne trouve rien de plausible. Les dirigeants de la BAH, par exemple, sont de pauvres diables. Tu sais que Pamela O'Connor a écrit un livre sur Annek...

— *The Truth About Annek Hollech*, acquiesça Wood. C'est une stupidité prétentieuse. En fait, elle prend pour exemple le cas d'Annek pour dénoncer l'utilisation de modèles mineurs dans des tableaux prétendus obscènes.

— Nous enquêtons également sur l'Association chrétienne contre l'art hyperdramatique, la Société internationale de tradition et d'art classique, la Société européenne contre l'art hyperdramatique...

— Il manque les vrais concurrents, dit Wood. Art Enterprises, par exemple, est devenu un ennemi sérieux. Stein assure qu'ils feraient n'importe quoi pour nous emmerder, et ils ont déjà commencé, en fait : ils nous prennent des investisseurs. Imagine un instant que *Défloration* fasse partie d'un plan à grande échelle de dévalorisation de notre système de sécurité.

— Cette théorie ne cadre pas avec les faits. Une balle dans la tête aurait obtenu le même résultat. Pourquoi faire preuve de ce sadisme ?

— De quoi parles-tu exactement ?

Bosch fut horrifié de cette question.

— Bon Dieu, April, il l'a découpée avec... J'ai ici le rapport d'autopsie. Braun me l'a envoyé ce matin. Regarde ces photos... Les tests du labo l'ont confirmé : il a utilisé un découpe-toile portable... Tu sais ce que c'est ?... Une scie à manche cylindrique et aux bords dentés pas plus grande que ma main. Les artistes qui travaillent encore avec des toiles et les restaurateurs de tableaux anciens l'emploient pour modifier la forme et la taille des toiles. C'est un engin puissant : en utilisant les bonnes lames, tu peux couper en deux une table d'une épaisseur moyenne en cinq secondes... Il lui a infligé dix coupures avec ça, April...

Wood avait allumé une cigarette écologique. La fumée vert foncé, résultant d'une brusque production de vapeur d'eau colorée et en rien préjudiciable à la santé, monta au plafond. Bosch se rappela l'époque où ces fausses cigarettes permettant d'arrêter de fumer étaient devenues à la mode. Lui qui était parvenu à abandonner ce vice en utilisant les classiques patchs voyait dans cette méthode un artifice déplorable.

— Vois les choses de cette façon, dit-elle. Ils veulent que l'opinion publique pense qu'Óscar Díaz était fou à lier. Tu sais, si nous engageons des psychopathes pour surveiller nos œuvres les plus célèbres, alors, qui pourra se fier à nous, etc., etc. ?

— Mais, si c'était ce qu'ils voulaient, pourquoi *ne l'ont-ils pas tuée avant* de la découper, bon Dieu ?

L'autopsie dit qu'il l'a calmée avec une injection intramusculaire de neuroleptique de moyenne intensité par une aiguille plantée dans le cou. Il a certainement utilisé un pistolet hypodermique. La dose suffisait à l'empêcher de se défendre, mais pas à l'*anesthésier*. Je ne comprends pas. Je veux dire… Et excuse-moi d'insister, April, mais il me semble… S'il voulait juste monter un numéro, pourquoi aller jusque-là ?… Le crime aurait été aussi horrible, mais… il fallait… il aurait… C'est-à-dire, imagine que je veuille feindre qu'il s'agit de l'œuvre d'un sadique… Bon, eh bien je l'élimine d'abord, je lui administre une injection de quelque chose, je l'anesthésie… Ensuite, je fais tout le reste… Mais il y a une limite que jamais… L'argent n'a rien à voir avec ça, April. Je ne gagnerai pas *plus d'argent* en faisant *ça*. Il y a une limite que…

— Lothar.

— Ne me dis pas qu'il n'a agi *que* pour l'argent, April ! Je me fais vieux, d'accord, mais je ne radote pas encore ! Et j'ai de l'expérience : j'ai été inspecteur de police, je connais les criminels… Ils ne sont pas aussi sadiques qu'on les dépeint dans les films. Ce sont des êtres humains… Je ne dis pas qu'il n'y ait pas d'exceptions, mais…

— Lothar.

— Ce type ne voulait abuser personne : il a *voulu* faire ce qu'il a fait et de la manière dont il l'a fait ! Nous ne nous trouvons pas devant une maudite affaire de concurrence : nous poursuivons une vermine !… Il lui a découpé le visage et l'a laissée se tordre en se préparant à… à lui découper la poitrine !… Tu veux que je te lise le rapport de… ?

— Lothar, répéta cette voix grave et lasse. Je peux parler ?

— Excuse-moi.

Bosch avait du mal à se reprendre. « Allez, vieux, calme-toi. Bon Dieu, qu'est-ce qui t'arrive ? »

Mlle Wood écrasa sa cigarette dans le cendrier. Elle retira sa main et posa à la surface une chose verte, haricot détruit et fumant. Elle expulsa le reste de vapeur par le nez. Vapeur Empoisonnée de Dragon.

— C'était un *tableau*. Inutile de te torturer la cervelle, Lothar. *Défloration* était un tableau. Je vais te le prouver. Elle prit une des photos d'études d'Annek d'un geste rapide et la brandit devant Bosch. On *dirait* une adolescente, non ? Elle a la forme d'une adolescente, parlait et bougeait comme une adolescente quand elle était vivante. Elle s'appelait Annek. Mais si elle avait vraiment été une adolescente, elle n'aurait même pas valu cinq cents dollars. Sa mort n'aurait pas intéressé le ministère de l'Intérieur d'un pays étranger, ni mobilisé une armée entière de policiers et de commandos spéciaux, ni occasionné de discussions de haut niveau dans deux capitales européennes, ni placé nos cadres de la Fondation sur la corde raide. Si *c'*était une jeune fille, qui cela aurait-il intéressé de savoir ce qui s'est passé ? Sa mère et quatre policiers oisifs du Wienerwald. Ce genre de choses se produit tous les jours dans le monde. Les gens meurent de façon atroce autour de nous et cela n'a aucune importance. Mais la mort de cette enfant en a une. Tu sais pourquoi ?... Parce que *ça*, ça – elle agita la photo –, qui a l'apparence d'une enfant, *n'est pas une enfant*. Elle valait plus de cinquante millions de dollars. Elle prononça lentement, en faisant de petites pauses. Cinquante. Millions. De dollars.

— Si cher qu'elle ait pu valoir, elle restait une enfant, April.

— Tu te trompes. Elle valait cela précisément parce qu'elle n'était pas une enfant. C'était un tableau, Lothar. Un chef-d'œuvre. Tu ne l'as pas encore compris ? Nous sommes ce que les autres paient pour que nous soyons. Tu as été policier et on te payait pour que tu le sois, aujourd'hui on te paie pour être employé par une entreprise privée, et c'est ce que tu es. *Cela* a été une fillette, un jour. Puis on l'a payée pour la transformer en tableau. Les tableaux sont des tableaux, et les gens peuvent les détruire avec des découpe-toiles portables de la même façon que tu détruirais une feuille de papier dans le broyeur de documents sans te soucier de son niveau de conscience. Simplement, *ce ne sont pas des personnes*. Ni pour le type qui a fait ça, ni pour nous. Tu m'as comprise ?

Bosch regardait directement un point fixe : il avait choisi la chevelure anthracite de Mlle Wood et son inflexible, prodigieuse raie séparatrice à droite. Il gardait le regard sur ce point tout en acquiesçant.

— Lothar ?

— Oui, je t'ai comprise.

— Il faudra donc surveiller la concurrence.

— Nous le ferons, dit Bosch.

— Et il nous reste le fou anonyme. En soupirant, les frêles épaules de Mlle Wood se soulevèrent un instant. Ce serait le pire de tout : un psychopathe qui sortait du four, comme le pain viennois. Y a-t-il autre chose dans le rapport d'autopsie ?

Bosch battit des paupières et baissa le regard vers la feuille de papier. « Ce n'est pas de la cruauté, pensait-il. Elle ne parle pas ainsi par cruauté. Elle n'est pas cruelle. C'est le monde. Nous le sommes tous. »

— Oui… Bosch tourna plusieurs pages. Il y a un détail curieux. Naturellement, l'analyse de la peau du tableau est très complète : les médecins légistes ignorent en grande partie en quoi consiste le travail d'apprêt, aussi n'ont-ils pas insisté sur cette découverte. Près de la blessure à la poitrine, ils ont trouvé des restes d'un matériau qui… Je te le lis textuellement… « Dont la composition de base, similaire à la silicone, est différente en plusieurs aspects fondamentaux… » Et ils citent le nom entier de la molécule : « diméthyl-tétrahydre… » Bref, un mot immense. Tu vois ce que c'est ?

— Céru, dit Wood les yeux grands ouverts.

— Bingo. Dans le rapport, elle est mentionnée comme faisant partie du travail d'apprêt du tableau, mais nous savons que *Défloration* ne portait pas de cérublastine sur elle. Nous avons appelé Hoffmann et il nous l'a confirmé : la cérublastine ne pouvait provenir du tableau.

— Mon Dieu, murmura Wood. Il se déguise.

— C'est le plus probable. Quelques touches de cérublastine ont dû lui suffire pour modifier son aspect.

La nouvelle avait provoqué chez Mlle Wood une inquiétude soudaine. Elle s'était levée et sillonnait la pièce noire. Bosch l'observa d'un air préoccupé. « Mon Dieu, elle ne mange rien et elle n'a que la peau sur les os. Si elle continue comme ça, elle va tomber malade… » Une voix différente, mais qui lui appartenait également, contre-attaqua. « Vois comme la lumière se reflète sur ces seins, regarde ce cul étroit et ces jambes. Tu te consumes d'envie pour elle. Elle te plaît comme Hendrickje, ou peut-être beaucoup plus. Elle te plaît comme t'a plu, ensuite, le portrait d'Hendrickje. » « Sottises », répliqua Bosch. « Et… pourquoi ne pas le dire ? poursuivit l'autre voix. Tu aimes son *intelligence*. Son caractère austère, sa personnalité et son intelligence mille fois supérieure à la tienne. »

April Wood était une véritable machine de précision. Depuis cinq ans qu'il travaillait avec elle, Bosch ne l'avait pas vue se tromper une seule fois. « Le chien de garde », l'appelait Stein. À la Fondation, tout le monde la respectait. Même Benoît était intimidé en sa présence : « Elle est tellement maigre qu'il n'y a pas de place pour son âme », disait-il généralement. Son curriculum vitae était brillant. Bien qu'elle n'ait pas pu éviter tous les attentats dont avaient souffert les tableaux au cours des cinq ans qu'elle avait passés comme directrice en chef de la sécurité – il était impossible de les prévenir tous –, les coupables avaient été localisés et éliminés, parfois avant que la police eût connaissance du délit. Le chien de garde savait mordre. Personne ne doutait, et encore moins Bosch, qu'il allait maintenant aussi retrouver le type qui avait détruit *Défloration*.

Mais, en dehors du domaine professionnel, il la connaissait à peine. Les trous noirs de l'espace, comme l'affirmaient les revues scientifiques que son frère Roland collectionnait, ne peuvent être vus parce qu'ils sont *noirs*, il convient simplement de *déduire* leur existence d'après les effets qu'ils exercent sur les corps environnants. Bosch pensait que les loisirs de Mlle Wood étaient un trou noir : il le *déduisait* à travers son travail. Si Wood s'était reposée, tout allait comme sur des roulettes. Sinon, on pouvait s'attendre à une discussion. Mais personne n'avait aperçu jusqu'alors ce qui se cachait dans le trou noir qu'était le repos d'April Wood, Wood sans son badge rouge, Mlle Wood en dehors des heures ouvrables, Mlle Wood avec des sentiments, si de telles choses existaient. Cette image parfaite cachait-elle une tache ? Bosch se le demandait parfois.

« Ce qui est sûr, je dois dire, monsieur Lothar Bosch, est que cette gamine de trente printemps à peine qui pourrait être ta fille mais qui est ton chef, ce *squelette sans âme*, t'a complètement hypnotisé. »

— April, dit Bosch.

— Quoi ?

— Je pense que Díaz pourrait avoir une double vie. Deux voix dans sa tête, une normale et l'autre pas. Si c'est un psychopathe, il ne serait pas étonnant que son comportement soit correct avec ses amis et ses collègues. Quand j'étais dans la police, j'ai vu des cas de...

Mozart sonna sur la table. C'était le téléphone mobile de Mlle Wood. Bien que ses traits n'aient pas bougé d'un millimètre tandis qu'elle répondait, Bosch put s'apercevoir qu'il s'était passé quelque chose d'important.

— Tous nos problèmes sont résolus, dit-elle en raccrochant, souriant de cette façon si désagréable. C'était Braun. Óscar Díaz est mort.

Bosch sauta de son siège.

— Ils l'ont pris, enfin !

— Oh, non. Deux pêcheurs amateurs l'ont trouvé ce matin flottant dans le Danube. Ils croyaient que c'était la carpe de leur vie, la carpe du *Livre Guinness des records*, et c'était Óscar. Enfin, plutôt ce *qu'il restait* d'Óscar. D'après les renseignements préliminaires, il était mort depuis une semaine... C'est pour ça qu'ils voulaient faire disparaître son cadavre.

— Quoi ?

Wood ne répondit pas immédiatement. Bien que le sourire persistât sur son visage, soudain, Bosch se rendait compte de l'immense furie qui la paralysait.

— Le type qui est passé chercher Annek mercredi dernier *n'était pas Óscar Díaz.*

L'affirmation plongea Bosch dans la confusion.

— Ce n'était pas... ? Qu'est-ce que tu racontes ?... Díaz s'est présenté mercredi à l'heure habituelle, a bavardé avec ses collègues, s'est identifié et...

Il s'arrêta soudain, comme freiné par le mur en pierre du regard de Wood.

— Ce n'est pas possible, April. C'est une chose d'utiliser de la céru pour échapper à la police, et une autre... une autre bien différente *d'imiter* quelqu'un au point d'abuser ceux qui le connaissent, qui le voient tous les jours, les collègues qui l'ont salué le... le mercredi... les filtres de sécurité... tous... Pour se faire passer pour quelqu'un, il faut être un véritable spécialiste en cérublastine. Un maître absolu.

Wood le regardait toujours. Ce sourire lui glaçait le sang.

— Ce fils de pute, qui qu'il soit, nous a eus, Lothar.

Elle avait prononcé ces mots sur un ton que Bosch connaissait parfaitement. C'était celui de la vengeance. Mlle Wood pouvait pardonner l'intelligence d'autrui à condition qu'elle ne fût pas supérieure à la sienne. Elle ne supportait pas que l'adversaire fît quelque chose à quoi elle n'avait pas pensé. Dans le cœur de cette femme mince, brûlait un volcan noir d'orgueil et de perfectionnisme. Bosch comprit, avec la certitude soudaine avec laquelle on comprend les vérités les plus profondes et indémontrables, que Wood avait brisé l'interdiction, que le « chien de garde » allait poursuivre ce grand adversaire, quel qu'il fût, et ne s'arrêterait pas avant de l'avoir attrapé avec ses mâchoires ouvertes.

Et même alors : après l'avoir mordu, elle le triturerait.

— Il nous a eus, il nous a eus... répéta-t-elle sur un ton presque musical, sifflant, séparant à peine les deux rangées de dents blanches parfaites, le seul élément blanc dans l'obscurité de la chambre.

Une grimace blanche sur fond noir.

Deuxième pas

LES FORMES DE L'ESQUISSE

Points, lignes, cercles, triangles, carrés, polygones...
Nous devons penser en ces termes
en commençant à esquisser un tableau humain.
Puis il nous faudra ajouter des ombres.

BRUNO VAN TYSCH,
Traité de peinture hyperdramatique.

— Si tu crois que nous sommes
des figures de cire... tu devrais payer...
— Au contraire !... Si tu crois
que nous sommes vivants,
tu devrais nous parler !

LEWIS CARROLL

Un point n'est pas une forme, en réalité. Celui qui pense qu'un point est rond se trompe. Le point existe dans la mesure où il existe des lignes qui s'entrecroisent. Mais les lignes et tout le reste, les formes et les corps, sont constitués de points. Le point est l'invisible-indispensable, l'immesurable-inévitable. Il se peut que Dieu soit un point, solitaire et lointain dans Sa parfaite éternité, pense Marcus.

Marcus Weiss soutient un point entre ses doigts fermés. *Les amis, c'est plus dur qu'il n'y paraît*. Le geste : bras gauche tendu, paume de la main vers le haut, les cinq doigts formant un petit sommet. Si le bout des doigts se joint suffisamment, le vide central disparaît entre les courbes de chair. Et là, au centre, se trouve le point que soutient Weiss. *Vous croyez que c'est facile ? Eh bien non, les amis, c'est dur.*

Pendant les esquisses, Kate Niemeyer plaça sur les doigts de Marcus une petite balle de ping-pong. La balle se transforma en bille dans l'esquisse suivante, puis en pois chiche et en petit pois, comme dans les contes pour enfants. Enfin, Kate décida qu'il n'y aurait rien. « L'idée est de conserver la petite balle, mais invisible. C'est toi qui l'offres au public. Les gens te regarderont et se demanderont : qu'a-t-il entre les doigts ? Tu attireras l'attention et ils s'approcheront de toi. » Marcus comprend que la curiosité est un grand hameçon pour l'artiste qui sait l'utiliser.

Cela faisait plusieurs heures cet après-midi qu'il soutenait le point invisible. Une fillette aux boucles blondes, en robe orange et lunettes rouges (l'une des dernières visiteuses) s'était dressée sur la pointe des pieds pour voir ce que Marcus cachait entre ses doigts. Weiss ne put connaître l'expression du visage de la fillette quand celle-ci finit par constater qu'il n'y avait rien : en tant qu'œuvre d'art, il était obligé de regarder devant lui avec des yeux peints en blanc. Il se demandait ce qu'une si petite fille pouvait bien faire dans la galerie, où l'on n'exposait que des tableaux pour adultes. En fait, Marcus se serait interdit lui-même aux moins de treize ans. Il n'avait pas d'enfants (quel tableau pouvait-il en *avoir* ?), mais les respectait profondément et considérait ses « atours » d'œuvre de Niemeyer comme loin d'être enfantins : il était complètement nu, le corps vernis de couleur bronze moyennant un aérographe dermique, et le pénis et les testicules (épilés, visibles) blanc mat, comme les yeux. Une fastueuse couronne de plumes jaune et bleu ciel aux pointes pourpres, en forme d'ornement aztèque ou de livrée d'oiseau exotique, lui ceignait le front. Ses muscles artisans, travaillés pendant des années avec une patience de constructeur de maquettes, reluisaient en métal pareil au bronze un par un, reflétant des ombres mobiles et des éclairs de foyers halogènes.

Las de soutenir le Néant, il se réjouit d'apprendre que l'heure de la fermeture était enfin arrivée. Il le sut en voyant le technicien d'entretien de *Rythme/Équilibre*, de Philip Mossberg. *Rythme/Équilibre* était l'huile exposée en face de lui, une toile de dix-sept ans appelée Aspasia Danilou peinte dans des tons doux, presque délavés, qui ne dissimulaient pas son anatomie. Son pubis n'était pas épilé parce que Mossberg utilisait toujours des toiles non épilées pour ses tableaux. Aspasia battit des paupières, bougea, remit au technicien le drap en velours qu'elle tenait de la main gauche et partit agilement aux toilettes, non sans avoir auparavant dit au revoir d'un geste à Marcus. À mercredi, Marcus, on se reverra, bien sûr, on se regardera toute la journée. La jolie Aspasia n'était pas une mauvaise toile. Marcus pensait qu'elle irait loin, mais elle n'avait que dix-sept ans et c'était son premier original. Il avait essayé de la draguer quand elle venait d'arriver à la galerie, mais la fille avait prétexté diverses excuses et repoussé systématiquement ses assauts jusqu'au moment où il avait pu se rendre compte que, dans certains domaines de la vie, Aspasia possédait déjà une grande expérience.

Marcus était l'œuvre de Kate Niemeyer, *Tu veux jouer avec moi ?* Il valait douze mille euros et ne comptait pas être vendu. Il était le dernier à s'en aller. Aucun technicien ne l'aidait, personne ne s'approchait pour lui ôter son panache en plumes : il devait partir seul. Il avait un peu mal à la main qui soutenait le Néant. Au bras aussi.

— *Au revoir*[1], Habib.

— *Au revoir*[2], monsieur Weiss.

Il écarta ses pieds nus peints en bronze et noir du chemin reluisant de l'aspirateur d'Habib. Il s'entendait très bien avec le responsable de la propreté de l'étage. Habib avait vécu à Avignon avant de partir à Munich, et Weiss, qui connaissait et admirait cette ville – il avait été exposé deux fois dans une galerie au bord du Rhône –, aimait inviter le Marocain à boire une bière et à fumer quelques cigarettes, et à perfectionner son français. Et puis, le grand Habib pratiquait la méditation

1. En français dans le texte. *(N.d.T.)*
2. En français dans le texte. *(N.d.T.)*

zen : rien de meilleur pour bien s'entendre avec Marcus. Ils partageaient des livres et des idées.

Mais, cette nuit-là, il ne s'adressa à Habib que pour prendre congé. Il était pressé.

L'attendrait-*elle* ? Il pensait que oui, il n'osait supposer le contraire. Ils s'étaient connus la veille, mais Marcus possédait suffisamment d'expérience pour savoir que cette fille n'était pas de celles qui prennent les choses à la légère. Qui qu'elle fût, et quoi qu'elle voulût de lui, Brenda *était sérieuse*.

Il descendit l'escalier jusqu'à la salle de bains du deuxième étage. Sieglinde, qui était *Dryade*, d'Herbert Rinsermann, était déjà arrivée et se penchait sur le lavabo quand Marcus entra. Elle avait la tête sous le robinet et se frottait vigoureusement les cheveux. Sa silhouette athlétique était un arc de chair sans une once de graisse. Les fausses branches de mûrier qui l'enveloppaient dans le tableau étaient appuyées au mur, ornées de points rouges, de gouttes de sang artificiel. Autour de sa cheville gauche, serpentait la signature compliquée de Rinsermann. Marcus et Sieglinde s'étaient connus deux ans plus tôt au cours de Ludwig Werner pour toiles de tous les âges à Berlin. Ils étaient devenus amis et se retrouvaient maintenant à travailler tous deux à la galerie Max Ernst.

Marcus se pencha vers elle, en veillant à ne pas abîmer son panache, et parla d'une voix caverneuse.

— Bonsoir.

Le visage de Sieglinde émergea de l'eau repoussé de petites gouttes.

— Salut, Marcus ! Comment ça va ?

— Pas trop mal, sourit-il de façon énigmatique en ôtant sa couronne.

— Tu as l'air très content, aujourd'hui. Tu as été acheté ?

— N'y pense même pas.

— Un autre original en perspective, alors ?

— Peut-être.

Sieglinde se tourna vers lui et appuya ses mains et ses fesses sur le bord du lavabo. Ses cheveux courts lui faisaient un heaume d'or humide. Elle regardait Weiss avec la moquerie de ses dix-neuf ans.

— Eh bien, j'en suis ravie. Je commençais à en avoir assez de te voir peint en bronze. Et on peut savoir quel est l'artiste qui veut passer à la postérité en faisant quelque chose avec vous, monsieur Weiss ?

— Occupe-toi de tes affaires, dit Marcus en plaisantant à moitié.

Sieglinde se mit à rire et continua à se laver. Marcus entra dans une cabine de douche et plaça un flacon de dissolvant sur le robinet. L'huile de son corps commença à couler le long de ses genoux. Il tourna, plongé dans ce plaisir vertical. Il distinguait des parties de l'anatomie de Sieglinde à travers la porte entrebâillée, de rapides aperçus de ses jeunes muscles. « Jeunesse, point de non-retour, pensa-t-il. On t'achète plus vite et on paie plus cher quand tu es une toile jeune. » Il se rappela que Rinsermann était parvenu à vendre Sieglinde comme extérieur saisonnier à une vieille famille bavaroise. Vendre une œuvre saisonnière n'est pas chose facile, parce que les tableaux ne sont exposés que pendant une période déterminée de l'année, l'été dans le cas de *Dryade*. Marcus avait vu cette œuvre plusieurs fois. Elle ne plaisait pas particulièrement à Rinsermann, mais il trouvait *Dryade* plus qu'acceptable. Il s'agissait d'une sorte de nymphe des bois peinte dans des tons orange, ocre et rosé dilués et enveloppée de buissons de mûre dont les épines semblaient se ficher dans son corps nu. L'expression de son visage était une véritable réussite, oscillant entre peur, surprise et douleur. Mais son propriétaire, de l'avis de Marcus, était meilleur que l'œuvre. Un propriétaire comme un tableau n'en rencontre que tous les dix ans. Il avait non seulement décidé d'installer Sieglinde dans le jardin pour une durée de trois étés avant le remplacement – ce qui signifiait travail fixe pendant trois mois et disponibilité le reste du temps –, mais, de plus, il n'avait pas vu d'inconvénient à la céder pour une exposition temporaire aux galeries de la ville, comme c'était le cas en ce moment avec la galerie Max Ernst, moyennant quoi Sieglinde touchait un supplément de mille cinq cents euros et trente-deux centimes mensuels, pour un concept d'exposition d'une œuvre vendue. Weiss se réjouissait pour elle, mais il ne pouvait s'empêcher d'éprouver une pointe d'envie. Son amie portait sur le visage le bonheur que procure le fait d'avoir été achetée. En revanche, personne ne voulait jouer avec *Tu veux jouer avec moi ?* Il était sûr que Kate ne parviendrait pas non plus à le vendre cette fois, comme elle ne l'avait pas vendu lors des occasions précédentes. Maintenant, était-ce la faute de Kate, ou sa faute à lui ?

Il ferma le robinet de la douche et examina son corps dépourvu de peinture du regard et des mains. Il gardait la forme, bien sûr. Ses muscles, chiens fidèles et entraînés, poursuivaient leur inépuisable labeur architectonique. Des gens comme Kate Niemeyer continueraient à le peindre – c'était du moins ce qu'il croyait – pendant quelques années encore, mais il savait qu'à quarante-trois ans il pouvait commencer à se préparer pour l'artisanat s'il voulait survivre. C'était un marché en pleine expansion. Les collectionneurs accumulaient en privé Chaises, Piédestaux, Tables, Vases, Cendriers et Tapis humains, et des entreprises telles que Suke, Ferrucioli Studio ou la Fondation Van Tysch dessinaient, vendaient et utilisaient des ornements de chair et d'os tous les jours. Tôt ou tard, les lois devraient permettre la vente officielle de ces objets, parce que, où iraient, sinon, les vieilles toiles et les jeunes qui étaient refusés en tant qu'œuvres d'art ? Marcus se doutait qu'il finirait par être vendu comme décoration dans la maison d'une vieille fille souriante. Emportez un souvenir d'Allemagne, madame. Voici Marcus Weiss, jolies fesses nacrées, un souvenir aryen qui peut s'harmoniser avec votre cheminée.

Weiss n'avait pas beaucoup d'opportunités. Les opportunités sont également des points, des atomes, des lignes qui s'entrecroisent, des choses infimes et invisibles, des résidus du néant. Combien en avait-il perdues ? Il ne tenait pas les comptes. Il était modèle depuis l'âge de dix-sept ans. Il avait étudié l'art HD dans sa ville natale, Berlin, et travaillé pour quelques-uns des meilleurs peintres de sa génération. Et soudain tout s'était éclipsé. Il avait commencé par refuser des propositions en partie parce qu'il voulait vivre en paix. Cela lui plaisait d'être tableau, mais pas au point d'immoler pour cela sa vie sentimentale. Il savait cependant que les chefs-d'œuvre vivent seuls, isolés, ne se marient pas, n'ont pas d'enfants, n'aiment ni ne détestent, ne jouissent ni ne souffrent. Les véritables chefs-d'œuvre tels que Gustavo Onfretti, Patricia Vasari ou Kirsten Kirstenman pouvaient à peine être qualifiés de « personnes » : ils avaient *tout* donné – corps, âme et esprit – à la création artistique. Mais Marcus Weiss aimait trop la vie, c'était peut-être la raison pour laquelle il avait commencé à lever le pied. Maintenant il était trop tard pour redresser la barre. Le pire était qu'il restait seul. Il n'était pas un chef-d'œuvre, mais pas non plus l'être humain qu'il aurait aimé être. Il n'avait obtenu ni l'un ni l'autre.

Il fut angoissé de penser que ce que Brenda allait lui proposer ce soir-là pouvait très bien devenir sa dernière opportunité.

Sieglinde l'attendait devant la porte du vestiaire quand il sortit. Ils avaient l'habitude de partir ensemble. Ils descendirent l'escalier avec leurs sacs à dos à l'épaule : dans le sien, il y avait le panache en plumes synthétiques de perroquet aztèque, dans celle de la jeune fille les ronces du mûrier. Les étiquettes qui leur pendaient au poignet oscillaient au rythme de leurs gestes. Sieglinde parlait et Marcus répondait par monosyllabes. Il se sentait de plus en plus nerveux. Si Brenda n'avait pas tenu parole, si elle ne l'attendait pas en bas comme elle le lui avait promis, il pouvait également dire adieu à cette opportunité.

Il décida de choisir un sujet de conversation pour éviter les questions indiscrètes de son amie.

— Tu sais ? Aujourd'hui, une fillette de neuf ou dix ans m'a regardé pendant au moins une demi-heure. Je ne comprends pas ce qui se passe. Les lois contre la pornographie infantile sont de plus en plus strictes, mais il n'y a pas de surveillants pour interdire l'entrée d'un enfant dans une galerie pour adultes.

— Nous sommes considérés comme du patrimoine artistique, Marcus, tu sais bien. Les enfants peuvent voir le *David* de Michel-Ange de la même façon qu'ils peuvent voir *Tu veux jouer avec moi ?* de Kate Niemeyer. Le contraire serait de la discrimination.

— Je continue à penser qu'on devrait faire quelque chose pour les enfants. Ils ne me plaisent pas comme spectateurs, mais encore moins comme tableaux. On ne devrait autoriser aucun tableau de moins de treize ans.

— À quel âge as-tu commencé ?

— Eh bien, disons avant douze ans.

Sieglinde se mit à rire avant de dire :

— La vérité, c'est que la question des œuvres mineures est délicate. Si tu l'interdis, il faudrait interdire aussi de faire jouer des enfants dans des films ou des pièces de théâtre, par exemple. Et puis, pense aux publicités. Je trouve beaucoup plus indécent d'utiliser le corps d'un enfant pour vendre des couches que de le peindre et de le placer, immobile, comme œuvre d'art. Je crois que... Eh ! Tu m'écoutes ?

Marcus ne répondit pas.

Brenda était là, debout entre deux colonnes.

Elle salua Marcus d'un geste de la tête et il répondit d'un sourire. Son cœur battait rapidement, comme si au lieu de descendre l'escalier il avait gravi les marches.

— Bonjour, dit Marcus en s'approchant.

La fille bougea à nouveau la tête. Elle ne regardait pas Marcus mais celle qui l'accompagnait. Weiss se trouva obligé de faire les présentations.

— Voici Brenda. Brenda, je te présente Sieglinde Albrecht. Sieglinde peut t'apprendre à devenir un extérieur saisonnier et à te faire acheter.

— Tu es un tableau toi aussi ? demanda Sieglinde avec un franc sourire, haussant des sourcils qu'elle n'avait pas et regardant Brenda de la tête aux pieds.

— Non, dit Brenda.

— Eh bien tu devrais l'être. On t'achèterait rapidement, quel que soit le peintre.

Marcus fut ravi de percevoir dans le ton de son amie une légère note de jalousie.

— Brenda, s'il te plaît, excuse l'esprit pervers de Sieglinde, plaisanta-t-il.

— Eh, c'était un compliment, idiot ! dit Sieglinde en le frappant de la paume de la main.

Brenda ressemblait à une poupée qui aurait reçu la stricte instruction d'acquiescer de la tête et de sourire à tout ce qui se disait. Weiss pensait qu'elle n'avait pas besoin de parler : le discours de son visage était prodigieux.

— Brenda n'est pas un tableau bien qu'elle en ait l'air, expliqua-t-il... C'est une sorte de... une marchande d'art.

— Oh, alors il s'agit d'affaires. Sieglinde imprima jovialement un baiser sur les lèvres de Weiss. Puis elle adressa un clin d'œil dépourvu de cils à Brenda. Alors je crois que je vais vous laisser seuls pour que vous puissiez négocier tranquillement. Nous nous voyons après-demain, monsieur Weiss.

— Il n'y a pas d'autre solution, mademoiselle Albrecht.

Bien que la galerie fût ouverte le lendemain et que Sieglinde doive aller travailler, Marcus prenait ses mardis. Sieglinde ignorait la raison d'une mesure aussi exceptionnelle pour un tableau qui n'avait pas encore été vendu, car ses questions perverses sur le sujet s'étaient heurtées à un mur de réponses laconiques et elle n'avait pas osé creuser davantage. Elle était sûre, cependant, que Marcus avait un autre travail dans un lieu beaucoup moins public – et plus scandaleux – que Max Ernst.

Les cheveux de Sieglinde se transformaient en un point doré en s'éloignant de Maximilianstrasse. Marcus appuya doucement une main sur l'épaule de Brenda et l'invita à l'accompagner dans la direction opposée. C'était le dernier lundi de juin et la rue regorgeait de monde.

— J'ai cru que tu ne viendrais pas.

— Pourquoi ? demanda Brenda.

Il haussa les épaules.

— Je ne sais pas. Parce que hier tout s'est passé très rapidement, je suppose. Écoute, ça ne t'a pas déplu, que je dise à Sieglinde que tu étais une marchande d'art, n'est-ce pas ? Je devais lui dire quelque chose. Et puis, Sieglinde n'est pas curieuse.

— D'accord. Où allons-nous ?

Marcus s'arrêta et consulta sa montre. Il adopta un ton de vague improvisation, bien qu'il ait en réalité tout planifié la nuit précédente.

— Ça te dit, de prendre un verre avant d'aller dîner ?

Le lieu où il l'emmena s'appelait *La Minutie*. Il se trouvait dans une impasse proche de la galerie, mais les tableaux et les esquisses ne le fréquentaient pas autant que ceux qui flanquaient l'avenue, de sorte que, avec un peu de chance, ils jouiraient d'une certaine intimité. *La Minutie* vendait de tout en petite taille : les liqueurs étaient en petites bouteilles, comme dans les chambres d'hôtel, et les glaçons avaient la taille de dés de poker. C'était un libre-service, et derrière le comptoir – qui arrivait à la taille d'une personne adulte – on distinguait un percolateur qui ressemblait à une boîte à chaussures argentée pourvue de trois leviers, des étagères étroites comme des plinthes, des ardoises qui recommandaient les plats du jour dans une calligraphie inadaptée aux myopes et de petites ampoules accrochées au plafond qui, la nuit venue, donnaient des airs de théâtre de marionnettes aux lieux. La musique de fond était un solo de violon, aiguisé et tremblant. À partir de là, Gulliver passait dans le pays des géants et tout grandissait de façon inattendue : les garçons placés derrière le comptoir étaient d'une taille plus élevée que la moyenne et les prix de la carte la dépassaient également. Marcus savait que *La Minutie* était très au-dessus de ses moyens, mais il ne voulait pas lésiner sur les frais avec Brenda, il voulait l'impressionner pour que cette fille sache qu'il était habitué à ce qu'il y avait de meilleur.

Ils trouvèrent un coin en retrait avec une table et deux tabourets. Bien que son intention fût de commencer par une bière, Marcus décida d'imiter Brenda et commanda un whisky. Il trouva deux jolies fioles de Glenfiddish et deux verres contenant de la glace si pure et petite qu'elle ressemblait à de la lumière. En s'approchant de la table avec les boissons, il eut le temps d'apprécier la jeune fille. Son opinion ne changea pas beaucoup de celle qu'il avait émise la veille. Elle était plutôt mince mais incontestablement séduisante et portait ses cheveux épais étranglés dans une queue de cheval qui lui retombait dans le dos en forme de gros pinceau. Son habillement se composait d'une veste courte et d'une minijupe bleu marine – la veille, c'étaient un chemisier et un pantacourt en jean. Ses vêtements étaient fripés et un peu délavés, mais, pour cette même raison, elle attirait davantage Marcus. Elle portait des chaussures à talons aiguilles, une mode qu'il n'avait jamais trouvée dépassée. Il se rendit compte qu'elle n'avait pas de sac. Ni de collants. Il voulut penser qu'elle ne portait rien d'autre que ce qu'elle montrait.

Quand il s'assit, il découvrit qu'elle le regardait sans sourire. Ses yeux bleus sans lueurs lui rappelaient quelque chose qu'il ne pouvait préciser pour l'instant : c'étaient des points fixes, pénétrants. Des points comme des étangs en miniature dans des eaux noires.

— Et maintenant, lui dit-il tout en lui servant le Glenfiddish, sans détourner le regard de ces points, tu vas me dire la vérité.

— Je te dis toujours la vérité, répliqua-t-elle.

Ce fut la première fois qu'il sut avec certitude qu'elle mentait.

Les questions commencèrent. La clientèle qui remplissait *La Minutie* se renouvelait en permanence sans qu'il s'en aperçoive : il était concentré sur l'interrogatoire. Marcus était un vieux tableau et personne n'allait le tromper facilement, encore moins avec une poupée comme elle. Quand il s'en rendit compte, la glace lilliputienne avait liquéfié la saveur de son whisky. Elle n'avait pas tellement bu elle non plus : elle portait le verre à ses lèvres entre deux réponses, mais ne semblait pas avaler. En fait, elle semblait ne rien faire. Elle restait assise à croiser ses jolies jambes nues et à regarder Marcus tout en répondant.

— Pourquoi tes amis ont-ils pensé à moi pour ce travail ?

— Je t'ai déjà répondu.

— Je veux l'entendre à nouveau.

— Ils cherchent des figures. Ils m'ont envoyée à Munich pour te voir, je te l'ai déjà dit.

Elle parlait parfaitement l'allemand, mais Marcus ne parvenait pas à identifier son accent.

— Ça ne répond pas à ma question.

— Je suppose que tu leur as plu en tant que tableau, je ne sais pas. Tu devrais le leur demander. Je ne suis ici que pour essayer de te caster.

La fille essayait manifestement d'être honnête. Marcus but une autre gorgée de Glenfiddish. Le violon de *La Minutie* commença une valse de boîte à musique.

— Parle-moi à nouveau de l'œuvre.

— Il faudra un mois pour la créer, je ne peux pas te dire où. Puis ils la vendront automatiquement. En fait, il s'agit d'une commande. Tu ne pourras pas savoir non plus qui est l'acheteur, mais vous irez dans le Sud. Probablement en Italie. C'est une action extérieure non interactive. Cela dure cinq heures par jour et se prolongera jusqu'à l'automne.

— Combien de figures participent-elles ?

— Je ne sais pas, c'est une peinture murale. Je sais qu'il y a des figures adultes et adolescentes. Le thème est mythologique, je crois.

— Y a-t-il des taches, ou sera-t-elle propre ?

— Elle sera propre. Ce sont tous des modèles volontaires.

— Des enfants ?

— Seulement des adolescents.

— Âge ?

— Plus de quinze ans.

— Bon – Marcus sourit, se penchant vers elle. La cafétéria se remplissait par instants et l'empêchait de parler à voix basse à une certaine distance. Tu m'as raconté l'excuse. Maintenant je veux savoir la vérité.

— De quoi parles-tu ?

— Adolescents et adultes ensemble dans une action murale qui est déjà vendue *avant* d'avoir été peinte... Et, comme avance, une fille envoyée pour me « caster ». Il tenta de sourire avec des airs de toile astucieuse. Écoute, je suis dans ce métier depuis des années. J'ai été peint par Buncher, Ferrucioli, Brentano et Warren. J'ai une certaine expérience, tu sais ?

Il n'abandonna pas la vision de ces yeux même quand il leva son verre à la verticale pour boire jusqu'à la dernière goutte. Une avalanche de glace lui submergea le nez. Éprouvait-il un léger malaise ? Il ne le croyait pas.

— Je vais te raconter quelque chose. L'été dernier, j'ai travaillé dans un art-shock clandestin de Chiemsee. On nous a peints dans un atelier de Berlin et on nous a achetés pour nous exposer trois jours par semaine pendant l'été dans une propriété privée au bord du lac. Il y avait quatre figures adolescentes et trois adultes, dont moi. Marcus observait l'étiquette accrochée à son poignet. Ce fut une expérience... Comment la définir ? Je crois que le mot est « terrifiante ». Je veux dire, en partant du point de vue selon lequel les art-shocks sont terrifiants. Mais il existait un certain risque, bien sûr. L'une des figures n'avait pas plus de treize ans...

— Tu veux plus d'argent, l'interrompit Brenda.

— Je veux plus d'argent et plus d'information. Laisse tomber les trucs mythologiques. Depuis la nuit des temps, les excuses les plus utilisées par l'art sont la mythologie et la religion. L'art-shock que j'ai fait à Chiemsee était censé être religieux, tu imagines ? Il eut soudain le fou rire, mais quand il vit que la jeune fille ne l'imitait pas il préféra se retenir. Dans le fond, tout a toujours consisté à montrer des nus et de la violence, peu importe que ce soient Michel-Ange et la chapelle Sixtine ou Taylor Warren dans sa cave de Liverpool. Cela a toujours été le meilleur et le plus cher des arts. Il leva l'index pour souligner ses phrases. Dis à tes « amis » que je veux des informations exactes sur ce que j'aurai à faire. Je veux aussi signer un contrat avec des limites fixées par avance et un autre d'extension de responsabilité ; cela ne sert pas à grand-chose quand on t'accuse d'avoir fait des trucs avec des mineurs, mais pour les artistes c'est pire s'il y a des plaintes. Et je veux des preuves que le tableau sera propre et qu'il n'y aura pas d'enfants, ni volontaires ni involontaires. Et je veux le double de ce que tu as dit hier : vingt-quatre mille euros. Tout cela pour commencer. Me suis-je bien fait comprendre ?

— Oui.

Puis il y eut un silence. Marcus pensait soudain avec amertume qu'il n'aurait pas dû lui parler de l'art-shock de Chiemsee. Elle allait croire qu'on ne l'appelait que pour faire de l'art marginal, ce qui était en partie vrai. À sa grande époque, Weiss avait été vendu dans plusieurs originaux hyperdramatiques. Mais maintenant presque tout son salaire provenait de rencontres interactives de type art-shock. Des œuvres telles que le tableau de Niemeyer – ou celui de Gigli, qu'il préférait ne pas mentionner – constituaient de médiocres exceptions.

— On y va ? proposa-t-il.

Quand ils sortirent du café, presque tous les magasins étaient éteints. Dans les vitrines des galeries qui peuplaient Maximilianstrasse, des toiles tardives restaient exposées dans des tableaux à deux ou trois figures. Les silhouettes, la garde-robe, ou son absence, et la couleur se disputaient l'attention d'un public nombreux et hétérogène. Des tableaux pour presque toutes les bourses, des pauvres diables qui travaillaient comme esquisses pour des auteurs inconnus à trois ou quatre mille euros chacun, jusqu'aux œuvres des grands maîtres dont le prix se discutait toujours au cours d'un dîner et dont les toiles cessaient tôt de s'exposer – jamais dans les vitrines – et étaient reconduites à leurs hôtels ou à des maisons louées par le personnel de surveillance. Des jeunes filles en rollers distribuaient des catalogues de galeries encore plus marginales et de portraitistes experts en cérublastine. Marcus collectionnait toute la propagande. En arrivant au carrefour du Nationaltheater, éclairé pour une inauguration nocturne, il se tourna vers la jeune fille et lui dit :

— Alors ?

— Je transmettrai tes exigences à mes amis et je te répondrai vite.

Marcus se pencha à son oreille pour se faire entendre par-dessus la circulation. Il constata alors que Brenda n'avait pas d'odeur. C'est-à-dire qu'elle sentait quelque chose qui était comme un point : des lignes d'odeur qui s'entrecroisent – il est impossible de ne pas avoir d'odeur : il y a toujours quelque chose, un détail, une trace de parfum. Il applaudit à cette nouvelle caractéristique. Il ne supportait pas l'orfèvrerie nasale à laquelle le soumettaient certaines femmes.

— Je ne te pose pas de questions sur le travail mais sur cette nuit – il nuança d'un sourire séducteur. Où aimerais-tu aller ?

— Et toi ?

Il connaissait différents endroits qui auraient pu l'amuser. Certains, comme la rencontre interactive de Haidhausen où le visiteur, modèle ou non, se transformait en tableau, étaient séduisants. Mais la main qu'il appuyait sur la veste de la jeune fille sembla prendre une décision personnelle.

— Je suis descendu dans un hôtel de Schwabing. Ce n'est pas un lieu prestigieux, mais il y a un restaurant végétarien.

— D'accord, dit Brenda.

Ils montèrent dans un taxi, bien que Marcus prenne toujours le métro à Odeonsplatz. Le restaurant était petit et bondé, mais Rudolf, le propriétaire et cuisinier, sourit en voyant Marcus et les installa à une table à l'écart. Pour M. Weiss, il y avait toujours une table et même une bouteille de vin, il n'aurait plus manqué que ça, et il était ravi d'être traité avec tant de prévenance devant Brenda. Il commanda des strudels aux légumes et de très savoureuses asperges de saison. Pendant la majeure partie du repas, il parla de son goût pour le zen, la méditation et la nourriture végétarienne, et lui expliqua que tout cela l'avait aidé à être un tableau. Son bouddhisme était du *prêt-à-porter*[1], et il le reconnaissait lui-même, un simple artifice, une bagatelle qui lui permettait de supporter la vie, mais Marcus doutait qu'il y eût au XXIe siècle quelqu'un avec des croyances plus profondes que les siennes. Il raconta également diverses anecdotes sur des peintres et des modèles qui eurent pour résultat que ces lèvres mystérieuses et parfaites se distendirent encore plus. Mais à mesure que le temps passait il épuisa les sujets de conversation. C'était étrange chez lui, cela ne lui arrivait presque jamais. Auprès de ses amis, il avait une réputation de bavard

1. En français dans le texte. *(N.d.T.)*

et possédait une excellente mémoire pour les anecdotes. *Maintenant je vais vous raconter quelque chose sur une fille appelée Brenda que j'ai connue à Munich.* « Si Sieglinde me voyait... » Il découvrit alors qu'il était complètement fou de désir pour Brenda. Cela l'irritait, parce qu'il savait qu'elle avait été envoyée comme « grappin », et il n'avait pas seulement mordu à l'hameçon, il était ravi de le savourer. Mais il fallait reconnaître que ces types, quels qu'ils fussent, avaient fait un bon choix : Brenda était la femme la plus tentante qu'il eût rencontrée depuis bien longtemps. Sa passivité, sa façon d'entretenir le mystère en laissant la porte entrouverte l'excitaient. *Les amis, je vais vous dire de quelle sorte de fille il s'agit.* Il essayait de le dissimuler. Il ne voulait pas qu'elle sût qu'elle avait atteint trop vite son but. Mais ne le savait-elle pas déjà ? Ces points dans le bleu dense ne le regardaient-ils pas avec une certaine brillance moqueuse ?

— Tu n'es pas allemande, n'est-ce pas ? lui demanda-t-il au dessert.

— Non.

— Nord-américaine ?

Elle fit non de la tête.

— Si tu ne veux pas, ne me le dis pas, dit Marcus.

— Je ne te le dis pas, répondit-elle.

— Je me fiche complètement de savoir d'où tu peux être.

Ses lèvres tremblaient. Celles de Brenda semblaient dessinées sur du bois.

Il paya rapidement et ils sortirent. Le punk à la réception du motel avait pratiquement préparé la clé avant de le voir. La chambre était petite et sentait l'humidité, mais à ce moment il aurait pu s'agir des salons de la Residenz ou de toilettes publiques, pour Marcus c'était pareil. Il poussa Brenda dans l'obscurité et chercha sa bouche avec la sienne. Elle se défit facilement de ces caresses, fléchit les genoux et commença à glisser comme une chose légère sur son torse. Marcus gémit quand il comprit ses intentions.

Ce n'était pas ce à quoi il s'attendait. Il pensait prolonger les préliminaires pendant qu'elle se serait déshabillée, ou la déshabiller lui-même, comme cela plaisait à Kate Niemeyer. La peintre était une de ses dernières relations stables et pendant ses visites à Munich ils avaient fait l'amour au motel de Marcus, à son hôtel à elle, et même, une fois, dans la galerie d'un musée, toile et artiste entrelacés. Mais Brenda allait trop vite. Marcus était sûr d'exploser avant même d'avoir pu la toucher.

— Attends, murmura-t-il, inquiet. Attends un moment…

Ce qu'il craignait n'eut pas lieu. Elle savait quand s'arrêter ou accélérer le rythme et quels endroits laisser intacts au début. Après un énervant préambule, la bouche de Brenda enveloppa son membre comme un étui en peau torride tandis que ses mains, accrochées aux fesses de Marcus, l'attiraient vers elle. Mon Dieu, cette fille était une pompe à faire le vide. Kundalini, le serpent de l'énergie sexuelle, redressa sa tête brachycéphale en lui et demanda ce qu'il se passait. Marcus gémit, griffa la chaux des murs, se mordit les lèvres dans un incroyable moment de manque de contrôle. Quand tout fut fini, ils restèrent dans la même position, lui le front appuyé contre le mur, avec dans la bouche le goût reconnaissable entre tous de son propre sang – il avait les lèvres crevassées par les dissolvants et la morsure les avait ouvertes ; elle à genoux, avec dans la bouche un goût de Marcus également. Cet équilibre de fluides dans leurs bouches sembla à Weiss d'une symétrie artistique.

Brenda se redressa et Marcus alluma les lumières de la petite chambre.

— Dis donc, fit-il. C'était bien, ajouta-t-il.

Il n'obtint pas de réponse. *Les amis, qu'est-ce que cette fille est silencieuse.* Les yeux de Brenda le regardaient sans ciller : points ronds et noirs dans un cercle de vide bleu. Les lèvres n'étaient pas tachées. Le visage, parfait, tracé, possédait une qualité d'absence, de puissante indépendance vis-à-vis des émotions et des événements que Marcus ne put définir que d'un mot : symbole. Brenda, soudain, lui sembla symbolique, une sorte d'archétype de ses désirs. Il pensa que s'il lui manquait quelque chose en compagnie de cette fille, c'était un peu d'individualité, d'imperfection. Dans son esprit défilèrent des questions sans réponse : l'individuel était-il préférable à l'archétype ? L'imperfection au parfait ? L'émotionnel à l'intellectuel ? Le naturel à l'artistique ? Quand il s'aperçut que toutes ces divagations lui étaient venues suite à une pipe, il crut presque comprendre le destin tragique des êtres humains.

Il voulut l'embrasser, mais Brenda s'écarta.

— On s'assied ?

Avant qu'elle ne s'éloigne, les doigts de Marcus étaient parvenus à glisser un instant fugace sur cette peau merveilleuse. Il s'aperçut, bien que cela lui semblât incroyable, que c'était la première fois qu'il touchait sa peau nue. La texture ressemblait à celle d'un bébé un peu plus ferme que la normale. Un bébé un peu périmé. Entre le bout de ses doigts il resta un point – parce que tout finit transformé en cela – subtil d'huile, une babiole visqueuse. Il ne crut pas qu'il s'agissait d'une crème : Brenda avait la peau plus grasse que la normale, c'était tout, il avait connu des cas similaires. Ils restent éternellement jeunes. Le secret de l'éternelle jeunesse et de la mort prématurée est le même : la graisse. De cette simple, infime raison, découle peut-être le triste fait que les seules personnes qui peuvent être éternellement jeunes sont celles qui meurent jeunes.

Mais le monde ne devait pas être aussi mauvais, après tout, si la nature pouvait produire des êtres tels que Brenda. Marcus se disposa à jouir de chaque seconde de cette nuit interminable.

Il se rappela qu'il disposait d'une petite bouteille de Ballantine's. Il traversa la chambre pour préparer des whiskies. Brenda s'installa dans le seul fauteuil de la pièce et croisa les jambes. À portée de sa main, une table basse couverte des produits dont Marcus avait besoin presque journellement : lotions liposculptrices, crèmes cosmétiques, kits de lentilles, arômes et teintures capillaires. À côté des différents flacons, reposait un masque noir. Brenda s'en saisit.

— Fais attention, je dois le porter demain, dit Marcus. Il servait les whiskies, quand soudain il s'arrêta. Oh, merde !...

Il venait de s'apercevoir qu'il avait oublié son sac de peintures – avec les catalogues et la couronne de plumes, putain – dans le restaurant de Rudolf. Mais il était trop tard pour aller le récupérer. « Ça ne fait rien, se dit-il, Rudolf me le mettra de côté. »

Brenda reposa le masque à sa place.

— Je croyais que tu n'étais exposé qu'à la Max Ernst.

Pensant toujours au sac qu'il avait oublié, Marcus répondit distraitement :

— Non, je fais aussi une œuvre de Gianfranco Gigli, un remplacement, mais seulement le mardi. C'est demain après-midi. En fait, je suis à Munich essentiellement à cause de l'œuvre de Gigli. Je te ressers ?

— La même chose que toi.

La réponse plut à Marcus et il servit deux doses généreuses. La nuit promettait d'être longue. « Demain, avant de partir, je passerai au restaurant et je récupérerai mon sac, pensait-il. Il n'y a aucun problème. »

— Dans quelle galerie es-tu exposé pour le Gigli ? demanda Brenda.

Il s'apprêtait à lui servir le mensonge habituel – « je navigue » –, mais il observa l'attitude tranquille de la jeune fille et décida qu'il n'avait rien à lui cacher.

— Dans aucune, dit-il.

— On t'a acheté ?

— Oui, un hôtel, sourit-il. (« Mon grand secret ! » pensa-t-il, honteux.) Le *Wunderbar*, tu connais ? C'est l'un des plus récents et des plus luxueux de Munich. Son principal intérêt est qu'il est décoré d'œuvres hyperdramatiques. Aujourd'hui, cela ne constitue plus du tout une nouveauté, mais quand il a été inauguré, c'était presque le seul hôtel allemand de ce type. Je suis tableau dans une suite. Qu'est-ce que tu en dis ?

— C'est bien, si on te paie correctement.

Comme elle avait raison ! D'une seule phrase, Brenda lui avait prouvé qu'il n'y avait pas de quoi avoir honte.

— Je suis très bien payé. Et je dois dire que ça ne me dérange pas d'être dans un hôtel. Je suis un tableau professionnel, peu importe où l'on me place. Le problème, ce sont les clients. Il fit une grimace et but une gorgée. Mais si tu veux bien, on va changer de sujet...

— D'accord.

Brenda ne voulait rien, ne demandait rien, ne montrait aucune curiosité. Et cette attitude de coffre fermé démontait les défenses de Marcus.

— Bon, peu importe que tu le saches. Mais n'en parle à personne, parce que cela n'intéresse personne. Tu sais qui vit dans cette suite ?... Ça semble ironique, mais on considère que ce sont les plus grands tableaux de l'histoire de l'art. Il avait prononcé ces mots avec un mépris calculé, chargé d'ironie. Rien de moins que les deux figures de *Monstres*, de Bruno Van Tysch.

S'il avait voulu provoquer une réaction chez la jeune fille, il n'y était pas parvenu. Brenda restait tranquille, les jambes croisées – le brillant parfait de ses cuisses nues, tellement semblable au luxe de ses chaussures : la nature est plus artistique que l'art quand elle imite l'art, n'est-ce pas, Marcus ?

Marcus se laissait porter par des émotions longtemps réprimées. Maintenant qu'il avait enfin parlé à quelqu'un de la partie désagréable de son travail, il ne pouvait pas s'arrêter.

— Il m'arrive parfois des choses étranges, Brenda. Je ne comprends pas l'art moderne. Tu peux le croire ? Cette exposition... *Monstres*... Je suppose que tu l'as vue, ou que tu en as entendu parler. Cette saison, elle est à la Haus der Kunst. Je t'assure que l'un des grands mystères de l'art consiste à savoir pourquoi le créateur de *Fleurs* s'est ensuite lancé à peindre cette collection... Des serpents vivants dans les cheveux d'une fille, un malade au stade terminal, un taré... et ces deux criminels pleins de graisse pour lesquels je fais le tableau. Il s'arrêta pour boire une nouvelle gorgée. Ce n'est pas bien, pour une œuvre d'art, de ne pas comprendre l'art, tu ne crois pas ?... Elle partagea brièvement son sourire. Soudain le visage de Marcus s'assombrit. Mais ce n'est pas ça. Ce sont ces deux porcs. Je ne les supporte qu'un jour par semaine, mais cela me coûte de plus en plus d'efforts... À les entendre, j'ai envie de vomir... Je trouve incroyable que ces deux dégénérés soient l'un des plus grands tableaux de tous les temps alors que des toiles telles que moi doivent décorer les lieux dans lesquels ils logent...

Possédé par une fureur soudaine, il porta le verre à ses lèvres et découvrit qu'il était vide. Brenda l'écoutait, parfaitement immobile. Marcus eut un peu honte d'avoir ouvert son cœur de la sorte à une inconnue – bien qu'il lui en coutât de le croire, Brenda restait une inconnue. Il contempla son verre vide et leva la tête vers elle.

— Enfin, on ne va pas gâcher une nuit comme celle-là à parler boulot, non ? dit-il. J'ai encore de la peinture sur moi. Je vais aller prendre une douche et je reviens tout de suite. Sers-moi un autre whisky. Mets-toi à l'aise.

Brenda sourit légèrement.

— Je t'attendrai au lit.

Sous la douche, Marcus Weiss se rappela soudain à quoi ressemblaient les yeux de Brenda : c'était le même regard que la *Venus Verticordia*, de Dante Gabriel Rossetti. Une copie de ce tableau préraphaélite était encadrée et accrochée au mur du salon de son appartement de Berlin. La déesse tenait une pomme et une flèche et regardait directement le spectateur en désignant un de ses seins, comme pour donner à entendre que l'amour et le désir peuvent parfois être dangereux. Marcus aimait Burne-Jones, Rossetti, Holman Hunt et autres préraphaélites. À son avis, rien ne pouvait égaler le mystère et la beauté des femmes peintes par ces artistes, l'aura sacrée que dégageaient leurs figures. Mais l'art est moins beau que la vie, et cela Marcus le savait, ou croyait le savoir, bien qu'il n'eût pas souvent trouvé de preuves de la véracité d'une affirmation aussi palpables que Brenda. Aucun préraphaélite n'aurait pu inventer Brenda, et à cela tenait, soupçonnait-il, la raison pour laquelle la vie avantage toujours l'art dans sa course vers la réalité. Qui sait ? Peut-être n'était-il pas trop tard pour la vie, même si ça l'était déjà pour l'art. Peut-être la vie l'attendait-elle quelque part : enfants, compagne, stabilité, le nirvana bourgeois où pouvoir se reposer pour l'éternité. *Profitons un peu de la vie, les amis, au moins pour cette nuit.*

Il sortit de la salle de bains et prit une serviette. Il avait ôté l'étiquette du tableau de Niemeyer, puisqu'il n'en aurait pas besoin le lendemain. Son érection redevenait intense. Il se sentait si possible encore plus excité qu'avant, pendant son impétueuse entrée dans la chambre. Et la boisson ne l'avait pas affecté. Il était sûr de pouvoir rester actif jusqu'à l'aube, et avec une fille comme Brenda, cela n'allait pas être facile.

La chambre était à nouveau dans l'obscurité, à l'exception de la faible lumière des néons de la rue filtrée par la persienne. Sous cette pénombre clignotante, Marcus put distinguer la jeune fille. Elle lui avait dit qu'elle l'attendrait au lit et elle s'y trouvait. Elle s'était recouverte jusqu'au cou avec les draps. Ses yeux regardaient au plafond. *Venus Verticordia.*

— Tu as froid ? demanda Marcus.

Il n'y eut pas de réponse. Brenda restait immobile, le regard fixé sur un point dans l'obscurité. Ce n'était pas une attitude très normale pour commencer une nouvelle séance amoureuse, mais Marcus était déjà plus qu'habitué à son comportement énigmatique. Il parvint au bord du lit et y appuya un genou.

— Tu veux que je te découvre peu à peu, comme les surprises ? sourit-il, en se penchant et en appuyant les mains.

À cet instant, il se produisit une chose que Marcus eut d'abord du mal à croire. Le visage de Brenda trembla et bougea, en se tordant en un angle impossible, comme un linceul qui glisserait sur un cadavre. Puis *il bougea.* En fait, il se propulsa vers la main de Marcus comme une souris molle, un rongeur moribond. Ce furent quelques secondes irrationnelles, du bon matériel pour l'une des nombreuses anecdotes que Marcus collectionnait. *Maintenant je vais vous raconter le jour où le visage de Brenda s'est détaché et dirigé vers ma main. Vous parlez d'une sensation, les amis.* Comme en état de transe, Marcus observa l'ensemble dégonflé du nez, des lèvres et des yeux vides glissant sur l'oreiller avant de parvenir à ses doigts. Il retira la main comme s'il avait reçu une brûlure et lança un gémissement suffoqué d'horreur, avant de s'apercevoir qu'il contemplait une sorte de masque confectionné avec un genre de matériel plastique, probablement de la cérublastine. Sur l'oreiller, les épais cheveux blonds attachés en queue de cheval restaient creux et immobiles, aussi absurdes qu'un toit sans murs.

Je vais vous raconter le jour où Brenda s'est transformée en bille, en petit pois, en minutie, en Néant. Je vais vous raconter l'horrible jour où Brenda s'est transformée en un point du microcosmos.

Il écarta les draps et découvrit que ce qu'il avait d'abord pris pour le corps de la jeune fille n'était que ses vêtements – la veste et la jupe, y compris les chaussures – roulés en boule, comme un pantin. Le genre de plaisanterie auquel ont recours les collégiens pour faire croire qu'il y a quelqu'un qui dort sous la couverture.

Mais, le masque… *Le masque* était incompréhensible.

Une rafale de frissons lui fit entrechoquer les dents.

— Brenda… murmura-t-il dans l'obscurité.

Il entendit le bruit dans son dos, mais il était nu et accroupi sur le lit, et il réagit trop tard.

Lignes.

Son corps était un faisceau de lignes. Par exemple, les cheveux, courbes douces jusqu'à la nuque. Ou les yeux, ellipses qui abritaient des ronds. Ou le cercle concentrique des seins. Ou l'infime raie du nombril. Ou la trace de mouette du sexe. Elle se palpa. Elle porta la main droite à son cou, la fit descendre par le sillon qui passait entre ses seins et l'étroit muscle du ventre. Puis elle étreignit la courbe de ses biceps. Au toucher, tout était différent. Elle se sentit un peu plus vivante : surfaces moelleuses qui pouvaient être pressées, déformées, contours sur lesquels la main pouvait s'attarder, doux labyrinthes adaptés aux doigts ou aux insectes. En se touchant, elle acquit du volume.

Elle eut envie de pleurer, comme lorsqu'elle avait dit au revoir à Jorge. Que voyait-elle ? Une peau d'huître perlière jaune. Elle supposa qu'une larme hypothétique, suivant le trajet vertical de sa paupière jusqu'à la commissure de sa lèvre, adopterait également la forme d'une ligne. Elle n'était pas triste, cependant, sans être heureuse pour autant. Son désir de pleurer était le produit d'une émotion sans couleurs, un sentiment linéaire que l'avenir, sans doute, peindrait plus précisément. Elle se trouvait au début, sur la *ligne* de sortie – terme approprié –, figure gauchie qui attendait dans le monde de la géométrie qu'un artiste la choisisse et lui imprime des ombres et un caractère. À partir de là, quoi ? Il lui faudrait attendre pour le savoir.

Par ailleurs, son état actuel pouvait être qualifié de léger. L'apprêt l'avait libérée du lest ; elle le ressentait à peine. Elle était complètement nue et n'éprouvait pas le froid, ni la fraîcheur, ni même quelque chose susceptible d'être dénommé « température ». Malgré l'inconfort du voyage, elle restait agile et énergique : elle aurait pu se reposer repliée sur elle-même, ou sur la pointe des pieds. Le mystérieux ensemble de médicaments qu'elle avait commencé à ingérer sur décision de F & W ralentissait l'activité de sa physiologie. Il lui semblait merveilleux de ne pas se débattre dans le dilemme d'un viscère quelconque. Plus de douze heures s'étaient écoulées depuis la dernière fois où elle était allée aux toilettes. Elle n'avait rien mangé de solide depuis samedi, et cela ne lui manquait pas. Elle n'était pas nerveuse, elle n'était pas tranquille : elle *attendait*, simplement. Son esprit tout entier était un projet. Pour la première fois de sa vie, elle se sentait véritablement toile. Ou même pas ça. Outil. Marteau, fourchette ou revolver, déduisit-elle, pourraient mieux la comprendre qu'une personne.

Elle avait les idées claires. Incroyablement claires. Penser revenait pour elle à contempler un horizon ondulé dans le désert. Elle s'en réjouissait également. Ce n'était pas de l'amnésie, bien sûr : elle avait tout en mémoire, sans pour autant être dévastée par le souvenir. C'est-à-dire qu'il était là, dans la bibliothèque, bien rangé et à portée de main – si elle le souhaitait, elle pouvait se rappeler ses parents, Vicky, Jorge –, mais n'avait pas besoin de feuilleter son passé pour vivre. C'était génial, comme sensation, d'être une autre sans cesser d'être elle-même.

La maison était silencieuse. Elle ignorait où on l'avait transférée depuis que l'avion avait atterri à l'aéroport de Schiphol, en Hollande. Elle supposait qu'elle se trouvait quelque part dans les environs d'Amsterdam. Le vol avait duré une heure voire un peu plus, mais une heure peut être très longue quand on a les yeux bandés et que l'on est incapable de se déplacer. Mais le temps et le corps de Clara étaient devenus amis et elle n'avait pour ainsi dire pas ressenti de gêne.

Elle fut transportée en tant que matériel artistique. C'était la première fois que cela lui arrivait. Enfin, un jour, pour The Circle, lorsqu'elle était adolescente, on l'avait attachée avec des cordes, on lui avait bandé les yeux, on l'avait enveloppée dans du papier matelassé et placée dans une boîte en carton. On appelait cela l'Épreuve d'Annulation, qui avait pour but de faire assumer sa condition d'objet à la future toile. Mais aujourd'hui c'était différent, parce qu'il s'agissait d'un véritable transfert de matériel. La loi considérait comme « matériel artistique » toute toile apprêtée et étiquetée même si elle n'avait pas encore été peinte. Elle avait effectué tous ses voyages professionnels en tant que personne, les apprêts s'étant faits sur les lieux d'exposition. De la sorte, le peintre faisait l'économie du transport, des risques de détérioration et, dans son cas, des taxes de douane. La fuite des œuvres d'art sous forme d'individus qui voyageaient comme des passagers normaux avant d'être repeints dans un autre pays constituait un délit non répertorié, et le besoin d'une législation sur la question se faisait cruellement sentir. Mais elle avait été transférée dans les règles en tant que matériel artistique.

Elle ne put voir la forme du réacteur à dix places dans lequel elle arriva au bout du couloir, suivant l'homme en uniforme. Un employé en salopette orange l'attendait à l'intérieur de la cabine. À aucun moment il ne l'appela par son nom. En fait, ce fut à peine s'il lui parla, de toute façon, il ne parlait presque pas l'espagnol. Il la prit avec des gants – tout le monde la prenait avec des gants depuis qu'elle avait été apprêtée – et l'aida à s'allonger sur une couchette matelassée au dossier incliné à quarante-cinq degrés et avec les lettres FRAGILE incrustées dans l'épaisseur du cuir. Un coussinet également incliné servait à appuyer les pieds : cela l'obligeait à garder les genoux pliés. Elle n'eut pas besoin de se déshabiller – d'enlever le haut et la minijupe. Au contraire, l'homme l'enveloppa dans un suaire supplémentaire, une tunique ample, sans manches, et la décora d'autocollants indicatifs libellés en anglais et en néerlandais. Il ne lui enleva que ses chaussures. Huit bandes élastiques fixèrent son anatomie à la couchette : une au front, deux à chaque aisselle, une autre à la taille, quatre autres aux poignets et aux chevilles. Elles étaient d'une douceur prodigieuse. En les ajustant, l'employé tint compte du fait que, dans des endroits tels que le poignet et la cheville droits, les étiquettes devaient rester à l'extérieur. Il ne lui parla qu'en lui mettant le masque, très semblable à ceux que l'on distribue aux passagers pour invoquer le sommeil.

— Protéger yeux, dit-il.

Ce furent les derniers mots qu'on lui adressa avant l'atterrissage.

Il y eut un entracte sans ténèbres pendant le vol : on souleva son masque pour lui présenter une longue ligne verticale incrustée dans un verre en plastique avec une fermeture hermétique. Elle but, bien qu'elle n'eût pas soif. C'était un jus de fruits. Elle constata qu'au-dehors, dans la cabine et dans le monde, il faisait nuit. Tout en tenant le verre pour lui permettre de boire, l'employé tâtait les bandes élastiques placées sur ses aisselles, sa taille et ses poignets, en s'assurant qu'elles ne soient pas trop serrées. On changea les étiquettes de position pour éviter les frottements prolongés. Un autre employé examina son ventre avec une lampe de médecin. Ils relâchèrent légèrement la bande centrale. Elle ne bougea pas, bien qu'elle eût pu le faire, parce que cela ne la dérangeait pas de garder la même position toute une journée. Quand ils eurent fini de l'installer, ils lui remirent le masque.

Elle perçut l'atterrissage comme un fœtus sentirait la descente de sa mère dans une noria. Cela lui fit comprendre qu'il existe en nous une chose impalpable qui établit le sens des directions, le haut et le bas, l'accélération et le frein. Une conscience de flèche, ou de ligne, pour ainsi dire. L'inertie la manipula comme un puissant danseur : en avant, en arrière. Ce fut alors que le violent tampon des roues apposa son sceau sur la terre.

— Attention… Marche… Attention… Marche…

On la tint par les bras tandis qu'elle descendait la passerelle. Elle reçut une cuillerée d'Amsterdam sous forme d'air nocturne. La Hollande lui tripota les jambes, souleva les bords de son linceul en plastique, lui caressa le ventre et son dos tiède. C'était prometteur, de se sentir ainsi accueillie par cette Hollande insolente et fraîche dans une odeur de gasoil et de moteurs à réaction. L'étiquette attachée autour de son cou pointa vers la gauche à la suite d'un coup de vent.

Ils s'étaient arrêtés dans une zone située à l'écart de l'aéroport de Schiphol. Des lumières clignotantes en constituaient le décor. Au pied du petit escalier, attendait un autre employé avec un chariot de transport. On les appelait des « capsules ». Clara en avait déjà vu mais n'était jamais montée dedans. Elles se composaient d'une couchette et d'un couvercle. La couchette ressemblait à celle de l'avion, dossier relevé ; le couvercle était en plastique avec des orifices permettant de respirer et il y avait d'autres étiquettes indicatives. Lorsqu'on referma ce dernier sur sa tête, elle cessa d'entendre des bruits mais put continuer à regarder à l'extérieur à travers le plastique. On lui avait ôté le masque. Elle se sentait beaucoup plus à l'aise que dans l'avion – elle pouvait par exemple étendre les jambes –, mais elle ne fut pas très sensible à cet avantage. L'employé se plaça derrière elle et commença à pousser.

Ils parcoururent plusieurs mètres en direction d'un bâtiment longiligne bas de plafond, au-delà duquel s'élevaient les lignes sveltes de la tour de contrôle. Une pancarte – *Douane, Tarief* – étincelait en lettres informatiques. Silhouettes revêtues d'une tunique, muscles, nudités, cous portant des étiquettes orange ou bleues, visages dépourvus de cils, peau imprimée et brillante, chevelures arc-en-ciel, têtes chauves et lustrées, garçons et filles jeunes, adolescents, garçonnets et fillettes, beaux monstres se tenant à l'air libre dans l'obscurité chancelante des lumières, images conformes mais encore inachevées, modèles qui restaient à modeler – son attention fut attirée par un être indescriptible en fauteuil roulant, rasé et imprimé, qui tourna la tête sur son passage pour l'observer, son visage ressemblait à celui d'un *alien* drogué –, attendaient en file pour passer la douane. Beaucoup d'entre eux avaient voyagé dans les transports en commun, parfois sans personnel de garde, parce qu'on n'avait pas besoin d'une équipe spéciale pour les transférer. Elle fut fascinée par l'important trafic d'œuvres d'art qui existait en Hollande. Rien de tout cela n'arrivait en Espagne, où l'immigration artistique, parmi beaucoup d'autres, n'était pas régulée. Combien chacune de ces pièces pouvait-elle valoir ? La moins chère, calcula-t-elle, pas moins de dix mille dollars.

Sa capsule pénétra directement dans le bâtiment sans attendre son tour. C'était une sorte de hangar pourvu de tapis de transport et de longues tables de douane. Des employés en uniforme bleu levaient les bras en répétant des instructions concises. Tout était détaillé, régulé, indiqué, prévu. On la déposa devant un comptoir. Les formalités furent simples : formulaires à tamponner, vérification d'étiquettes. Puis on la déplaça dans une pièce adjacente. Quand on ouvrit le couvercle, un mélange de parfums masculins et féminins s'empara de son odorat. Un homme et une femme, souriants, silencieux, portant des gants chirurgicaux assortis à la couleur de leurs costumes et des badges bleu marine au revers – département de la conservation, se rappela-t-elle – l'attendaient. La pièce était un bureau : table, chaises, deux sorties, une porte ouverte. Quelqu'un la ferma et il lui sembla qu'elle devenait sourde l'espace d'un instant.

— Comment allez-vous ? Bien ? Mon nom est Brigitte Paulsen, mon collègue s'appelle Martin Van der Olde. Pouvez-vous vous lever ? Lentement, inutile de vous presser.

La brusque intromission de l'espagnol musical de la femme la surprit tout d'abord. Elle avait cru que l'on continuerait à la traiter comme on l'avait fait précédemment, comme un simple matériel. Elle comprit soudain le pourquoi de cet accueil. Ils appartenaient à la conservation, et à la conservation on essayait toujours de faire en sorte de mettre l'œuvre à l'aise. Elle plaça ses pieds nus sur le sol – les ongles apprêtés reflétaient les lumières du plafond – et elle se leva sans aide et sans aucune difficulté.

— Je vais bien, merci, dit-elle.

— M. Paul Benoît, directeur de la conservation de la Fondation Bruno Van Tysch, regrette de ne pas avoir pu vous recevoir personnellement et me charge de vous souhaiter la bienvenue en Hollande – sourit la femme. Vous avez fait bon voyage ?

— Très bon, merci.

— Moi pas beaucoup d'espagnol – intervint l'homme blond en rougissant. Je regrette.

— Ne vous en faites pas, dit Clara.

— Vous avez besoin de quelque chose ? Vous voulez quelque chose ? Vous voulez dire quelque chose ?

— En ce moment, je me sens bien et je n'ai besoin de rien, répondit Clara, merci beaucoup.

— Vous permettez ? La jeune fille saisit l'étiquette qu'elle portait autour du cou.

— Pardon, dit l'homme en lui soulevant le bras de sa main gauche gantée et en prenant de la main droite l'étiquette à son poignet.

— *Sorry*, dit un troisième individu qu'elle n'avait pas encore vu en glissant sur le sol pour attraper l'étiquette de sa cheville.

« En fait, cela te réconforte qu'on te traite comme un être humain de temps en temps », pensa-t-elle. Toutes les créatures de l'univers et la majorité des objets naturels et artificiels apprécient d'être traités affectueusement, aussi Clara n'eut-elle pas honte de penser cela. Les rayons laser glissèrent comme des coups de griffe – lignes rouges parallèles – sur les codes-barres rectilignes de ses trois étiquettes. Elle resta souriante et immobile pendant l'inspection, observant la femme de la tête aux pieds : elle décida qu'elle était jolie mais trop maquillée dans un ton très foncé. Et puis elle avait abusé du fard à joues et donnait l'impression d'avoir été giflée à deux reprises.

Puis on la déshabilla : on lui enleva la tunique en plastique matelassé, le haut et la minijupe. Les lampes situées au plafond se reflétèrent sur son anatomie comme des anguilles luminescentes.

— Vous vous sentez bien ? Mal ? Vous êtes fatiguée ?

La jeune fille pratiquait son espagnol de chez *Berlitz* en lui prenant le pouls avec des doigts délicats comme des pinces. Pendant les silences, Clara entendait des échos de questions dans une autre langue provenant d'une pièce contiguë. Avaient-ils reçu un autre matériel ? Qui cela pouvait-il être ? Elle avait envie de le voir.

Ils changèrent d'instrument et l'examinèrent avec des sortes de téléphones mobiles qui émettaient des vrombissements. Elle en déduisit qu'ils vérifiaient si elle était intacte. Aisselles, côtes, fesses, cuisses, courbes, ventre, pubis, visage, cheveux, pieds, épaules, croupion. Les instruments ne la touchaient pas : c'étaient des grillons aux yeux rouges qui chantaient à l'unisson en flottant à deux centimètres de sa peau. Elle leur facilitait la tâche en levant les bras, ouvrant la bouche ou écartant les jambes. L'espace d'un fugace instant de panique, elle se demanda ce qui arriverait si on lui découvrait une imperfection. La renverrait-on à son lieu d'origine ?

Un autre homme s'était joint au groupe, mais il restait à l'écart, près de la porte du fond, adossé au mur, bras croisés, semblant attendre que les autres aient fini avant d'intervenir. Il avait les cheveux blond platine, la mâchoire ferme et des verres réfléchissants. On aurait dit un bélier en colère, c'était peut-être précisément là ce qu'il était. Le fil d'un écouteur ornait son oreille droite. Clara remarqua le badge rouge épinglé à son revers : il s'agissait d'un agent de sécurité. « Il faut que j'apprenne à les reconnaître ; le badge bleu marine est celui de la conservation, le rouge celui de la sécurité, celui de l'art est turquoise… »

— Tout est prêt, dit la femme. Bon séjour en Hollande au nom de la Fondation Bruno Van Tysch. N'hésitez pas à nous consulter en cas de doute, de problème, de nécessité. Vous disposerez d'un téléphone pour appeler la conservation. Vous pouvez le faire à toute heure du jour ou de la nuit. Nos collègues seront ravis de s'occuper de vous.

— Merci.

— Maintenant nous allons vous remettre au personnel de sécurité. Je dois vous avertir que la sécurité ne vous adressera pas la parole, aussi ne perdez pas votre temps à lui poser des questions. Mais vous pouvez toujours vous adresser à nous.

— Et l'art ? demanda-t-elle.

L'effet que produisirent ces simples mots fut surprenant. Les yeux de la femme se dilatèrent, les hommes se tournèrent vers elle et firent des gestes, même l'agent ébaucha un sourire. Ce fut la femme qui parla.

— L'art ?... Oh, l'art fait ce qu'il veut. L'art s'occupe de ses affaires, nous ne savons jamais ce qu'ils font et ne pouvons jamais le savoir.

Clara se rappelait les longs silences téléphoniques pendant sa tension et les clauses du contrat qu'elle avait signé.

— Je comprends, dit-elle.

— Non, non, répliqua la femme de façon inattendue. Vous ne comprendrez jamais.

On lui donna des chaussons en plastique qu'elle mit sans perdre de temps. Elle était intacte, et il n'était pas question qu'elle soit abîmée au dernier moment. Puis on lui repassa la tunique en plastique. Elle s'aperçut qu'on ne lui rendait pas le haut et la minijupe, mais ne s'en soucia pas. La tunique s'adaptait avec douceur à son corps nu. L'homme de la sécurité s'ébranla et Clara le suivit lentement, le plastique bruissant sous ses mouvements. Ils sortirent par la porte du fond. En traversant la pièce contiguë, elle crut entrevoir, dans un fugace battement de paupières, un vieil homme nu au corps apprêté qui portait des étiquettes jaunes. Les yeux du vieil homme brillaient. Elle aurait aimé s'arrêter un instant pour faire sa connaissance, mais l'homme de la sécurité s'éloignait, imperturbable. Peu après, ils parvinrent à une zone silencieuse de parkings privés. Le véhicule dans lequel elle allait voyager offrait un espace plus que suffisant pour elle. Il s'agissait d'une fourgonnette de couleur sombre pourvue d'une entrée à l'arrière et de deux sur les côtés. Il n'y avait pas de fenêtres dans la partie postérieure, de sorte que la toile se trouvait à l'abri des regards indiscrets. Les sièges arrière étaient amovibles, et on les avait tous retirés à l'exception du sien, ce qui avait pour effet d'agrandir l'habitacle. Clara aurait pu s'étirer en s'allongeant sur le sol sans que ses pieds ne touchent le conducteur, mais les quatre ceintures de sécurité qui émergeaient des côtés, et avec lesquelles elle fut attachée par les mains gantées de l'agent, l'empêchaient même de s'écarter du dossier.

Le trajet fut bref comme un rêve. Elle distingua des rectangles verts comportant des indications à travers la vitre avant : « Amsterdam », « Haarlem », « Utrecht » ; flèches ; lignes ; signaux phosphorescents. La nuit était striée de poteaux couverts de fils électriques, ou téléphoniques, qu'éclairaient fugitivement les phares du véhicule. L'homme de la sécurité conduisait en silence. Elle s'aperçut rapidement qu'ils ne se dirigeaient pas vers Amsterdam. Les lumières qu'elle avait vues en sortant de l'aéroport de Schiphol commencèrent à se clairsemer, ce qui signifiait sans doute qu'ils avaient emprunté une déviation. Ils étaient en pleine campagne. Quelque chose de très froid s'agita dans son estomac. L'espace d'un instant, elle se laissa envahir par des pensées absurdes. Se dirigeaient-ils vers Edenburg ? Le maître la recevrait-il ce soir même ? Et si tout était un rêve et que ce n'était pas Van Tysch qui la peignait, comme elle se l'était imaginé depuis qu'elle avait appris qui l'avait engagée ? Elle se reprocha ce délire. Un bon tableau *ne devait pas* se laisser aller aux émotions. Elle avait trop d'expérience. Elle était une toile de vingt-quatre ans, enfin quoi, elle avait commencé par travailler dans The Circle et Brentano l'avait peinte à trois reprises. Huit ans de métier, c'était trop pour tomber dans le piège de ses propres nerfs, tu ne crois pas ? Non, ne dis pas : « Je vais essayer de me calmer. Tu *dois* te sentir *étrangère* à tout ce qui survient. » Que disait Marisa Monfort ? Comme un insecte. Comme quelqu'un qui a oublié son nom. Une toile de lin tissée de lignes blanches. Quelqu'un a dit un jour que les souvenirs étaient des lignes sur la blancheur : nous allons les effacer, nous allons être différents, nous allons *ne pas être*.

Elle ne sut pas combien de temps s'était écoulé quand elle s'aperçut que la vitesse de la fourgonnette diminuait. Elle vit des arbres hâves à la lueur des phares. Un chemin. Elle remarqua au passage des brouettes, des seaux, des accessoires qui lui rappelèrent les instruments de jardinage avec lesquels son père occupait ses étés à Alberca. L'agent de la sécurité arrêta le véhicule devant une palissade. Puis il descendit, ouvrit le portillon, regagna la fourgonnette et pénétra à l'intérieur. Peu après, il se gara et détacha les ceintures du siège de Clara. Quand elle foula de son chausson en plastique le terrain en gravier, elle sut que ce n'était évidemment pas Edenburg. Mais cela ne ressemblait pas non plus à aucune autre ville. À gauche et à droite, on devinait une nuit imparfaite, civilisée, tissée de lignes qui dénotaient peut-être la présence de maisons ou d'industries, ou peut-être d'un aéroport ou d'un petit village. La température était fraîche et le vent tirait sur les bords de sa tunique. La lune était un fil de fer courbe et tranché.

Elle perçut une odeur de forêt et d'étang. Ce parfum de terre se transforma en quelque chose de net dans sa bouche, comme si elle l'avait savouré. Elle écarta une mèche de cheveux de ses yeux dépourvus de cils. Son ombre sur le gravier, à ses pieds, était sombre et façonnée.

L'homme de la sécurité l'attendit et ils se dirigèrent ensemble vers la maison, qui était petite, de plain-pied, avec un porche en bois et un aspect indéfini, comme si elle avait attendu leur présence pour commencer à exister. Les grillons irradiaient leur morse nocturne. « Tout sera très beau quand il fera jour, je suppose, mais pour l'instant c'est un peu impressionnant », pensa-t-elle. Ils gravirent le petit escalier, et le claquement des chaussures de l'homme sur le bois lui rappela un film d'horreur qu'elle avait vu quelques années auparavant avec Gabi Ponce.

Des clés scintillèrent. L'intérieur sentait le désodorisant pour toilettes. Il y avait un petit vestibule avec des marches sur la droite ; à gauche, une porte close. Les interrupteurs de toutes les lumières se trouvaient dans l'entrée, détail que Clara remarqua immédiatement. L'homme appuya dessus, les pièces s'éclairèrent entièrement et ce qui semblait être une partie d'une salle de séjour au-delà des marches apparut : murs blancs, portes écrues, un grand miroir en pied installé dans une structure mobile et un sol de rubans de bois blanc. Elle constata alors que l'on retrouvait le même parquet dans toute la maison. Les lignes noires des interstices et la couleur blanche des rubans conféraient au sol l'aspect d'une feuille de calligraphie ou d'une étude de perspective pour dessiner des raccourcis. La porte close sur la gauche donnait sur une simple cuisine. La deuxième partie du séjour se poursuivait jusqu'au fond, occupant le côté contigu à la cuisine. Un canapé, une moquette délavée – autrefois carmin ? –, une petite commode à trois tiroirs sur laquelle reposait un téléphone et un autre miroir en pied composaient le reste du mobilier. Les deux miroirs, face à face, inventaient l'infini. Il n'y avait qu'un décor sur le mur, une photo encadrée de moyen format. Très étrange, en fait. On y voyait la tête et le tronc d'un homme de dos sur un fond noir. Les cheveux sombres et bien coupés et la veste se mêlaient de telle sorte aux ténèbres environnantes que seules les oreilles, la demi-lune du col et le bord de la chemise étaient visibles. Cela rappela un tableau surréaliste à Clara.

La chambre se tenait sur la droite, il s'agissait d'une grande pièce pourvue d'un matelas posé par terre, sans armoire ni table de nuit. Le matelas était bleu ciel. Une porte donnait sur les toilettes, aménagées en fonction des travaux hyperdramatiques. Derrière la porte, deux peignoirs.

L'homme s'était contenté d'aller d'un lieu à l'autre. Il ne semblait pas lui montrer la maison, mais l'inspecter pour son compte. Tandis qu'elle examinait la salle de bains, Clara sentit une ombre dans son dos. C'était l'homme. Sans lui parler, le type se baissa et commença à remonter le plastique qui la recouvrait. Elle comprit ce qu'il voulait faire et leva les bras pour l'aider. L'homme retira le plastique, le plia et l'introduisit dans un sac. Puis il se baissa à nouveau et lui enleva les chaussons, qu'il rangea dans le même sac. Et il partit, le sac sous le bras. Elle entendit son pas sur le plancher, la porte, la serrure. Elle respira profondément au son d'adieu du moteur, de plus en plus lointain. Elle sortit de la chambre et se pencha à l'une des fenêtres situées sur le devant, à temps pour voir le tire-ligne de la lumière dessinant des parallèles dans l'obscurité. Puis, le noir.

Elle était seule. Elle était nue. Elle ne ressentait cependant aucune gêne.

Elle gravit les marches du vestibule et examina la porte. Fermée. Elle essaya avec les fenêtres et obtint le même résultat. Elle examina toutes les fenêtres de la maison et une porte arrière qu'elle découvrit dans le séjour, et constata qu'on ne pouvait pas non plus les ouvrir sans l'aide d'une clé. Elle préféra considérer la chose autrement : elle n'était pas enfermée, mais *gardée*. Elle n'était pas seule, mais *unique*.

Unique et gardée dans une maison fermée.

Elle était un objet de prix.

Elle se rendit dans le séjour et se dirigea vers le téléphone. Il était sans fil. Elle décrocha. Silence total. Elle remarqua un rectangle bleu marine à côté de l'appareil, une carte avec un numéro. Elle supposa qu'il s'agissait de celui de la conservation (« vous pouvez appeler à n'importe quelle heure du jour ou de la nuit ») mais il ne lui servirait à rien si le téléphone ne fonctionnait pas. Elle chercha le fil et le trouva sans difficulté, fiché dans la prise correspondante. Elle essaya à nouveau, appuyant au hasard sur les touches : l'écouteur était mort. Elle composa alors le numéro indiqué sur la carte. Quand son doigt pressa la dernière touche, elle entendit la connexion. Le téléphone fonctionnait donc selon les appels. Elle raccrocha. Elle comprit immédiatement sa situation.

Vous pouvez nous appeler, *mais seulement nous*.

Bien sûr.

Elle observa tout ce silence, tout ce vide du sol rayé. La maison était une nudité anonyme, comme elle. Elle glissa les mains le long de l'incroyable douceur de ses cuisses apprêtées et de la rigidité des étiquettes attachées à son corps pendant qu'elle regardait autour d'elle. Il fallait partir de zéro et elle s'y trouvait, au début de *tout*, polie, lustrée, réduite à l'expression minimum et étiquetée.

Comme il n'y avait rien de mieux à faire, elle s'approcha de l'un des miroirs.

Ce fut alors qu'elle découvrit que sa figure n'était qu'un faisceau de lignes.

Son père inclina vers elle des traits émaciés et anguleux, déformés par la proximité, le nez majestueux, les grosses lunettes carrées dans les verres desquels elle pouvait contempler une copie oblongue d'elle-même, et il lui parla d'une voix qui semblait provenir d'un enregistrement du passé lointain :

— Quelle triste vie, quelle triste vie, tu sais, je ne comprends pas pourquoi je suis né, tu comprends, toi ? J'aurais aimé avoir un objectif, un but comme toi, pour pouvoir comprendre pourquoi je suis né, mais surtout pourquoi j'ai disparu, ma fille, comme c'est triste, pourquoi je suis parti quand tu étais petite et que je ne te connaissais pas du tout. J'aimerais savoir pourquoi je t'ai laissée si tôt, pourquoi je ne peux plus vivre à tes côtés. Peut-être tout cela, cette séparation amère, provient-il du fait que tu dois être prête, parce que les caméras t'attendent, la scène est prête, le scénario va être écrit, les lumières... Regarde ces lumières si brillantes... Tout ça pour toi, ma jolie fille. Et les visages qui t'observent, le directeur, le producteur, le maquilleur... Allons, monte sur scène. Je te regarde, je te regarde, je ne peux plus fermer les yeux. Je dois te regarder pour toujours, ma fille...

Son père tirait alors la langue et se séchait subitement la lèvre supérieure. Mais c'était une langue minuscule et rectiligne qui apparaissait et disparaissait à une vitesse vertigineuse.

Quand elle se réveilla, elle était sur le point de pleurer, ou peut-être avait-elle déjà pleuré, difficile de s'en assurer en l'absence de larmes pour le révéler. Elle se rappelait précisément son rêve bien qu'elle ignorât ce qu'il pouvait signifier. Elle rêvait très souvent de son père, c'était une figure qui ne désertait jamais sa conscience et lui rendait visite avec une ponctualité extraordinaire. Oncle Pablo lui avait avoué un jour qu'il rêvait aussi de lui. Il attribuait cela au simple fait qu'il soit mort. « Les morts apparaissent quand nous dormons », lui disait-il. Et il ajoutait que notre unique vie éternelle consistait à habiter les rêves des autres.

Elle était allongée sur le matelas de la chambre, dans une clarté matinale sordide. En se levant, elle observa la blancheur de plâtre du mur qui se trouvait devant elle et les lignes des planches sur le sol. Elle était toujours nue et étiquetée, mais ni l'absence de vêtements ou de draps et de couvertures, ni ces trois bristols attachés à elle n'étaient parvenus à perturber son profond repos. Elle s'assit sur le matelas, les pieds par terre, et réfléchit à ce qu'elle allait faire.

Ce fut alors qu'elle entendit les voix.

Elles provenaient du séjour. Il y avait au moins deux personnes, et elles parlaient en néerlandais. Elles riaient, s'exclamaient. C'était peut-être le bruit qu'elles avaient fait en entrant qui l'avait réveillée.

Dans son esprit, il ne s'agissait pas de personnel de la conservation ou de la sécurité. C'étaient peut-être des employés venus installer quelque chose, ou le service de nettoyage – absurde. Cela pouvait également être le premier essai hyperdramatique, une scène improvisée qu'ils préparaient pour elle. Ou bien l'artiste lui-même, le peintre qui l'avait engagée, qui venait avec ses collaborateurs pour tester personnellement le matériel. Quoi qu'il en soit, elle devait se préparer.

Elle entra dans la salle de bains, urina – elle avait la vessie pleine, mais elle s'en était à peine aperçue jusqu'alors – et fit soigneusement sa toilette avec des lingettes humides en papier. Puis elle se passa de l'eau sur le visage, se lissa les cheveux – inutile, elle avait le visage propre et les cheveux en parfait état – et elle commença l'espace d'un instant à divaguer sur les vêtements, les couleurs, les accessoires, les façons de se présenter devant les étrangers, les ensembles susceptibles de lui aller ou non, avant de se rappeler qu'elle n'était pas chez elle mais dans un lieu inconnu de la Hollande, et qu'elle était une toile apprêtée et étiquetée et devait apparaître ainsi, telle quelle, qui que fussent les nouveaux arrivés. Elle respira profondément, traversa la chambre et ouvrit la porte.

Deux hommes allaient et venaient de l'entrée au séjour.

L'un d'eux, le plus âgé, était courbé sous le poids d'un sac en toile et ne fit pas attention à elle en passant. Il avait les cheveux clairsemés et portait un tee-shirt sale et un jean. Il avait des bras longs et poilus, presque simiesques. À l'intérieur de ses lunettes à verres épais, ses yeux ressemblaient à des insectes pris dans l'ambre. Mais Clara s'intéressa surtout au badge couleur turquoise accroché à un pli de sa chemise. Du personnel de l'art, pensa-t-elle en frissonnant. C'était le premier membre de ce cercle choisi qu'elle rencontrait. Elle retint sa respiration comme un croyant en présence des grands patriarches de sa foi. Du personnel de l'art de la Fondation Van Tysch, rien que ça, les assistants du maître et de Jacob Stein. Elle ne se les était pas imaginés ainsi, sous ces traits si vulgaires et cet aspect un peu dépenaillé, mais au vu du badge elle sentit son cœur battre plus vite.

L'autre homme semblait très jeune. Il venait de poser un sac sur le tapis et ouvrait les persiennes des fenêtres arrière, colorant de matin le séjour. Il dit alors quelque chose en néerlandais et se retourna. Ce faisant, il découvrit Clara debout sur le seuil. Il l'observa. Elle sourit légèrement, mais il lui sembla que tout type de présentation serait incongru. À ce moment, l'homme plus âgé posa le sac par terre, se frotta les mains et la découvrit lui aussi. Ils la regardèrent tous deux.

— Bien, bien, bien, dit le jeune homme en espagnol, et il fit quelques pas dans sa direction.

Il était grand, la peau brunie et les cheveux noirs et bouclés coiffés en brosse. Clara lui trouva un visage très séduisant, avec des sourcils épais mais bien dessinés, des pattes en virgule, une moustache et une barbichette comme dans les films de cape et d'épée. Il portait des colliers africains, des boucles d'oreilles, des bracelets en argent et en cuir. Les pin's accrochés à son gilet constituaient un ensemble de déclarations en néerlandais. À côté de lui, l'homme plus âgé ressemblait au serviteur bossu du professeur diabolique. Le contraste entre les deux ne pouvait être plus intense.

Ils échangèrent quelques phrases en néerlandais en désignant Clara. Elle resta immobile et tranquille, debout devant la porte, sans essayer un seul instant de se couvrir.

Quand ils eurent terminé leur bref dialogue, le jeune homme introduisit une main dans une de ses poches de jean et en ressortit un objet. C'était une sorte de tenaille aux dents courbes, très affûtées. Il s'approcha alors d'elle en souriant. Clara fit instinctivement un pas en arrière.

— La première chose que l'on fait avec tout ce que l'on va étrenner, dit le jeune homme dans un espagnol musical, sud-américain, approchant la tenaille du cou de Clara, c'est d'enlever les étiquettes.

Les trois bristols jaunes tombèrent, un à un, floc, floc, floc, à ses pieds.

Elle bomba le ventre pour que Gerardo peigne à côté de son nombril la huitième ligne verticale. Il utilisait des gants en caoutchouc et un feutre suspendu à son cou pour noter sur sa peau le numéro de la couleur. Il s'appuyait à peine pour écrire. À cet instant, il prit le feutre et dessina une arabesque, un papillon sous la huitième ligne : 8. Puis il ôta ses gants et brancha le programmateur.

Ils y avaient passé la matinée. Clara était allongée sur le dos sur la commode, à côté d'une fenêtre, les jambes serrées pendant à l'extérieur. Elle était un peu surprise. Elle avait toujours cru que la technique des peintres de la Fondation était très instinctive, plus encore que celle de Bassan ou celle de Vicky, et il y avait pourtant là ces deux types qui essayaient des couleurs sur son corps avec une lente patience. Gerardo se chargeait de la peindre : il ouvrait un pot, prenait un échantillon avec l'index, peignait une ligne sur son ventre et notait le numéro sous la ligne. Toutes les trois ou quatre lignes, il branchait un petit programmateur et la laissait seule, attendant que les couleurs – différentes tonalités rosées – sèchent. Puis il revenait, ouvrait un autre pot et tout recommençait.

Ils ne lui avaient pas donné leurs noms, elle les avait lus sur les étiquettes turquoise, à côté des photos. Le jeune homme s'appelait Gerardo Williams. Le plus âgé, Justus Uhl. Clara supposait que c'étaient de simples assistants du peintre principal. Gerardo parlait très bien l'espagnol, bien qu'avec un léger accent anglo-saxon. Elle pensa qu'il pouvait être colombien, ou peut-être péruvien. Uhl ne s'adressait jamais à elle, et sa façon de la regarder et de la traiter était bien plus désagréable que celle de Gerardo.

À la fenêtre, entre son corps et le soleil, un insecte se cognait à la vitre : son ombre constituait une ligne, un trait d'union sur sa nudité absolue.

Le programmateur sonna et Gerardo revint.

— Quand nous aurons décidé de la tonalité, nous ferons des essais sur tout le corps, lui dit-il en choisissant un autre pot et en le décapsulant. Nous emploierons de la maille poreuse, c'est plus rapide. As-tu déjà utilisé de la maille poreuse ?

— Oui.

— Oh, sourit-il. J'oubliais que je travaillais avec une spécialiste.

— Je ne suis pas une spécialiste, mais cela fait plusieurs années que je...

— Ne parle pas... Attends un peu. Étire-toi davantage. Les bras sur la tête et les mains jointes, comme si tu étais une flèche. Comme ça.

Elle sentit la froideur du doigt glissant sur son ventre. Puis le feutre. Si elle fermait les yeux, elle pouvait deviner le nombre à travers les sensations cutanées : une boucle, une ligne, une pause. Son coude lui frôlait parfois le sexe quand il écrivait.

— Tu es de Madrid, non ? demanda Gerardo, occupé à soulever le couvercle d'un autre pot de peinture. Elle acquiesça de la tête. Figure-toi que je ne suis jamais allé à Madrid. En Espagne, je ne connais que Barcelone. Il faudra que j'aille un jour à Madrid.

— D'où es-tu ?

— Moi ? Un peu d'ici et un peu de là. J'ai vécu à New York, à Paris, maintenant à Amsterdam...

— Tu parles très bien espagnol.

De sa posture étendue sur la commode, elle le vit hausser un sourcil d'un air modeste. « Il adore les compliments », pensa-t-elle.

— Je fais tout très bien, petite.

Clara ne prit pas cette déclaration pour une plaisanterie.

— Je vois, dit-elle.

— En fait, mon père est portoricain… Ce maudit pot ne veut pas s'ouvrir. Il est timide.

Elle sourit. « Y a-t-il un pot qui puisse résister à d'Artagnan ? » pensait-elle. Elle le vit froncer les sourcils, rougir sous l'effort, faire des grimaces. Ses biceps se dilatèrent comme des ballons.

— Ouf, ça y est. Tout en prenant du doigt un échantillon – rose chair, comme les autres, il était difficile de percevoir la différence –, il s'adressa à elle à nouveau : Tu étais déjà venue à Amsterdam ?

— Oui. Elle se rappela un voyage qu'elle avait fait quelques années auparavant avec Gabi Ponce, une aventure sac au dos avec des chaussures usées. J'ai vu plusieurs œuvres de Van Tysch au Stedelijk.

Elle sentit la raie de peinture froide : la première d'une nouvelle rangée sous son nombril.

— Tu aimes Van Tysch ? demanda Gerardo.

Il gardait le doigt sur son ventre. Y avait-il une lueur de moquerie dans ses yeux sombres ? se demanda-t-elle.

— Il me fascine. Je crois que c'est un génie.

— Maintenant tais-toi. Comme ça… Ça y est. Je te laisse un moment pendant que ça sèche, OK ?… Il fait beau. Tu sais où nous sommes ? Dans l'un des cottages qu'utilise la Fondation pour le travail avec les toiles. Il se trouve au sud d'Amsterdam, près d'une ville appelée Woerden et tout près de Gouda. Tu sais, Gouda, les fromages, miam. Tu connais cet endroit ? Clara fit un signe de dénégation de la tête. Il y a de jolis lacs un peu plus au sud, il faut que tu les voies. Il regarda un instant par la fenêtre avant de dire quelque chose qui l'étonna : Là-bas, entre les arbres, il y a un joli paysage. Tu y serais magnifique, au milieu de ces arbres, peinte en rose chair et rose clair. Il désignait un point que Clara ne pouvait voir de sa position horizontale.

— C'est toi qui vas me peindre ? demanda-t-elle.

Elle aima le franc sourire qu'il lui adressa. Peut-être avait-il la bouche trop grande, mais ce sourire exprimait une joie radieuse.

— Je ne suis qu'un *assistant*, petite, c'est indiqué sur ma carte. Justus est *assistant* lui aussi, mais *senior*. Je veux dire que nous faisons partie du fond de la photo. Et nous n'apparaissons même pas à côté des grands pendant les conférences de presse...

— C'est Van Tysch qui va me peindre ?

Gerardo ôtait les gants et les jetait dans un sac. Clara ne put observer son visage tandis qu'il lui répondait.

— Chaque chose en son temps, ma petite. L'impatience n'est pas une bonne chose pour un tableau.

À cet instant, il se passa quelque chose. Uhl arriva et se mit à parler avec animation avec Gerardo. Ses paroles traduisaient le mécontentement. Le jeune homme rougit et recula de quelques pas. Il sembla à Clara qu'Uhl était le chef et qu'il avait peut-être réprimandé son assistant pour avoir trop parlé avec elle, qui n'était qu'un tableau. Uhl se retourna alors et contempla le corps de Clara allongé sur la commode. Clara lui rendit son regard avec inquiétude. Ces yeux lointains qui la scrutaient au fond du tunnel de verre des lunettes lui déplaisaient profondément. Elle le vit lever un doigt comme un poignard et l'approcher de son ventre. Elle se proposa de ne pas bouger d'un millimètre à moins qu'on ne lui intime le contraire. Elle contracta ses muscles et attendit. « Que va-t-il faire, maintenant ? »

Elle sentit le contact dur du doigt d'Uhl glissant sur sa peau apprêtée. Il ne portait pas de gants, c'était le premier à la toucher à main nue. Le doigt traçait une ligne descendante. Clara ignorait si cela avait une finalité pratique ou si c'était une façon de se distraire en réfléchissant. Elle sentit le doigt tourner autour de son sexe et bougea légèrement sans pouvoir l'éviter. Le doigt dessinait des lignes invisibles. La sensation ne parvenait pas à l'exciter mais *assiégeait* son excitation. Elle contracta les muscles de son ventre et resta rigide. Le doigt remonta et traça un huit horizontal – ou le symbole de l'infini – autour de ses seins. Il continua à monter le long de son cou, sur son menton. Elle ne respirait pas. Il s'arrêta sur sa bouche, sépara ses lèvres. Clara collabora en écartant les dents. L'hôte irritant chercha sa langue. Alors, comme s'il avait vérifié tout ce qu'il souhaitait, il se retira.

Ils la laissèrent seule. Elle les entendit parler tranquillement sous le porche.

Quelle avait été la signification de cette exploration d'Uhl ? Était-ce une façon d'évaluer la texture de sa peau ? Elle ne le croyait pas. Elle s'était sentie assez mal à l'aise pendant l'examen.

Quand le programmateur sonna, Gerardo revint dans son champ visuel avec de nouveaux gants en caoutchouc et prit un autre pot de peinture.

— Justus est le chef, murmura-t-il. Il est un peu spécial, tu apprendras à le connaître. Qu'est-ce qui vient maintenant ? Ah, oui, le ton trente-six.

À midi, on l'appela pour déjeuner. Elle avait son plateau sur la table de la cuisine, sous pellicule plastique comme ceux des avions. Il contenait un sandwich au poulet et à la salade, un yaourt, un jus de fruits Aroxén et un demi-litre d'eau minérale. Elle mangea seule – ils avaient décidé de déjeuner sous le porche –, déchaussée et nue, avec une palissade de vingt-cinq lignes roses peintes sur le ventre et numérotées. Après un rapide passage aux toilettes, l'après-midi se poursuivit sans pauses. On lui peignit quarante autres lignes, dans le dos cette fois. Le calendrier d'un naufragé. Les dernières montèrent sur la courbe de ses fesses. Ils partaient, revenaient voir l'effet, prenaient parfois des photos. Clara tentait de se convaincre elle-même que tout ceci était un préambule, que le lendemain les choses seraient différentes. Elle ne voulait pas admettre qu'elle trouvait décevante la première journée de travail à la Fondation.

À un moment donné, la nuit tomba. Et elle n'avait pas encore vu le paysage qui l'entourait.

— Ce soir, ne prends pas de douche et ne mets rien sur les lignes, lui indiqua Gerardo. Couche-toi sur le matelas sur le dos à proximité du programmateur. Il sonnera toutes les deux heures. Chaque fois qu'il sonnera, retourne-toi, comme une omelette aux pommes de terre.

— C'est ça, très bien.

— Demain, à la première heure, nous reviendrons.

— C'est ça.

— Le dîner est dans la cuisine. Et rappelle-toi : quand tu entendras le programmateur, tac, retourne-toi. Il agitait les mains.

— Comme l'omelette aux pommes de terre, dit Clara.

— Exact.

Les yeux de Gerardo brillaient tandis qu'il souriait. On entendit Uhl l'appeler. Le jeune homme disparut rapidement.

Cela se produisit en pleine nuit, pendant le deuxième avertissement du programmateur.

Clara, allongée à plat ventre sur le matelas, sortit de sa légère veille. Tandis qu'elle se retournait, les yeux ensommeillés, elle sentit la couleur de l'obscurité se transformer.

Ce fut quelque chose de très fugace, un battement de paupières. Elle tourna la tête et regarda en direction de la fenêtre de la chambre, à sa gauche. Elle ne voyait que des ombres, des lignes d'arbres et de branches, mais était sûre qu'un instant plus tôt ces ombres étaient *différentes*. Elle se redressa, et ses coudes s'enfoncèrent dans le matelas. Elle retint son souffle. Elle tendit l'oreille. Entendait-on des pas dans l'herbe, près de la fenêtre ? C'était difficile à savoir, parce que les arbres se cognaient les uns aux autres sous l'effet du vent.

Elle scruta les ténèbres du regard. Elle observa ses jambes nues et tendues comme des lignes parallèles. Dans la chambre, il n'y avait que trois objets : elle, le programmateur et le matelas. Le programmateur, dans son dos, égrenait les secondes.

Elle se leva et avança timidement vers la fenêtre. L'obscurité était totale. « C'est incroyable, comme ce genre d'obscurité peut parvenir à impressionner en pleine campagne », pensa-t-elle. Sa peau voulut revêtir le maillot de la peur, mais le lustre de l'impression l'empêchait de se hérisser. La fenêtre était un monde de lignes noires. Elle s'approcha de la vitre. Un monstre aux traits jaunes flotta devant ses yeux une fraction de seconde, mais elle s'attendait à son reflet dans la vitre et ne fut pas effrayée.

Au-dehors, il n'y avait personne, ou du moins elle ne pouvait pas le voir. Elle écouta. Le vent agitait les branches.

Elle se protégea le corps de ses bras et regagna le matelas. Elle s'allongea sur le dos. Son cœur résonnait comme un marteau à ses oreilles.

Elle se rappela l'après-midi où elle était sortie de chez elle pour être apprêtée. La sensation qu'elle venait d'éprouver avait été similaire à celle de ce jour-là, mais en beaucoup plus intense.

Il lui avait semblé que quelqu'un l'avait observée de la fenêtre juste avant que le programmateur ne sonnât.

Quelqu'un qui se trouvait à l'extérieur de la maison, en pleine nuit, en train de la surveiller.

La terreur est dans le cercle.

Avec une lenteur menaçante, les *Monstres* de la Haus der Kunst reviennent à la vie.

La jeune fille qui flotte dans la piscine remplie d'eau polluée s'appelle Rita. C'est la première à recevoir de l'aide parce que son effort est considérable : six heures par jour à jouer le résidu organique les cheveux entourés de sacs en plastique et d'excréments, ce n'est pas un travail facile. Le tableau a été acquis par une entreprise suédoise et le montant de sa location mensuelle est parvenu à faire accepter à Rita ce qui semblait impossible : plonger chaque jour dans cet amnios de merde et se sent heureuse. Dans ses moments de loisirs, elle jouit même de quelque chose que l'on pourrait qualifier de « vie sociale », bien qu'elle se plaigne de l'odeur persistante dans ses cheveux. En ce moment, elle respire à la surface en attendant que le niveau de l'eau baisse. Nous ne pouvons pas voir son visage mais nous observons la façon dont ses longues jambes s'agitent comme des algues blanchâtres. Et si elle se plaint de ses cheveux, elle devrait penser à Sylvie. Sylvie Gailor est *Méduse*, une huile estimée à plus de trente millions de dollars, à la location mensuelle astronomique. Cela provient du fait que les dix couleuvres vivantes et peintes en bleu outremer qui se tordent sur sa tête doivent être nourries et remplacées à intervalles réguliers. Elles ont la longueur d'une main d'enfant et sont comprimées par un délicat corset de fils de fer en forme de cheveux qui ne leur permet de bouger que la queue et la tête. Les serpents, en général, ne comprennent pas l'art, et deviennent très nerveux si on les oblige à supporter six heures par jour d'avoir les écailles écrasées par des clips. Certains meurent sur la tête de Sylvie, d'autres s'agitent avec une frénésie affolante. Des organisations écologistes et des sociétés protectrices des animaux ont porté plainte et protesté devant les portes des musées et des galeries. Ce sont déjà de vieilles connaissances, minoritaires et inoffensives en comparaison avec les groupes qui se plaignent des autres œuvres de la collection. Mais personne ne pense à la pauvre Sylvie. Il est vrai qu'on la paie, mais qui peut payer à leur juste prix ses insomnies, la curieuse répugnance qui l'empêche de se coiffer, cette sensation fantomatique qu'elle ressent parfois tandis qu'elle parle, rit, dîne au restaurant ou fait l'amour, et qui lui fait penser que quelqu'un s'est mis à lui caresser les cheveux, à tirer sur ses mèches, ou à la griffer avec des doigts sans ongles ?

À dix mètres derrière Sylvie se tient Hiro Nadei, un vieux Japonais peint dans les tons ocre qui tient une fleur dans sa main droite, un petit jasmin. Hiro est un authentique survivant d'Hiroshima et il a soixante-six ans. Quand sa ville a été pulvérisée en un enfer d'atomes, il avait cinq ans et se trouvait dans le jardin situé à l'arrière de sa maison, un jasmin dans la même main. Il a été tiré des décombres presque indemne. Le plus difficile fut de lui faire ouvrir la main droite, qu'il tenait fermée en forme de poing. Il l'ouvrit un mois plus tard : la fleur était en miettes. Il y a deux ans, Van Tysch eut connaissance de son histoire et l'appela pour faire une petite huile. M. Nadei trouva cela très bien : il est veuf, il vit seul et veut clore le cercle de sa vie en mourant comme il aurait dû le faire en ce terrible instant. L'huile, intitulée *La Main fermée*, a été vendue à un Américain. À l'autre extrémité de la salle, Kim, un jeune Philippin, agonise d'un sida en phase terminale. Il est exposé couché sur son lit et peint de couleurs morbides, une intraveineuse plantée comme un clou dans son bras mince. Il respire avec difficulté et a parfois besoin d'oxygène. C'est le remplaçant numéro seize d'un tableau dont la permanence devient une œuvre d'art en soi : un tableau qui durera le temps que durera la tragédie humaine. Il ne le fait bien sûr pas pour de l'argent. Comme tous ses prédécesseurs, Kim souhaite mourir en œuvre d'art. Il veut que sa mort ait une signification. Il souhaite contribuer à ce que l'œuvre perdure, précisément pour qu'elle ne perdure pas. Stein a su le résumer dans une phrase géniale – il a l'art des déclarations de ce genre : *Phase terminale* est le premier tableau de l'histoire de l'art qui commencera à être beau quand il aura cessé d'exister. Près de *Phase terminale*, est exposée *La Poupée*. Jennifer Halley, une toile de huit ans, est debout peinte en rose avec une robe noire, tenant dans ses bras une poupée. Mais la poupée est vivante et a l'aspect de l'un de ces embryons faméliques au ventre bombé et noirci dont la tête émerge du puits du Tiers Monde. Mais ce qui semble être un enfant est un adulte, peint dans des tons sombres, il pleure et s'agite dans les bras de Jennifer. Plus loin se trouve le pendu, qui se balance à son gibet. À côté, les jeunes filles torturées. Cette odeur âcre qui fait pleurer émane du *Hitler* vêtu de peaux de bêtes cousues d'animaux morts. Les attardés mentaux en costume de cadre aiment les couleurs de leurs cravates et la salive qui glisse dessus tel un diamant. Aujourd'hui mardi 27 juin 2006, quatre mille personnes ont visité l'incroyable exposition. Étant donné la lenteur des filtres de sécurité, il est impossible d'admettre tous ceux qui attendent en longue file humaine au-delà du perron de la Haus der Kunst. Ceux qui n'ont pas pu la voir devront revenir demain. Les *Monstres* terminent leur journée. Les tableaux qui ont cerveau, conscience, extrémités et visages, parviennent à s'éloigner et saluent leurs collègues. Le repos est arrivé. Mais personne ne regarde en direction du podium circulaire de la salle.

Le terrible est dans le cercle.

Là se trouvent les vrais *Monstres*.

Avec un hurlement de grue, la vitre protectrice qui les entourait commença à se soulever. Cinq techniciens et autant d'agents de sécurité attendaient au pied du grand podium. La vitre est lourde, hermétique, il faut une minute pour la remonter entièrement. Il s'agit d'un cylindre transparent de quinze centimètres d'épaisseur recouvert d'un toit du même matériau. Pendant les premiers mois de la tournée, ce toit n'existait pas. On pensait qu'une barrière de trois mètres de hauteur à l'épreuve des balles était plus que suffisante pour les protéger. Mais lors de l'exposition de Paris, en janvier 2006, un visiteur leur lança de la merde. C'était la sienne – il l'avoua par la suite –, il la transportait dans un sac à l'insu du détecteur de métaux, des rayons X et du Doppler corporel, des programmes d'analyses d'images qui s'enquièrent des épaisseurs de vêtements, des ventres des femmes enceintes et des poussettes de bébés. Au XXIe siècle, affirma un journaliste à la suite de cet événement, il est encore possible de se livrer au terrorisme avec de la merde. Qui sait, au XXIIe siècle, on ne pourra peut-être plus. L'excrément, lancé avec adresse au moment où le visiteur atteignit le premier rang et se plaça à côté du cordon de sécurité, décrivit une parabole dans l'air. Mais l'agresseur ne marqua pas son panier : la merde rebondit contre la vitre et retomba sur le public. « Cela vous est-il déjà arrivé, demandait le même journaliste à ses lecteurs, dans un musée d'art moderne, d'avoir l'impression que de la merde vous tombe dans les yeux ? » C'était un peu ça.

Depuis lors, la barrière protectrice des frères Walden dispose également d'un toit.

— Comment ça va, Hubert ?

— Bien, Arnold, et toi ?

— Pas trop mal, Hubert.

Les vêtements gris d'exposition des deux frères s'enlevaient facilement avec une fermeture Éclair dissimulée dans la partie postérieure. Une fois nus, Hubertus et Arnoldus Walden avaient l'air de deux gigantesques lutteurs de sumo sur lesquels veillaient attentivement leurs entraîneurs. Les techniciens leur passaient les peignoirs portant leurs prénoms respectifs et ils les attachaient autour de leurs ventres planétaires, qui mettaient à l'ombre leurs petites parties génitales épilées comme des œufs de perdrix.

— Un jour, vous allez vous tromper de peignoir et le prix du tableau baissera.

Les techniciens riaient à l'unisson de cette répartie, parce qu'ils avaient reçu l'ordre de ne pas les contrarier.

— Donne-moi ce coton, Franz, dit Arnoldus. Tu me le frottes avec autant de délicatesse que si j'étais ta maman.

— M. Robertson vous a encore appelés, dit un assistant.

— Il nous appelle tous les jours, se moqua Hubertus. Il pense toujours à faire un film sur nous avec cet écrivain nord-américain qui a reçu le Nobel.

— Il appartient à la nouvelle intelligentsia, dit Arnoldus.

— Il veille sur nous.

— Il nous aime.

— Il aime l'idée de nous *acheter,* Arno.

— C'est ce que j'ai dit, Hubert. Tu peux me repasser du dissolvant dans le dos, Franz ? La peinture me pique.

— Nous n'intéressons ce vieux fils de pute que parce qu'il veut nous acheter.

— Oui, mais le maître ne nous vendra pas à ce salaud.

— Peut-être que si, on ne peut pas savoir. Ses propositions sont intéressantes, n'est-ce pas, Karl ?

— Je crois que oui.

— Il « croit » que oui. Tu as entendu, Arno ?... Karl « croit » que oui.

— Attention à la première marche du podium...

— On sait, imbécile. Tu es nouveau ? C'est ton premier jour à la conservation ?... Nous, on n'est *pas* nouveaux, idiot.

— On est vieux. On est éternels.

On avait déjà retiré ses vêtement à la petite Jennifer Halley. Elle ne portait qu'une paire de chaussettes blanches à pompons – on emmenait Steve, le modèle souffrant d'achondroplasie, dans une poussette. Plusieurs techniciens frottaient le petit corps brillant de Jennifer avec des cotons trempés dans du dissolvant. Quand les Walden passèrent à côté d'elle, Hubertus tenta une révérence, bien que tout ce qu'il parvînt à faire fût d'incliner la tête sur son triple menton.

— Au revoir, ma virginale princesse de conte de fées ! Fais de beaux rêves !

La fillette se tourna vers lui et lui adressa un bras d'honneur.

Hubertus garda le sourire, mais, tandis qu'il tanguait comme un bateau à marée basse en direction de la sortie, il baissa les paupières jusqu'à transformer son regard en une paire de traits d'union foncés.

— Qu'est-ce qu'elle est mal élevée, cette petite conne. J'ai envie de lui apprendre les bonnes manières.

— Demande à Robertson de l'acheter et de l'installer chez lui, on lui apprendra les bonnes manières à nous deux.

— Ne dis pas de bêtises, Arno. Et puis, je préfère les homards aux huîtres, tu sais bien... Vous voulez bien vous écarter, mademoiselle ? Nous devons passer.

La jeune fille de la conservation s'éloigna d'un bond, en souriant et en s'excusant. Elle s'occupait des attardés mentaux. Les frères Walden poursuivirent leur chemin d'un pas vif, suivis de près par un cortège d'agents. Le peignoir d'Hubertus était mauve, celui d'Arnoldus carotte avec des reflets verts ; ils étaient fourrés de deux couches de velours et leurs ceintures auraient pu attacher sept hommes adultes.

— Hubert.

— Oui, Arno.

— Je dois t'avouer quelque chose.

— ... ?

— Hier je t'ai volé ton *discman*. Il est dans mon casier.

— C'est moi, qui dois t'avouer quelque chose, Arno.

— Dis-moi, Hubert.

— Mon *discman* est tout foutu.

Au milieu de rires de soprano, les deux énormes jumeaux quittèrent la salle d'exposition par une sortie de secours.

La Haus der Kunst est un parallélépipède blanchâtre criblé de colonnes qui se trouve à côté du Jardin anglais. Ses détracteurs l'appellent « La Saucisse Blanche ». Elle avait été inaugurée pendant un défilé tapageur soixante-dix ans auparavant par Adolf Hitler, qui voulut en faire le symbole de la pureté de l'art allemand. Au défilé, figuraient des jeunes filles déguisées en nymphes qui bougeaient comme des poupées et battaient des paupières comme mues par une commande électrique. Le Führer n'apprécia pas cette façon de battre des paupières. Parallèlement à la fastueuse inauguration, il y eut une autre exposition, plus petite mais non moins importante, intitulée *Art dégénéré*, où étaient exposées les œuvres des peintres proscrits par le régime tels que Paul Klee. Les frères Walden connaissaient cette histoire, et ne cessaient de se demander, tout en avançant, pléthoriques et majestueux, dans les couloirs du musée, vers les vestiaires, dans laquelle des deux collections les aurait inclus le grand chef nazi. Dans celle qui symbolisait la pureté de la germanité ? Dans celle de l'*Art dégénéré* ?

Cercles. Arno aime dessiner des cercles. Il se représente lui-même comme une figure de cercles enlacés : en haut, la tête ; le ventre constitue le corps ; deux petites jambes sur les côtés.

— Pourquoi te plains-tu autant, Hubert ?

— J'ai la peau très sensible depuis qu'on a changé l'apprêt de ma queue, Arno. Après la douche de dissol vants, ça me brûle.

— C'est bizarre, j'ai le même problème.

Ils se trouvaient dans la salle d'étiquetage, entièrement habillés, se coiffant avec la raie sur le côté. Les techniciens venaient de leur attacher les étiquettes et de leur servir le somptueux dîner de fruits de mer, auxquels ils avaient tous deux fait largement honneur.

Les Walden étaient deux êtres symétriques, une des rares photocopies exactes de la nature. Comme cela arrive souvent dans ce cas, ils portaient des vêtements identiques – faits sur mesure par des tailleurs italiens – et arboraient la même coupe de cheveux. Quand l'un tombait malade, l'autre ne tardait pas à le suivre. Ils avaient des goûts similaires et s'irritaient des mêmes choses. On avait diagnostiqué chez eux le même syndrome dans l'enfance (obésité, stérilité et conduite antisociale), ils avaient fréquenté les mêmes collèges, exercé les mêmes métiers dans les mêmes entreprises et connu les mêmes prisons en même temps, pour les mêmes délits. Dans leurs dossiers médicaux et pénaux figuraient des termes identiques : « pédéraste », « psychopathe » et « sadique ». Van Tysch les avait appelés en même temps, un jour de l'automne 2002, peu après qu'ils eurent été blanchis lors du procès pour l'atroce assassinat d'Helga Blanchard et de son fils, et il les avait transformés simultanément en œuvres d'art.

Helga Blanchard était une jeune actrice de la télévision allemande, ex-maîtresse d'un défenseur du Bayern de Munich, mère d'un enfant de cinq ans appelé Oswald, fruit d'un précédent mariage, jouissant d'une confortable pension alimentaire. Personne ne sait très bien ce qui arriva, mais au matin du 5 août 2003 il y eut du brouillard aux environs de Hambourg. Quand il se dissipa, Helga et son fils Oswald furent retrouvés nus et cloués par des piquets de tente d'un diamètre d'un centimètre au plancher de leur maison de campagne située dans les environs de la ville. Mère et fils partageaient l'un des clous – celui de la main droite pour elle, gauche pour lui. Ils partageaient également l'amputation de la langue, le viol par des tournevis et l'énucléation – ou presque : on avait laissé le globe oculaire droit à Helga pour lui permettre de voir commodément ce qui arrivait à son fils. Le crime provoqua un tel scandale que les autorités se trouvèrent dans l'obligation de procéder immédiatement à une arrestation, à l'aveuglette : cela tomba sur un couple de lesbiennes qui étaient les voisines les plus proches d'Helga et qui étaient devenues célèbres à leur façon en tentant d'obtenir l'autorisation légale d'adopter un enfant. Un piquet de citoyens en furie voulut brûler leur villa. Mais elles furent remises en liberté vingt-quatre heures plus tard, libres des charges qui pesaient sur elles. L'une d'elles, la plus jeune, passa dans une émission de télévision, et beaucoup de gens imitèrent dès le lendemain le geste qu'elle faisait avec ses index quand elle affirmait qu'elles n'avaient rien à voir avec ce qui s'était passé et qu'elles n'avaient rien vu et rien entendu. Puis on arrêta, dans cet ordre, l'ex-mari d'Helga – un imprésario –, l'actuelle épouse de son ex-mari, le frère de son ex-mari et, enfin, le footballeur. Lorsque l'arrestation du footballeur eut lieu, l'affaire dépassa les frontières allemandes et on commença à en parler dans toute l'Europe.

Un témoin-surprise fit alors son apparition : un ancien peintre de tableaux sur toile qui avait travaillé la veille à une huile champêtre qu'il pensait intituler *Arbres et brouillard*. Il était médecin de profession et père de famille. Ce matin tranquille d'un jour férié, il retouchait sa toile quand il remarqua deux cercles mobiles qui allaient d'un tronc à l'autre entre des lambeaux de brouillard diffus et ne possédaient pas la couleur naturelle des choses saines. Il observa plus attentivement, et vit deux hommes énormes et nus se glisser entre les arbres, à une courte distance de la maison d'Helga Blanchard. Il fut tellement fasciné par ces anatomies que, abandonnant toute tentative de poursuivre sa forêt, il les dessina dans un cahier séparé. L'esquisse fut publiée en exclusivité par le *Spiegel*. Il n'y eut pas à chercher plus loin : les frères Walden vivaient à Hambourg et possédaient un long historique d'activités délictueuses. Ils furent arrêtés et il y eut un jugement. Mais le jeune avocat commis d'office fit une brillante plaidoirie. Il commença par démonter avec une extrême habileté la déclaration du peintre médecin. On se souvient encore du piège qu'il tendit au témoin : « Si votre tableau s'intitule *Arbres et brouillard* et que vous affirmez vous-même vous être inspiré du paysage qui vous entourait, comment avez-vous pu apercevoir les accusés dans un lieu plein d'*arbres et de brouillard* ? » Puis il toucha la corde sensible du tribunal. « Sont-ils coupables parce que leur apparence nous déplaît ? Ou parce qu'ils ont des antécédents judiciaires ? Devons-nous les immoler pour permettre à nos consciences de dormir tranquilles ? » Il n'y eut pas moyen de prouver la présence des frères Walden sur le lieu du crime, et le procès s'acheva rapidement. Après avoir retrouvé leur liberté, les jumeaux reçurent la visite d'un type très aimable à la peau brune et au nez pointu qui sentait l'argent à distance. Quand il joignait le bout de ses doigts, on pouvait remarquer un splendide travail de manucure. Il leur parla d'art, de la Fondation et de Bruno Van Tysch. Ils furent apprêtés en secret et envoyés à Amsterdam et à Edenburg, où Van Tysch leur dit : « Je ne veux pas que vous parliez à qui que ce soit, jamais, de ce que vous avez fait, ou de ce que vous croyez avoir fait, ni même à vous-mêmes. Je ne veux pas peindre avec votre faute, mais avec le soupçon. » L'œuvre fut finalement très simple. Les Walden restaient debout face à face, en uniforme gris de bagnards et peints de couleurs légères qui soulignaient l'expression maligne de leurs visages. Sur leur poitrine, comme des médailles, les fiches de leurs antécédents judiciaires imprimées en petites capitales. Dans le dos, une photo d'Helga Blanchard tenant dans ses bras son fils Oswald – le fond est découpé : il s'agit de Venise, pendant un voyage – avec une interrogation à la signification évidente : *étaient-ce eux ?* La famille d'Helga se querella avec Van Tysch à cause de l'utilisation de cette image, mais la question fut résolue de façon satisfaisante pour les deux parties grâce à l'apport d'une intéressante somme d'argent. Quant au travail hyperdramatique, il ne posa aucun problème. Les Walden étaient nés pour être des tableaux. Ce n'était pas pour rien que la seule chose qu'ils étaient parvenus à bien faire toute leur vie était de poser immobiles quelque part et de laisser l'humanité les vilipender. C'étaient deux bouddhas, deux statues, deux êtres joyeux et inaltérables. Ils étaient assurés pour un montant qui dépassait largement celui de la majorité des créations de Van Gogh. Ils avaient parcouru un long chemin d'expulsion de collèges, de renvois professionnels, de prison et de solitude. Le public, l'humanité de toujours, continuait à les regarder avec mépris, mais les Walden avaient fini par comprendre que même le mépris peut devenir de l'art.

Une question subsiste : *étaient-ce eux ?* L'assassin d'Helga Blanchard et de son fils n'avait pas encore été retrouvé. Dites-moi, je vous en prie : *étaient-ce eux ?*

— Quand on connaîtra la réponse à cette question, notre prix baissera, affirma l'un des Walden à un célèbre critique d'art allemand.

Et les moues d'Hubertus et d'Arnoldus restent tendues et rougeâtres, les joues comme couvertes d'hématomes de fard et dans leurs yeux brûlent les braises d'orgies passées.

En cet instant, ils achevaient de faire leur toilette et se mettaient à la disposition d'une équipe d'agents spéciaux qui n'avait rien d'habituel.

— L'Art est ainsi, mademoiselle Schimmel. L'Art avec une majuscule, je veux dire... Ce n'est pas moi qui demande, mais l'Art, et vous avez l'obligation de le satisfaire. Hubertus fit un clin d'œil à son frère, mais Arnoldus écoutait de la musique dans les écouteurs miniature et ne le regardait pas. Oui, les cheveux platine… Je me fiche de savoir si vous aurez du mal à en trouver un pour ce soir… Nous le voulons blond platine, mademoiselle Schimmel, ne discutez pas, idiote… Crrr, brrr, frrr, trrr… Quel dommage, mademoiselle Schimmel, il y a des interférences sur la ligne, je dois raccrocher… La langue d'Hubertus apparaissait et disparaissait sur ses minuscules lèvres avec une grâce et une rapidité reptiliennes. Drrr, zrrr… Je ne vous entends pas, mademoiselle Schimmel !… J'espère qu'il sera blond platine. Sinon, venez vous-même… Vous pouvez porter un imperméable, mais rien dessous… Zzzzzsssss… Je dois raccrocher ! *Auf wiedersehen !*

— À qui parlais-tu ? demanda Arnoldus, baissant le volume dans ses écouteurs.

— À cette imbécile de Schimmel. Elle met toujours des bâtons dans les roues.

— On devrait se plaindre à M. Benoît. Pour qu'ils la jettent à la rue.

— Qu'ils la fassent mendier au carrefour.

— Qu'ils la prostituent.

— Qu'ils l'enchaînent, lui mettent un collier, la vaccinent contre la rage, et nous l'offrent.

— Non, je ne veux pas de chiennes. Je n'aime pas nettoyer leurs crottes. Écoute, Hubertus.

— Dis-moi, Arnoldus.

— Tu crois que nous sommes heureux ?

L'espace d'un instant, les deux frères contemplèrent le toit sombre de la fourgonnette, sur lequel glissait le lumineux cyclorama de la nuit de Munich.

— C'est difficile à savoir, dit Hubertus. L'éternité est une grande tragédie.

— Et puis, elle dure pour toujours.

— C'est pour cela que c'est une grande tragédie, conclut Hubertus.

Tremblantes, brillantes, les vitres de l'hôtel *Wunderbar* se reflétèrent sur la carrosserie de la fourgonnette lorsque celle-ci s'arrêta devant l'entrée. Les quatre agents se répartirent en des points stratégiques. Saltzer, le chef de l'escorte, fit un signe et l'un de ses hommes passa la tête par la porte arrière et dit quelque chose. Cérémonieux, Hubertus Walden déposa son anatomie sur le trottoir, devant un couloir de portiers pavoisés. La veste d'Arnoldus se prit dans la poignée. Il tira dessus avec force et déchira la poche. Quelle importance. Il possédait environ une centaine de costumes confectionnés par le même tailleur, et puis il pouvait utiliser ceux de son frère.

L'agent de la sécurité alluma les lumières du vestibule de la suite au moyen d'une télécommande. Une ambiance musicale émergea de coins secrets avec la sinueuse élégance d'une murène.

— Tout est normal dans le vestibule, à vous, dit-il. Il parlait dans le petit micro placé sous ses lèvres.

Le séjour contenait la piscine climatisée, le bar et l'huile de Gianfranco Gigli, un disciple de Ferrucioli assez prometteur malheureusement mort d'une overdose d'héroïne deux ans auparavant. Ce qui avait eu pour effet de faire remonter la cote de son œuvre interrompue – des silhouettes androgynes masquées portant des maillots de danse. Le tableau de Gigli était allongé sur le sol près de la piscine comme une soyeuse panthère noire. Le masque possédait les traits indispensables. La figure tout entière était ourlée par la toile d'araignée de lumière mobile des reflets de l'eau. Le lieu sentait les bois nobles et le chlore, et la température était beaucoup plus douce que dans le reste de la suite.

— Tout est normal dans le séjour, à vous.

La voix de l'agent continua à résonner dans le labyrinthe des pièces. Hubertus s'était dirigé vers le comptoir en acier du bar et servait le champagne. Arnoldus tentait vainement d'atteindre ses chaussures. Il rêvait de toucher un jour ses pieds. Cette gêne finit par avoir raison de sa bonne humeur.

— Je ne comprendrai jamais, explosa-t-il avec une douceur soudaine – il n'élevait jamais la voix –, pourquoi M. Benoît ne nous offre pas des décorations pour nous aider pendant les tournées. J'en ai ras le cul de tous ces efforts.

— Le cul est rond. Hubert venait de remplir à nouveau sa coupe. Le cul se compose de deux cercles chez certains ; chez d'autres, d'un seul. Par exemple, le cul de Bernard… Ça fait un, ou deux ?

Heureusement, Arnoldus pouvait ôter facilement ses chaussures sans utiliser les mains, ce qu'il fit. Son pantalon cédait également après avoir déboutonné un bouton.

— Hubert, tu peux baisser les lumières sur ce mur ? Je les ai en plein dans les yeux.

— Si tu t'écartais, elles ne te gêneraient plus, Arno.

— S'il te plaît…

— D'accord. Je ne veux pas de disputes.

— Tout est en ordre dans le sauna, à vous, gémissait une voix lointaine.

— Tu vas finir par te tirer, Bernard ? On attend de la visite.

— Tout est en ordre chez Bernard, à vous.

— Tout est en ordre dans le cul de Bernard, à vous.

L'agent ne les regardait pas tout en inspectant pour la deuxième fois le séjour. Il était immunisé depuis longtemps contre leurs moqueries. Il savait pourquoi ils étaient si impatients, mais ne voulait pas y penser. C'est-à-dire qu'il ne voulait pas *penser* à ce qui arriverait dans cette pièce quand leur visiteur arriverait.

Le visiteur venait presque toujours à la main d'un adulte. S'il était plus âgé, il pouvait venir seul, en costume de groom ou de garçon d'étage pour ne pas éveiller les soupçons. Mais il arrivait généralement à la main d'un adulte. Bernard ignorait ce qui se passait ensuite, et il ne voulait pas le savoir. Il ne savait pas non plus quand le visiteur s'en allait, s'il partait à un moment, ni comment, ni où. Cela n'entrait pas dans ses attributions. « Le problème… Le problème vient du fait que… »

Non pas que Bernard ait des problèmes de conscience. Non pas qu'il pense faire quelque chose de mal en accomplissant son devoir. Bernard aime travailler à la Fondation. Il gagne plus que n'importe où ailleurs, son travail n'est pas difficile – s'il n'y a pas de complications – et Mlle Wood et M. Bosch sont des chefs admirables. Et puis, Bernard veut mettre suffisamment d'argent de côté pour arrêter son travail et quitter la ville, celle-ci et toutes les autres. Il veut aller vivre en paix dans un endroit reculé avec sa femme et sa petite fille. Il ne le fera jamais, il le sait, mais il y pense sans cesse.

Le problème d'œuvres telles que *Monstres*, pour Bernard, était qu'on ne pouvait pas les remplacer. Si les Walden disparaissaient, qui allait occuper leur poste ? Leurs biographies étaient indispensables pour la peinture comme le clair-obscur l'était pour un Rembrandt. Sans eux, *Monstres* ne vaudrait pas un centime : il n'aurait pas fait couler des litres d'encre ni des tonnes de bytes informatiques ; on n'aurait pas écrit des livres entiers et on ne le mentionnerait pas dans les encyclopédies ; il n'aurait pas suscité de débats télévisés, de disputes féroces entre théologiens, psychologues, juristes, éducateurs, sociologues et anthropologues ; personne ne leur aurait jeté de la merde au plafond ; une légion entière d'imitateurs n'aurait pas surgi ; il ne générerait pas une quantité astronomique de bénéfices étant donné les substantiels permis d'exposition que la Fondation demandait aux plus importants musées et galeries du monde. Et ce vieux producteur d'Hollywood, Robertson, ne compterait pas les jours qu'il restait avant que Van Tysch ne décide de mettre son œuvre en vente.

Monstres était la poule aux œufs d'or. Le pire était que la poule le savait.

— Tout est en ordre, à vous.

— Tu t'en vas, Bernard ?

— On ne te plaît pas ?

— Bien sûr, qu'on lui plaît, Arno. Le petit cul de Bernard soupire pour nous.

En sifflant une musique de film, Bernard ferma la porte insonorisée qui reliait le séjour au vestibule et respira, soulagé. Son travail était fini pour ce soir : *Monstres*, l'un des tableaux de plus grand prix de l'histoire de l'art, était en sécurité. Et, heureusement, il n'entendait plus les jumeaux.

À partir du moment où l'art se dissocie de la morale, rien ne va plus, raisonne Bernard. Le maître est-il incapable de le comprendre ? Il y a des choses qui ne peuvent... qui ne *doivent* jamais se convertir en œuvres d'art, pense Bernard.

— Je vais prendre une douche, dit Arnoldus. Je suis tout poisseux de peinture. J'espère que tu n'as pas bu tout le champagne.

— Non, non. Comment peux-tu me croire si malintentionné, nom d'un chien ?

— Il y a un peu de vapeur dans le séjour. Baisse la température de la piscine, s'il te plaît.

— Je l'aime chaude, chaude, chaude. Ahm, ahm, ahm.

Arno fit un geste d'indifférence et se dirigea vers la luxueuse salle de bains à travers le couloir qui communiquait avec le séjour. On entendit les robinets de douche et sa voix de castrat attaquant une aria.

Hubertus tâta l'eau de ses mains. La piscine était gigantesque et avait une forme d'arène. C'étaient eux qui l'avaient exigé. Tout ce qui était circulaire était parfaitement du goût des Walden. Géométriquement correct par rapport à leur anatomie. Psychologiquement correct par rapport à leurs préférences : les œuvres juvéniles du Circle, par exemple. Et l'un de leurs meilleurs groupes de fans – ils avaient des milliers d'admirateurs dans le monde entier – s'appelait *The Circle of Monsters* et leur envoyait des autocollants ronds avec des devises qui défendaient la libre expression de l'art et attaquaient l'intolérance.

En entendant la lointaine bataille d'Arnoldus avec l'opéra, Hubertus se baissa, avançant comme une bouée à la dérive. L'étiquette jaune attachée à son cou flottait dans le liquide turquoise, remorquée par le gélatineux cylindre de chair. Au centre de cette piscine, Hubertus Walden se sentait l'Œuf Primordial, l'Ovule solitaire à l'instant suprême de la fécondation. La profondeur était partout la même : debout, l'eau lui arrivait un peu au-dessus du ventre. Grand-père Paul ne voulait en aucune façon qu'ils se noient, oh non. Il ferma à demi ses yeux enchâssés dans la graisse comme de petites bagues et la lumière vacillante de l'eau se décomposa pour lui en stries blanches. C'était merveilleux de vivre entouré de luxe, d'être caressé par les ondes de cet immense étang chauffé à la bonne température. Il se demanda si les cheveux blond platine naturel produiraient des reflets au plafond quand la lumière des appliques tomberait directement sur lui.

Son frère maltraitait une aria dans la salle de bains. En l'entendant, Hubertus pensa qu'Arnoldus était un être abject, pervers, peureux et vicieux. Il le détestait profondément mais ne pouvait vivre sans lui. Il le considérait comme ses propres viscères : une chose intime, inévitable, répugnante. À l'école primaire, c'était Arno qui faisait les bêtises, mais on les punissait tous les deux. « L'un casse l'assiette, vous payez tous les deux », disait Mlle Linz, au regard étincelant. Et il en avait été ainsi toute leur vie, avec papa, avec les juges, avec la police. C'était cette créature grosse, molle et maladive qui chantait faux maintenant dans la salle de bains – toujours avec une douceur discrète – qui avait emmené Hubertus sur le mauvais chemin. Cela n'avait-il pas été Arnoldus, qui avait improvisé le plan de diversion avec Helga Blanchard et son fils ?

— *A quell'amor... quell'amor ch'è palpito...*

Il se rappelait tout de façon parcellaire, comme enveloppé dans des brumes dorées, presque comme un chocolat fascinant : les yeux dilatés de la terreur maternelle, hmmm, les cris « perce-tympan », les petites mains crispées...

— ... *Dell'universo... Dell'universo intero...*

... des traces de chair fragile, hmmm, des bouches qui s'ouvrent en cercles parfaits, une rondeur exsangue...

— ... *Misterioso, misterioso altero...*

Au début, on aurait dit qu'ils avaient à nouveau gaffé. Ce peintre amateur, installé à proximité de la maison d'Helga Blanchard, les avait vus. Mais la défense du jeune avocat avec des pellicules dans les cheveux s'était avérée extraordinaire. Ce qui avait toutes les chances de mettre un terme à leurs vies se révéla être un merveilleux commencement. Le serpent qui se mord la queue. Le cercle parfait. Quelle belle harmonie que celle du cercle, particulièrement quand il ne bouge pas, quand il est mort ou paralysé et peut être parcouru d'un simple geste du doigt. Et quel grand homme, Bruno Van Tysch. Grâce à lui, ils avaient la vie qu'ils voulaient et une portion d'immortalité en rien dédaignable. Être une œuvre d'art était une chose merveilleuse.

Il se retourna, bercé dans un velours tiède.

Ce fut alors qu'il s'aperçut que l'œuvre de Gigli avait bougé.

— *... Croce e delizia... delizia al cooor...*

Une myopie de gouttes d'eau lui envahit les yeux. Il se les frotta. Il regarda à nouveau.

— *Croce, croce e delizia... delizia al cooooor...*

Le tableau, une ombre souple pourvue d'un masque noir, la silhouette d'un escrimeur en deuil, marchait lentement vers le comptoir du bar. Il faisait preuve d'un si grand naturel que, soudain, Hubertus pensa qu'il voulait simplement boire un coup. « Mais il ne peut pas ! comprit-il alors. En ce moment même il est une œuvre d'art ! Il ne peut pas bouger ! »

— Qu'est-ce que tu fais ? demanda-t-il. Il éleva tellement la voix qu'il finit par faire une fausse note.

L'œuvre de Gianfranco Gigli frôla le comptoir sans répondre, se baissa et prit quelque chose. Une mallette. Elle se retourna, se plaça de dos par rapport à Hubertus et ouvrit les fermetures métalliques qui résonnèrent comme un coup de fusil dans le séjour immense et presque silencieux – *ah, aaaah, ah-ah-ah-aaaaaaahhh,* ondoyait la voix lointaine d'Arno.

Hubert songea à appeler son frère, mais il hésitait. La curiosité l'empêchait de parler. Il déplaça son énorme anatomie jusqu'au bord incurvé de la piscine. Le Gigli manipulait un objet sur la table. De quoi s'agissait-il ? Sans doute de quelque chose qu'il avait sorti de sa mallette. Il le laissait maintenant de côté et prenait autre chose. Il agissait de façon si délicate, si douce, si soigneuse, qu'Hubertus, l'espace d'un instant, approuva sa conduite. Il n'y avait rien de plus agréable pour lui que la subtile délicatesse des formes : un danseur ; un enfant ; une torture.

Il en déduisit qu'il devait s'agir d'une retouche de Gigli. Peut-être le peintre avait-il décidé de transformer l'œuvre en action non interactive. Bien sûr, ceci devait être une œuvre d'art. Dans le monde de l'art, tout est valide et rien ne possède une signification intrinsèque. Les choses sont de l'art parce que c'est comme ça, parce que les artistes le décident et que le public l'admet. Hubertus se rappelait une œuvre de Donna Meltzer, *Horloge*, qui tournait fixée au mur à un rythme horaire sur un fond de velours, mais l'artiste avait décidé qu'elle retarderait tous les jours de dix minutes et s'arrêterait au bout de deux semaines. Les tableaux ne font pas toujours la même chose. Certains évoluent selon un patron conçu par leur créateur. Et celui-ci ? Il avait changé. De nouvelles instructions, sans doute. Pour symboliser quoi ? La société automatisée – était-ce pour cela qu'il sortait ces étranges engins ? Le symbole de l'autorité – un pistolet ? Les *mass media* – un magnétophone portable et une caméra vidéo en miniature ? La violence – un jeu d'instruments pointus ? Un peu de tout, peut-être. Ce que Gigli voudrait. Après tout, c'était lui le peintre et le seul à pouvoir…

Soudain il se rappela que Gianfranco Gigli était mort depuis plus de deux ans.

Overdose d'héroïne, lui avait-on dit à l'hôtel quand on lui avait montré le tableau.

— … *deliziaaa aaaal cooooooooor… ah-ah-ah-ah-aaaaaaaaa ahhhhhh…*

Il resta immobile, les mains sur le rebord en marbre de la piscine et le corps à moitié immergé. Une fourmilière de gouttes lui descendait sur la tête et sur le torse. Il ressemblait à une montagne de cire qui aurait fondu. Était-il possible qu'une œuvre se retouchât elle-même après le décès de son créateur ? Et si oui, devait-on considérer le résultat comme une œuvre posthume, ou comme une falsification ? Étranges questions.

Et soudain, Hubertus cessa de se soucier des activités de la silhouette de Gigli – « je me fous de ce qu'il peut faire » – et éprouva une crise d'allégresse brutale. La sensation parcourut trois trillions de molécules de graisse corporelle et produisit dans son cerveau un tourbillon semblable à un puissant orgasme. Il s'extasia sur le bonheur d'appartenir à ce monde complexe, cette existence qui ne trouvait que rarement, si tant est que cela arrivât, une explication ou pouvait être décrite par des paroles, la source dorée secrète et incessante, le cercle choisi auquel ils appartenaient tous, la figure de Gigli, Van Tysch, la Fondation, eux-mêmes et quelques élus supplémentaires – enfin, excluons la triste figure de Gigli, qui devait se renouveler pour rester actuelle –, cette vie merveilleuse qui leur permettait de jouir de leurs fantaisies et de constituer du matériel de fantaisie pour d'autres. Même le fait de posséder une corpulence aussi écrasante constituait un avantage dans ce monde. Être aussi monstrueux qu'un monstre, comprenait Hubertus, pouvait transcender les limites de la réalité quotidienne et devenir symbole, *bête* de l'art, archétype, philosophie et méditation, théories et débats. Sois béni, monde. Sois béni, monde. Bénis soient ton pouvoir et tes possibilités. Bénis soient également tous tes secrets.

Le tableau de Gigli semblait en avoir enfin terminé avec les préparatifs, quels qu'ils fussent. Il fit demi-tour avec un calme absolu et se dirigea vers un autre lieu, une autre destination inexorable dictée par un artiste mort. Hubertus le contemplait, dans l'expectative.

« Vers où ? Oh, vers où diriges-tu maintenant ton pas harmonieux, divine et resplendissante créature ? » se demandait Hubertus Walden.

Envahi par une harmonie planétaire, il tarda un instant à comprendre que l'œuvre se dirigeait maintenant vers lui.

Un tigre attaquait Arnoldus, enfant.

Infaillible, précis, puissant, mortifère. Un tigre noir aux yeux flamboyants né de ses rêves. C'était son cauchemar, sa terreur remontant à l'enfance. Il criait et réveillait Hubertus et, inévitablement, l'attaque féline finissait par se transformer en la ceinture de son père qui traçait des arabesques en s'abattant à plusieurs reprises sur son derrière nu. (« Je ne voulais pas crier, papa, s'il te plaît, je te le jure, crois-moi, je n'ai pas pu faire autrement. ») La seule chose qui dérangeait son père, c'étaient les cris. « Faites ce que vous voudrez, mais ne criez pas », leur avait-il toujours ordonné. C'était son éternelle obsession.

À la différence de son frère, Arnoldus ne croyait pas avoir obtenu de compensations. Il pensait que la vie est un commerce qui change chaque jour de propriétaire et ne vous rend jamais ce que vous avez payé en trop. Aujourd'hui, ils étaient immensément riches, certes. Ils étaient considérés comme une œuvre d'art d'une valeur inestimable. M. Robertson, qui pouvait très bien devenir un jour leur nouveau papa, les aimait : Arno savait qu'il ne viendrait jamais à Robertson l'idée de le frapper avec une ceinture s'il l'entendait crier au milieu de la nuit tandis que la salive amère de son pire cauchemar coulait sur son visage. Aujourd'hui ils étaient adorés, respectés et admirés comme de grands tableaux. Mais cette nouvelle vie allait-elle leur offrir l'enfance heureuse qui leur avait manqué ? La considération mondiale dont ils jouissaient, serait-elle rétroactive ? Parviendrait-elle à transformer, d'une certaine façon, leurs mauvais souvenirs en bons ? Non, elle ne transformait même pas les habitudes. Arnoldus, adulte, ne criait pas non plus. Le tigre était mort, son papa aussi, mais la vie ne vous rend jamais rien.

En entendant les clapotements de son frère dans la piscine, Arnoldus enroula une serviette autour de sa taille gigantesque et commença une danse du ventre devant la glace. Si l'on tenait compte de la partie de son corps qui les exécutait, ces danses constituaient pour Arno davantage qu'un simple entraînement : elles finissaient par devenir une sorte de tentative subtile de comprendre l'univers. La musique, sifflante, pseudo-égyptienne, provenait de ses lèvres. Il claquait des doigts tout en évoluant. *Oh, douce houri, accéderas-tu cette nuit à mes désirs ?* En regardant ces doigts de porcelaine, pense-t-il tout en balançant son bide, paf, d'un côté, paf, de l'autre, personne ne soupçonnerait la présence de ce sac d'intestins abjects qui pend au centre, cet anaconda affamé et enroulé à l'intérieur d'un sac, ce gros bout de corde marine enveloppé dans la graisse. Était-il possible d'être aussi gros ? « Mon Dieu, qu'as-tu fait avec moi ? » Sa mère lui racontait – enfin, c'était peut-être son père – qu'elle avait crié lorsqu'elle les avait vus venir au monde, quand elle avait vu ces créatures fantastiques, ces créatures engendrées avec davantage de chair que sa propre chair. « Ah ! » s'était exclamée Mme Walden. Et son père – ce fut également elle qui le leur raconta –, horrifié lui aussi, la disputait :

— Ne crie pas, Emma. Ce sont des monstres, oui, mais ne crie pas, s'il te plaît. Surtout, *ne crie pas*...

En se balançant, Arnoldus Walden déplaça sa pananatomie dans le long couloir qui reliait la salle de bains au séjour. Pendant ce temps, il restait plongé dans ses pensées. Il n'entendait plus les clapotements d'Hubertus. Blond Platine serait-il déjà arrivé ? Son frère aurait-il commencé sans lui, manquant ainsi à sa parole ? Oh, Hubertus, être méprisable, infime, vulgaire, vil. Mammouth pervers, ours cruel. Son frère adorait rejeter sur lui la responsabilité de tout le mal. Arnoldus se réveillait chaque jour en essayant d'être différent. Comment ? Plus aimable, plus humain, plus obéissant *(vraiment, s'il te plaît, crois-moi)*, mais, quand il reportait le regard sur son frère, la haine lui sortait par tous les pores comme une flamme dans une boule imbibée d'alcool. Contempler ce reflet de soi-même provoquait en lui un tel rejet qu'il avait parfois envie de briser le miroir. Oh, oui : c'était Hubertus qui faisait de lui un être *horrible*. Hubertus le poussait vers l'abîme, le forçait à rêver d'atrocités.

Par exemple, pour Helga Blanchard et son fils. Arnoldus essayait régulièrement d'expliquer à Hubert qu'ils n'avaient jamais rien fait de mal à cette famille. Ils n'avaient même pas connu Helga et son tendre enfant : tout n'avait été qu'un faux souvenir enterré dans leurs esprits par Van Tysch, une couleur ténébreuse ajoutée à leurs corps. « Une chose semblable à un péché originel », pensait Arnoldus. L'ombre d'une faute qu'ils n'avaient jamais commise et qu'ils ne pourraient donc jamais oublier, parce qu'il n'y a rien de plus indestructible que l'imaginaire. Peut-être n'étaient-ils même pas coupables des délits qu'ils avaient expiés en prison. Il se peut également qu'ils n'aient pas non plus été en prison. En fin de compte, peindre consiste également à tromper : on croit qu'on peut toucher ce saladier, cette grappe de raisin ou le sein rond de cette nymphe, on tend les doigts et on trébuche, on comprend que les sphères ne sont que des cercles, ce qui ressemblait à un volume s'aplatit, devient accessible à l'impatience pressante des doigts. Arnoldus soupçonnait qu'ils étaient l'une des meilleures illusions du peintre hollandais. « Venez à moi, toiles monstrueuses : je vais construire une illusion optique avec vous. »

Le maître avait été si habile en leur peignant ce terrible mensonge dans le cerveau que son frère Hubertus vivait dans l'erreur. Hubert *croyait qu'ils l'avaient fait*. Pire encore : il croyait que c'était lui, Arnoldus, qui était *dupé* ! « Tu as voulu te boucher les yeux avec cette explication pour ne pas te souvenir de ce que nous avons fait, Arno, lui disait-il. Et il ajoutait : Mais ce que nous avons fait, nous l'avons *vraiment* fait. Tu veux que je te rafraîchisse la mémoire ?... » Arnoldus avait maintenant cessé de discuter sur ce désagréable sujet. À quoi servirait de continuer à dire à Hubert que c'était lui qui *se trompait*, que jamais ils n'avaient commis une telle atrocité, que tout était le produit du superbe art de Van Tysch ?

Il baissa les yeux vers la signature à sa cheville gauche : BVT. Une pensée nouvelle l'inquiétait depuis quelque temps. Van Tysch serait-il le responsable de cette haine, cette férocité que provoquait Hubertus en lui ? Avait-il voulu éveiller sa part de Caïn pour le peindre ? Quoi qu'il en fût, le maître ne s'occupait plus d'eux. Il avait perdu tout intérêt pour leur personne. On murmurait qu'il les mettrait bientôt en vente.

La meilleure chose serait peut-être d'oublier Van Tysch et même Hubertus, et de profiter un peu des choses tant que cela serait possible.

Il ouvrit la porte et entra dans le séjour.

— Me voici, Hubert. J'espère que tu n'as pas...

Il s'arrêta. Il n'y avait personne dans la piscine. En fait la vaste pièce semblait déserte.

« Ta, ta, ta, ce n'est pas poli de ta part, Hubert. » Arnoldus regarda de tous côtés. La suite était une basilique infinie : colonnes, courbure du plafond, murs de pierre, lumière indirecte, long autel de sacrifices en forme de comptoir de bar...

Il tarda un instant à découvrir le sillage de liquide à sa droite, juste à sa droite, un léger détail de couleur sombre sur la moquette, une trace d'eau de piscine, la flaque de pisse zigzagante d'un dieu. Il la suivit, tordant son cou volumineux. À l'autre bout, le ventre en l'air – sphère parfaite –, gisait son frère.

Et debout à côté de son frère, une mince silhouette masquée : le tigre noir de ses terreurs enfantines, son cauchemar agile et vorace.

Quand il bondit sur lui, Arnoldus, enfant obéissant, ne voulut pas crier.

Un triangle isocèle de lumière. Jambes écartées.

— Repos, dit Gerardo. Ensuite, on essaiera un autre effet.

Clara rapprocha les jambes et le triangle disparut. Elle tournait le dos aux deux hommes, devant la fenêtre, les cheveux incendiés de rouge et le corps profilé par les rayons du soleil. Elle était peinte en rose et ocre avec des nuances ivoire et perle. L'épine dorsale, le V parfait de la région lombaire et la croix charnue des fesses ressortaient en terre naturelle. Gerardo et Uhl avaient décidé des tonalités le matin même après avoir observé attentivement les couleurs maintenant sèches des lignes tracées sur sa peau. Ils lui donnèrent un maillot poreux et une capuche de teinture et elle passa les deux dans la salle de bains. Sa peau et ses cheveux apprêtés absorbèrent les couleurs à la perfection sans nécessité de vernis ni de fixateurs. Les tons étaient provisoires, l'avertit Gerardo, et ils les modifieraient dans les jours à venir. Provisoire aussi, la couleur des yeux qu'il lui peignit avec des aérosols pour cornée vert émeraude brillant et l'ébauche des lèvres dans un rose plus foncé qu'il lui dessina sur le visage. Enfin, les mains gantées, il rassembla ses cheveux, humides de peinture, en un tout petit chignon. Les gants éclaboussèrent le sol de fausses gouttes de sang quand il les jeta dans la corbeille à papier.

— Ça y est, lui dit-il.

Clara sortit de la salle de bains et se dirigea vers le séjour en laissant sur son passage une trace d'huile parfumée. La première chose qu'elle fit consista à s'observer dans les miroirs. Elle entrevit la figure derrière l'esquisse : une jeune fille de Manet, grande, svelte, nue, rousse, aux muscles qui se détachaient un par un sans violence, comme dessinés par un expert ; sous la lumière du soleil, ses cheveux étaient une hémorragie lumineuse. Elle se trouva bien faite. Elle voulut imaginer qu'il ne s'agissait pas d'une simple esquisse, que le tableau inconnu qu'ils peignaient avec elle serait tel quel.

Ils avaient installé une caméra vidéo sur un trépied et un grand projecteur de studio de photo, mais les positions, au début, furent filmées en lumière naturelle. Cela doit être une belle journée, pensait Clara en contemplant la fenêtre qui s'ouvrait devant elle, tentatrice, mais à l'intérieur de ces murs écrus sur ce sol aux lignes parallèles, tout se dissolvait en lumières éclatantes, comme si elle avait vécu à l'intérieur d'un prisme. Elle souhaitait disposer de temps libre pour sortir explorer.

— Le repas est dans la cuisine, lui indiqua Gerardo pendant la pause.

Elle marcha avec précaution jusqu'à la salle de bains pour ne pas fendiller la peinture, et passa l'un des peignoirs accrochés derrière la porte. Quand on la peignait elle avait l'habitude de porter quelque chose pour ne pas s'abîmer en mangeant ou en se reposant.

À la cuisine, une nouveauté l'attendait. Son plateau emballé sous vide se trouvait, comme la veille, à sa place habituelle, mais Gerardo occupait la chaise opposée. Il soulevait le couvercle d'une pizza qui venait d'être décongelée au micro-ondes. Ils allaient manifestement déjeuner ensemble. Elle supposa qu'il existait de graves désaccords entre Uhl et Gerardo. Au cours de la matinée, ces désaccords s'étaient traduits par des discussions, des ordres brusques et de longs silences gênés. Il lui semblait évident que Gerardo se trouvait un échelon au-dessous d'Uhl. Elle décida de toute façon d'être discrète.

Elle s'assit et déchira le film plastique qui recouvrait son plateau. Il y avait deux sandwiches en triangle avec une sorte de mayonnaise sur les bords, du raisin, du pain complet, de la margarine, du fromage à tartiner, une salade, une infusion et un jus de fruits de la marque Aroxén. Auparavant, elle ingéra les médicaments de rigueur avec une gorgée d'eau minérale. Puis elle prit le sandwich. Pendant ce temps, Gerardo s'acharnait sur un coin de pizza.

Ils amorcèrent une conversation banale. Il la félicita pour son immobilité et lui demanda qui elle avait eu pour maître. Elle lui parla de Cuinet et de Klaus Wedekind, et de la semaine qu'elle avait passée à Florence en travaillant comme esquisse pour Ferrucioli. Elle mangeait très lentement, mordillant de petits morceaux de sandwich, parce que l'huile appliquée sur son visage lui tendait la mâchoire et qu'elle ne voulait pas le crevasser. Tandis qu'elle étalait une épaisse couche de margarine sur le pain complet, elle improvisa un sourire de ses lèvres récemment dessinées.

— Écoute, sois sympa. Que faites-vous avec moi ?

— Te peindre, répondit Gerardo.

Elle réprima un petit rire mais n'insista pas.

— Sérieusement. Je vais être l'un des tableaux de la collection *Rembrandt*, n'est-ce pas ?

— Je regrette, ma petite, je ne peux pas te le dire.

— Je ne veux pas savoir quelle silhouette je suis, ni le titre du tableau. Dis-moi juste si je vais être un *Rembrandt*.

— Écoute, moins tu en sauras sur ce que tu fais, mieux ce sera, OK ?

— D'accord. Excuse-moi.

Elle eut soudain honte d'avoir insisté. Elle ne voulait pas donner à penser à Gerardo qu'elle l'avait cru plus facile à manipuler qu'Uhl, plus susceptible de révéler des secrets artistiques.

Il y eut un silence. Gerardo jouait à prendre et à relâcher la boîte de Coca-Cola gondolée qu'il avait bue. Il semblait être de mauvaise humeur.

— Ma question t'a déplu ? lui demanda-t-elle.

Il parla en faisant un effort visible, comme si le sujet avait été amer pour lui, bien qu'inévitable.

— Non. Mais je suis un peu fâché... Pas contre toi, contre Justus. Comme toujours. Je t'ai déjà dit qu'il avait un caractère très spécial. Je le connais bien, c'est vrai, mais j'ai parfois beaucoup de mal à le supporter...

— Depuis combien de temps travaillez-vous ensemble ?

— Trois ans. C'est un bon peintre, j'ai beaucoup appris avec lui... Il regarda le milieu de la fenêtre. Son visage de profil semblait toujours très séduisant à Clara. Mais il faut faire tout ce qu'il dit. Tout.

Il se retourna pour la regarder, comme si ces derniers mots se rapportaient beaucoup plus à elle qu'à lui.

— C'est lui qui commande, ajouta-t-il.

— C'est ton chef.

— Et le tien, ne l'oublie pas.

Clara acquiesça, un peu déconcertée. Elle ne savait pas très bien comment interpréter cette dernière phrase. Était-ce un avertissement ? Un conseil ? Elle se rappela l'étrange examen auquel Uhl l'avait soumise la veille. Quand Gerardo parlait de faire « tout » ce qu'ordonnerait Uhl, parlait-il simplement de peinture ?

Elle finit le pain complet et prit du raisin entre ses doigts brillants de rose. La fenêtre de la cuisine, avec ses petits rideaux à demi clos, lui rappela l'événement de la nuit précédente. Elle décida d'en parler pour changer de sujet.

— Écoute, il y a une chose que…

Elle s'arrêta et rejeta les pépins de raisin. Gerardo la regardait d'un air interrogateur.

— Oui ?

— Bah, c'est une bêtise.

— Ça ne fait rien, dis-moi.

Il se montrait maintenant sincèrement intéressé. Il se penchait vers elle, accoudé à la table. Clara aima son sérieux apparent, presque son air préoccupé, et opta pour la sincérité.

— Hier soir, quelqu'un rôdait aux abords de la maison. Quand le programmateur a sonné, j'ai vu quelqu'un penché à la fenêtre de la chambre. Mais il est parti tout de suite.

Gerardo la regardait fixement.

— Ne plaisante pas.

— Je suis sérieuse. J'ai eu très peur. Je me suis approchée de la fenêtre et je n'ai vu personne, mais je suis sûre que je ne l'ai pas rêvé.

— C'est bizarre… Gerardo se lissa la moustache et le bouc d'un geste qu'elle lui avait déjà vu faire. Il n'y a pas de voisins à proximité, juste d'autres maisons de la Fondation.

— Eh bien je suis sûre d'avoir entendu des pas près de la fenêtre.

— Tu t'es penchée et tu n'as vu personne ?

— C'est ça.

Le jeune peintre semblait songeur. Il jouait avec les miettes de pizza. À l'extrémité supérieure de son biceps gauche, la chemise révélait un tatouage.

— C'est peut-être le personnel de surveillance, tu sais ? Ils font parfois un tour du côté des propriétés pour s'assurer que les toiles vont bien... Oui, c'était sûrement le personnel de surveillance.

— Y a-t-il d'autres toiles dans d'autres maisons ?

— Mais oui, ma petite. Nous sommes *full*. Beaucoup de toiles et beaucoup de travail.

La possibilité qu'il s'agisse d'un surveillant lui semblait rassurante et tout à fait plausible. Elle s'apprêtait à poser d'autres questions quand une ombre s'interposa entre eux et la lumière. Uhl était entré dans la cuisine. Clara s'aperçut qu'il lui arrivait quelque chose avant de le regarder. Le peintre l'observait avec une grimace de dégoût tout en marmottant dans un néerlandais indigné.

— Que dit-il ? demanda-t-elle.

Soudain, avant que Gerardo puisse répondre, Uhl fit quelque chose d'imprévu. Il prit Clara par le revers de son peignoir et tira fortement dessus. Le geste fut si violent et inattendu qu'il la fit se lever d'un bond et renverser la chaise. Uhl agrippa alors le cordon du peignoir et le dénoua. Les seins apparurent, tremblants.

— Eh, qu'est-ce que tu fais ! s'exclama Clara.

Gerardo s'était levé lui aussi et semblait se disputer avec Uhl. Plus étourdie que fâchée, Clara referma le peignoir. Elle voyait qu'une partie de la peinture du ventre s'était fendillée.

— Non, non. Enlève-le, dit brusquement Gerardo.

— Je l'enlève ?

— Oui, enlève-le. Tu ne peux rien porter sur toi, OK ? Les couleurs sont très sensibles et elles s'abîmeraient. J'aurais dû te le dire avant, Justus a raison. Je...

Uhl l'interrompit en donnant un grand coup de la paume de sa main contre le mur, juste à côté de la tête de Clara, comme pour qu'elle se dépêche.

— Quoi ? répliqua-t-elle, indignée. Qu'est-ce que c'est que ces manières ? Je l'enlève, putain ! Tu vois ?

Uhl lui arracha le peignoir des mains et quitta la cuisine. Clara fulminait.

— Il est cinglé ? demanda-t-elle.

— Continue à manger et ne dis rien. Il est comme ça.

L'espace d'un instant, son regard croisa celui de Gerardo et, à travers ses cornées peintes en vert, elle le défia en répétant cette phrase absurde. « Il est comme ça. » Elle ne savait pas ce qui lui déplaisait le plus, le caractère malsain d'Uhl ou la soumission de son assistant. Elle décida de capituler, pensant que, de toute façon, elle n'était que la toile. Elle se baissa, remit la chaise sur pied d'un geste brusque, appuya ses fesses poisseuses d'huile sur le siège, croisa les jambes et décapsula le jus Aroxén. « Pas de problème, se dit-elle. Si la peinture est abîmée, tant pis pour vous. »

Gerardo ne lui adressa plus la parole. Elle finit de manger et le travail reprit.

Le soleil s'était déplacé à la fenêtre devant laquelle ils faisaient les essais, de sorte qu'ils allumèrent le projecteur latéral et essayèrent les ombres et les effets de lumière sur sa silhouette. Clara était étourdie. Sa contrariété précédente avait cédé le pas à un état d'étonnement devant l'étrange attitude d'Uhl. Aucun des peintres ne lui parlait. Il lui semblait évident que l'incident avait libéré un ensemble de forces dans ce triangle instable : Uhl restait de pierre tandis que Gerardo semblait avoir adopté le rôle d'amortisseur entre elle et son collègue. Bien qu'il ne lui parlât pas, le jeune homme essayait de lui sourire chaque fois qu'il s'approchait pour modifier un aspect de sa position, comme pour lui dire : « Sois patiente. Ensemble, nous le supporterons mieux. » Mais cette compassion de dernière heure lui était encore plus insupportable que les comportements absurdes d'Uhl.

Au milieu de l'après-midi, il y eut une nouvelle pause. Gerardo lui dit qu'un jus de fruits et une infusion l'attendaient à la cuisine. Elle n'avait pas envie de prendre quoi que ce soit mais Gerardo insista avec une certaine véhémence. Bien sûr, il ne lui vint pas à l'idée de remettre le peignoir. Elle se rendit à la cuisine et y trouva le jus de fruits, mais la tasse à infusion était vide et le sachet d'herbes reposait sur le bord de la soucoupe. Elle remplit la tasse d'eau minérale et l'introduisit dans le micro-ondes. Elle ne ressentait ni froid ni gêne par rapport à sa nudité totale, mais un certain sentiment d'étrangeté : elle était habituée à utiliser un type de protection pendant les pauses quand elle avait le corps peint, et cet ordre de rester nue lui semblait surprenant. Tandis que le micro-ondes vrombissait, elle contempla le paysage que l'on apercevait à travers l'ouverture triangulaire des rideaux : elle remarqua des troncs d'arbres, une palissade au loin et un sentier. Cela donnait une impression d'isolement.

Le micro-ondes sonna. Clara ouvrit la porte et en sortit la tasse fumante.

À cet instant, une ombre passa près d'elle.

C'était Uhl. Il arrivait en se nettoyant les mains avec un chiffon et ne la regarda même pas en entrant. Elle détourna elle aussi la tête. Elle plaça la tasse sur la soucoupe et déchira le sachet d'infusion. Uhl se déplaçait dans son dos. Elle ignorait ce qu'il pouvait faire. Elle supposa qu'il était venu prendre quelque chose dans le réfrigérateur, mais elle n'entendait pas le bruit de la porte. Le silence derrière elle l'inquiétait. Elle allait se retourner pour voir ce que faisait Uhl quand, soudain, une main se glissa entre ses jambes.

Elle tressaillit et tourna la tête. Elle trouva les yeux d'Uhl enchâssés dans le verre à deux centimètres de son visage. Presque en même temps, l'autre main la prit par la nuque et appuya pour qu'elle continue à regarder devant elle. Elle entendit un mot dans un espagnol rude :

— Immobile.

Elle décida d'obéir sans poser de questions. La situation ne la surprenait pas outre mesure. En théorie, elle était une toile. En théorie, il était un peintre. En théorie, le peintre pouvait toucher la toile avec laquelle il travaillait, à tout moment et de la façon qui lui semblerait appropriée. Elle ignorait quelle sorte d'œuvre ils étaient en train de faire : peut-être même le fait de l'aborder de la sorte, dans la cuisine, faisait-il partie du tableau.

Elle prit une inspiration pour se détendre et resta immobile, les mains appuyées sur l'évier. Les doigts parcouraient la face interne de sa cuisse gauche avec une lenteur sommaire, mais, étant donné l'huile qui la recouvrait, la sensation qu'elle éprouvait n'était pas celle de doigts qui la touchaient. Elle ne sentait pas, par exemple, la tiédeur ou la froideur d'une peau étrangère ni les perceptions ajoutées à une caresse, seulement la présence de deux ou trois objets arrondis et mobiles glissant sur sa chair. Il pouvait également s'agir de pinceaux.

Une main poursuivit son ascension ; l'autre s'appuyait fermement sur son épaule gauche, la maintenant. Clara tenta de s'isoler de ces doigts qui n'étaient pas des doigts, qui n'étaient pas de la chair humaine mais des tubes de caoutchouc articulés qui grimpaient – encore avec calme, encore sans brusquerie – sur la zone la plus douce de sa cuisse. Elle voulut penser que tout cela possédait une raison artistique. Elle savait que la barrière était très difficile à établir : Vicky, par exemple, la franchissait continuellement dans les deux sens. L'autre possibilité humiliante – qu'Uhl soit en train d'abuser de sa position – l'aurait conduite à le repousser violemment. Mais elle ne voulait pas imaginer une telle chose pour l'instant.

Elle se tint tranquille en contrôlant sa respiration, même en sachant quelle était la destination finale – et évidente – de ces doigts. Le bleu de la fenêtre, qu'elle contemplait sans battre des paupières, se colla à ses yeux. *C'est lui qui commande. C'est un homme très spécial, mais c'est lui qui commande.* Gerardo l'avait-il préparée pour ce qu'il savait qui allait arriver ?

Les doigts s'ouvrirent autour de son sexe. Clara contracta ses muscles. Les doigts frôlaient son intérieur, mais hésitaient, comme s'ils avaient attendu une réaction de sa part. Mais Clara avait décidé de ne pas bouger, de ne rien faire. Elle restait immobile, les jambes légèrement écartées – un triangle –, dos au peintre, retenant son souffle. Elle sentit alors les doigts se retirer. L'autre main, celle qui lui tenait l'épaule, disparut elle aussi. Elle tourna la tête en se demandant ce qu'il allait faire. Uhl se contentait de la regarder. Ses montures à verres épais et son front volumineux lui donnaient l'apparence d'un insecte monstrueux. Il haletait. Son regard était inquiétant. Un instant plus tard, il sortit de la cuisine. Elle l'entendit parler avec Gerardo dans le séjour. Elle attendit un laps de temps raisonnable, finit de préparer l'infusion sans tourner le dos à la porte et la but comme s'il s'était agi d'un médicament amer. Puis elle fit quelques exercices de relaxation simple.

Quand Gerardo l'appela pour reprendre le travail, elle était considérablement plus tranquille.

Il ne se passa rien de plus cet après-midi-là. Uhl ne la toucha plus et Gerardo se borna à lui donner des ordres secs. Mais tandis qu'elle posait, immobile et peinte, son cerveau bouillonnait d'activité. Pourquoi Uhl agissait-il ainsi ? Voulait-il abuser d'elle, l'intimider, augmenter sa tension à la manière de Brentano ?

La seule conduite possible pour une toile en ce monde confus, presque onirique, de la peinture des corps, consistait à rester tendue et à développer des stratégies qui l'empêchent de céder, au cas où la situation empirerait.

Elle était sûre, d'autre part, qu'une telle chose se produirait très prochainement.

Elle crut qu'elle ne dormirait pas cette nuit, mais, épuisée, elle tomba dans une somnolence immédiate.

Elle ne sut pas à quel moment elle sentit à nouveau que quelqu'un la surveillait.

À plat ventre sur le matelas nu, nue elle-même, sa conscience oscillait doucement entre la veille et le sommeil. À un moment donné, la fenêtre faiblement dessinée à la craie par la lune se couvrit d'ombres. Elle perçut cela comme le brusque passage d'un nuage. Mais le nuage provoquait des bruits sur l'herbe.

Elle se redressa avec un geste de biche. À la fenêtre, il n'y avait personne.

Mais un instant auparavant, une fraction de seconde avant qu'il y eût qui que ce soit, une silhouette s'était découpée dans le rectangle.

C'était un homme, elle en était sûre.

Elle resta la tête dressée dans l'obscurité, retenant sa respiration, jusqu'à ce qu'un cri affolant la fasse gémir de terreur. Elle reconnut, le cœur au bord des lèvres, l'alarme du programmateur. Elle tâtonna comme une aveugle avant de trouver l'appareil par terre, à côté du matelas, et l'arrêta. Elle ignorait pourquoi il était branché, puisque Gerardo lui avait dit qu'il n'était pas nécessaire de l'utiliser cette nuit. Son cœur pompait le sang avec énergie. Les battements ressemblaient pour elle à des bulles éclatant dans ses tympans. Le silence de la maison était insondable. Mais la sensation était là, identique à celle de la nuit précédente. Et si elle prêtait l'oreille, elle parvenait à percevoir le crissement lointain de l'herbe.

D'une certaine façon, et même en soupesant les meilleures possibilités – par exemple, qu'il s'agisse d'un surveillant de la Fondation, comme le lui avait dit Gerardo –, cette mystérieuse présence l'oppressait bien plus que toute autre chose. Elle se releva, posa les pieds à terre et respira profondément à plusieurs reprises. Après le départ d'Uhl et de Gerardo, elle avait pris une douche avec des dissolvants pour se débarrasser de toute la peinture dans ses cheveux et sur son corps. Sans huiles sur elle, la terreur lui semblait plus naturelle, plus crue, moins passionnante.

Elle attendit un peu et cessa d'entendre les pas sur l'herbe. Peut-être l'homme était-il parti, ou peut-être voulait-il s'assurer qu'elle allait retourner dormir. Elle était trop nerveuse pour pouvoir penser calmement. Elle connaissait plusieurs exercices respiratoires qui la laisseraient fraîche comme une rose en quelques minutes. Elle commença par l'un des plus simples, en même temps qu'elle tentait de déterminer l'origine de la peur qu'elle éprouvait.

L'une des choses qui l'avaient toujours le plus terrorisée était l'éventualité qu'un inconnu pénètre la nuit dans sa chambre. Jorge riait quand elle le réveillait à l'aube pour lui dire qu'elle avait entendu un bruit.

« D'accord. Eh bien affronte *ta peur* et tu parviendras à la vaincre. »

Elle se leva et marcha vers le séjour dans l'obscurité. Les exercices respiratoires lui avaient donné un calme fictif qui engourdissait ses mouvements. Elle avait eu une idée : elle allait appeler la conservation et demander de l'aide, ou du moins un conseil. Elle n'aurait que ça à faire. Aller jusqu'au téléphone, composer le seul numéro possible et parler à la conservation. Après tout, elle était du matériel précieux et avait un peu peur. Elle courait le risque d'être abîmée. La conservation allait devoir l'aider.

Elle se rappela que les commandes des lumières de la maison se trouvaient dans l'entrée, de sorte qu'elle traversa rapidement le séjour, gravit les trois marches du vestibule dans l'obscurité et se livra à une orgie d'interrupteurs comme quelqu'un qui procède à des tirs successifs contre un ennemi menaçant. Elle ne vit rien d'anormal. Les miroirs en pied, impavides dans leur cadre, reflétaient les formes habituelles. Il y avait également le tripode et le projecteur de studio, tels que Gerardo et Uhl les avaient laissés. La photo de l'homme de dos était toujours à sa place et l'homme restait de dos *(cela aurait été différent s'il était maintenant de profil, tu ne crois pas ?)*. Plus loin, les trois fenêtres sombres du salon et la porte arrière ne montraient aucun détail inhabituel : elles étaient fermées et semblaient protectrices.

Elle passa sa langue apprêtée sur ses lèvres apprêtées. Elle ne voulait pas se regarder dans les miroirs parce qu'elle ne voulait pas contempler un visage sans cils ni sourcils, uniquement pourvu d'yeux et d'une bouche – trois points qui se dilataient dans un triangle terrifiant – sous une capuche de fins cheveux blonds. Elle ne transpirait pas – il n'y avait pas de gouttes pour glisser sur sa peau ou transformer son front en un doux polder, comme ceux qui abondaient dans ce pays – et ne disposait pas de salive à avaler, mais il y avait là, précis comme des horloges, l'effort émonctoire de la sueur et l'invisible agonie du nœud dans la gorge. Sa terreur restait en elle, renfrognée et tremblante.

« Calme-toi. Tu vas t'approcher du téléphone et appeler. Puis tu fermeras les volets, un par un. Ensuite, tu pourras aller dormir. »

Elle s'approcha telle une somnambule d'un téléphone fuyant, un téléphone situé à l'extrême fin d'un point de fuite. Elle ne voulait pas regarder les fenêtres tout en s'approchant. C'était précisément pour cette raison qu'elle les regardait. Mais elle ne voyait que des vitres noires qui reflétaient son corps nu et jaunâtre. Soudain elle pensa que si elle voyait apparaître une silhouette, quelle qu'elle fût, sur l'une des vitres, elle tomberait dans le coma, en catalepsie, serait transformée en légume et baverait, enfermée dans un asile d'aliénés pour le restant de ses jours. Ce fut un instant fugace comme un malaise, une fraction de temps dont aucune horloge n'aurait pu rendre compte. L'Horreur déboutonna son imperméable devant elle et lui montra son sexe. Enfin. Un battement de paupières. La sensation passa. Et elle n'avait pas vu de figure à travers les vitres.

Elle parvint au téléphone, prit la carte bleu marine et commença à composer le numéro avec un soin extrême. Elle se trouvait devant l'une des fenêtres. Au-delà du mur de vent et de branches, les arbres et la nuit recouvraient tout. Sa silhouette devait être parfaitement visible pour quiconque observerait de loin. « Qu'il observe tout ce qu'il voudra, mais qu'il ne s'approche pas », pensa-t-elle.

— Bonsoir, mademoiselle Reyes, dit une voix masculine et jeune dans l'écouteur, dans un espagnol parfait. Une voix apaisante comme du gouda ou des sabots en bois. En quoi pouvons-nous vous aider ?

— Quelqu'un rôde dans la maison, déclara-t-elle sans préambule.

— Dans la maison ?

— À l'extérieur, je veux dire.

Un instant de silence.

— Vous en êtes sûre ?

— Oui, je l'ai vu. Je viens de… Je viens de le voir. Une personne penchée à la fenêtre de la chambre.

— Elle est toujours là ?

— Non, non. C'est-à-dire… je ne crois pas.

Un nouvel instant de silence.

— Mademoiselle Reyes, c'est absolument impossible.

Elle entendit un craquement dans son dos. Elle était si occupée à regarder par les fenêtres qu'elle avait oublié – *mon Dieu* – de regarder *derrière*.

— Mademoiselle ?… Mademoiselle Reyes ?…

Elle se retourna comme au milieu d'un rêve. Elle se retourna comme un corps mort qu'un coup de pied dans les côtes fait se retourner. Elle se retourna au ralenti, dans un carrousel qui lui offrait des images distantes du séjour *(l'homme de dos, l'…)*

— Allô ?… Vous êtes toujours là ?…

— Oui.

Il n'y avait rien. Le séjour était vide. Mais, pendant une fraction de seconde, elle l'avait peuplé de cauchemars.

— J'ai cru que vous aviez raccroché, dit l'homme de la conservation. Je vais vous expliquer pourquoi ce que vous dites est impossible. Toute la zone des propriétés dans laquelle vous vous trouvez appartient à la Fondation et son accès est restreint. Les entrées sont surveillées jour et nuit par le personnel de la sécurité, de sorte que…

— Je viens de voir un homme à la fenêtre, l'interrompit Clara.

Nouveau silence. Son cœur battait fort.

— Vous voyez ce que je veux dire ? répliqua le type, changeant de ton, comme si soudain l'explication était devenue transparente pour lui. Il est très probable que vous ayez raison et que vous ayez vu quelqu'un. Je vais vous expliquer. Parfois, surtout avec le matériel neuf, les agents s'approchent des propriétés pour voir si tout va bien. Ces derniers temps, la sécurité s'inquiète un peu du bien-être des toiles. N'ayez aucun doute : il s'agit de l'un de nos agents. Mais, pour nous en assurer, voilà ce que je vais faire. Je vais appeler la sécurité et demander qu'on me confirme qu'ils sont dans les parages. De toute façon, ils prendront les mesures qui s'imposent. Restez près du téléphone, je vous en prie. Je vous rappellerai pour vous tenir au courant.

Le silence, tandis qu'elle attendait debout que l'homme de la conservation l'appelle, se fit beaucoup plus supportable. Elle commençait à avoir sommeil quand elle entendit la sonnerie. La voix restait rassurante.

— Mademoiselle Reyes ? Tout est arrangé. La sécurité m'a confirmé qu'il s'agit de l'un de leurs hommes. Ils vous demandent de les excuser et promettent de ne pas vous déranger à nouveau.

— Merci.

— De toute façon, je dois vous dire que tous les surveillants de la Fondation sont dûment identifiés par des badges de couleur rouge accrochés au revers de leur costume. Si vous revoyiez cet homme et aperceviez son badge, n'ayez aucune inquiétude. Maintenant retournez dans votre lit et, si vous le souhaitez, laissez une lumière allumée. De la sorte, l'agent n'aura pas besoin de s'approcher pour savoir que tout va bien et il ne vous fera pas peur.

— Merci beaucoup.

— Il n'y a pas de quoi. Et si vous avez besoin d'autre chose, n'hésitez pas à...

Etc., etc. Les politesses habituelles, mais en cet instant elles faisaient leur effet. Quand elle raccrocha, elle était plus tranquille. Elle ferma les volets des trois fenêtres du séjour, de celles de la cuisine et de la façade. Elle s'assura que les portes d'accès étaient bloquées. Elle n'hésita qu'une seconde avant de pénétrer dans la chambre. La fenêtre reflétait la lumière de la pièce vide comme un étang aux eaux noires aurait pu le faire. Elle s'approcha de la vitre. *Ici, il y a un instant, il y avait quelqu'un qui regardait.* « C'était un agent de la sécurité », pensa-t-elle. Elle ne se rappelait pas avoir vu de badge rouge accroché à son revers, mais, bien sûr, elle n'avait pas non plus tellement eu la possibilité de le voir. Elle ferma les volets.

Malgré ce que lui avait dit l'homme de la conservation, elle ne voulut pas laisser les lumières allumées. Elle se dirigea vers l'entrée et les éteignit toutes. Puis elle revint dans la chambre plongée dans l'obscurité, s'allongea sur le matelas et contempla la noirceur compacte du plafond. Elle effectua un autre exercice de respiration et s'endormit immédiatement. Elle ne rêva pas de son père. Elle ne rêva pas du mystérieux Uhl. Elle ne rêva de rien. Elle se laissa porter par la fatigue et plongea dans l'inconscience avec une placidité absolue.

L'homme qui se cachait parmi les arbres attendit un moment et s'approcha à nouveau de la maison.

Il ne portait pas de badge.

Susan est une Lampe.

L'étiquette carrée attachée à son poignet gauche indique : Susan Cabot, dix-neuf ans, Johannesburg, Afrique du Sud, cheveux blonds, yeux bleus, peau blanche, non apprêtée. Susan éclaire des réunions comme Lampe de Marooder depuis six mois seulement. Auparavant, elle a fait trois autres objets décoratifs pour la Fondation. Elle alterne ce travail avec d'autres pour des portraitistes médiocres – le contrat avec la Fondation n'est pas exclusif –, parce qu'un portrait consiste en fin de compte à se laisser enduire le corps de cérublastine et à être modelé selon l'aspect souhaité par le client. Il n'y a pas grand travail hyperdramatique derrière cela. Susan n'aime pas l'hyperdramatisme, aussi a-t-elle abandonné sa jeune carrière de toile et décidé de devenir une décoration. Elle sait qu'elle ne sera jamais une œuvre d'art immortelle comme les *Fleurs*, mais cela n'a pas tellement d'importance. Les *Fleurs* conservent des positions beaucoup trop difficiles pendant des journées entières, elles sont droguées en permanence et transformées en authentiques végétaux, roses, narcisses, iris, calendulas, tulipes, choses parfumées et peintes qui ne rêvent pas, ne jouissent pas, ne vivent pas. Être Lampe, en revanche, permet de gagner plein de fric, de s'arrêter de travailler tôt, d'avoir des enfants. On ne finit pas ses jours comme une de ces toiles stériles condamnées par l'humanité à l'enfer de la beauté éternelle.

Ce matin du jeudi 29 juin 2006, le chercheur de décorations de Susan sonna de façon inattendue sur sa table de nuit et brisa son profond repos. Elle composa son numéro de code sur le téléphone de l'hôtel et reçut l'ordre de se présenter immédiatement à l'aéroport. Elle avait maintenant suffisamment d'expérience pour savoir que cela n'était pas une commande de routine. Elle était depuis trois semaines à Hanovre à éclairer six heures par jour en incluant les pauses une petite salle de réunion où l'on discutait biologie, peinture et rapports entre art et génétique. Susan n'entendait rien parce qu'elle portait les caches auditifs. On lui mettait parfois aussi des caches visuels, et elle supposait que les invités étaient des visages connus qui souhaitaient garder l'anonymat. En tant que Lampe, elle était plus qu'habituée à tout ignorer. Mais on l'avait rarement appelée de façon aussi urgente, en pleine nuit, en lui laissant à peine le temps de s'habiller, de prendre le sac contenant ses accessoires de décoration et de partir à toute vitesse vers l'aéroport. Là, un billet d'avion à destination de Munich l'attendait pour un vol qui décollait une demi-heure plus tard. À Munich, elle retrouva des collègues – elle ne les connaissait pas, mais c'était fréquent parmi les modèles – et fut transportée dans un autocar privé gardé par quatre agents de la sécurité jusqu'au bâtiment Obberlund, un bloc compact d'acier et de verre destiné à des bureaux et à des congrès qui se trouvait tout près de la Haus der Kunst, à côté du Jardin anglais. Pendant le voyage, elle reçut un appel sur son téléphone mobile : c'était la responsable de la décoration, une gamine appelée Kelly, profondément antipathique, qui lui expliqua en quelques mots la place qu'elle devait occuper dans le salon auquel on la destinait.

Elle ne disposa que de vingt minutes à son arrivée à l'Obberlund pour se préparer ; elle ôta tous ses vêtements, passa un maillot poreux, se mit une capuche de teinture sur la tête et attendit que les couleurs prennent. Puis elle enleva le maillot et la capuche, examina dans le miroir son corps peint en rose pourpre avec des touches de vernis et ses cheveux caoba foncé, sortit la lampe de son sac, attacha la base à sa cheville droite et boita vers le salon le fil à la main en essayant de ne pas trébucher. Ses compagnes, silencieuses et efficaces, rejoignaient déjà leurs postes. Susan s'allongea par terre et adopta sa propre posture : mains appuyées sur les hanches, fesses bombées, la jambe droite levée, la gauche repliée sur le visage. La sphère de lumière pourvue de quatre ampoules froides était attachée à la cheville qu'elle maintenait en l'air. Le fil ne s'enroulait pas autour de la jambe mais glissait doucement jusqu'à la prise. Susan n'avait qu'à rester immobile et à laisser la lumière l'éclairer. C'était une posture difficile, mais l'entraînement et l'habitude avaient fait d'elle un objet d'une qualité remarquable. Son autonomie était de quatre heures.

Un certain temps s'écoula avant que quelqu'un, Kelly, sans doute, vienne la brancher. Les ampoules s'allumèrent et Susan commença à éclairer. Puis un employé lui plaça les caches auditifs et les caches visuels et la plongea dans l'obscurité et le silence.

La réunion eut lieu au dixième étage.

Le salon prêté par les dirigeants de l'Obberlund était carré, hermétique et insonorisé. Il était entouré de fenêtres opaques à l'extérieur. Les décorations et les meubles non humains étaient peu nombreux : chaises en métal et plastique à un seul pied réparties autour d'un immense tapis carré couleur acier. Tout le reste consistait en des corps humains peints. Il y avait des Tables, des Lampes, des Ornements de fenêtre et de coins, un Plateau immobile et onze Plateaux mobiles. À l'exception de ces derniers, qui devaient aller d'un côté à l'autre pour s'occuper des invités et avaient besoin de voir et d'entendre clairement, les autres portaient des caches.

Le petit-déjeuner de travail fut servi par les onze Plateaux : croissants frais, cinq sortes de pain et trois sortes de succédané de beurre, en plus du café, un succédané de café et de thé, ce dernier destiné à Benoît, qui était très nerveux. Il ne manqua pas de jus de fruits, de gâteaux, de fromages à tartiner ni de verres d'eau minérale sertis de glaçons. Enfin, divers fruits secs dans un plat soutenu par l'une des Tables (il fallait s'approcher pour les prendre, parce que la Table – un garçon allongé sur le sol et une fille placée en équilibre sur les pieds de ce dernier, le tout fuchsia – ne bougeait pas) et un récipient contenant des bonbons multicolores qui reposait entre les seins d'un Plateau de Marooder peint en rouge, les mains et les pieds appuyés sur le tapis et arc-bouté en arrière, les cheveux cuivrés fins et brillants frôlant le sol. L'un des invités ne cessait de manger ces bonbons : il se penchait et tendait le bras vers le corps du Plateau, prenait les sucreries à pleines mains et les glissait sous sa moustache tout en parlant, comme des cacahuètes. C'était un jeune homme aux cheveux bruns et au front dégarni. Il avait des sourcils aussi épais que sa moustache. Son costume violet était impeccable, avec une coupe parfaite, mais pas aussi luxueux que celui de Paul Benoît, par exemple. Il avait l'air d'un type sympathique, amical, assez bavard ; un illustre inconnu, en définitive. Mais Bosch devina soudain que *cet* individu, précisément celui-ci, le jeune homme anonyme, était celui qui *comptait le plus* parmi tous ceux qui comptaient. C'était l'Homme Clé.

Bosch avait été désigné comme modérateur. Quand il estima qu'un temps raisonnable s'était écoulé, et constatant que Mlle Wood l'y autorisait d'un signe de tête, il se racla la gorge et dit :

— Et si nous commencions, mesdames et messieurs ?

Les Plateaux mobiles, qui ne portaient pas de caches, quittèrent immédiatement le salon. Les yeux des invités suivirent avec une curiosité inévitable le défilé de nudités de haute taille et vernissées. Personne ne parla pendant presque une minute. Enfin, Paul Benoît sembla sortir d'un rêve et fut le premier à intervenir.

— S'il te plaît, Lothar, comment est-il entré ? Dis-moi juste ça. Comment est-il entré ? Je ne veux pas m'énerver, Lothar. Explique-moi simplement... Je veux qu'April et toi m'expliquiez, nous expliquiez *maintenant* comment ce fils de pute a réussi à *entrer* dans la suite, Lothar, comment il a fait pour entrer dans une suite hermétique et truffée d'alarmes, comment cinq agents de la sécurité exerçant une surveillance permanente dans les ascenseurs, les escaliers et devant les portes de l'hôtel... Tu veux m'expliquer ça ?

— Si tu me laisses parler, je vais le faire, Paul, répondit Bosch avec calme. Il n'a pas eu besoin d'entrer, il était déjà dedans. L'hôtel *Wunderbar* est décoré d'œuvres hyperdramatiques. Dans la suite, il y en avait une, une huile de Gianfranco Gigli...

— Un disciple de Ferrucioli, inepte, précisa Benoît. Ses œuvres se vendraient au poids s'il ne s'était pas suicidé.

— S'il te plaît, Paul.

— Excuse-moi. Je suis nerveux. Poursuis.

— Pour l'œuvre de Gigli, quatre modèles se relayaient par semaine. Ce type a dû trouver un moyen de se faire passer pour l'un d'entre eux, un certain Marcus Weiss, quarante-trois ans, de Berlin. Weiss travaillait le mardi. Quand nous avons appris ce qui était arrivé, nous nous sommes rendus à son motel et nous l'avons découvert pieds et poings liés au lit de sa chambre, étranglé avec un fil de fer. La police estime que sa mort s'est produite dans la nuit du lundi. Ce n'est pas lui qui a pu se présenter au *Wunderbar* le lendemain avec les peintures et travesti en œuvre de Gigli.

— Ai-je bien entendu ? demanda Rudolf Kobb, de la chancellerie. Un type qui se déguise en quelqu'un qui se déguise en autre chose ?

— Un type qui se déguise en modèle d'une œuvre d'art qui était exposée *à l'intérieur* de la suite, nuança Bosch.

— Non, non, non, Lothar. Benoît changea de position et ajusta le pli de son pantalon. Je ne suis pas convaincu, je regrette, mais je ne suis pas convaincu. Quel est l'abruti qui l'a laissé entrer dans la suite ?

— Cela ne relevait pas de la responsabilité de mes hommes, Paul. De toute façon, je ne vois aucun inconvénient à l'assumer pour eux. À 19 heures précises, mardi, un individu qui avait l'aspect de Marcus Weiss, les étiquettes que portait Marcus Weiss et les papiers de Marcus Weiss, est arrivé au *Wunderbar*. Mes hommes ont vérifié ses papiers, constaté que tout était en règle et l'ont laissé passer. Ils en avaient fait de même avec Weiss les semaines précédentes.

— Pourquoi n'ont-ils pas fouillé son sac ?

— Paul, c'était une œuvre d'art et elle ne nous appartenait *pas*. Il ne travaillait pas pour la Fondation. Nous ne pouvons pas fouiller le sac d'une œuvre qui n'est pas à nous.

— Qui a donné l'alarme ?

— Saltzer. Il a téléphoné à la suite vers minuit par pure routine. Personne n'a répondu et c'est peut-être là la seule erreur qu'il ait commise. Il a préféré attendre en bas et renouveler l'appel plus tard. D'après ce qu'il m'a dit, les jumeaux ne répondaient pas au téléphone parfois, par caprice. Le troisième appel lui a mis la puce à l'oreille, et il est monté. Cela nous a permis de mieux contrôler les choses qu'à Vienne, parce que c'est nous qui avons découvert les corps et qui avons appelé la police quand nous l'avons jugé nécessaire. Et je peux excuser leur erreur, Paul. Le type était déjà *à l'intérieur*.

— Il était à l'intérieur, d'accord, intervint Kurt Sorensen, mais comment a-t-il réussi à sortir ensuite ?

— Cela a dû être plus facile, certainement. Il a gagné l'escalier et il est parvenu à un autre étage. Là, il a pris un autre ascenseur. Il a probablement utilisé un nouveau déguisement pour ne pas éveiller les soupçons. Nos hommes étaient entraînés pour empêcher quelqu'un d'*entrer*, mais pas pour éviter qu'il ne *sorte*.

— Tu comprends, maintenant, Paul ? rugit Gert Warfell à l'adresse de Benoît. Ce salaud est un véritable expert.

Après un silence gêné, l'Homme Clé parla sur un ton jovial.

— Excusez-moi de changer un moment de sujet, mais je voulais vous dire que j'ai eu l'occasion de passer par la Haus der Kunst hier et de voir la collection *Monstres*. Je dois vous féliciter. C'est incroyable. Il semblait s'adresser à tous, mais regardait directement Stein. Il y a certaines choses que je n'ai pas comprises, cependant. Quel sens cela a-t-il, par exemple, de montrer un malade du sida en phase terminale ?

— C'est de l'art, *fuschus*, répondit Stein sans élever la voix. Le seul sens de l'art est l'art en soi.

— Moi aussi je l'ai vue, intervint le représentant d'Europol, Albert Knopffer. Cette fillette de huit ou neuf ans portant dans ses bras une sorte d'enfant africain qui est en réalité un modèle masculin difforme, n'est-ce pas, m'a beaucoup impressionné. J'en ai eu des frissons.

— On pourrait parler de ces œuvres toute la journée, dit l'Homme Clé en tendant la main vers le récipient de bonbons. Elles me semblent même plus profondes que les *Fleurs*. Enfin, précisons. Le style est différent, on ne peut pas comparer. Mais elles me semblent plus profondes. Compliments.

— Ce sont des œuvres du maître, dit Stein.

— Oui, mais vous collaborez avec lui. Félicitations à tous les deux.

Stein remercia du compliment d'un signe de tête.

— Pourquoi ne parles-tu pas maintenant de la fille appelée Brenda, Lothar ? demanda Sorensen. Juste pour éclairer nos amis, ajouta-t-il, et il sourit à l'Homme Clé.

Kurt Sorensen était l'homme qui jouait les intermédiaires entre la Fondation et les compagnies d'assurances, et il avait appris à se montrer conciliant avec tout le monde. Mais Bosch ne l'appréciait pas. Non seulement son physique, sa pâleur et ses sourcils noirs de vampire, mais aussi son caractère, l'irritaient. Il prétendait tout savoir, être au courant des dernières nouveautés, toujours connaître les informations les plus plausibles.

— Tout de suite, Kurt. Bosch compulsa les papiers qu'il avait sur les genoux. D'après nos rapports, Weiss était exposé dans une autre œuvre pendant le reste de la semaine, une huile de Kate Niemeyer à la galerie Max Ernst de Maximilianstrasse. Lundi, après le travail, une fille l'attendait à la sortie de la galerie. Weiss l'a présentée à une amie, toile elle aussi. Il lui a dit qu'elle s'appelait Brenda et qu'elle était marchande d'art. L'amie de Weiss, que nous avons interrogée hier, affirme que Brenda avait l'air d'un tableau. Je dois préciser que les tableaux savent très bien se reconnaître entre eux. Brenda avait manifestement toutes les apparences d'un jeune tableau professionnel : physique athlétique, peau lisse, beauté voyante. Weiss et son amie Brenda, dont nous ignorons comment et quand il l'a connue, sont allés dîner au restaurant puis ont regagné le motel où il logeait. Le lendemain après-midi, Weiss est sorti seul, a dit bonjour et a laissé sa clé à la réception. Le réceptionniste connaissait très bien Weiss, et il dit n'avoir rien remarqué de particulier chez lui à l'exception du sac qu'il portait sous le bras. Il n'a pas fait très attention, mais il affirme que ce n'était pas celui qu'il portait d'habitude et qu'il avait en fait oublié la veille au restaurant. Personne n'a vu la fille sortir de la chambre, à aucun moment de la journée, et je suis convaincu que le réceptionniste de service l'aurait remarquée dans le cas contraire. Personne n'est entré non plus dans la chambre de Weiss pendant ce laps de temps. D'autre part, le Weiss qui est sorti mardi après-midi *ne pouvait être* le vrai Weiss, qui était mort dans la chambre depuis plus de douze heures…

— *Ergo*… dit Sorensen.

— Cela nous permet de supposer que le faux Weiss et la fille sont la même personne. Il portait très certainement sous le bras les accessoires du déguisement de Brenda.

— Ce qui nous permet de relier cette affaire à celle de la fille sans papiers, mentionna Sorensen en direction de l'Homme Clé. N'est-ce pas, Lothar ?

— Effectivement. Je crois que vous le savez déjà. Óscar Díaz a connu à Vienne une fille sans papiers dont il ne reste aucune trace. Ensuite apparaissent un faux Díaz et le cadavre du véritable, étranglé avec du fil électrique et flottant dans le Danube. Nous pouvons supposer que notre homme a remis ça.

— S'il s'agit d'*une seule personne*, observa Benoît.

— C'est vrai, affirma Gert Warfell, le responsable de la section de prévention des vols et des systèmes d'alarme de la Fondation, un type impétueux à tête de bouledogue. Il peut y avoir plusieurs individus constituant une équipe complète d'experts en céru qui agissent en groupe. Cela peut être un homme ou une femme, ou plusieurs hommes ou femmes. Cela peut être... Putain, cela peut être n'importe qui.

La femme du groupe de personnes que Bosch avait définies comme *importantes* modifia sa position sur son siège, se racla la gorge et s'exprima pour la première fois. Ses cheveux blond platine semblaient gravés au ciseau. Elle portait un tailleur gris acier et des bas opaques assortis. Ses yeux étaient de la même couleur que son tailleur et ses collants. Bosch supposait que ses pensées étaient elles aussi en acier. On lui avait dit qu'elle s'appelait Roman. Ses yeux métalliques projetaient des étincelles.

— En bref, dit-elle dans un anglais sonore et américain, si j'ai bien compris, messieurs, il y a un individu, ou un groupe d'individus, qui s'est proposé de détruire les tableaux de M. Bruno Van Tysch. Il a déjà deux succès à son actif, et il semble que rien ne l'empêche d'en ajouter un autre. Je me demande donc quelle sécurité je peux offrir à mes clients. De quelle façon vais-je les convaincre de continuer à investir dans la création, l'entretien et la surveillance d'œuvres que *n'importe qui* peut détruire à *n'importe quel* moment ?

Plusieurs voix s'élevèrent, mais ce fut Benoît qui les résuma toutes.

— Mademoiselle Roman, nous nous sommes réunis ici, précisément, dans l'espoir de résoudre cette affaire... Le col de sa splendide chemise violette commençait à se froisser sous l'effet de la sueur. Notre système de sécurité a effectivement commis des erreurs, et je suis le premier à le reconnaître et à le déplorer, comme vous avez pu le constater... Mais ces messieurs... Il fit un geste vague en direction de l'Homme Clé... ces messieurs n'appartiennent pas au département de la sécurité de notre compagnie. Ces messieurs à qui nous avons demandé de l'aide... Savez-vous qui sont ces messieurs ?...

— Je *sais* qui sont ces messieurs, répondit Roman, impassible. Ce que j'aimerais savoir, c'est *combien* ils vont nous *coûter*.

Les voix recommencèrent à se battre. Mais tout cessa soudain quand l'Homme Clé prit la parole.

— Non, non, non, non. Nous ne coûterons rien à la Fondation Van Tysch, mademoiselle Roman. Précisons. Rip Van Winkle est un système de défense de la Communauté européenne. Précisons. Rip Van Winkle est un système financé par les fonds de cohésion des États membres. Il fit une pause pour thésauriser les bonbons contenus dans le récipient posé sur le Plateau. L'un d'eux lui échappa et rebondit sur le ventre tendu et nu de la jeune fille. Précisons, s'il vous plaît. Ni M. Harlbrunner ni M. Knopffer ni moi ne sommes là parce qu'on nous paie mieux ni parce que nous avons des intérêts économiques dans l'affaire. Nous sommes des pièces de Rip Van Winkle. Des pièces, mademoiselle Roman. Précisons. Si *nous sommes là*, je le répète, si nous sommes là, c'est uniquement parce que les affaires qui touchent au patrimoine culturel et artistique européen nous concernent tous comme citoyens de pays de grande tradition. Si un groupe terroriste menaçait le Parthénon, Rip Van Winkle interviendrait. Et si les œuvres de Bruno Van Tysch sont menacées par une organisation terroriste, quelle qu'elle soit, Rip Van Winkle interviendra. Il n'est pas question d'argent, mademoiselle Roman, mais d'obligation morale. Il porta la poignée de bonbons à sa bouche et rejeta la tête en arrière.

— On commence par parler d'obligations morales, et on finit par signer des obligations bancaires, déclara Mlle Roman sans déclencher les rires. Mais si Rip Van Winkle ne doit pas représenter une charge supplémentaire pour mes clients, nous n'avons rien à objecter.

— À propos – on entendit une grosse voix tonitruante s'exprimant dans un anglais germanisé –, ce que l'on m'a dit est-il vrai ? Que la perte de ces deux gros équivaut à perdre *Mona Lisa* ?

C'était un homme au visage rougeaud et à l'énorme moustache blanche. On aurait dit le buveur de bière typique des cartes postales de la Hofbräuhaus. Il s'appelait Harlbrunner. Sa spécialité – ainsi l'avait présenté l'Homme Clé – était la direction des commandos d'assaut du système Rip Van Winkle. En cet instant, il se trouvait debout devant la Table des fruits secs, collectionnant des amandes dans son énorme main velue et blanche, mais contemplait avec une curiosité absorbée les jambes écartées et vernissées de la partie supérieure de la Table.

L'espace d'un instant, il y eut un silence distrait par des regards discrets. C'était comme si les autres avaient décidé si cela valait la peine de répondre ou non à cette question. Benoît intervint alors.

— Personne ne peut... Personne ne pourra *jamais* estimer à sa juste valeur la perte de *Monstres*. Le monde dans lequel nous vivons, la planète que nous habitons, la société que nous avons construite... Rien ne sera plus pareil sans cette œuvre. Dans *Monstres* se trouvaient les clés de ce que nous sommes, ce que nous avons été, et ce que...

— Putain, il les a étripés comme des porcs, dit à voix haute Knopffer, d'Europol, interrompant Benoît. Il s'était levé pour prendre les photos qui se trouvaient sur le ventre de l'autre Table, au centre du tapis, et les contemplait. La respiration de la Table avait fait tomber une photo sur le tapis.

— Pourquoi ces marques ? demanda Rudolf Kobb, de la chancellerie, à qui Knopffer passait les instantanés.

— Dix blessures chacun, huit d'entre elles en croix de Saint-André, précisa Bosch. Comme pour *Défloration*. Il les place nus les jambes écartées, mais il leur laisse les étiquettes. Nous ignorons pourquoi il reproduit toujours les mêmes blessures. Il utilise un découpe-toile portable. Certains restaurateurs s'en servent pour découper des planches. Et il laisse toujours un enregistrement. Nous avons trouvé celui-ci par terre, entre les deux cadavres. Nous pouvons l'écouter maintenant, si vous voulez.

— Oui, dit l'Homme Clé.

Bosch allait se lever, mais Thea Van Droon, qui se trouvait à ses côtés, le fit pour lui. Thea était la responsable des commandos d'assaut de la Fondation et elle revenait de Paris après l'interrogatoire de Briseida Canchares. Lorsque Thea quitta son siège, elle permit à Bosch de mieux voir Mlle Wood, qui se renversait sur son siège un peu plus loin, le menton plongé dans sa poitrine et ses jambes grêles allongées. « Elle ne parle pas, elle ne participe pas, pensa-t-il, affligé. Elle sait qu'elle a échoué à nouveau et elle considère cela comme une humiliation. » Il aurait aimé la réconforter, lui assurer que tout allait s'arranger. Peut-être le ferait-il par la suite.

Thea vérifia que les caches auditifs étaient parfaitement placés sur les oreilles des deux jeunes gens nus qui formaient la Table. Le magnétophone portable possédait des amplificateurs destinés à améliorer l'audition. L'appareil était placé sur le sternum du premier jeune homme et les amplificateurs installés sur les cuisses du deuxième. Thea appuya sur un bouton.

— *L'art, ensuite, devint sacré,* déclarait en anglais, entre des halètements nerveux, une voix au timbre de fausset ; les laboratoires l'avaient identifiée comme étant celle d'Hubertus. *Les silhouettes cherchaient... cherchaient à découvrir Dieu et à honorer le mystère...* Une pause entrecoupée de sanglots. Benoît fit une grimace quand le grincement éclata dans les amplificateurs. *L'homme essayait d'être immortel en représentant la mort... Tout l'art religieux tournait... tournait... tournait autour du même thème... On peignait et on sculptait la torture et la destruction dans le but... dans le but de...* Hubertus sanglotait maintenant ouvertement... *d'affirmer davantage la vie... la vie éter... étern-n-ne... S'il vou-ou-ou... !*

L'enregistrement s'interrompait sur une cascade de sanglots hystériques et se poursuivait avec la voix d'Arnoldus, plus maîtrisée.

— *L'artiste dit : mon art est mort... L'artiste dit : la seule façon que j'ai d'aimer la vie est... d'aimer la mort... Parce que l'art qui survit est l'art qui est mort... Si les figures meurent, les œuvres perdurent.*

— Il les oblige certainement à lire un texte, dit Bosch lorsque Thea arrêta l'enregistrement.

— Ce type est un fou, un salaud de fils de pute ! éclata Warfell. C'est clair comme de l'eau de roche ! Il doit être très malin, mais il est fou !

Benoît, éclairé par une Lampe de Marooder qui élevait ses sveltes jambes nues à côté de son siège, se tourna vers Warfell.

— C'est un montage, Gert. Ils veulent nous faire croire qu'il s'agit d'un psychopathe, mais tout ceci est un foutu montage de la concurrence, j'en suis sûr.

— Comment les œuvres peuvent-elles perdurer si les figures meurent ? demanda l'Homme Clé. Quel sens cela a-t-il ?

Tous attendaient que Stein réponde. Mais ce fut Benoît qui s'en chargea.

— Cela n'a pas de sens. Si vous voulez parler de *Monstres*, bien sûr, l'œuvre a cessé d'exister définitivement avec la mort des figures. Elles étaient irremplaçables.

Harlbrunner, le violoncelle impérieux, qui ne s'écartait pas de la Table aux fruits secs, se leva à nouveau. En parlant, il glissait une main sur la surface lumineuse des cuisses de la jeune fille qui servait de partie supérieure.

— Quelqu'un peut-il nous expliquer, à nous qui sommes néophytes en la matière, ce que peut bien être cette... cette céru... céru... Plusieurs voix complétèrent le mot, mais Harlbrunner ne voulut pas le prononcer. D'après les rapports, le visage et les mains de ce Weiss en étaient enduits, non ?

Ce fut le tour de Jacob Stein. Il parlait tout bas, mais il se fit un silence sépulcral qui amplifia ses paroles.

— La cérublastine est un matériau similaire à la silicone, mais beaucoup plus évolué. Il a été mis au point dans des laboratoires français, anglais et hollandais au début du siècle dans le seul but d'être utilisé pour l'art hyperdramatique... *Galismus*, je crois, monsieur Kobb, que vous possédez un portrait de vous peint par Avendano, et vous savez de quoi je parle, dit-il en désignant l'homme de la chancellerie.

L'intéressé acquiesça d'un sourire.

— Oui, il est identique à moi. Cela me donne parfois des frissons.

Bosch, qui se rappelait le portrait d'Hendrickje, tressaillit également.

— La céru a de multiples applications en art, poursuivit Stein, non seulement pour travestir des modèles de portraits, mais pour des copies frauduleuses et officielles, des maquillages compliqués, etc. Un expert dans son utilisation peut littéralement se transformer en *n'importe qui*, homme ou femme. Il suffit de l'appliquer comme une pommade sur la partie que l'on souhaite copier, de la laisser sécher et de la décoller soigneusement. C'est le travestissement parfait. Mais, je le répète, il faut être un véritable expert pour manipuler aisément les moules en céru. Ils sont plus fragiles que la couche de crème qui flotte sur le lait.

— Et d'après ce que j'ai vu jusqu'à présent, ce type *est* un véritable expert, dit l'Homme Clé.

Il y eut un bref silence. Stein, qui semblait pressé, demanda à Benoît de résumer les conclusions de cette réunion préliminaire. Investi d'une responsabilité soudaine, Benoît se redressa sur son siège en même temps qu'il chaussait ses lunettes de lecture et prenait quelques documents. Il se pencha sur la gauche pour que la lumière de la Lampe de Marooder éclaire le texte.

— En date du 29 juin 2006, dans les bureaux aimablement mis à notre disposition par l'administration du bâtiment Obberlund de Munich, est constitué ce cabinet de crise, dont le but...

Le but était assez clair. La conservation et la sécurité avaient conçu en urgence deux sortes de stratégies, défense et attaque. Les moyens de défense incluaient trois paragraphes : retrait, identité et confidentialité. Le premier paragraphe consistait à retirer progressivement toutes les œuvres de Bruno Van Tysch exposées en public, d'abord en Europe, puis aux États-Unis, et enfin dans le reste du monde. *Fleurs* serait la première collection à revenir à Amsterdam, puis ce serait le tour de *Monstres* et ensuite des œuvres isolées, comme l'*Athéna* du centre Georges-Pompidou. Tous les tableaux seraient stockés en lieu sûr. Le deuxième paragraphe, l'identité, décrivait un système de contrôle d'identité des employés qui avaient un contact personnel avec les toiles moyennant des tests de voix et de dactyloscopie. Benoît suggéra sur ce point que le personnel dûment identifié pourrait porter des étiquettes.

— Mais alors nous serions nous aussi des œuvres d'art, ronchonna Warfell.

— N'y a-t-il pas un autre moyen de distinguer un déguisement en cérublastine ? demanda l'Homme Clé.

— *Fuschus*, il n'y en a pas, répondit Stein. Quand la céru est sèche, c'est comme une seconde peau. Elle en acquiert même la température et la consistance. Nous devrions griffer le suspect pour nous en assurer.

L'idée des étiquettes resta à l'étude. Puis venait le paragraphe sur la confidentialité. Le criminel anonyme serait désormais désigné sous le nom de code de « L'Artiste », ainsi qu'il semblait s'autoproclamer lui-même sur les enregistrements.

— Seuls les membres de ce cabinet de crise connaîtront tout ce qui concerne L'Artiste, poursuivit Benoît. Les assistants ou collaborateurs qui n'appartiennent pas au cabinet de crise ne connaîtront qu'une partie de l'information relative à L'Artiste, y compris les détails sur les attentats et les grandes lignes de l'enquête, ou l'ignoreront totalement. Ni les compagnies d'assurances, ni les investisseurs qui ne seraient pas des clients de Mlle Roman, ni, bien sûr, la presse ou le grand public ne pourront accéder à cette information. L'existence même de L'Artiste constitue dès à présent un sujet réservé.

Un seul paragraphe concernait les mesures d'attaque : Rip Van Winkle. Bosch avait entendu parler de ce système européen de sécurité auparavant. Il était orchestré par un département spécial d'Europol. L'Homme Clé le définit comme « autodéfense et rétro-alimentation ». Son nom faisait référence au personnage de Washington Irving qui fut plongé par magie dans le sommeil pendant des années. Le système restait lui aussi « endormi » jusqu'à ce qu'une crise spécifique le « réveille ». Sa principale caractéristique consistait, une fois « réveillé », à ne pas s'arrêter avant d'avoir atteint ses objectifs. Sa seule priorité était les objectifs à atteindre. Chaque objectif atteint était appelé « résultat ». Rip Van Winkle pouvait si nécessaire passer par-dessus toutes les normes légales, constitutions et souverainetés, dans le but d'obtenir des « résultats ». Et puis il s'autorégulait chaque semaine. S'il s'apercevait qu'il n'y avait eu aucun « résultat », il remplaçait immédiatement ses responsables.

— Aujourd'hui c'est nous, dit l'Homme Clé. Demain, d'autres peuvent venir.

Le système irait jusqu'où il faudrait pour éradiquer le problème et utiliserait tous les moyens à sa disposition. « Il y aura des victimes, annonça l'Homme Clé, lugubre, et presque toutes innocentes, bien que nécessaires. Précisons. Nécessaires. Le nombre de victimes croîtra de façon exponentielle selon le temps qu'il nous faudra pour atteindre les objectifs. Il s'agit d'une sorte de guerre secrète. »

L'objectif prioritaire de Rip Van Winkle dans ce cas serait simple : arrêter et éliminer L'Artiste, quel qu'il fût, qui que ce fût qui se cachât derrière ce nom.

Albert Knopffer, d'Europol, prit la parole.

— Nous ne ménagerons pas nos efforts, je peux vous l'assurer. Vous connaissez parfaitement, messieurs, le grand intérêt que porte la Communauté à la vie et à l'œuvre de Bruno Van Tysch et à la Fondation que vous représentez.

— C'est absolument certain, déclara à son tour l'Homme Clé. C'est un motif d'orgueil pour toute l'Europe, et pour nous en tant que citoyens européens, que M. Van Tysch ait décidé de créer ses œuvres sur le Vieux Continent, à la différence de tant d'artistes qui émigrent. Bien que je ne souhaite pas que mes paroles soient comprises comme une critique envers ces artistes. Précisons. Il piocha les derniers bonbons du récipient et les dévora.

— La Fondation est un héritage de tous les Européens, et tous les Européens doivent veiller sur elle, compléta Knopffer.

Tandis que Benoît et Stein renvoyaient les éloges, Bosch réprima un sourire. Il se rappelait que Gerhard Weyleb, son chef précédent, le prédécesseur de Mlle Wood, lui avait dit un jour que le véritable chef-d'œuvre de Van Tysch et Stein était tous les Européens. « Nous sommes leurs meilleurs tableaux hyperdramatiques, tu ne comprends pas ? C'est là le secret de leur succès. »

Harlbrunner, qui appuyait à cet instant la main sur l'un des genoux vernissés de la jeune fille de la Table aux fruits secs, s'empressa d'intervenir.

— L'art est une priorité absolue. Vous m'excuserez si je ne sais pas mieux m'exprimer, mais je suis convaincu que l'art est prioritaire pour l'Europe.

Et il martela ses paroles par de brefs coups d'orateur sur le petit genou.

Une majestueuse limousine bleu marine glissait avec la douceur d'un long poisson le long de l'avenue Ludwig Leopold de Munich. Le chauffeur, à des kilomètres de distance des occupants de la banquette arrière, portait un uniforme et une casquette à visière. April Wood était assise à gauche, dans une attitude songeuse, se frappant le revers de la main avec l'index de l'autre. En face d'elle, la secrétaire particulière de Stein écrivait sur un petit ordinateur portable. Au centre, la tête renversée en arrière, Stein se versait des gouttes de collyre sous les deux paupières. Son costume et son médaillon en onyx pendant sur sa poitrine étaient de la même couleur noire.

Toute personne qui contemplait Jacob Stein ne fût-ce qu'une fois s'accordait quant à son aspect : c'était un faune. Les sourcils avançaient sur son visage crevassé, les yeux s'enfonçaient sous des arcades sombres, le nez saillait et les lèvres, fortes et sensuelles, trouvaient une fenêtre facile entre les boucles de la barbe grisâtre. Il s'avérait plus compliqué de déterminer l'importance exacte du rôle qu'il jouait au sein de la Fondation. Certains supposaient que le maître le dominait entièrement ; d'autres pensaient qu'il était le véritable monarque. Les deux possibilités ne semblaient pas incompatibles à Wood. Mais une chose était sûre : ce juif new-yorkais au visage de faune et à la tête carrée était le principal responsable du succès de l'art HD, l'individu qui avait fait de l'hyperdramatisme un empire mondial et une nouvelle forme de culture. Stein avait conçu les premières décorations et objets humains, perfectionné le système d'achat et de vente d'œuvres, élaboré la production en série de copies bon marché de tableaux originaux et fondé les académies pionnières pour toiles. Néanmoins, il trouvait le temps de peindre, de temps en temps, ses propres chefs-d'œuvre.

— Par un hasard intéressant, dit Stein en vissant le bouchon du flacon de collyre, il se trouve que l'excuse que j'ai invoquée cette fois pour quitter la réunion est rigoureusement exacte, *fuschus*. Le maître m'attend à Amsterdam pour superviser certaines esquisses de

Rembrandt. Comme si cela n'était pas suffisant, la préparation du *Combat de Jacob avec l'ange*, avec toute cette peinture en aérosol que portent les figures, m'a déclenché une conjonctivite... Ah, merci, Neve.

La secrétaire de Stein s'était levée et lui essuyait les yeux avec un mouchoir en soie. Puis elle le replia, prit le collyre et rangea le tout dans un sac. L'opération se déroula dans un silence complet. Wood, qui contemplait les arabesques de la moquette de la voiture, vit à peine autre chose que les fines chaussures à talons et le cou-de-pied brun sans collants de Neve qui allait et venait.

— De sorte que j'espère que ce que vous avez à me dire est important, mademoiselle Wood, *galismus*, conclut Stein.

On surnommait Stein « M. Fuschus-Galismus » pour plaisanter. Personne ne savait très bien ce que signifiaient ces deux mots qu'il répétait si souvent et Stein n'avait jamais voulu l'expliquer. Cela faisait partie de l'argot qu'il employait avec les peintres et les toiles. Par contagion, ses disciples s'exprimaient comme lui.

— Suspendez l'exposition *Rembrandt*, monsieur Stein, dit Wood sans préambule.

Stein toussa tandis que ses traits de faune s'accentuaient.

— *Fuschus*, nous avons transformé en tableau l'épouse du dernier investisseur qui m'a dit ça, n'est-ce pas, Neve ? Neve révéla une dentition brillante accompagnée d'un éclat de rire subtil et musical que Wood trouva nauséabond.

— Monsieur Stein, je parle sérieusement. Si cette exposition est inaugurée, il est fort probable que l'une des œuvres sera détruite.

— Pourquoi ? demanda le peintre avec curiosité. Il y a plus d'une centaine de tableaux et d'esquisses du maître répartis en collections et en expositions publiques dans le monde entier. L'Artiste pourrait choisir n'importe lequel de...

— Je ne crois pas, l'interrompit Wood. Je suis convaincue que, qu'il s'agisse d'un fou qui agit en solitaire ou d'une organisation, L'Artiste suit un schéma précis. Van Tysch est jusqu'à présent l'auteur de deux grandes collections, trois en comptant celle qui va être inaugurée en juillet : *Fleurs*, *Monstres* et *Rembrandt*. Le reste de sa production consiste en des tableaux isolés. L'Artiste a détruit *Défloration*, qui était l'une des pièces de la première collection, et *Monstres*, une pièce de la deuxième. Elle s'arrêta et leva son regard limpide sur Stein. La troisième appartiendra à *Rembrandt*.

— Quelles preuves avez-vous ?

— Aucune. C'est une intuition. Mais je ne crois pas me tromper.

Le peintre contemplait les ongles de sa main droite en silence. Il avait conçu cinq pinceaux spéciaux pour les appliquer à ses ongles, aussi les gardait-il longs et effilés comme ceux d'un guitariste.

— Je sais que je peux *l'attraper*, monsieur Stein, ajouta Wood. Mais L'Artiste n'est pas un simple psychopathe ; c'est un véritable expert, il a tout planifié à l'avance et il a agi à une vitesse affolante. Maintenant il va s'en prendre à un tableau de la collection *Rembrandt*, je le sais, et nous devons nous défendre. Soudain, la voix de Wood se brisa. Vous connaissez ma façon de travailler, monsieur Stein. Vous savez que je n'admets pas les erreurs. Mais lorsque celles-ci se produisent, ma seule consolation est de penser qu'elles sont imprévisibles. S'il vous plaît, ne m'obligez pas à supporter une erreur *prévisible*. Suspendez cette exposition, je vous en prie.

— Je ne peux pas. Croyez-moi, je ne peux pas, chère amie. La collection *Rembrandt* est presque terminée, la présentation à la presse a lieu dans deux semaines et l'inauguration deux jours plus tard, samedi 15 juillet, la date du quatre centième anniversaire de la naissance de Rembrandt. Les travaux d'installation du Tunnel au Museumplein sont déjà très avancés. Et puis le maître travaille depuis trop longtemps sur ces tableaux. C'est son obsession, et je suis le gardien du paradis de ses obsessions. C'est ce que j'ai toujours été, *galismus*, et je vais continuer...

— Et si nous expliquions au maître le danger que courent ses œuvres ?

— Vous croyez que cela aurait une importance ? Connaissez-vous un peintre qui ne veut pas montrer ses créations au seul motif qu'elles pourraient être détruites ? *Galismus*, nous les peintres, nous créons toujours pour l'éternité, peu importe que nos œuvres durent vingt siècles, vingt ans ou vingt minutes.

Wood contemplait en silence les arabesques de la moquette.

— Je ne vais rien dire au maître, poursuivit Stein. Toute ma vie, j'ai été une barrière entre lui et la réalité. Mes propres œuvres ne sont rien comparées aux siennes mais je me considère comme satisfait de l'avoir aidé à les concevoir, de l'avoir tenu à l'écart des problèmes, de m'être chargé du sale boulot... Mon meilleur tableau a été, et reste, d'avoir fait en sorte que le maître continue à peindre. C'est un homme soumis à la dictature de son propre génie. Un être ineffable, *galismus*, aussi étrange qu'un phénomène astrophysique, parfois terrible, parfois doux. Mais si un jour, à un moment, en un lieu, un génie a existé, il s'agit de Bruno Van Tysch. Nous les autres, nous ne pouvons qu'espérer lui obéir et le protéger. Votre devoir, mademoiselle Wood, est de le protéger. Le mien est de lui obéir... Ah, *galismus*, quel beau brillant. Neve : regarde la peau de tes jambes en ce moment où le soleil t'éclaire de côté... Joli, n'est-ce pas ?... Un peu de jaune d'arylamine dissous dans un rose léger, du vernis, et tu serais parfaite. *Fuschus*, je me demande pourquoi on n'a pas encore peint de tableaux pour l'intérieur des voitures spacieuses. Avec des toiles mineures, ce serait possible. Nous avons déjà conçu et vendu des décorations et des objets à usages multiples et qui sont partout, mais...

— Suspendez cette exposition, monsieur Stein, ou il y aura un autre tableau détruit, l'interrompit Wood sans élever la voix.

Stein se borna à la regarder fixement pendant un silence prolongé. Puis il sourit et bougea la tête, comme s'il avait vu quelque chose en April Wood qui lui eût semblé inconcevable.

— Trouvez ce type, dit-il, quel qu'il soit. Trouvez L'Artiste, mordez-le, ramenez-le entre vos mâchoires et tout ira bien. Sinon, attendez que Rip Van Winkle le fasse. Mais n'essayez pas de mettre de barrières à l'art, *fuschus*. Vous n'êtes pas une artiste, April, juste un chien de chasse. Ne l'oubliez pas.

— Rip Van Winkle ne pourra rien faire, monsieur Stein, répliqua Mlle Wood. Il y a une chose que vous ignorez.

Elle s'arrêta et regarda autour d'elle. Stein comprit parfaitement la signification de ce regard.

— Vous pouvez dire tout ce que vous voulez devant Neve. Elle est comme mes yeux et mes oreilles.

— Je préférerais qu'il n'y ait pas tant d'yeux et d'oreilles, fussent-ils les vôtres, monsieur Stein.

La limousine s'était arrêtée à l'entrée de l'aéroport. Une autre voiture attendait sur le bas-côté pour reconduire Wood en ville. Stein fit un signe et sa secrétaire sortit du véhicule en fermant la portière. Wood regarda le chauffeur : les vitres l'empêchaient d'écouter.

Quand elle reprit la parole, la voix de Wood traduisait une certaine tension.

— Personne ne le sait : ni les autorités de Munich, ni les membres du cabinet de crise, ni même Lothar Bosch. Mais je veux vous en parler. Cela vous fera peut-être changer d'avis. Elle fixa sur Stein son regard bleu glacé. Hier, quand nous avons appris la destruction de *Monstres*, j'ai appelé Marthe Schimmel pour savoir si elle pouvait m'apprendre quelque chose d'utile. Elle m'a dit que les jumeaux Walden lui avaient demandé un gamin dans la nuit du mardi. Vous savez que la conservation s'efforçait de les satisfaire. Ils exigeaient un garçon aux cheveux blond platine. Schimmel était en train de chercher à toute vitesse le candidat possible quand elle reçut un contrordre téléphonique. C'était une voix inconnue, mais elle répéta sans erreur le code restreint de la conservation et s'identifia comme un assistant de Benoît. Elle lui dit qu'il n'était plus nécessaire de faire venir le garçon. Marthe pensait le dire aujourd'hui à Benoît, mais je lui ai demandé de ne pas le faire. Alors j'ai appelé les assistants de Benoît à Amsterdam, un par un, et sa secrétaire. J'ai fini par me renseigner auprès de Benoît lui-même. *Ni Benoît ni ses assistants n'ont jamais donné cet ordre*, monsieur Stein.

Wood regardait Stein droit dans les yeux, sans ciller. Stein lui rendait son regard de la même façon. Après une pause, Wood poursuivit :

— L'appel *n'a pas pu émaner* du criminel, puisqu'il était à ce moment travesti en œuvre de Gigli, vous comprenez ? De sorte qu'il reste une seule possibilité. *Quelqu'un* lui a préparé le terrain de *l'intérieur* pour que la destruction du tableau se déroule sans problèmes. Certainement un haut fonctionnaire, ou du moins quelqu'un ayant accès aux codes restreints de la conservation. C'est pour cela que je vous demande de suspendre l'inauguration de *Rembrandt*. Si vous ne le faites pas, L'Artiste détruira *inévitablement* un autre tableau.

Un avion venait de décoller et sillonnait le ciel bleu tel un aigle de nacre. Stein l'observa avec curiosité puis reporta le regard sur Wood. Une lueur d'anxiété, de terreur presque, voilait le regard froid de la directrice de la sécurité.

— Si incroyable que cela semble, monsieur Stein, *l'un d'entre nous* collabore avec ce fou.

Lorsque Clara s'éveilla, ce mercredi 28 juin, Gerardo et Uhl étaient déjà arrivés. Sur leurs visages, elle crut lire que cette séance serait spéciale. Ils posèrent leurs sacs par terre et Gerardo dit :

— Aujourd'hui, nous n'allons pas te passer de couleur. Nous voulons dessiner des polygones.

C'était ainsi que l'on appelait les exercices sur les postures destinés à explorer les capacités physiques de la toile. Elle déjeuna frugalement et prit la dose de médicaments recommandée par F & W pour améliorer le rendement de ses muscles et diminuer dans la mesure du possible ses nécessités organiques. Gerardo l'avertit qu'une journée difficile l'attendait.

— Eh bien allons-y, dit-elle.

Ils avaient apporté un siège en cuir sans dossier. Uhl le sortit de la fourgonnette et le plaça dans le séjour. Ils écartèrent le tapis et le canapé et commencèrent à la manipuler. Ils lui courbèrent le dos en arrière et lui appuyèrent le postérieur sur le siège, lui soulevèrent une jambe, puis l'autre, les tendirent et les fléchirent alternativement. Ils fixèrent une posture définitive et programmèrent le minuteur.

L'immobilité consiste essentiellement à ne se laisser affecter par rien. On reçoit des messages, des signes d'une gêne croissante. Le cerveau tend les cordes de son propre chevalet. La façon de résister – on l'enseigne dans les académies artistiques – consiste à identifier l'intégralité de cette copieuse information et à la tenir à distance sans la refuser mais sans la considérer comme quelque chose qui *arrive*. Ce qui arrive, en fait, est que le dos est courbé ou que les muscles du mollet se contractent. Au-delà de ces données, il n'y a que des sensations : inconfort, crampes, un flot tordu de stimulations et de pensées, une inondation de vitres brisées. Avec l'entraînement approprié, la toile apprend à contrôler ce flot, à le tenir à distance, à le voir croître sans modifier la posture.

Plongée dans sa propre contorsion, la tête sur le sol à côté des bras, le regard fixé au mur, les jambes en l'air, le postérieur sur le siège, Clara se sentait comme une coquille sur le point de se briser pour céder la place à autre chose. Elle ne connaissait rien de mieux pour s'arracher de l'orbite de sa propre humanité qu'une posture incommode. Son esprit abandonnait les souvenirs, les terreurs, les pensées complexes, et se concentrait sur la maçonnerie des muscles. C'était merveilleux de cesser d'être Clara et de devenir un objet avec une conscience minime de la douleur.

Ce fut tout d'abord si léger qu'elle le remarqua à peine.

En modifiant la position de ses jambes en l'air, Uhl lui caressa les fesses sans nécessité. Il le fit avec subtilité, sans gestes brusques ou stéréotypés. Il glissa simplement la main le long de la colonne tendue de sa cuisse gauche et aborda ses fesses contractées. Mais il appuya à peine et s'écarta immédiatement. Un autre laps de temps flou plus tard, elle sentit des doigts rudes sur sa cuisse droite, battit des paupières, redressa la tête et vit la main d'Uhl descendre vers l'aine. Uhl ne la regardait pas tandis qu'il la touchait. Elle resta immobile et Uhl se retira presque immédiatement.

L'invasion se fit plus évidente la troisième fois, quand, après lui avoir déplacé les jambes pour les placer dans une position différente, Uhl lui tâta le sexe avec une certaine brusquerie. Déconcertée, elle fléchit les jambes et se roula en boule sur le sol.

— Posture, ordonna Uhl. Il semblait fâché.

Clara se borna à le regarder.

— Posture.

D'où elle se trouvait, la silhouette d'Uhl paraissait menaçante. Mais Clara ne sentait aucune peur réelle. Quelque chose dans l'attitude du peintre transformait tout en une scène parfaite, conférait au tout la note artistique adéquate. Elle décida d'obéir. Malgré les protestations de ses tendons – il n'y a rien de pire que de perdre une posture difficile et de tenter de la retrouver sans préparation préalable –, elle s'appuya à nouveau sur le siège, éleva les jambes et se tint immobile, la tête et les bras au sol. Elle pensa qu'Uhl allait reprendre le siège, mais il la contempla un instant avant de s'éloigner.

Clara savait qu'Uhl *pouvait feindre* le harcèlement dans un but hyperdramatique. Les coups de pinceau étaient cependant si bien exécutés qu'il lui était impossible, malgré son expérience de toile, de déterminer où s'arrêtait le véritable Uhl et où commençait l'artiste. D'autre part, cette simulation n'excluait pas la possibilité d'un *réel* harcèlement en coulisse. Uhl pouvait avoir reçu des instructions du peintre principal, mais elle ignorait à quel point il n'*abusait* pas de cette situation privilégiée. Il était difficile de marquer des limites, parce que, entre un geste de peintre et une caresse, il existe une infinité de degrés mystérieux.

Le programmateur sonna. Les deux assistants revinrent et changèrent l'esquisse. Ils la relevèrent et enlevèrent le siège en cuir. Puis ils l'étendirent à plat ventre et la manipulèrent à nouveau : tête relevée, bras droit tendu, bras gauche en arrière, jambe gauche en l'air. La position rappelait celle d'une personne qui nage. Ils lui étirèrent les extrémités jusqu'à ce que les articulations présentent de la résistance. Il était évident qu'ils voulaient la dessiner tendue. Il ne suffisait pas d'une simple contraction : ils souhaitaient insister sur le tracé. Quand ils s'estimèrent satisfaits de la ferme silhouette de ses membres tendus, ils reprogrammèrent le minuteur et la laissèrent sur le sol.

Cela se produisit à un moment indéterminé au cours de cette nouvelle posture. Elle entendit ses pas dans le séjour et le vit se pencher vers elle. Sa position laissait exposés son sein gauche et son sexe : les mains d'Uhl s'emparèrent des deux.

Le geste fut si brutal que Clara ne put éviter de lâcher les rênes de l'immobilité et de protéger son corps. Il se produisit alors une chose qui lui coupa le souffle.

Uhl lui saisit violemment les bras et les écarta avec une force disproportionnée, imprévue, la faisant crier. C'était la première fois qu'il employait cette violence avec elle. En fait, c'était la première fois que quelqu'un la traitait violemment depuis qu'elle avait été apprêtée. La surprise la laissa sans voix et sans possibilité de se défendre. Le peintre se pencha davantage et enfouit la bouche dans son cou tout en lui tenant les mains. Elle sentit sa salive, sa langue comme un poulpe qui venait d'être pêché et accroché à sa gorge, son souffle grondant sur sa jugulaire. Elle se débattit comme elle put, mais Uhl ne lâcha pas sa proie.

— Tu es fou ? gémit-elle. Laisse-moi !

Uhl ne semblait pas l'entendre. La monture de ses lunettes se tordait sous la mâchoire de Clara, sa bouche descendait peu à peu, se traînait vers ses seins. Elle cessa de se débattre un instant.

Soudain, de façon presque simultanée à son abandon de la lutte, Uhl s'arrêta, poussa un soupir, se redressa et lui lâcha les poignets. Il haletait même plus qu'elle, et son visage tout entier avait rougi. Il ajusta ses lunettes sur l'arête de son nez, se lissa les cheveux sur la nuque. C'était comme si une honte subite l'avait empêché de poursuivre. Clara resta par terre, en se frottant les poignets. Ils s'observèrent un instant tout en reprenant leur souffle. Puis Uhl s'en alla.

Elle crut comprendre soudain ce qui s'était passé : c'était *sa passivité soudaine* qui avait freiné Uhl, comme les autres fois.

Cet élément ne signifiait rien en soi. Il pouvait s'agir d'une réaction humaine, non artistique : peut-être Uhl n'avait-il pas osé aller plus loin, ou peut-être appartenait-il à ce type d'hommes qui n'éprouvent de plaisir qu'en rencontrant de la résistance. Nonobstant, Clara voulut penser que *le coup de pinceau* l'obligeait à s'arrêter quand elle n'opposait pas de résistance. Elle archiva cette donnée et la réserva pour une nouvelle tentative.

Le nouvel assaut ne la prit pas au dépourvu. On l'avait dessinée dans une posture de table : sur le dos, les mains et les pieds appuyés au sol, la tête en bas et les jambes écartées. À un moment donné, Uhl s'approcha. Elle le regarda dans les yeux et sut que tout allait recommencer. Elle abandonna la posture et se redressa.

— Laisse-moi tranquille, d'accord ?

Sans prévenir, ces bras longs, velus comme des fibres de chanvre ou des crins de pinceau, la saisirent, la poussant à nouveau vers le sol. La bouche d'Uhl s'ouvrit et chercha la sienne. Elle écarta le visage d'un geste de dégoût en même temps qu'elle appuyait les coudes sur son torse et poussait. Uhl résista à la pression sans beaucoup de difficultés. Clara fit une nouvelle tentative mais trouva un mur infranchissable. Elle était plus faible que d'habitude à cause des exercices, certes, mais il était évident qu'Uhl possédait une force surprenante. Le peintre lui saisit les joues d'une de ses mains velues et la fit se tourner vers lui ; il glissa alors la langue sur sa bouche apprêtée, sans lèvres. Clara rassembla ses forces et leva les deux genoux à la fois. Et la tentative réussit : elle rejeta Uhl sur un côté et tourna sur elle-même pour s'échapper.

— Immobile, entendit-elle.

Le peintre se jeta à nouveau sur elle, mais Clara s'échappa facilement et le frappa une deuxième fois avec ses jambes. Elle ne voulait pas lui faire de mal mais souhaitait savoir ce qui arriverait si elle ne cédait toujours pas. Maintenant elle savait – ou soupçonnait – qu'Uhl la peignait selon une méthode très simple : il ajoutait une touche de violence si elle réagissait violemment, mais l'atténuait avec de la douceur si elle réagissait avec douceur. Quand elle *cédait*, il écartait le pinceau. Clara voulait vérifier où s'achèverait ce voyage vers la noirceur absolue que le peintre semblait lui proposer.

Soudain, le tout acquit le rythme incontrôlable d'une lutte frénétique. Uhl lui tint les bras, elle donna des coups de pied, les lunettes d'Uhl tombèrent par terre et produisirent un bruit étrangement désagréable, et leur propriétaire, rougissant, leva la main, prêt à la frapper. Alors elle eut peur. « Il peut m'abîmer », pensa-t-elle. Ce n'était pas la possibilité d'être frappée qui l'effrayait. Dans certains art-shocks, elle avait reçu des coups du public ou d'autres toiles, mais tout était prévu ainsi par l'artiste et décidé auparavant avec elle. Ce qui lui faisait peur était le manque de contrôle. « Il est de plus en plus nerveux, et il peut me faire du mal et abîmer mon apprêt. »

Cette pensée l'amena à se détendre. Uhl se jeta alors sur elle et lui passa la langue sur le menton et la gorge.

Mais il s'arrêta à nouveau.

Clara resta sur le sol, haletante, tandis qu'Uhl se relevait avec un certain effort. On aurait dit deux sportifs au terme d'un exercice violent. Elle observa fixement ses yeux. Mais il n'y avait rien dans son visage à part le regard enfoui dans le verre de lunettes qu'Uhl chaussait à nouveau avec une précision éduquée. Peu après, le peintre s'éloigna et quitta le salon en direction du porche.

Tout avait pris un tour si spectaculaire que c'était à peine si Clara voulait aller déjeuner quand arriva l'heure de la pause. Elle ne souhaitait pas interrompre ces esquisses pour se plonger dans la froideur du quotidien. Mais elle s'y trouva obligée, parce qu'elle savait qu'il était nécessaire de s'arrêter un instant dans son escalade frénétique. Auparavant, elle passa dans la salle de bains, se lava, se débarrassa de toutes les traces d'Uhl sur sa bouche et dans son cou et s'observa dans le miroir. Il n'y avait pas de marques, à l'exception d'une légère rougeur aux poignets. La peau apprêtée était beaucoup plus résistante que la normale, et Uhl aurait dû la peindre avec plus de violence pour lui laisser des traces durables. Elle sourit, et son visage acquit cette expression malveillante qui plaisait tant à Bassan. « Je t'ai coincé : tu utilises la force si je réponds de la même façon. Tu veux me dessiner agressive », se dit-elle. Les yeux lui brûlaient, mais elle savait que c'était parce qu'elle les avait tenus ouverts pendant les postures. Elle les baigna avec une solution saline.

Elle mangea nue en face de Gerardo. Elle ignorait où se trouvait Uhl. Gerardo avait fini de manger et l'observait calmement.

— Tu as revu l'homme de la fenêtre ? lui demanda-t-il.

Elle ne comprit pas tout de suite de quoi il parlait.

— Oui, mais j'ai appelé la conservation. Ils m'ont dit que c'étaient des agents de la sécurité et j'ai été rassurée. J'ai très bien dormi le reste de la nuit.

— C'est ce que je t'avais dit : des surveillants.

— C'est ça.

Il y eut un silence. Elle finit le sandwich et commença à tartiner de fromage une tranche de pain complet. Tous ses muscles étaient douloureux, mais cela n'avait pas d'importance. Elle se sentait joyeusement rageuse, effervescente comme un liquide pétillant agité pendant des heures. Elle regardait de temps en temps en direction de la porte pour surveiller l'éventuelle entrée d'Uhl. Elle se rappelait son souffle. Elle se rappelait sa violence. Et aussi comment il arrêtait tout quand elle cédait. Mais que serait-il arrivé *si elle n'avait pas cédé* ? Jusqu'où les coups de pinceau seraient-ils allés, quel ton lointain d'obscurité aurait-il pu être atteint ? C'était ce qui l'obsédait. Qu'adviendrait-il si la prochaine fois elle décidait de *ne se rendre* en aucune façon, de ne céder en rien ? Les possibilités étaient écrasantes.

— Comment ça s'est passé, ce matin ?

La question de Gerardo la fit battre des paupières. La dernière chose dont elle avait envie en ce moment, c'était évidemment une conversation banale.

— Bien, dit-elle.

Il s'accouda alors à la table, se pencha vers elle et adopta un ton sombre.

— Écoute, j'ai quelque chose à te dire.

Ils se regardèrent en silence. Clara attendit en mâchant doucement.

— Justus est fâché.

Elle ne répondit pas. Son cœur s'accéléra.

— Et il n'est pas bon que Justus se fâche, parce que si Justus se fâche, toi et moi nous nous retrouvons à la rue, tu as compris ?

— De quoi parles-tu ? demanda-t-elle d'un air innocent.

Gerardo semblait chercher les mots appropriés. Il observa ses mains sur la nappe.

— Nous... Nous observons quelques règles avec les jeunes toiles féminines, tu vois ce que je veux dire. Et les toiles doivent les respecter. Je n'aime pas en parler, mais c'est parfois nécessaire, comme dans ton cas, parce que tu ne comprends rien, ma fille.

— Qu'est-ce que je dois comprendre ?

— Que tu es dans une position privilégiée. Tu es une toile engagée par la Fondation Van Tysch, et c'est une grande chance, crois-moi. Mais cette chance peut prendre fin à tout moment. Justus est *senior assistant*, je te l'ai déjà dit. Bref, c'est un peintre d'une certaine importance à la Fondation. Tu devrais en tenir compte. Je ne te dis pas ça pour te faire peur, mais pour que tu comprennes... et que tu fasses ce que tu dois faire, OK ?

— Eh bien je ne comprends rien.

Il souffla, impatient, et se renversa sur son siège.

— Écoute, ma petite, on dirait une idiote. Je te préviens : Justus pourrait te renvoyer dès aujourd'hui s'il en avait envie.

— Et qu'est-ce que je suis censée faire pour éviter ça ?

— Tu le sais parfaitement. Tu n'es pas si stupide. Tu lui plais beaucoup. À toi de voir.

Ce dialogue fascinant ne s'intégrait pas en elle. Elle supposa que cela provenait de la maladresse de Gerardo, de ses mines bourrues et artificielles, sa voix trop contrôlée, ses manières timides d'enfant qui joue le méchant dans un jeu. Le plus délicieux pour elle était que Gerardo *pouvait être en train de dire la vérité*. Il n'y avait pas moyen de dire avec une certitude absolue que tout cela était une farce, comme cela en avait l'air.

— Tu me menaces ? demanda Clara.

Gerardo haussa un sourcil.

— Je suis simplement en train de te dire que Justus est le chef et qu'après lui c'est moi, et que tu es *entièrement et absolument à notre service*. Et que si tu veux être peinte par un grand maître de la Fondation, le mieux que tu puisses faire est de ne pas déplaire aux assistants, tu as entendu ?

Une vibration, un frisson d'art pur lui parcourut le corps. Pour la première fois, elle éprouva une certaine *appréhension* devant les paroles de Gerardo, et cela lui plut. Elle avait reçu un joli coup de pinceau et son état de nudité absolue contribuait à lui conférer l'effet d'obscurité approprié. Elle croisa les chevilles, s'agita sur son siège et murmura, détournant le regard :

— D'accord.

— J'espère que tu te montreras dorénavant plus aimable avec Justus, OK ?

Elle acquiesça de la tête.

— Je n'ai pas entendu ta réponse, dit-il.

Cette nouvelle pression du pinceau lui plut. Elle répondit rapidement.

— Oui, d'accord.

Gerardo leva les paupières en la regardant d'une drôle de façon, et ils ne s'adressèrent plus la parole.

Elle essaya de « se montrer aimable » au cours des esquisses de l'après-midi. Ils l'avaient placée sur la pointe des pieds, comme une ballerine. Le temps passa. Comme elle était debout, elle put s'observer dans les miroirs du séjour. L'un d'eux reflétait la moitié de son anatomie, une silhouette tronquée, un chaos de lignes et de volumes. Ils la laissèrent ainsi pendant un certain temps jusqu'à ce qu'Uhl, à l'improviste, s'approche d'elle dans son dos.

Elle lui rendit son baiser dès le premier instant et avec davantage d'ardeur qu'il n'en avait mise à le commencer. Elle remua la langue dans la bouche sombre d'Uhl, le serra dans ses bras et pressa sa nudité contre ses vêtements.

Ce fut comme la piqûre d'une abeille. Le peintre s'écarta d'elle avec violence et quitta la pièce. Il n'y eut pas de nouvelle tentative cet après-midi-là.

« Alors, si *je cède*, tout s'interrompt, raisonna-t-elle. Et si *je ne cède pas* ? »

Cette deuxième option lui faisait très peur.

Elle se proposa de la mettre en pratique.

Elle était excitée, mais cette nuit-là elle tomba sur son matelas comme une masse. Elle attribua cela aux médicaments qu'elle prenait. Quand elle se réveilla, elle supposa que l'on était le jeudi 29 juin. Elle se sentait prête pour un nouvel assaut. Elle ne se rappelait rien de ce qui s'était passé pendant la nuit : c'était comme si elle s'était évanouie. Mais elle avait à nouveau dormi volets fermés, et si un agent de la sécurité s'était approché de la maison, elle ne l'avait pas remarqué. Et puis elle commençait à oublier ses terreurs nocturnes, puisque les diurnes réclamaient toute son attention.

Ce matin, on l'esquissa debout, le dos entièrement arqué en arrière. C'étaient des positions difficiles et les laps de temps du minuteur lui semblaient interminables. Vers midi, elle parvint à contrôler ses tremblements et l'incommodité ressentie au niveau des vertèbres devint une simple étape. Uhl n'avait pas recommencé à l'importuner, ce qui la surprenait. Elle se demandait si le fait qu'elle se soit livrée la veille l'avait complètement inhibé.

Après déjeuner, Gerardo l'invita à faire une promenade. L'idée la surprit un peu, mais elle décida d'accepter parce qu'elle souhaitait sortir. Elle passa un peignoir et des chaussons en plastique matelassé et ils parcoururent ensemble le sentier gravillonné du jardin jusqu'à la palissade. Puis ils continuèrent sur la route.

Le lieu, comme elle l'avait imaginé, était très beau en pleine lumière du jour. À gauche et à droite, s'étendaient d'autres jardins et des palissades avec des maisons neuves aux toits rougeâtres. Dans le fond, un petit bois, et, au milieu, la route par laquelle la fourgonnette était arrivée. À sa grande joie, elle aperçut à l'horizon la silhouette sans équivoque de plusieurs moulins. On aurait dit une carte postale typique de Hollande.

— Toutes ces maisons appartiennent à la Fondation, expliqua Gerardo. Ici, on esquisse la majeure partie des figures. On préfère cette ambiance parce qu'elle nous permet d'être isolés. Avant, toutes les esquisses se faisaient au Vieil Atelier, qui se trouve à Amsterdam, dans le quartier de Plantage. Mais maintenant on esquisse ici et, si nécessaire, on profile à l'atelier.

Gerardo se comportait comme s'il s'était senti *libéré*. Il lui appuyait avec délicatesse une main sur l'épaule pour lui indiquer certaines choses et avait un sourire magnifique. C'était comme si l'atmosphère de la maison l'avait encore plus oppressé qu'elle. Ils marchèrent sur le bas-côté en écoutant une bande sonore de campagne civilisée : le chant des oiseaux mêlé aux allées et venues de machines lointaines. De temps en temps, un avion soulignait le ciel de son bref rugissement. Clara avait un peu mal aux muscles du dos. Elle pensa que c'était peut-être dû aux postures forcées de la matinée. Elle prit peur, parce qu'elle ne voulait pas s'abîmer en pleine phase d'esquisses. Elle y pensait quand Gerardo parla à nouveau.

— C'est une pause. Je veux dire, une pause officielle. Tu me comprends, non ?

— Oui.

— Tu peux parler tranquillement.

— D'accord.

Elle le comprenait parfaitement. Certains peintres avec lesquels elle avait travaillé utilisaient des consignes pour l'avertir que le travail hyperdramatique était achevé. Avec des toiles humaines, il était parfois nécessaire de séparer la réalité du contour flou de l'art. Gerardo voulait lui dire que, dorénavant, il serait lui, et elle, elle. Il l'avertissait qu'il avait posé ses pinceaux et souhaitait se promener et bavarder un peu. Ensuite, tout continuerait.

Cependant, cette décision la confondait. Les pauses constituaient une pratique habituelle dans n'importe quelle séance de peinture HD, mais il fallait déterminer soigneusement le moment exact où elles avaient lieu, parce que toute la construction picturale pouvait s'effondrer en un clin d'œil. Et le moment ne lui semblait pas le plus indiqué. La veille, le même jeune homme avec qui elle se promenait aujourd'hui l'avait menacée pour lui faire accepter de se soumettre aux caprices sexuels de son collègue. Cela avait été un coup de pinceau particulièrement intense, mais très fragile aussi, un contour subtil qui pouvait s'abîmer si on ne le laissait pas sécher. Elle voulut croire que Gerardo savait ce qu'il faisait. Et puis, cette pause pouvait également être feinte.

Après un silence, Gerardo la regarda. Ils sourirent.

— Tu es une très bonne toile, ma petite. Je te le dis par expérience. Du matériel de première classe, *caramba*.

— Merci, mais je considère que je suis comme toutes les autres, mentit Clara.

— Non, non : tu es très bonne. Justus pense la même chose.

— Vous n'êtes pas mauvais vous non plus.

Son sentiment d'inconfort était de plus en plus important. Elle aurait préféré rentrer tout de suite à la maison et se livrer à une situation hyperdramatique tendue. Cette discussion banale avec un assistant technique lui faisait peur. Il lui semblait inconcevable que Gerardo pût développer avec elle un échange ennuyeux du genre : « Qu'est-ce que tu aimes faire et qu'est-ce que j'aime faire ? » Elle ne pouvait supporter que Jorge dans ce genre de conversations, mais Jorge représentait sa vie quotidienne, pas l'art.

« Calme-toi, pensa-t-elle. Laisse-lui tenir les rênes. C'est un peintre de la Fondation, un professionnel. Il ne va commettre aucun faux pas avec sa toile. »

— Justus est meilleur que moi, poursuivit Gerardo. Sérieusement, petite : c'est un peintre extraordinaire. Je suis assistant depuis deux ans. Avant, j'étais apprenti artisan. Justus venait d'être promu *senior*. Nous sommes devenus amis, et il m'a recommandé pour ce poste. J'ai eu de la chance, ils n'engagent pas n'importe qui. Et puis, je n'aimais pas peindre les décorations, tu sais ? Mon truc, ce sont les œuvres d'art.

— Je vois.

— Mais ce que j'aimerais vraiment, ce serait devenir peintre professionnel indépendant. Et même, avoir mon propre atelier et engager mes toiles. Des toiles comme toi : bonnes et chères. Elle se mit à rire. J'ai beaucoup d'idées, surtout pour les extérieurs. J'aimerais vendre des extérieurs à des collectionneurs vivant dans les pays chauds.

— Pourquoi est-ce que tu ne le fais pas ? C'est un marché qui se porte bien.

— Il faut de l'argent pour monter ce genre d'atelier, petite. Mais je le ferai un jour, tu sais. Pour l'instant je me contente de ce que j'ai. Je gagne pas mal d'argent. Ce n'est pas tout le monde, qui parvient à être assistant technique à la Fondation Van Tysch.

Clara avait cessé d'être irritée par le ton suffisant de Gerardo. Elle l'admettait comme faisant partie de sa grande vulgarité. Ce qui l'irritait de plus en plus, c'était cette conversation. Elle souhaitait rentrer à la maison pour continuer les esquisses. Même le beau paysage et l'air libre alentour ne parvenaient pas à améliorer son état d'esprit.

— Et toi ? demanda-t-il.

Elle le regardait en souriant.

— Moi ?

— Oui. Qu'est-ce que tu veux ? Quelle est ta plus grande aspiration dans la vie ?

Il lui fallut moins d'une seconde pour répondre.

— Qu'un peintre réalise une grande œuvre avec moi. Un chef-d'œuvre.

Gerardo sourit.

— Tu es déjà une très jolie œuvre. Tu n'aurais pas besoin d'être peinte par qui que ce soit.

— Merci, je ne voulais pas parler de jolies œuvres, mais de *chefs-d'œuvre*. Une grande œuvre. Une œuvre géniale.

— Tu aimerais qu'on réalise une œuvre géniale avec toi, même si elle était laide ?

— C'est ça.

— Je croyais que ça te plaisait, d'être jolie.

— Je ne suis pas un mannequin, mais une toile, répliqua-t-elle avec davantage de brusquerie qu'elle ne l'aurait souhaité.

— Certes, personne ne dit le contraire, dit Gerardo, et il y eut une pause. Il se retourna alors vers elle à nouveau : Excuse la question, mais je peux savoir pourquoi ? C'est-à-dire, pourquoi est-ce que tu souhaites tellement que quelqu'un réalise une grande œuvre avec toi ?

— Je ne sais pas, répondit-elle, sincère. Elle s'était arrêtée pour regarder les fleurs qui bordaient le chemin. Elle pensa alors à une comparaison. Je suppose qu'un ver ne sait pas non plus pourquoi il veut devenir papillon.

Gerardo réfléchit.

— Ce que tu viens de dire est très joli, mais pas sûr du tout. Parce qu'un ver est destiné à devenir papillon par nature. Mais nous, les personnes, nous ne sommes pas des œuvres d'art par nature. Nous devons feindre.

— C'est vrai, admit-elle.

— Tu n'as jamais songé à quitter ce métier ? À commencer à être toi-même ?

— Je suis déjà moi-même.

Gerardo se tourna vers les arbres.

— Viens. Je veux te montrer quelque chose.

« Tout cela est un truc, pensa Clara. Un piège pour foncer ma couleur. Uhl est peut-être caché quelque part, et en ce moment précis... »

Ils franchirent le bas-côté et continuèrent dans la forêt. Il lui tendit la main en descendant une pente. Ils parvinrent à une clairière en forme de polygone bordée par des arbres aux feuilles luisantes et des troncs châtains qui semblaient vernis. Il y avait une drôle d'odeur, imprévue. Cela rappela à Clara l'odeur des poupées neuves. On entendait un bruit étrange : un trille artificiel, comme celui que pourrait produire la brise en agitant un lustre baroque. L'espace d'un instant, elle regarda autour d'elle en tentant de vérifier la raison de ce tintement mystérieux. Elle s'approcha alors de l'un des arbres et comprit. Elle fut fascinée.

— Nous appelons cette zone le *Plastic Bos*, « la forêt en plastique », expliqua Gerardo. Les arbres, les fleurs et le gazon sont factices. Le son que tu entends est celui des feuilles des arbres quand le vent les agite : elles sont élaborées dans un matériau très délicat et résonnent comme de petits morceaux de cristal. Nous utilisons cet endroit pour esquisser des extérieurs tous les jours de l'année. Ainsi, nous ne dépendons pas de la nature, tu comprends ? Peu importe que l'on soit en hiver ou en été ; ici les arbres et l'herbe restent verts.

— C'est incroyable.

— Moi, je trouve ça horrible, répliqua-t-il.

— Horrible ?

— Oui. Ces arbres, cette herbe en plastique... Je ne peux pas le supporter.

Clara regarda ses pieds : elle trouvait très doux le tapis d'herbe épaisse et pointue. Elle se déchaussa et la toucha de son pied nu. Elle était moelleuse.

— Je peux m'asseoir ? demanda-t-elle soudain.

— Bien sûr. Cette forêt est la tienne. Mets-toi à l'aise.

Ils s'assirent ensemble. L'herbe était une armée de soldats élégants en miniature. Rien dans ce lieu ne gênait le regard. Clara caressa le gazon et ferma les yeux : c'était comme de glisser la main sur un manteau en peau. Elle se sentit heureuse. Gerardo, au contraire, semblait de plus en plus triste.

— Les oiseaux ne se posent jamais ici, même pour rire, tu savais ? Ils se rendent tout de suite compte que tout est un *trompe-l'œil* et s'en vont rapidement vers les véritables arbres. Et ils ont raison, putain, les arbres doivent être des arbres, et les personnes, des personnes.

— Dans la vie réelle, oui. Mais l'art est différent.

— L'art appartient à la vie, petite, et non le contraire, répliqua Gerardo. Tu sais ce que je voudrais ? Peindre dans le style naturel-humaniste de l'école française. Mais je ne le fais pas parce que l'hyperdramatisme se vend mieux et produit plus d'argent. Et je veux gagner beaucoup d'argent. Il étira les bras en même temps qu'il s'exclamait : Beaucoup, beaucoup beaucoup d'argent, et envoyer se faire foutre toutes les forêts en plastique du monde !

— Moi, je trouve cet endroit très beau.

— Vraiment ?

— Oui.

Il la regardait avec curiosité.

— Quelle fille incroyable tu es. J'ai travaillé avec beaucoup de toiles, petite, mais avec personne d'aussi terrible que toi.

— Terrible ?

— Oui, je veux dire... qui se *consacre* autant à être une vraie toile. Dis-moi, que fais-tu quand tu arrêtes de travailler ? Tu as des amis ? Tu sors avec quelqu'un ?

— Je sors avec quelqu'un. Et j'ai des amies, garçons et filles.

— Un petit fiancé ?

Clara passait les doigts dans l'herbe avec une extrême délicatesse. Elle se contenta de sourire.

— Ça te gêne, que je te pose ce genre de questions ? demanda Gerardo.

— Non. Je vois quelqu'un, mais on ne vit pas ensemble et je ne l'appellerais pas mon « fiancé ». C'est un ami qui me plaît.

Elle souriait en pensant à Jorge comme à un « fiancé ». Elle ne l'avait jamais envisagé ainsi. Elle se demandait ce que signifiait Jorge pour elle, quelle autre chose ils partageaient à part les instants nocturnes. Soudain elle comprit qu'elle l'« utilisait » comme spectateur. Elle aimait que Jorge sache tout ce qui lui arrivait dans le monde étrange de sa profession. Elle essayait de ne rien lui cacher, pas même le plus vulgaire, ou ce qui constituait le plus vulgaire aux yeux de Jorge : tout ce qu'elle faisait avec le public dans les art-shocks, par exemple, ou son travail pour The Circle ou Brentano. Jorge frémissait et elle aimait contempler son visage dans ces moments-là. Jorge était son public, son spectateur étonné. Elle avait besoin de le stupéfier en permanence.

— Alors tu mènes une vie très normale quand tu cesses d'être une toile, dit Gerardo.

— Oui, plutôt normale. Et toi ?

— Je me consacre à mon travail. J'ai quelques amis ici en Hollande, mais je me consacre essentiellement à mon travail. Je ne sors plus avec personne. Je suis sorti avec une Hollandaise il y a quelque temps, mais on a rompu.

Il y eut un silence. Clara était inquiète. Elle faisait toujours confiance à la dextérité de Gerardo, mais elle était maintenant presque sûre que cette pause n'était pas feinte. Que cherchait-il en lui parlant « avec sincérité » ? Entre un peintre et une toile, il ne pouvait y avoir de sincérité, et cela ils le savaient tous les deux. Dans le cas d'artistes tels que Bassan ou Chalboux, fidèles au naturel-humanisme, la sincérité était forcée, un coup de pinceau supplémentaire, une sorte de « maintenant nous allons être sincères », une technique comme une autre. Mais Gerardo semblait simplement vouloir lui parler comme quelqu'un que l'on rencontre dans le train ou dans l'autobus. C'était absurde.

— Dis, excuse-moi, est-ce qu'il ne se fait pas un peu tard ? dit-elle. On devrait peut-être rentrer, non ?

Gerardo la regardait fixement.

— Tu as raison, admit-il. Rentrons.

Et soudain, tandis qu'ils se levaient, il lui parla sur un autre ton, avec de rapides murmures.

— Écoute, je voulais... je voulais que tu saches une chose. Tu travailles très bien, petite. Tu as capté la réponse dès le début. Mais continue comme ça, quoi qu'il arrive, OK ? La clé est de *céder*, ne l'oublie pas.

Clara l'écoutait, stupéfaite. Elle trouvait incroyable qu'il lui révèle les trucs de l'artiste. Elle se sentit comme si au milieu d'une pièce passionnante l'un des acteurs s'était adressé à elle et, après lui avoir adressé un clin d'œil, lui avait dit : « Ce n'est que du théâtre, ne t'inquiète pas. » L'espace d'un instant, elle pensa qu'il s'agissait d'un coup de pinceau dissimulé, mais sur le visage de Gerardo elle ne lut qu'une préoccupation sincère. De la préoccupation à son sujet ! « La clé est de céder. » Il voulait sans doute parler de sa stratégie avec Uhl : il l'invitait à rester sur le bon chemin, ou du moins, le plus sûr. Si tu continues à céder comme tu l'as fait l'après-midi de la veille, lui disait-il, Uhl freinera. Il ne la peignait pas : il lui révélait les secrets, la solution des énigmes. C'était l'ami imprudent qui lui racontait la fin du film.

On aurait dit que Gerardo avait renversé intentionnellement un encrier sur son dessin à peine esquissé. Pourquoi avait-il fait ça ?

Les positions se poursuivirent tout l'après-midi dans un silence parfait. Uhl ne l'ennuya pas mais elle avait cessé de penser à lui. Elle considérait que la maladresse de Gerardo constituait la plus grande erreur qu'un peintre eût commise avec elle de toute sa vie professionnelle, en incluant le pauvre Gabi Ponce, qui n'était pas précisément très subtil en ce qui concernait l'hyperdramatisme. Bien qu'elle soupçonnât le harcèlement auquel la soumettait Uhl d'être feint, ce n'était pas la même chose de le soupçonner que de le *savoir*. Gerardo, d'un seul coup de brosse, avait gâché le panorama de menaces qu'Uhl et lui avaient minutieusement peint autour d'elle. Maintenant, tout retour à la simulation était impossible : l'hyperdrame en tant que tel avait disparu. Il ne pourrait dorénavant s'agir que de théâtre.

Plus tard, en se couchant, sa colère tomba. Elle parvint à la conclusion que Gerardo devait être un novice. Les raffinements de l'hyperdramatisme pur le dépassaient. Ce qui était inconcevable, c'était d'avoir offert à un peintre tel que lui un poste à si haute responsabilité. Les apprentis ne devraient pas dessiner sur les originaux, pensa Clara. Cela devait rester aux mains d'artistes expérimentés. Mais peut-être tout n'était-il pas perdu. Peut-être la maladresse de Gerardo, l'ineffable énorme tache qu'il avait fait tomber sur elle, pouvait-elle être réparée par l'art raffiné d'Uhl. Peut-être celui-ci trouverait-il une méthode afin d'augmenter la pression et de la réintroduire dans la peinture.

Elle était sûre de pouvoir à nouveau éprouver de la peur.

Elle s'endormit en le souhaitant.

Quand elle se réveilla, tout restait incroyablement sombre. Elle n'avait aucun moyen de savoir l'heure, ni même s'il faisait nuit ou non, parce que, avant de se coucher, elle avait à nouveau fermé les volets de la maison. Elle sut qu'il faisait encore nuit, car elle n'entendait plus chanter les oiseaux. Elle se passa une main sur le visage et se retourna, comptant retrouver le sommeil.

Elle allait se rendormir quand elle l'entendit.

Elle se redressa sur le matelas, terrifiée.

Un léger craquement sur le plancher. Cela provenait du séjour. C'était un craquement similaire – peut-être – qui l'avait réveillée. Des pas.

Elle resta en alerte, à l'écoute. Toute la fatigue et les douleurs musculaires qu'elle éprouvait disparurent soudain. Elle respirait avec effort. Elle tenta un exercice de relaxation, mais en vain.

Il y avait *quelqu'un* dans le séjour, mon Dieu.

Elle posa le pied à terre. Son cerveau était une explosion désordonnée de sentiments.

— Il y a quelqu'un ? demanda-t-elle, tremblante, avec la voix de l'horreur.

Elle attendit quelques minutes sans bouger, prête à affronter l'effrayante possibilité que l'intrus entre à cet instant et se jette sur elle. Le silence qui l'entourait lui fit penser qu'elle s'était peut-être trompée. Mais son imagination – cet étrange diamant, ce polygone d'un millier de facettes – envoyait de fugaces horreurs à sa conscience, des inventions minuscules comme des pointes de glace pure. *C'est l'homme de dos : il est sorti de la photo et vient te chercher. Mais il marche de dos. Tu le verras entrer de dos sans trébucher, guidé par ton odeur. C'est papa, qui vient avec ses énormes lunettes carrées te dire que.* Elle fit un effort pour que ces cauchemars épisodiques ne restent pas trop longtemps dans sa tête.

— Il y a quelqu'un ? s'entendit-elle demander à nouveau.

Elle attendit un autre laps de temps raisonnable. Elle ne détachait pas son regard de la porte close de la chambre. Elle se rappela que les lumières de la maison se trouvaient dans l'entrée. Il n'y avait pas moyen d'éclairer la pièce si elle ne sortait pas de là pour marcher dans le noir jusqu'au vestibule. Mais elle n'osait pas le faire. « C'est peut-être un surveillant », pensa-t-elle. Mais pourquoi un surveillant entrait-il la nuit dans la propriété et marchait-il furtivement dans le séjour ?

Le silence se poursuivait. Les battements de son cœur également. Silence et battements de cœur se montraient obstinés dans leurs durées respectives. Elle décida alors qu'elle s'était trompée. Les planches d'un sol en bois peuvent craquer pour différentes raisons. À Alberca, elle s'était habituée à la surprenante terreur du hasard : la brise soudaine qui ressuscite les rideaux morts, la plainte d'un fauteuil à bascule, un miroir déguisé en obscurité. Tout n'était qu'une fausse alerte de son cerveau fatigué, certainement, et elle pouvait se lever tranquillement, se diriger vers le séjour et allumer les lumières comme elle l'avait fait la nuit précédente.

Elle respira profondément et appuya les mains sur le matelas.

À cet instant, la porte s'ouvrit et l'agresseur pénétra dans sa chambre comme un ouragan.

L'édifice du Nouvel Atelier d'Amsterdam abrite le siège des départements de l'art, de la conservation et de la sécurité de la Fondation Bruno Van Tysch en Europe. C'est une construction discrète, un mélange de joie hollandaise et de sérieux calviniste, avec des fenêtres encadrées de blanc et de gables à cloche du XIXe siècle. Pour ce qui est du détail cosmopolite, l'architecte P. Viengen a adossé à la façade des colonnes doubles de type Brunelleschi. Il est situé sur l'avenue Willemsparksweg, près du Vondelpark, dans le quartier des musées, où se concentrent les grands joyaux artistiques de la ville : le Rijksmuseum, le musée Van Gogh et le Stedelijk. Il se compose de huit étages et de trois ailes. Le vestibule et le premier étage se trouvent au-dessous du niveau de la mer, et c'est là une chose avec laquelle Amsterdam a appris à vivre. Bosch, dans son bureau du cinquième étage, échapperait – peut-être – à une inondation possible, mais une si grande chance ne semble pas l'intéresser particulièrement.

Le bureau de M. Bosch donne sur le Vondelpark. Il possède un secrétaire en caoba en angle obtus pourvu de quatre postes téléphoniques sur un côté et de trois photos encadrées de l'autre. Les photos sont placées de telle sorte qu'une personne assise en face de Bosch ne peut les voir.

La plus proche de la fenêtre est un portrait de son père, Vincent Bosch. Vincent était avocat dans une entreprise hollandaise de tabac. On remarque sa moustache, son regard méfiant, son énorme tête héritée par Lothar. On pourrait deviner son caractère méthodique et rigoureux. La devise qu'il tenta de transmettre à ses enfants, « faire de son mieux avec ce que l'on a », semble sculptée sur chacun de ses traits.

La photo du centre est celle d'Hendrickje. Jolie, les cheveux courts et blonds, elle est très souriante. On constate cependant une légère tendance chevaline de la mâchoire s'ajoutant à une certaine disproportion des dents. Bosch sait que son corps ne montrait aucune proportion désagréable : Hendrickje le révélait habituellement sous d'attrayantes robes en dentelle. Elle avait vingt-neuf ans, cinq de moins que l'*inspecteur*[1] Bosch, et elle était riche. Ils s'étaient rencontrés à une fête où une astrologue les avait réunis par leur signe du zodiaque. Au début, elle ne plut pas à Bosch, puis il l'épousa. Le mariage fut une réussite. Hendrickje, grande, svelte, richissime, séduisante, stérile – une maladie diagnostiquée dix mois après la noce –, majestueuse et positive – « pense positif, Lothar », lui disait-elle –, jouissait du privilège d'avoir plusieurs amants. Bosch, têtu, sérieux, solitaire, taciturne et conservateur, n'avait qu'Hendrickje, mais considérait que, cette simple raison, le simple fait de l'aimer, ne lui permettait pas de la retenir contre sa volonté comme tant de délinquants qu'il détestait. Respecter la volonté de son prochain faisait partie de l'idéal de liberté que le jeune *inspecteur*[2] avait respiré à Amsterdam au cours de son inquiétante adolescence, quand il vivait en squatter dans un bâtiment du Spui. Ce fut presque pervers de la

1. En français dans le texte. *(N.d.T.)*
2. En français dans le texte. *(N.d.T.)*

part du même Lothar qui jetait des pierres sur les policiers anti-émeutes depuis la statue du Gamin[1] d'entrer dans la police municipale des années plus tard. Les rares fois où il se demande encore pourquoi il a pris cette décision, il croit trouver la réponse dans le portrait de son père – revenons à lui –, dans ce regard triste de calviniste sceptique. Son père voulait qu'il fasse du droit, lui voulait être utile à la société, son père voulait qu'il gagne de l'argent, lui ne voulait pas travailler avec son père. Pourquoi ne pas devenir policier ? Une décision logique. Une façon d'« obtenir le meilleur possible avec les éléments disponibles ». Hendrickje aimait assez qu'il fût policier. Cela assurait une certaine sécurité, une certaine « stabilité » à la façade matrimoniale. Les disputes étaient sporadiques, comme les instants d'amour, et, en ce sens, leur mariage fut un modèle d'équilibre. Mais par une brumeuse matinée de novembre 1992, tout s'acheva soudain : Hendrickje revenait d'Utrecht en voiture quand elle fut guillotinée par le châssis d'un camion. Sa cervelle vola en morceaux sous l'impact, et avec elle sa belle tête blonde chevaline aux cheveux courts, celle que l'on observe sur la photo, mais aussi son cou gracile et une partie du torse. Elle était allée à Utrecht voir un de ses amants. Bosch reçut la nouvelle au moment où il interrogeait un prévenu soupçonné d'être un *serial killer*. Il fut paralysé, mais décida de poursuivre l'interrogatoire. Le suspect se révéla finalement terriblement innocent. Et un après-midi de mars, quatre mois après cette tragédie, un fait surnaturel eut lieu au domicile de l'*inspecteur*[2] veuf et solitaire. On sonna à la porte et, en l'ouvrant, Bosch se trouva devant une jeune fille blonde qui dit s'appeler Emma

1. Statue qui devint un symbole de résistance au cours des affrontements entre les squatters et la police dans les années 1970. *(N.d.T.)*
2. En français dans le texte. *(N.d.T.)*

Thorderberg. Elle portait un blouson et un jean et avait un sac à l'épaule. Elle lui expliqua les raisons de sa visite et Bosch, étonné, la laissa entrer. La jeune fille se rendit dans la salle de bains, et une heure plus tard Hendrickje en sortit en robe de dentelle, fit plusieurs pas longs et parcimonieux de ses jambes nues et brillantes de nouvelle ressuscitée et se plaça debout dans le séjour sans regarder Lothar, bouche bée. Le portrait était de Jan Carlsen. Comme tout artiste, Carlsen s'était réservé le droit de modifier l'original, et avait raccourci la robe et accentué le décolleté afin de parvenir à une image plus tentatrice. Pour le reste, la cérublastine assimilait les deux silhouettes : c'était comme si Hendrickje avait été vivante.

Puis il apprit de qui venait ce cadeau-surprise.

« C'est Hannah qui en a eu l'idée, lui expliqua son frère Roland par téléphone. Nous ne savions pas si ça te plairait, Lothar. Mais si tu n'es pas satisfait, tu nous la renvoies. Carlsen nous a assurés que nous pourrions la revendre. »

Au début, Bosch pensa se défaire du portrait. Il se sentait si ému en sa présence qu'il décida de manger dans une autre pièce pour ne pas le voir. Il ignorait si ce sentiment était dû au fait qu'Hendrickje était morte, ou qu'il ne voulait pas se souvenir d'elle, ou à savoir quelle autre obscure raison. En bon policier, il commença à écarter l'improbable. S'il admettait les photos et les souvenirs de son épouse, pourquoi ne supportait-il pas *cela* ? Les deux premières possibilités étaient donc annulées. La conclusion à laquelle il parvint fut étrange : ce qui le faisait frissonner dans le portrait n'avait rien à voir avec Hendrickje, mais avec Emma Thorderberg. Ce qui l'impressionnait le plus était d'ignorer qui se cachait derrière le masque. Pour se libérer de cette fascinante horreur, il décida d'aborder la toile. Un soir, au moment où elle partait – le contrat stipulait six heures par jour d'exposition chez lui –, il la retint par des questions banales sur sa profession. Ils prirent un verre et Emma se révéla loquace et impétueuse, beaucoup moins cultivée qu'Hendrickje, avec moins de personnalité, plus belle, beaucoup plus solidaire, moins égoïste. Bosch constata qu'Emma n'était pas Hendrickje et ne pourrait jamais l'être, mais qu'elle avait également une grande valeur par elle-même. Une fois qu'il eut appris cela – qu'Hendrickje était en réalité Emma Thorderberg déguisée –, le portrait se transforma en une farce de carnaval. Cela ne l'inquiétait plus de le regarder, de manger ou de lire à côté de lui. Et, dès cet instant, il décida de le rendre. Après un bref accord financier avec Carlsen, ils réussirent à l'adjuger à un collectionneur que son frère traitait pour une affection du larynx. Ils en retirèrent même un certain bénéfice. Maintenant Hendrickje vit avec un autre. Le seul regret de Bosch est qu'Emma soit partie également. Parce que ce n'est pas l'art qui compte, mais les personnes, pense Bosch.

Avoir connu Emma Thorderberg lui fit accepter l'offre de Jacob Stein quelques années plus tard, lorsque celui l'appela pour faire de lui le responsable de la sécurité de la Fondation. Bosch se console en pensant que ce ne fut pas la tentation de la substantielle augmentation de salaire qui le poussa à quitter la police – pas *seulement* ça, du moins. Protéger des œuvres d'art revenait pour Bosch à protéger des *personnes*. Les choses, en fin de compte, comme dirait Hendrickje, finissent par atteindre un équilibre.

La troisième photo est un instantané dédicacé de sa jolie filleule Danielle, la fille de son frère Roland. Roland Bosch, de cinq ans plus jeune que Lothar, avait fait des études de médecine et s'était spécialisé dans l'oto-rhino-laryngologie. Il possédait un excellent cabinet privé à La Haye, mais il appartenait à cette sorte de gens qui ne sont heureux que lorsqu'ils font quelque chose d'inhabituel : sports à risque, investissements soudains en bourse, achats et ventes surprenants, ce genre de choses. Au moment de chercher une fiancée, il choisit une très belle et célèbre actrice de la télévision allemande qu'il avait connue à Berlin. Il surmonta avec succès la tare de laideur des Bosch et se vantait d'avoir obtenu que sa fille unique hérite le physique de sa mère. Danielle Bosch était belle, effectivement, mais c'était aussi une fillette de dix ans, et Bosch pensait qu'elle n'avait pas mérité une famille comme la sienne. Roland et Hannah l'avaient éduquée avec un miroir magique qui lui rendait quotidiennement hommage. L'année précédente, ils avaient voulu que leur petite divinité fasse du cinéma. Ils la conduisirent à plusieurs castings, mais Danielle jouait assez mal et avait la voix un peu trop grave. Elle fut rejetée, au grand dam de ses parents et pour le bonheur de son oncle Lothar. Mais les choses avaient pris un tour nouveau et insoupçonné deux mois plus tôt seulement : Roland s'était proposé d'éduquer sérieusement Danielle et l'avait inscrite comme interne dans un collège privé de La Haye. Bosch était surpris par la nouvelle, mais en même temps il se faisait du souci pour Danielle. Il voulait savoir comment allait la fillette dans cette ambiance si éloignée de l'inutile complaisance de ses parents. Il aimait Danielle d'une folie qui ne s'expliquait que chez un quinquagénaire veuf et sans enfants, non pas la Danielle qu'élevaient Roland et Hannah, mais la fillette qui partageait parfois sourires et pensées avec lui. Hendrickje n'avait pu connaître Danielle, mais Bosch était sûr qu'elles se seraient très bien entendues. En fait, Hendrickje et Roland s'entendaient bien.

Selon Lothar Bosch, le monde se divise en deux sortes d'êtres : ceux qui savent vivre et ceux qui *protègent* ceux qui savent vivre. Des gens tels qu'Hendrickje ou son frère Roland appartiennent à la première catégorie ; Bosch à la dernière.

Il observe maintenant fixement le portrait de Danielle, tandis que Nikki Hartel entre dans son bureau.

— Je crois que nous tenons quelque chose, Lothar.

Le bureau d'April Wood est situé au septième étage du Nouvel Atelier et regorge de tableaux. Ils sont nus ou presque nus, couleur chair. Aucun artifice, aucune couleur fascinante, aucune complexité. Wood aime l'art abstrait corporel, où les figures apparaissent comme de simples anatomies vierges dans des tons uniformes, toujours caucasiennes, presque toutes féminines, avec une taille de ballerines ou d'acrobates. Elles coûtent beaucoup d'argent, mais elle en a. Et la Fondation lui permet de décorer son bureau à sa guise. À côté de la porte est exposé un Jonathan Bergmann intitulé *Culte du corps* que Bosch aime particulièrement, peut-être en raison de sa belle position de ballet. Debout, au fond, les jambes écartées et les mains à la taille, se tient un Alec Storck peint avec des produits bronzants et des filtres solaires de divers indices de protection. Il y a également trois originaux de Morris Bird : une fille en bleu lunaire qui fait le poirier devant la fenêtre, un garçon qui se tient en équilibre sur une jambe près de la table – dont les fesses jaunes frôlent le câble du téléphone – et une fille ocre et fuchsia accroupie sur le sol en position de grenouille sur le point de sauter.

Si habitué qu'il fût, cela faisait toujours une certaine impression à Bosch d'entrer dans ce bureau.

— Oui ?

— April, il y a de bonnes nouvelles.

Elle était là, debout, se promenant les mains dans le dos, vêtue d'une pièce tubulaire gris argent. (« Jeanne d'Arc en armure », pensa-t-il.) Elle était comme une reine au milieu de statues dénudées. Son visage reflétait la préoccupation.

— Allons dans le salon, dit-elle.

Le salon communiquait avec le bureau par un bref couloir aux murs recouverts de miroirs. Il s'agissait d'une petite pièce sans fenêtre et sans décoration humaine. Wood ferma la porte pour que les tableaux ne puissent pas les entendre et offrit un siège à Bosch ; elle occupa l'autre. Bosch lui remit les documents que Nikki lui avait apportés. Ils contenaient plusieurs impressions au laser sur papier photo.

— Regarde cette femme blonde. Elle a été filmée à trois reprises par la caméra installée à l'entrée du Museumsquartier de Vienne au cours du mois de mai. Maintenant, observe cet homme. Filmé quatre fois par les mêmes caméras et des jours différents de celui de la fille. Et le plus incroyable. Il lui montra un troisième papier avec une caricature informatique. L'analyse morphométrique des visages offre des données très similaires. Avec une probabilité de quatre-vingts pour cent, il s'agit de la même personne.

— Et à Munich ?

— Voici les résultats. Trois visites pour elle, deux pour lui, en alternance, pendant la deuxième quinzaine de mai.

— Parfait. Nous le tenons. Il a eu le temps suffisant pour rentrer à Vienne et se transformer en la fille sans papiers. Mais ce serait plus que parfait si nous pouvions le comparer à un faux Díaz ou à un faux Weiss…

— Surprise.

Bosch lui remit l'autre papier. En se penchant vers Wood, il apprécia la pâleur de son visage assombri par la frange. « Elle se maquille comme un ancien pharaon, mon Dieu, comme si elle avait peur que quelqu'un ne la contemple au naturel. » Il était également certain que depuis qu'ils étaient rentrés de Munich il la trouvait différente. Il supposait que le travail lui faisait perdre de son éclat mais se demandait s'il lui arrivait autre chose. Il tendit un index tremblant vers la photo : c'étaient deux hommes, l'un de dos et l'autre de face. Celui qui était de face avait un physique athlétique, portait les cheveux longs et des lunettes de soleil.

— L'image a été enregistrée par la caméra de l'hôtel *Wunderbar*. Il s'agit du moment où le faux Weiss est arrivé à l'hôtel mardi après-midi pour l'œuvre de Gigli. L'homme de dos est l'un de nos agents et il est en train de vérifier ses papiers d'identité. Nous avons immédiatement décrypté l'image. Les analyses morphométriques coïncident à quatre-vingt-dix pour cent avec celles de l'homme de Vienne et de Munich et à quatre-vingt-quinze pour cent avec la femme. La probabilité de faux est de quatorze pour cent. Il s'agit de la même personne, April, nous en sommes quasiment sûrs.

— C'est incroyable.

— April, excuse-moi, que se passe-t-il ?

Bosch s'était alarmé de la voir soudain rester absorbée, le regard perdu sur un point fixe du mur.

— On m'a appelée de Londres, dit Wood. L'état de mon père a empiré.

— Oh, je suis désolé. C'est à ce point ?

— À ce point.

Les conversations sur la vie intime d'April Wood se bornaient à des monosyllabes ou à des bisyllabes murmurés avec concision et à de longs silences intermédiaires. « Bien », « mal », « meilleur » et « pire » étaient les options préférées. Pour cette raison, Bosch connaissait à peine autre chose d'elle que les rumeurs. Il savait que son père l'avait marquée significativement d'une façon sur laquelle il n'osait faire de conjectures et qu'il se trouvait maintenant, malade, dans un hôpital privé de Londres. Il savait que Wood était célibataire depuis toujours et que les commentaires sur son éventuel lesbianisme étaient fréquents. Mais Gerhard Weyleb, le précédent chef de la sécurité, lui avait révélé la relation tourmentée de Wood avec un des critiques d'art les plus importants et les plus influents d'Europe, Hirum Oslo. Bosch admettait n'avoir connu Oslo que superficiellement, mais ne pouvait imaginer quel attrait une femme telle qu'April avait trouvé à cet individu maigre, perclus et sans défense.

Wood était un mystère aussi passionnant que le fond inexploré de la mer. Quand on la lui présenta, elle fit très mauvaise impression à Bosch.

À la lumière de ce qui s'était passé avec Hendrickje, il supposa qu'il finirait par tomber amoureux d'elle.

— Je suis désolé, April, vraiment, dit-il.

Elle acquiesça d'un geste de la tête et changea tout de suite de ton.

— Un travail magnifique, Lothar.

— Merci.

Wood était avare d'éloges, et ces mots lui firent du bien. Il ne pensait cependant pas les mériter personnellement. C'était son équipe qui avait tout fait : la grande Nikki et les autres. Ils s'étaient plongés dans leur travail dès que Wood avait suggéré la possibilité de chercher des morphométries similaires parmi les images de visiteurs des expositions de Vienne et de Munich. « Il est probable qu'il soit venu explorer les lieux avant d'agir, avait-elle dit, et il est plus que certain qu'il l'a fait sous un déguisement. » Les ordinateurs de l'atelier du deuxième sous-sol n'avaient cessé leur fébrile activité depuis le mercredi. Bosch avait reçu les résultats ce matin, vendredi 30 juin, à son retour de Munich. Il se sentait satisfait de son équipe et il était content qu'elle le reconnaisse.

— Je vais t'avouer quelque chose, dit Wood. La principale question que je me posais était de savoir s'il s'agissait de *plusieurs* personnes ou d'une seule. Dans le premier cas, nous serions devant une organisation bien structurée avec des types entraînés pour effectuer de petites séances. La seconde possibilité penche plutôt pour un *spécialiste*, ce qui est plus duraille, parce que nous ne pouvons espérer capturer le petit poisson et tirer sur la ligne pour arriver au grand. Notre pêche devra être d'envergure. C'est un requin, Lothar. Avons-nous une comparaison entre les portraits informatiques de la fille sans papiers et de la marchande d'art ?

— À la dernière page.

Wood passa à la dernière page. Sur la gauche, il y avait un agrandissement de la jeune fille de Vienne et de Munich ; au-dessous, le visage du faux Weiss ; en haut, au centre, l'homme de Vienne et de Munich ; en bas, une photo d'Óscar Díaz ; à droite, les portraits informatiques de la fille sans papiers et de la fille appelée Brenda obtenus grâce aux déclarations du barman de Vienne et de Sieglinde Albrecht. C'étaient six personnes différentes : il semblait incroyable qu'une seule ait pu les jouer toutes. Bosch devinait les pensées de Wood.

— Que crois-tu ? demanda-t-il. Il s'agit d'un homme, ou d'une femme ?

— Svelte, répondit Wood. Je ne suis pas sûre du sexe, mais il est svelte. Comme femme, il se montre presque nu. Comme homme, il porte toujours un costume et se couvre jusqu'au cou. Mais la céru ne peut *enlever*, juste *ajouter*. Observe ces jambes. Ce sont celles de la fille appelée Brenda. Si c'est un homme, il s'agit d'un jeune homme très svelte, avec une apparence assez féminine, épilé. Díaz et Weiss avaient des constitutions semblables, et il les a probablement imités avec un moule sur les épaules et un autre sur les cuisses. Pour la bedaine du type à moustache, il a utilisé quelque chose de plus simple ; un accessoire de théâtre, peut-être. On n'a retrouvé d'empreintes digitales dans aucun des cas, pas même sur le volant de la fourgonnette de *Défloration*, par exemple. Cela laisse supposer qu'il a utilisé des moules en céru pour les mains, ce qui explique également qu'il ait déchiré en lambeaux les vêtements de *Défloration*, tu te rappelles ? Les mains de Díaz étaient grandes. Si le type les a utilisées comme moule pour se faire des mains en cérublastine, il a dû avoir l'impression de porter des gants de jardinage. Il n'a pas pu travailler avec finesse. Il lui aurait même été difficile de déboutonner sa propre veste. L'Artiste a des mains très fines, Lothar.

Bosch bougeait la tête en regardant les photos.

— Il semble incroyable qu'il s'agisse d'une seule personne, dit-il.

— Moi, ça ne me surprend pas tellement, répliqua Mlle Wood. J'ai vu, surveillé et acheté certaines œuvres transgénériques qui, je le crains, mettraient à bas toutes tes convictions sur l'identité et le genre. Nous vivons dans un monde confus, Lothar. Un monde qui s'est transformé en art, en simple plaisir de dissimuler, de feindre ce que l'on n'est pas ou qui n'existe pas. Peut-être n'avons-nous jamais été ainsi, peut-être cela a-t-il surgi malgré notre véritable nature. Ou peut-être *étions-nous ainsi* depuis le début, notre *véritable* nature était le déguisement et, maintenant, nous sommes enfin parvenus à adapter les choses à notre mesure.

Il y eut une pause. Bosch avait été surpris par ce discours philosophique inhabituel dans la bouche de la femme la plus pratique qu'il eût connue. Il se demanda jusqu'à quel point elle était affectée par la maladie de son père.

— Je ne partage pas cette opinion, dit Bosch. Nous sommes un peu plus que cette simple apparence. J'en suis convaincu.

— Pas moi, répliqua Wood d'une voix étrangement brisée.

Ils se regardèrent dans les yeux un instant. Pour Lothar Bosch, ce fut un moment douloureux. Elle était si belle que cela le faisait presque pleurer. La regarder était un plaisir douloureux. Jeune, il avait fumé de la marijuana et connu la même réaction les nuits où il se permettait certains excès : un léger bonheur qui glissait sur une pente sombre et huilée jusqu'à une légère tristesse. D'une certaine façon, ses plaisirs avaient toujours laissé sur leur passage une vallée de larmes.

— Quoi qu'il en soit, L'Artiste est de *l'art*, dit-elle après un silence.

— Que veux-tu dire ?

— Jusqu'à présent, nous avions pensé qu'il s'agissait d'un expert, mais nous pourrions aller plus loin. Tu l'as dit toi-même : c'est « incroyable ». Un simple expert en céru saurait *utiliser* la céru, mais rien de plus. Ce serait comme une décoration : l'artisan la déguise, point barre. Maintenant, quelle différence y a-t-il entre une décoration et une œuvre d'art ? Eh bien l'œuvre d'art se *transforme*. Les portraits sont des œuvres d'art parce qu'ils savent se transformer en l'individu qu'ils représentent.

— Une toile… murmura Bosch.

— Exact. L'Artiste pourrait être une ancienne toile experte en cérublastine. Sur son CV doivent certainement figurer plusieurs portraits.

— Une toile qui détesterait Van Tysch… Une toile qui déteste le peintre. C'est vraisemblable.

— Comme hypothèse de travail, ça peut fonctionner. Avons-nous des listes morphométriques de *toutes* les toiles du monde ? Non seulement celles qui sont en activité, mais également celles qui ont été retirées.

— Nous pourrions l'obtenir par Internet. Je vais en parler à Nikki. Mais faire des recherches sur la morphométrie de *tous* les modèles va nous prendre des mois, April. Nous devons baliser le terrain.

Soudain, l'atmosphère avait changé. Bosch se sentait maintenant énergique, actif, raisonnant en même temps que Wood. Ils se penchaient tous deux en avant pour contempler les photos tout en parlant.

— Nous ne pourrons pas certifier le sexe...

— Non, mais leur expérience professionnelle, si : utilisation de cérublastine, par exemple. Cela doit dépasser celle d'une simple décoration, mais aussi celle d'une œuvre d'art marginale. Il se peut qu'il ait fait de l'hypertragédie et des art-shocks, mais il doit surtout avoir fait beaucoup d'art transgénérique. C'est un véritable spécialiste en transgénérisme.

— Je suis d'accord, admit Bosch.

— Et nous pourrions penser qu'il a travaillé pour la Fondation ou été en contact avec elle d'une certaine façon, en tant qu'esquisse, modèle pour schémas, original, ce que tu voudras... Combien crois-tu qu'il nous en resterait, après ce passage au crible ?

— Plusieurs dizaines.

Wood soupira.

— Limitons l'âge à... Elle réfléchit un instant et agita la tête. Bon, procédons selon des critères logiques. Par exemple, écartons les enfants et les vieillards. Il peut s'agir d'un adolescent ou d'un jeune adulte. Nous avons leurs données morphométriques approximatives, cela nous aidera. Parles-en à Nikki. Qu'elle cherche un modèle qui a travaillé avec nous, jeune, de n'importe quel sexe, avec de l'expérience en céru et transgénérisme et dont les données morphométriques correspondent. Une fois obtenue la liste avec les suspects possibles, il faudra chercher où ils se trouvent actuellement et écarter ceux qui ont un bon alibi. Nous avons besoin des résultats pour le milieu de la semaine prochaine.

— Nous allons essayer. Bosch se sentait euphorique. C'est fabuleux, April... Nous allons devancer même ce système sophistiqué de Rip Van Winkle ! Et il se peut que ce soit nous qui l'attrapions. J'aimerais voir la tête que fera Benoît à ce moment-là...

Mlle Wood le regardait fixement. Après une pause, elle dit :

— Il y a un petit problème, Lothar. Après la réunion avec les gens de Rip Van Winkle hier à Munich, j'ai accompagné Stein à l'aéroport, tu te rappelles ?

— Oui, mais je ne sais pas encore ce que tu lui as dit.

— J'ai gaffé, peut-être. Je lui ai dit des choses que je n'aurais pas dû lui dire. Je ne peux faire confiance à personne. À personne, à part au maître. Mais le maître est inaccessible.

— C'est pour cela que tu ne me les as pas dites à moi ? Parce que tu n'as pas confiance ?

Bosch avait posé la question avec une délicatesse absolue. Rien dans son ton de voix ni dans son expression ne donnait à penser qu'il se sentît offensé.

Wood ne répondit pas. Elle avait le regard rivé au sol. Bosch commença à se sentir inquiet.

— C'est très grave ? risqua-t-il.

Lentement, presque douloureusement, Wood lui rapporta l'histoire de Marthe Schimmel et du garçon blond platine. Bosch l'écoutait, livide.

— Ce fils de pute joue *avec un avantage*, dit Wood. Quelqu'un lui fournit les informations de *l'intérieur*. Quelqu'un l'aide ! Cela fait deux nuits que je n'en dors pas… Il occupe un poste important : il dispose de codes, connaît à l'avance nos mesures de sécurité… Cela peut être… Qui ?… Paul Benoît. C'est peut-être Paul Benoît. Ou Jacob Stein, bien que j'aie du mal à croire que ce soit Stein, aussi lui en ai-je parlé hier. Stein n'abîmerait jamais une œuvre du maître, j'en suis sûre : il l'admire comme moi, voire plus… Malgré tout, il a refusé de suspendre l'exposition *Rembrandt*… Il peut s'agir de Kurt Sorensen ou de Gert Warfell… Ou de Thea… Ou de toi, Lothar. Elle fixa son regard bleu sur Lothar. Son visage était une surface crispée et luisante de maquillage. Ou de *moi*. Je sais que ce n'est pas moi, mais j'aimerais que *tu* penses que ça *peut être moi*.

— April…

Il n'avait jamais vu Mlle Wood aussi altérée. Elle s'était levée et tremblait presque. Elle semblait sur le point de se mettre à pleurer.

— Je n'ai pas l'habitude de travailler comme ça… Je ne supporte pas d'échouer et *je sais que je vais échouer*…

— April, s'il te plaît, calme-toi…

Bosch se leva, étourdi. Il souhaitait la prendre dans ses bras et, bien qu'il ne l'eût jamais fait et n'eût même pas osé essayer, il s'approcha d'elle et le fit. Il sentit qu'il entourait une structure si fragile et éphémère qu'il prit presque peur. Maintenant qu'il se trouvait avec elle, maintenant qu'il la *remarquait*, April lui apparaissait comme une statuette en argent, une chose ténue et frémissante debout au bord d'une table et sur le point d'être renversée. Une telle pensée lui fit perdre toutes ses réserves et il la serra plus fort, joignit ses mains dans le dos de Wood et l'attira fermement vers lui. Elle ne pleurait pas, ne faisait que trembler. Elle appuyait le menton sur son épaule et tremblait. Bosch, incapable de parler, continuait à la tenir dans ses bras.

Soudain tout s'acheva. Des mains l'écartèrent doucement mais sans hésitation. Wood lui tourna le dos. Quand il revit son visage, Bosch reconnut immédiatement la directrice de la sécurité. Si elle s'était rendu compte de quelque chose, si elle s'était aperçue de son affection, elle semblait n'accorder aucune importance à la question.

— Merci, je me sens déjà mieux, Lothar. Le problème est... La question est... L'un d'entre nous semble vouloir détruire certaines œuvres du maître, cela me paraît clair. Le motif ne nous intéresse pas pour l'instant. Peut-être le déteste-t-il. Ou bien on le paie pour collaborer. Ses antennes continueront à renseigner L'Artiste, ses foutues antennes continueront à lui envoyer des renseignements, et L'Artiste élaborera son plan, ou le modifiera – parce que je suis sûre qu'il a *déjà* un plan –, en accord avec nos décisions... De sorte que je ne crois pas que nous puissions l'attraper. Notre unique possibilité consiste à le *devancer*. À savoir quel sera son prochain objectif et à lui tendre un piège *pour notre compte*.

Elle fit une pause. Elle avait retrouvé sa rigidité habituelle. Elle fronçait les sourcils tout en parlant.

— L'Artiste va tenter de détruire l'un des tableaux de *Rembrandt* ; nous partirons de cette hypothèse. Mais lequel ? Il y a treize œuvres. Elles seront exposées dans un tunnel de cinq cents mètres de long construit avec des rideaux au Museumplein. L'intérieur du tunnel sera plongé dans l'obscurité, à l'exception de la lumière émanant des tableaux eux-mêmes. Nous ne pourrons même pas utiliser d'infrarouges pour les surveiller. Treize tableaux hyperdramatiques basés sur autant d'œuvres de Rembrandt : *La Leçon d'anatomie, La Ronde de nuit, La Descente de croix,La Fiancée juive*... Une exposition étonnante mais également risquée. Si nous parvenions à savoir à l'avance laquelle il va choisir, nous pourrions lui tendre un piège. Mais comment le savoir ? Certains tableaux ne sont même pas achevés. En fait, les assistants de l'art continuent à esquisser des figures dans les propriétés. Comment savoir quel tableau L'Artiste va choisir cette fois, puisqu'ils ne sont même pas finis ?

Bosch décida de se montrer rassurant.

— Je ne me fais pas de souci pour l'exposition *Rembrandt*, April : c'est pratiquement une armée entière qui va surveiller chaque tableau à l'intérieur et à l'extérieur du tunnel, en plus de la police régionale et de la KLPD. Et à l'hôtel, il y aura plusieurs agents de la sécurité qui monteront la garde à l'intérieur des salles. Les tableaux ne seront pas seuls une seconde. Nous contrôlerons en permanence l'identité de nos hommes avec l'analyse des empreintes digitales et de la voix. Et ce seront de nouveaux agents qui viendront au dernier moment. Qu'est-ce qui peut échouer ?

Wood le regardait fixement. Elle lui demanda alors :

— As-tu déjà reçu la liste des modèles originaux qui vont faire les œuvres ?

— On ne me l'a pas encore fait parvenir. Je sais que Kirsten Kirstenman et Gustavo Onfretti interviennent, mais... Il vit que le visage de Wood restait soucieux. Il se désespéra puis tenta de la réconforter. April, *il ne se passera rien*, tu verras. Ce n'est pas du simple optimisme, c'est quelque chose de logique. Nous allons réussir à préserver la collection *Rembrandt*, je suis...

Wood l'interrompit.

— Tu connais parfaitement l'un des modèles, Lothar. Elle fit une pause. Bosch la regardait, déconcerté.

— Ta nièce Danielle sera un tableau.

Les bras qui s'élancèrent vers elle dans l'obscurité semblaient être un dessin de la nuit.

Elle poussa un cri et tenta de rouler sur le matelas tandis que son cerveau se liquéfiait dans un océan d'horreur. Quelque chose lui saisit les poignets, une charge rude et lourde s'abattit sur son ventre. Elle resta sur le dos, se débattant et criant. Une araignée contrôlée par une intelligence supérieure lui palpa la bouche dépourvue de lèvres, sa bouche dont les lèvres avaient été estompées, et s'aplatit contre elle. C'était une main. Elle ne put crier. Une autre main appuyait sur son poignet droit. Elle se débattit pour prendre une bouffée d'air. Le bâillon ne lui bouchait pas le nez, mais elle avait besoin d'*avaler* de l'oxygène. Sa poitrine s'écrasait contre un morceau de tissu. Deux petits miroirs flottaient à quelques centimètres de distance de ses yeux : elle les vit parfaitement, malgré l'obscurité, et il lui sembla qu'elle pouvait y apercevoir son propre visage bâillonné.

— Tais-toi… Tranquille… Tranquille…

Maintenant, enfin, elle savait qui c'était – cette voix, ces bras, il ne pouvait y avoir deux personnes semblables – et elle parvenait à *deviner* ce qui lui arrivait. Mais l'impact précédent avait été trop fort et elle n'était pas préparée. Elle savait qu'ils avaient besoin qu'elle *ne soit pas* préparée. Malgré cela, elle voulait l'être. Si elle se trouvait sur le point de franchir la dernière limite, elle avait besoin de rassembler ses forces. Elle se débattit. Une main lui saisit les cheveux.

— Je vais te dire... Je vais te dire... ce qui arrivera... si tu ne me fais pas plaisir... tu... Si tu ne me fais pas plaisir...

Chaque phrase déversée dans son oreille était suivie d'une violente secousse aux cheveux. Uhl lui faisait voir trente-six chandelles. Mais il avait commis une erreur : il l'avait laissée récupérer trop longtemps. Clara redevenait maîtresse de son corps et de ses émotions. Elle était encore très faible, mais elle pouvait répondre. Elle appuya les talons au sol et projeta les hanches vers le haut dans un geste qui déconcerta Uhl. Elle attendait une réponse plus violente, qui ne tarda pas. Elle reçut une gifle. Pas très forte, mais elle en fut étourdie.

— Ne recommence pas à... Qu'est-ce que tu veux faire, hein, qu'est...

Elle resta immobile, hors d'haleine, pensant à ce qu'elle allait faire. Elle savait que si elle s'abandonnait, tout se détendrait. Elle en était *entièrement sûre*. Mais elle ne voulait pas le faire. Si elle se lançait, si elle affrontait l'activité d'Uhl, celui-ci augmenterait l'obscurité du coup de pinceau. Si elle continuait à se refuser, la tension dépasserait les limites et il se produirait le « saut dans le vide ». Elle n'avait jamais « sauté dans le vide » avec aucun peintre, c'était une technique trop dangereuse. On pouvait arriver à n'importe quel extrême, elle serait abîmée, peut-être gravement. Les dégâts pouvaient être irréparables. Bien qu'elle ne travaille pas sur un art-schock, il était évident que l'esquisse était très forte – *le plus dur et le plus risqué*. Elle avait très peur, elle ne voulait pas souffrir, elle ne voulait pas mourir, mais elle *ne souhaitait pas* interrompre le processus. Il ne restait aucun doute, ils étaient en train de la peindre et elle ne voulait pas les freiner. Elle se livrait à eux comme elle s'était livrée à Vicky, à Brentano, à Hobber, à Gurnish.

Sans lui lâcher les cheveux, Uhl s'écarta d'elle comme s'il avait voulu montrer son visage prisonnier à quelqu'un. Un éclair de lampe l'aveuglait.

— Faire plaisir, hein ?... Tu vas être gentille ?... Tu vas faire plaisir ?...

Elle répondit en projetant un genou en direction des ombres. Son agresseur se jeta alors sur elle avec une fureur redoublée. Elle se débattit à nouveau en opposant de la résistance. Elle était terrorisée, et *précisément pour cette raison*, précisément pour cette raison, elle souhaitait continuer. Elle tremblait, haletait, attendait qu'il se passe une chose horrible, *était sûre* qu'il allait se passer une chose *horrible*, était sûre que la main noire de l'art allait enfin la conduire vers cette obscurité souveraine sans retour, sans possibilité de salut. Elle souhaitait qu'Uhl la peigne dans des tons plus intenses et plus sombres : des tons *hollandais*. Elle se retourna comme une chatte, ouvrit la bouche pour tenter de mordre. Elle attendit une deuxième forte gifle et se prépara à la recevoir.

Au lieu de ça, tout s'arrêta. Elle entendit des cris. Uhl la lâcha. Elle resta seule, allongée sur le dos sur le matelas. Elle avait du mal à le croire. Elle reconnut l'élan juvénile de la voix de Gerardo. Les lumières s'allumèrent et la firent battre des paupières.

Dans la cuisine, le calme était prodigieux. Uhl avait préparé du café pour Gerardo et Clara et du succédané de café pour lui. Il expliqua, dans son espagnol maladroit, que la tension était haute. En tenant compte de ce qui venait de se passer dans la chambre une demi-heure plus tôt, son commentaire avait l'air d'une plaisanterie, mais personne ne rit.

— Sucre ? demanda Uhl.

— Non, merci, dit Clara.

Ils haletaient encore après le violent exercice de peinture. Clara présentait quelques contusions de faible importance qui n'étaient même pas douloureuses. Elle avait passé le peignoir. Quand Uhl quitta la cuisine, Gerardo et Clara restèrent un instant en silence, buvant du café. Le matin changeait de couleur à la fenêtre. Les oiseaux avaient commencé leur conversation limpide sur un fond lointain de bruits de véhicules. Soudain, Gerardo la regarda. Il avait les yeux rouges comme s'il avait pleuré. Sa barbichette de mousquetaire et sa fine moustache semblaient en accord avec l'aspect général de découragement qui affleurait à son visage, et se montraient plus mal taillées que d'habitude. Mais quand il parla un moment plus tard, il le fit sur le ton jovial et ferme de toujours.

— J'ai tout foiré, petite. Mais je te jure que je ne pouvais pas continuer. Simplement, je ne pouvais pas. Je m'en fous, qu'on me vire, tu comprends ? Le maître va me sortir, mais je m'en fous. J'en ai marre.

Il la regarda et sourit. Clara resta cruellement silencieuse.

— Tu ne vas pas bien, petite. Tu ne vas pas bien du tout. Pourquoi n'as-tu pas cédé ? Ne savais-tu pas que la seule façon de foncer le ton était de céder ? Nous aurions cessé de te peindre, si tu avais cédé…

Il y eut un silence.

— Allons faire un tour, dit Gerardo en se levant.

— Non, je n'y vais pas.

— Allez, on y va, ne sois pas…

— Non.

— S'il te plaît.

Le ton suppliant fit qu'elle le regarda.

— J'ai quelque chose d'important à te dire, fit-il.

Il était tôt et une brise froide soufflait du nord en agitant feuilles, arbres et herbes, nuages et poussière, les angles des vêtements, le bord inférieur de son peignoir, la frange de ses cheveux apprêtés. Les moulins n'étaient que des ombres fantomatiques au loin. Gerardo marchait à côté d'elle, les mains dans les poches. Ils passaient devant les palissades et les maisons, et Clara se demandait quels autres tableaux il pouvait y avoir à l'intérieur de chacun et qui les peignait. Sur sa gauche, le petit bois. Il sentait les fleurs et l'herbe coupée. Les oiseaux commençaient leur particulière aube sonore.

— Il y a des caméras, dit Gerardo. Ce furent ses premières paroles. C'est pour cela que je ne voulais pas parler à l'intérieur. Il y a des caméras cachées dans les angles des murs. On ne les voit pas si on ne fait pas attention. Elles enregistrent tout, même dans l'obscurité. Ensuite, le maître revoit les enregistrements et écarte des postures, des gestes et des techniques. Il tordit la bouche en un sourire las. Il va peut-être m'écarter maintenant.

— Le... maître ?

Elle ne voulait pas poser la question qui lui importait le plus, mais elle pouvait presque entendre les battements de son cœur tandis qu'elle regardait Gerardo fixement.

— Oui. Qu'importe que ce soit moi qui te le dise... Je suppose que tu le sais depuis le début. C'est le maître en personne, Bruno Van Tysch, qui va te peindre. C'est lui qui t'a engagée. Tu vas être une figure de la collection *Rembrandt*. Félicitations. C'était ce que tu désirais le plus, non ?

Elle ne répondit pas. C'était ce qu'elle désirait le plus, en effet. Et voilà. Elle y était parvenue. Son but, son principal objectif. Mais elle recevait la nouvelle de cette façon, tout en marchant en peignoir au milieu de ce stupide paysage champêtre, de la bouche de ce niais, cet incapable, ce rustaud qu'elle se sentait désormais incapable de haïr.

— Je n'ai jamais vu Van Tysch en personne, dit-elle, pour dire quelque chose.

— Tu l'as vu depuis que tu es arrivée à la maison, sourit Gerardo. L'homme photographié de dos qui se trouve dans le séjour, c'est lui. C'est un type célèbre qui a pris la photo, je crois qu'il s'appelle Sterling…

Clara se concentra pour retracer la silhouette de cet homme de dos entouré d'obscurité qui avait tellement sollicité son attention depuis son arrivée dans la maison, cette silhouette silencieuse et tragique aux cheveux noirs… Comment ne s'en était-elle pas rendu compte auparavant ?

Van Tysch. Le maître. L'ombre.

— C'est le maître qui te donnera les touches finales, petite, expliqua Gerardo. Ça ne te fait pas plaisir, de le savoir ?

— Si, dit-elle.

Le soleil était sorti. Les premiers soupçons rampèrent sous forme d'éclats dorés dans le dos de Clara. Les arbres, les barrières en bois, le chemin et son propre corps furent baignés de lumière et projetèrent des ombres. Gerardo marchait les mains dans les poches, regardant par terre. Il commença à parler comme pour lui.

— Écoute, Justus et moi esquissons depuis quelque temps des figures pour le maître et Stein. Dans *Rembrandt*, par exemple, nous en avons déjà dessiné deux à part toi. Et pour certaines, nous pouvions sauter dans le vide, mais elles freinent toutes à temps. Elles freinent toujours. Uhl et moi, nous pouvions atteindre *l'extrême* avec toi, mais nous attendions que tu freines comme tu l'as fait hier après-midi... Si tu avais à nouveau cédé ce matin, tu aurais arrêté le processus ! Pourquoi n'as-tu pas freiné, putain ?

— Pourquoi n'as-tu pas atteint l'extrême ?

Le ton de Clara était imperturbable. Gerardo la regarda sans répondre.

Soudain, Clara sentit qu'elle ne pouvait dominer sa furie. Elle la déchargea en mots lents, sans le quitter du regard.

— Tout ce que tu as fait depuis le début a été d'essayer de m'abîmer. Hier, pendant la pause, tu m'as dit des choses que tu n'aurais pas dû me dire... Tu m'as révélé une partie de la technique qu'utilisait Uhl !...

— Je le sais ! Je voulais juste t'aider. Je craignais que nous ne te fassions du mal !

— Pourquoi ne t'es-tu pas contenté de me peindre, comme l'a fait Uhl ?

— Uhl joue avec un avantage.

Il lui sembla que, s'il avait réfléchi, Gerardo se serait mordu la langue avant de parler. Son visage était soudain écarlate. Il détourna le regard.

— Je veux dire que je ne suis pas comme lui... Avec Justus, tu ne pourrais jamais... Enfin, ce n'est pas la question... Ce que je voulais te dire, c'est que, avec toi, il peut mieux simuler, se comporter avec davantage de froideur que moi. C'est pour cela qu'il a pris l'initiative dès le début.

Elle le regarda, déconcertée. Elle trouvait incroyable de la part de Gerardo de faire allusion aux tendances de son collègue pour essayer de se disculper de ses propres erreurs.

— Nous avions besoin de créer une sensation de harcèlement constant autour de toi, poursuivit Gerardo. De chantage sexuel, mais aussi de surveillance. Depuis qu'ils t'ont engagée à Madrid, le département de l'art a essayé de faire en sorte que tu te sentes surveillée. Justus et moi nous nous relayions pour aller la nuit dans la propriété et nous pencher à la fenêtre de ta chambre. Nous faisions du bruit pour que tu te réveilles et que tu nous voies. La conservation avait des instructions pour te fournir une autre explication, plus rassurante. Nous disposions ainsi du facteur surprise pour le moment où nous nous déciderions, comme aujourd'hui, à te dessiner d'un trait plus violent. Ensuite, le matin, nous faisions semblant de ne pas nous entendre pour que tu croies que Justus était un type désagréable qui abusait des toiles féminines. En fait, Uhl est quelqu'un de très bien… Tout cela a beaucoup à voir avec l'œuvre que nous peignons avec toi. Elle est de Rembrandt, mais je ne peux pas te dire de laquelle il s'agit…

— C'étaient les instructions du maître, n'est-ce pas ? Clara ne détournait pas ses yeux jaunes, apprêtés sans cils ni sourcils, des yeux de Gerardo. Le « saut dans le vide » de ce matin. Van Tysch voulait réussir une expression avec moi, n'est-ce pas ? Le désespoir et la rage la laissaient à peine parler. Elle s'arrêta pour reprendre sa respiration. Et tu as *bousillé* le dessin. Complètement. Je sortais *enfin* ce matin… J'étais *enfin* presque dessinée, presque à flot, et toi… ! Tu m'as prise, tu m'as froissée, tu as fait de moi une boule de papier et tu m'as *balancée* !

Elle crut qu'elle pleurait, mais elle se rendit compte que ses yeux restaient secs. Le visage de Gerardo s'était transformé en un masque pâle. Tremblant de rage, Clara ajouta :

— Félicitations, mon petit.

Elle fit demi-tour et s'éloigna en direction de la maison. Le vent la frappait maintenant sur le côté opposé. Elle entendit sa voix, de plus en plus lointaine, de plus en plus aiguë.

— Clara !... Clara, viens, s'il te plaît !... Écoute-moi !...

Elle pressa le pas sans regarder en arrière jusqu'à ce qu'elle finisse par ne plus l'entendre. Des nuages polygonaux commençaient à cacher le premier soleil. Uhl se trouvait sur le porche quand elle arriva. Il l'arrêta d'un geste et lui demanda où était Gerardo.

— Il arrive, répondit-elle à contrecœur.

Elle remarqua alors la façon dont Uhl la regardait. Ses yeux, petits et dioptriques dans leur prison de verre, battaient des paupières. Clara s'aperçut qu'il était très nerveux. Le peintre s'exprima dans son espagnol lent.

— *Secrétariat de Van Tysch appeler maintenant... Van Tysch arrive ici.*

Elle avait terriblement froid. Elle se frottait fort les bras mais le froid ne cédait pas. Elle savait que cela n'avait rien à voir avec le fait de ne porter que le léger peignoir qui lui couvrait à peine les cuisses : elle avait été apprêtée avec une couche protectrice de blanc-jaune de base et, comme toute toile professionnelle, était habituée à endurer des températures plus ingrates. Ce froid était intime, directement lié à la nouvelle qu'elle venait de recevoir.

Van Tysch. Son arrivée était attendue d'un moment à l'autre.

Les émotions d'une toile devant la proximité d'un grand maître sont difficiles à expliquer. Clara essayait de penser à une comparaison et ne trouvait rien : un acteur ne se laisserait pas écraser ainsi par l'ombre d'un grand metteur en scène ; jamais un élève ne supporterait ces frissons devant un professeur qu'il admire.

Mon Dieu, elle tremblait. Pour empêcher Uhl de se rendre compte que ses dents s'entrechoquaient, elle entra dans la maison, se rendit dans le séjour, acquérant presque un état de tranquillité.

Là, devant elle, se trouvait la photo de l'homme de dos.

De l'aspect physique de Van Tysch, les gens ne connaissaient que ses images changeantes dans les revues et les reportages. Quant à sa façon d'être, Clara ne savait rien de définitif non plus. Peintres et tableaux parlaient beaucoup de lui, mais ils émettaient en fait des opinions sans aucune base réelle. Elle se rappelait pourtant parfaitement les impressions de ceux qui, *eux*, l'avaient vu. Vicky, par exemple, qui avait assisté à certains de ses cours magistraux, affirmait avoir eu la sensation de se trouver devant un automate, une chose qui n'avait pas de vie propre, un monstre de Frankenstein créé par le monstre lui-même. « Mais son créateur a oublié de lui donner vie », ajoutait-elle. Deux ans auparavant, à Bilbao, elle avait pu rencontrer Gustavo Onfretti, l'une des toiles masculines les plus importantes du monde. Onfretti, qui était exposé au Guggenheim basque dans le *Saint Sébastien* de Ferrucioli, avait été peint par Van Tysch dans une autre œuvre religieuse : le *Saint Étienne*. Elle l'interrogea sur son expérience avec le grand peintre d'Edenburg. Le modèle argentin lui dédia un sourire immense et sombre avant de se contenter de lui dire : « Van Tysch est ton ombre. »

Van Tysch. Le maître. L'ombre. *Il allait venir*.

Elle détourna le regard de la photo et le fixa sur les murs. Elle distingua les bords arrondis aux coins du plafond et supposa que les caméras devaient être camouflées derrière. Elle imagina Van Tysch scrutant l'écran, frappant les touches, jugeant son expression et sa valeur en tant que toile. Elle se reprocha de ne pas avoir envisagé plus tôt l'existence de caméras cachées. De nombreux peintres les utilisaient : Brentano, Hobber, Ferrucioli... Si elle l'avait su, ou soupçonné, elle se serait davantage efforcée de tout donner. Bien que cela ne lui eût guère servi, en fin de compte, après la casse provoquée par Gerardo. Et si Van Tysch venait pour la renvoyer ? Et s'il lui disait – s'il s'adressait à elle et non à ses laquais, parce qu'en fin de compte elle n'était que *le matériel* : « Je regrette, j'ai réfléchi, tu n'es pas celle qu'il me faut pour ce tableau » ?

« Calme-toi. Laisse les choses arriver. »

Gerardo et Uhl étaient entrés dans le séjour et rangeaient les peintures qu'ils mettaient dans des sacs. Clara quitta sa posture d'esquisse et les regarda.

— Vous partez ? demanda-t-elle en anglais. Elle n'aimait pas l'idée de rester seule dans la maison à attendre le grand génie.

— Non, nous ne pouvons pas, nous devons l'attendre, dit Uhl. Nous faisons un peu de ménage pour donner une bonne impression, ajouta-t-il, ce fut du moins ce que Clara put traduire. L'anglais d'Uhl était très rapide. Nous devons l'attendre pour savoir si nous continuons dans la même direction ou non. Il voudra peut-être t'esquisser personnellement. Ou peut-être... À ce moment, il déchargea une rafale de mots qui déroutèrent Clara. Enfin. Nous devons être prêts. Parfois... Il haussa les sourcils et fit un geste des mains en soufflant, comme s'il lui avait indiqué que Van Tysch était imprévisible et qu'il fallait s'attendre au pire. Elle ne comprit pas très bien ce qu'il voulait dire et elle eut peur de creuser la question. Tu comprends ?

— Oui – répondit-elle, mentant en anglais.

— Calme-toi, dit Uhl en espagnol. Tout va bien.

« Il me retourne le mensonge en espagnol », pensa-t-elle.

L'ombre.

Points, lignes, polygones, corps. Et, en dernier lieu, l'ombre qui fait ressortir les contours et confère du volume à la forme définitive.

Quand on attend l'arrivée de quelqu'un que l'on ne connaît pas, on le voit comme une silhouette qui se dresse devant nous. On commence alors à la profiler, à dessiner ses traits, à l'*anticiper*. On est conscient à tout moment que l'on va se tromper, que le personnage réel ne sera pas exactement comme notre silhouette, mais l'on ne peut s'ôter cette dernière de la tête. Elle devient ainsi un fétiche, une représentation simple du sujet, une poupée avec laquelle on peut s'exercer. On se place devant elle et l'on évalue ses éventuelles réactions personnelles. Que dois-je dire ou faire ? Vais-je lui plaire tel que je suis ? Vais-je sourire et me montrer aimable, ou, au contraire, le recevoir avec froideur, en marquant les distances ? Clara avait déjà dessiné sa silhouette de Van Tysch : elle l'imaginait grand et mince, silencieux, le regard intense. Sans savoir pourquoi – peut-être se rappelait-elle les images d'une revue –, elle lui avait ajouté des lunettes, de grands verres qui augmenteraient le diamètre de ses pupilles. Et des défauts, naturellement, parce que la possibilité d'une déception lui faisait peur. Van Tysch serait laid. Van Tysch serait égoïste. Van Tysch serait impoli. Van Tysch serait brutal. Elle découvrit qu'elle pouvait admettre de bon gré ces « défauts », chez un génie tel que lui. Elle tenta donc d'en ajouter d'autres, moins tolérables : un Van Tysch stupide, lourd ou vulgaire. Le dernier, le Van Tysch *vulgaire*, était celui qui lui semblait le plus insupportable. Mais elle eut du mal à l'imaginer. Un Van Tysch qui parlerait et penserait comme Jorge – mon Dieu –, qui la *rassurerait* et qu'elle pourrait *surprendre*. Un Van Tysch mûr à côté duquel, à vingt-quatre ans, elle pourrait se sentir *supérieure*. Ou un Van Tysch comme Gerardo, novice, peu subtil. Elle se punit avec tous ces Van Tysch comme quelqu'un qui se fouette avec un cilice. Elle les utilisa en pénitence contre le plaisir que le véritable allait sans doute lui donner.

Elle décida de faire de la matinée une situation d'attente constante. Elle installa dans la cuisine son quartier général, depuis la fenêtre duquel elle pouvait surveiller devant la maison. Elle préférait se consacrer à *attendre* plutôt que de feindre, comme Gerardo et Uhl – qui étaient sortis bavarder sur le porche –, que rien ne se passait. À midi, elle ouvrit un jus de fruits Aroxén, le perfora avec une paille et commença à le savourer. Le peignoir restait entrouvert sur ses cuisses croisées. Pendant un moment elle avait envisagé de « se préparer » d'une certaine façon. Ce serait peut-être mieux si elle se déshabillait complètement ? Et si elle se dessinait des traits, ou, du moins, se colorait les yeux et profilait ses lèvres pour fabriquer un sourire ? Mais n'était-elle pas un papier vierge ? Et ne devait-elle pas le rester ? Elle supposa que se montrer passive serait le plus approprié.

Le soleil commença à vagabonder à la fenêtre et lui frôla les pieds. Lorsqu'il remonta sur l'arête de ses tibias, sa peau apprêtée étincela. Parfois, le bruit d'un moteur ou le passage fugace d'un véhicule sur le chemin la faisaient sursauter. Puis le calme revenait.

Peu après, la porte de la cuisine s'ouvrit et Gerardo entra. Il avait ôté son gilet et montrait ses biceps avec le tee-shirt sans manches et le logo de la Fondation. Il tripotait nerveusement le badge turquoise portant sa photo et son nom. Il ouvrit le frigo, sembla se raviser, le referma sans rien prendre et s'assit en face d'elle à l'autre bout de la table. « Pauvre créature », pensa Clara depuis son nirvana personnel, avec une compassion infinie.

— Dis, je suis vraiment désolé pour ce qui s'est passé, tu sais ? dit Gerardo après une pause.

— Mais non, tu parles, ce n'est rien, répliqua-t-elle soudain. J'ai été stupide. Je regrette d'avoir réagi comme ça.

Ils étaient tous deux assis de profil et tordaient le cou, Gerardo sur la gauche, elle sur la droite, pour regarder l'autre tandis qu'ils parlaient. Puis ils écoutaient la réponse en contemplant la fenêtre et le petit espace de ciel bleu et les ombres des nuages.

— De toute façon, je voulais te dire de ne pas t'inquiéter. Si le maître s'en prend à quelqu'un, ce sera à moi, ma petite. Tu es la toile et tu n'es responsable de rien, OK ?

— Eh bien, soyons optimistes, répondit-elle. Van Tysch ne vient peut-être que pour superviser l'esquisse, non ? Il reste à peine deux semaines avant que je sois exposée.

— Oui, tu as raison. Tu es nerveuse ?

— Un peu.

La coïncidence de leurs sourires les plongea dans un nouveau silence.

— Je l'ai très peu vu, dit Gerardo au bout d'un instant. Et toujours à distance.

— Tu ne lui as *jamais* parlé ?

— Jamais. C'est vrai, je ne te raconte pas d'histoires. Le maître ne parle généralement pas aux assistants parce qu'il n'en a pas besoin. La tête visible de la Fondation est M. Fuschus-Galismus... Je veux dire, Jacob Stein. On l'appelle comme ça parce qu'il répète toujours ces mots... C'est Stein qui t'appelle, t'engage, te parle, te donne des ordres... Van Tysch a des idées et les rédige. Ses assistants nous les transmettent, et nous, les assistants techniques, nous nous chargeons de les exécuter, voilà. C'est un type très bizarre. J'imagine que tous les génies sont assez bizarres. Tu connais sa vie, non ?

— Oui, j'ai lu des choses.

En fait, Clara avait dévoré une à une toutes les biographies du peintre et connaissait les rares données certaines que l'on possédait sur lui.

— Sa vie est un conte de fées, tu ne trouves pas ? dit Gerardo. Soudain, un multimillionnaire américain s'entiche de lui et lui lègue toute sa fortune. Incroyable. Il appuya la nuque sur ses mains et observa le paysage au-delà de la fenêtre. Tu sais combien de maisons possède Van Tysch actuellement ? Environ six, ce ne sont pas des maisons, mais des palais : un château en Écosse, une sorte de monastère à Corfou... Et tu sais, on dit qu'il n'y va jamais.

— À quoi lui servent-elles ?

— Je ne sais pas. Je suppose que cela lui plaît de les posséder. Il vit à Edenburg, dans le château où son père a travaillé comme restaurateur. Ceux qui y sont allés racontent des choses dont on ne sait pas s'il faut les croire. Ils disent par exemple qu'il n'y a pas de meubles et que Van Tysch mange et dort par terre.

— Ils exagèrent.

Gerardo s'apprêtait à répliquer quand on entendit un bruit. Une fourgonnette s'était garée devant la palissade. Le cœur de Clara pompa le sang avec force et tout son corps se tendit. Mais Gerardo lui fit un signe rassurant.

— Non, ce n'est pas lui.

C'était cependant quelqu'un que Gerardo et Uhl devaient connaître, parce que Clara les vit se diriger ensemble jusqu'à la palissade. De la fourgonnette descendit un Noir portant béret et gilet en cuir. Puis sortirent, en peignoir, un type âgé et barbu et une fille aux longs cheveux noirs. La fille était petite et ses cheveux lui arrivaient à la cheville. Pieds nus tous les deux, ils avaient les jambes tachées de boue et de peinture rouge, ou peut-être était-ce du sang. Ils portaient des étiquettes orange au cou, aux poignets et aux chevilles, et semblaient fatigués. Clara se rappela que l'orange identifiait les modèles pour esquisses, qui servaient pour entraîner et dessiner les esquisses originales. Le Noir était jeune et svelte et portait un bouc très similaire à celui de Gerardo. Ses bottes étaient tachées de boue. Un instant plus tard, ils se quittèrent tous et le Noir et ses poupées fatiguées et sales remontèrent dans la fourgonnette et s'éloignèrent.

— C'était un autre *assistant*, un de nos amis, lui expliqua Gerardo lorsqu'il revint à la cuisine. Il travaille dans une maison près d'ici avec des modèles d'esquisses, mais il avait des nouvelles fraîches et il est venu nous les apporter. Il paraît qu'on a retiré l'exposition *Fleurs* du Museumsquartier de Vienne.

— Pourquoi ?

— Personne ne le sait très bien. À la conservation, ils affirment que les toiles avaient besoin de repos et qu'ils ont préféré écourter la saison au Museumsquartier au bénéfice d'autres. Mais notre ami dit qu'ils vont faire la même chose avec *Monstres* à la Haus der Kunst de Munich, figure-toi. Je ne sais pas ce qui se passe. Ah, mais ne fais pas cette tête. *Rembrandt* continue, lui dit-il.

Dans l'après-midi, Van Tysch n'avait toujours pas donné signe de vie et Clara n'en pouvait plus. L'anxiété l'*humanisait*, l'arrachant à sa condition d'objet et la transformant en une personne, en une jeune fille nerveuse qui voulait se ronger les ongles. Elle savait très bien qu'une anxiété excessive était dangereuse. Il était indispensable de se libérer de cet adversaire parce que le peintre pouvait arriver à tout moment et elle devait l'attendre doucement et tranquillement, prête à être utilisée de la façon qu'envisagerait Van Tysch.

Elle opta pour quelques flexions intenses. Elle s'enferma dans la chambre, ôta son peignoir et se jeta à plat ventre sur le sol, les jambes un peu écartées. En prenant appui sur les mains et sur la pointe des pieds, elle commença une série de dures flexions combinées avec des respirations profondes qui, au début, eurent pour seul effet d'accélérer son rythme cardiaque. Mais au fur et à mesure qu'elle poursuivait, en bas, en haut, en bas, en haut, en utilisant ses bras et ses tendons, en sculptant les muscles de ses extrémités, elle arriva enfin à s'oublier elle-même ainsi que la situation dans laquelle elle se trouvait.

Un temps indéfini s'écoula. Elle ne s'aperçut que quelqu'un avait pénétré dans la pièce que lorsqu'il fut presque sur elle.

— Hé.

Elle leva brusquement la tête. C'était Gerardo.

— Quoi ? demanda-t-elle, tremblante.

— Calme-toi. Il n'y a rien de nouveau. J'ai pensé qu'il serait mieux de te peindre les cheveux pour que le maître nous donne son avis sur la tonalité.

L'opération eut lieu dans la salle de bains. Clara se renversa la tête sur le dossier d'une chaise, les jambes tendues et le corps entouré d'une serviette. Gerardo utilisa une capuche imprégnée d'un ton rouge caoba et un aérosol fixateur.

— La chrysalide sort du papillon. En disant cela, il lui ôta la capuche. Il commença à masser la couleur rouge de ses mains gantées. N'est-ce pas ce que tu as dit hier, quand je t'ai demandé pourquoi tu voulais être un chef-d'œuvre ? Tu as répondu que tu ne savais pas, « parce que le ver ne sait pas non plus pourquoi il veut être papillon ». Je t'ai dit que je trouvais que c'était une réponse jolie mais erronée. Tu n'es pas un ver, n'est-ce pas ? Tu es une fille très séduisante, même si en ce moment, sans traits, apprêtée et les cheveux rouges tu ressembles peut-être à une poupée en plastique que l'on n'a pas fini de peindre. Mais sous tout ce plastique, la véritable œuvre d'art, c'est toi.

Clara ne dit rien. Elle observait la tête de Gerardo à l'envers, penchée sur elle.

— Ferme les yeux... Je vais utiliser le fixateur... Comme ça... Elle sentit le tir de rosée sur ses cheveux. Gerardo poursuivit : Je comprends que tu sois en colère contre moi, petite. Mais tu sais, si la situation de ce matin se reproduisait, je ferais la même chose... J'arrive à un certain point. Je ne suis pas, et je ne serai jamais, un grand maître de la peinture de personnes... Ah, maintenant la couleur rend bien... Attends, ne parle pas... Justus, lui, aurait pu, mais il manque d'ambition. Moi, je suis incapable de terrifier ou de faire du mal à une fille qui me plaît, pas même pour un grand tableau. Dans mes mains, tout l'hyperdrame se transforme... Tu sais en quoi ? En hypercomédie. Je reconnais que je suis un peu clown, ma mère me le disait. Comme ça... Maintenant il faut attendre quelques minutes...

Elle écoutait en silence. Quand elle ouvrit à nouveau les yeux, Gerardo avait disparu de son champ visuel. Le parfum compact du fixateur lui bouchait le nez. Alors les mains de Gerardo revinrent. Elles tenaient un petit pot de peinture ocre et un pinceau conique fin.

— Pour moi, il y a une barrière, dit-il tout en trempant le pinceau dans la peinture et en l'approchant du visage de Clara. Une barrière, petite, que l'art ne pourra jamais franchir. Ce sont les sentiments. D'un côté, il y a les personnes. De l'autre, l'art. Rien au monde ne peut briser cette barrière. Elle est infranchissable.

« Il me peint des sourcils », pensa-t-elle. Elle se raidit, voulut lui dire que le maître n'apprécierait peut-être pas qu'elle eût des traits, mais elle se tut. Elle sentait les courbes froides du pinceau sur son front.

D'un mouvement sûr, d'une main très ferme, Gerardo parapha les arabesques et dirigea la pointe humide vers ses yeux. Elle les referma et sentit une caresse d'oiseau : des battements d'ailes frémissants ; le début des subtiles franges des cils, le cadre du regard.

— Je crois en l'art, petite, mais je crois beaucoup plus dans les sentiments. Je ne peux pas me trahir moi-même. Je préfère mille fois un tableau médiocre au mépris de quelqu'un qui me plaît... Quelqu'un que j'ai commencé... à respecter et à connaître... Ne bouge pas, maintenant...

Sourcils. Petites gouttes de cils sombres. Dessins très légers sur les bords des yeux. Clara allait parler mais Gerardo l'arrêta d'un geste.

— Silence, s'il te plaît. L'artiste va achever sa tâche.

Une courbe montant nettement de sa commissure gauche.

— Je crois que ce monde ne serait pas si pervers si nous pensions tous la même chose... Comme les lèvres sont difficiles, toujours... Pourquoi ont-elles cette forme si étrange ?... Ce doit être à force de dire des mensonges.

La ligne se prolongea vers le bas. Clara avait l'impression qu'un oiseau marchait sur le bord de sa bouche.

— Tu me plais, dit Gerardo, et il recula pour l'observer de loin. Décidément, tu me plais. Je t'ai faite très belle. Attends, tu vas te voir.

Il prit quelque chose sur le lavabo. C'était un petit miroir rond.

Il s'approcha d'elle.

— Prête ?

Clara acquiesça. Gerardo soutint le miroir comme s'il eût été un prêtre portant un objet consacré et le plaça au niveau de son visage.

Elle regarda.

Des traits la regardaient.

Douces ondes sous le front, coffres elliptiques, symétrie de courbes ocre. Elle haussa ses sourcils instantanés, s'émerveillant de leur toute nouvelle façon d'exprimer l'étonnement. Elle battit des paupières et reçut la caresse de cils mobiles comme des moineaux qui entouraient le langage de ses yeux, des yeux qui ne s'étaient jamais tus, qui n'avaient été dépossédés qu'un temps de leur apparence mais qui se montraient à nouveau envahis de lumière. Elle sourit et souleva les commissures de ses lèvres en découvrant qu'une brèche creusée dans le visage ne pouvait jamais, jamais être un sourire, que le sourire était ce que Gerardo lui avait peint, exactement ça : un ensemble de formes qui se distendent, le volume gauchi qui bouge en même temps que les yeux accomplissent leur mission et que les paupières se ferment à demi. Il était merveilleux de posséder à nouveau des traits.

Gerardo soutenait le miroir dans lequel son visage flottait comme un cadeau précieux.

— Je peux enfin te voir sourire, dit-il, très sérieux. Ça n'a pas été sans mal, petite. Mais tu me souris enfin.

Son sérieux impressionnait Clara. Il lui semblait qu'elle l'avait mal jugé depuis le début. C'était comme si elle le voyait pour la première fois. Comme s'il y avait eu en Gerardo une chose beaucoup plus sage et mûre que lui-même ou ses paroles. Elle pensa l'espace d'un instant que le visage de Gerardo était peint lui aussi, délimité comme le sien, bien que ce fût avec des ombres floues. L'hallucination ne dura pas, mais pendant un moment il lui sembla que le secret de la vie consistait à aller au-delà du dessin des visages et à atteindre les personnes qui se trouvent derrière.

Elle ne sut pas combien de temps elle resta ainsi, assise devant ce miroir qu'il tenait, le regardant et se regardant. À un moment donné, elle entendit à nouveau sa voix. Mais le miroir n'était plus là et Gerardo se penchait vers elle le visage crispé, très nerveux.

— Clara... Clara, *il est là*... J'ai entendu sa voiture... Écoute-moi... Fais tout ce qu'il te dira... Ne remets pas en question sa façon de travailler, tu m'entends ?... Surtout, *par-dessus tout*, ne le remets pas en question... Et ne sois pas surprise de *ce qu'il pourra te demander*... C'est un type très étrange... Il aime déconcerter les toiles... Fais attention à lui. Fais très attention.

À cet instant, ils entendirent la voix d'Uhl les appeler. Des mots en néerlandais frénétique, bruit de portes. Ils coururent dans le séjour, mais il n'y avait personne. La porte d'entrée était ouverte et on entendait une conversation sur le porche. Ils s'avancèrent et Clara s'arrêta net.

Un homme de dos bavardait avec Uhl. Le soleil de l'après-midi découpait sa silhouette à contre-jour : une ombre austère et noire.

Uhl vit Clara et fit un geste. Il était très pâle.

— Je te présente... Je te présente M. Bruno Van Tysch, dit-il.

L'homme se tourna alors lentement vers elle.

Troisième pas

LE FINI DU TABLEAU

Il faut maintenant profiler les personnages,
leur conférer un aspect, une entité.
Une fois les personnages dessinés, alors seulement
on peut affirmer que le tableau est fini.

BRUNO VAN TYSCH,
Traité de peinture hyperdramatique.

— La question est... si l'on peut faire en sorte
que les mots signifient des choses différentes.
— La question est... de savoir
qui commande, c'est tout.

LEWIS CARROLL

Le personnage assis derrière le bureau est un homme mûr et corpulent. Il porte un costume bleu marine impeccable avec un badge rouge fixé sur la poche supérieure de sa veste. Il est assis au centre d'un bureau en angle obtus avec trois photos encadrées sur un côté. La lumière qui arrive par l'arrière à travers deux hautes fenêtres tombe sur une calvitie assez prononcée, assiégée de cheveux blancs. Ses traits possèdent une certaine noblesse : yeux bleu ciel, nez aquilin, lèvres fines, rides d'un vieillissement impitoyable mais distingué. Il semble très concentré sur ce qu'on lui dit, mais en l'observant plus attentivement on parviendra peut-être à la conclusion qu'il ne fait que *feindre* la concentration. Il est dominé par la fatigue et la préoccupation, incapable de comprendre les paroles qu'on lui adresse, et donc, il écoute à peine. Il a mal à la tête. Comme si ça ne suffisait pas, on est lundi. Lundi 3 juillet 2006.

— Que t'arrive-t-il, Lothar ? Je te vois perdu dans l'espace.

Alfred Van Hoore – celui qui avait parlé – et sa collaboratrice Rita Van Dorn le regardaient les yeux grands ouverts. Ils étaient en train de discuter – ou avaient discuté l'instant précédant la transe de Bosch – de la répartition des agents de la sécurité dissimulés parmi les invités pour la présentation à la presse de la collection *Rembrandt* du 13 juillet. Van Hoore pensait qu'une certaine protection supplémentaire était nécessaire pour le *Combat de Jacob avec l'ange*, la seule œuvre de la collection qui serait exposée ce jour-là. Les deux agents placés de chaque côté n'étaient pas suffisants, pensait Van Hoore, pour empêcher qu'une personne du premier rang ne saute sur le podium avec une arme tranchante et n'abîme Paula Kircher ou Johann Van Allen, les deux toiles qui composaient le *Jacob*. Il en fallait deux autres en renfort dans la zone centrale parce qu'une attaque depuis ce lieu ne pourrait être repoussée à temps depuis les angles. Et il y avait les dangers à longue distance. Il montra à Bosch une simulation sur ordinateur où un terroriste présumé jetait un objet vers le tableau de n'importe quel coin de la salle. Le jeune Van Hoore adorait les simulations, et il les concevait lui-même. Il avait appris lorsqu'il coordonnait la surveillance d'expositions au Moyen-Orient. Bosch pensait que Van Hoore aurait aimé être réalisateur de cinéma : il manipulait les pantins informatiques comme s'ils avaient été des acteurs, les dotait de vêtements et d'expressions humaines. Ce fut au cours de la simulation que Bosch perdit le fil. Il ne supportait pas ces dessins animés.

— C'est peut-être parce que je suis fatigué, allégua-t-il en guise d'excuse, et il tambourina des doigts sur la table. Mais ce que tu proposes me semble très intéressant, Alfred.

Les taches de rousseur teintèrent de rouge le visage juvénile de Van Hoore.

— J'en suis ravi, dit-il. Mon raisonnement est très simple : si nous laissons la sécurité visuelle contrôler les invités, *personne* n'essaiera de faire quoi que ce soit devant eux. Un terroriste présumé s'éloignerait de la sécurité visuelle dès qu'il l'apercevrait. Il faut que certains de nos hommes intègrent une nouvelle équipe que j'ai baptisée sécurité visuelle secrète. Ils seront en civil, sans identification, et enverront des signaux d'alarme à la sécurité d'intervention...

Le Combat de Jacob avec l'ange était le premier original de la collection *Rembrandt* qui serait présenté au public. Toute précaution avait donc son importance. Personne n'avait encore vu l'œuvre, mais on savait que les figures en étaient Paula Kircher – l'ange – et Johann Van Allen – Jacob – et qu'elle était basée sur l'huile éponyme de Rembrandt. Les vêtements seraient réduits au minimum et leurs corps billionnaires et signés à la main par Van Tysch seraient hasardeusement exposés pendant les quatre heures que durerait la fête de présentation. La question faisait le désespoir des départements de la sécurité et de la conservation.

— Je me demande pourquoi nous ne pouvons pas transformer la moitié de la sécurité visuelle en sécurité d'intervention en période de crise, observa Rita.

Bosch allait dire quelque chose, mais Van Hoore lui prit la parole.

— C'est toujours la même question, Rita. Le groupe de sécurité visuelle n'est pas camouflé et fait donc partie du personnel de la Fondation. Cela signifie qu'il doit porter un costume spécial. Mais sous ce costume que Nellie Siegel a conçu pour les hommes, on peut tout juste mettre un gilet pare-balles. Et, bien entendu, les agents *ne pourraient pas* porter de gilet. Pas même des menottes électriques.

— La garde-robe des agents ne devrait pas avoir d'incidence sur la sécurité des œuvres, dit Rita, mal à l'aise.

Bosch ferma les yeux comme s'il avait de la sorte également pu cesser d'entendre. La dernière chose qu'il souhaitait à cet instant était une discussion entre ses collaborateurs. Le mal de tête continuait à le martyriser.

— La Fondation s'intéresse autant à l'*apparence* qu'à la sécurité, Rita, souligna Van Hoore qui, au contraire de Bosch, voulait discuter. Il n'y a pas de solution. S'il doit y avoir une dizaine d'individus debout dans un coin en train de tout surveiller, il faut qu'ils soient très voyants. Et si possible, qu'ils aient la même couleur de cheveux. « Symétrie, *fuschus*, symétrie », ajouta-t-il, dans une imitation passable du ton guindé de Stein.

À cet instant, Nikki entra. Pour Bosch, ce fut comme une bouffée d'air pur.

— Alfred, Rita : je crois que nous allons interrompre un instant cette agréable conversation. J'ai une affaire à régler avec l'équipe de dragage.

— Comme tu voudras, accepta Van Hoore, qui semblait déçu. Mais nous devons encore parler des mesures d'identification.

— Plus tard, plus tard, dit Bosch. J'ai rendez-vous avec Benoît pour déjeuner, mais, attention, tout le monde, écoutez-moi bien, avant, je dispose de quelques minutes pendant lesquelles *je n'aurai rien à faire*. Étonnant, n'est-ce pas ? Je vous les consacrerai.

Rita et Alfred se levèrent en souriant.

— Tout est sous contrôle, Lothar, lui dit Rita, compatissante, avant de sortir. Ne te fais pas de souci.

— Je vais essayer de penser positif, répliqua Bosch, et il fut surpris de s'apercevoir que c'était la même réponse qu'il donnait parfois à Hendrickje uniquement pour la faire taire.

Quand la porte se referma, Bosch se tint la tête à deux mains et se livra à une lente expiration. Nikki, assise en face de lui, le sommet de la table pointant presque vers son torse, l'observait avec sérénité. Ce matin, elle portait une veste et un pantalon ajusté jaune canari assorti à sa magnifique chevelure couleur citron. L'écouteur blanc la couronnait comme un diadème.

— J'aurais pu venir plus tôt, dit Nikki, mais j'ai dû m'arranger un peu, parce que nous sommes restés toute la nuit devant les écrans, Chris, Anita et moi. Mon aspect d'employée de la Fondation laissait beaucoup à désirer ce matin.

— Je comprends. L'image avant tout. Bosch sourit de façon symétrique au resplendissant sourire de Nikki. Ne me donne que de bonnes nouvelles, s'il te plaît.

Elle lui remit les papiers tout en parlant.

— Morphométries similaires, expérience considérable en portraits et prothèses de céru. Ils ont tous fait du transgénérisme avec des figures androgynes ou de n'importe quel sexe. Et on ignore où ils se trouvent : on n'a pas pu les joindre même à travers les peintres ou de précédents propriétaires.

Bosch observait les papiers que Nikki avait étalés sur la table.

— Ça fait presque trente individus. Vous ne pouvez pas refermer un peu l'éventail ?

Nikki hocha la tête.

— La liste a commencé avec plus de quatre cent mille personnes vendredi, Lothar. Pendant le week-end, nous sommes parvenus à réduire les possibilités : cinq mille, deux cent cinquante... Anita a sauté de joie hier après-midi quand nous sommes parvenus à quarante-deux. Ce matin, nous avons réussi à en écarter quinze en toute sécurité. C'est ce que nous avons de mieux à proposer.

— Je vais te dire ce qu'on va faire... Je vais te dire ce qu'on va faire...

— On va prendre deux aspirines, sourit Nikki.

— Oui, c'est un bon début.

Il devait agir avec prudence. Nikki et son équipe n'appartenaient pas au « cabinet de crise », comme ce comité de l'Obberlund avait pompeusement été baptisé, et ils ignoraient donc tout ce qui concernait L'Artiste et la destruction des tableaux. Ils savaient simplement qu'il était indispensable de localiser un individu expert en cérublastine avec des données faciales morphométriques précises. D'autre part, il était absurde de les laisser en dehors de l'enquête. « Thea ne va pas pouvoir explorer seule les vingt-sept pistes restantes », pensa Bosch.

— Une personne ne s'évanouit pas dans la nature, pas même une décoration asexuée, dit-il. Je veux que vous la cherchiez même sous les pierres : proches, amis, derniers acquéreurs...

— C'est ce que nous avons fait, Lothar. Sans résultats.

— Si nécessaire, utilisez l'équipe de Romberg. Ils ont une infrastructure qui leur permet de se déplacer d'un lieu à l'autre.

— Nous pourrions les chercher pendant une année entière avec des résultats identiques, répliqua Nikki, et Bosch remarqua que la fatigue commençait à l'irriter. Ils sont peut-être morts, ou à l'hôpital, sous un autre nom. Ou ils ont abandonné la profession, qui sait. Nous n'allons pas pouvoir les retrouver. Pourquoi ne pas mettre Europol au courant ? La police possède des moyens plus adaptés.

« Parce que Rip Van Winkle l'apprendrait, pensa Bosch. Et, après Rip Van Winkle, L'Artiste. » Wood et lui avaient décidé de ne compter sur Rip Van Winkle qu'en cas d'extrême nécessité. Ils supposaient que le collaborateur de L'Artiste appartenait au cabinet de crise et donc que toutes les activités de ce système seraient complètement inoffensives pour le criminel. Il tenta d'improviser une excuse crédible.

— La police ne recherche personne s'il n'y a pas de plainte préalable, Nikki. Et même si un proche a signalé la disparition de l'une de ces toiles, les systèmes policiers vont à leur propre rythme. C'est nous qui allons devoir nous en charger.

Nikki l'observait d'un air sceptique. Elle était trop intelligente pour ne pas sentir que cet argument ne tenait pas, comprit Bosch, parce que Europol aurait fait la danse du ventre si la Fondation le lui avait demandé, avec ou sans plainte préalable.

— D'accord, dit Nikki après une pause. J'emploierai l'équipe de Romberg. Nous nous répartirons le travail.

— Merci, dit Bosch avec sincérité. « Nikki, tu es beaucoup plus *intelligente* je ne le croyais », pensa-t-il, admiratif.

L'interphone sonna et on entendit la voix d'une standardiste.

— Monsieur Bosch, M. Benoît vous demande sur la ligne trois, mais il a dit que je vous pose moi-même la question si vous êtes très occupé. Et sur la ligne deux, c'est votre frère.

« Roland, pensa-t-il. Sans pouvoir l'éviter, il adressa un regard de biais à la photo de Danielle. La fillette lui souriait malicieusement. Roland, mon Dieu, enfin. »

— Dites à Benoît... Qu'est-ce qu'il veut me demander ?

Benoît voulait vérifier qu'ils déjeuneraient ensemble à son bureau à midi. Bosch confirma avec impatience.

— Dites à mon frère de ne pas raccrocher, fit-il, et il se retourna vers Nikki : Vérifie où ils se trouvent actuellement. Nous n'en écarterons aucun avant de nous être assurés qu'ils sont morts, achetés ou en pleine négociation.

— D'accord. Et n'oublie pas les aspirines.

— Je ne pourrais pas, même si je le voulais. Merci, Nikki.

Bosch ferma les yeux quand Nikki sourit. Il désirait conserver ce sourire comme la dernière image mentale avant d'abandonner ce bureau. Quand il se retrouva seul, il décrocha l'un des téléphones sans fil sur la gondole et appuya sur la touche de la ligne deux.

— Roland ?

— Bonjour, Lothar.

Il l'imaginait dans son bureau, sous cette horrible holographie d'une gorge humaine accrochée au mur. Bosch se demandait encore ce qui était arrivé à la famille Bosch. L'une des grandes énigmes de l'univers serait résolue quand quelqu'un parviendrait à comprendre pourquoi son père avait été l'avocat d'une manufacture de tabac, sa mère professeur d'histoire, lui-même policier puis responsable de la sécurité d'une entreprise artistique privée, et son frère, oto-rhino-laryngologiste. Sans oublier la petite Danielle, qui voulait être... En fait, qui était déjà...

— Roland, j'essaie de te joindre depuis plusieurs jours...

— Je sais, je sais. Il entendit le petit rire de son frère. J'étais à un congrès en Suède et Hannah est partie à Paris. Je suppose que tu m'appelles au sujet de Nielle. Tu es au courant, n'est-ce pas ?... Enfin, nous t'avons joué un mauvais tour et nous le regrettons. Mais tu dois nous comprendre : Stein nous a catégoriquement interdit de te dire quoi que ce soit. Pour que tu ne t'étonnes pas de l'absence de ta nièce, nous avons dû inventer qu'elle était pensionnaire dans un collège. Mais ne crois pas être le seul à avoir été trompé. Je l'ai moi-même appris il y a moins de deux mois... C'est Hannah qui a eu l'idée de présenter Nielle à M. Stein. Et Van Tysch n'a pas hésité un seul instant à l'accepter comme figure pour un original ! Tout s'est déroulé dans le plus grand secret. On nous a même assuré que si Danielle n'avait pas été mineure on ne nous aurait pas tenus au courant.

— Je comprends, Roland. Ne t'en fais pas.

— Mon Dieu, c'est fantastique. Tu dois en savoir plus que moi là-dessus. Ils l'ont… Comment dit-on ?… Ils l'ont *apprêtée*, ils lui ont épilé les sourcils… Au début, ils ne nous laissaient pas la voir. Ensuite, ils nous ont emmenés au Vieil Atelier et nous avons pu l'observer à travers une vitre sans tain. Elle portait des étiquettes au cou, à la main et au pied. Elle m'a semblé… Elle nous a semblé être une très belle créature. Je crois que nous devons en être fiers, Lothar. Mais tu sais ce qui lui fait le plus plaisir ? Que ce soit son oncle qui la surveille !

À nouveau ce rire lointain. Bosch ferma les yeux et éloigna le combiné. Il éprouvait l'envie féroce de briser quelque chose. Mais il n'osa pas cesser d'écouter ce que disait Roland.

— Veille bien sur elle, Lothar. C'est une œuvre de prix. Tu imagines… ? Non, je crois que tu ne pourrais pas. La semaine dernière, on nous a indiqué son *prix initial*. Tu sais ce que j'ai pensé en entendant combien allait valoir *notre fille* ? J'ai pensé : bon sang, pourquoi suis-je devenu médecin et non œuvre d'art moi aussi ?… Nous avons perdu notre temps, Lothar, je t'assure ! Tu peux croire ça ? À dix ans, Nielle va gagner plus d'argent que toi et moi pourrions rêver d'en réunir *toute notre vie* ! Je me demande ce que papa aurait pensé de ça. Je crois qu'il nous aurait compris. En fin de compte, il a toujours accordé beaucoup d'importance à la valeur des choses, non ? Comment disait-il ? « Faire de son mieux avec ce que l'on a… »

Il y eut une pause. Bosch regardait fixement le portrait de Danielle.

— Lothar ? dit son frère.

— Oui, Roland.

— Il se passe quelque chose ?

« Bien sûr, qu'il se passe quelque chose, imbécile. Il se passe que tu as laissé ta fille devenir un tableau. Il se passe que tu as permis que Danielle soit montrée dans cette exposition. Il se passe que j'aimerais te mordre. »

— Non, rien de spécial, répondit-il. Je voulais savoir comment vous alliez.

— On est très nerveux. L'histoire de Danielle rend Hannah hystérique. C'est logique. Ce n'est pas tous les jours que ta fille de dix ans devient une œuvre d'art immortelle. On m'a dit qu'à la fin de la semaine prochaine Van Tysch la signera d'un tatouage sur la cuisse. Ça fait mal ?

— Pas plus que tes opérations des amygdales, plaisanta Bosch à contrecœur. Il rassembla alors suffisamment de courage pour lui dire ce qu'il avait à lui dire. Roland, je me demandais...

Il la voyait. Il pouvait la voir couchée dans la petite maison de Scheveningen, les ombres des feuilles d'un pommier dessinant un puzzle sur sa peau. Il la voyait allongée par terre, ou en train de parler et de se gratter une plante de pied. Il pouvait la voir à Noël avec un pull à col roulé, ses boucles blondes répandues sur ses épaules et les lèvres pleines de gâteau. C'était une fillette. Une fillette de dix ans. Mais il ne s'agissait pas de la possibilité presque inacceptable qu'elle devienne un tableau. Ce n'était pas la terrible fantaisie de la trouver nue et immobile chez un collectionneur. Tout cela aurait été déprimant, mais il ne lui serait pas venu à l'idée de protester ; en fin de compte, il n'était pas son père.

Il s'agissait de L'Artiste. Son frère ignorait l'existence de cette menace.

« Sois prudent. Ne le laisse pas soupçonner que Danielle peut être en danger. »

— Roland, je me demandais... Il tenta de donner à sa voix un ton ordinaire. Cela doit rester entre toi et moi...

Mais je me demandais s'il ne vaudrait pas mieux exposer une copie au lieu de Nielle.

— Une copie ?

— Oui, laisse-moi t'expliquer. Quand le modèle est mineur, les parents ou tuteurs légaux ont toujours le dernier mot...

— Nous avons signé un contrat, Lothar.

— Je sais, mais ça ne fait rien. Laisse-moi parler. Nielle restera le modèle original de l'œuvre dans tous les cas de figure, mais pendant un certain temps une autre fillette prendra sa place. C'est ce que l'on appelle une copie.

— Une autre fillette ?

— Les tableaux de valeur ont presque toujours des remplaçants, Roland. Peu importe qu'ils n'aient pas de ressemblance physique : il existe des produits pour les déguiser, tu sais. Nielle resterait l'original et, quand quelqu'un l'achèterait, nous veillerions à ce que ce soit elle qui soit exposée chez l'acquéreur. Mais cette mesure lui éviterait de passer par l'exposition. Les expositions sont toujours compliquées. Il y aura beaucoup de visiteurs et les horaires seront durs...

Il s'étonnait lui-même d'être capable de faire preuve de cette terrifiante hypocrisie. Surtout, cela l'inquiétait de penser à sa totale absence de compassion pour la fillette qui remplacerait Danielle. Le plan était sinistre, et il le reconnaissait lui-même, mais il s'agissait de choisir entre sa nièce et une fillette inconnue. Des personnes telles qu'Hendrickje auraient opté pour la sincérité, pour déclarer ouvertement ce qui se passait ou pour accepter que ce soit Danielle qui prenne le risque, mais il n'était pas aussi parfait qu'Hendrickje. Il était vulgaire. Le propre des gens vulgaires, comprenait Bosch, était de se comporter ainsi, de façon aussi mesquine, aussi tortueuse. Toute sa vie, il avait préféré le silence aux paroles, et il n'allait pas faire une exception maintenant.

— Tu veux dire que nous les parents nous avons le pouvoir de retirer Danielle de l'œuvre et de faire en sorte qu'ils mettent quelqu'un d'autre ? demanda Roland après une pause.

— C'est ça.

— Et pourquoi est-ce qu'on devrait le faire ?

— Je te l'ai expliqué. L'exposition sera dure pour elle.

— Mais elle s'entraîne depuis presque trois mois, Lothar. Ils l'ont peinte en secret dans une sorte de ferme au sud d'Amsterdam, et elle ne...

— Je te le dis par expérience. Une exposition de cette qualité est très dure...

— Oh, allez, Lothar. Soudain le ton de son frère était moqueur. Il n'y a rien de *mal* dans ce que va faire Nielle. Pour calmer un peu ta conscience calviniste, je te dirai qu'elle ne se montrera même pas nue. Nous ne savons pas encore le titre de l'œuvre ni comment sera la figure, mais le contrat que nous avons signé précisait très clairement qu'elle ne serait pas exposée nue. Bien sûr, elle fait tous les essais entièrement nue, mais le contrat le stipulait également...

— Écoute, Roland. Bosch essayait de ne pas perdre son calme. Il tenait le combiné d'une main tandis qu'il se massait furieusement la tempe de l'autre. Il ne s'agit pas de la façon dont Nielle est exposée ou de sa préparation. Il s'agit du fait que l'exposition sera *très dure*. Si tu acceptes, une remplaçante pourrait occuper sa place dans le Tunnel. Montrer une copie au lieu de l'original est une pratique très courante dans de nombreuses expositions...

Il y eut un silence. Bosch aurait presque souhaité prier. Quand Roland reprit la parole, le ton de sa voix avait changé : il était plus sérieux, plus inflexible.

— Jamais je ne pourrais faire ça à Nielle, Lothar. Elle est toute contente. J'ai des frissons et de la fièvre chaque fois que je pense à elle et à l'immense opportunité qui s'est présentée à elle. Tu sais ce que Stein nous a dit ? Qu'il n'avait jamais vu une *toile* si jeune et à la fois si professionnelle. C'est comme ça qu'il l'a appelée : toile... Et il a ajouté qu'avec le temps notre fille pourrait même devenir une nouvelle Annek Hollech !... Tu imagines notre Nielle transformée en *Annek Hollech du futur* ? Tu peux imaginer ça ?

Le monde avait disparu pour Bosch. Il n'existait que cette voix excitée qui griffait les mots à son oreille.

— Je te jure que j'ai eu beaucoup de mal à voir ma fille sous cet aspect, mais maintenant je suis en plein dedans et Hannah est avec moi. Nous voulons que Nielle soit exposée et admirée. Je crois que c'est le rêve secret de tout père. Je comprends que l'expérience sera forte, mais pas plus que de jouer dans un film ou une pièce de théâtre, tu ne crois pas ? Tu serais surpris de savoir combien d'enfants, aujourd'hui, sont des tableaux célèbres... Lothar... Tu es toujours là ?...

— Oui, dit Bosch. Je suis toujours là.

La voix de Roland, pour la première fois, hésitait.

— Il y a un problème dont tu ne m'as pas parlé, Lothar ?

« Dix coupures, huit d'entre elles en croix de Saint-André. Les os ont volé en éclats et les viscères ont été réduits à l'état de simple poussière, de cendre de cigarette. Que penses-tu de ce problème, Roland ? Et si je te parlais un peu d'un fou appelé L'Artiste ? »

— Non, Roland, il n'y a aucun problème. Je crois que l'exposition sera un succès et que Danielle sera magnifique. Au revoir.

Quand il eut raccroché, il se leva et s'approcha de la fenêtre. Un soleil dense et doré flottait sur les petits immeubles et la zone verte du Vondelpark. Il se rappela qu'un bulletin météorologique récent annonçait du mauvais temps pour les dates proches de l'inauguration. Dieu permettrait peut-être qu'un déluge s'abatte sur les maudites toiles et on finirait par suspendre *Rembrandt*.

Mais il savait qu'il n'aurait pas tant de chance : l'histoire démontrait que Dieu protégeait les arts.

Benoît aimait donner de temps en temps l'impression qu'il ne cachait rien aux tableaux. Dans son bureau capitonné du septième étage du Nouvel Atelier, il y en avait huit, et deux d'entre eux, au moins, avaient suffisamment de valeur pour que le directeur de la conservation leur témoigne, chaque fois qu'il le pouvait, qu'il les traitait avec davantage de respect que les êtres humains. Cela incluait bien sûr de dialoguer ouvertement avec ses invités sans avoir besoin de leur mettre des caches.

Le bureau était un lieu paisible et confortable, tapissé de bleu. La lumière éclairait intensément les épaules de la délicate huile de Philip Brenan, âgée de quatorze ans seulement, placée derrière Benoît. Bosch la voyait battre des paupières à ses moments perdus. Au plafond, était suspendue une copie officielle de la *Claustrophilie 17* de Buncher dans un caisson en verre perforé pour la respiration. Dans le dos de Bosch, un Cendrier de Jan Mann se tenait les jambes en soutenant le plateau avec ses fesses. À la fenêtre, la splendide anatomie d'un Rideau blond de Schobber attendait, en posture de ballet, l'ordre de s'ouvrir. Le déjeuner fut servi par deux ustensiles de Lockhead, garçon et fille, au pas léger, souple, parfumé. La Table était de Patrice Flemard : un plateau rectangulaire appuyé sur l'épaule d'une figure rasée et peinte en bleu de manganèse qui, à son tour, s'appuyait sur le dos d'une autre figure similaire. Chacune était attachée par les poignets aux chevilles de l'autre. Celle du dessous était une fille. Bosch soupçonnait que celle du haut également, mais il était impossible de s'en assurer.

Le déjeuner fut en fait un petit banquet. Benoît n'en perdait pas une miette : soupe d'anguilles à l'aneth avec des algues en lanières, cuisseau de chevreuil à la noix de muscade et fond de treille avec une salade d'herbes et d'endives et un dessert qui ressemblait à la trace d'un crime récent : *mousse*[1] d'airelles et de framboises dans une soupe de lait aigre, le tout confectionné par un service de restauration qui livrait quotidiennement l'atelier. Avant et après, Benoît procéda au rituel des médicaments. Il ingéra au total six capsules rouge et blanc et quatre dragées émeraude. Il se plaignait de son ulcère, affirmait qu'il ne pouvait rien se permettre de ce qu'il ingérait et que, pour ce faire, il devait compenser avec de la pharmacopée. Malgré tout, il goûta le chablis et le lafite que les figures de Lockhead déposèrent sur la Table avec des gestes élégants. La respiration extrêmement douce de la Table faisait frémir le vin. Bosch mangea mal et but à peine. L'atmosphère du bureau l'étourdissait.

Ils parlèrent de tout ce dont ils pouvaient parler à voix haute en présence de la douzaine de personnes qui se trouvaient dans la pièce avec eux – bien que le silence fît penser qu'ils étaient seuls : de *Rembrandt* et des discussions avec le maire d'Amsterdam sur l'installation de la structure des bâches au Museumplein ; des invités qui viendraient au gala de présentation ; de la possibilité de plus en plus certaine que la famille royale hollandaise visite le Tunnel avant l'inauguration.

1. En français dans le texte. *(N.d.T.)*

Quand la conversation languit, Benoît tendit la main vers le postérieur dressé du Cendrier et attrapa les cigarettes et le briquet du grand plateau doré en équilibre sur ses fesses. Le Cendrier était clairement masculin, peint en bleu turquoise mat et décoré par des lignes noires qui parcouraient ses jambes épilées.

— Allons dans l'autre salon, dit Benoît. La fumée gêne les tableaux et décorations.

« Tu es un artiste en matière d'hypocrisie, grand-père Paul », pensa Bosch. Il savait que Benoît avait prévu dès le début cette deuxième conversation en privé, mais il voulait donner à ses œuvres l'impression positive qu'il le faisait pour ne pas les déranger en fumant.

Ils se dirigèrent vers le salon contigu et Benoît ferma la lourde porte en chêne. Presque sans transition, il commença.

— Lothar, la situation est chaotique. Ce matin, je me suis réuni avec Saskia Stoffels et Jacob Stein. Les Américains ont décidé de lever le pied. Le financement de la nouvelle saison est paralysé. La question de L'Artiste les préoccupe, et ils n'aiment pas du tout le retrait massif des tableaux de Van Tysch. À partir de là, nous avons essayé de leur vendre l'idée que L'Artiste est un problème européen, un fou national, pour m'exprimer ainsi. L'Artiste n'est pas exportable, leur avons-nous expliqué, il agit en Europe et uniquement en Europe. Mais ils répondent : « Oui, oui, très bien, mais l'avez-vous attrapé ? »

Il éteignit sa cigarette dans un cendrier en métal. C'était un cendrier de modèle courant : Benoît ne dépensait de l'argent que pour les décorations de chair et d'os. Tout en parlant, il sortit un petit aérosol de la poche intérieure de son impeccable veste de chez Savile Row.

— Tu as une idée de ce que ça coûte, cette entreprise, Lothar ? Chaque fois que j'ai une réunion pour une session financière avec Stoffels, il m'arrive la même chose, j'ai des vertiges. Nos bénéfices sont immenses mais le trou est énorme. Et puis, Stein en parlait ce matin, avant nous étions des pionniers. Mais aujourd'hui... Mon Dieu. Il ouvrit la bouche, dirigea le petit aérosol vers sa gorge et tira deux fois. Il l'agita furieusement et procéda à un nouveau tir. Quand Art Enterprises est apparu en 1998, nous ne lui donnions que deux ans à vivre, tu te souviens ? Aujourd'hui, c'est le leader des ventes en Amérique, et il monopolise le secteur juteux des collectionneurs californiens. Et ce matin Stoffels nous a appris que les Japonais font mieux. Tu es libre de le croire ou non, mais le chiffre d'affaires de Suke en 2005 a dépassé la Fondation et Art Enterprises de presque cinq cents millions de dollars. Tu sais avec quoi ?

— Avec des décorations, répondit Bosch.

Benoît acquiesça de la tête.

— Ils sont parvenus à nous donner un coup décisif, même en Europe. Actuellement il n'y a rien, écoute-moi bien, *rien* qui dépasse l'artisanat humain japonais. Et le pire est que les artisans européens font confiance aux Japonais pour la gestion de leurs œuvres. Ce magnifique Rideau de mon bureau... Tu as vu cette figure parfaite ?... Eh bien elle est de Schobber, un artisan autrichien, mais c'est Suke qui la distribue. Oui, comme je te le dis... Tu vas trouver ça bizarre, mais je souhaite que L'Artiste appartienne à Suke, je te le jure. Établir un lien entre ce foutu psychopathe et Suke serait un bon moyen de jeter le doute sur eux... mais nous n'aurons pas cette chance.

Il garda l'aérosol et plaça une main devant sa bouche. Il souffla son haleine et la respira. Il ne sembla pas satisfait du résultat, ou peut-être était-ce son ulcère qui le faisait souffrir à nouveau, Bosch n'en était pas sûr. Il s'assit et garda le silence un instant.

— Sale temps pour l'art, Lothar, sale temps pour l'art. La figure de l'artiste solitaire et génial fait toujours vendre, mais *indépendamment* de l'artiste. Van Tysch est devenu un mythe, comme Picasso, et les mythes sont morts même s'ils sont toujours vivants, parce qu'ils n'ont plus besoin de créer pour vendre ; il leur suffit de signer la cheville, la cuisse ou la fesse de leurs œuvres. Mais ces œuvres sont toujours celles qui se vendent *le mieux* et donc, celles qui comptent *le plus*. Cela équivaut à la mort de l'artiste, bien sûr. Et c'est là le destin de l'art actuel, son but inévitable, la mort de l'artiste. Nous retournons à l'époque antérieure à la Renaissance, quand les peintres et les sculpteurs étaient considérés comme un peu moins que d'habiles artisans. Eh bien, la question est… Si les artistes ne sont plus utiles pour l'art mais *indispensables* pour les affaires, que devons-nous faire d'eux ?

Benoît avait l'habitude de poser des questions sans attendre de réponse précise. Bosch, qui le savait, se tut, lui permettant de poursuivre.

— Ce matin, Stein a fait une curieuse suggestion : quand Van Tysch disparaîtra, nous devrons en *peindre* un autre. L'art devra créer ses propres artistes, Lothar : non pour *être* de l'art, parce qu'il n'en a pas besoin, mais pour produire de l'argent. Aujourd'hui, toute chose peut être une œuvre d'art, mais seul *un nom* parviendra à avoir autant de valeur que celui de Van Tysch. De sorte que nous devrons nous efforcer de *peindre un autre Van Tysch*, le tirer du néant, lui donner les couleurs appropriées et le faire resplendir dans le monde. Comment Stein a-t-il dit ?… Attends que je me rappelle ses paroles exactes… Je les ai apprises par cœur parce qu'elles m'ont semblé… Ah, oui. « Nous devons créer un autre génie qui continue à guider les pas aveugles de l'humanité, et aux pieds duquel les puissants pourront continuer à déposer leurs trésors... » *Fuschus*, j'adore ça. Il s'arrêta un instant et fronça les sourcils. Mais c'est un sacré boulot, non ? Créer la chapelle Sixtine a toujours été plus facile que de créer Michel-Ange, tu ne crois pas ?

Bosch acquiesça sans grand intérêt.

— Où en est votre enquête, Lothar ? demanda soudain Benoît.

Bosch sentait quand venait pour Benoît le tour des questions qui *exigeaient* une réponse.

— Au point mort. Nous attendons les rapports de Rip Van Winkle.

« Ne fais confiance à personne, l'avait averti Wood. Dis-leur que nous sommes restés tranquilles. Nous allons dorénavant devoir jouer en solitaire. »

— Et April ? Où est-elle ?

— Elle est partie pour Londres en urgence. L'état de son père s'est aggravé.

Il était vrai que Wood avait dû rentrer à Londres le week-end en raison de l'état de santé de son père. Mais elle avait dit à Bosch qu'elle continuerait à travailler de là-bas. Même lui, il ignorait la nature de ce travail, mais il lui semblait évident que Mlle Wood avait conçu son propre plan de contre-attaque. Bosch faisait confiance à ce plan.

Il prit congé de Benoît dès qu'il put. Il avait besoin de se reposer un peu. À la porte, le directeur de la conservation l'arrêta d'un geste tandis qu'il se vaporisait à nouveau la gorge avec l'aérosol contre la mauvaise haleine.

— Si tu peux, essaie de chauffer les gens du BAH. Ils préparent un rassemblement pour la semaine de l'inauguration. La police parle d'environ cinq mille personnes provenant de différents pays. Ce serait très bien.

Le groupe BAH était l'une des organisations internationales les plus opposées à l'art hyperdramatique. Sa fondatrice et directrice, la journaliste Pamela O'Connor, accusait des artistes tels que Van Tysch ou Stein de violation des droits de l'homme, de pornographie enfantine, de traite des Blanches et de dégradation de la femme. Ses plaintes étaient écoutées et ses livres de dénonciation se vendaient très bien, mais aucun tribunal n'en tenait compte.

— Je ne crois pas qu'ils lancent des fusées, Paul, fit remarquer Bosch. Les gens de Pamela O'Connor sont fatigués même d'écrire des pancartes.

— Je sais, mais j'aimerais que tu les titilles un peu, Lothar. Nous avons besoin d'une pointe de scandale. Pour cette inauguration, tout joue contre nous, à commencer par son titre. Qui Rembrandt intéresse-t-il aujourd'hui, à part trois ou quatre fondus spécialisés en art ancien ? Qui va payer pour venir voir un hommage à Rembrandt ? Le public viendra voir *ce que Van Tysch a fait de Rembrandt*, ce qui n'est pas la même chose. Nous attendons de nombreux visiteurs, mais nous avons besoin du double ou plus. Les queues devraient arriver jusqu'à Leidseplein. Une altercation entre les membres du BAH et ceux de notre équipe de sécurité serait idéale... Des journalistes placés au bon endroit, photos, nouvelles... En fait, des groupes tels que le BAH sont très utiles. Stein lui-même nous a proposé de le financer secrètement, tu peux le croire ?

Bosch pouvait.

— Fais tout ton possible pour chauffer l'ambiance, lui dit Benoît en lui faisant un clin d'œil.

— J'essaierai la pensée positive, répliqua Bosch.

Il partit sans avoir fait part à Benoît du sujet qui lui tenait le plus à cœur : la présence de Danielle à l'exposition.

La jeune fille qui se tient debout devant l'arbre ne porte qu'un peignoir blanc et court attaché à la taille, qui ne convient pas pour sortir dans la rue ou rester immobile à l'air libre. Mais d'autres choses nous intriguent davantage dans son aspect. Par exemple, quelqu'un lui a dessiné des sourcils, des cils et des lèvres avec un pinceau et ses cheveux sont d'une couleur vermillon brillant et sentent l'huile. La peau que nous pouvons contempler, celle qui recouvre visage, cou, mains et jambes, révèle un poli artificiel, comme si elle était plastifiée. Mais, si étrange que soit son apparence, quelque chose dans son regard, quelque chose qui n'a rien à voir avec le déguisement de peinture ni avec son habillement absurde, un trait profond, préalable à toute figure et à tout dessin, mais visible, placé là, à l'intérieur de ses yeux, nous pousserait presque à nous arrêter et à tenter de mieux la connaître. Un enfant serait fasciné par les merveilleuses couleurs de son corps. Sa façon de regarder intriguerait davantage un adulte.

L'homme debout devant elle est l'un des plus grands artistes de ce siècle ; dans l'avenir, il sera considéré comme l'un des plus grands de tous les temps. Le fait de le savoir nous conduira à penser que son apparence est marquée par la célébrité. C'est un homme grand et mince, d'une cinquantaine d'années. Il est entièrement vêtu de noir et porte des lunettes suspendues à son cou. Le visage, allongé et étroit, s'achève sur une abondante chevelure couleur de jais qui s'éclaircit sur les pattes. Le front est large et strié de lignes. Deux lignes plus noires, comme grossies par l'insistance du crayon, forment les sourcils. Les yeux sont grands et sombres mais les paupières tombent légèrement, de sorte que le regard se révèle à moitié, capable de toujours regarder davantage. Le nez est droit et volumineux. Le rictus des lèvres est encadré par une moustache et un bouc compacts. Il n'y a pas une seule trace de barbe sur ses joues. Nous nous efforçons d'abstraire ses traits du souvenir des photos et des reportages, de la connaissance de l'homme auquel elles appartiennent, et, après avoir médité attentivement, nous finissons par conclure que non, il n'y a rien de spécial dans cette physionomie, tout ce qui est spécial dans ce visage, c'est *moi* qui l'ajoute avec ce que je sais de lui. Ce pourrait être le médecin qui s'occupe de moi au cabinet, l'assassin dont la photo étincelle une seule fois à la télé, le mécanicien qui me rend ma voiture révisée.

Il ne lui avait pas encore adressé la parole. Il avait parlé en néerlandais avec Uhl et Gerardo s'empressa de traduire ses instructions. Elle devait mettre son peignoir et l'accompagner : le maître aimait peindre à l'air libre. Ils sortirent en silence, Van Tysch marchant devant elle. La température de ce vendredi après-midi était excellente, peut-être un peu fraîche, mais cela ne la dérangeait pas. Pas plus que cela ne la dérangea d'avoir oublié les chaussons. Elle était trop nerveuse pour se soucier de ces détails. Et puis, bien que le sol de graviers fût incommode, elle était habituée à marcher pieds nus. Van Tysch ouvrit la grille et Clara s'esquiva avant que la porte ne se referme. Ils traversèrent le sentier et continuèrent par la pelouse pour arriver au

Plastic Bos, où Gerardo l'avait conduite la veille. Les rayons du soleil pénétraient entre les branches basses. C'étaient comme des touches de pinceau d'or exécutées au tire-ligne. Van Tysch s'arrêta et elle l'imita. Ils s'observèrent un instant.

Le *Plastic Bos* s'étendait comme une flaque au milieu du petit bois de pins. Son aire de vingt mètres de long sur six de large était délimitée par vingt arbres factices qui se distinguaient des véritables surtout parce qu'ils étaient plus jolis et parce que leurs feuilles produisaient une mélodie de grêle quand le vent soufflait fort. Clara aimait bien le *Plastic Bos*. Elle pensait qu'il allait bien avec la Hollande, terre des paysages de Vermeer et de Rembrandt ; de villes pour les nains telles que Madurodam, avec de petites maisons, des canaux, des églises et des monuments à l'échelle ; de digues et de polders où les terres ont été inventées par la volonté humaine dans son âpre lutte contre la mer. Elle était pieds nus sur l'épais tapis de gazon en silicone, devant l'un des arbres. Le soleil qui descendait lui donnait sur le visage mais elle essayait de ne pas battre des paupières.

Elle voulait garder les yeux bien ouverts parce que Van Tysch se tenait à trois mètres de distance.

— Vous aimez Rembrandt ? fut la première chose qu'il lui demanda, dans un espagnol correct.

Sa voix était grave et majestueuse. Dans le théâtre grec, des voix telles que celle-ci incarnaient Zeus.

— Je ne connais pas bien sa peinture, répondit Clara. Sa langue, apprêtée et jaune, s'était mue avec effort.

Van Tysch renouvela la question. Il était évident que sa réponse ne l'avait pas satisfait. Clara chercha en elle et en ressortit toute sa sincérité.

— Non, dit-elle. Je dois dire que je ne l'aime pas.

— Pourquoi ?

— Eh bien, je ne sais pas. Mais je ne l'aime pas.

— Moi non plus, répliqua le peintre de façon inattendue. C'est pourquoi je ne me lasse pas de regarder ses tableaux. Il faut de temps en temps affronter ce que nous n'aimons pas. Ce que nous n'aimons pas est comme un ami honnête : il nous offense en nous disant la vérité.

Il parlait sur un ton éteint et las. Clara pensa que c'était un homme d'une tristesse infinie.

— Je n'avais jamais vu les choses sous cet angle, murmura-t-elle. Cette opinion est très intéressante.

Elle pensa que Van Tysch n'avait pas besoin de ses éloges et serra les lèvres.

— Votre père est mort ? demanda-t-il soudain.

— Pardon ?

Il renouvela la question. L'espace d'un instant, Clara trouva curieux que Van Tysch changeât de sujet aussi brusquement. Le fait qu'il connût des détails de sa biographie ne la surprenait cependant pas du tout. Elle supposa que le maître enquêtait sur la vie privée de chacune des toiles qu'il engageait.

— Oui, répondit-elle.

— Pourquoi avez-vous si peur la nuit ?

— Quoi ?

— Quand mes assistants vous réveillaient en faisant du bruit à la fenêtre. Pourquoi aviez-vous cet air horrifié ?

— Je ne sais pas. J'avais peur.

— De quoi ?

— Je ne sais pas. J'ai toujours eu peur que quelqu'un n'entre chez moi.

Van Tysch s'approcha et fit miroiter la tête de Clara comme un gemme sous la lumière, en lui tenant le menton. Puis il s'écarta d'elle en lui laissant la tête penchée sur la droite. Les rayons du soleil tournaient en guirlandes sur les branches. L'atmosphère de la forêt en plastique était humide, prismatique, et les tangentes de lumière se pulvérisaient en couleurs pures.

Il semblait l'observer, mais elle ne pouvait en être sûre.

— Ma mère était espagnole, précisa Van Tysch.

Les incroyables changements de sujet étaient manifestement la norme dans le dialogue avec cet homme. Clara l'accepta sans problèmes.

— Oui, je sais, répondit-elle. Et je dois dire que vous parlez très bien l'espagnol.

— Je ne l'ai jamais connue. Mon père a déchiré toutes ses photos quand elle est morte, et je n'ai jamais pu la voir. Ou plutôt, je l'ai vue sur les portraits à l'aquarelle qu'il a faits d'elle. Mon père était un bon peintre. J'ai vu pour la première fois ma mère sur les aquarelles de mon père, de sorte que je ne suis pas très sûr qu'il ne l'ait pas encore embellie. À moi, elle me semblait très, très, très belle. Il avait prononcé ce triple « très » lentement, évoquant chaque fois un son différent, comme s'il avait voulu découvrir un son occulte dans le mot en l'entonnant de diverses façons. Mais tout cela était peut-être dû à l'art de mon père. Je ne sais pas si les aquarelles étaient meilleures ou pires que l'original, je ne l'ai jamais su, je n'ai jamais voulu le savoir. Je n'ai pas connu ma mère, c'est tout. Plus tard, j'ai compris que c'était normal. Je veux dire que ce qui est normal est de *ne pas connaître*.

Il fit une pause et s'approcha. Il déplaça la tête de Clara vers le côté opposé mais sembla changer d'idée et la replaça comme avant. Il recula de quelques pas et s'approcha à nouveau. Il lui appuya une main sur la nuque et lui fit pencher la tête. Il chaussa ses lunettes de lecture suspendues autour de son cou et regarda quelque chose. Il les ôta et recula de quelques pas.

— Votre père aussi a dû mourir jeune, dit-il.

— Mon père ?

— Oui, votre père.

— Il est mort à quarante-deux ans d'une tumeur au cerveau. J'avais neuf ans.

— Alors vous ne l'avez pas connu non plus. Il ne vous reste que des images de lui. Mais vous ne l'avez jamais connu.

— Enfin, un peu. À neuf ans, je m'étais déjà fait une idée de lui.

— Nous nous faisons toujours une idée des choses que nous ne connaissons pas, répliqua Van Tysch, mais cela ne signifie pas que nous les connaissions mieux. Vous et moi ne nous connaissons pas, mais nous nous sommes fait une idée l'un de l'autre. Vous ne vous connaissez pas vous-même, mais vous vous êtes déjà fait une idée de vous.

Clara acquiesça à nouveau. Van Tysch poursuivit.

— Rien de ce qui nous entoure, rien de tout ce que nous savons ou ignorons, n'est complètement inconnu ni complètement connu. Les extrêmes sont des inventions faciles. C'est comme pour la lumière. L'obscurité *totale* n'existe pas, pas même pour un aveugle, vous ne saviez pas ? L'obscurité est peuplée de choses : formes, odeurs, pensées... Et observez la lumière de cet après-midi d'été. Diriez-vous qu'elle est pure ? Regardez-la bien. Je ne parle pas que des ombres. Regardez *entre les fentes* de la lumière. Vous voyez les petits grumeaux de ténèbres ? La lumière est brodée sur une toile très obscure mais c'est difficile à voir. Il faut mûrir. Quand nous mûrissons, nous comprenons enfin que la vérité est un point intermédiaire. C'est comme si nos yeux s'accoutumaient à la vie. Nous comprenons que le jour et la nuit, et peut-être la vie et la mort, ne sont que des degrés d'un même clair-obscur. Nous découvrons que la vérité, la seule qui mérite ce nom, est la pénombre.

Après une pause, comme s'il avait réfléchi à ce qu'il venait de dire, il répéta : la seule vérité est la pénombre. C'est pour cela que tout est si terrible. C'est pour cela que la vie est absolument insupportable et terrible. C'est pour cela que tout est si épouvantable.

Clara n'eut pas l'impression qu'il mît de l'émotion dans ce qu'il disait. C'était comme s'il avait pensé à voix haute en travaillant. L'esprit de Van Tysch chantonnait dans le vide.

— Ôtez ce peignoir.

— Oui.

Pendant qu'elle se déshabillait, il lui demanda :

— Qu'avez-vous éprouvé quand votre père est mort ?

Clara était en train de poser le peignoir sur une branche. L'air enveloppait son corps nu et apprêté comme la caresse d'une algue très pure. La question la fit s'interrompre et regarder Van Tysch.

— Quand mon père est mort ?

— C'est ça. Qu'avez-vous éprouvé ?

— Pas grand-chose. Je veux dire... Je ne crois pas avoir éprouvé autant de choses que ma mère et mon frère. Ils l'ont davantage connu et ce fut plus dur pour eux.

— Vous l'avez vu mourir ?

— Non. Il est mort à l'hôpital. Il était à la maison quand il a eu une crise, une convulsion. On l'a emmené à l'hôpital et je n'ai pas été autorisée à aller le voir.

Van Tysch continuait à la regarder. Le soleil s'était un peu déplacé et lui éclairait partiellement le visage.

— Vous avez rêvé de lui par la suite ?

— Parfois.

— À quoi ces rêves ressemblent-ils ?

— Je rêve de son... de son visage. Son visage m'apparaît, il me dit des choses étranges, puis il s'en va.

Un oiseau chanta et se tut. Van Tysch fermait à demi les yeux en la regardant.

— Marchez dans cette direction, lui dit-il. Il désignait l'ombre d'un arbre factice.

L'herbe en plastique s'aplatit docilement sous ses pieds nus. Van Tysch leva le bras droit.

— Là, c'est bien.

Elle s'arrêta. Van Tysch avait chaussé ses lunettes et s'approchait. Il ne la touchait pas, à peine la *traçait*-il par des ordres brefs, mais elle se sentait déjà différente, avec une physionomie autre, mieux *dessinée* que jamais. Elle était convaincue que son corps ferait tout ce qu'il lui dirait sans attendre que son cerveau l'approuve. Quant à son esprit, elle tenterait également de le prosterner à ses pieds. Tout entier. Complètement. Ce qu'il dirait, ce qu'il voudrait. Sans limites.

— Que s'est-il passé ? demanda Van Tysch.

— Quand ?

— Maintenant.

— Maintenant ?

— Oui, maintenant. Dites-moi ce que vous pensez. Dites-moi *exactement* ce que vous pensez maintenant.

Elle décida de parler presque sans nécessité que les mots affluent à son cerveau.

— Je pense que je ne m'étais jamais sentie aussi bien avec aucun peintre. Que je me suis abandonnée à vous. Que mon corps fait ce que vous dites avant que vous ne le disiez. Et je pense que mon esprit doit s'abandonner lui aussi. C'est ce que je pensais quand vous m'avez demandé ce qui se passait.

Quand elle eut fini, ce fut comme si elle avait lâché du lest. Elle s'examina. Elle découvrit qu'il ne lui restait rien à confesser. Elle garda le silence comme un soldat attendant les ordres.

Van Tysch ôta ses lunettes. Il semblait s'ennuyer. Il murmura quelques mots en hollandais tandis qu'il sortait de sa poche un mouchoir et un petit flacon. Dans un endroit du ciel, rugissait un avion. Le soleil agonisait.

— Nous allons effacer ces traits, dit-il, trempant une pointe du mouchoir dans le liquide du flacon et le dirigeant vers son front.

Pas un de ses muscles ne bougea. Le doigt de Van Tysch enveloppé dans le mouchoir lui frottait le visage avec force. Quand il descendit vers ses yeux elle s'obligea à ne pas les fermer, puisqu'il ne lui avait pas dit de le faire. De faibles images de Gerardo lui rendaient visite comme des échos lointains. Elle s'était sentie bien quand il avait dessiné son visage, mais maintenant elle se réjouissait que Van Tysch l'efface. Cela n'avait été qu'une maladresse de plus de la part de Gerardo, comme si un enfant avait barbouillé dans un coin une toile que Rembrandt pensait utiliser. Il lui semblait incroyable que Van Tysch n'ait pas protesté.

Quand cela fut terminé, Van Tysch chaussa à nouveau ses lunettes. L'espace d'un instant, elle crut qu'il n'était pas satisfait. Puis elle le vit ranger le flacon et le mouchoir.

— Pourquoi avez-vous peur que quelqu'un n'entre chez vous la nuit ?

— Je ne sais pas. Vraiment, je ne sais pas. Je ne me rappelle pas que cela soit déjà arrivé.

— J'ai vu les enregistrements nocturnes que nous avons faits de vous et j'ai été surpris de vos airs terrifiés quand mes assistants s'approchaient de la fenêtre. J'ai pensé que nous pouvions fixer une expression de ce genre. Vous peindre comme ça, je veux dire. Et je le ferai peut-être. Mais je cherche quelque chose de mieux...

Elle ne dit rien. Elle continua à le regarder. Au-dessus de la tête de Van Tysch le ciel s'assombrissait.

— Qu'avez-vous éprouvé quand votre père est mort ?

— Je me suis sentie assez mal. C'était un peu avant Noël. Je me rappelle que ce furent des fêtes un peu tristes. L'année suivante, cela passa.

— Pourquoi avez-vous battu des paupières ?

— Je ne sais pas. Peut-être à cause de votre souffle. En parlant, vous le projetez sur moi. Vous voulez que j'essaie de ne pas battre des paupières ?

— Qu'avez-vous éprouvé quand votre père est mort ?

— Une grande tristesse. J'ai beaucoup pleuré.

— Pourquoi cela vous excite-t-il tant que quelqu'un entre chez vous la nuit ?

— Parce que... M'exciter ? Non, ça ne m'excite pas. Ça me fait peur.

— Vous n'êtes pas sincère.

La phrase la prit au dépourvu. Elle dit la première chose qui lui passa par la tête.

— Non. Si.

— Pourquoi n'êtes-vous pas sincère ?

— Je ne sais pas. J'ai peur.

— De moi ?

— Je ne sais pas. De moi.

— Vous êtes excitée, en ce moment ?

— Non. Un peu, peut-être.

— Pourquoi répondez-vous toujours deux choses distinctes ?

— Parce que je veux être sincère.

Van Tysch semblait vaguement irrité. Il sortit une feuille de papier pliée de la poche de sa veste et fit une chose inattendue. Il la lui jeta à la figure.

Le papier lui frappa le visage et il plana jusqu'au sol en plastique. Quand il tomba, Clara le reconnut : c'était un catalogue mal en point de *Jeune Fille à son miroir*, d'Alex Bassan. Dans le catalogue apparaissait une photo de son visage en premier plan.

— J'ai vu cette photo quand je cherchais une toile pour une figure de *Rembrandt*, et l'éclat de votre regard m'a immédiatement attiré, dit Van Tysch. J'ai ordonné qu'on vous engage, je vous ai fait tendre et apprêter et j'ai payé une fortune pour vous faire venir de Madrid en tant que matériel artistique. J'ai pensé que cet éclat serait idéal pour mon œuvre et que je pourrais vous peindre beaucoup mieux que ce type. Pourquoi est-ce que je n'y parviens pas ? Je ne l'ai pas vu sur les enregistrements de la propriété. J'ai pensé que cela devait avoir un rapport avec votre terreur nocturne et j'ai ordonné à mes assistants de sauter dans le vide avec vous ce matin. Mais je ne crois pas que la tension dépende du moment, c'est pour cela que je suis venu personnellement. J'ai cru le surprendre maintenant un dixième de seconde, quand je me suis approché de vous. Je vous ai demandé ce qui s'était passé. Mais je ne crois pas que l'éclat soit lié à vous. Je crois qu'il est indépendant de vous. Il apparaît et disparaît comme un animal timide. Pourquoi ? Pourquoi vos yeux brillent-ils soudain de la sorte ?

Avant qu'elle ait pu répondre, Van Tysch parla sur un autre ton. C'était un murmure glacé, un courant galvanique.

— Je suis fatigué de vous poser des questions pour le voir apparaître et le fixer dans votre regard, mais vous répondez à tout comme une idiote et je ne vois nulle part ce qui m'intéresse. Vous vous comportez comme une jolie fille qui chercherait une occasion. Un beau corps qui veut être peint. Vous considérez que vous êtes très belle et voulez sortir du lot. Vous souhaitez être transformée en quelque chose de beau. Vous croyez être un modèle professionnel, mais vous ignorez ce que c'est que d'être une toile et vous mourrez en l'ignorant. Les enregistrements du domaine me l'ont démontré : comme toile, vous êtes tout à fait médiocre. La seule chose qui m'intéresse chez vous est ce qu'il y a dans vos yeux. Il y a en nous des choses qui sont plus grandes que nous, et pourtant elles restent infimes. Par exemple, la tumeur de votre père. De petites choses mais plus importantes que toute notre vie. Des choses qui font peur. L'art se fait avec ces choses. De temps en temps nous les sortons à l'extérieur : c'est ce que nous appelons « purger ». C'est comme si nous vomissions. Pour moi, vous êtes plus méprisable que votre vomi. Je veux *votre vomi*. Vous savez pourquoi ?

Elle ne répondit pas. Elle appréciait en quelque sorte de ne pas avoir de larmes, parce qu'elle avait envie de pleurer.

— Répondez. Savez-vous pourquoi je le veux ? demanda à nouveau Van Tysch sur un ton indifférent.

— Non, murmura-t-elle.

— Parce qu'il est *à moi*. Il est en vous, mais il est à moi. Il se frappait la poitrine de l'index. Cette lueur qui surgit parfois dans vos yeux *m'appartient*. Je l'ai vue le premier, elle est donc à moi.

Il s'écarta, fit demi-tour et s'éloigna de quelques pas. Clara l'entendit manipuler quelque chose. Quand il se retourna, elle put voir qu'il tenait une pipe qu'il venait de bourrer.

— Alors nous allons rester comme ça, vous et moi, jusqu'au moment où nous la verrons apparaître.

Il approcha la flamme d'une allumette du fourneau de la pipe. L'obscurité qui les entourait était de plus en plus profonde. Il jeta l'allumette par terre et l'éteignit du pied.

— Avantage des forêts en plastique ignifugé, dit-il.

Ce fut cette plaisanterie inhabituelle, *juste* cette très mauvaise plaisanterie qu'il avait intercalée dans son discours glacé, qui lui sembla le plus atroce. Elle dut mobiliser toutes ses forces pour ne rien dire ou faire, pour continuer à le regarder, immobile.

— Je vais exciter le petit animal qui luit dans vos yeux pour le faire sortir de sa tanière, dit Van Tysch. Et quand je le verrai sortir, je l'attraperai. Le reste ne m'intéresse pas.

Et, après une courte pause, il ajouta :

— Le reste n'est que vous.

Elle ignorait depuis combien d'heures elle était immobile, debout sur l'herbe en plastique, supportant la nuit sur sa nudité lustrée. Un vent froid, du nord, s'était levé. Les nuages masquaient le ciel. Un gel lent et profond, qui semblait provenir de l'intérieur de son corps, transperçait sa volonté comme un foret. Mais elle sentait que cette souffrance ne provenait pas des incommodités physiques mais de *lui*.

Van Tysch allait et venait. De temps en temps, il s'approchait et contemplait son visage dans l'obscurité croissante. Il faisait alors la grimace et s'éloignait. Une fois, il s'en alla. Il fut absent pendant un temps indéterminé et revint avec ce qui semblait être des fruits. Il s'adossa à un arbre en plastique et se mit à manger, en l'ignorant. Elle, de loin, debout et immobile, le voyait comme une tache sombre à longues jambes, une araignée immense et svelte. Puis elle le vit s'allonger sur l'herbe et croiser les bras. Il semblait somnoler. Clara était en proie à la faim, au froid, à un désir intense de relâcher la posture, mais rien de cela ne lui importait en ce moment. Elle tentait avant tout de conserver intacte sa volonté.

À un moment donné, Van Tysch s'approcha à nouveau. Il marchait en trébuchant, soufflant comme un animal furieux.

— Dites-moi, lui assena-t-il.

Elle ne comprit pas. Il lâcha alors une sorte de hurlement furieux. Sa voix se brisa au milieu du mot, comme celle d'un fumeur acharné.

— Dites-moi *quelque chose* !

Elle avait du mal à parler. La puissante inertie du silence qu'elle avait gardé pendant des heures l'en empêchait. Mais elle obéit. Les mots émergèrent d'elle comme si seule sa bouche était intervenue.

— Je me sens mal. Je veux faire les choses du mieux possible, mais je me sens mal parce que vous me méprisez. Je pense que vous êtes fou ou un salaud de fils de pute, peut-être les deux, fou et salaud de fils de pute. Je vous déteste, et je crois que vous voudriez que je vous déteste. Je ne supporte pas que vous me méprisiez. Avant, vous m'excitiez. Je vous le jure. Ça m'excitait de me sentir entre vos mains. Plus maintenant. Je commence à ne plus rien en avoir à foutre de vous. Voilà.

Quand elle eut fini, elle comprit que Van Tysch l'avait à peine écoutée. Il continuait à la regarder dans les yeux.

— Qu'avez-vous éprouvé quand votre père est mort ? demanda Van Tysch.

— Du soulagement, dit immédiatement Clara. Sa maladie était terrifiante. Il restait des heures sur le canapé et bavait. Il lâchait des pets devant moi et me souriait comme un animal. Un jour, il a vomi dans la salle à manger, il s'est baissé pour chercher quelque chose dans son vomi. Il était malade, mais je ne pouvais pas le comprendre. Mon papa avait toujours été une personne aimable et cultivée. Il adorait la peinture classique. Cette *chose* n'était pas mon père. C'est pour cela que sa mort m'a soulagée. Mais aujourd'hui je sais que...

— Taisez-vous, dit Van Tysch sans élever la voix. Pourquoi cela vous terrorise-t-il que quelqu'un entre la nuit chez vous ?

— J'ai peur que quelqu'un ne me fasse du mal. J'ai peur que quelqu'un ne me fasse du mal. Je vous dis tout ce que je sais.

Le vent s'était levé. Sur la branche de l'arbre le plus proche, le peignoir vacilla et finit par tomber, mais Clara ne s'en aperçut pas.

— La sincérité nous coûte, n'est-ce pas ? grommela Van Tysch. On nous a appris que c'était le contraire du mensonge. Mais je vais vous dire une chose. Pour beaucoup, la sincérité n'est que l'*obligation* de ne pas dire de mensonges. Il s'agit également d'un artifice.

— J'essaie d'être sincère.

— C'est pour cela que vous ne l'êtes pas.

Les pans de la chemise de Van Tysch s'agitaient au vent. Il en avait remonté les revers pour protéger son cou du froid et se frottait les mains. Puis, soudain, il désigna de l'index la tête de Clara.

— À l'intérieur il y a quelque chose qui bouge, quelque chose qui tourne, il se cache quelque chose qui veut sortir. Pourquoi êtes-vous aussi sérieuse avec vous-même ? Pourquoi prenez-vous tout comme s'il s'agissait d'un exercice militaire ? Pourquoi ne faites-vous pas quelque chose de stupide ? Avez-vous envie de soulager votre vessie ?

— Non, dit Clara.

— Essayez, cependant. Urinez-vous dessus.

Elle essaya. Elle n'obtint pas une seule goutte.

— Je ne peux pas, dit-elle.

— Vous voyez ? Vous dites : « Je ne peux pas. » Tout en vous est pouvoir ou ne pas pouvoir. « Je peux faire ça, je ne peux pas faire le reste... » Oubliez-vous un instant. Ce que je veux, c'est que vous compreniez... Non, pas que vous compreniez... Ce que je veux, c'est vous dire que vous *ne comptez pas*... Enfin, à quoi bon parler si vous ne me croyez pas. Il fit une pause, comme s'il s'était arrêté pour choisir des mots plus simples. Il poursuivit alors lentement, en s'aidant de ses mains. Vous n'êtes que le support de quelque chose dont j'ai besoin pour mon œuvre. Écoutez, je vous le dis sincèrement, je sais que vous avez du mal à l'admettre, mais imaginez-vous comme une coquille : je veux vous briser, non parce que je vous déteste, non parce que je vous *méprise*, non parce que je vous considère comme spéciale, mais parce que je cherche ce que vous avez en vous. Le reste, je le jetterai. Laissez-moi le faire.

Clara ne dit rien.

— Dites-moi, au moins, que vous ne voulez pas que je le fasse, suggéra Van Tysch avec calme, en la suppliant presque. Opposez-vous à moi.

— Je veux vous donner ce que vous me demandez, bégaya Clara, mais je ne peux pas.

— Ah, vous voyez ? « Je ne peux pas. » Je vous ai tendu un petit piège. Bien sûr, que vous ne pouvez pas. Mais vous voyez, vous vous forcez. Je ne veux pas accepter votre condition de simple véhicule. C'est comme si la coquille pouvait se casser d'elle-même, sans aucune sorte de pression. Il leva une main et la posa doucement sur l'épaule nue de la jeune fille. Vous êtes glacée. Et voyez comme vous tremblez. Vous comprenez que j'ai raison ? En ce moment même, vous êtes en train de *vous forcer. De vous forcer !* Le mieux que nous puissions faire est d'arrêter.

Il s'écarta un instant. Quand il revint, il apportait le peignoir.

— Habillez-vous.

— Non s'il vous plaît.

— Allons, habillez-vous.

— S'ilvousplaîtnons'ilvousplaît.

Elle savait parfaitement que Van Tysch employait une technique picturale assez grossière : la fausse compassion. Mais son coup de pinceau avait été magistral. Quelque chose en elle avait cédé. Elle le sentait de la même façon qu'elle aurait pu sentir l'arrivée de la mort. La simple idée de revenir à la maison éveillait en elle de la terreur. Cette possibilité quasi intolérable – enfiler le peignoir et mettre un terme à tout cela d'un trait de plume – avait fragmenté en elle quelque chose de très dur. Ses épaules s'agitèrent. Elle comprit qu'elle pleurait sans larmes.

Il l'observa un instant.

— Cette expression est bonne, assez bonne, dit-il mais je ne vois rien de spécial dans vos yeux. Il va falloir essayer autre chose.

Il y eut un silence. Clara ferma les yeux avec force. Van Tysch la regardait attentivement.

— C'est incroyable, murmura-t-il. Vous avez une énorme volonté mais vous ne pouvez pas vous supprimer vous-même. Vous tirez sur les muscles de votre visage. Vous tirez sur les rênes. Allons, allons… Voulez-vous devenir une grande œuvre ? Avez-vous accepté d'être peinte pour cela ? Souhaitez-vous devenir un chef-d'œuvre ?… Lourde erreur. Écoutez… Même en ce moment, en m'entendant, voyez comme vous êtes tendue… Votre volonté vous murmure : « Je dois résister ! »

Il leva une main et lui toucha un sein. Il le fit avec indifférence, comme s'il avait manipulé un objet en tentant de découvrit à quoi il servait. Clara gémit. Ses seins étaient froids et sensibles.

— Si je vous touche, si je vous utilise, vous devenez un corps, vous voyez ? Votre expression change, et j'aime cette bouche entrouverte, mais ce n'est pas exactement ce que je cherche... Non, ce n'est pas ce que je cherche... Il écarta la main. De nombreux peintres ont réalisé beaucoup d'œuvres avec vous, toutes très jolies. Vous êtes séduisante. Vous avez fait des art-shocks. Vous adorez les défis. Adolescente, vous avez appartenu au Circle. Vous êtes allée à Venise l'année dernière pour y être peinte par Brentano. Quelle expérience, ironisa Van Tysch. On a fait de vous un archétype du désir. On vous a utilisée pour exciter les mains dans les poches. Vous cherchiez à être œuvre et on vous a transformée en corps. De l'index, il lui écarta les cheveux des yeux. Clara pouvait sentir son haleine de tabac haché pour la pipe. Je n'ai jamais aimé qu'une toile passe par les mains de nombreux peintres. Elle peut en venir à croire qu'elle est la peinture. Et la toile n'est jamais, jamais la peinture : elle n'en est *que le support*.

— Je sais très bien ce que je suis ! éclata Clara. Et maintenant je sais aussi ce que vous êtes !

— Faux. Vous ne savez pas ce que vous êtes.

— Laissez-moi tranquille !

Van Tysch l'observait fixement.

— Cette expression est meilleure. Orgueil blessé. Autocompassion. Ce tremblement des lèvres est intéressant. Si j'obtenais aussi la lueur, ce serait parfait !...

Il y eut un long silence. Van Tysch se pencha sur elle en s'accoudant sur son épaule gauche. Sa veste frôlait le corps nu de Clara et le poids de son bras sur l'épaule l'obligeait à rester tendue. Elle remarqua qu'il la regardait comme un intéressant problème pictural, un dessin au tracé difficile ou délicat dont il ne parvenait pas à se sentir satisfait. Elle dévia le regard des yeux de Van Tysch. Il s'écoula une éternité avant qu'elle entendît à nouveau sa voix.

— Quelle extraordinaire misère nous constituons, nous les êtres humains. Qui a dit que nous pouvions être un jour des œuvres d'art ? Mes *Fleurs* ont mal au dos. Mes *Monstres* sont des criminels et des tarés. Et *Rembrandt* est une sorte de plaisanterie sur les tableaux authentiques d'un peintre authentique. L'art hyperdramatique, c'est Vasili Tanagorsky qui l'a inventé. Il est arrivé un jour dans une galerie, pendant l'inauguration d'une exposition de ses œuvres, est monté sur un podium et a dit : « La peinture, c'est moi. » Vous voyez la plaisanterie. Mais Max Kalima et moi étions très jeunes alors et nous l'avons pris au sérieux. Un jour, nous sommes allés le voir. Il souffrait de démence sénile et avait été hospitalisé. Par la fenêtre de sa chambre, on apercevait un beau coucher de soleil anglais. Tanagorsky le contemplait, assis sur une chaise. En me voyant, il désigna l'horizon et me dit : « Bruno, que pensez-vous de mon dernier tableau ? » Et Kalima et moi avons ri en pensant que, cette fois, il plaisantait. Mais *il était sérieux*. La nature est, dans son ensemble, une œuvre beaucoup plus admirable que l'homme.

Tout en parlant, il glissa un doigt sur les traits de Clara : le front, le nez, les pommettes. Son coude restait appuyé sur l'épaule de la jeune femme.

— Quelle terreur... Quelle grande terreur le jour où un peintre saura faire une œuvre d'art *véritable* avec un être humain. Vous voulez savoir à quoi ressemblerait cette œuvre, à mon avis ? Tout le monde la *détesterait*. Mon rêve consiste à faire, un jour, une œuvre pour laquelle on m'insulterait, on me mépriserait, on me maudirait... Ce jour-là j'aurai fait de l'art pour la première fois de ma vie. Il s'écarta d'elle et lui donna le peignoir. Je suis fatigué. Je continuerai à vous peindre demain.

Il fit demi-tour et s'en alla. Il semblait connaître parfaitement la direction, bien que l'obscurité fût maintenant complète. Clara le suivit les mains dans les poches du peignoir, chancelante, tremblant de froid et à cause des crampes dues à l'immobilité prolongée. Sous le porche attendaient Gerardo et Uhl. Les lumières du plafond les encapuchonnaient d'or. C'était comme s'il ne s'était rien passé : Clara crut même qu'ils se trouvaient dans la position dans laquelle elle se rappelait les avoir vus pour la dernière fois. Gerardo avait les mains à la taille. Dans la Mercedes, garée devant la maison, se tapissait l'ombre silencieuse de Murnika De Verne, la secrétaire du maître.

Soudain, comme s'il lui était arrivé quelque chose, Van Tysch s'arrêta à mi-chemin et se retourna. Clara s'arrêta également.

— Approchez-vous de la voiture, dit Van Tysch. Mais pas trop près. Arrêtez-vous là.

Elle se déplaça à l'endroit indiqué. Toute la moitié supérieure de son corps se reflétait maintenant sur la lune noire opaque de la vitre de l'automobile.

— Regardez en direction de la vitre.

Elle s'exécuta. Elle ne vit rien d'autre que son propre corps enveloppé dans le peignoir et ses cheveux courts et rouges assombris par la nuit. Soudain, l'ombre tremblante de Van Tysch apparut à côté d'elle. Le ton de sa voix révélait le désespoir.

— Maintenant !... Je viens de le revoir !... Sur la photo du catalogue vous êtes devant un *miroir* !... Ce sont les miroirs !... Ce sont les miroirs qui produisent *cela* dans vos yeux ! J'ai été un imbécile ! Un véritable imbécile !

Il saisit Clara par le bras et l'entraîna vers la maison. En même temps, il criait des phrases à ses assistants, qui disparurent rapidement dans l'embrasure de la porte. Quand Van Tysch et Clara entrèrent, Gerardo et Uhl approchaient l'un des miroirs en pied au centre du séjour. Le peintre plaça Clara devant lui.

— C'était ça ?... C'était si simple, ce que je cherchais ?... Non, ne me regardez pas moi ! Regardez-vous *vous* !...

Clara observa son propre visage dans la glace.

— Vous vous regardez et vous vous embrasez ! s'exclama Van Tysch. Vous ne pouvez pas l'éviter ! Vous vous regardez et vous... vous devenez autre chose !... Ça vous fascine, de voir votre image ?

— Je ne sais pas, répondit-elle après une pause. Un jour, quand j'étais petite, je suis entrée dans un grenier... Il y avait un miroir, mais je ne le savais pas... Je l'ai vu et j'ai pris peur...

— Reculez.

— Quoi ?

— Allez vers le mur et continuez à vous regarder de là dans le miroir... Comme ça... Exact, quand vous vous observez de loin, votre expression change... Elle devient *plus intense*. Avec la voiture, vous avez perdu cela en vous approchant... Pourquoi ?... Vous avez besoin de vous observer de loin... Vous avez besoin de voir votre image à une certaine distance... Votre image lointaine... Ou peut-être *plus petite* ?... J'ai également vu apparaître cette expression quand je me suis approché de vous dans le *Plastic Bos* ! Mais à ce moment il n'y avait pas de miroir à votre... ! Il s'arrêta et leva l'index. Je portais des lunettes ! Des lunettes !... Cet objet vous dit quelque chose ?

Clara ne croyait pas avoir donné de signes d'un sursaut spécial, mais Van Tysch l'avait noté. Il s'approcha d'elle après avoir chaussé ses lunettes, prit son visage entre ses mains et lui parla d'une voix presque douce.

— Racontez. Allez, racontez. Il y a des choses en nous, légères, fragiles et domestiques comme les enfants. Des détails infimes mais plus importants que toute notre vie. Je sais que vous luttez pour vous rappeler ce genre de chose.

Une petite Clara observait Clara derrière les verres de lunettes de Van Tysch. Les mots sortirent de ses lèvres, obéissants, à une distance infinie de son esprit étourdi.

— Oui, il y a quelque chose, murmura-t-elle. Mais je ne lui ai jamais accordé tellement d'importance.

— C'est exactement ce qui compte le plus, dit Van Tysch. Racontez-le.

— Mon père est entré une nuit dans ma chambre... C'est arrivé quand il était déjà malade...

— Continuez. Mais n'arrêtez pas de vous regarder dans mes lunettes en parlant.

— Il m'a réveillée. Il m'a réveillée et m'a fait peur. Mais il était déjà malade...

— Poursuivez.

— Il a approché son visage tout près du mien... tout près...

— Il a allumé une lumière ?

— Une lampe sur ma table de nuit.

— Poursuivez. Qu'a-t-il fait ensuite ?

— Il a approché son visage tout près du mien, répéta Clara. Il n'a rien fait, juste ça. Il portait ses lunettes. Les lunettes de mon père étaient très grandes. Je les ai toujours vues ainsi. Très grandes.

— Et vous vous êtes vue reflétée dedans.

— Oui, je crois que oui... Maintenant je me rappelle que... J'ai vu mon visage dans les verres. L'espace d'un instant, j'ai pensé à un tableau : la monture était épaisse et ressemblait à un cadre... J'étais dans le verre...

— Poursuivez ! Que s'est-il passé alors ?

— Mon père m'a dit des choses que je n'ai pas comprises. « Qu'est-ce que tu as, papa ? » lui ai-je demandé. Mais il a juste remué les lèvres. Soudain, j'ignore pourquoi, j'ai pensé que ce n'était pas mon père qui se trouvait là avec moi mais une autre personne. « Papa, c'est toi ? » lui ai-je demandé. Et il ne me répondit pas. Cela me fit très peur. Je lui demandai à nouveau : « Papa ! Dis-moi, s'il te plaît, si c'est toi ! » Mais il ne me répondit pas. Je me suis mise à pleurer tandis qu'il quittait ma chambre.

— C'est parfait, dit Van Tysch. Taisez-vous, maintenant. C'est parfait. Il fit de grands signes à Gerardo et à Uhl pour qu'ils s'approchent. Votre expression, en ce moment... Un visage exprimant l'horreur et la pitié, l'amour et l'horreur. C'est parfait. Les choses ont affleuré. Je vous ai peinte. Vous êtes à moi.

Il se tourna vers ses assistants et se mit à parler en néerlandais. Elle comprit qu'il s'agissait du tableau. Il leur donnait des instructions. Il avait complètement changé d'attitude, il ne se montrait plus ni furieux ni ému. C'était comme s'il avait pensé à voix haute, absorbé par de simples difficultés techniques. Puis il fit une pause et regarda Clara à nouveau. Encore en proie à la tension du souvenir, elle sourit faiblement.

— Mais je n'ai jamais cru que ce qui m'est arrivé quand j'étais enfant m'ait particulièrement marquée... Je... Mon père était très malade et... il agissait ainsi. Il ne me voulait aucun mal... Je l'ai compris avec le temps...

— Ça ne m'intéresse pas de savoir s'il vous a marquée ou non, répliqua Van Tysch avec rudesse. Je suis peintre de personnes, pas psychanalyste. Et puis, je vous ai déjà dit que vous n'aviez pour moi aucune importance, alors épargnez-moi vos observations stupides. J'ai trouvé ce que je cherchais. Nous placerons un miroir dissimulé en face de vous, de sorte que le public ne puisse pas le voir, mais vous vous refléterez dedans. C'est tout.

Il n'adressa plus la parole à Clara. Il donna ses dernières instructions à Gerardo et à Uhl et quitta la maison. La Mercedes démarra. Puis vint le silence.

Elle arriva de la salle de bains enveloppée dans une serviette, les cheveux à nouveau blonds, l'absence de sourcils, la peau apprêtée. Gerardo était assis par terre dans le séjour, le dos appuyé au mur. En la voyant arriver, il se leva et lui tendit une feuille de papier pliée en deux. Il s'agissait d'une photocopie en couleur d'un tableau classique.

— Je suppose que maintenant tu peux le savoir. Il s'intitule *Suzanne au bain*. Rembrandt l'a peint vers 1647. Tu connais l'histoire ? Ça vient de la Bible...

Il la lui raconta. Suzanne était une jeune femme vertueuse mariée à un homme vertueux. Deux vieux juges l'assaillirent au moment où elle allait prendre un bain dans le jardin de sa maison. Elle refusa de les satisfaire et les vieillards l'accusèrent d'adultère. Elle fut condamnée à mort, mais Daniel, le juge sage, la sauva au dernier moment en prouvant que l'accusation était mensongère.

— Dans le tableau de Rembrandt, Suzanne, les cheveux rouge foncé, vient de se déshabiller, il ne lui reste que sa chemise... Les deux vieillards sont arrivés parderrière... Ils se jettent sur elle... Elle a un pied dans l'eau comme si l'un des vieillards l'avait poussée...

On l'avait esquissée ainsi depuis le début, lui expliqua-t-il : les cheveux rouges, nue, surveillée la nuit, traquée et humiliée par les hommes. Tout l'hyperdramatisme avait tourné autour de ces idées.

— Le dessin est prêt, dit Gerardo. Maintenant, il reste à finir le tableau. Ces jours-ci, nous allons nous consacrer à profiler la posture et la couleur du corps, et à fixer tes expressions hyperdramatiques. Je te préviens que le travail restera difficile, mais le pire est passé. Le ton de sa voix reflétait un grand soulagement. Puis nous t'éclairerons avec les lampes à clair-obscur et nous te placerons à l'endroit prévu à l'intérieur du Tunnel. Après une pause, il demanda en souriant : Comment te sens-tu après la tourmente ?

— Bien, dit-elle. Et elle se mit à pleurer.

Une humidité étrange et fine lui envahit alors les joues. La sensation fut si surprenante que, soudain, elle ne sut pas l'identifier. Mais tout en cherchant la protection du corps de Gerardo, elle découvrit que, pour la première fois depuis qu'on l'avait apprêtée, elle avait à nouveau des larmes.

La femme qui avance d'un pas énergique vers la maison a les cheveux courts, elle est très mince et porte des vêtements de sport de qualité : un blouson, une chemise, un jean serré et des bottes ; elle a des lunettes de soleil et tient un petit sac dans la main gauche. Son allure raide ne s'accorde pas avec le lieu paisible qui l'entoure. Des deux côtés du terrain en gravier sur lequel elle marche s'étend la pelouse parfaitement tondue, l'ombre exacte de quelques arbres et une barrière au loin délimitant un pré où l'on peut voir plusieurs poneys avec des taches couleur café. Plus loin, le paysage dessine des ondulations de collines, des tapis de pâturages d'herbe crépue, des taches de buissons et d'arbres, toute l'ambiance humide et infinie des landes dénudées des Dartmoor, dans l'Est de l'Angleterre. L'après-midi s'achève et le soleil s'incline sur la gauche de la femme. La maison vers laquelle elle se dirige possède deux corps : l'un allongé, pourvu de deux cheminées et huit fenêtres, et l'autre, perpendiculaire au premier, plus petit. Devant la porte d'entrée, une domestique en uniforme impeccable. Plutôt obèse, elle a la peau très blanche. Elle sourit tandis que la femme s'approche, mais celle-ci ne lui rend pas son sourire. Un oiseau virtuose, de ceux qui intrigueraient certainement un naturaliste, chante quelque part.

— Bonsoir, mademoiselle. Entrez, s'il vous plaît.

La domestique, souriante, les joues rouges, avait l'accent gallois. Bien que Wood ne répondît pas, la domestique ne perdit rien de son apparente félicité. La maison était confortable et spacieuse, elle sentait le bois noble.

— Veuillez attendre ici, mademoiselle. Monsieur va vous recevoir.

C'était un immense salon ; on y accédait par trois marches en pierre en demi-lune. Wood les descendit très lentement, comme si elle avait participé à un spectacle. Ses bottes Ferragamo résonnèrent sur la pierre. L'espace d'un instant, elle pensa ôter ses lunettes de soleil, mais la réverbération de la paroi de verre du fond la fit changer d'avis. Ces lunettes Dior étaient assorties à ses cheveux courts auxquels elle avait appliqué des reflets cannelle. Le conseiller beauté du salon d'Oxford Street dont elle était une habituée lui avait recommandé des ensembles sportifs dans des tons bruns et crème. Wood choisit un blouson en coton fin, un chemisier sans col avec des cordons et un pantalon ajusté. Le sac était petit, polyédrique et léger : c'était comme si les doigts de sa main gauche n'avaient rien porté.

Elle jeta un coup d'œil rapide au lieu tandis qu'elle attendait debout. Sobre, vaste, commode et agréable, décida-t-elle. « Il a plus d'argent, mais ses goûts n'ont pas changé », se dit-elle. De grands tapis ethniques, des fauteuils et canapés de couleur discrète, une immense cheminée et cette paroi en verre dans le fond avec une porte à double battant qui ouvrait sur une sorte de magnifique jardin du paradis. Il n'y avait que deux tableaux pour décorer la pièce : l'un près des portes vitrées et un autre près du mur de droite, au-delà du gigantesque tapis. Ce dernier était un jeune homme blond d'une vingtaine d'années, nu, qui se couvrait le pubis de ses mains. Il n'était pas peint bien que légèrement apprêté. Il respirait ostensiblement, battait fréquemment des paupières et semblait très attentif aux mouvements de Wood. On n'aurait pas dit un tableau mais un jeune homme normal, séduisant, dépourvu de vêtements, debout dans la pièce. Il s'intitulait *Portrait de Joe*, et était de Gabriel Moritz. Moritz appartenait à l'école française du naturel-humanisme. Wood connaissait parfaitement cette tendance. Le naturel-humanisme écartait toute tentative de transformer une personne en art, et s'opposait donc diamétralement à l'hyperdramatisme pur. Pour les humanistes, les tableaux étaient avant tout des êtres humains. Leurs modèles ne portaient pas de peintures corporelles et se montraient tels qu'ils apparaissaient dans la vie quotidienne, nus ou vêtus, posant presque sans entrer dans l'immobilité. Les naturel-humanistes se vantaient de ne pas dissimuler les imperfections d'un corps : Wood put observer la cicatrice résultant probablement d'une blessure d'enfance sur le genou droit de *Portrait de Joe* et la virgule d'une lointaine opération de l'appendicite. Le jeune homme semblait un peu las d'être exposé. Tandis que Wood l'observait, il se racla la gorge, bomba le torse et se passa la langue sur les lèvres.

L'autre tableau était plus réussi, mais il s'inscrivait dans la même tendance. Wood le connaissait déjà et n'eut pas besoin de s'approcher pour en lire le titre : *Jeune Fille à l'ombre* de Georges Chalboux. Le corps de *Jeune Fille à l'ombre* était moins agréable que celui du Moritz. On aurait dit une étudiante qui aurait décidé de faire une blague à quelqu'un en ôtant tous ses vêtements et en restant immobile. Les lutrins des deux tableaux présentaient les éléments caractéristiques de l'entretien des œuvres humanistes : petits plateaux contenant des bouteilles d'eau minérale et des gâteaux que le tableau pouvait ingérer à tout moment, pancartes qui pouvaient être accrochées au mur et annonçaient que l'œuvre était partie se reposer ou absente, y compris un panneau qui proclamait : « Cette personne travaille en tant qu'œuvre d'art. Respectez-la, s'il vous plaît. »

Wood détourna le regard des tableaux et imprima un balancement au petit sac tout en se promenant dans la salle. Elle détestait l'art humaniste français sous toutes ses formes : le « sincérisme » de Corbett, le « démocratisme » de Gérard Garcet et le « libéralisme absolu » de Jacqueline Treviso. Des tableaux qui demandaient la permission d'aller aux toilettes ou y allaient simplement sans demander, des extérieurs qui couraient se protéger s'il se mettait à pleuvoir, des œuvres qui convenaient avec vous des heures de travail et même de la posture qu'elles devaient adopter, qui se mêlaient de vos conversations avec d'autres personnes, qui avaient le droit de se plaindre si une chose leur semblait mauvaise ou de vous demander de leur en donner un peu si elles vous voyaient manger quelque chose qui leur faisait envie. En ce qui la concernait, elle continuait à préférer l'hyperdramatisme pur.

Elle entendit un bruit et se retourna. Hirum Oslo s'approchait par le sentier qui traversait le jardin en boitant et en s'appuyant sur sa canne. Il portait un pull et un pantalon couleur crème et une chemise rouge Arrows. C'était un homme grand et élégant. Son teint sombre contrastait avec les traits anglo-saxons marqués hérités de son père. Ses cheveux noirs et courts étaient coiffés en arrière et ses sourcils denses et expressifs. Wood le trouva égal à lui-même, peut-être un peu plus mince, avec ses yeux tristes hérités de sa mère hindoue. Elle savait qu'il avait quarante-cinq ans, mais il en paraissait presque cinquante. C'était un homme soucieux, attentif à tout ce qui se passait autour de lui, désireux de découvrir une personne à problèmes pour pouvoir lui tendre la main. Cette profusion de solidarité le vieillissait, dans l'esprit de Wood, c'était comme si une partie de l'assurance d'Oslo avait été livrée aux autres.

Elle se dirigea vers la porte en verre pour l'accueillir. Oslo lui sourit, mais il s'arrêta d'abord pour s'adresser au tableau de Chalboux.

— Cristina, tu peux te reposer quand tu voudras, lui dit-il en français.

— Merci, sourit le tableau d'un signe de tête.

Alors seulement il se tourna vers Wood.

— Bonsoir, April.

— Bonsoir, Hirum. Est-ce qu'on pourrait parler en dehors de la présence des tableaux ?

— Bien sûr, allons dans mon bureau.

Le bureau ne se trouvait pas dans la maison mais dans une annexe à l'autre bout du jardin. Oslo aimait travailler dans la nature. Wood remarqua qu'il avait toujours le même hobby : il cultivait des plantes rares et les identifiait par de petits panneaux, comme s'il se fût agi d'œuvres d'art. Tandis qu'il laissait passer Wood par une allée plus étroite flanquée d'énormes cactus, Oslo lui dit :

— Tu es très séduisante.

Elle sourit sans répondre. Peut-être pour éviter le silence, il ajouta rapidement :

— Le retrait des tableaux de Van Tysch en Europe ne se fait pas pour cause de restauration, n'est-ce pas ? J'ai tort de penser que cela a un rapport avec ta présence ici aujourd'hui ?

— Non.

Oslo allait lentement à cause de sa claudication, mais Mlle Wood n'avait aucune difficulté à s'adapter à son pas. Elle semblait disposer de tout son temps. Les ombres se firent plus épaisses quand ils pénétrèrent sous la fraîcheur des chênes. Un murmure d'eau se faisait entendre.

— Tu as fait bon voyage ? Tu as trouvé facilement ma tanière ?

— Oui, j'ai pris un avion jusqu'à Plymouth et j'ai loué une voiture. Tes indications étaient précises.

— Ça dépend pour qui, déclara Oslo en souriant. Certains cerveaux se perdent dès qu'ils ont passé Two Bridges. Il y a quelque temps, un de ces artistes qui veulent mettre de la musique dans leurs tableaux est venu. Le pauvre homme a tourné pendant deux heures.

— Je vois que tu as fini par trouver le refuge parfait, un coin solitaire en pleine nature.

Oslo hésita à interpréter ces paroles de Wood dans un sens pleinement positif, mais il sourit malgré tout.

— C'est beaucoup plus agréable que Londres, bien sûr. Et le climat est excellent. Mais aujourd'hui le ciel est couvert. S'il pleut, je rentrerai les extérieurs. Je ne les laisse jamais sous la pluie. Ah – Wood détecta un étrange changement de ton dans sa voix –, tu vas avoir une surprise...

Ils étaient parvenus au lieu d'où provenait le bruit de l'eau. C'était un étang artificiel. Debout au centre figurait un extérieur.

Après une pause pendant laquelle Oslo tenta vainement de sonder les sentiments de Wood, il dit :

— C'est de Debbie Richards. Je crois sincèrement que Debbie est une grande portraitiste. Elle s'est servie d'une photo de toi. Ça te gêne ?

La jeune fille se tenait debout sur une petite plateforme. Sa coupe de cheveux à la garçonne était exacte et les Ray-Ban très semblables à celles qu'elle portait, de même que le tailleur minijupe peint en vert. Il y avait une différence importante – Wood ne put que remarquer ce détail : les jambes, nues, étaient corrigées et augmentées. Elles étaient longues et fuselées. Beaucoup plus séduisantes que les siennes. « Mais on sait qu'un bon peintre vous embellit toujours », pensa-t-elle, cyniquement.

Le portrait restait immobile dans la posture dans laquelle il avait été placé. Derrière lui s'élevait un mur en pierre naturelle et sur sa droite ronronnait une petite cascade. Qui pouvait être cette fille qui lui ressemblait tant ? Ou tout cela n'était-il qu'un effet de la cérublastine ?

— Je croyais que tu n'aimais pas les portraits à la céru, dit-elle après un silence.

Le rire d'Oslo fut sobre.

— Je ne les aime pas, effectivement. Mais dans ce cas une certaine ressemblance avec l'original était indispensable. Je le possède depuis un an. Ça te déplaît, que j'aie commandé un portrait de toi ? ajouta-t-il, la regardant d'un air soucieux.

— Non.

— Eh bien alors n'en parlons plus. Je ne veux pas te faire perdre ton temps.

Le bureau se trouvait sous une pergola en verre. Contrairement au séjour, c'était un chaos de revues, d'ordinateurs et de livres empilés en colonnes instables. Oslo insista pour dégager un peu la table et Wood le laissa faire en silence. Sans savoir exactement pourquoi, elle était étourdie. Rien dans son aspect ne le laissait pourtant deviner. Mais les jointures de la main qui serrait le sac étaient blanches.

Il aurait pu s'agir d'un coup bas, un maudit coup bas. Elle n'aurait jamais soupçonné qu'Oslo veuille encore se souvenir d'elle, et de cette façon si romantique. C'était une chose absurde, insensée. Hirum et elle ne se voyaient plus depuis des années. Ils avaient bien sûr chacun entendu parler de l'autre assez régulièrement, elle davantage que lui. Depuis qu'Hirum Oslo avait déserté la Fondation et était devenu le gourou du mouvement naturel-humaniste, la grande majorité des revues artistiques mentionnait son nom pour l'encenser ou l'insulter. Oslo tenait en main un exemplaire fatigué de son dernier ouvrage, *L'Humanisme dans l'art HD*, que Wood avait lu. Dans l'avion elle avait planifié l'entrevue et avait décidé de lui commenter certains paragraphes du livre : de la sorte, pensa-t-elle, ils éviteraient de parler du passé. Mais le passé était là, dans chaque recoin de ce bureau, aucune conversation ne pouvait l'éviter. Et pour comble, le portrait inattendu de Debbie Richards. Wood tourna la tête et regarda en direction du jardin. Elle aperçut immédiatement le portrait. « Il l'a placé de façon à pouvoir le voir de son fauteuil en travaillant. »

Quand Oslo eut fini de ranger, il se trouva devant cette figure pâle et mince à lunettes noires. « Est-elle fâchée ? pensait-il. Elle ne montre jamais ses véritables sentiments. On ne sait jamais ce qu'il se passe réellement en elle. » Il décida soudain que son éventuelle colère était sans importance. Il était la personne la moins indiquée pour lui reprocher ses souvenirs.

— Assieds-toi. Tu veux prendre quelque chose ?

— Non, merci.

— Je prépare ma petite intervention de la semaine prochaine. Il va y avoir une grande rétrospective de peintres d'extérieur français. Il y aura des conférences et des tables rondes. Mais je suis aussi le principal responsable de la conservation de trente tableaux, parmi lesquels dix mineurs. J'essaie de faire en sorte que les mineurs soient exposés moins longtemps et qu'on leur trouve davantage de remplaçants. Et je n'ai pas encore reçu les rapports de prospection du terrain. Cela va se dérouler au bois de Boulogne, mais j'ai besoin de savoir où exactement. Bref...

Il fit un geste comme pour s'excuser de parler de problèmes qui ne concernaient que lui. Il y eut une pause. Oslo, qui luttait pour éviter un silence gênant, respira avec soulagement quand Wood parla.

— Ça marche très bien pour toi comme assistant de Chalboux, à ce que je vois.

— Je n'ai pas à me plaindre. Le naturel-humanisme français a commencé avec peu de moyens, et il est aujourd'hui à la mode dans une grande partie de l'Europe. Ici, en Angleterre, nous sommes un peu réticents à l'importer, parce que l'influence de Rayback prédomine. Et aussi parce que nous avons tendance à moins nous soucier de notre prochain. Mais certains artistes anglais changent maintenant d'attitude et adhèrent au courant humaniste. Ils ont soudain découvert qu'ils pouvaient faire de grandes œuvres d'art et, en même temps, respecter les êtres humains. Mais la situation générale est pénible.

Oslo s'exprimait calmement, comme d'habitude, mais Wood pouvait percevoir son émotion. Elle savait pourquoi.

Un instant plus tard, son expression s'adoucit.

— Mais je suppose que tu n'es pas venue de Londres pour t'intéresser à mes petites responsabilités. Parle-moi un peu de toi, April.

Mlle Wood obéit avec réticence mais finit par parler beaucoup plus qu'elle ne l'aurait supposé. Elle commença par un léger survol de sa vie privée. Son père était au plus mal, lui dit-elle, et l'hôpital l'avait appelée en urgence pour lui dire que la mort pouvait survenir d'un instant à l'autre. Elle était très occupée à Amsterdam, mais s'était vue obligée – ce fut le terme qu'elle employa, « obligée » – de se rendre à Londres ces derniers jours, au cas où le pire arriverait. Mais elle n'avait pas perdu son temps. De son domicile londonien, elle avait envoyé des fax, expédié et reçu du courrier électronique et eu des conférences téléphoniques avec des spécialistes du monde entier et des collaborateurs de son équipe. Enfin, elle avait décidé de compter également sur l'aide d'Oslo. « Mais, moi, elle a préféré venir me voir », pensa-t-il avec une pointe de joie étrange.

— Nous sommes en crise, Hirum, conclut Wood. Et nous n'avons plus de temps.

— Je ferai tout ce que je pourrai pour t'aider. Dis-moi ce qui se passe.

Wood le mit au courant en moins de cinq minutes. Elle ne lui raconta pas tout ce qui s'était passé, elle le lui laissa imaginer. Elle ne lui donna pas non plus le titre des œuvres qui avaient été détruites. Oslo l'écoutait en silence. Quand elle eut fini, il demanda immédiatement, sur un ton angoissé :

— De quels tableaux s'agit-il, April ?

Wood le regarda un instant avant de répondre.

— Hirum, ce que je vais te révéler est absolument confidentiel, je suppose que tu le comprends. Nous sommes parvenus à geler l'information. À part un petit groupe que nous avons appelé « cabinet de crise », personne ne sait rien, pas même les compagnies d'assurances. Nous préparons le terrain.

Oslo acquiesçait de ses yeux noirs et tristes, grands ouverts. Wood lui donna le titre des deux tableaux et, pendant un moment, il y eut un silence. Le murmure de l'étang s'entendait, tamisé par les vitres. Oslo fixait un point situé sur le sol.

— Mon Dieu, finit-il par dire... Cette petite fille... Cette gamine... Je regrette moins pour ces deux criminels, mais cette pauvre gamine...

Monstres était un tableau d'aussi grande valeur, ou peut-être même plus, que *Défloration*, mais Wood connaissait parfaitement les théories d'Oslo. Elle n'était pas venue parler de ça.

— Annek Hollech... disait Oslo. La dernière fois que je lui ai parlé, c'était il y a deux ans. Elle était adorable mais se sentait perdue dans ce monde terrible des œuvres humaines. Il n'y a pas que ce fou qui l'a assassinée. Nous l'avons un peu tuée à nous tous. Soudain il se retourna vers Wood. Qui ? Qui peut faire ça ? Et pourquoi ?

— Je veux que tu m'aides à le découvrir. Tu es considéré comme l'un des plus grands spécialistes de la vie et de l'œuvre de Bruno Van Tysch. Je veux que tu me donnes des noms et des mobiles. Qui cela peut-il être, Hirum ? Je ne parle pas de celui qui détruit les tableaux, mais de celui qui le paie pour le faire. Pense à une machine. Une machine programmée pour bousiller les œuvres les plus importantes du maître. Qui aurait des raisons pour programmer ce genre de machine ?

— À quoi penses-tu ?

— À quelqu'un qui le déteste suffisamment pour vouloir lui faire beaucoup de mal.

Hirum Oslo se renversa sur son siège, battant des paupières.

— Toute personne qui a connu Van Tysch l'aime et le déteste profondément. Van Tysch parvient à produire des chefs-d'œuvre en créant ces contradictions chez les personnes. Tu sais que la raison principale qui m'a éloigné de lui a été de constater que ses méthodes de travail étaient cruelles. « Hirum, me disait-il, si je traite les tableaux comme des personnes, je n'en ferai jamais des œuvres d'art. »

« Mais à qui est-ce que je raconte ça, pensait Oslo. Regarde-la, avec ce visage sculpté dans le marbre. Mon Dieu, je crois que la seule personne à l'avoir réellement émue un jour était Bruno Van Tysch. »

— Il est vrai que l'on ne peut pas dire que la vie l'ait aidé à être différent. Son père, Maurits Van Tysch, était probablement pire. Tu savais qu'il avait collaboré avec les nazis à Amsterdam ?...

— J'ai entendu quelque chose à ce sujet.

— Il a vendu ses propres compatriotes, des juifs hollandais ; il les a livrés à la Gestapo. Mais il l'a fait habilement, il n'y a pratiquement pas eu de témoins. On n'a jamais rien pu prouver contre lui. Il a su nager et rester au sec. Aujourd'hui certains discutent même le fait que Maurits ait été un collaborateur. Mais, à mon avis, c'est la raison pour laquelle il a émigré dans le petit et pacifique village d'Edenburg juste après la guerre. Là, il a rencontré cette Espagnole, fille d'exilés de la guerre civile, et ils se sont mariés. Elle avait presque trente ans de moins que lui, et j'ignore ce qui l'a attirée chez Maurits. Je soupçonne qu'il possédait cette qualité dont son fils allait hériter au centuple : celle de dominer les autres et de les transformer en marionnettes de ses propres intérêts. Un an après la naissance de Bruno, la mère mourut d'une leucémie. Il est facile d'imaginer que cela finit par agir sur le caractère de Maurits. Et il a choisi son fils pour se soulager...

— Je crois savoir qu'il était restaurateur.

— C'était un peintre raté, définit Oslo d'un geste. Il avait accepté ce travail de restauration de tableaux au château d'Edenburg, mais son rêve doré était d'être artiste. Il s'est révélé mauvais dans ces deux domaines. Il battait Bruno avec des pinceaux, tu le savais ?

— Je ne connais pas la vie de mon chef, répondit Wood avec un bref sourire.

— Il utilisait des pinceaux à manche très long pour mieux accéder à certains tableaux accrochés en haut des murs du château. Il ne jetait pas les pinceaux qui devenaient inutilisables. Je ne crois pas qu'il les ait gardés spécialement pour frapper Van Tysch, mais il l'a fait parfois.

— C'est Van Tysch qui te l'a raconté ?

— Van Tysch ne m'a rien raconté. Il est muet comme une carpe. C'est Victor Zericky qui s'en est chargé, son grand ami d'enfance, son seul ami, peut-être, parce que Jacob Stein n'est qu'un idolâtre. Zericky est un historien et vit toujours à Edenburg. Il m'a accordé des entretiens et j'ai pu réunir quelques données.

— Continue, s'il te plaît.

— Tout aurait pu s'achever là : un enfant maltraité par son père qui, ensuite, peut-être, serait devenu lui aussi un restaurateur, lui aussi un artiste raté... Pire encore que Maurits, parce que Bruno ne savait même pas bien dessiner – Oslo eut un petit rire. Mais nous ne pouvons nier ce talent à son père... Zericky m'a montré des aquarelles de Maurits que Van Tysch lui a offertes : elles sont très bonnes... Alors se produisit le miracle, le « conte de fées », comme disent les documentaires de la Fondation : Richard Tysch, le millionnaire américain, est intervenu dans sa vie. Et tout a changé pour toujours.

Wood prenait quelques notes dans un carnet qu'elle avait sorti de son sac. Oslo fit une pause et laissa errer son regard sur l'obscurité croissante du jardin.

— Richard Tysch fut l'homme qui permit au maître de devenir le patron d'un empire. C'était un fou, un multimillionnaire inutile et excentrique, héritier d'une fortune qu'il dilapida et de plusieurs aciéries qu'il s'empressa de vendre dès que son père mourut. Il était né à Pittsburgh, mais croyait être un héritier en droite ligne des *Pilgrim Fathers*, les pionniers hollandais aux États-Unis, et il était obsédé par ses origines. Il chercha l'origine de son nom. Il semble que les Van Tysch de Rotterdam se soient divisés en deux branches pendant la période florissante de la Compagnie des Indes occidentales. Un ancêtre émigra en Amérique et les Tysch de l'acier et des affaires venaient de là. Richard voulait connaître l'« autre branche », la moitié européenne de sa famille. À l'époque, les deux seules personnes qui portaient ce nom étaient le père de Bruno et sa tante Dina, qui vivait à La Haye. Tysch se rendit en Hollande en 1968 et fit une visite-surprise à Maurits. Il avait prévu d'effectuer un voyage rapide, sans grande importance. Il parlerait à Maurits de l'art – il avait appris qu'il était restaurateur –, rapporterait des souvenirs et repartirait aux États-Unis chargé de photos et de « racines » historiques. Mais il rencontra Bruno Van Tysch.

Oslo contemplait les filigranes de la poignée de son bâton. Il les caressa distraitement tout en continuant.

— Tu as vu les photos de Bruno enfant ? Il était d'une beauté incroyable, avec son épaisse chevelure noire, son teint pâle et ses yeux sombres, un mélange de Latin et d'Anglo-Saxon. Un véritable petit faune. Il avait du feu dans les yeux, tu ne trouves pas ? Victor Zericky affirme, et je le crois, qu'il était capable d'hypnotiser les gens. Les fillettes du village étaient folles de lui, même les plus grandes. Et je t'assure que bon nombre d'hommes le désiraient. À cette époque, il avait treize ans. Richard Tysch l'a rencontré et a complètement perdu la raison. Il l'a invité à passer l'été dans sa propriété de Californie, et Bruno a accepté. Je suppose que Maurits a trouvé cela bien, en tenant compte de la générosité de ce dieu qui venait d'arriver de l'autre côté de l'Atlantique. Dès lors, ils continuèrent à se voir chaque été et entretinrent une longue correspondance pendant l'année scolaire. Van Tysch a détruit cette correspondance par la suite. Certains parlent d'une relation comme entre Socrate et Alcibiade, d'autres aventurent des choses beaucoup plus désagréables. Le seul élément certain est que, six ans plus tard, Richard Tysch légua toute sa fortune à Bruno et se tira un coup de fusil de chasse dans la bouche. On le retrouva assis sur une colonne tronquée dans son *palazzo* des environs de Rome. Sa cervelle décorait les mosaïques des murs. Actuellement, le *palazzo* appartient à Van Tysch, de même que le reste de ses propriétés en Europe. Ce fut un testament surprenant, tu imagines. Bien sûr, les rares membres de sa famille, peu conciliants, l'attaquèrent, mais sans succès. Si nous ajoutons à cela que Maurits était mort deux ans auparavant, nous pourrons en conclure que Bruno disposa soudain de tout l'argent et de toute la liberté du monde.

Quelque chose retint l'attention d'Oslo et l'interrompit : deux employés étaient arrivés au jardin et aidaient le modèle du portrait de Wood à sauter hors de l'étang. Son temps d'exposition s'était achevé. Oslo contempla l'opération de retrait de l'œuvre tout en parlant.

— Il faut reconnaître que Bruno a su faire bon usage des deux choses. Il a voyagé en Europe et en Amérique et s'est établi un temps à New York, où il a rencontré Jacob Stein. Auparavant, il avait vécu à Londres et à Paris, et établi des contacts avec Tanagorsky, Kalima et Buncher. Il n'est pas étonnant qu'il se soit enthousiasmé pour l'art hyperdramatique : il était né pour ordonner à d'autres ce qu'ils devaient faire. Ce fut toujours un peintre de personnes, y compris avant que Kalima théorise sur le nouveau mouvement. Il a utilisé sa fortune pour faire de l'art HD l'art le plus important du siècle. Il faut reconnaître que nous devons beaucoup à Van Tysch, ajouta Oslo avec davantage de cynisme qu'il ne le souhaitait.

— C'est pour cela que nous ne tirerons rien de ce côté, dit Mlle Wood, frappant son carnet de son crayon. D'après ce que tu me dis, Van Tysch pourrait avoir autant d'ennemis que d'admirateurs.

— Effectivement.

— Il faudra envisager les choses autrement.

Dans le jardin, le modèle du portrait de Debbie Richards s'était entièrement dévêtu et l'un des employés pliait soigneusement les vêtements peints tandis que l'autre lui tendait le peignoir. Wood observa le corps de la fille qui, même pieds nus, la dépassait de plusieurs centimètres, et se demanda vaguement si Oslo la trouvait aussi séduisante. Les lignes du masque de cérublastine étaient perceptibles autour de son cou. À quoi son véritable visage pouvait-il ressembler ? Elle ne le savait pas ; elle ne voulait pas le savoir.

Tandis qu'elle réfléchissait, Wood ôta ses lunettes de soleil et se frotta les yeux. « Mon Dieu, comme elle est mince, émaciée », pensa Oslo. Il pressentit que les problèmes nerveux de Mlle Wood avec la nourriture s'étaient aggravés ces dernières années. Le « chien de garde » n'avait que la peau sur les os.

Il l'avait connue quand elle était encore un chiot.

C'était à Rome, en 2001, pendant une session de cours sur l'entretien des tableaux extérieurs qu'Oslo donnait dans la ville. Il ne comprit jamais ce qui l'avait tant attiré chez cette fille mince de vingt-trois ans à peine. À première vue, c'était simple : April Wood était belle, elle se distinguait par son élégance et faisait preuve d'une culture et d'une intelligence remarquables. Mais il y avait en elle quelque chose qui provoquait un rejet immédiat chez les gens. À l'époque, elle était directrice de la sécurité pour Ferrucioli et, bien qu'elle fût déjà riche, elle vivait seule et n'avait pas d'amis intimes. Oslo crut découvrir ce qui la tenait à l'écart : une haine lente et profonde comme un poison souterrain. Mlle Wood exsudait la haine par tous les pores.

Avec la patience infinie qui le caractérisait quand il s'agissait d'aider les autres, Oslo se proposa de lui offrir l'antidote adéquat. Il réussit à réunir quelques données sur sa vie. Il sut que son père, un marchand d'art anglais installé à Rome, avait fait pression sur April quand elle était adolescente pour qu'elle devienne une toile. Et il sut qu'elle était en traitement pour un problème d'anorexie nerveuse qu'elle traînait depuis l'époque où son père voulait faire d'elle une œuvre d'art à tout prix. « Il appelait des peintres médiocres pour qu'ils m'esquissent nue, lui avoua April un jour. Puis il prenait des photos et les envoyait aux grands maîtres. Mais j'ai découvert à temps que je n'avais pas la patience pour devenir une toile. Alors je me suis consacrée à les protéger. » Mais, pour elle, « protéger des tableaux » signifiait exactement ça. C'était comme si elle ne les avait pas considérés comme des êtres humains. Les discussions entre eux à ce sujet étaient fréquentes. Oslo comprit alors que le pire poison de Wood *était Wood*. Un antidote à ce poison n'aurait eu pour résultat que de lui faire plus de mal encore.

Quand Wood entra à la Fondation comme toute nouvelle directrice de la sécurité, la distance qui les séparait augmenta. En 2002, les rencontres s'espacèrent davantage et en 2003 l'absence étendit sa froide humidité sur eux. Le mot « fin » n'avait jamais été prononcé. Ils restaient amis, mais savaient que tout ce qui avait existé entre eux était fini.

Il croyait qu'il l'aimait encore.

Wood posa ses lunettes sur le bureau et le regarda.

— Hirum, je vais être franche avec toi : je suis désavantagée par rapport au type qui détruit les tableaux.

— Désavantagée ?

— L'un des nôtres l'aide. Quelqu'un de la Fondation.

— Mon Dieu, murmura Oslo.

Pendant un très bref instant, une infime fraction de seconde, il crut qu'elle redevenait une enfant. Oslo savait que derrière cette forteresse inexpugnable se cachait, craintive, une créature pauvre et solitaire qui accrochait parfois son regard, mais il fut surpris de le constater à cet instant. Cela ne dura pas, cependant. Wood tira à nouveau sur les rênes de son visage. Même la cérublastine n'aurait pu permettre d'élaborer un masque plus parfait que les traits *réels* de Mlle Wood, pensait Hirum Oslo.

— J'ignore qui cela peut être, poursuivit-elle. Peut-être une personne achetée par un groupe appartenant à la concurrence. De toute façon, capable de communiquer des informations *confidentielles* sur les horaires des agents de surveillance, les lieux de stockage et ce genre de chose. Nous sommes *vendus*, Hirum, de l'intérieur et de l'extérieur.

— Stein est au courant ?

— C'est le premier à qui j'en ai parlé. Mais il a refusé de m'aider. Il ne va même pas essayer d'ajourner la prochaine exposition. Ni Stein ni le maître ne veulent être mêlés à l'affaire. Le problème, quand on travaille pour de grands artistes, c'est qu'on doit se débrouiller tout seul. Ils sont à une autre hauteur, à un autre niveau. Ils me considèrent comme un chien de garde, c'est même comme ça qu'ils m'appellent, et je ne les en empêche pas : c'est exactement mon boulot. Jusqu'à présent, ils se sont montrés satisfaits de moi. Mais aujourd'hui je suis seule. Et j'ai besoin d'aide.

— J'ai toujours été là, April, et je suis là aujourd'hui.

On entendit des rires dans le jardin. C'étaient des jeunes gens des deux sexes. Ils s'approchaient de la pergola en parlant et en riant, comme une excursion d'étudiants. Ils portaient des vêtements de sport et des sacs à l'épaule mais leur peau lustrée brillait sous les lumières électriques qui avaient commencé à s'allumer entre les arbres. L'apparition fut presque surnaturelle : des anges aux corps dessinés, des êtres provenant d'un univers lointain dont Hirum Oslo et April Wood se considéraient comme exilés et qu'il était difficile de regarder sans nostalgie. Après s'être excusé auprès de Wood, Oslo se leva et ouvrit la porte du bureau.

Wood comprit immédiatement qu'il s'agissait d'un rituel quotidien : les tableaux d'Oslo prenaient ainsi congé de leur propriétaire. Elle reconnut parmi eux le Chalboux et le Moritz. Oslo leur parlait en souriant. Il plaisantait. Elle pensa à sa propre maison de Londres. Elle possédait plus de quarante œuvres et presque la moitié de décorations humaines. Certaines étaient si chères qu'elles continuaient à poser même quand elle était absente, même si cela devait durer plusieurs semaines. Mais Wood n'échangeait pas deux mots avec eux. Elle éteignait ses cigarettes sur des Cendriers qui étaient des hommes nus, allumait des Lampes adolescentes au sexe épilé et vierge, dormait à côté d'une huile formée par trois jeunes gens peints en bleu en perpétuel équilibre, faisait sa toilette à côté de deux jeunes filles à genoux qui soutenaient de leur bouche des porte-savons en or, et à aucun moment, même quand ils partaient se reposer après une journée complète de travail chez elle, elle n'avait eu l'idée de leur adresser la parole. Oslo, lui, entretenait avec ses tableaux des relations de père affectueux.

Après avoir pris congé de ses toiles, Hirum Oslo regagna son siège et alluma la lampe de bureau. La lumière se refléta dans les yeux froids et bleus de Wood.

— À quelle heure dois-tu partir ? demanda-t-il.

— Quand je voudrai. J'ai un avion privé qui m'attend à Plymouth. Et si je ne veux pas conduire, je peux appeler un chauffeur pour qu'il passe me chercher. Ne t'inquiète pas pour ça.

Oslo joignit le bout de ses doigts. Son visage reflétait l'inquiétude.

— Tu as pensé à la police, j'imagine.

Le sourire de Wood était lesté par la fatigue.

— Ce type a toute la police européenne à ses trousses, Hirum. Nous recevons l'aide d'organismes et de départements de défense qui ne se mettent en marche que dans des cas très précis, quand la sécurité ou le patrimoine culturel des États membres sont en jeu. La mondialisation a rendues obsolètes les méthodes de Sherlock Holmes, je suppose, mais je fais partie de ceux qui préfèrent les vieilles méthodes. Et puis, les rapports de ces systèmes atterrissent au cabinet de crise, et je suis convaincue que l'un des membres de ce cabinet est le type qui collabore avec notre homme. Mais le pire de tout est que je n'ai pas de temps. Elle fit une pause et ajouta : Nous le soupçonnons de tentative de destruction d'un tableau de la nouvelle collection, et il va le faire *maintenant*, pendant l'exposition. Peut-être d'ici une semaine ou deux, peut-être avant. Il se peut même qu'il attaque précisément le jour de l'inauguration. Il ne va pas attendre beaucoup plus. Aujourd'hui, nous sommes mardi 11 juillet, Hirum. Il reste quatre jours. Je suis dé-ses-pé-rée. Mes hommes travaillent jour et nuit. Nous avons conçu des plans de protection très complexes, mais ce type a également un plan, et il nous esquivera comme il l'a déjà fait. Il va descendre un autre tableau. Et je dois l'en empêcher.

Oslo médita un instant.

— Décris-moi un peu son mode opératoire.

Wood lui expliqua dans quel état les tableaux avaient été retrouvés et l'usage du découpe-toile.

— Il enregistre la voix des toiles disant des choses bizarres dont nous supposons qu'il les oblige à les lire, ajouta-t-elle. Je t'ai apporté des transcriptions écrites des deux enregistrements.

Elle sortit quelques feuilles pliées de son sac et les lui remit. Quand Oslo eut fini de lire, le jardin était plongé dans l'obscurité et le silence.

— « L'art qui survit est l'art qui est mort », réfléchit-il. C'est curieux, on dirait une déclaration de principe sur l'art hyperdramatique. Tanagorsky disait que l'art HD ne survivrait pas parce qu'il était *vivant*. Cela peut sembler paradoxal, mais c'est ainsi, il se pratique avec des gens en chair et en os, il est donc éphémère.

Wood avait abandonné son carnet de notes et se penchait en avant en appuyant les coudes sur la table.

— Hirum, tu crois que ces phrases mettent en évidence une connaissance artistique profonde ?

Oslo haussa les sourcils et réfléchit avant de répondre.

— C'est difficile à déterminer, mais je crois que oui. « L'art est destruction, dit-il à un autre moment. Avant, il n'était que ça. » Et il cite les artistes des cavernes puis les Égyptiens. Moi, je l'interprète comme ça : jusqu'à la Renaissance, grosso modo, les artistes ont travaillé pour la « destruction » ou pour la mort : des bisons dans les cavernes, des figures dans les tombes, des statues de dieux terrifiants, des descriptions médiévales de l'enfer... Mais, à partir de la Renaissance, l'art commença à travailler pour la vie. Et il continua ainsi jusqu'à la Seconde Guerre mondiale, que tu le croies ou non. À partir de ce conflit, il y eut pour ainsi dire un repli des consciences. Les peintres perdirent leur virginité, devinrent pessimistes, cessèrent de croire en leur propre métier. Même en ce début de XXIe siècle, nous en subissons les conséquences. Nous sommes tous héritiers de cette terrible guerre. Voici l'héritage des nazis, April. Voici ce que les nazis ont obtenu...

La voix d'Oslo avait perdu de son intensité. Elle était sombre comme le crépuscule qui les enveloppait. Il parlait sans regarder Wood, le regard fixé sur le bureau.

— Nous avons toujours pensé que l'humanité était un mammifère capable de lécher ses propres blessures. Mais en réalité nous sommes délicats comme un grand tableau, une belle et terrible peinture murale qui se crée elle-même depuis des siècles. Cela nous rend fragiles : les coups de griffe sur la toile de l'humanité sont difficiles à réparer. Et les nazis ont déchiré la toile, la réduisant en lambeaux. Nos convictions ont été pulvérisées et leurs fragments ont été perdus dans l'histoire. Il n'y avait plus rien à faire avec la beauté : juste la regretter. Nous ne pouvions plus revenir à Léonard, Raphaël, Vélasquez ou Renoir. L'humanité est devenue un survivant mutilé aux yeux ouverts sur l'horreur. Voici la véritable réussite des nazis. Les artistes souffrent encore de cet héritage, April. En ce sens, en ce sens uniquement, on peut dire qu'Hitler a gagné la guerre pour toujours.

Il leva son regard triste vers Wood, qui l'écoutait en silence.

— Comme cela m'arrivait à l'université, je parle trop, dit-il en souriant.

— Non, continue, s'il te plaît.

Oslo observait la poignée de sa canne tout en poursuivant.

— L'art a toujours été très sensible aux aléas de l'Histoire. La peinture de l'après-guerre s'est décomposée ; les toiles ont éclaté en couleurs fortes, se sont désagrégées en une révolution affolée de choses amorphes. Les mouvements, les tendances, étaient éphémères. Un peintre en est venu à affirmer, avec raison, que les avant-gardes n'étaient que la matière avec laquelle s'élaborait la tradition du lendemain. L'*action painting*, les rencontres et les actions, le pop art et l'art inclassable ont fait leur apparition. Les écoles naissaient et mouraient. Chaque peintre devint sa propre école et la seule règle admissible était de ne suivre aucune règle. C'est alors que naquit l'hyperdramatisme, qui, d'une certaine façon, est relié à la destruction davantage que tout autre mouvement artistique.

— De quelle façon ? demanda Wood.

— D'après Kalima, le grand théoricien du HD, l'humain n'est pas seulement contraire à l'art, mais encore l'*annule*-t-il. Il le dit textuellement dans ses livres, je ne l'invente pas. Pour l'exprimer en termes simples : une œuvre HD est d'autant plus *artistique* qu'elle est moins *humaine*. Les exercices hyperdramatiques tendent à cette fin concrète : dépouiller le modèle de sa condition de personne, de ses convictions, de sa stabilité émotionnelle, sa fermeté, lui ravir sa dignité pour le transformer en une chose avec laquelle pouvoir faire de l'art. « Nous devons détruire l'être humain pour créer l'œuvre », disent les hyperdramatistes. Voici l'art de notre *époque*, April. Voici l'art de notre monde, de notre nouveau siècle. On en a non seulement fini avec les êtres humains mais également avec tous les autres arts. Nous avons vécu dans un monde hyperdramatique.

Oslo fit une pause. Wood pensa à nouveau, inexplicablement, au portrait de Debbie Richards. À cette femme plus séduisante qu'elle qu'Hirum gardait chez lui pour se souvenir d'*elle*.

— Comme cela arrive régulièrement, poursuivit Oslo, cette tendance sauvage a déclenché des réactions contradictoires. D'un côté, ceux qui pensent qu'il faut atteindre le plus grand extrême et dégrader la personne jusqu'à des limites inconcevables : ainsi sont nés les art-shocks, les hypertragédies, les *animarts*, l'artisanat humain... Et le clou, la dégradation suprême : l'aberrant *art taché*... D'un autre côté, ceux qui considèrent que l'on peut créer des œuvres d'art avec les êtres humains sans les dégrader ni les humilier. Ainsi est né le naturel-humanisme. Il leva les mains et sourit. Mais je ne veux pas faire de prosélytisme.

— Donc, celui qui a écrit ça ne pensait pas à des termes hyperdramatiques, n'est-ce pas ?

— Si, mais il y a des phrases étranges. Par exemple : celle qui conclut les deux textes : « Si les figures meurent, les œuvres perdurent. » Je ne comprends pas comment une œuvre HD peut perdurer si ses figures meurent. C'est pousser là à l'extrême le paradoxe de Tanagorsky. Ce sont des textes confus, j'aimerais les analyser plus attentivement. De toute façon, je ne crois pas que nous devions les prendre au pied de la lettre. Je me rappelle que, dans *Alice*, Humpty-Dumpty affirmait qu'il pouvait doter ses paroles du sens qu'il désirait. Il se passe ici une chose similaire. Seul leur auteur sait ce qu'il a voulu dire par là.

— Hirum, intervint Wood après une pause, j'ai lu que *Défloration* et *Monstres* sont considérés comme des tableaux très particuliers dans l'œuvre de Van Tysch. Pourquoi ?

— Effectivement, ce sont des tableaux qui tranchent sur le reste de sa production. Van Tysch dit dans son *Traité de peinture hyperdramatique* que *Défloration* se fonde sur une vision qu'il a eue enfant, en accompagnant son père au château d'Edenburg. Maurits voulait que Bruno observe son travail pour apprendre rapidement le métier. Bruno l'accompagnait tous les étés, lors des vacances scolaires, et ils parcouraient ensemble un chemin bordé de fleurs. Il y avait un massif de narcisses des neiges, et un jour Van Tysch crut voir une jeune fille debout sur les narcisses. Il l'a peut-être réellement vue, mais il pense que ce ne fut qu'un rêve. Ce qui est certain, c'est que *Défloration* est devenu pour lui un symbole de son enfance. L'odeur de forêt sous la pluie que dégage l'œuvre..., que *dégageait* l'œuvre... fait référence à la tourmente d'été qui tomba sur Edenburg le jour où il eut la vision. Oslo fit une moue soudaine. J'ai connu Annek quand Van Tysch peignait ce tableau avec elle. La pauvre jeune fille croyait que Van Tysch l'appréciait. Et lui, il utilisait les sentiments qu'elle éprouvait pour lui, bien sûr.

Il fit une pause. Wood l'observait depuis l'ombre.

— Avec *Monstres*, il a voulu représenter Richard Tysch, et peut-être aussi Maurits. Bien sûr, les frères Walden ne leur ressemblaient absolument pas, mais il s'agissait d'une *caricature*, une sorte de vengeance artistique contre les êtres qui avaient le plus influé sur sa vie. Il choisit deux psychopathes et leur accrocha autour du cou leurs antécédents judiciaires qui n'ont pas encore pu être entièrement vérifiés. Les Walden étaient capables de beaucoup de choses, mais Van Tysch les fit paraître plus pervers qu'ils ne l'étaient en mettant à profit la popularité du procès où ils furent accusés de la mort d'Helga Blanchard et de son fils. De la sorte, la comparaison entre les personnages du tableau et ceux de son passé dissimule, peut-être, une autre nuance. Peut-être Van Tysch veut-il nous dire que ni Richard Tysch ni Maurits ne furent certainement aussi méchants et pervers, mais qu'il se les rappelle ainsi, et c'est ainsi qu'il les a peints : difformes, grotesques, pédérastes, criminels et semblables l'un à l'autre. C'est là le seul lien qui unit *Monstres* à *Défloration* : le passé. Aucun de ses autres tableaux n'est aussi directement lié à sa vie.

— Et dans *Rembrandt* ? Wood se pencha en avant sur son siège. Tu connais la description des tableaux de la nouvelle collection ?

— J'en ai entendu parler, comme presque tous les critiques.

— Je t'ai apporté un catalogue contenant l'information la plus récente, dit-elle en sortant une brochure de couleur noire de son sac. Elle l'étala sur la table. Il contient une description sommaire de chaque œuvre. Il y en a treize. J'ai besoin que tu me dises lequel de ces tableaux pourrait d'après toi être un de ces tableaux si particuliers liés au passé de Van Tysch.

— Il m'est impossible de dire quoi que ce soit sur ce sujet en me basant sur la description d'un catalogue, April...

— Hirum : la semaine dernière, à Londres, je n'ai pas cessé d'envoyer ce catalogue dans tous les coins de la planète. J'ai parlé à des dizaines de critiques des cinq continents et j'ai élaboré une liste. Ils m'ont tous dit la même chose que toi et j'ai dû insister auprès de tous, même si je n'ai dit la vérité qu'à toi. À contrecœur, chacun m'a donné son avis. J'ai besoin d'ajouter ton opinion à cette liste.

Oslo la contemplait, ému par l'anxiété frénétique qu'il lisait dans ses yeux. Il réfléchit un instant avant de répondre.

— Il est très difficile de savoir s'il y aura un tableau de ce genre dans *Rembrandt*. Je crois qu'il s'agit d'une collection assez différente de *Monstres*, de la même façon que celle-ci le fut de *Fleurs*. En apparence, c'est un hommage à Rembrandt à l'occasion du quatre centième anniversaire de sa naissance. Mais nous devons tenir compte du fait que Rembrandt était l'artiste préféré de Maurits, et peut-être pour cette raison, le fait qu'il s'agissait du peintre favori de son père détesté, l'exposition regorge de détails grotesques. Dans *La Leçon d'anatomie*, par exemple, au lieu d'un cadavre, il y a une femme nue et souriante, et les étudiants semblent sur le point de se jeter sur elle. Dans *Les Syndics*, sont représentés les maîtres et collègues de Van Tysch : Tanagorsky, Kalima et Buncher... *La Fiancée juive* peut faire allusion au fait que son père ait été un collaborateur pendant la guerre ; on dit même qu'il a déguisé le modèle féminin en image d'Anne Frank... *La Descente de croix* est une sorte d'autoportrait... Le modèle, Gustavo Onfretti, est déguisé en Van Tysch et attaché sur la croix... Bref, dans *Rembrandt*, presque tous les tableaux sont directement reliés à Van Tysch et à son monde d'une façon grotesque...

— Mais ce type n'en détruira qu'un, répliqua Wood. J'ai besoin de savoir lequel.

Oslo détourna le regard de ces yeux implorants.

— Et que feras-tu si je te dis une probabilité sur treize ? Tu protégeras davantage ce tableau, n'est-ce pas ? Et si je me trompe ? Devrai-je accepter la responsabilité d'une mort ? De plusieurs morts, peut-être ?

— Tu ne seras responsable de rien. Je t'ai dit que je suis en train de recueillir les opinions d'experts du monde entier et j'opterai pour le tableau qui obtiendra le plus de votes.

— Pourquoi ne demandes-tu pas à Van Tysch ?

— Il n'a pas voulu me recevoir, répliqua Wood. Et puis, on ne lui a rien dit sur la destruction de *Défloration* et de *Monstres*. Il est sur son rocher privé, Hirum. Je ne pourrai pas l'approcher.

— Et si la majeure partie des experts se trompe ?

— Même comme ça, il ne se passera rien. Je ne vais pas risquer l'œuvre originale.

Soudain, ce fut au tour d'Hirum de se sentir nerveux. Tandis qu'il observait le visage de Wood éclairé par la lampe de bureau, il comprit ce qu'elle cherchait. Tout son corps se mit en tension.

— Attends un moment. Maintenant je te comprends, Tu vas... Tu vas placer une *copie* comme *appât* à la disposition de ce cinglé... Une copie du tableau qui obtiendra le plus de votes...

Il y eut une pause. Il sembla évident à Oslo qu'il avait touché dans le mille.

— C'est ton idée, n'est-ce pas ? Et qu'est-ce qui arrivera à la copie ? Tu sais parfaitement que nous sommes en train de parler d'êtres humains...

— Nous la protégerons, dit-elle.

Soudain, Oslo sentit qu'elle n'était pas sincère.

— Non, tu ne la protégeras pas. Elle ne te servirait à rien si tu le faisais... Tu veux l'utiliser comme *appât*. Tu veux tendre un piège. Tu vas livrer à un psychopathe une ou plusieurs personnes innocentes pour en sauver d'autres !

— Une copie d'un tableau de Van Tysch vaut à peine quinze mille dollars sur le marché, Hirum.

Oslo sentait la vieille furie s'emparer de lui.

— Mais ce sont des *personnes*, April ! Les copies sont des personnes, tout comme le tableau original !

— Mais elles ne valent rien par rapport à l'art.

— L'art ne signifie rien devant les personnes, April !

— Je ne veux pas en discuter, Hirum.

— Tout l'art du monde, tout le maudit art du monde, du Parthénon à *Mona Lisa*, du *David* aux symphonies de Beethoven, est de l'*ordure* en comparaison avec la personne la plus *insignifiante* ! Tu ne peux pas comprendre ça ?

— Je ne veux pas discuter, Hirum.

Elle était comme ça, pensa Oslo, elle était comme ça, impavide, et le monde continuerait à tourner dans le même sens. Défendons l'héritage du monde, disait-elle, défendons les grandes créations humaines, pyramides, sculptures, toiles, musées, élaborées sur des cadavres, os sur os. Protégeons le patrimoine de l'injustice. Achetons des esclaves pour peindre leurs corps. Pour fabriquer Cendriers, Lampes et Chaises. Pour les déguiser en animaux et en hommes. Pour les détruire selon leur prix sur le marché. Bienvenue au XXIe siècle : la vie s'achève, mais l'art persiste. C'est une consolation.

— Je ne vais pas collaborer à une injustice, dit Oslo.

De façon imprévue, Mlle Wood sourit.

— Hirum, tu as vu de nombreuses œuvres de Van Tysch tout au long de ta vie, et tu sais qu'une copie ne peut être comparée, artistiquement parlant, à un original du maître, n'est-ce pas ? Oslo acquiesça. Eh bien, tu affirmes que la copie et l'original sont des êtres humains, et je te donne raison. Précisément pour ça, parce que le matériau est le même, la valeur diffère. Et à l'heure des grandes décisions, on doit pencher pour ce qui a le plus de valeur. Je ne veux pas discuter, je te l'ai déjà dit, mais je vais te donner un exemple caractéristique. Ta maison brûle et tu ne peux sauver qu'*une seule œuvre*. Sauverais-tu *Buste* de Van Tysch, ou une copie de *Buste* ? Dans les deux cas, nous parlons d'une fillette de onze ou douze ans. Mais laquelle des deux fillettes sauverais-tu, Hirum ? *Laquelle des deux ?*

Il y eut un long silence. Oslo se passa la main sur le front trempé de sueur. Wood ajouta, avec un nouveau sourire :

— C'est le genre d'« injustice » auquel je te propose de collaborer.

— Tu n'as pas changé, dit alors Oslo. Tu n'as pas changé, April. Que veux-tu réellement empêcher ? La perte d'un tableau, ou celle de ta confiance en ta propre personne ?

— Hirum.

Cette voix douce et électrique. Ce murmure glacé qui vous paralysait comme le persiflage bifide d'un serpent paralyse sa petite victime. Wood se pencha en avant comme si son corps avait perdu son centre de gravité. Elle parla avec une lenteur extrême, sur un ton qui fit s'agiter Oslo sur son siège.

— Hirum, si tu veux m'aider, donne-moi ton putain d'avis une bonne fois pour toutes.

Après une pause, inaltérable, ses yeux de quartz bleu fixés sur Oslo, Wood ajouta :

— Excuse-moi pour cette visite précipitée, Hirum. En réalité, tu m'as déjà beaucoup aidé. Tu n'es pas obligé de continuer.

— Non, attends, donne-moi le catalogue. Je vais l'étudier et je t'appellerai demain. Si je trouve un tableau plus probable que les autres, je te le dirai.

Il hésita un instant avant de poursuivre, comme s'il évaluait l'utilité d'obtenir cette faible promesse d'une personne qui avait son regard et parlait sur ce ton terrible.

— Promets-moi que tu essaieras de faire en sorte que personne ne soit lésé, April.

Elle acquiesça et lui remit le catalogue. Puis elle se leva et Oslo la raccompagna à la maison.

La nuit se refermait sur le monde.

Le paysage est constitué de mains qui s'ouvrent dans les ténèbres, comme pour tenter d'attraper quelque chose. Elles sont suspendues aux lampadaires, se collent aux murs et au châssis cuirassé des tramways, ondulent sur les arcades des ponts qui traversent les canaux. C'est l'image choisie pour la publicité de *Rembrandt*, la main de l'ange du *Combat de Jacob avec l'ange*, le tableau qui sera présenté à la presse dans le Vieil Atelier le jour même, jeudi 13 juillet, l'œuvre qui ouvrira le feu de l'exposition la plus étonnante de la décennie.

Bosch pensait en frissonnant qu'ils n'auraient pu trouver symbole plus approprié. Il savait qu'il existait une autre *main* tendue dans l'obscurité, attendant d'attraper quelque chose. Au fil des jours, les craintes de Wood avaient acquis de l'emprise sur lui. S'il avait douté que L'Artiste s'attaque à *Rembrandt*, aujourd'hui ce n'était plus le cas. Il était convaincu que le criminel se trouvait là, à Amsterdam, et qu'il avait préparé une stratégie. Il détruirait l'un des tableaux, à moins qu'on ne trouve un moyen de l'arrêter. Ou de protéger l'œuvre en question. Ou de lui tendre un piège.

De gros nuages tapissaient le ciel quand Bosch arriva au Nouvel Atelier ce jeudi matin. Au-dessus du toit du musée Stedelijk on pouvait remarquer les becs noirs des bâches qui constituaient le « Tunnel de Rembrandt », comme la presse avait baptisé le chapiteau d'exposition installé sur l'esplanade du Museumplein. Il faisait frais, malgré l'été. Bosch se rappela que les prévisions météorologiques annonçaient de la pluie pour samedi, le jour de l'inauguration. « De la pluie, oui, et aussi des éclairs et des coups de tonnerre », pensait-il. En entrant dans son bureau, il constata que tous les téléphones revendiquaient des messages sans réponse, mais il ne put s'en occuper parce que Alfred Van Hoore et Rita Van Dorn l'attendaient avec un CD-ROM et une envie impressionnante de lui raconter des choses et, dans le cas du premier, de lui montrer ses nouvelles simulations informatiques. Ils portaient tous deux un autocollant de l'exposition au revers de leur veste, une petite main d'ange étendue sur le mot « Rembrandt ». Bosch trouva ces autocollants ridicules, mais il se garda de tout commentaire. Ses deux collaborateurs arboraient des sourires de satisfaction en raison de la bonne marche des mesures de sécurité pendant la présentation de la veille. Stein les avait félicités. Ils semblaient tous deux conscients de leur mérite. Bosch les observait avec une certaine pitié.

— J'aimerais que tu regardes ce schéma, Lothar, disait Van Hoore en désignant le squelette en trois 3D du Tunnel sur l'écran d'ordinateur. Il y a quelque chose qui retient ton attention ?

— Ces points rouges.

— Exact. Tu sais ce que c'est ?

Bosch s'agita sur son siège.

— J'imagine que ce sont les sorties de secours destinées au public.

— Exact. Et qu'en penses-tu ?

— Alfred, s'il te plaît, dis-le-moi, toi. Je vais avoir une matinée horrible. Je n'ai pas très envie de passer un examen.

Rita rit sous cape. Le jeune Van Hoore semblait offensé.

— Il y a *peu* de sorties de secours pour les tableaux, Lothar. Nous avons surtout pensé au public, mais nous allons poser un cas extrême. Un incendie.

Il frappa sur une touche et le spectacle commença. Van Hoore contemplait l'écran avec la même expression orgueilleuse que Néron la destruction de Rome, pensait Bosch. En quelques secondes, le Tunnel en 3D fut encerclé par les flammes.

— Je sais que les bâches sont ignifuges et que Popotkin assure que les lumières de clair-obscur ne déclenchent pas de courts-circuits comme les lampes normales. Mais nous allons imaginer qu'il se produise malgré tout un incendie...

Igor Popotkin était le physicien concepteur des lumières de clair-obscur. Il était également poète et pacifiste, comme de nombreux scientifiques russes formés pendant l'ère de la glasnost et de la perestroïka. Stein disait qu'on lui donnerait le prix Nobel de quelque chose d'ici quelques années, bien qu'il ne parvînt pas à imaginer de quoi. Bosch avait vu Popotkin à plusieurs reprises lors de ses visites à Amsterdam. C'était un petit vieux au visage bovin. Il adorait fumer de l'herbe et avait parcouru tous les *coffee shops* du Quartier rouge en collectionnant des sachets.

— Que crois-tu qu'il arriverait s'il y avait un incendie, Lothar ?

— Que la fuite du public gênerait l'évacuation des tableaux, dit Bosch, complètement pris par l'interrogatoire.

— Exact. Et donc, quelle serait la solution ?

— Prévoir davantage de sorties.

Van Hoore avait un air faussement compatissant, comme un présentateur de concours qui remarque une réponse erronée.

— On n'a pas le temps. Mais j'ai eu une idée. L'une des équipes de la sécurité sera préposée à l'évacuation des œuvres en cas de catastrophe. Regarde.

Des bonshommes en chemise, pantalon blanc et gilet vert apparurent.

— Je les appelle personnel d'urgence artistique, expliqua Van Hoore. Ils seront placés aux points de ramassage au centre du fer à cheval du Tunnel, avec des fourgonnettes spéciales prêtes à s'éloigner à toute vitesse avec les tableaux à bord, si besoin était.

— Fantastique, Alfred, l'interrompit Bosch. Vraiment. Ça me plaît. C'est une solution parfaite.

Quand l'incendie de Van Hoore prit fin, ce fut le tour de Rita. Elle se borna à répéter ce qui avait déjà été décidé. Le ramassage serait toujours effectué par les mêmes hommes identifiés. Dans le Tunnel il y aurait une patrouille de la sécurité tous les cent mètres ; ils porteraient des lampes et seraient armés, mais n'allumeraient aucune lumière excepté en cas d'urgence. On placerait trois dispositifs de barrage avec les instruments habituels : rayons X, portes magnétiques et décrypteurs rapides d'images. Les paquets et valises devraient être laissés à l'entrée. Il serait interdit d'introduire des poussettes d'enfant. Avec les sacs on ne pourrait rien faire, si ce n'est de contrôler au hasard les personnes suspectes, mais la probabilité que quelqu'un réussisse à introduire un objet dangereux dans un sac sans être détecté par les filtres était au-dessous de zéro virgule huit pour cent. À l'hôtel – dont le nom, bien sûr, ne serait pas rendu public – on effectuerait une surveillance constante avec trois agents par tableau stocké. Les agents qui resteraient à l'intérieur des chambres seraient incorporés chaque matin après une analyse rigoureuse d'empreintes et de voix. Ils porteraient des badges à usage unique qui seraient renouvelés quotidiennement, de même que des alarmes conventionnelles et des bracelets à décharge électrique.

— Ah, fit Rita, d'où vient ce changement de dernier moment de la liste des agents de service, Lothar ?

— C'est moi le responsable, Rita, répondit Bosch. Nous allons faire venir de nouveaux agents de notre siège de New York. Ils arriveront demain.

Alfred et Rita se regardaient, indécis.

— Une mesure supplémentaire de sécurité, résolut Bosch. Il tenta de se montrer naturel, parce qu'il ne voulait pas les laisser soupçonner qu'il leur cachait des choses. Ni Van Hoore ni Rita ne savaient rien de l'existence de L'Artiste ni des plans qu'April et lui avaient élaborés en commun.

— Cela va être l'exposition la plus protégée de l'histoire de l'art, sourit Rita. Je ne crois pas que nous devions nous faire tant de souci.

À cet instant, la tête pointue de Kurt Sorensen apparut. Il était accompagné de Gert Warfell.

— Tu as un moment, Lothar ?

« Bien sûr, allons-y », pensait Bosch. Alfred et Rita ramassèrent leurs affaires et furent remplacés avec une rapidité vertigineuse par les nouveaux arrivants. Ils eurent une discussion assommante sur la sécurité des diverses personnalités qui comptaient visiter le Tunnel. Jusqu'à la fin, aucun des trois ne voulut faire référence au problème qui angoissait le plus Bosch. Sorensen dit alors :

— Attaquera ? N'attaquera pas ?

Warfell et Bosch se regardèrent, évaluant leur anxiété respective. Bosch constata que Warfell semblait beaucoup plus tranquille et assuré que lui.

— Il n'attaquera pas, dit Warfell. Il va se cacher dans sa tanière pendant un certain temps. Rip Van Winkle le tient par les couilles.

« C'est lui, qui nous tient, pensa Bosch, les regardant avec méfiance. Et c'est peut-être l'un de *vous deux* qui l'aide. »

Bosch avait perdu le peu d'espoir en ce système qu'il conservait après avoir lu les premiers rapports. Ils présentaient trois sortes de « résultats » : un profil psychologique de L'Artiste, un profil opérationnel et ce que l'on appelait « l'élagage » dans le mystérieux argot de Rip Van Winkle. Le profil psychologique avait été établi par plus de vingt experts travaillant séparément. Ils étaient d'accord sur un seul point, L'Artiste suivait le schéma classique du psychopathe. Il s'agissait d'un individu froid, intelligent, incapable de se plier à l'autorité. Les messages dont il imposait la lecture aux œuvres induisaient à penser qu'il pouvait s'agir d'un peintre raté. À partir de là, les opinions différaient : son véritable sexe n'était pas clair, son orientation sexuelle non plus ; on parlait d'un seul individu ou de plusieurs. Le profil opérationnel était plus ambigu. On n'avait pas encore obtenu de cohésion satisfaisante entre les autorités des frontières des États membres. On était en train de revoir tous les cas de faux papiers d'identité détectés par la police au cours des dernières semaines, mais certains pays se montraient réticents à communiquer leurs données. Les descriptions de Brenda et de la fille sans papiers étaient dans les mains des agents des douanes, mais il était impossible d'arrêter quelqu'un au seul motif de sa ressemblance avec un portrait informatique. On effectuait des recherches dans toutes les entreprises qui fabriquaient de la cérublastine. On étudiait les mouvements de sommes importantes d'un compte à l'autre dans toutes les banques européennes, car on supposait que L'Artiste était financièrement à l'aise. On interrogeait les fournisseurs et les fabricants de bandes magnétiques.

En dernier lieu venait « l'élagage ». C'était la partie la plus déprimante. Certains interrogatoires de modèles experts en cérublastine avaient été réalisés de façon particulière. Bosch ignorait ce qui se passait au cours de ces interrogatoires « spéciaux », mais les personnes interrogées disparaissaient pour toujours. L'Homme Clé l'avait annoncé : il y aurait des victimes, « innocentes mais nécessaires ». Rip Van Winkle avançait à l'aveuglette, comme un Léviathan dément, mais tentait d'effacer les traces qu'il laissait sur son passage : les interrogatoires « spéciaux » ne pouvaient en aucune façon être publics.

Bosch comprenait qu'il s'agissait d'une course contre la montre avec un seul gagnant possible. Ou l'art triomphait, ou c'était L'Artiste. La seule chose que faisait l'Europe était ce que l'on fait toujours dans ce cas : protéger les biens de l'humanité, l'héritage que l'humanité se transmettait à elle-même de génération en génération. Devant cet héritage, on pouvait faire abstraction de l'humanité elle-même. L'importance d'une œuvre sacrée dépasse de loin celle d'une poignée d'individus mortels médiocres, bien que ces derniers soient légion. Cela, Bosch le savait depuis son époque *provo* : le sacré, même minoritaire, était toujours plus *nombreux* que la majorité, parce qu'il était admis par *tous*.

Ou presque tous. Peut-être les individus interrogés par Rip Van Winkle avaient-ils un autre avis, supposa Bosch.

Mais personne ne les avait écoutés.

— Ah, pointa Sorensen, demain nous nous réunissons avec Rip. Ce sera à La Haye. Vous le saviez ?

Bosch et Warfell le savaient. Le rendez-vous avait été annoncé dans le dernier rapport. Ils disposaient manifestement de nouveaux « résultats » et voulaient en discuter de vive voix. Sorensen et Warfell tendaient à penser que L'Artiste avait déjà été pris. Bosch ne se montrait pas aussi optimiste.

À midi, vers l'heure du déjeuner, Nikki pénétra dans son bureau. Elle avait une main levée et les doigts en forme de V. Bosch faillit sauter sur son siège, mais constata ensuite que le supposé V de « victoire » signifiait « deux ». « Bon, c'est également une victoire, pensa-t-il, enthousiasmé. Hier, il nous en restait quatre. »

— Nous avons réussi à en éliminer deux autres, annonça Nikki. Tu te rappelles que je t'ai dit que Laviatov avait fait de la prison pour vol ? Bien, il a abandonné le métier de toile et tente actuellement de repartir avec une galerie d'art hyperdramatique à Kiev. Je lui ai parlé ainsi qu'à certains de ses employés, qui ont confirmé son alibi. Il n'a pas bougé de là au cours de ces dernières semaines. Quant à Fourrier, c'est maintenant avéré : il s'est suicidé il y a six mois après l'échec de sa relation avec l'un de ses anciens propriétaires, mais l'entreprise artistique qui le vendait avait passé la nouvelle sous silence pour ne pas donner une mauvaise impression à d'autres toiles. Ce sont les seuls à ne pas encore avoir d'alibi.

Il étala les papiers sur la table. Deux photos, deux personnes, deux noms. Un visage encadré par de longues mèches châtains ondulées, un regard bleu et profond. Un autre visage presque enfantin, sans traits, le crâne rasé.

— Le premier s'appelle Lije, expliqua Nikki. Il a une vingtaine d'années, mais nous ignorons son véritable sexe. Il a essentiellement travaillé au Japon avec des artistes tels qu'Higashi, mais il n'est pas japonais. Il est spécialiste en transgénériques et en art-shocks. Nous en savons davantage sur le deuxième : il s'appelle Póstumo Baldi, né à Naples en 1986, il a vingt ans également et c'est un homme. Il est le fils d'un peintre raté et d'une ex-décoration, actuellement divorcés. Il y a des preuves selon lesquelles la mère est intervenue comme toile dans des art-shocks marginaux et a utilisé son fils dès son plus jeune âge pour y participer avec elle. Baldi s'est spécialisé dans le transgénérisme. En 2000, Van Tysch l'a choisi pour peindre l'original de *Figure XIII*, l'une des rares œuvres transgénériques du maître. Puis il a participé à des art-shocks et à des portraits.

Bosch observait les deux photos, presque hypnotisé. Si l'intuition de Wood était bonne, et si les filtres informatiques n'avaient rien oublié, l'un d'eux était L'Artiste.

— Devine, sourit Nikki : Lije peut être en Hollande en ce moment. En fait, il est peut-être à Amsterdam.

— Quoi ?

— Oui. On perd sa trace après une participation clandestine dans deux art-shocks d'Extreme, un local d'œuvres illégales dans le Quartier rouge. C'est arrivé en décembre de l'année dernière.

— J'ai entendu parler d'Extreme, dit Bosch.

— Ses propriétaires ne se sont pas montrés très conciliants. Ils disent qu'ils ignorent ce qu'est devenu Lije après cela et ont refusé de communiquer des informations au groupe que nous leur avons envoyé pour les interroger. Je pense faire appel aux gens de Romberg pour leur tirer les vers du nez, si tu m'y autorises.

Bosch contemplait le visage énigmatique de Lije, incapable de décider si ces traits lustrés appartenaient à un homme ou à une femme.

— Et Baldi ?

— Nous avons perdu sa piste en France. La dernière œuvre dont nous savons avec certitude qu'il l'a faite est un transgénérique de Jan Van Obber pour la marchande d'art Jenny Thoureau, mais il n'a même pas respecté le délai stipulé par le contrat. Il est parti et il a disparu de la carte.

Bosch réfléchit un instant.

— À toi de voir. Nikki haussait ses sourcils blonds, dans l'expectative.

— Van Obber vit à Delft, n'est-ce pas ? Appelle-le et organise un rendez-vous pour demain après-midi. Je dois me rendre à La Haye le matin et je pourrai passer par Delft au retour. Dis-lui simplement que nous recherchons Póstumo Baldi. Et envoie les hommes de Romberg à Extreme.

Quand Nikki sortit du bureau, Bosch continua à observer ces deux visages, ces jeunesses anonymes et lustrées qui le regardaient sur les photos. « L'un d'eux est L'Artiste, pensait-il. Si April a raison, et elle a toujours raison, c'est l'un d'eux. »

La lumière constitue la dernière retouche. Gerardo et Uhl l'installent dans le séjour de la propriété. Ils ont commencé très tôt, parce que la machinerie est délicate. On appelle cela des lumières de clair-obscur et elles ont été conçues spécialement pour l'exposition par un physicien russe. Clara contemple les étranges appareils : des baguettes métalliques d'où émergent des bras pourvus de bulbes aux extrémités. On dirait des perches en acier.

— Tu vas voir une chose incroyable, dit Gerardo.

Ils baissèrent les stores. Dans l'épaisseur des ténèbres, Uhl appuya sur un interrupteur et une lueur dorée naquit des ampoules. C'était de la lumière, mais cela n'éclairait pas. Elle semblait peindre l'air couleur or plutôt que de révéler les objets. Avec la rapidité scintillante de l'électricité, le séjour était devenu une toile du XVIIe siècle. Nature minimaliste de Frans Hals ; Rubens *prêt-à-porter*[1] ; Vermeer postmoderne. Gerardo, debout devant elle, figure unique de cette huile ténébriste domestique, souriait.

— On se croirait à l'intérieur d'un Rembrandt, n'est-ce pas ? Mais viens, c'est toi la protagoniste.

Elle avança, pieds nus et nue, vers cet éclat. Elle pouvait le regarder fixement, sans être aveuglée, c'était une

1. En français dans le texte. *(N.d.T.)*

lumière aimable et tentatrice, le rêve d'un papillon suicidaire. Des exclamations admiratives résonnèrent alors.

— Tu es un tableau parfait, la flatta Gerardo. Tu n'aurais même pas besoin d'être peinte. Tu veux te regarder ? Voilà.

Précédé par un fracas de bois, elle vit arriver l'un des miroirs du fond de la pièce.

Elle en eut la respiration coupée.

D'une certaine façon, elle sut que c'était ce qu'elle avait cherché toute sa vie.

Plongée dans une obscurité de peinture classique, sa silhouette se dessinait avec des touches de pinceau d'or. Le visage et la moitié du rideau de cheveux s'incrustaient dans l'ambre. Elle battit des paupières devant la fulguration de sa propre poitrine, la coupe luxueuse du pubis, le profil de ses jambes. En bougeant elle projeta des reflets, comme un diamant sous la lampe, devenant une autre œuvre. Elle peignit mille toiles différentes d'elle-même avec chacun de ses gestes.

— J'aimerais bien t'installer chez moi sous ces lumières, entendit-elle dire à Gerardo depuis l'obscurité. *Femme nue sur fond noir*.

Elle l'écoutait à peine. Il lui semblait que tout ce qu'elle avait rêvé depuis qu'elle avait découvert le tableau d'Eliseo Sandoval chez son amie Talia, tout ce qu'elle avait à peine osé exprimer ou reconnaître quand elle avait décidé de devenir une toile, se trouvait là, dans le reflet de son corps sous les lumières de clair-obscur.

Elle comprit qu'elle avait toujours été son propre rêve.

Ce matin-là, les postures s'adoucirent. C'était ce que Gerardo appelait « remplir la pose ». Les couleurs avaient été décidées : tonalité rouge foncé pour les cheveux, relevés en chignon ; nacre mêlée à du rose et du jaune pour la peau ; un tracé d'ocre très fin pour les sourcils ; les yeux noisette avec une certaine nuance cristalline ; les lèvres profilées couleur chair ; les aréoles des seins en sombre. Après avoir pris une douche avec des dissolvants et retrouvé ses premières couleurs d'apprêt, Clara se sentit mieux. Exténuée, mais parvenue au terme de ce long voyage. Les quinze derniers jours s'étaient écoulés entre des postures tendues, des essais de tonalités, des exercices de concentration, la révision des touches de pinceau magistrales avec lesquelles Van Tysch avait dessiné son expression devant le miroir et le flux compact du temps. Il manquait le détail final.

— La signature, lui dit Gerardo. Le maître vous signera tous cet après-midi dans la salle d'essais du Vieil Atelier. Et vous passerez à la postérité, ajouta-t-il en souriant.

Uhl prit le volant de la fourgonnette. Ils gagnèrent l'autoroute et aperçurent bientôt Amsterdam. La vision de cette ville, qui lui rappelait toujours une jolie maison de poupée, réjouit l'esprit hypnotisé de Clara. Ils traversèrent plusieurs ponts et se dirigèrent vers le quartier des musées par des rues étroites et ordonnées, escortés par les infatigables bicyclettes et le défilé mécanique des tramways. On distingua la masse élégante du Rijksmuseum. Plus loin, dans la clarté grisâtre de midi, s'élevait une masse de ténèbres compactes. La lumière du soleil, filtrant à travers les nuages, arrachait des éclairs couleur opale à la structure colossale. Elle semblait s'abattre sur Amsterdam comme un raz-de-marée de pétrole. Uhl fit un geste depuis le siège du conducteur.

— Le Tunnel de *Rembrandt*.

Ils avaient décidé d'aller le visiter avant de se rendre au Vieil Atelier pour la séance de signatures. Clara avait envie de connaître le lieu mystérieux où elle serait exposée. Ils se garèrent près du Rijksmuseum. La température n'était pas précisément printanière, mais elle ne sentit pas du tout le froid sous la robe légère matelassée sans manches et ajustée à la taille. Elle portait également des chaussons en plastique fourrés et, bien sûr, les trois étiquettes qui l'identifiaient comme l'une des figures originales de *Suzanne au bain*.

Ils pénétrèrent dans la Museumstraat et trouvèrent le Tunnel presque sans le vouloir. Il rappelait la bouche d'une mine gigantesque couverte de bâches. Il avait la forme d'un fer à cheval, avec le U ouvert sur l'arrière du Rijksmuseum et l'entrée principale protégée par deux barrières de palissades, des lumières clignotantes et des véhicules blanc et orangé portant le mot *Politie* écrit sur les côtés. Femmes et hommes en uniforme bleu sombre montaient la garde devant les palissades. Des touristes photographiaient la colossale armature.

Tandis que Gerardo et Uhl se dirigeaient vers les policiers, Clara s'arrêta pour l'observer. À partir de l'entrée, dont la hauteur pouvait commodément égaler celle de n'importe quel grand bâtiment classique d'Amsterdam, les bâches couraient en dénivelé, s'enfonçaient ou se dressaient jusqu'aux nuages comme la tente d'un cirque majestueux, se glissaient entre les arbres et les entouraient, aveuglaient les rues et interdisaient l'horizon. Entre les deux bras du fer à cheval se trouvait la zone centrale de la place du Museumplein, avec l'étang artificiel et le monument commémoratif. Il y avait quelque chose d'anormal, de grotesque, dans cette noirceur posée telle une araignée morte sur le délicat paysage d'Amsterdam, quelque chose que Clara avait beaucoup de mal à définir. C'était comme si la peinture s'était transformée en autre chose. Comme si cela n'avait pas été une exposition artistique qui était en jeu, mais quelque chose d'infiniment plus étrange. Une énorme bâche portant l'un des célèbres derniers autoportraits de Rembrandt masquait l'entrée. Son visage sous le béret – nez en bulbe, petite moustache et bouc hollandais – se penchait sur le monde d'un air sceptique. On aurait dit un dieu fatigué de créer. La bâche qui masquait la sortie était un agrandissement de la photo de Van Tysch de dos. « On entre par la poitrine de Rembrandt, et on sort par le dos de Van Tysch, pensa-t-elle. Passé et présent de l'art hollandais. » Mais lequel des deux génies était-il le plus énigmatique ? Celui qui montrait un visage peint, ou celui qui dissimulait le véritable ? Elle ne parvint pas à décider.

Gerardo s'approcha d'elle.

— Ils vérifient nos papiers avant de nous laisser entrer. Et il désigna le Tunnel. Qu'est-ce que tu en penses ?

— Fantastique.

— Il mesure presque cinq cents mètres de long, mais il est recourbé en fer à cheval pour pouvoir tenir sur la place. On y accède par ce côté et on sort par cette autre bouche proche du musée Van Gogh. Sur certaines sections, il atteint quarante mètres de hauteur. Van Tysch voulait l'installer près de la maison où vécut Rembrandt, la Rembrandthuis, en barrant des rues et même en expropriant des bâtiments, mais naturellement on ne le lui a pas permis. Les bâches sont faites dans un matériau spécial qui élimine toute trace de lumière extérieure pour maintenir une obscurité totale, noire comme dans un puits, parce que les toiles ne seront éclairées que par les lampes à clair-obscur.

— Que peut-il m'arriver ? demanda Clara en souriant.

— Eh bien, les vagabonds viennent passer la nuit ici. Les drogués profitent de l'obscurité pour s'introduire. Et les groupes qui protestent contre l'art hyperdramatique, le BAH et tous les autres... Oui, le BAH : *Bothered About Hyperdrama*, ou « Dérangés par l'Hyperdrame ». Tu as dû entendre parler d'eux, non ? Ce sont nos plus fidèles spectateurs, sourit Gerardo. Demain ils se rassembleront devant le Tunnel, mais parfois un ou deux fauteurs de troubles s'introduisent pour placer des pancartes de protestation. La police patrouille tous les jours à l'intérieur et ils en arrêtent un ou deux. Allons-y.

Clara apprécia le soin que Gerardo prenait d'elle. Dans d'autres circonstances, elle aurait cru qu'il s'inquiétait pour *Suzanne*, mais aujourd'hui elle savait que non. C'était *elle*, Clara Reyes, qu'il craignait de perdre.

Uhl les attendait devant un petit accès sous la bâche d'entrée. « C'est comme si nous nous mettions sous la tête de Rembrandt », pensa-t-elle. De faibles lumières électriques émanant de petites appliques installées sur une place désignaient le chemin. Mais quand l'accès se referma, ils furent enveloppés par une obscurité inconnue. Les bruits de la rue avaient eux aussi disparu. On entendait des échos lointains. Clara distinguait à peine l'ombre de Gerardo.

— Attends un peu. Tes yeux vont s'habituer.

— Je commence à y voir quelque chose.

— Ne t'en fais pas, il n'y a pas d'obstacles. Le parcours est conçu en forme de rampe très douce et étroite et marqué par ces petites lumières. Tout ce que tu as à faire est d'avancer. Et quand les tableaux seront accrochés et éclairés avec les clairs-obscurs, ils serviront de point de référence. Tu touches la corde de la rampe ? Ne t'en sépare pas.

Gerardo ouvrit la marche. Au milieu se trouvait Clara. Ils avancèrent lentement sur un sol lustré, palpant comme des aveugles la corde qui flanquait le chemin. Elle n'apercevait que les pieds de Gerardo et une partie de son pantalon. Le reste de sa silhouette se mêlait à l'obscurité. Elle avait l'impression d'avancer sur la nuit du monde.

— Tout va bien, derrière ? entendit-elle demander à Gerardo.

— Plus ou moins.

Uhl commenta quelque chose en hollandais, Gerardo lui répondit et ils rirent. Puis il traduisit :

— Certains tableaux disent que ce lieu leur provoque des frissons.

— Moi, j'aime ça, affirma Clara.

— Cette obscurité ?

— Oui, je parle sérieusement.

Elle entendait les pas de Gerardo et Uhl et le frottement, zap, zap, des étiquettes accrochées autour de sa cheville et de son poignet. Soudain, l'ambiance subit un changement. C'était comme si l'espace s'était dilaté. Les échos des pas semblaient différents. Clara s'arrêta et regarda en l'air. Ce fut comme de se pencher au-dessus d'un abîme. Elle sentit un vertige inversé, comme si elle avait pu se détacher du sol et tomber vers les bâches de la coupole. Des chœurs de silence se tressaient dans la noirceur, au-dessus de sa tête. Elle se rappela soudain les paroles de Van Tysch sur l'inexistence de l'obscurité absolue et se demanda si le peintre avait voulu se contredire lui-même en concevant ce Tunnel.

— C'est ce qu'on appelle « la basilique ». La voix de Gerardo flottait devant elle. C'est la première coupole. Elle mesure près de trente mètres de hauteur. Dans l'autre bras du U se trouve l'autre, qui est encore plus haute. Ici, au centre, sera exposée *La Leçon d'anatomie*. Plus loin, il y aura *Les Syndics des drapiers* et *Le Bœuf écorché*, avec plusieurs modèles suspendus au plafond par les pieds. En ce moment nous ne pouvons pas voir les fonds parce que les clairs-obscurs sont éteints.

— Ça sent la peinture, murmura-t-elle.

— L'huile, dit Gerardo. Nous sommes à l'intérieur d'un tableau de Rembrandt. Tu avais oublié ? Mais viens, ne reste pas derrière.

— Comment sais-tu que je suis derrière ?

— Tes étiquettes jaunes te trahissent.

Les jambes de Clara tremblaient tandis qu'elle marchait. Elle pensa que ses muscles n'avaient plus l'habitude d'exercer cette fonction si normale après les dures journées de postures immobiles qu'ils avaient connues, mais elle soupçonnait également le tremblement d'être dû à l'émotion que suscitaient en elle ces ténèbres infinies.

— Il reste encore du chemin pour arriver à l'endroit où se tiendra *Suzanne*, dit Gerardo. Mais dis-moi, est-ce que tu distingues ces armatures sombres au loin ?

Il lui sembla voir quelque chose, bien que ce ne fût peut-être pas ce que lui signalait Gerardo. Elle parvenait tout juste à discerner le contour de sa main désignant le vide.

— Nous sommes presque dans la courbe du fer à cheval. C'est là que sera placée *La Ronde de nuit*, une fresque impressionnante avec plus de vingt modèles. Et là, *Jeune Fille à sa fenêtre* et le petit portrait de *Titus*, le fils de Rembrandt. De ce côté, *La Fiancée juive*... Maintenant nous allons arriver à l'endroit où sera exposé *Le Festin de Balthazar*.

Au fur et à mesure qu'ils avançaient, Clara distingua une chose étonnante qui se déplaçait dans le fond : feux follets, lucioles rectilignes.

— Police, résuma Uhl dans son dos.

Ce devait être l'une des patrouilles dont Gerardo lui avait dit qu'elles parcouraient le Tunnel. Ils les croisèrent. Des fantômes portant des casquettes et des reflets de lumière sur les plaques. Clara perçut des sourires et des phrases en néerlandais.

Ils continuèrent à pénétrer dans la profondeur d'un univers abandonné.

— Tu crois en Dieu, Clara ? demanda soudain Gerardo.

— Non, répondit-elle simplement. Et toi ?

— Je crois en quelque chose. Et des choses comme ce Tunnel me prouvent que j'ai raison. Il y a *autre chose*, tu ne crois pas ? Sinon, qu'est-ce qui a poussé Van Tysch à construire cela ? Il est lui-même l'outil d'une chose supérieure, et il ne le sait pas.

— Oui, un outil de Rembrandt.

— Ne plaisante pas, ma petite, au-dessus de Rembrandt il y a autre chose.

Quoi ? se demandait-elle. Qu'y avait-il au-dessus de Rembrandt ? Sans le vouloir, de façon presque inconsciente, elle leva les yeux. Elle vit une obscurité dense tressée avec une ombre de lumière, une lumière si légère qu'elle semblait inventée par ses yeux, aussi faible que celle qui éclaire une image de souvenir, ou un rêve. Une masse incongrue de pénombre.

Uhl intervint à ce moment par une phrase dans son dos. Gerardo se mit à rire et lui répondit.

— Justus dit qu'il aimerait parler espagnol pour comprendre tout ce que nous disons. Je lui ai dit que nous parlions de Dieu et de Rembrandt. Ah, dis... Sur ce mur, il y aura *La Descente de croix*, et là...

Clara sentit des doigts toucher les siens. Elle se laissa conduire jusqu'au cordon de la rambarde. À la faible lueur des appliques, on apercevait le contour d'un jardin fabuleux.

— *Suzanne* sera là. Tu peux voir les marches et le bord de l'eau ? Ce ne sera pas de l'eau véritable, elle sera peinte, comme tout le reste. L'éclairage viendra d'en haut. Les couleurs dominantes seront l'ocre et le doré. Qu'est-ce que tu en penses ?

— Que ça va être incroyable.

Elle entendit le petit rire de Gerardo et sentit son bras lui frôler les épaules.

— C'est toi, qui es incroyable, murmura-t-il. La plus belle toile avec laquelle j'aie jamais travaillé…

Elle ne voulut pas réfléchir à ces paroles. Ces derniers jours, elle n'avait échangé que quelques mots avec Gerardo pendant les pauses, mais, si étrange que cela puisse sembler, elle s'était sentie beaucoup plus unie à lui que jamais. Elle se rappelait l'après-midi où Van Tysch était venu, deux semaines plus tôt, quand Gerardo lui avait peint des traits, et la façon dont il l'avait regardée en tenant le miroir. D'une façon inexplicable, pensait-elle, les deux peintres avaient contribué à la recréer, à la doter d'une nouvelle vie. Van Tysch et Gerardo, à leur façon, avaient été ses auteurs. Mais là où Van Tysch n'avait peint que *Suzanne*, Gerardo était parvenu à profiler également *Clara*, à esquisser une autre Clara encore diffuse, encore, certainement, assombrie. Elle ne se sentait pas la force d'évaluer en cet instant la portée d'une telle découverte.

Ils sortirent par l'autre extrémité du fer à cheval, à travers le dos sombre de Van Tysch, et battirent douloureusement des paupières. La lumière ne brillait pas, bien au contraire ; le soleil s'efforçait de pénétrer le voile gris qui masquait le ciel. Mais, en comparaison avec la sublime noirceur qu'ils venaient d'abandonner, Clara eut l'impression d'assister à l'irruption d'un été aveuglant. La température était excellente bien que le vent fût source de malaise.

— Il est presque quatorze heures, dit Gerardo. Nous devons aller à l'atelier de Plantage pour te préparer et pour que le maître te signe. En la regardant, un sourire indéchiffrable lui tendait les joues. Tu es prête pour l'éternité ?

Elle répondit que oui.

Demain. Demain était le jour.

Elle frottait les étiquettes contre les draps, sentait la signature comme la main d'un enfant posée sur sa cheville : quelque chose qui ne lui faisait pas mal et ne lui était pas agréable mais qui était simplement là.

« Demain *je vais commencer la vie éternelle*. »

On l'avait transférée à l'hôtel après la séance de signatures. Il y avait un agent de la sécurité pour la surveiller, même à l'intérieur de la chambre, parce qu'elle était une œuvre immortelle. « Et il faut empêcher à tout prix qu'une œuvre immortelle ne meure », pensa-t-elle en souriant.

C'était arrivé vers 17 heures. Gerardo et Uhl l'avaient conduite au Vieil Atelier, le grand ensemble de bâtiments de la Fondation dans la zone de Plantage, et l'avaient peinte dans une des cabines en verre sans tain des sous-sols. Après l'avoir séchée, ils lui passèrent une robe matelassée et la transférèrent dans la salle des signatures. Presque tous les tableaux de *Rembrandt* étaient déjà prêts. Elle vit des choses incroyables : deux modèles suspendus par les chevilles à côté de la maquette d'un bœuf, un régiment de lanciers ensanglantés, un beau cauchemar de costumes puritains hollandais et de nudité de chair mythologique. Elle vit Gustavo Onfretti attaché sur une croix et Kirsten Kirstenman allongée sur une table d'opération. Elle découvrit les deux vieillards de *Suzanne*, le premier très mince et le regard brillant et le deuxième taillé comme une armoire. Elle reconnut immédiatement le premier, malgré la peinture qui déformait son visage : c'était le vieil homme que l'on examinait dans la pièce contiguë à l'aéroport de Schiphol. Ils portaient des vêtements amples et le ton de leurs visages évoquait la lascivité et la maladie hépatique. Elle échangea à peine deux mots avec eux, puisqu'elle dut être placée sur le podium dans la position de la figure : nue, accroupie aux pieds du premier vieillard, complètement *Suzanne,* complètement sans défense.

Il s'écoula un grand laps de temps avant que la suite de Van Tysch ne s'approchât. Elle crut distinguer Gerardo et Uhl. Peut-être aussi cet assistant noir qu'elle avait vu descendre de la fourgonnette deux semaines plus tôt. Accroupie par terre elle contempla un défilé de mollets féminins, de femmes pieds nus, probablement des modèles d'esquisses. Et les troncs sombres du pantalon noir de Van Tysch. Des phrases en néerlandais. La voix de Van Tysch. D'autres voix. Un bruit d'instruments. Quelqu'un avait allumé un projecteur puissant et le dirigeait sur elle. Le vrombissement du tatoueur électrique.

Clara avait été signée plusieurs fois, connaissait par cœur le *fait* physique qu'un peintre paraphe n'importe quelle partie de son corps avec des appareils très fins. Mais maintenant c'était tout à fait différent. Elle avait l'impression que c'était la première fois. Être un original de Van Tysch *était* autre chose. Elle éprouvait la sensation d'avoir fini, d'être achevée. Là, à vingt-quatre ans, complètement achevée. Mais au-delà de la fin et de l'extase, qui la comprendrait ? Qui l'accompagnerait dans ce parcours vers l'obscurité ? Qui lui prêterait appui pour que le passage vers le sublime se réalise rapidement ? Soudain, une seconde avant que l'aiguille ne se pose sur elle, elle cessa de penser et de désirer. Elle sentit une certaine obscurité vaine en son for intérieur, comme si elle était partie d'elle-même et avait éteint avant de sortir. « Je pense déjà comme un insecte », elle se rappela alors les paroles de Marisa Monfort, l'apprêteuse de souvenirs. « Je suis maintenant une *véritable* œuvre d'art. »

Quelque chose lui palpait la cheville gauche. Elle perçut les évolutions de l'aiguille rédigeant « BVT » sur l'os. Elle ne regarda pas Van Tysch pendant qu'il la signait, bien sûr. Elle savait que lui non plus ne *la* regardait pas.

Et maintenant, à l'hôtel, pour cette première nuit, elle attendait.

Demain était le grand jour. Demain elle serait exposée pour la première fois.

Quand elle s'endormit enfin, elle rêva qu'elle était à nouveau devant la porte du grenier de la maison d'Alberca, elle n'était plus une fillette de huit ans mais une femme de vingt-quatre et elle était signée à la cheville par Van Tysch. Malgré cela, elle voulait toujours entrer dans le grenier. « Parce que je n'ai pas encore vu *l'horrible*. Je suis un tableau de Van Tysch, mais je n'ai pas encore vu *l'horrible*. » Elle se dirigea vers la porte et l'ouvrit. Quelqu'un l'arrêta alors en la prenant par le bras. Elle se retourna et vit son père. Il semblait terrorisé. Il criait en tirant sur son bras, comme pour l'empêcher d'entrer. Gerardo, à côté de son père, criait également. C'était comme s'ils avaient voulu la sauver d'un danger mortel.

Mais elle se dégagea de toutes les mains qui la retenaient et courut vers la pénombre du fond.

Parce qu'au fond il n'y a que la pénombre.

April Wood ouvrit les yeux. Au début, elle ne se rappela pas où elle se trouvait ni ce qu'elle faisait là. Elle leva la tête et se trouva dans un grand lit au milieu d'une pièce plongée dans l'ombre. Elle réalisa qu'il s'agissait de l'hôtel *Vermeer* d'Amsterdam, et qu'elle était arrivée la veille au soir pour assister à la séance de signatures du maître dans le Vieil Atelier. En théorie, la séance de signatures était un événement privé, mais le personnel de la maison pouvait y assister s'il le souhaitait. Wood voulait voir les œuvres achevées et placées dans leurs positions respectives, se familiariser avec elles comme l'avait certainement déjà fait L'Artiste. Puis, à la fin de la séance, elle avait regagné l'hôtel et s'était couchée après s'être bourrée de somnifères au point qu'elle ne s'était même pas déshabillée. Elle portait le même ensemble ajusté et noir à reflets dans lequel elle s'était rendue à l'atelier. Elle consulta son réveil : 20 h 05, le vendredi 14 juillet 2006. Il restait vingt-quatre heures avant l'inauguration de *Rembrandt*.

Un grand miroir couvrait le mur du fond. Elle s'y contempla. Elle avait un aspect épouvantable. Elle se rappela être tombée, presque inconsciente. L'oreiller conservait l'empreinte de sa tête.

Elle descendit la fermeture Éclair de sa robe, se déshabilla et jeta ses vêtements par terre. La salle de bains était en marbre. Elle alluma les lumières et ouvrit le robinet de douche. Pendant qu'un jet d'eau chaude arrosait son corps, elle commença à récapituler les éléments dont elle disposait. En quoi consistaient-ils ? De nombreux avis et treize terribles possibilités.

Après avoir parlé à Hirum Oslo, elle avait appelé de Londres plusieurs autres critiques. Elle avait donné le même prétexte à tous, excepté Oslo (« pourquoi lui ai-je dit la vérité ? » se demandait-elle) : elle avait besoin de dresser une liste des tableaux les plus onéreux, les plus intimes et personnels de Van Tysch, pour mieux répartir le personnel de garde. Aucun n'avait refusé de donner son avis. En revanche, le maître n'avait pas voulu lui accorder d'entrevue. April ne pouvait pas le lui reprocher : c'était son patron et il n'avait aucune obligation envers elle, hormis celle de la payer. « Il est très fatigué, allégua Stein, à qui elle avait parlé dans l'après-midi à l'atelier. Dès samedi, il va se retirer à Edenburg. Il veut que personne ne le voie. » Stein semblait lui aussi assez épuisé. « Nous sommes à la fin, avait-il dit à Wood. La fin d'un acte de création rend toujours triste. »

Elle sortit de la douche avec agilité. Les immenses serviettes de l'hôtel ressemblaient à des peaux d'ours. Tandis qu'elle s'enveloppait dans l'une d'elles, ses yeux se portèrent sur la balance électronique qui se trouvait à ses pieds. Mais elle résista à la tentation dans un effort de volonté. Ce ne fut pas non plus un effort excessif : la tentation était infime comme une douleur légère, une gêne installée dans un recoin de son cerveau. Mais Mlle Wood savait que si elle se laissait vaincre dans les petites choses elle échouerait immédiatement dans les grandes. Elle *ne voulait pas* savoir combien elle pesait, c'est-à-dire qu'elle *voulait*, mais elle n'allait pas le vérifier. Elle savait qu'elle avait grossi, elle constatait que ses hanches étaient beaucoup plus marquées, mais elle avait décidé de ne plus manger et de n'absorber que des jus de fruits vitaminés. Au demeurant, elle devait se concentrer exclusivement sur son travail.

Elle respira profondément, s'assit sur le lit enveloppée dans sa serviette et respira à nouveau profondément une, deux, trois fois. Si elle n'ôtait pas cette serviette, elle n'aurait pas besoin de se regarder dans la glace. Elle ressemblait à un éléphant, à un horrible épouvantail, mais la serviette lui permettait de rester cachée. Elle pouvait également décider de s'habiller, c'est-à-dire *d'essayer* d'arriver à l'armoire dans laquelle se trouvaient ses vêtements et de recouvrir ce répugnant amas de chair d'un chemisier et d'un pantalon. Mais elle préférait ne pas imaginer ce qui arriverait si le pantalon refusait de se fermer sur son ventre, si la fermeture Éclair rencontrait l'obstacle de sa graisse.

Quelques minutes s'écoulèrent avant qu'elle sente céder son angoisse. Elle se dirigea vers la commode, ouvrit sa mallette et en sortit le dossier qu'elle avait imprimé la veille avec la liste des critiques et les photos que Bosch lui avait envoyées d'Amsterdam sur la disposition des tableaux dans le Tunnel. Les mains tremblantes, elle déposa les papiers sur le lit et s'assit devant eux comme un Indien devant sa tente, laissant la serviette l'envelopper entièrement.

Le plus significatif était la liste. Certains critiques avaient voté pour plus d'un tableau. Les points obtenus y figuraient. C'était presque comme un concours, pensa-t-elle, mais l'œuvre gagnante recevrait pour prix dix déchirures portées au découpe-toile portable.

1.	*La Descente de croix*	19
2.	*Les Syndics des drapiers*	17
3.	*La Leçon d'anatomie*	14
4.	*Bethsabée*	12
5.	*La Ronde de nuit*	11
6.	*La Fiancée juive*	10
7.	*Le Festin de Balthazar*	7
8.	*Le Bœuf écorché*	2
9.	*Jeune Fille à sa fenêtre*	1
10.	*Titus*	1
11.	*Le Combat de Jacob avec l'ange*	1
12.	*Suzanne au bain*	1
13.	*Danaé*	0

Jusqu'à présent, c'était le *Christ* qui gagnait. Mais *Les Syndics des drapiers*, avec les figures de Tanagorsky, Kalima et Buncher, lui disputait la place avec une différence infime. Hirum Oslo l'avait appelée le mercredi pour lui donner son avis : *La Descente de croix*.

La Descente de croix et *Les Syndics*. L'un de ces deux tableaux était en danger. En général, les grands critiques d'art ne se trompaient pas. Ou si ? Pouvait-on concevoir que l'art fût une science exacte ? N'était-ce pas comme de prétendre vérifier ce qu'avait voulu exprimer un poète par une strophe lointaine ? Et si elle prenait le risque de se servir de *La Descente de croix* et des *Syndics* comme appât, et que L'Artiste détruisait le *Titus* ou *Le Combat de Jacob avec l'ange* ? Et si *Danaé*, le seul tableau qu'aucun expert ne reliait à la vie de Van Tysch, était choisi ? Jusqu'à quel point un critique pouvait-il connaître ce qui était enfoui dans l'âme du peintre qu'il étudie et admire ? Jusqu'à quel point le peintre lui-même le connaissait-il ? Et L'Artiste ? Que savait-il de Van Tysch ? Elle comprit immédiatement que si L'Artiste connaissait *mieux que personne* le peintre, tout son plan s'écroulerait.

« Si tu te laisses vaincre dans les petites choses, tu perdras immédiatement dans les grandes. » Elle n'allait pas permettre que cela arrive.

Elle rangea les papiers dans sa mallette, passa devant le miroir les yeux fermés, ôta la serviette devant l'armoire et choisit soigneusement ses vêtements. « Tout doit être parfait, et tout sera parfait. »

Elle avait répété le mot magique. Utiliserait-elle aussi le serment magique ? Lorsqu'elle était enfant, ces rituels donnaient de bons résultats. Quand son père la plaçait devant un mur, les cheveux ornés de fleurs, la bouche et le bout des seins peints et un morceau de tissu lui couvrant le pubis, et la prenait en photo, Wood avait recours au serment. C'était un propos spécial, une sorte d'offrande au dieu de fer de sa volonté intérieure. À diverses reprises, le serment lui avait servi. « Je jure que je vais supporter cette posture, me maintenir immobile comme ça, rester ici, sous le soleil, sans bouger un muscle. »

Elle ne pouvait accuser son père de tout ce dont elle avait souffert. En fin de compte, il avait simplement voulu une vie meilleure pour tous les deux. Est-on coupable de vouloir ce que tout le monde veut ? Son père agonisait maintenant dans un hôpital de Londres. Elle était allée le voir pour la dernière fois la veille, quelques heures avant de prendre l'avion pour Amsterdam. Bien sûr, il ne l'avait pas reconnue sous les abondantes couches de déguisement de sa maladie et ses tubes à oxygène. Wood l'avait observé debout, en silence, à travers ses lunettes noires. Elle avait voulu partager avec lui ce petit fragment de sa mort. « Tu n'es coupable de rien, papa », décida-t-elle. Personne n'est coupable, pensait Mlle Wood, nos rares fautes sont largement payées dans cette vie, il n'y a plus d'enfer. L'existence d'un ciel était une question de foi, mais l'enfer n'admettait pas de discussion possible. Personne ne pouvait être athée vis-à-vis de l'enfer, parce que l'enfer existait, il était là, c'était ça. « Il n'y a rien d'autre, papa, et tu as déjà payé ce que tu devais. » Telle fut sa petite oraison. Puis elle s'en alla.

Robert Wood avait été un homme ambitieux, mais pour Mlle Wood la différence entre « ambitieux » et « triomphateurs » résidait uniquement dans le fait que les premiers échouaient. Son père avait échoué. Pourtant, personne n'aurait pu prévoir cet échec quand il avait quitté l'Angleterre pour s'installer à Rome, d'abord comme simple employé dans une entreprise internationale de marchands d'art puis comme marchand d'art à son compte, en montant sa propre affaire. Cela avait très bien marché pendant quelques années, grâce à l'essor croissant de l'hyperdramatisme italien. Et des artistes tels que Ferrucioli, Brentano, Mazzini ou Savro lui devaient tant. Le *signor* Wood avait senti la grandeur d'œuvres telles que *Genevieve* ou *Jessica* dans les premiers Ferrucioli et avait obtenu d'importantes sommes d'argent pour leur auteur. Il avait deviné le puissant avènement de l'artisanat humain bien avant ses collègues désorientés. Et il n'avait pas fermé les yeux, scandalisé devant l'art adolescent et enfantin, à la différence d'autres hypocrites. De même, il avait défendu l'œuvre juvénile de Brentano, du pire Brentano, le plus dur, traitant de « sépulcres blanchis » ceux qui critiquaient ses scènes réelles avec des filles fouettées et enfermées dans des cages en fer, parce que c'étaient les mêmes qui achetaient ensuite en cachette des tableaux tachés. L'art italien devait beaucoup à Robert Wood, mais aucun artiste n'avait voulu lui rendre la pareille. Mlle Wood ne pouvait pas pardonner cela.

Les premières années, tout allait bien : son père était devenu riche, il avait acheté une belle villa près de Tivoli, avait une épouse qui l'aimait et une fille qui déployait devant ses yeux une fascinante beauté.

Quand les choses avaient-elles dérapé ? Quand son père avait-il commencé à tomber en piqué, et avec lui toute sa famille ? Difficile à savoir. Elle était une enfant à l'époque. Sa mère avait été la première à déserter. April avait préféré rester, entre autres parce que sa mère la détestait. C'était comme si elle l'avait considérée comme coupable elle aussi de l'échec paternel. Après le divorce, Wood était resté seul. Qui se souvenait aujourd'hui du *signor* qui avait secoué les consciences et les poches des collectionneurs italiens ? Mais sa belle et unique fille ne l'abandonnait pas. Pouvait-elle lui reprocher d'avoir voulu faire d'elle une œuvre d'art ?

« Il est vrai que tu n'as pas tenu compte d'un détail, papa : j'étais très jeune et je ne te comprenais pas. J'avais à peine douze ou treize ans. Tu aurais dû mieux m'expliquer les choses. Me dire, par exemple, que tu voulais le faire pour moi, pas seulement pour me vendre à un grand peintre, mais pour moi, pour faire de moi quelque chose de grand, quelque chose d'éternel, quelque chose qui, d'une certaine façon, t'immortaliserait. »

Un jour, un artiste médiocre leur rendit visite. Il fallait qu'elle obéisse aux instructions de ce peintre pour que les photos soient séduisantes et que les grands souhaitent l'acquérir. L'homme l'emmena dans le jardin et commença à l'esquisser tandis que son père la photographiait depuis le porche. April prit plus de trente positions différentes pendant six heures. Son père lui défendit d'ingérer des aliments ou des liquides pendant l'essai : c'était peut-être une sage mesure, parce que les œuvres d'art ne pouvaient manger ni boire pendant qu'elles posaient, mais elle était un peu dure. Épuisée, elle ne le faisait pas très bien, ou le peintre attendait davantage d'efforts, ce qui est sûr, c'est qu'ils se disputèrent et que son père arriva. « Je le fais bien ! » cria-t-elle. Elle vit son père ôter sa ceinture. Mlle Wood se rappelle parfaitement qu'il ne l'abattit pas de toutes ses forces, mais elle était nue et n'avait que douze ans, de sorte que le coup, de toute façon, fut brutal. Elle partit en criant. Son père l'appela. « Viens ici. » Elle s'approcha, tremblante, et reçut un nouveau coup. Tout se passa sous le regard tranquille du peintre.

— Maintenant, écoute-moi, avait dit Robert Wood avec un calme infini. Tu ne dois jamais le faire *bien*. Tu dois le faire parfaitement. Ne l'oublie pas, April. *Bien* faire une chose revient à la faire *mal*. Parce que si tu te laisses vaincre dans les petites choses, tu perdras immédiatement dans les grandes.

« Tu avais raison, et j'aurais dû le comprendre à temps. »

Le lent processus de son habillement commença.

« Il me disait également : « Tu penses peut-être que j'aime te faire souffrir, April, mais je veux que tu comprennes qu'il est nécessaire de *tout* donner pour l'art. Il ne suffit pas d'un sacrifice. Il faut tout donner. L'art est vorace. » »

Elle n'avait pas été capable de le comprendre en cet instant. Ensuite elle le sut. L'art exigeait tout parce que, en contrepartie, il vous récompensait par des plaisirs éternels. Que représentaient les corps en comparaison ? Les corps agonisent dans des hôpitaux, perforés de tubes en caoutchouc, ou sont fouettés jusqu'aux larmes à coups de ceinture en cuir, mais l'art perdure dans les régions lointaines de ce qui est intact. Elle l'avait compris et accepté. Jusqu'à cet instant tout allait bien. Elle affrontait maintenant un problème redoutable, une imperfection monstrueuse. Mais elle en triompherait également.

« Tu es très astucieux, qui que tu sois, artiste ou modèle, tu es bon, je le reconnais. Mais je suis meilleure que toi. Je jure que je vais t'empêcher de détruire une autre toile de Van Tysch. Je jure que je vais protéger les tableaux de Van Tysch de toutes mes forces. Je jure que je ne commettrai pas une seule erreur de plus... »

Chemisier, pantalon, ses inséparables lunettes de soleil, les cheveux courts avec une raie à droite. Elle avait réussi à s'habiller.

Elle réfléchit alors à ce qu'elle allait faire.

Les critiques ne lui servaient à rien, cela semblait évident. Avaient-ils servi à quelque chose, une fois, les critiques ? Bonne question, mais mauvais moment pour y répondre, se dit Mlle Wood. Le peintre ne lui était pas utile non plus. D'autre part, elle considérait comme imprudent de repousser entièrement le plan. Il était *nécessaire* de choisir un tableau. Et elle ne pouvait pas se permettre tellement de risques : le tableau qu'elle choisirait aurait de fortes probabilités d'être privilégié par L'Artiste.

Une seule chose jouait en sa faveur : elle savait que les deux œuvres détruites entretenaient un lien *direct* avec la vie de Van Tysch, avec son *passé*. Il n'y avait pas de raison de penser que la même chose n'arrive pas à la troisième. C'était peut-être *La Descente de croix*, mais elle avait besoin d'une preuve. Quelque chose qui lui prouve qu'elle ne se trompait pas dans son choix.

Il fallait connaître le passé de Van Tysch. Peut-être s'y cachait-il quelques données qu'elle pourrait relier à l'un des tableaux de *Rembrandt*.

Elle décrocha le téléphone et composa un numéro.

C'était décidé. Elle allait fouiller dans le passé du maître de la seule façon possible.

Le pire, quand on est une décoration de luxe, c'est qu'on doit toujours être disponible, pense Susan Cabot. Les tableaux jouissent en général d'horaires fixes. C'est un avantage, certes, bien que beaucoup arrivent à travailler plus de dix ou douze heures par jour. Mais les décorations et les ustensiles doivent être prêts en permanence à se rendre où on leur dit au moment où on le leur dit, jour et nuit, qu'il pleuve ou qu'ils n'en aient pas envie. Et quand on reste confinée pendant deux semaines, c'est encore pire.

Elle reçut l'appel ce matin-là. Elle ne dormait pas. Elle était couchée dans son lit avec la lumière allumée – pas celle de sa lampe, mais celle de la table de nuit, une lampe modeste et non humaine – et elle fumait. Elle ne fumait pas beaucoup, mais ces derniers temps elle exagérait un peu, peut-être parce qu'elle se sentait nerveuse. En fait, elle avait de bonnes raisons de se sentir ainsi. Elle était enfermée depuis deux semaines dans des pièces comme celle-ci, sans contact avec l'extérieur. C'étaient de petites auberges qui fonctionnaient comme des entrepôts pour décorations et étaient dirigées par du personnel de confiance. On lui apportait à manger et tout ce dont elle avait besoin. Elle disposait de la télévision, de livres et revues – curieusement, jamais de journaux ; elle se demandait la raison de cette absence :

elle devinait que les gros bonnets de service considéraient le journal comme potentiellement dangereux. Bien sûr, il n'y avait pas de problème avec les accessoires de son travail, incluant la tonne de produits cosmétiques et hygiéniques, dont elle recevait des caisses entières presque chaque jour. Elles contenaient revitalisants, exfoliants, hydratants, adoucissants, brunisseurs, vernis, tenseurs et polisseurs. Il y avait aussi les hypothermiques, hyperthermiques, protecteurs, flexibilisateurs et anesthésiants. Et les ampoules de rechange, bien sûr.

Susan était une Lampe conçue par Piet Marooder. Elle avait besoin d'ampoules.

Elle avait imaginé tant de fois l'appel que, quand elle l'entendit enfin, il lui sembla presque fictif. Cela se produisit le vendredi matin. L'horloge d'une place proche conféra, par ses coups de cloche, une certaine solennité à l'instant inattendu.

— Oh, putain.

Elle se leva d'un bond, éteignit sa cigarette, se contempla dans le miroir de la salle de bains, se trouva acceptable après s'être lavé le visage. Elle choisit une chemise et un jean, bien sûr sans sous-vêtements. Elle vérifia qu'elle emportait dans son sac tout ce dont elle avait besoin. Il lui resta quelques minutes.

La femme qui vint la chercher était petite avec un accent français. Quand elle monta à l'arrière de la grande fourgonnette, elle reconnut plusieurs filles qui avaient travaillé avec elle à l'Obberlund.

Ils arrivèrent si tôt qu'elle soupçonna qu'il s'agissait de La Haye ou d'une ville tout aussi proche. Le jour ne s'était pas encore levé quand elles descendirent de la fourgonnette dans l'air frais du petit matin et pénétrèrent dans un joli et vaste bâtiment classique *(vite, vite, toujours vite partout, comme une armée)*. Là, on les réunit dans le séjour et on leur expliqua l'indispensable. Elles allaient à nouveau porter les cache-oreilles et les cache-yeux. « Au moins, c'est mieux que de rester enfermée », se dit-elle.

Elle fut prête une heure plus tard. Elle se plaça à une extrémité de la salle dans la position habituelle : jambe droite soulevée soutenant la sphère lumineuse attachée à la cheville, la gauche pliée en angle droit, le postérieur en haut. La posture l'obligeait à montrer ostensiblement ses parties génitales, mais la première chose qu'apprend une Lampe est à perdre sa pudeur, il ne manquerait plus que ça. On l'alluma à neuf heures et demie. Elle put apercevoir du coin de l'œil des Fauteuils d'Opphuls et une immense Lampe de Dominique du Perrin que l'on venait d'installer au plafond, formée par un homme et une femme. Il devait s'agir d'une réunion de haut niveau.

Tandis qu'elle observait ses cuisses en raison de la position, Susan pensait à son ami de cœur. Il s'appelait Ralph, et était une Chaise de Mordaieff. À cet instant, Ralph pouvait se trouver n'importe où en Europe, supportant sur le dos le poids de quelqu'un de suffisamment important pour s'asseoir sur lui. En raison de leurs obligations respectives, Ralph et Susan se voyaient à peine, même s'ils se trouvaient dans la même pièce. Elle ne l'enviait pas : elle avait été Chaise elle aussi, mais elle continuait à préférer soutenir une lumière plutôt qu'une personne. Son père, un ingénieur sud-africain qui travaillait à Pretoria, avait voulu que Susan fasse de brillantes études. Que penses-tu de quatre cents watts, papa ? Tu ne peux pas te plaindre.

Un peu avant onze heures et demie, une fille s'approcha. Ce n'était pas la petite à l'accent français ni non plus, heureusement, l'idiote qui les avait placés dans l'Obberlund, mais une autre. Elle portait au revers le badge de l'art, section décoration. Elle se pencha à côté d'elle et lui plaça les caches sur la tête. Le monde des sens se ferma pour Susan.

Le seul élément non humain de cette salle – qui, d'autre part, n'était pas très grande – était d'épais rideaux rouges au-delà desquels on pouvait apercevoir les gratte-ciel jumeaux voyants de La Haye. Bosch arriva le dernier. Il s'assit dans le Fauteuil d'Opphuls, qui était libre, et appuya les coudes sur les mains moites et les bras rigides du meuble. Le Fauteuil respirait sous ses fesses. C'était une sensation curieuse, comme d'être assis sur un tonneau flottant sur une mer calme. Le meuble était nu et se pliait en charnière le dos appuyé au sol, les bras en haut et les fesses soulevées. Sur ces dernières, on plaçait une petite planche capitonnée de cuir. C'était tout. Les jambes levées servaient de dossier. Il s'agissait d'objets forts, à la constitution athlétique, peints en sombre, parfaitement entraînés. Il y en avait des deux sexes. Le sien, à en juger par la forme et la taille des membres supérieurs, pouvait être masculin. Il tenta de ne pas trop bouger ni de faire de gestes brusques : il s'était assis plusieurs fois dans des Fauteuils de sexe et âge différents, mais les avait toujours traités avec délicatesse et respect.

Un fin Vaisselier nu se déplaçait. C'étaient les Vaisselles de Droessner. Elles avaient entre quinze et dix-huit ans et étaient toutes féminines à première vue, à moins qu'elles ne soient transgénériques, ce que Bosch n'écartait pas. Elles avaient été enduites de la tête aux pieds d'une couche de nacre liquide sur laquelle Droessner avait tracé un subtil filigrane d'oiseaux bleus posés sur des branches ou s'abritant dans des nids. Elles avaient des oiseaux sur les seins, dans le dos, sur les fesses et l'abdomen. Elles portaient des caches sur les oreilles et sur les yeux, et étaient donc sourdes et aveugles, mais leur travail était malgré tout impeccable. Elles parcouraient le séjour dans un cercle sans fin, dans le style d'Escher, portant de petits plateaux contenant de la boisson et des aliments. À partir d'un nombre de pas calculé à l'avance, elles s'arrêtaient devant un invité et inclinaient le plateau. L'invité pouvait accepter ou décliner l'offre. La seule chose qu'il ne pouvait pas faire était les toucher : ce n'étaient pas des décorations interactives. « On ne touche pas la Vaisselle de luxe, même ici », pensait Bosch.

Une Vaisselle inclina le plateau devant lui et Bosch choisit ce qui ressemblait à un Martini. Alors que la Vaisselle s'éloignait, une autre s'approcha dans la direction opposée. Les plateaux s'entrechoquèrent doucement et s'écartèrent immédiatement en poursuivant leur chemin à l'aveuglette comme des fourmis qui croisent leurs antennes dans la longue file qui conduit à la fourmilière. Au plafond, brillait une Lampe bisexuelle de du Perrin, d'autres Lampes éclairaient les coins, presque toutes féminines, de même que des Tables et des Ornements. Bosch se demanda qui assumait les frais de cette décoration si onéreuse. « Encore les fonds de cohésion ? »

Les absences de Jacob Stein et April Wood furent les plus remarquées. Pour ce qui était du reste, le « cabinet de crise » était intact. L'Homme Clé, qui avait toujours un faible pour le Plateau de sucreries, s'empressa de résumer le thème de la réunion par une phrase spectaculaire :

— Rip Van Winkle a capturé L'Artiste avec une marge d'erreur inférieure à zéro virgule zéro cinq pour cent. Précisons. Zéro virgule zéro cinq.

— Pouvez-vous traduire pour nous qui avons fait des études de lettres ? demanda Gert Warfell.

L'Homme Clé se lança dans une explication sophistiquée. Quinze suspects avaient été arrêtés, parmi lesquels cinq étaient passés au niveau supérieur du soupçon. D'après les données en possession de Rip Van Winkle, l'un d'eux devait être L'Artiste avec une certitude presque totale. Les dix autres avaient été éliminés. Quand on déterminerait lequel des cinq était l'individu recherché, on éliminerait le reste. L'Artiste serait interrogé en profondeur jusqu'à ce qu'il n'y ait plus de doute qu'il ne taise pas d'informations. Après, on trouverait les ramifications et on les éliminerait. Puis on éliminerait L'Artiste. Enfin, Rip Van Winkle s'éliminerait lui-même.

— Les derniers à être éliminés, ce sera nous. Précisons. Nous nous auto-éliminerons, parce que quand tout cela sera fini le cabinet de crise se dissoudra, Rip Van Winkle continuera à « dormir » et nous ne nous reverrons plus. Et, à toutes fins utiles, nous ne nous sommes jamais connus, ajouta-t-il. Et il s'introduisit une autre poignée de bonbons dans la bouche.

— C'est une bonne nouvelle, dit Mlle Roman. Bosch ignorait si elle voulait parler de l'élimination de L'Artiste ou de celle de l'Homme Clé. Le siège de Mlle Roman était masculin : les fesses couleur sombre, étroites et puissantes, qui supportaient son poids, étaient parfaitement visibles de l'endroit où se trouvait Bosch.

— Ils ont avoué quelque chose ? demanda Gert Warfell, se penchant en avant. Il ne cessait de bouger, et Bosch observait le Fauteuil qui bandait ses muscles vernissés à chaque assaut. Je veux parler des cinq suspects.

— Trois d'entre eux se sont avoués coupables. Cela ne signifie rien, mais c'est davantage que ce dont nous disposions il y a deux semaines.

— Extraordinaire nouvelle, s'intéressa Benoît. Tu ne trouves pas, Lothar ?

— Quelles informations les cinq suspects ont-ils révélées ? demanda Bosch sans répondre à Benoît.

L'Homme Clé avait tendu la main pour prendre un whisky. La Vaisselle s'arrêta juste à temps et reprit sa marche aveugle et précautionneuse. La lumière des Lampes se reflétait sur ses fesses de nacre et leur donnait un aspect d'œufs d'un oiseau fabuleux.

— Pour l'instant c'est confidentiel, répondit l'Homme Clé. Elles feront l'objet de rapports successifs, quand nous pourrons les confronter.

— Puis-je reformuler ma question ? L'un des suspects a-t-il révélé des données qu'il n'aurait pu connaître que s'il était L'Artiste ?

— Lothar essaie de dire qu'il se méfie de Rip Van Winkle, observa Sorensen.

Bosch protesta, mais l'Homme Clé ne sembla accorder aucune importance au commentaire de Sorensen.

— Les interrogatoires se déroulent dans plusieurs villes européennes, et je ne dispose pas de toutes les données. Mais nos méthodes ne sont pas celles de l'Inquisition, si c'est à cela que vous faites allusion : nous avons l'habitude d'interroger avant de tirer. Aucune information n'a été obtenue par la force.

Bosch n'était pas très sûr de la véracité d'une telle assertion, mais il préféra ne pas discuter.

— Eh bien, on peut dire que le problème est résolu, rugit Warfell.

— Et à temps, dit Sorensen. Demain, c'est l'inauguration.

— M. Stein sera très content, je pense, déclara Benoît, le regard brillant, comme s'il échangeait des congratulations avec l'humanité.

— Je souhaitais en finir au plus vite et partir en vacances, rugit la voix tonitruante d'Harlbrunner. Le siège qui ployait sous son tonnage était, à en juger par ce que Bosch pouvait apprécier, une jeune fille.

La réunion prit fin. Tandis que les membres du cabinet s'appuyaient sur les mains des Fauteuils pour se lever, Benoît se retourna vers Bosch et lui demanda s'il voyait un inconvénient à bavarder un moment en sortant de là. Bosch en voyait un de taille, non seulement en raison de son rendez-vous avec Van Obber dans l'après-midi, mais aussi parce que la dernière chose qu'il souhaitait était de parler au chef de la conservation, mais il savait pertinemment qu'il n'allait pas pouvoir refuser. Benoît suggéra le parc de Clingendael. Il affirmait qu'il adorait ce décor de jardin japonais. Ils s'y rendirent dans sa voiture.

Aucun des deux ne parla pendant le trajet. Un carrousel architectonique de La Haye pénétrait par les vitres bleutées. Bosch était né dans cette ville, bien qu'il eût vécu à Amsterdam depuis l'enfance. L'espace d'un instant, il se demanda s'il restait en lui quelque chose de La Haye. Il pensa qu'il y avait peut-être quelque chose de La Haye dans chaque recoin du monde moderne. Comme dans les gravures de M. C. Escher, sa ville natale semblait contenir une autre ville qui en contiendrait une autre à son tour, et ce jusqu'à l'infini. Madurodam montrait une Hollande à l'échelle, « la plus petite ville la plus grande d'Europe », comme disait son père. Le panorama Mesdag exposait un tableau de cent vingt mètres de diamètre également à l'échelle. Dans la Mauritshuis, on pouvait se pencher sur le passé à travers la Hollande peinte par les grands maîtres. Et si on souhaitait de l'art HD, le collectionneur trouvait dix salles officielles et plus du quadruple de privées, le Gemmentemuseum et la toute nouvelle Kunstsaal ; des maisons d'art adolescent légal comme *Nabokovian* ou *Puberkunst* ; l'artisanat clandestin de *Menselijk* ; l'art-shock public de *Harder* et *The Tower* ; les tableaux mobiles de *Het Bos* et *Action House* ; les *animarts* d'*Artzoo*. Et si on voulait faire des photos, quoi de mieux que le fameux extérieur *Het Meisje* à Clingendael ? Des villes factices et des êtres humains réels déguisés en œuvres. On se perdait un jour à La Haye et on finissait par confondre l'apparence et la réalité. Peut-être le fait d'être né là, pensait Bosch, provoquait-il ce brouillard qui envahissait maintenant son esprit, cette absence de lignes de partage.

Le parc de Clingendael regorgeait de touristes, bien que les nuages de plus en plus épais promettent une désagréable surprise pour la fin de l'après-midi. Benoît et Bosch commencèrent à se promener dans les allées, les mains dans le dos. Un vent légèrement froid soulevait la pointe de leurs cravates.

— Il y a quelque temps, j'ai lu dans *Quietness* qu'on organisait une exposition de toiles à la retraite à New York, dit Benoît. Ils ont déjà fait de bonnes ventes aux États-Unis. C'est Enterprises qui finance, bien sûr. Et le chroniqueur affirmait que l'idée était géniale parce que, que peut faire d'autre un retraité que de rester immobile quelque part, à regarder les gens et que les gens le regardent ? Stein ne s'y est pas tellement intéressé, cependant, parce qu'il n'aime pas les vieilles toiles, mais je suis sûr qu'en Europe on mettra bientôt cela en pratique. Imagine les petits vieux qui vivent chichement de leurs pensions soudain transformés en œuvres millionnaires. Le monde bouge, Lothar, et nous invite à bouger avec lui. La question est la suivante : tu acceptes l'invitation, ou tu descends en marche et tu regardes passer le train ?

Ce n'était pas une vraie question et Bosch ne répondit pas. Dans un endroit dégagé, plusieurs filles répétaient des postures d'imitation devant *Sottise*, de Rut Malondi. Bosch supposa qu'elles faisaient des études officielles pour devenir des toiles. Bien sûr, aucune n'était nue ni peinte, à la différence de l'œuvre originale : cela aurait été illégal. La loi permettait à l'œuvre d'art de se montrer sans vêtements dans les lieux publics, mais les étudiantes n'étaient que des personnes et ne pouvaient pas le faire. Bosch les voyait soupirer pour parvenir un jour à laisser de côté leur condition de personnes. Il pensa que Danielle souhaitait peut-être la même chose.

Benoît resta silencieux un bon moment, observant les corps immobiles des aspirantes toiles poser sur l'herbe en jean et chemisier, leurs porte-documents et pull-overs à leurs pieds.

— Tu crois vraiment qu'ils l'ont attrapé, Lothar ? demanda-t-il soudain.

Ça, c'était une vraie question.

— Non. Je ne crois pas Paul. Mais, c'est possible.

— Je ne le crois pas non plus, dit Benoît. Rip Van Winkle souffre du même problème que l'Europe : l'union désunie. Tu sais quel est notre problème en tant qu'Européens ? Nous voulons rester nous-mêmes sans cesser d'être le Tout. Nous prétendons globaliser notre individualité. Mais le monde a de moins en moins besoin d'individus, de races, de nations, de langues. Ce dont le monde a besoin, c'est que nous sachions tous l'anglais et, si possible, que nous soyons un peu libéraux. Qu'on parle anglais à Babel, et en avant la tour, dit le monde. C'est ce qu'exige la mondialisation, et nous les Européens nous y aspirons sans renoncer à notre condition d'individus. Mais qu'est-ce qu'un individu aujourd'hui ? Que signifie être français, anglais ou italien ? Regarde-nous : tu es hollandais avec des racines allemandes, je suis français mais je travaille en Hollande, April est anglaise mais a vécu en Italie, Jacob est américain et vit en Europe. Avant, c'était l'héritage artistique qui nous différenciait, mais aujourd'hui les choses ont changé. Un Hollandais peut faire une œuvre d'art avec un Espagnol, un Roumain avec un Péruvien, un Chinois avec un Belge. L'immigration a une issue professionnelle facile : devenir de l'art. Plus rien ne nous différencie de personne, Lothar. J'ai chez moi un portrait d'Avendano en cérublastine. Il est exactement comme moi, aussi fidèle qu'un miroir, mais le modèle qui remplace l'original cette année est ougandais. Il est dans mon bureau et je le regarde tous les jours. Je vois sur lui mes traits, mon corps, mon aspect, et je pense : « Mon Dieu, à l'intérieur je suis noir. » Je n'ai jamais été raciste, Lothar, je t'assure, mais je trouve incroyable de me voir moi-même et de savoir qu'à l'intérieur, sous ma peau, il y a un Noir caché, et que si je gratte une de mes joues suffisamment fort je verrai apparaître l'Ougandais derrière, immobile, cet Ougandais que je porte en moi et que je ne pourrai plus expulser même si je le souhaite… entre autres, parce que le portrait est d'Avendano et qu'il vaut une fortune, tu vois ?

— Je comprends, dit Bosch.

— Je me pose une question : que crois-tu que nous verrions apparaître sous la peau de l'Europe si nous la grattions, Lothar ?

— Nous devrions la gratter longtemps, Paul.

— Exact. Mais une chose me console. Une chose qui m'unit à l'Ougandais, une chose que je partage avec lui et qui me fait penser que, dans le fond, nous ne sommes pas si différents.

Après une pause, Benoît reprit sa marche avant de dire :

— Nous voulons tous deux gagner de l'argent.

Au bout de l'allée, reproduite par le miroir d'une lagune et accroupie sur des rochers, se trouvait *Het*

Meisje, l'huile la plus célèbre du parc de Clingendael et peut-être de toute la ville. *Het Meisje*, « La jeune fille », était une pièce délicate de Rut Malondi considérée par certains comme la « *Petite Sirène HD* » de La Haye. Son corps disparaissait à moitié sous une ample chemise peinte en blanc couleur neige que le vent faisait onduler. Le visage, parfaitement dessiné à la cérublastine, et le doux hyperdramatisme de son regard bleu distrayaient les passants à leurs moments perdus. C'était un extérieur permanent, mais pendant le dur hiver hollandais la mairie la protégeait d'une coupole en plastique à température stable. La toile ne devait pas avoir plus de quatorze ans. C'était la seizième remplaçante, et elle était peinte pour ressembler aux précédentes. Un régiment de touristes l'assiégeait, la mitraillant avec leurs appareils photos. La tradition voulait qu'on lui offre des fleurs ou qu'on lui lance de petits bouts de papier avec des poèmes.

Benoît s'arrêta devant elle, près de la lagune.

— Tu as dû entendre dire que le transfert est proche, dit-il. Van Tysch est en train de se détériorer, Lothar. Disons qu'il s'est complètement détérioré. C'est ce qui arrive quand quelqu'un devient éternel : il meurt. La seule raison pour laquelle nous ne le voyons pas pourrir est qu'il se cache sous des couches d'or pur. Ils cherchent déjà un remplaçant. Je me demandais qui allait prendre sa place.

— Dave Rayback, dit Bosch sans hésiter.

— Non. Ce ne sera pas lui. C'est un génie de la peinture, j'ai plusieurs sujets originaux de lui en Normandie et j'ai payé une fortune pour qu'ils soient exposés en permanence. Ils sont si bons que je ne veux pas qu'ils s'en aillent, même pour pisser. En tant qu'artiste, Rayback possède largement les qualités pour prendre la relève. Mais son grand défaut est qu'il est trop malin, tu ne crois pas ? Et un génie doit toujours être un peu salaud. Les gens ont tendance à regarder les génies et à sourire en pensant : « Regarde-les, les pauvres, occupés à créer des œuvres sacrées, toujours aussi perdus. » C'est là l'image du génie qui vend. Mais le génie qui, en plus, est malin, dérange un peu. C'est comme si nous pensions que l'astuce est réservée aux seuls médiocres. Ou comme si le fait d'être un génie était incompatible avec celui de vouloir amasser une fortune, diriger un pays ou commander une armée. Nous pouvons considérer le président du gouvernement comme « astucieux ». Nous pouvons même en venir à dire qu'il a été un « bon » président. Mais, si bon soit-il dans son travail, il ne nous semblera jamais « génial ». Tu captes la nuance ?

— Si ça ne doit pas être Rayback, dit Bosch, alors qui ? Stein ?

— Pas même pour plaisanter. Stein fait partie de ces hommes qui ont besoin que quelqu'un de supérieur approuve leur travail. Je me rappelle une phrase de Rayback qui m'a plu : « Stein est le meilleur artiste parmi tous ceux qui n'en sont pas. » C'est vrai. Écarte Stein. Le seul rôle qu'il joue ici est celui d'électeur : lui et d'autres comme lui choisiront le nouveau génie. Et je peux te garantir que l'élu sera un inconnu, un artiste commun. La Fondation ne peut échouer maintenant. Nous sommes devenus un gigantesque commerce, Lothar. Les paris pour l'avenir sont immenses. Papa et maman offriront au petit un manuel de peinture HD élémentaire. Nous parviendrons à créer des modèles temporaires qui coûteront cent euros au peintre amateur. Nous légaliserons l'artisanat et la décoration humains, et quand cela sera le cas, tu pourras avoir un Porte-Parapluies, un Plateau ou un Cendrier de dix-huit ans chez toi pour mille ou deux mille euros. Nous élargirons le champ du portrait à la cérublastine et les ateliers de copies en série. Et quand la violence pourra être évacuée dans des art-shocks bon marché et complètement légaux, nous aurons fait un pas similaire à celui de légaliser la drogue. L'art HD va changer l'histoire de l'humanité, je t'assure. Nous sommes en train de devenir la meilleure affaire du monde. Nous avons donc besoin de quelqu'un d'assez idiot pour nous représenter. Si c'est un individu astucieux, nous échouerons. Les bonnes affaires exigent un idiot devant et beaucoup de malins derrière.

Soudain, Bosch commençait à comprendre pourquoi Benoît voulait lui parler. « Vieux renard. Quand tu t'attends à une mutinerie, tu cherches des partisans, n'est-ce pas ? » Mais il pensa alors à une autre explication, plus inquiétante : et si Benoît était le type qui aidait L'Artiste ? Il voulait peut-être enfoncer Van Tysch et organiser son remplacement le plus vite possible. Il rentra la pointe de sa cravate entre les revers de sa veste tandis qu'il méditait. La chemise blanche de *Het Meisje* flottait sous la brise. Une fillette japonaise lui lança une rose. Bosch regarda plus attentivement et constata que la fleur était en plastique. Elle heurta légèrement le genou nu de *Het Meisje* et tomba dans l'étang.

Benoît dit alors quelque chose d'inattendu.

— Je suis vraiment désolé pour ta nièce, Lothar. Et je te comprends. C'est un souci, bien sûr, et encore plus par les temps qui courent. Je tiens à préciser que je n'y suis pour rien. C'est Stein qui l'a choisie comme toile et le maître l'a approuvé.

— Je sais.

— Je l'ai appelée ce matin à la première heure pour savoir comment elle se sentait. Elle allait bien, quoiqu'un peu nerveuse parce que Van Tysch la signait aujourd'hui. Je dois te dire que je l'ai appelée parce que c'était ta nièce, mais tu sais qu'il n'est pas correct de communiquer avec les toiles que Van Tysch n'a pas encore signées.

— Je t'en remercie, Paul.

Benoît continua à parler rapidement, comme s'il n'était pas encore arrivé au point auquel il voulait en venir.

— Je serai toujours de ton côté, Lothar. Je suis avec toi. Et j'aimerais que cette attitude soit réciproque. Je veux dire que, quoi qu'il arrive, quelle que soit la personne qui viendra *après* Van Tysch, nous continuerons à nous appuyer mutuellement, n'est-ce pas ?

— Bien sûr.

Aux pieds de Benoît poussaient des pensées. Benoît s'accroupit, en cueillit une et la lança en l'air. Mais la fleur dévia de sa trajectoire et passa par-dessus les cheveux peints de *Het Meisje*. Benoît afficha l'expression d'un footballeur qui rate le penalty décisif.

— J'ai une copie de cette beauté en Normandie, avoua-t-il à Bosch, désignant *HetMeisje*. Une copie bon marché et médiocre, de celles qu'on te vend dans les boutiques d'art et qui portent écrit sur les fesses : « Souvenir de La Haye. » Le modèle a plus de vingt ans, bien sûr. Mais, malgré tout, il me plaît. Je t'ai retenu longtemps. Tu voulais aller quelque part ?

— Malheureusement, oui. Mais je serai à l'heure.

— À demain, Lothar.

— Oui, à demain, à l'inauguration.

— Je t'avoue que j'ai hâte que tout soit fini.

Bosch partit sans répondre.

Sur la route de Delft, il appela Van Obber pour lui annoncer son retard. Le peintre répondit de sa voix rauque. « Pas de problème, lui dit-il. Je n'ai rien d'autre à faire. » En raccrochant, il essaya de dormir un peu. Mais il se rappela son entretien avec Benoît. Évidemment, L'Artiste était toujours libre et même Benoît s'en était aperçu. Rip Van Winkle était une façon de lécher les bottes à l'Europe devant l'une des entreprises qui attiraient le plus de tourisme sur le Vieux Continent, mais rien de plus. L'Artiste restait libre. Et prêt.

Il commençait à somnoler quand il reçut un appel. C'était Nikki.

— Lije a la moitié du corps carbonisé et il est interné à vie dans une clinique psychiatrique du Nord de la France, Lothar, nous avons vérifié. Il semble que ce soit un accident survenu lors d'un art-shock au mois de décembre, Extreme a étouffé la nouvelle pour ne pas faire mauvaise impression devant les artistes et les toiles qui travaillent pour eux.

— Comment est-ce arrivé ?

— Dans l'un des tableaux, on utilisait des bougies pour faire couler de la cire chaude de différentes couleurs sur le corps de Lije, mais quelqu'un les a mal manipulées, il y a eu un incendie, Lije était attaché et personne ne l'a aidé à s'échapper.

— Mon Dieu, dit Bosch.

— Il reste Póstumo Baldi. C'est le seul qui n'ait pas d'alibi.

— Je me rends précisément à Delft pour voir Van Obber, expliqua Bosch. Je veux que vous me trouviez toute l'information dont nous disposons sur Baldi : cassettes de RA, enregistrements et interviews d'assistance quand il a fait *Figure XIII*. Envoie-les chez moi.

— D'accord.

En arrivant à Delft il éprouva une impression bizarre. Qu'est-ce que Van Obber allait pouvoir lui dire ? Que comptait-il obtenir de lui ? Il comprit soudain qu'il voulait que Van Obber lui *peigne* un visage. Des traits. Savoir que Baldi *pouvait* être L'Artiste n'aurait en principe aucune conséquence pratique immédiate. Les mesures de sécurité de l'exposition ne seraient modifiées en rien. Mais Van Obber parviendrait peut-être à faire le portrait de Baldi, et dans ce cas il pourrait ajouter des traits à la silhouette androgyne estompée qu'il avait en tête.

À Delft, les nuages blancs au contour grisâtre s'amoncelaient au fond de l'horizon. Bosch descendit de la voiture sur la place du Marché, devant la Nieuwekerk, et dit au chauffeur de l'attendre. Il voulait marcher un peu. Un instant plus tard, il se trouvait plongé dans la pure beauté.

Delft. La ville où était né Vermeer, le peintre des détails subtils. C'était une autre époque, sans doute, pensait Bosch, une époque où l'on pouvait encore ressentir et penser et où la beauté n'avait pas encore été entièrement découverte. Il parvint à l'Oude Delft, le Vieux-Canal, et parcourut du regard ses eaux modestes, les tilleuls d'un vert aux riches nuances et l'horizon pointu des toits, le tout resplendissant malgré le refus du ciel de collaborer avec la lumière, le tout brillant et pur comme la faïence que Delft avait rendue célèbre. Il se sentit ému. Un jour, bien sûr, les choses avaient *été claires*. Mais quand la pénombre était-elle parvenue au monde ? Quand Van Tysch était-il descendu des cieux et les ténèbres avaient-elles tout envahi ? Naturellement, la faute n'en revenait pas à Van Tysch. Pas même à Rembrandt. Mais contempler l'Oude Delft, c'était comprendre qu'auparavant, au moins, les choses avaient *un sens*, étaient diaphanes et regorgeaient de doux détails que les artistes aimaient enregistrer et reproduire avec ingénuité. Bosch pensa que, d'une certaine façon, l'humanité avait grandi elle aussi. Il n'y avait plus de place pour l'ingénuité. Était-ce bon, ou mauvais ? Un de ses professeurs de collège disait que l'enfer avait ceci de bon que les condamnés *savaient* qu'ils s'y trouvaient. Ils n'avaient pas le moindre doute à ce sujet. Maintenant Bosch lui donnait raison. Le pire de l'enfer, ce n'était pas le feu ardent, l'éternité du tourment, le fait de tomber en disgrâce de Dieu ou d'être torturé par des diables.

Le pire de l'enfer est de ne pas savoir si l'on s'y trouve.

Van Obber vivait dans une jolie maison en brique au bord du canal, encadrée par des pignons blancs. Le toit avait manifestement besoin d'être réparé et les encadrements des fenêtres d'être rafraîchis. Le peintre lui-même vint ouvrir la porte. C'était un homme aux cheveux couleur paille coiffés en brosse, d'une maigreur surprenante, pâle, couvert de cernes et d'hématomes, brillant de gouttes de sueur. Bosch savait qu'il n'avait pas plus de quarante ans, mais il en faisait au moins cinquante. Van Obber avait perçu sa surprise. Il fit une grimace qui était peut-être sa façon de sourire.

— J'ai besoin d'une restauration urgente, dit-il.

Il conduisit Bosch vers un escalier grinçant. L'étage supérieur consistait en une pièce unique, assez vaste, qui sentait la peinture et les produits dissolvants. Van Obber lui proposa un fauteuil, s'assit dans l'autre et se mit à respirer. Pendant un moment, il ne fit que ça.

— Je suis désolé de cette visite imprévue, dit Bosch. Je ne voulais pas vous déranger.

— Ne vous en faites pas. Le peintre inclina les deux hématomes qui lui encerclaient les yeux. Ma vie tout entière est une routine... C'est-à-dire... Je fais toujours pareil... C'est contre l'ordre des choses, parce que les choses changent... Au moins, je n'ai pas trop de soucis d'argent... Quarante pour cent de mes œuvres sont toujours en vie... Beaucoup de peintres indépendants ne peuvent pas en dire autant... Je continue à percevoir des loyers pour mes tableaux... Je ne peins plus d'adolescents… Il n'y a pas assez de matériel, parce que le matériel adolescent est cher et prend tout de suite peur… Moi, avant, je faisais de tout, y compris les décorations et le *pubermobilair*, qui est interdit…

— Je sais. Bosch interrompit le flux lent mais inexorable de ses paroles. Je crois précisément que vous avez utilisé Póstumo Baldi dans l'une de vos dernières œuvres, n'est-ce pas ? Le portrait que vous avez fait de Jenny Thoureau, en 2004.

— Póstumo Baldi…

Van Obber baissa la tête et joignit les mains comme s'il priait. Son nez rouge reflétait la lumière de la fenêtre.

— Póstumo est de l'argile fraîche, dit-il. On le touche, on le place, et il s'adapte… On enfouit ou on étire sa chair… On fait tout ce qu'on veut avec lui : *animarts* en serpent, chien ou cheval ; vierges catholiques ; bourreaux d'art taché ; tapis nus : ballerines transgénériques… Un matériau incroyable. Dire « de première qualité » n'est pas peu dire…

— Quand l'avez-vous connu ?

— Je ne l'ai pas connu… Je l'ai rencontré et je l'ai utilisé… C'était en 2000, dans une galerie d'art taché en Allemagne. Je ne vais pas vous dire où elle se trouve, parce que je ne le sais même pas : les invités s'y rendent les yeux fermés. L'art-shock était un triptyque anonyme qui s'intitulait *La Danse de la mort*. Il était bon. Le matériau taché était luxueux : un autocar entier de jeunes étudiants des deux sexes. Vous savez, l'approvisionnement classique en matériel taché : l'autocar tombe à l'eau, un accident, on ne retrouve pas les cadavres, une tragédie nationale… Et les étudiants, qui ont été obligés de sortir au préalable du véhicule, sont conduits en secret vers l'atelier du peintre. Baldi, à cette époque, avait quatorze ans et était peint comme l'une des Morts chargées de sacrifier le matériel taché. Quand je l'ai vu, il était en train d'écorcher deux étudiants, un garçon et une fille, et il peignait des squelettes sur leur chair dépecée. Les étudiants étaient vivants quoiqu'en très mauvais état, mais Baldi me sembla être une jolie figure et je voulus l'engager pour mes propres tableaux. Il valait très cher, mais j'avais de l'argent. « Je vais peindre avec toi quelque chose qui n'est pas de ce monde », lui dis-je… J'utilisai à peine la cérublastine… Ma palette fut sobre : des roses peu brillants et des bleus légers. J'ajoutai un implant de cheveux allant jusqu'aux pieds, dans les tons jais avec trois sortes de queues. J'estompai le sexe, ce qui ne fut pas difficile. J'exigeai beaucoup de lui, mais Póstumo était capable de tout. Je l'utilisai comme homme et comme femme. Je le torturai de mes propres mains. Je le traitai comme un animal, comme un objet que je pouvais utiliser avant de le jeter à la poubelle… Je ne dis pas que Póstumo ait toujours été bon. C'était un corps humain et il présentait les limites des corps humains. Mais il y avait *quelque chose* en lui, *quelque chose* qui était… *sa négation de lui-même*. De la sorte, mon huile, *Succube*, fut prête. Ce fut la première œuvre que je fis avec lui. Savez-vous quelle œuvre fut peinte avec Póstumo après *Succube*, monsieur Bosch ?… Une *Vierge Marie* de Ferrucioli… Van Obber ouvrit la bouche pour rire et Bosch observa ses dents sales. Les gens devaient se demander : « Comment la *même* toile peut-elle être peinte en tant que *Succube* de Van Obber et *Vierge* de Ferrucioli ? » La réponse est simple : c'est l'art, messieurs. C'est ça, précisément, l'art, messieurs.

Il fit une pause avant d'ajouter :

— Póstumo n'est pas fou, mais pas sain d'esprit non plus. Il n'est ni mauvais ni bon, ni homme ni femme. Vous savez ce qu'est Póstumo ? *Ce qu'un peintre peint sur lui*. Les yeux de Póstumo *sont vides*. Je leur demandais n'importe quelle expression et ils me l'offraient : colère, peur, rancœur, jalousie... Mais ensuite, lorsqu'il arrêtait de travailler, ils *se vidaient*... Les yeux de Póstumo sont vides et incolores comme des miroirs... Vides, incolores, beaux, comme...

Des pleurs ardents malmenèrent ses paroles. Plusieurs coups de tonnerre se succédèrent au cours de la pause qui suivit. La pluie commençait à tomber sur Delft.

Bosch avait pitié de Van Obber et de ses nerfs ébranlés. Il supposa que la solitude et l'échec étaient de mauvaise compagnie.

— Où croyez-vous que Baldi puisse se trouver actuellement ? demanda-t-il doucement.

— Je ne sais pas. Van Obber agitait la tête. Je ne sais pas.

— D'après ce que j'ai compris, il a abandonné un portrait que vous aviez fait d'une marchande d'art française, Jenny Thoureau, en 2004. Était-ce une habitude de Baldi, de laisser un travail en plan avant la date stipulée sur le contrat ?

— Non. Póstumo respectait tous ses contrats.

— Pourquoi croyez-vous qu'il n'a pas respecté celui-là ?

Van Obber leva la tête et le regarda. Ses yeux restaient humides mais il avait retrouvé son calme.

— Je vais vous dire pourquoi, murmura-t-il : il a reçu une offre *plus intéressante*. Voilà tout.

— Vous en êtes sûr ?

— Non. Je le soupçonne. Je ne l'ai pas revu et je n'en ai pas eu de nouvelles. Mais je vous répète que la seule chose qui intéressait Póstumo était l'argent. S'il a quitté un travail, c'est parce qu'on lui en proposait un meilleur. J'en suis sûr.

— Une proposition pour un autre tableau ?

— Oui. C'est pour cette raison qu'il est parti. Naturellement, ça ne m'a pas surpris : j'étais un perdant, et Baldi du trop bon matériel pour moi. Il valait mieux que des huiles de Van Obber.

Bosch réfléchit un instant.

— C'était il y a deux ans, dit-il. Si Baldi est parti pour être peint dans un autre tableau, comme vous le dites, où se trouve maintenant cet autre tableau ? À partir du portrait de Jenny Thoureau, son nom n'a plus reparu nulle part…

Van Obber se tut. Contrairement à d'autres moments similaires, Bosch n'estima pas que son esprit se fût perdu dans des méandres insondables en cette occasion : c'était comme s'il s'était mis à réfléchir.

— Il est inachevé, dit-il soudain.

— Quoi ?

— S'il n'a pas encore reparu, c'est parce qu'il est inachevé. C'est logique.

Bosch méditait sur les paroles de Van Obber. Un tableau *inachevé*. C'était une possibilité que ni Wood ni lui n'avaient envisagée. Ils cherchaient L'Artiste en suivant deux chemins, deux voies d'investigation : il continuait à travailler ou il avait abandonné la profession. Mais ils n'avaient jusqu'à présent même jamais pensé qu'il pût travailler dans un tableau *qui ne soit pas encore achevé.* Cela expliquerait sa disparition et son silence, bien sûr. Un peintre ne montre jamais son œuvre avant de l'avoir finie. Mais qui pouvait bien consacrer tant de temps à peindre Baldi ? Quelle sorte de tableau voulait-il créer ?

Au moment où Bosch se retirait, il entendit à nouveau la voix de Van Obber de son fauteuil.

— Pourquoi voulez-vous rencontrer Baldi ?

— Je ne sais pas, mentit Bosch. Mon travail consiste à le rencontrer.

— Croyez-moi, il vaut mieux pour tous que Póstumo se soit perdu. Póstumo n'est pas une simple œuvre d'art : c'est l'*art*, monsieur Bosch. L'art. Ni plus ni moins.

Et il regarda Bosch de ses yeux démesurés et malades en ajoutant :

— Alors, si vous le trouvez, méfiez-vous. L'art est plus terrible que l'homme.

Quand Bosch sortit de chez Van Obber, un déluge de pluie grise dominait la ville. La beauté de Delft se liquéfiait sous ses yeux. Il désirait de toutes ses forces que Rip Van Winkle eût réellement arrêté L'Artiste, mais il savait que ce n'était pas le cas. Il était sûr que le criminel, que ce fût Póstumo ou non, était toujours libre et prêt à agir pendant l'exposition.

L'Artiste sortit la nuit dans la rue.

À Amsterdam il pleuvait et il faisait un peu froid. L'été avait ouvert une parenthèse. C'était mieux ainsi, pensa-t-il. Il marcha les mains dans les poches, sous la lumière lointaine des lampadaires, en laissant la pluie le recouvrir de rosée comme une fleur. Il traversa le pont de Singelgracht, où les lumières formaient des guirlandes dans l'eau et les gouttes de pluie des cercles concentriques, et il parvint au Museumplein. Il parcourut à une allure normale les environs du silencieux Tunnel de Rembrandt. Les policiers de garde à l'entrée le regardèrent sans grand intérêt. Son aspect était celui d'un individu normal, et il agissait en tant que tel. Il pouvait être homme ou femme. À Munich, il avait été Brenda et Weiss ; à Vienne Ludmila et Díaz. Il pouvait être de nombreuses personnes. Il en était une seule uniquement à l'intérieur. Il arriva à l'extrémité du fer à cheval et poursuivit son chemin. Il accéda à la place du Concertgebouw, où se tenait la salle de concert la plus importante d'Amsterdam. Mais la musique s'était arrêtée et tout était plongé dans le silence. L'Artiste ne traversa pas Van Baerlestraat. Au lieu de ça, il tourna à droite, vers le Stedelijk, et commença à parcourir le chemin à l'envers, en direction du Rijksmuseum. Il voulait tout explorer, tout examiner. Des palissades métalliques lui barraient le passage de ce côté en délimitant une zone réservée pour le stationnement de fourgonnettes. Il s'accouda à une palissade et contempla la nuit.

Une affichette de *Rembrandt* était accrochée à un lampadaire à quelques mètres de distance. L'Artiste l'observa. La main de l'ange s'ouvrait dans les ténèbres, sous la bruine.

Il lut la date : 15 juillet 2006. Le lendemain.

15 juillet. Effectivement. *Demain est le jour*.

Il s'écarta de la palissade, s'introduisit par Van de Veldestraat et poursuivit son chemin. La pluie faiblit tandis qu'il regagnait le Singel.

Demain, à l'exposition.

Autour de lui tout était sombre et peu esthétique.

Seul L'Artiste semblait être pure beauté.

Quatrième pas

L'EXPOSITION

L'exposition ne m'inquiète pas.

BRUNO VAN TYSCH,

Traité de peinture hyperdramatique.

— Je devrais gagner facilement...

— N'en sois pas si sûr !...

...

— La Huitième Case, enfin !

LEWIS CARROLL

9 h 15

Póstumo Baldi se trouvait dans la chambre de Lothar Bosch quand celui-ci se réveilla.

Il était debout, à trois mètres de son lit, en train de le regarder. Il ne semblait pas dangereux, et ce fut la première chose que pensa Bosch. Il n'est pas dangereux, se dit-il. La deuxième chose qu'il sut, avec une intuition exacte et horrible, fut qu'il ne s'agissait pas d'un rêve : il était complètement éveillé, il faisait jour, il était dans sa maison de Van Eeghenstraat et Baldi se trouvait dans sa chambre, nu, l'observant d'un air songeur. Il avait l'aspect d'un adolescent à la peau émaciée et aux os saillants, mais son regard était habité par la beauté. Malgré tout, Bosch ne le craignit pas. « Je peux le vaincre », pensait-il.

Alors Baldi amorça une danse gracile et silencieuse, un tourbillon de lumière. Son corps maigre tournait dans toute la pièce. Puis il reprit la même posture et le monde sembla se figer. Et il bougea à nouveau. Et il s'arrêta. Fasciné, Bosch mit du temps à comprendre ce qui se passait : il s'était endormi avec le décodeur de RA sur les yeux en examinant les cassettes contenant les images en 3D que la Fondation avait enregistrées quand le modèle était âgé de quinze ans.

Avec un juron, il éteignit le reproducteur et ôta les lunettes. La chambre sembla vide, mais dans ses yeux dansait encore la trace iridescente de Baldi. La clarté de la fenêtre annonçait un jour de pluie : le jour de l'inauguration de *Rembrandt*.

Il n'avait rien tiré au clair de ces images. Van Obber n'avait pas exagéré en affirmant que Póstumo était « de l'argile fraîche » : une figure épilée et lustrée, un commencement, un point de départ humain, le début de toute physionomie.

Il se leva, reçut une tonifiante volée d'eau sous la douche et choisit un costume sombre et sobre dans son placard. À dix heures et demie, il allait devoir se diriger vers les véhicules de la sécurité installés aux abords du Tunnel pour superviser le début de la surveillance. Il se trouvait devant la glace, se battant avec son nœud de cravate. Il s'était encore trompé dans l'exécution du gribouillis en soie. Il ne se rappelait pas avoir été aussi nerveux depuis la mort d'Hendrickje.

« Mais il n'a jamais attaqué pendant l'inauguration. Tu dois te calmer. Peut-être n'est-il même pas à Amsterdam. Qui t'assure que Wood a raison ? En ce moment, peut-être s'est-il livré à la police dans un commissariat quelconque de Munich. Ou peut-être... Maudit nœud... Peut-être Rip Van Winkle l'a-t-il réellement pincé... Contrôle-toi. Sois positif. Sois positif, pour une fois. »

Il entendit soudain un carillonnement. Il se pencha à la terrasse : le Vermeer du paysage avait commencé à glisser vers un Monet. Les gouttes de pluie estompèrent les verts, les ocres, les rouges, les blancs.

« Bon, il pleut. »

En finissant de s'habiller, il s'autorisa une dernière pensée pour Danielle. Il ne voulait pas prier, bien qu'il sût que, contrairement à ce qu'enseigne la religion,

Dieu tentait lui aussi, il n'y avait pas que le diable. Mais il improvisa une brève prière. Il ne s'adressa à personne en particulier, regarda simplement l'aspect menaçant des nuages. « C'est la seule qui n'a rien à voir là-dedans. C'est la seule qui ne devrait pas souffrir. Protège-la. S'il te plaît, protège-la. »

Puis il descendit l'escalier. La journée serait funeste, et il le savait.

Du moins avait-il réussi à se pendre correctement : le nœud de cravate était parfait.

9 h 19

Gerardo prit une pincée de jaune foncé et l'appliqua le long de la joue de Clara.

— Le maître va réexaminer tous les tableaux avant l'inauguration.

— J'ai cru qu'il ne viendrait plus, dit-elle.

— Il fait toujours une révision finale avant de partir. Ne bouge pas, maintenant.

Il prit un pinceau très fin et lui peignit les lèvres d'une couche de vermillon atténué. Il la vit sourire à quelques centimètres de distance. On aurait dit un miniaturiste penché sur un livre d'estampes.

— Tu es heureuse ? lui demanda-t-il en trempant à nouveau le pinceau dans la peinture.

— Oui.

L'apprentie retira la capuche des cheveux, révélant une masse de boucles rouge caoba. Gerardo trempa à nouveau son pinceau et revint à ses lèvres.

— J'aimerais te revoir quand tout cela sera fini. Je veux dire, une fois que tu auras été achetée. Il fit une pause, plongea son doigt dans un dissolvant et l'appliqua à une commissure. Parce que tu sais que tu es achetée d'avance. Tu iras chez un collectionneur millionnaire. Mais j'aimerais continuer à te voir. Non, ne parle pas. Tu ne peux pas parler maintenant.

Ses paroles étaient aussi douces que les touches de pinceau avec lesquelles il la traçait. Elle eut l'impression qu'il l'embrassait en prenant son temps.

— Tu sais ce qu'on dit. Qu'il ne peut pas y avoir de relation entre un tableau et un peintre, parce que l'hyperdramatisme ne le permet pas. Bon, c'est une théorie. Il écartait le pinceau, le trempait, peignait, utilisait un chiffon, se remettait à peindre. Mais avec moi tu auras de la chance, parce que je suis un *très mauvais peintre*, ma petite. Ça compensera le bon tableau que tu es.

L'apprentie interrompit Gerardo pour s'adresser à lui en anglais. Ils échangèrent quelques mots concernant la tonalité des ombres sur les contours du corps de Clara et examinèrent les instructions écrites du maître. Puis il se pencha sur ses lèvres et les observa un instant. Il ne sembla pas satisfait. Il disparut de son champ visuel et revint presque tout de suite avec le pinceau humide de rouge.

Elle était étendue sur le dos sur une table ronde dans une pièce réservée aux essais dans les sous-sols du Vieil Atelier, où on l'avait transférée le matin à la première heure pour la préparer et la placer dans le Tunnel.

— Il faut être minutieux. Aujourd'hui, des milliers de personnes vont te voir.

Il se posa deux fois sur la lèvre supérieure, comme le léger passage d'un papillon.

— Je ne veux pas te faire de mal, poursuivit-il. Jamais je ne te ferais de mal. Mais j'ai pensé que… garder mes sentiments pour moi ne m'aiderait pas à améliorer les choses, tu sais. Je suis plus sérieux que tu ne le crois, ma petite. Ne parle pas.

Il retira le pinceau quand Clara écarta les lèvres.

— Tu es l'œuvre. Je suis le seul à pouvoir parler. Tu es dans le tableau.

Il humidifia le pinceau et la caressa à nouveau avec un rouge plus léger.

— J'ai également entendu dire que le peintre tombe amoureux de son œuvre. Je crois que c'est vrai. Mais dans mon cas il se passe une chose très curieuse, petite : je me suis aussi un peu peint moi-même. Je veux dire que j'ai dissimulé. Je pense parfois que je ne suis pas celui que je crois être. Je me lève tous les jours, je me regarde dans la glace et je me félicite de la chance que j'ai. Mais les choses ne sont pas aussi simples. Regarde cette moustache et ce bouc. Il tira légèrement dessus en les désignant. Appartiennent-ils au peintre, ou à la peinture ? Je l'ai cru pendant longtemps, tu comprends ? Sans regarder plus loin, sans vouloir voir. Et qu'y a-t-il plus loin ? pourrait-on me demander. Eh bien plus loin, il y a les personnes. Je ne te vois pas comme un tableau. Je ne peux pas te voir comme un tableau.

Il pressa un chiffon sur ses lèvres pour nettoyer une tache. Pendant un instant ils se regardèrent. Tandis qu'elle contemplait ses grands yeux joyeux, cette idée étrange qu'elle avait déjà eue l'assaillit à nouveau : Gerardo n'était peut-être pas un si mauvais peintre ; simplement, peut-être ne voulait-il pas peindre *Suzanne*. Gerardo n'aimait pas cette figure. Ce n'était pas cette lueur douloureuse ni cette pudeur horrifiée qu'il cherchait à capturer dans son expression, pas cette « toile d'épouvante et de piété », comme l'avait dit Van Tysch. Gerardo voulait l'obtenir elle. Clara Reyes. La récupérer, la nettoyer et lui donner de la lumière. C'était le premier artiste qu'elle rencontrait pour qui elle semblait plus importante que sa propre œuvre.

Uhl entra. Il dit qu'ils étaient trop lents et qu'il fallait commencer à la retoucher par-derrière. Ils l'aidèrent à se redresser et elle se retourna.

Le processus continua, mais en silence désormais.

10 h 30

— Edenburg, mademoiselle, dit le chauffeur.

Un paysage de rêve servait de fond au cours de la rivière Guel, dans le Limbourg méridional, dans le Sud de la Hollande. Des forêts et des vallées scintillant sous un magnifique soleil estival, se mêlant à des fermes rectangulaires en bois. Edenburg apparut presque par surprise derrière un virage, tout au bout de la route ; un ensemble de maisons au toit pointu dominé par la majestueuse présence du château où Maurits Van Tysch avait autrefois travaillé comme restaurateur. Mlle Wood connaissait Edenburg. Les entretiens que lui avait accordés le peintre avaient été concis et tendus. Van Tysch ne s'était jamais soucié de la sécurité de ses propres œuvres : sa seule obligation était de les créer.

Wood savait qu'il pleuvait à Amsterdam, mais à Edenburg tout n'était que soleil, tiédeur et éclats de touristes armés d'appareils photos et de cartes routières. L'automobile avançait lentement dans les rues pavées et étroites, qui conservaient toute l'atmosphère des temps anciens. Certains passants regardaient avec curiosité ce véhicule de luxe. Le chauffeur s'adressa à Wood.

— Vous allez directement au château ? Parce que si c'est le cas nous allons devoir quitter le centre du village et prendre Kastellstraat.

— Non, je ne vais pas au château. Wood lui donna une adresse. Le chauffeur – un Méridional attentif, poli, veillant à satisfaire en tout « mademoiselle », au sourire immuable malgré le retard de presque une demi-heure de l'avion de Wood pour Maastricht – décida de s'arrêter et d'interroger les voisins.

L'idée lui était venue la nuit précédente. Elle s'était soudain rappelé le nom de la personne qu'Oslo considérait comme « le meilleur ami d'enfance de Bruno Van Tysch » : Victor Zericky. Elle pensa qu'il serait opportun de commencer sa visite à Edenburg par un entretien avec Zericky. Elle avait appelé Oslo le soir même, et celui-ci s'était empressé de lui fournir l'adresse et le numéro de téléphone de l'historien. Zericky n'était pas chez lui quand elle l'appela pour convenir d'un rendez-vous. Il était peut-être parti en voyage. Elle comptait cependant le voir.

Le chauffeur avait une discussion animée avec le propriétaire d'un magasin de souvenirs. Puis il se retourna vers Wood.

— C'est une entrée de Kastellstraat, dit-il.

11 h 30

Gustavo Onfretti s'engagea dans le Tunnel entouré d'agents de la sécurité et de techniciens de l'art. Il portait un costume matelassé et les étiquettes jaunes habituelles. Son corps avait été peint de couleur ocre et chair. De très fines couches de cérublastine conféraient à son visage une certaine ressemblance avec le maître, mais aussi avec le Jésus-Christ de Rembrandt. « Je suis les deux », pensait-il. C'était l'un des derniers tableaux à arriver, et son installation, il en était conscient, allait être très difficile.

Il resterait crucifié six heures par jour.

Enveloppé dans un linceul qui sentait l'huile, Onfretti progressait par la rampe dans les ténèbres vers le point du Tunnel dans lequel se trouvait la croix. Celle-ci n'était pas normale, mais artistique : elle comprenait divers artifices destinés à faire en sorte que sa posture ne soit pas trop douloureuse. Mais Onfretti était sûr qu'aucun artifice ne parviendrait à le préserver entièrement de la souffrance, et cela l'effrayait.

Il avait cependant accepté son calvaire. Il était un chef-d'œuvre et il était prêt à souffrir. Van Tysch l'avait retouché pendant très longtemps à Edenburg pour qu'il n'y ait pas d'erreurs. Aucune. Tout devrait être parfait. En le signant la veille, le maître l'avait regardé dans les yeux. « N'oublie pas que tu es l'une de mes créations les plus intimes et les plus personnelles. »

Cette déclaration sincère lui donnait des forces pour supporter ce qu'il savait l'attendre.

13 h 05

Jacob Stein avait fini de déjeuner et se trouvait devant la netteté de la tasse de café. La Table était solide, avec un design approprié. Elle se composait d'une plaque de verre soutenue au moyen de harnais par quatre adolescentes agenouillées baignées d'argent. Un voile en guise de liseré entourait entièrement le meuble en formant des ondes entre les figures. Les adolescentes étaient de stature *presque* identique, mais celle de l'extrémité la plus éloignée sur la gauche dépassait légèrement, provoquant une très légère inclinaison de la surface presque horizontale du café sombre et fumant. Bien sûr, il s'agissait d'un meuble illégal et billionnaire, comme le reste de la décoration de la salle. Stein appuyait distraitement le pied sur une cuisse argentée.

Il savait que, à la différence de la sienne, la « zone de Van Tysch » dans le Nouvel Atelier était vide. Mais

Stein vivait dans le luxe et avait décoré sa salle à manger à plaisir avec des tableaux, ornements et ustensiles de Loek, Van der Gaar, Marooder et lui-même. Plus de vingt pubertés respiraient dans ce salon, tranquilles ou chorégraphiquement mobiles, mais il régnait un silence gigantesque.

Seul Stein avait l'air vivant.

Il repassait mentalement tout ce qu'il avait à faire. À cette heure, les tableaux devaient déjà être placés dans le Tunnel, attendant le maître. L'inauguration était prévue pour 18 heures dans un autre lieu où il devrait également s'occuper d'une personnalité très importante.

Fuschus, le pouvoir était une autre sorte d'art, pensait-il. Ou peut-être un artisanat, la possibilité de tout avoir sous contrôle. Il avait été un véritable maître en la matière. Maintenant il devait se dépasser lui-même. Le moment était délicat. En quelque sorte le plus délicat de toute l'histoire de la Fondation, et il devait l'affronter.

Neve, sa secrétaire, apparut soudain au fond de la salle.

Bien qu'il sût avec certitude que le visiteur si attendu allait se présenter d'un moment à l'autre, l'annonce de son arrivée détendit ses traits de faune dans un accès de bonheur subit. Il se leva en s'appuyant sur la Table et en déclenchant à peine un léger frémissement chez les quatre jeunes filles en argent, et un battement de paupières chez celle sur la cuisse de laquelle il avait posé le pied, et se dirigea vers la porte.

Le visiteur resta absorbé un instant, observant avec de grands yeux les corps tièdes qui décoraient la pièce. Mais il eut immédiatement un sourire éblouissant et tendit la main, répondant au salut de Stein.

— Je vous souhaite la bienvenue à la Fondation Van Tysch, s'empressa de dire Stein dans un anglais correct.

Je sais que vous parlez parfaitement l'anglais, ajouta-t-il. Je regrette de ne pouvoir en dire autant de mon espagnol.

— Ne vous inquiétez pas pour ça, répondit en souriant Vicky Lledó.

14 h 16

Mlle Wood attendait depuis trois heures assise sur la pelouse. Elle avait ouvert un jus de fruits qu'elle transportait dans son sac et en buvait de lentes gorgées tout en scrutant les nuages. C'était un lieu paisible, qui se prêtait à fermer les yeux et à se reposer. Dans un certain sens, il lui rappelait sa maison de Tivoli : la même bande sonore d'été, chants d'oiseaux, aboiements de chiens lointains. La maison de Victor Zericky était petite et sa palissade vert pomme portait des traces d'adroites réparations. Dans le jardin il y avait des fleurs, une société ordonnée de plantes élevées par la main de l'homme. La maison était fermée. Elle semblait vide.

Le vieil homme de la maison voisine lui avait dit que Zericky était divorcé et vivait seul. Wood pensait qu'il avait voulu lui dire par là qu'il n'avait pas d'horaires fixes et qu'il allait et venait avec une entière liberté. Manifestement, Zericky s'absentait habituellement pendant plusieurs jours à Maastricht ou à La Haye pour y recueillir des informations concernant son travail d'historien ou simplement parce qu'il avait envie de se dégourdir les jambes et de découvrir de nouvelles routes le long de la Guel.

— Je ne dis pas ça pour vous décourager, ajouta le vieil homme, aux cheveux de marbre et aux joues rouges comme s'il venait de recevoir des gifles, mais s'il ne sait pas que vous êtes là je ne vous conseille pas de l'attendre. Je vous ai dit qu'il pourrait ne pas revenir avant plusieurs jours.

Mlle Wood le remercia, se dirigea vers la voiture et se pencha par la vitre du chauffeur.

— Vous pouvez aller où vous voudrez, mais soyez ici à 20 heures.

La voiture s'éloigna. Wood chercha un endroit approprié, s'assit dans l'herbe, appuya le dos contre le tronc d'un arbre en sentant les rugosités à travers sa veste légère et se livra à la pénible tâche de regarder passer le temps.

Elle n'avait de toute façon pas autre chose à faire, et cela ne l'avait jamais dérangée d'attendre pour des motifs professionnels. En fait, elle était ravie de cette parenthèse de chant des oiseaux et de brise parfumée. Elle finit son jus de fruits, rangea la brique vide dans son sac et en sortit une autre. Il ne lui en restait que deux, mais elle avait besoin de reconstituer sa masse liquide. Elle se sentait de plus en plus faible, ses yeux se fermaient derrière la barrière de verre sombre de ses lunettes, et elle piquait parfois du nez. Elle n'avait rien absorbé de consistant depuis un temps indéterminé, deux jours, peut-être trois, mais elle n'éprouvait malgré tout aucune sensation de faim. Elle aurait cependant payé à prix d'or un bon Thermos de café. Elle avait chaud. Elle ôta sa veste et la posa sur l'herbe. Curieusement, couverte de son seul débardeur à bretelles, elle avait un peu froid.

Elle ne se demandait pas si Zericky viendrait. En fait, elle avait laissé son esprit en repos. Elle savait juste qu'elle l'attendrait là jusqu'à ce qu'elle ne puisse plus l'attendre davantage. Puis elle rentrerait à Amsterdam.

Elle continua de boire du jus de fruits tandis que le vent lui agitait les cheveux.

— Rien à signaler, section deux.
— Tout est normal, section trois.
— Rien à signaler, section quatre.

Bosch ne pensait pas à L'Artiste en entendant la litanie des agents dans les haut-parleurs. En réalité, il s'était mis à réfléchir aux cirques. Enfant, il en avait peu vu parce que papa Victor ne les aimait pas. Aller au cirque n'était pas forcément la meilleure chose à faire. Mais tout enfant visite, un jour, un cirque, quel qu'il soit, et le tour de Bosch était venu. Cependant, il ne s'amusa pas : du danger des acrobaties à l'abjection des tigres en cage, des clowns au visage enfariné aux trucs artificiels des magiciens, tout lui avait semblé misérable et triste.

Il se trouvait maintenant dans un autre cirque. Les attractions étaient différentes, mais il y avait du public, des chapiteaux, des trucs de magie et des bêtes sauvages. Et tout lui semblait aussi triste.

Il était à l'intérieur de l'une des *roulottes*[1] destinées à la sécurité. Six remorques flanquaient le Tunnel des deux côtés, garées à des emplacements qui permettaient le libre accès aux fourgonnettes de ramassage et d'évacuation. Chaque paire était occupée par un département différent : art, conservation et sécurité. Dans les *roulottes* de la sécurité, on surveillait, à travers les moniteurs en circuit fermé, les sections du Tunnel destinées à l'exposition, l'entrée, la sortie et le rond-point central d'où l'on procéderait au ramassage des tableaux. La *roulotte A* contrôlait les six premières œuvres du bras situé à l'entrée ; la *roulotte B*, les sept autres. Cette dernière était garée près du musée Van Gogh et Bosch se trouvait à l'intérieur.

1. En français dans le texte. *(N.d.T.)*

Les caméras dirigées sur le Museumplein enregistraient un spectacle qui ferait sans doute se frotter les mains à Paul Benoît, d'après Bosch. L'inauguration aurait lieu dans une heure et demie et la file de parapluies luisants faisait déjà le tour du Rijksmuseum et arrivait jusqu'au Singelgracht. Certains attendaient au même endroit depuis l'aube ou la veille, debout face au premier filtre de sécurité, leur billet d'entrée à la main. La police avait établi une barrière tout au long de Museumstraat et de Paulus Potterstraat pour empêcher les troubles. Mais, à la grande joie de Benoît, *il y avait* à nouveau des troubles dans les deux zones : des membres du BAH et d'autres organisations opposées à l'art HD agitaient des pancartes et chantaient en chœur des consignes contre la Fondation, sur les terrains bornés par les équipes de télévision, plusieurs présentateurs brandissaient leurs micros.

Les moniteurs du Tunnel, dans un violent contraste, filmaient le silence. Certains tableaux étaient déjà en place, mais dans le cas d'autres tels que le *Christ* le processus d'installation n'était pas encore achevé. Bosch observait le jeu de lumières et de reflets tandis que Gustavo Onfretti était crucifié. Cela faisait plus de quatre heures qu'on lui tenait les membres sur les rectangles de bois peint grâce à quelque chose qui ressemblait à des ressorts transparents. Il devait rester immobile dans la position exacte peinte par Van Tysch, et c'était souvent pénible. La « descente », en comparaison, serait simple. Des éclairs du corps presque nu fulguraient sur l'écran quand les lampes se dirigeaient sur lui.

— Qui peut vouloir passer six heures par jour comme ça ? remarqua Ronald, qui surveillait le moniteur de *La Descente de croix*. Ronald frisait l'obésité et consommait quantité de *doughnuts*. Une boîte ouverte était posée à côté de sa console. En cet instant, il mordait dans l'un d'eux et une partie du sucre du glaçage était tombée sur son badge rouge.

Nikki, devant le moniteur du *Festin de Balthazar*, ébaucha un sourire.

— Il s'agit d'art moderne, Ronald. Nous ne le comprenons pas.

— C'est censé être de l'art classique, intervint Osterbrock, le surveillant de *Danaé*, appuyant sur différents interrupteurs depuis le siège opposé à celui de Bosch. Après tout, ce sont des tableaux de Rembrandt, non ?

Le couloir étroit de la *roulotte* regorgeait de personnel qui allait et venait. Bosch ne pouvait pas les éviter. Il les regardait tous, les inconnus et ceux qu'il connaissait depuis longtemps ; il regardait Nikki, Martine, Ronald le mangeur de *doughnuts*, Michelsen, Osterbrock. Il scrutait leurs sourires, leurs gestes quotidiens, distinguait leurs voix. Ils avaient tous subi des tests d'identification avant de rejoindre leur poste, mais Bosch les surveillait comme on surveille une ombre qui bouge au milieu d'ombres immobiles. Puis il reportait la vue sur le moniteur qui enregistrait le début de la longue queue du public.

« Où es-tu ? Où es-tu ? »

Europol avait reçu le matin même une description de Póstumo Baldi. Bosch la lui avait fait parvenir en suivant les voies adéquates, conjointement avec quelques membres de Rip Van Winkle. À partir de là, il avait commencé à recevoir des informations.

La police de Naples ignorait où il se trouvait. Celles de Vienne et de Munich n'avaient retrouvé sur les lieux des crimes aucune empreinte ou échantillon de fluides ou de cheveux à comparer avec ces données. Toutes les traces correspondaient à des déguisements ou à des substances artificielles. Pas un seul résidu organique, juste du plastique et de la cérublastine. C'était comme si L'Artiste avait été une marionnette. Ou peut-être une toile. À cette heure, Europol poursuivait son inlassable consultation des ordinateurs du monde entier. Ils étaient en quête de pistes qui auraient pu relier la présence de Baldi à un lieu ou un fait. Ils cherchaient dans les hôpitaux et les cimetières, dans les plaintes enregistrées pour des délits mineurs, dans les crimes commis par d'autres individus et dans ceux qui n'avaient pas encore été résolus. La section des personnes disparues avait suivi sa trace de Naples à Van Obber et à Jenny Thoureau, de sa ville natale, qui avait été détruite, et de chez ses parents – on ignorait où se trouvait la mère – jusqu'aux derniers hôtels dans lesquels il était descendu pendant l'été 2004. Mais cela s'arrêtait là. À la fin de l'année, Baldi avait quitté son travail de portrait chez Mlle Thoureau sans aucune explication et, à partir de là, la terre l'avait englouti. Beaucoup pensaient qu'il était mort.

Malgré l'air conditionné qui envahissait l'intérieur de la *roulotte* d'une fraîcheur vrombissante et infatigable, Bosch sentait la sueur lui couler dans le dos. Póstumo pouvait être n'importe lequel des visages qu'il contemplait. Le joker Baldi était valable pour tout le monde, il était interchangeable. Il n'avait en soi pas plus d'existence que l'air fendu par un coup de couteau : invisible, bien qu'indispensable. *Ses yeux étaient des miroirs. Son corps, de l'argile fraîche.*

La *Jeune Fille à sa fenêtre* semblait lui renvoyer son regard depuis son lointain piédestal sur le moniteur n° 9. Danielle, sa nièce, était la toile que Van Tysch avait choisie pour recréer cette œuvre de Rembrandt. Les clairs-obscurs n'avaient pas été allumés et Danielle ne se détachait pas encore au milieu de la noirceur du Tunnel. Bosch ne parvenait même pas à voir son visage.

— Il est là, dit quelqu'un dans son dos, en le faisant sursauter.

C'était Osterbrock. Il désignait le moniteur qui enregistrait les arrivées par l'accès de Museumstraat. Une voiture allongée et sombre glissait vers l'entrée du Tunnel. Son image disparut en traversant la première barrière de la police.

— C'est Van Tysch, dit Nikki. Il vient procéder à la dernière retouche sur les œuvres.

— Et allumer les clairs-obscurs, ajouta Osterbrock.

Bosch se demandait où pouvait bien se trouver Wood. Pourquoi avait-elle voulu partir soudain ? Désirait-elle se retirer de l'affaire ?

Il ne le croyait pas. Il lui faisait confiance. Il ne pouvait faire confiance à personne d'autre.

Il souhaitait que l'exposition soit déjà terminée. Ou, du moins, que ce jour-là – ce jour éternel où les heures se traînaient comme imprégnées d'huile – s'achève le plus tôt possible.

16 h 45

Clara souhaitait que ce jour ne s'achève jamais.

Elle était accroupie devant un étang aux eaux immobiles, entourée d'arbres et de paysages ténébreux. Tout sentait la peinture et tout était rigide. Il s'agissait du fond de *Suzanne au bain*. Elle était complètement nue et peinte dans des tons compacts de rose, ocre et rouge cadmium foncé par un caoba profond. Un miroir situé à la base du podium et dissimulé au public reflétait son visage. C'était la seule chose qu'elle pouvait apercevoir nettement. Mais même si elle ne les voyait pas, elle *devinait* la présence des deux vieillards derrière elle, chimères pétrifiées et monstrueuses, montagnes penchées vers son corps, falaises d'huile.

On venait de l'installer et elle n'était pas encore entrée en immobilité. Le temps passait comme les gens qui évoluaient autour d'elle, techniciens et employés, agents de la sécurité : une chose qui avançait sans la toucher. Mais elle savait que l'exposition n'avait pas encore été inaugurée parce que les clairs-obscurs étaient morts.

À un moment donné, une silhouette bougea sur la passerelle destinée au public, sauta par-dessus le cordon de sécurité et se dirigea vers le podium. Derrière, un cortège de jambes. Il se produisait quelque chose d'important. Deux chaussures sombres se placèrent à côté de ses cuisses durcies par les couleurs. Elle entendit à nouveau ce ton lointain et grave, cet espagnol correct de cloche sonnant le tocsin.

— Continue à te regarder dans le miroir.

Ce fut comme une décharge électrique. Elle obéit, bien sûr.

Il était donc vrai que le maître examinait les toiles une dernière fois, comme Gerardo le lui avait dit. L'ombre se déplaçait de figure en figure, donnant aux vieillards des instructions qu'elle ne put entendre. Puis les chaussures revinrent, étranges animaux en cuir verni, mystérieux requins au museau ciré pointant vers son corps. Un temps de pause, demi-tour. Les échos restèrent. Enfin, le silence ensorcelé.

Elle continua à contempler ce camée lointain de traits peints.

17 h 30

L'obscurité était totale.

— Et maintenant ? demanda Bosch, nerveux, contemplant le moniteur. Pourquoi n'allument-ils pas ces foutues lampes ?

— Ils attendent que Van Tysch en donne l'ordre, répondit Nikki.

— Et il va le donner, dit Osterbrock.

Ils se retournèrent vers leur moniteur. Une silhouette se détachait entre les autres, immobile, dos à la caméra. Des éclairs rectilignes de lampes la révélaient fugacement.

— Le grand homme, grommela Ronald, dévorant l'image avec la même impatience affamée qu'il avait pour les *doughnuts*.

Chaque moment requiert son décor, pensa Bosch. Le sien était un monde dans lequel les choses précieuses sont devenues solennelles. Et dans toute solennité il y a un décor, un rituel et des personnes élevées, situées sur des podiums, qui sont contemplées par des gens médusés et fascinés. Rien ne peut être fait naturellement ; il faut un certain artifice, un certain degré d'*art*. Pourquoi ne pas éteindre les lumières ? Pourquoi ne pas laisser entrer le public ? Ce n'était finalement qu'une question de boutons à presser. Mais non. Le moment est solennel. Il se devait d'être examiné, recueilli, enregistré, éternisé. Sa lenteur est obligatoire.

— Ils sont en train de le prendre en photo, commenta Nikki, le menton appuyé sur ses mains. Bosch remarqua une trace rêveuse dans son accent.

Van Tysch avait été éclairé par un projecteur oblique : un îlot de lumière au milieu de cinq cents mètres d'obscurité factice. Il tournait le dos à la caméra. Son règne n'était pas de ce monde ni d'aucun autre, pensait Bosch. Son royaume était lui, lui seul, au milieu de cette lagune scintillante. Des ombres envoyées par des magiciens le bénissaient de leurs rayons magiques.

Le peintre leva le bras droit. Tous retenaient leur respiration.

— Moïse écartant les eaux, dit Ronald, assenant à nouveau son ironie.

— Eh bien, quelque chose ne marche pas, dit Osterbrock, parce que le Tunnel est toujours dans l'obscurité.

— Non, intervint Martine, penchée sur son épaule. Le signal c'est quand il baissera le bras.

Bosch regarda les autres moniteurs : tous noirs. Cela ne lui plaisait pas que le Tunnel reste aussi longtemps dans le noir. Le « grand homme » l'avait exigé. Avant le début de ce sabbat, les sorcières devaient l'honorer de leurs feux vaniteux. Puis, quand la séance de photos et de films serait finie, Satan abattrait sa patte et commencerait son enfer particulier, son abominable et épouvantable enfer, le plus terrible de tous parce que personne ne savait que c'en était un. Et le pire de l'enfer est de ne pas savoir que l'on s'y trouve.

Le bras descendit.

Les trois cent soixante filaments conçus par Igor Popotkin s'allumèrent à l'unisson et bâillèrent d'une bouche pleine de lumière. L'espace d'un instant, Bosch crut que les tableaux avaient disparu. Mais ils étaient toujours là, transmutés. Comme si un pinceau majestueux leur avait donné une touche d'or dont ils avaient besoin. Les peintures brûlaient dans un bûcher imprécis. Encadrées par les écrans, on aurait dit d'anciens tableaux sur toile, mais avec des personnages profonds, volumineux, dotés d'une vie dimensionnelle. Les fonds furent rehaussés et la brume acquit des contours de paysage.

— Mon Dieu, dit Nikki. C'est plus beau que je ne l'imaginais.

Personne ne répliqua, mais le silence semblait contenir l'approbation tacite de ses paroles. Bosch n'était cependant pas d'accord.

Ce n'était pas beau. C'était grotesque et terrifiant. La vision des œuvres de Rembrandt transformées en êtres vivants suscitait de l'émotion, mais celle-ci, pour Bosch, ne provenait pas de la beauté. Van Tysch était manifestement parvenu à la limite : il ne pouvait pas aller plus loin en matière de peinture humaine. Mais la voie choisie n'avait pas été celle de l'esthétique.

Il n'y avait rien de beau dans l'homme crucifié, dans la fillette accoudée à une fenêtre dont le visage était de la couleur de celui des morts, dans ce festin dont les plats étaient des personnes, dans la femme nue aux cheveux peints en rouge traquée par deux individus grotesques, dans la silhouette de la jeune fille aux yeux phosphorescents, dans l'enfant enveloppé de peaux peintes, dans l'ange qui étranglait l'homme agenouillé. Rien de beau, mais rien d'*humain* non plus. Et le pire était que tout semblait accuser aussi bien Rembrandt que Van Tysch. C'était un péché qu'ils partageaient tous les deux. « Voici la négation de l'humanité », auraient pu dire les artistes. La condamnation pour le délit d'être ce qu'ils étaient. Les hommes, une nuit d'horreur, inventèrent l'art.

« Voici notre condamnation », pensa Bosch.

— Il faut lui tirer notre chapeau, bien sûr, déclara une voix après un silence éternel. C'était Ronald.

Dans le moniteur, Stein leva les mains et applaudit. Avec violence, presque avec rage. Mais il n'y avait pas de son, et sur l'écran l'applaudissement ne fut qu'une convulsion silencieuse. Hoffmann, Benoît et le physicien Popotkin s'y unirent immédiatement. Bientôt, toutes les figures qui entouraient Van Tysch agitaient frénétiquement les mains comme des marionnettes.

La première à l'intérieur de la *roulotte* fut Martine, dont les paumes minces et flexibles claquaient comme des coups de feu. Osterbrock et Nikki y contribuèrent dans une rafale excitée. Les applaudissements de Ronald se détachaient à peine, on aurait dit des bulles crevant entre ses mains grassouillettes. La clameur dans l'espace étroit du véhicule assourdit Bosch. Il vit que Nikki avait les joues rouges.

Qu'applaudissaient-ils ? Mon Dieu, qu'applaudissaient-ils et pourquoi ?

Bienvenue à la folie. Bienvenue à l'humanité.

Il ne voulut pas constituer l'exception ; il ne souhaitait pas quitter la scène, il détestait se démarquer. Il fallait, dit-il, rester dans le cadre.

Il entrechoqua ses mains et émit des sons.

17 h 35

À la *roulotte A,* Alfred Van Hoore était assis devant le moniteur extérieur, observant la disposition de l'« équipe perroquet », comme l'avait baptisée Rita. Son personnel d'urgence artistique attendait au Museumplein. C'étaient des fantômes blanc et vert en imperméable jaune situés devant les fourgonnettes d'évacuation. Van Hoore savait qu'il était très improbable qu'ils soient amenés à agir, mais au moins son idée avait-elle obtenu l'approbation de Benoît et de Stein lui-même. Il faut bien commencer. Dans des entreprises comme la sienne, il fallait se détacher par des inventions innovantes.

— Paul ? demanda Van Hoore au micro.

— Oui, Alfred – il entendit dans le combiné la grosse voix de Spaalze.

Paul Spaalze était le capitaine de cette équipe improvisée. La confiance que Van Hoore avait déposée en lui était illimitée. Ils avaient travaillé ensemble à la coordination de la sécurité des expositions au Moyen-Orient et Van Hoore savait que Spaalze faisait partie de ceux qui « font les choses puis doutent ». Ce n'était pas le plus indiqué pour faire des plans à longue échéance, bien sûr, mais dans les moments de très grande urgence, il était indispensable.

— Moins d'une demi-heure avant que le troupeau ne commence à défiler, dit Van Hoore, affrontant une rafale d'interférences. Comment ça se passe, par là, Paul ?

C'était une question un peu inutile, parce que Van Hoore pouvait constater sur le moniteur que « par là » tout allait bien, mais il voulait que Spaalze sache qu'il veillait à tout. Ils avaient consacré de nombreuses heures à la préparation de plans d'évacuation d'urgence en utilisant des simulations informatiques, et il n'était pas question que son capitaine se décourage par manque d'activité.

— Eh bien, tu sais, rugit Spaalze. La plus grande catastrophe que je dois prévenir maintenant est une mutinerie. Tu savais qu'on nous avait obligés à chanter comme des sopranos devant les détecteurs de voix et à palper les écrans comme si nous étions des tableaux avant de rejoindre le maudit rond-point central ? Cela a déplu à mes hommes.

— Les ordres d'en haut, dit Van Hoore. Si ça peut te consoler, Rita et moi y sommes passés aussi.

En fait, Van Hoore se demandait quelle était la raison exacte de tant de mesures supplémentaires de sécurité : c'était la première fois qu'on exigeait de lui qu'il s'identifie par des preuves physiques en arrivant au travail. Rita n'avait pas davantage apprécié, elle s'était même irritée contre les agents qui lui barraient le passage. Pourquoi Wood ne leur avait-elle rien dit ? À quoi rimait ce changement de dernière heure dans les tours de garde du personnel de ramassage et de surveillance ? Van Hoore soupçonnait le retrait des œuvres du maître en Europe d'avoir un lien avec tout cela, mais il n'osait pas spéculer dessus. Il souffrait de ne pas être encore assez important pour le savoir.

— Ils ne nous font plus confiance, dit-il.

Rita Van Dorn, qui appuyait les pieds sur la console tout en remuant un café fumant dans un gobelet, lui adressa un regard indifférent et resta attentive aux moniteurs.

17 h 50

L'un des techniciens d'accompagnement du département de l'art tint le parapluie en l'air pendant que Van Tysch montait dans la limousine. Stein l'attendait sur le siège contigu. Murnika De Verne, la secrétaire de Van Tysch, occupa le siège passager. Une masse de journalistes et de caméras se pressait derrière les barrières, mais le maître n'avait répondu à aucune question. « Il est fatigué et ne compte faire aucune déclaration », allégua sa suite. Benoît, Nellie Siegel et Franz Hoffmann seraient ravis de jouer les prophètes pendant quelques minutes et d'interpréter Dieu devant les micros, mais le maître devait se retirer. Les portières se refermèrent. Le chauffeur – stylisé, blond, lunettes de soleil – dirigea le véhicule vers une sortie dégagée par la police. Un agent les laissa passer. Son imperméable produisait des reflets sous la pluie.

Van Tysch contempla le Tunnel pour la dernière fois et tourna la tête. Stein posa une main sur son épaule. Il savait que le peintre n'appréciait guère ces démonstrations d'affection, mais il n'avait pas eu ce geste pour Van Tysch mais pour lui ; il avait besoin de lui faire comprendre combien il lui avait obéi, combien de sacrifices il lui en avait coûtés.

Et combien il lui en coûterait encore, *galismus*.

— Ça y est, Bruno. Ça y est.

— Pas encore, Jacob. Il reste quelque chose à faire.

— *Fuschus*, je te jure que... On peut dire que c'est déjà fait.

— On peut le dire, mais ça ne l'est pas.

Il pensa à une éventuelle réponse. C'était comme cela depuis toujours : Van Tysch était la question infinie, et il devait fournir des réponses. Il appuya la tête sur le dossier et tenta de se détendre. Mais il ne pouvait pas. Le grand peintre restait aussi lointain et indéchiffrable que ses œuvres. À ses côtés, Stein se sentait toujours la conscience d'Adam au paradis après avoir désobéi à Dieu, une certaine pudeur friable. Tout silence en présence de Van Tysch contenait une faute implicite. C'était une sensation désagréable, certainement. Mais quelle importance ? Il le voyait depuis vingt-deux ans transformer des corps humains en choses impossibles et changer le monde. Il avait matière à écrire un livre, et il le ferait un jour. Mais il ne pensait pas mieux le connaître que le reste des mortels. Si Van Tysch était un océan sombre, il n'avait fait que servir de digue pour le contenir, de centrale électrique capable de transformer cette gigantesque cataracte en reflets d'or. Il en avait besoin, il continuerait à en avoir besoin. D'une certaine façon.

Soudain, sur le siège avant, un fantôme se dressa.

Murnika De Verne avait tourné la tête et regardait Stein à travers le rideau détissé de ses cheveux d'un noir intense. Stein détourna le regard de ces yeux vides, sans éclat. Ce n'était pas le regard de Murnika – il le savait parfaitement – mais le *sien*. Parce que Murnika De Verne *était* Van Tysch à un point que personne, à l'exception de Stein, ne pouvait imaginer. Le maître l'avait peinte ainsi, avec cette tonalité passionnée.

Murnika regardait sans discontinuer, la bouche impatiente et entrouverte comme un chien famélique. Elle semblait lui reprocher quelque chose, mais aussi l'avertir.

La voiture glissait en silence en s'opposant aux dards de la pluie.

Ce regard était gênant.

— *Fuschus*, Bruno, tu ne me crois pas ? se défendit-il. Je te jure que je m'occuperai de tout. Fais-moi confiance, s'il te plaît. Tout ira bien.

Il parlait en direction de Murnika mais s'adressait à Van Tysch. C'était la même erreur, pensa Stein, que commet parfois le spectateur quand il croit que la figure du tableau peut le regarder, ou quand la marionnette du ventriloque l'interpelle au milieu de la séance. Mais cette fois c'était Van Tysch qui avait l'air d'une marionnette. Murnika De Verne semblait en revanche affreusement peinte de vie. Elle resta ainsi un instant de plus. Puis elle se fit languissante, se retourna et reprit sa place sur son siège.

Stein trouva de l'air dans ses poumons et respira.

Les essuie-glaces se battaient contre la pluie. À peine entendait-on autre chose que cette rumeur d'horloge – ou de pendule, ou de pinceau – tandis que la voiture roulait sur l'autoroute de sortie en direction de Schiphol.

— Tout ira bien, Bruno, répéta Stein.

18 h 35

— Nous nous sommes connus à l'école d'Edenburg, expliqua Victor Zericky. Ma famille est originaire de là. Quant à Bruno, il n'avait que son père, qui était né à Rotterdam et qui lui a probablement inculqué, parmi beaucoup d'autres choses, qu'il n'y avait rien à faire dans ce village.

Zericky était un homme grand et robuste aux cheveux blonds qui commençaient déjà à se clairsemer. Il avait l'aspect d'un homme plein de santé que la vie n'a pas gâté. Mais sa façon de parler les yeux mi-clos faisait penser à un secret caché, une pièce défendue, une lointaine malédiction familiale. Sa maison était aussi petite que l'annonçait son aspect extérieur et sentait les livres et la solitude. Une demi-heure plus tôt, au retour de la longue promenade qu'il avait faite dans le Guel en compagnie de son braque, et tout en faisant entrer Mlle Wood, il lui avoua que sa femme l'avait quitté parce qu'elle ne supportait rien. « Ni les livres ni la solitude », précisa-t-il avec un petit rire. Mais il ne menait pas une vie d'ermite, bien au contraire : il sortait souvent, était sociable, avait des amis. Et il aimait découvrir la nature avec son chien.

Après s'être présentée, Wood lui expliqua en partie le motif de sa visite. Elle désirait mieux connaître l'homme dont elle protégeait l'œuvre, ce qui était légitime et que sembla comprendre Zericky, qui acquiesça d'un bref signe de tête. Wood se livra à un amusant monologue sur les « énormes difficultés de trouver le véritable Van Tysch » dans les nombreux ouvrages qui avaient été écrits sur lui. De sorte qu'elle avait décidé de s'immerger entièrement dans le problème et d'interroger son grand ami d'enfance. « Racontez-moi tout ce dont vous vous souvenez, même si vous pensez que ça n'a pas d'importance », dit-elle.

Zericky battait des paupières. Il soupçonnait peut-être des raisons plus profondes à la visite de Wood, mais il ne semblait pas avoir envie d'approfondir. En fait, la demande lui plaisait. Il était évident qu'il aimait parler et ne disposait pas de beaucoup de gens pour l'écouter. Il parla d'abord de lui : il donnait des cours dans un lycée de Maastricht, bien qu'il ait demandé un congé l'année précédente pour pouvoir mener à bien tous les projets qu'il avait dû remettre à plus tard. Il avait publié plusieurs livres sur l'histoire du Limbourg méridional et se trouvait actuellement en phase de synthèse pour écrire une étude définitive sur Edenburg. Puis il se mit à parler de Van Tysch. Il s'était levé pour prendre un dossier sale sur l'étagère. Il contenait des photos. Il en passa quelques-unes à Wood.

— Au collège, c'était un enfant incroyable. Regardez.

C'était la traditionnelle photo de classe. Les têtes des enfants étaient blanches et gonflées comme des têtes d'épingles. Zericky se pencha derrière Wood.

— Là, c'est moi. Et là, Bruno. Il était très beau. On avait le souffle coupé en le regardant, garçon ou fille. Dans son regard brûlait un feu inextinguible. Ses cheveux d'un noir de jais, hérités de sa mère espagnole, ses lèvres épaisses et ses sourcils noirs, comme tracés à l'encre, formaient un ensemble harmonieux comme le visage d'un dieu antique... C'est le souvenir que j'ai gardé de lui. Mais ce n'était pas seulement de la beauté, c'était... Comment l'expliquer ?... Comme un de ses tableaux... Quelque chose qui allait au-delà de ce qu'on voit. Nous ne pouvions rien faire d'autre que de tomber à ses pieds. Et il adorait ça. Il aimait nous diriger, nous donner des ordres. Il était né pour créer des choses avec les autres.

L'espace d'un instant, les yeux de Zericky s'ouvrirent démesurément et ce fut comme s'ils invitaient Wood à entrer en eux et à regarder ce qu'ils avaient regardé.

— Il inventa un jeu, et il y jouait parfois avec moi dans la forêt : je restais immobile et Bruno plaçait mes bras comme il le voulait, ou ma tête, ou mes pieds. Il disait que j'étais sa statue. Je ne pouvais pas bouger avant qu'il me le permette, c'étaient les règles, bien que je doive dire qu'il avait également inventé les règles. Vous croyez que Bruno faisait ce dont il avait envie ? Eh bien non. C'était plutôt une victime.

Zericky fit une pause pour ranger la photo dans le dossier.

— Toutes ces années, j'ai beaucoup pensé à Bruno. Je suis parvenu à la conclusion que jamais rien ni personne n'a compté pour lui, effectivement, non par réel manque d'intérêt, mais pour une simple question de survie. Il s'est habitué à souffrir. Je me rappelle un geste très fréquent chez lui : quand une chose le heurtait, il levait les yeux au ciel comme pour implorer de l'aide. Je lui disais alors qu'il ressemblait à Jésus-Christ, et la comparaison lui plaisait. Bruno s'est toujours considéré comme un nouveau Rédempteur.

— Un nouveau Christ ? répéta Wood.

— Oui. Je crois que c'est ainsi qu'il se voit. Un dieu incompris. Un dieu fait homme que nous avons torturé à nous tous.

19 h 30

Il était là.

Soudain, Lothar s'était senti dominé par cette terrible conviction.

Il était là. L'Artiste. Il attendait.

Hendrickje, qui avait une foi superstitieuse en son odorat de vieux limier, aurait parié n'importe quoi qu'il ne se trompait pas. « Si *c'est* ce que tu *sens*, Lothar, n'y pense plus, laisse-toi conduire. » Il se leva si brusquement que Nikki se tourna vers lui, intriguée.

— Il y a un problème, Lothar ?

— Non. J'ai envie de me dégourdir les jambes. Je suis assis depuis des heures. Je vais peut-être aussi aller faire un tour jusqu'à l'autre contrôle.

En fait, il avait des fourmis à une jambe. Il la secoua légèrement en tapant du pied par terre.

— Prends un parapluie : il ne pleut pas beaucoup mais tu peux te faire tremper, dit Nikki.

Bosch acquiesça et sortit de la *roulotte* sans parapluie.

Dehors, effectivement, il pleuvait, pas excessivement bien qu'avec une certaine persistance aveugle, mais la température était agréable. En battant des paupières, il s'éloigna de quelques pas de la *roulotte* et s'arrêta pour savourer l'ambiance.

À moins de trente mètres de distance, se trouvait la grande bâche du Tunnel, qui brillait comme du pétrole sous la pluie. Elle faisait penser à une montagne dissimulée sous des vêtements de deuil. Les véhicules garés tout autour formaient des couloirs étroits par où défilait le personnel externe : employés, police, agents en civil, équipe sanitaire. La vision autorisait confiance et sécurité.

Mais il y avait quelque chose *d'autre*, un fil de perception que l'on ne remarquait pas, une couleur *de fond*, une note grave qui courait sous la fanfare de l'agitation.

« Il est *là*. »

Deux de ses hommes passèrent devant lui et le saluèrent en obtenant pour toute réponse un léger assentiment de Bosch. Il bougeait la tête d'un côté à l'autre, scrutant figures et visages. Il n'aurait su expliquer comment, mais il était convaincu qu'il reconnaîtrait Póstumo Baldi dès qu'il le verrait, quel que fût son déguisement. *Ses yeux sont des miroirs.* Et son inquiétude ne diminuait pas bien qu'il sût que la présence de Baldi à cet instant était assez improbable. *Son corps, de l'argile fraîche.* « Je suis peut-être nerveux parce que aujourd'hui c'est l'inauguration », se dit-il. C'était facile à comprendre, et avec la compréhension vint le calme.

« Mais n'essaie pas de comprendre, Lothar. Écoute davantage ton esprit que ton cerveau », lui conseillait Hendrickje. Il était vrai qu'Hendrickje avait recours au tarot comme on feuillette le journal du matin et accordait à l'horoscope la suprême importance des faits avérés. Malgré tout, elle n'avait pas soupçonné l'existence de ce camion qui l'attendait à son retour d'Utrecht, n'est-ce pas, Hendri ? « Tu n'avais pas prévu la conjonction stellaire de ta tête avec ce poids lourd. Toutes tes intuitions, Hendri, réduites en poussière d'étoile. »

Il se dirigea vers les barrières. « Pourquoi devrait-il être *ici* précisément *aujourd'hui* ? C'est absurde. Peut-être est-il venu reconnaître le terrain. C'est sa façon de procéder. Il se familiarise d'abord avec les lieux, ensuite il attaque. Il ne fera rien aujourd'hui. »

Un agent lui céda le passage au vu de son badge. Il se trouva face à la rangée de visiteurs qui émergeait – les yeux dilatés, la fascination imprimée sur le visage – de la nuit prolongée du Tunnel et remonta le courant en traversant ce flot humain. Plus loin, derrière une autre frontière de barrières, le rond-point où s'effectuerait le ramassage des tableaux. En comparaison, cette zone était peu fréquentée. Bosch identifia l'uniforme blanc et vert de l'équipe de Van Hoore. Tout le monde semblait dans le même état que lui : à la fois nerveux et tranquille. C'était compréhensible. Jamais auparavant on n'avait exposé de tableaux d'une valeur si astronomique en pareil lieu. Les tableaux extérieurs étaient beaucoup plus faciles à surveiller, sans parler de ceux que l'on exposait dans les musées. *Rembrandt* était un réel défi pour le personnel de la Fondation.

Il se dirigea vers l'entrée du Tunnel. À sa gauche, près du Rijksmuseum, était rassemblé un groupe peu nombreux mais bruyant de membres du BAH qui agitaient des pancartes en néerlandais et en anglais. La pluie ne semblait pas les décourager. Bosch les observa un instant. La pancarte principale montrait une illustration voyante – un agrandissement photo – de l'original de Stein, *L'Escalier*, avec l'adolescente de quatorze ans,

Janet Clergue. Fesses, poitrine et parties génitales avaient été censurées par des biffures. D'autres pancartes montraient des phrases en petites capitales flamboyantes. L'ART HYPERDRAMATIQUE EXHIBE DES MINEURS NUS. VOUS VOULEZ ACHETER UNE FILLETTE DE HUIT ANS SANS VÊTEMENTS ? DEMANDEZ À LA FONDATION VAN TYSCH. LES *FLEURS* DE VAN TYSCH. LÉGALISATION DE LA TORTURE PHYSIQUE ET PSYCHIQUE. PROSTITUTION ET ENCHÈRES D'ÊTRES HUMAINS... EST-CE DE L'ART ? VAN TYSCH *DÉGRADE* REMBRANDT DANS SA NOUVELLE COLLECTION. Un panneau panoramique égrenait avec plus de détails, en caractères modestes : « Combien y a-t-il au monde de modèles âgés *de plus* de quarante ans ? Combien d'hommes mûrs en comparaison de *filles* jeunes ? Combien de tableaux hyperdramatiques sont-ils des personnes *habillées* dans des attitudes *normales* ? Et combien de jeunes filles *nues* dans des postures indécentes ? »

— Quelle engeance, murmura l'un des agents de sécurité de l'entrée, s'approchant de Bosch. Ce sont les mêmes qui voulaient interdire les nus de Michel-Ange dans la chapelle Sixtine.

Bosch acquiesça sans grand intérêt et reprit son chemin.

Il est *là*.

Il était plus facile de traverser la file d'entrée que celle de sortie, parce que celle-ci était ralentie par les trois filtres de sécurité placés devant la bouche du Tunnel. Bosch la traversa. Il avait toujours l'intention d'aller voir l'autre équipe dans la *roulotte*. Mais il s'arrêta à nouveau.

Il est *là*.

Il contempla les musiciens des rues, les vendeurs ambulants, ceux qui distribuaient des catalogues et de la propagande.

Quelque part.

Plus loin, près des jardins du Rijksmuseum, un groupe nourri d'artistes débutants exposait ses œuvres, profitant de la présence du public. De jeunes modèles au corps peint offraient leur nudité à la pluie. Il y avait plus de trente tableaux. Les prix étaient une véritable aubaine ; on pouvait emporter une toile pour moins de cinq cents euros. Ce n'étaient pas de bonnes peintures, elles tremblaient, perdaient l'équilibre, éternuaient, se grattaient la tête d'un geste fugace mais visible. Bosch avait appris que beaucoup étaient des proches ou des amis des peintres, non de véritables professionnels. Acquérir l'un de ces tableaux supposait un risque, car on ne savait jamais qui on introduisait chez soi. Un jour on se réveillait, le tableau n'était plus là, les cartes de crédit non plus.

La pluie plaquait une sueur froide sur le front de Bosch. Pourquoi ne pouvait-il se libérer de cette sensation de menace oppressante ?

Il prit une décision soudaine et fit demi-tour, se dirigeant vers le Tunnel.

20 heures

Le chauffeur s'était présenté cinq minutes avant 20 heures, mais Wood lui ordonna d'attendre.

— Il est vrai que sa souffrance fut grande et qu'il dut la compenser par un enthousiasme démesuré pour l'art, poursuivit Zericky. D'abord, son père, qui le maltraitait. Ensuite, ce sorcier pédéraste de Richard Tysch, avec qui il passa cet été en Californie. Ils voulurent tous le dominer, mais ce fut lui qui les domina tous…

— L'avez-vous revu ? Je veux parler de Van Tysch.

Zericky haussa les sourcils.

— Bruno ? Jamais. Il m'a laissé derrière moi aussi, avec le reste de ses souvenirs. Je sais qu'aujourd'hui nous sommes voisins, mais jamais il ne me viendrait à l'idée d'aller lui demander du sel. Wood partagea son sourire las. Il y a quelque temps, j'ai reçu des appels téléphoniques de Jacob Stein. Également de cette... cette secrétaire qu'il a, si bizarre...

— Murnika De Verne.

— Exact. Il me faisait demander si j'avais besoin de quelque chose, comme pour essayer de me prouver qu'il n'oubliait jamais vraiment les amis. Mais je n'ai plus reparlé à Bruno et je ne l'ai pas souhaité non plus. La fin d'une amitié est aussi mystérieuse que son commencement, dit alors Victor Zericky ; simplement, cela arrive.

Wood acquiesça. Un instant, l'ombre sereine d'Hirum Oslo avait déambulé devant elle. La fin est aussi mystérieuse que le commencement, en effet. Et, dans ce cas, aussi mystérieuse que la partie intermédiaire. Simplement, cela arrive.

— Je vous ennuie ? demanda Zericky avec affabilité.

— Non, pas du tout.

En parlant, Zericky sortait distraitement des papiers d'un dossier. Wood demanda :

— Que sont ces dessins ?

— De vieilles aquarelles, des pastels, des fusains et des dessins à la plume de son père. J'ai pensé que vous aimeriez peut-être les examiner. Maurits avait des velléités de peinture, vous ne saviez pas ? L'un de ses grands sujets de frustration fut que Bruno ne sache pas dessiner, dit-il en lâchant un petit rire.

— D'après ce que je vois, lui savait, dit Mlle Wood en examinant, une par une, les peintures. Elle reconnut des vues du village avec le château dans le fond.

— Il n'était pas mauvais, effectivement, convint Zericky. Un jour, je me déciderai à mettre de l'ordre dans cette collection. Peut-être écrirai-je une biographie sur la famille Van Tysch et l'illustre… Qu'avez-vous ?

Zericky avait remarqué le soudain changement d'expression de Wood.

20 h 05

Bosch décida d'entrer dans l'une des salles d'urgence, à l'extrémité du fer à cheval. Pour ce faire, il parcourut toute la longueur du premier bras du Tunnel. La pluie avait diminué jusqu'à devenir une discrète rosée. Malgré cela, il était trempé. Pourquoi diable n'avait-il pas pensé à prendre un fichu parapluie ? Quand il parvint à la zone proche des jardins du Stedelijk, il brandit à nouveau son badge magique et franchit les grilles. Là se dressait l'impressionnante bâche noire. L'entrée était labyrinthique pour empêcher le moindre rayon de lumière extérieure de pénétrer. Il y avait deux agents de garde dans l'étroit conduit de bâches. Bien qu'ils l'aient immédiatement reconnu, il dut se soumettre aux vérifications rigoureuses qu'il avait ordonnées lui-même. Il appuya la main gauche sur l'écran portable qui analysait ses empreintes et parla dans le micro. Il était nerveux, et il fallut recommencer le test de voix. On finit par le laisser passer. Il se sentit satisfait que les filtres de sécurité fonctionnent à la perfection.

Quand il pénétra dans le Tunnel, ses yeux se fermèrent sans avoir besoin de paupières.

20 h 10

— Qu'est-ce que c'est ? demanda Wood.

Zericky regarda le dessin qu'elle tenait et sourit.

— Oh, c'était comme ça que Maurits raturait les dessins qui avaient cessé de lui plaire. Il ne les déchirait jamais. Il les raturait au crayon rouge et toujours de la même façon. C'était un homme au tempérament agressif, mais également routinier.

Il s'agissait d'une esquisse à l'encre de Chine, une figure humaine, probablement un habitant d'Edenburg. Mais elle était raturée par de grosses croix de Saint-André rouges. Quelque chose dans ces brouillons avait dû attirer l'attention de la femme, déduisit Zericky, parce qu'il la vit poser l'index sur le papier et murmurer quelque chose. C'était comme si elle avait compté les ratures.

— Il procédait toujours ainsi ? demanda-t-elle d'une voix très étrange. Zericky se demandait pourquoi elle était si impressionnée, mais les années et l'abandon l'avaient rendu discret.

— Je vous ai déjà dit que oui, répondit-il.

Wood les recompta. Quatre croix et deux lignes verticales. Huit lignes formant des croix et deux lignes parallèles. Dix lignes au total. Mon Dieu. Elle les compta encore une fois, elle ne voulait pas se tromper. Quatre croix et deux lignes. Huit et deux. Dix au total. Elle prit le reste des dessins et les feuilleta rapidement. Elle s'arrêta en trouvant un autre dessin raturé. C'était une sorte de visage à peine suggéré au crayon. Des croix et des lignes verticales. Quatre et deux. Huit et deux. Dix au total.

Elle se tourna vers l'historien et tenta de garder son calme en parlant.

— Monsieur Zericky. Vous avez d'autres dessins ?

— Oui. À la cave.

— Je pourrais les voir tous ?

— Tous ? Il doit y en avoir des centaines.

— Ça ne fait rien. J'ai le temps.
— Je vais chercher les cartons à dessin.

20 h 15

Se trouver à l'intérieur du Tunnel était autre chose que de l'apercevoir à travers les moniteurs, et Bosch le sut immédiatement. Il sentit la peinture, éprouva une étrange tiédeur, tous ses sens l'avertirent qu'un univers différent l'entourait. C'était comme de contempler un lac la nuit, de se jeter immédiatement tête la première dans ses eaux et de plonger. Le silence était saisissant. Il existait cependant des sons, des échos de pas et de toux, des commentaires à voix basse. Et les harmonies graves d'une musique majestueuse provenant des bâches de la coupole. Bosch savait laquelle : la *Musique funèbre pour la reine Mary*, de Purcell, avec sa cadence de timbales d'outre-tombe.

Au milieu de ce décor de ténèbres baroques, il distingua le premier tableau. La foule bouleversée de *La Ronde de nuit* occupait un très vaste espace de la courbe du fer à cheval et brillait sous les clairs-obscurs. Vingt êtres humains peints et immobiles. Quelle signification cet exercice absurde pouvait-il avoir ? En bon Hollandais, Bosch connaissait parfaitement l'original exposé au Rijksmuseum : il s'agissait d'un portrait typique de compagnie militaire, en l'occurrence celle du capitaine Frans Banning Cocq, mais le génie de Rembrandt avait consisté à les peindre en pleine activité, comme s'il les avait photographiés patrouillant dans la rue. Van Tysch, au contraire, les avait *pétrifiés*. Et les figures abondaient en détails grotesques. Le capitaine, par exemple, était une femme, et la bande rouge de l'uniforme était peinte sur son ventre. Son lieutenant était un monstre jaune à collerette et chapeau à larges bords. La jeune fille dorée à la ceinture de laquelle pendait une poule était complètement nue. Les soldats portaient toujours des lances et des mousquets, mais leurs visages étaient ensanglantés. Le drapeau, en lambeaux, cinglait l'obscurité d'huile. Des appareils démesurés comme une invention de Piranèse constituaient le fond. Une femme vêtue de cuir pleurait. Une silhouette à quatre pattes avec une capuche de bourreau se traînait aux pieds du propriétaire.

En comparaison, le modeste et solitaire *Titus* exposé à quelques mètres de distance sur un petit podium semblait dépourvu d'intérêt : c'était un enfant – le fils de Rembrandt dans l'œuvre originale – vêtu de peaux et coiffé d'un béret. Mais le jeu de lumière et de peinture lui conférait un aspect chaque fois différent. L'effet optique avait des airs de transfert d'éclats sur les facettes d'un diamant. En fermant à demi les yeux, Bosch crut distinguer successivement la tête d'un animal, le lumineux visage d'un ange, une poupée en porcelaine, une caricature des traits de Van Tysch.

— Cet homme est complètement fou, entendit-il dire dans un néerlandais diaphane par un visiteur qui défilait, comme lui, dans l'obscurité. Mais cela me fascine.

Bosch ne savait pas s'il devait adhérer à cette déclaration anonyme. Il continua à avancer sans s'arrêter devant *Le Festin de Balthazar*, avec son banquet d'êtres humains. Au loin, dans un lac de splendeurs sombres, se trouvait ce qui l'intéressait le plus.

Quand il parvint à elle, il tenta d'avaler sa salive et découvrit qu'il avait la bouche complètement sèche. Danielle était immobile, muette et belle dans des tons ocre. La *Jeune Fille à sa fenêtre* était un tableau véritablement magnifique, et Bosch ne pouvait se défendre d'un sentiment de fierté. Elle était accoudée à un parapet marron et contemplait le vide à travers ses yeux qui ressemblaient à des joyaux encastrés dans un visage couleur albâtre. Bosch trouva cette immense densité de peinture blanche obscène. Il ne parvint pas à comprendre pourquoi Van Tysch avait voulu ensevelir le beau visage de Danielle dans la neige. Mais ce qui l'impressionna le plus fut de constater que c'était *elle*. Il n'aurait pu dire comment il le savait, mais il l'aurait reconnue entre mille figures semblables. Nielle était là, à l'intérieur de ce masque exsangue, et quelque chose dans la position de ses mains ou le mouvement de ses épaules le trahissait. Il s'absorba dans la contemplation. Puis il poursuivit son parcours.

Tel un condor puissant, la musique de Purcell planait dans les hautes régions de l'obscurité.

Il ne comprenait toujours pas. Qu'avait voulu dire le peintre avec ce monde noir et intemporel, cette énigme de lumières et de musique qui descendait des hauteurs ? Quelle sorte de message cherchait-il à transmettre ?

20 h 45

C'était incroyable. Ils étaient là. Une fillette debout sur des fleurs. Deux hommes obèses et difformes. C'étaient deux dessins ; le premier au pastel, le deuxième à l'encre de Chine. Ils n'étaient pas raturés. Elle les avait découverts par hasard, tout en cherchant d'autres exemples de ratures.

« *Défloration* et *Monstres* – pensait Mlle Wood, incrédule –, les œuvres les plus personnelles de Van Tysch, *étaient fondées sur de vieux dessins de son père*, et personne ne le sait, pas même Hirum Oslo. Personne n'a pris la peine d'examiner attentivement l'héritage de

Maurits. Peut-être Van Tysch lui-même ne le soupçonne-t-il pas. Maurits voulait qu'il dessine, qu'il devienne l'artiste de renom qu'il n'avait pu être. Mais le petit Bruno ne savait pas dessiner. Ce qu'il fit fut donc de transférer vers son propre art certains dessins de son père. Ce fut une sorte de compensation... »

Elle avait sorti ces dessins de la masse et continuait à chercher. Zericky, qui s'était absenté quelques minutes, revint avec de nouveaux cartons, les déposa sur la table en soulevant des nuages de poussière et commença à dénouer les cordons.

— Ce sont les derniers, dit-il. Je n'en ai pas d'autres.

— Van Tysch a vu ces dessins quand il était enfant, n'est-ce pas ? dit Wood.

— C'est possible. Il ne m'en a jamais parlé. Pourquoi dites-vous ça ?

Elle ne répondit pas. Elle posa par contre une autre question.

— Qui d'autre les a vus ?

Zericky sourit, un peu confus.

— De façon aussi exhaustive que vous, personne. Enfin, quelques chercheurs les ont parcourus, à peine un ou deux cartons... Mais que cherchez-vous exactement ?

— Un autre.

— Quoi ?

— Un autre. Le troisième.

« Il en manque un. *La troisième œuvre la plus importante.* Elle doit être quelque part. Ce n'est pas nécessairement la copie *exacte* de l'un des tableaux de *Rembrandt*. En fait, aucun des deux autres n'est une copie *exacte* des œuvres de Van Tysch... L'adolescente, par exemple, n'est pas nue, et il n'y a pas non plus de narcisses des neiges à ses pieds... mais la posture est *identique* à celle d'Annek... Ce doit être *quelque chose qui rappelle* l'un des tableaux : un personnage ou un groupe de personnages... Ou peut-être... »

Elle tentait de se rappeler les œuvres telles qu'elle les avait vues pendant la séance de signatures de la veille, les personnages, les postures, les costumes, les couleurs. De la même façon que j'ai identifié *Défloration* et *Monstres*, je dois savoir l'identifier. »

— Dites, calmez-vous, demanda Zericky. Vous jetez les dessins par terre...

« Jure que tu vas le trouver... Jure que tu vas le faire... Jure que cette fois tu ne vas pas échouer... »

À chaque instant elle surprenait une esquisse raturée : toujours quatre croix et deux lignes verticales ; mais il n'était pas question de déchiffrer sur l'instant la signification de cette autre coïncidence incroyable. Elle ne pouvait pas s'occuper non plus de l'énigme la plus déconcertante de toutes : comment L'Artiste était-il parvenu à accéder à ces dessins ? S'agissait-il de l'un des « chercheurs » auxquels Zericky faisait allusion ? Et s'il n'y avait pas eu accès, de quelle autre façon avait-il choisi le troisième tableau qu'il allait détruire ?

Chaque chose en son temps, par pitié.

La dernière estampe du carton était une fleur. Wood l'écarta d'une tape qui déclencha la colère de Zericky.

— Dites, vous allez les déchirer, si vous les traitez de la sorte ! s'exclama l'historien, et il tendit la main pour les lui reprendre.

— Ne me touchez pas, murmura Wood. Mais plus qu'un murmure, ce fut un bruit sifflant, un croassement de gorge qui glaça le sang dans les veines de Zericky. N'essayez pas de me toucher. Je finis tout de suite. Je le jure.

— Pas de problème, balbutia Zericky. Prenez votre temps... Vous êtes ici chez vous...

« Elle doit être malade », pensait-il. Zericky n'était pas un homme routinier, mais la solitude avait apaisé sa vie. Tout imprévu (un fou examinant des dessins chez lui, par exemple) lui faisait horreur. Il commença à élaborer un plan pour s'approcher du téléphone et appeler la police sans que cette psychopathe s'en aperçoive.

Wood ouvrit un autre carton et mit de côté deux études champêtres. Un bois la nuit, au fusain. Des dessins d'oiseaux. Natures mortes, mais aucun bœuf écorché. Une fillette les mains à la taille, mais elle ne ressemblait pas à la *Jeune Fille à sa fenêtre*...

20 h 50

Tandis qu'il avançait sur la passerelle, Bosch aperçut l'un des surveillants. Son badge rouge était à peine visible dans le léger éclairage des socles. Le visage était un brouillon d'ombres.

— Monsieur Bosch ? dit l'homme quand il s'identifia. Je suis Jan Wuytters, monsieur.

— Comment ça se passe, Jan ?

— C'est tranquille, jusqu'à présent.

Au-delà de Wuytters se dressait la splendeur linéaire du Christ crucifié, comme si celui-ci avait fait l'objet d'une protection divine particulière.

— Mais je serais plus tranquille s'il y avait davantage de lumières et si nous pouvions bien voir le visage et les mains des gens, ajouta Wuytters. C'est une tanière, monsieur Bosch.

— Tu as raison. Mais c'est l'art qui commande.

— Je suppose.

Bosch trouvait soudain que Wuytters faisait très bien Wuytters dans l'obscurité. Il était *presque* sûr que c'était lui, mais, comme dans les cauchemars, de légers détails le confondaient. Il aurait aimé observer ces yeux à la lumière du jour.

— Si je dois être sincère envers vous, monsieur, j'ai envie que l'exposition d'aujourd'hui soit finie, murmura la silhouette de Wuytters.

— Je partage entièrement ton sentiment, Jan.

— Et cette horrible odeur de peinture... Ça ne vous brûle pas la gorge ?

Bosch s'apprêtait à répliquer quand soudain le chaos se déchaîna.

20 h 55

Wood regardait fixement l'aquarelle, sans ciller. Zericky, qui perçut son changement d'attitude, se pencha sur son épaule.

— Elle est belle, n'est-ce pas ? C'est une des aquarelles que Maurits a faites d'elle.

Wood leva la tête et l'observa sans comprendre.

— C'était sa femme, précisa Zericky. Cette jeune Espagnole.

— Vous voulez dire que cette femme était la *mère* de Van Tysch ?

— Enfin, sourit Zericky, c'est du moins ce que je crois. Bruno ne l'a jamais connue, et Maurits a détruit presque toutes ses photos après sa mort, de sorte que Bruno ne disposait que des dessins de Maurits pour savoir à quoi elle ressemblait. Mais c'est elle. Mes parents, eux, l'ont connue, et ils affirmaient que ces dessins étaient fidèles à l'original.

« D'abord, ce souvenir de son enfance. Ensuite, son père et Richard Tysch. Enfin, sa mère. Le troisième tableau le plus personnel. » Wood n'avait plus aucun doute. Elle n'avait même pas besoin de chercher davantage dans les cartons qu'elle n'avait pas regardés. Elle se rappelait parfaitement de quel tableau il s'agissait. Elle consulta l'heure à son poignet tremblant.

« Il reste encore du temps. Il reste sûrement encore du temps. L'exposition d'aujourd'hui n'est même pas encore terminée. »

Elle posa l'aquarelle sur la table, prit son sac et sortit son téléphone mobile.

Soudain, une chose semblable à un pressentiment, au frisson d'un septième sens, la paralysa.

Non, il n'y a plus le temps. Il est déjà trop tard.

Elle composa un numéro.

Quel dommage que tu n'aies pas pu faire les choses parfaitement, April. Faire les choses bien, c'est mal les faire.

Elle appliqua l'appareil contre son oreille et entendit le cri lointain de l'appel.

Parce que ce qui est sûr, c'est que si tu échoues dans les petites choses, tu perdras immédiatement dans les grandes.

La voix du téléphone clamait dans la petite obscurité de son ouïe.

20 h 57

Lothar Bosch avait à plusieurs reprises eu l'occasion d'affronter une foule au cours de sa vie.

Il en avait parfois fait partie – mais, même dans ce cas, il avait dû s'en *protéger* ; d'autres fois, il avait été chargé de la contenir. De toute façon, il s'agissait d'une expérience qu'il connaissait depuis sa jeunesse. Mais il n'en avait tiré aucun enseignement utile : il pensait qu'il avait toujours survécu par pur hasard. Une foule terrorisée n'entre pas dans la catégorie des choses auxquelles un homme peut apprendre à résister, de même qu'on ne peut apprendre à marcher sur la spirale d'un cyclone.

Cela arriva très rapidement. Au début il y eut un cri. Puis, plusieurs autres. Quelques instants plus tard, Bosch prit conscience de l'horreur dans son intégralité.

Le Tunnel résonnait.

C'était une clameur profonde de cloches souterraines, comme si le sol qu'ils foulaient était doté de vie et avait décidé de se lever pour le prouver.

L'obscurité l'empêchait d'avoir une connaissance exacte de la situation, mais il pouvait entendre le carillon de la structure métallique du plafond et des murs du rideau le plus proche. « Mon Dieu, l'armature est en train de céder », pensa-t-il.

Ce fut le début de la panique.

Wuytters, l'agent qui lui avait parlé quelques secondes plus tôt, fut emporté par un torrent de cris, de bouches ouvertes et de mains crispées qui tentaient d'accrocher l'air. Un piston de corps poussa Bosch contre le cordon de la rampe. Pendant un instant atroce il s'imagina écrasé par le flot, mais, par chance, ce flux torrentiel d'humanité n'allait pas dans sa direction ; il voulait simplement se frayer un passage. La peur le poussait à courir aveuglément à l'autre bout du Tunnel. Les pivots qui tenaient le cordon résistèrent et Bosch put s'accrocher à eux pour éviter de tomber de l'autre côté.

Le pire était de ne rien voir, pensait-il. Le pire était ces ténèbres de carnaval obscène qui n'admettaient qu'un mouvement délicat. C'était comme d'être prisonnier d'une couverture de laine avec un lion.

Une femme criait sans mesure à côté de lui, demandant qu'on la laisse passer. Le fait que son haleine sente le tabac fut un détail stupide qui s'accrocha avec une force indicible au cerveau terrorisé de Bosch. Il crut comprendre qu'elle tenait un enfant par la main et qu'elle demandait, s'il vous plaît, au monstre de la respecter, au moins, s'il vous plaît, de ne pas dévorer son petit héritier. Il la vit alors plonger – se pencha-t-elle ? fut-elle absorbée ? – et réapparaître en brandissant comme un drapeau une petite silhouette tremblante qui pleurnichait. Allez, allez, emmène-le d'ici, voulut-il lui dire, emmène ton enfant d'ici. Il allait tenter de l'aider quand il reçut un nouvel impact et tomba à la renverse par-dessus le cordon.

Il se sentit tomber dans le vide. L'obscurité au-delà de la passerelle était si profonde que ses yeux ne pouvaient mesurer la distance qui les séparait du mal. Il plaça malgré tout ses mains en guise de parapet et reçut le coup dans les paumes. L'espace d'un instant, il ne sut pas ce qui s'était passé, car il se trouvait dans cette position étrange, flottant dans un espace plan. Puis il comprit que les clairs-obscurs devaient être éteints.

Cela devait être le cas, parce qu'il ne voyait pas une lumière, pas une lueur, tout au long du tunnel. Les tableaux s'étaient dissipés dans les ténèbres. Il se trouvait dans le ventre de ces ténèbres.

Il tenta de se mettre à genoux, mais quelque chose le poussa de l'arrière. La chose, ou l'ensemble de choses, traversa devant lui comme un soupir. Quelqu'un avait découvert qu'au-delà des cordes de la passerelle il pouvait y avoir une autre sortie, et maintenant ils couraient tous vers ce monde lointain. Il était peut-être vrai que les sorties de secours des tableaux pouvaient être utilisées par le public : bien qu'elles se trouvent plus loin, leur accès était beaucoup plus dégagé.

Il réussit à se redresser et constata qu'il n'avait rien de cassé. Autour de lui s'agitaient des ombres étourdies.

Il tenta de les guider, car il connaissait l'existence des sorties. Il commença à crier devant un public qui ressemblait à un troupeau d'éléphants dans l'obscurité d'une tempête.

— Dans le fond ! Dans le fond !

Mais dans le fond de quoi ? Les gens couraient vers les lumières. Mais il était également vrai que les lumières s'approchaient. Un crayon magique peignit en blanc, avec une majestueuse rapidité, un visage en sueur et atterré devant Bosch. Puis l'obscurité ajouta du noir et le visage disparut. Un autre pinceau lumineux dessina une main ouverte, le tissu d'une chemise d'été, une silhouette fugitive. Bosch, au milieu de ce Guernica de la panique, dressait les bras en faisant des gestes de naufragé.

— Du calme, du calme, entendit-il.

Il éprouva un soulagement notable en distinguant des mots qui signifiaient quelque chose. Un lambeau de cohérence avec lequel, au moins, il pouvait établir une communication. Et il y avait les lumières, sans doute étaient-ce des lanternes. Il courut vers elles comme si l'obscurité qui l'entourait était un incendie et que son corps avait besoin de se rafraîchir de lueurs. Il écarta en le bousculant quelqu'un qui désirait aussi le privilège de la lumière. « L'obscurité est cruelle, pensait-il. L'obscurité est inhumaine », pensait-il.

— Je suis Lothar Bosch ! s'exclama-t-il. Il palpa le revers de sa veste. Il avait perdu son badge d'identification.

— Du calme, du calme, répéta la voix qui offrait les lumières.

Un éclair se dirigea sur lui, l'aveuglant. Aucune importance, il voulait *être* aveuglé plutôt que de rester *aveugle*. Il leva les mains, mendiant de la lumière.

— Du calme, il ne s'est rien passé, disait la voix en anglais.

Il avait envie de rire. Il ne s'était rien passé ?

Il s'aperçut alors qu'effectivement, quoi qu'il y ait eu, cela semblait avoir cessé. Il n'entendait plus la sinistre vibration de la structure métallique du Tunnel.

La lampe peignit un autre visage : une visiteuse qui sanglotait en essayant de parler. Bosch contempla ce masque de la tragédie avec la même attention qu'il avait consacrée aux tableaux quelques instants plus tôt.

Il émergea de l'enfer du Tunnel en chancelant, guidé par les lampes salvatrices et aussi déconcerté que les gens qui l'entouraient. Il ne faisait pas encore nuit, il avait même cessé de pleuvoir, mais le toit compact de nuages gris atténuait la force du coucher de soleil. Sous ce ciel privé de couleurs, le rond-point s'était au contraire métamorphosé en une hémorragie de peinture. C'était comme si le Rijksmuseum avait éclaté et peuplé la rue de rêves de Rembrandt.

La Table et la Domestique du *Festin de Balthazar* mettaient leurs peignoirs, aidées par les techniciens de la conservation. Le roi Balthazar, masqué sous le lourd turban d'huile, haletait en gémissements rauques et sonores. Les soldats de *La Ronde de nuit* brandissaient des lances et des mousquets comme une armée de cadavres et montraient de l'étonnement sous leurs visages sanguinolents. La jeune fille avec la poule à la ceinture, nue et peinte en doré, était une femme tremblante au pied de la fourgonnette. Dans le bras opposé du fer à cheval, les syndics cherchaient le refuge des véhicules et les étudiants de *La Leçon d'anatomie* couraient avec leurs fraises blanches. Le corps bleu pâle de Kirsten Kirstenman était transporté sur un brancard. Les huiles se mêlaient aux hommes. À l'air libre, les chefs-d'œuvre de Van Tysch ressemblaient au dernier cauchemar d'un peintre agonisant. Où Danielle pouvait-elle être ? Où la *Jeune Fille à sa fenêtre* avait-elle été exposée ? Bosch ne s'en souvenait pas. Il était complètement désorienté.

Soudain, il réalisa que son tableau se trouvait après *LeFestin*. Il se rappela qu'il avait décidé de ne pas s'arrêter devant ce dernier pour arriver plus vite à elle.

Il vit un homme de la conservation qu'il reconnut. Celui-ci attachait nerveusement une étiquette au cou de Paula Kircher, l'ange du *Combat de Jacob avec l'ange*. Paula dépliait d'énormes ailes d'un gris perle scintillant, fixées dans son dos tel un parachute inutile et monstrueux. Un autre assistant courait pour l'aider à protéger sa précieuse nudité ocre avec un peignoir, mais il était impossible de le mettre sans lui enlever les ailes, de sorte que Paula s'y enveloppa comme dans une serviette. Les gens qui passaient à ses côtés heurtaient ses plumes de la tête ou des épaules ; un pompier lui en arracha une avec son casque. Ce fut Paula qui répondit à la question frénétique de Bosch : elle semblait considérablement plus calme que le type qui l'étiquetait.

— Devant *La Descente de croix*.

Elle désignait une sortie latérale. À cet endroit il n'y avait aucune fourgonnette. « Mon Dieu, où est-elle ? L'ont-ils déjà évacuée ? » Il courut comme un fou dans cette direction. Une auxiliaire de sécurité de l'équipe de surveillants intérieurs consolait une femme qui était probablement une personne et non un tableau. Bosch le déduisit parce qu'elle n'était pas peinte. À côté d'elle se trouvait une femme qui, *elle*, était un tableau : vêtements mauves et visage de cardinal de Vélasquez, peut-être un des personnages de *La Ronde*. Bosch interrompit l'auxiliaire par des phrases rapides.

— Je ne sais pas, monsieur Bosch. Ils l'ont peut-être déjà évacuée, mais je ne sais pas. Pourquoi n'essayez-vous pas d'appeler le contrôle par radio ?

— Je n'ai pas de radio.

— Prenez la mienne.

La jeune fille ôta son micro et le lui remit. Tandis qu'il l'ajustait à son oreille droite, Bosch sentit son cœur interpréter une musique au piano. C'était son téléphone mobile qui sonnait à l'intérieur de sa veste ; il ignorait depuis quand. L'appareil se tut soudain. Bosch décida de ne pas s'occuper de cet appel pour l'instant. Il le localiserait plus tard.

« Du calme, du calme, du calme. Chaque chose en son temps. »

L'opératrice radio griffa immédiatement son ouïe d'une voix merveilleusement nette. « Comme la voix d'un ange au milieu du désastre », pensa Bosch. Il demanda à parler à Nikki Hartel, dans la *roulotte A*. L'opératrice semblait plus que disposée à lui obéir, mais elle avait besoin de la clé que Bosch lui-même, suivant les instructions de Mlle Wood, avait ordonné à tout le monde d'utiliser pour communiquer par téléphone ou par radio avec les chefs. « Merde. » Il ferma les yeux et se concentra pendant que l'opératrice attendait. Pour des raisons de sécurité, il ne l'avait noté nulle part : il l'avait appris par cœur, mais dans un autre siècle, une autre ère, à un moment où l'univers et ses lois étaient différents, avant que l'ordre ne soit aboli par le chaos et que Rembrandt et ses œuvres ne prennent Amsterdam d'assaut. Mais il se flattait d'avoir une bonne mémoire. Il s'en souvint. L'opératrice le vérifia.

En entendant la voix de Nikki, il eut presque envie de pleurer.

Nikki semblait plus mal en point.

— Où étais-tu passé ? son ton énergique et juvénile éclata dans le combiné. Ici, nous étions tous…

— Écoute, Nikki, coupa Bosch. Et il s'arrêta une fraction de seconde avant de poursuivre.

« Surtout, il faut parler calmement. »

— Je suppose que tu as beaucoup de choses à me raconter, dit-il. Mais d'abord, il y a une chose que j'ai besoin de savoir... Où est Nielle ? Où est ma nièce ?

La réponse de Nikki fut immédiate, comme si elle avait attendu cette question depuis le début. Bosch apprécia une nouvelle fois sa remarquable efficacité.

— En sécurité, dans la fourgonnette d'évacuation, ne t'inquiète pas. Tout est sous contrôle. Simplement, *Jeune Fille à sa fenêtre* est un tableau à une figure unique placée librement, comme *Titus* ou *Bethsabée*, c'est pour cette raison que l'équipe de Van Hoore l'a évacuée avant d'autres peintures plus compliquées.

Bosch comprit parfaitement l'explication, et l'espace d'un instant le soulagement l'empêcha de parler. Il remarqua alors quelque chose.

— Mais la majeure partie des tableaux est toujours ici. Ils ressortent même des fourgonnettes. Je ne comprends pas.

— L'évacuation a été suspendue il y a cinq minutes, Lothar.

— Quoi ? C'est absurde !... Le tremblement de terre peut se répéter à tout instant... Et les bâches ne supporteront peut-être pas une deuxième fois la...

Nikki l'interrompit.

— Ce n'était pas un tremblement de terre. Ni un défaut dans la construction des bâches, comme nous le pensions il y a un instant. Hoffmann vient de nous appeler. Il s'agit d'une question qui relève du département de l'art que nous ignorions tous, y compris la conservation et la majorité du personnel de l'art lui-même... Une chose en rapport avec le tableau de *La Descente de croix*, qui était, semble-t-il une action interactive avec des effets spéciaux, et personne ne le savait.

— Mais le Tunnel a été ébranlé de haut en bas, Nikki ! Il était sur le point de s'effondrer !

— Oui, ici dans la *roulotte* nous nous en sommes aperçus parce que les moniteurs ont vibré, mais il ne se serait manifestement *jamais* effondré. C'était un truc. C'est du moins ce qu'assure Hoffmann. Il affirme que tout était sous contrôle, que les tableaux n'ont pas subi de détériorations, et qu'il ne comprend pas très bien le pourquoi de cette vague de panique. Il insiste sur le fait que le mouvement du Tunnel n'a pas été aussi violent et qu'il était évident qu'il s'agissait d'un détail artistique parce que cela commençait juste après que le *Christ* a « expiré » sur la croix en poussant un cri...

Bosch se rappela à cet instant que tout avait commencé par un cri.

— Enfin, dit Nikki, ici nous n'avons rien compris, bien sûr, mais il s'agit d'art moderne et il ne faut pas chercher à comprendre, non ?... Ah, pas moyen de localiser le maître et Stein. Et Benoît grimpe aux rideaux...

Malgré le double soulagement qu'il éprouvait en sachant que Danielle se trouvait en sécurité et que l'apparente catastrophe avait été moins grave qu'il ne l'imaginait, quelque chose qui ressemblait à de l'irritation commençait à s'emparer de Bosch. Il regarda autour de lui en observant, sous l'obscurité croissante du soir, les lumières clignotantes et le tumulte des policiers au-delà des barrières. Il entendit la complainte des sirènes d'ambulances. Il sentit la confusion que l'on devinait sur le visage des tableaux, conservateurs, agents de la sécurité, techniciens et visiteurs ; la confusion et la peur se reflétant dans les yeux des gens avec lesquels il avait partagé ces minutes angoissantes. Un *truc* du département de l'art ? Un *détail artistique* ? Et les tableaux *n'avaient pas souffert de détériorations* ? « Mais et le public, Hoffmann ? Tu oublies le public ? » Il y avait vraisemblablement des gens blessés !... Il ne pouvait le comprendre.

— Lothar ?

— Oui, Nikki, je t'écoute, répondit Bosch, encore indigné.

— Lothar, avant que j'oublie : Mlle Wood nous a appelés au moins cent fois. Elle veut savoir, et je cite textuellement, « où tu es fourré et pourquoi tu ne réponds pas au téléphone »... Nous avons essayé de lui expliquer ce qui s'était passé, mais tu sais comment est la patronne quand elle est en colère. Elle s'est mise à nous insulter. Elle s'en foutait que le monde s'écroule et que tu te trouves dessous, elle voulait te parler, juste à toi, rien qu'à toi. En urgence. Tout de suite. Tu connais son numéro ?

— Oui, je crois que oui.

— Si tu appuies sur le bouton des appels perdus, tu l'obtiendras très certainement. Bon courage.

— Merci, Nikki.

Tandis qu'il composait le numéro de Wood, Bosch consulta l'heure : 21 h 12. Un coup de vent soudain à l'odeur d'huile agita les pans de sa veste et baigna son dos en sueur, le faisant se sentir mieux. Il vit les techniciens du département de l'art transférer les tableaux hors du rond-point. Presque tous les tableaux étaient en peignoir. Les ailes de l'ange brillaient dans la foule.

Il se demanda ce que Wood avait de si important à lui dire.

Il porta son téléphone à l'oreille et attendit.

21 h 12

Danielle Bosch était à l'intérieur de la fourgonnette, dans le noir. Le véhicule s'était arrêté quelque part mais elle ignorait pourquoi. Elle supposa que le conducteur attendait l'arrivée de quelqu'un. Le type ne lui parlait pas, ne lui expliquait rien. Il se contentait de rester assis en silence derrière le volant, dans l'obscurité, une silhouette à peine découpée par la faible lueur du pare-brise. Danielle, sur son siège, assurée par quatre ceintures, respirait tranquillement en tentant de garder son calme. Elle portait encore la longue chemise blanche de la *Jeune Fille à sa fenêtre* et était peinte des quatre épaisses couches d'huile qu'exigeait sa figure. Quand elle sentit le tremblement de terre, elle pensa que l'une des couches avait dû se détacher de sa peau, mais elle constatait maintenant que ce n'était pas le cas. Elle s'était mise à penser à ses parents. Une fois le suspense passé, elle avait envie de leur parler, ainsi qu'à son oncle Lothar pour leur dire qu'elle allait bien. En fait, il ne lui était rien arrivé : quelques instants après que le Tunnel eut commencé à trembler, ce monsieur si aimable s'était approché d'elle et l'avait guidée vers l'extérieur en éclairant le chemin avec une lampe. Puis, après l'avoir installée sur le siège arrière de la camionnette, il avait quitté le Museumplein. Danielle ignorait quel chemin ils avaient pris. Maintenant, après s'être garé dans l'obscurité, le conducteur attendait.

Soudain sa silhouette bougea, il se leva et regarda là où elle se trouvait. La fillette l'observa, un peu inquiète. C'était un homme grand et, semblait-il, fort. Alors il s'approcha. À la faible lumière qui persistait à l'intérieur du véhicule, Danielle put constater que l'homme souriait.

21 h 15

Immédiatement après avoir parlé à Wood, Lothar se mit en contact avec Nikki à travers le micro. Ses mains tremblaient.

« C'est impossible. Cette fois, April se trompe. »

Nikki se montra aussi surprise que lui devant sa première question.

— Les tableaux évacués ? Mon Dieu, Lothar, ils vont parfaitement bien. Un peu effrayés, je suppose, mais ils n'ont pas subi de détériorations. On les a transférés à l'hôtel, mais ils n'ont pas été réceptionnés. Ils sont toujours à l'intérieur des fourgonnettes garées sur le parking.

Il s'agissait d'une mesure supplémentaire de sécurité. Les tableaux ne pouvaient être gardés dans les chambres que par le personnel qualifié. La seule responsabilité de l'équipe d'évacuation consistait à les éloigner d'un éventuel danger.

— Alors ils sont sur le parking de l'hôtel ? insista Bosch.

— Exact. On en a parlé à la dernière réunion, tu te rappelles ? Nous avons décidé d'écarter le transfert immédiat au Vieil Atelier parce que Alfred a dit que l'atelier serait vide et fermé cette nuit et nous ne voulions pas ajouter de personnel de garde…

Bosch s'en souvenait. Il aurait bien raccroché, mais les ordres de Wood étaient impératifs, il devait s'en assurer.

— Tous les tableaux se trouvent sur le parking en ce moment ?

— Tous. Qu'est-ce que tu crains ?

— Les localisateurs des fourgonnettes fonctionnent-ils ?

— Parfaitement. Nous avons les signaux sur l'écran en ce moment même.

— De toutes ?

Nikki parla avec une patience maternelle.

— De toutes. Cesse de t'inquiéter pour Danielle. Elle est gardée dans une fourgonnette blindée et…

— Tu peux me dire quels tableaux ont été évacués ?

— Naturellement. Nikki fit de petites pauses après chacun des titres, et Bosch pensa qu'elle les lisait sur l'écran. *Bethsabée, Jeune Fille à sa fenêtre, La Fiancée juive, Titus* et *Suzanne au bain.*

— Seulement ces cinq-là ?

— Oui. Les autres allaient sortir quand l'évacuation a été suspendue.

— Les signaux des cinq véhicules apparaissent correctement sur l'écran en ce moment même ?

— Affirmatif. Il y a un problème, Lothar ?

Bosch chancelait, le combiné à la main.

— Y a-t-il quelqu'un d'autre que le personnel d'urgence avec les tableaux ?

— Les surveillants du parking. Et une équipe de la sécurité se dirige ici. Ils vont bientôt arriver.

Bosch était en mesure de le croire. L'hôtel choisi pour héberger les tableaux était le *Van Gogh,* très proche du quartier des musées. On pouvait s'y rendre à pied depuis le Museumplein.

— Martine me fait un signe, dit Nikki à ce moment. Nous continuons à recevoir les cinq signaux, Lothar. Tout va bien, je t'assure. Ils sont sur le parking, attendant des instructions.

Que lui restait-il à demander ? Il soupçonnait les craintes de Mlle Wood d'être infondées.

Il priait pour que, cette fois, Wood se trompe.

21 h 17

L'ombre du conducteur se pencha sur Danielle. L'obscurité dans cette zone de la fourgonnette était encore plus importante et Danielle put à peine entrevoir de beaux yeux bleus et un sourire rigide.

— Tu vas bien ? demanda l'homme dans un néerlandais très net.

— Oui.

— Quelle peur, non ?

Danielle acquiesça. L'homme, accroupi devant son siège, la regardait en souriant.

— Qu'est-ce qu'on attend ? demanda-t-elle.

— Des ordres, dit l'homme.

Elle ignorait pourquoi, mais cette obscurité et ce silence lui faisaient un peu peur. Heureusement, l'homme semblait rassurant, avec son sourire aimable.

21 h 18

Soudain Bosch pensa à une autre question.

— Nikki, quel est le premier tableau à avoir été évacué ? Nous le savons ?

Nikki le lui indiqua.

— En moins d'une minute, la fourgonnette était là, ajouta-t-elle, souriante. Un record. L'agent d'évacuation a réagi très rapidement… Lothar ?… Tu es toujours là ?

Un silence.

Un très long silence. Nikki pensa que la communication avait été coupée. Elle entendit alors à nouveau la voix de Bosch.

— Nikki, écoute-moi attentivement. Appelle Alfred et Thea… Gert Warfell aussi. C'est une urgence… Ne me pose pas de questions, s'il te plaît… Je veux qu'une équipe de la sécurité encercle l'hôtel en moins de dix minutes… Priorité absolue…

En raccrochant, il regarda autour de lui, étourdi. Un haut-parleur avait commencé à distribuer des phrases pour appeler au calme. Le chef des pompiers s'adressait au public pour annoncer que ce qui était arrivé n'était pas dû à une détérioration du Tunnel et qu'il n'y avait pas à craindre que cela se reproduise. La police réclamait également le calme. C'était la demande générale.

Tout le monde, partout, essayait de se calmer. Autour de Bosch, les gens commençaient à sourire à nouveau. La tragédie glissait doucement vers l'anecdote.

Mais à l'intérieur de Bosch l'horreur suivait son cours.

Il sentait que Mlle Wood devait avoir raison une fois de plus.

Nikki venait de lui dire que le tableau qui avait été évacué en premier lieu était *Suzanne au bain*. Et Wood, quelques instants auparavant : « C'est *Suzanne au bain*. C'est le tableau qu'il a choisi cette fois, Lothar. »

21 h 19

Après les avoir conduits au Vieil Atelier et introduits dans l'une des cabines d'essayage du premier sous-sol, le chauffeur avait montré son permis. C'était un badge couleur turquoise. Ce permis, disait-il, l'autorisait à effectuer les retouches nécessaires sur le tableau. Clara ne fut pas la seule à être surprise, elle constata que les vieillards regardaient eux aussi le chauffeur avec étonnement. Cela signifiait-il qu'il était peintre ? demanda le premier vieillard, Leo Krupka – c'était le nom sous lequel il s'était présenté à Clara quelques instants plus tôt –, la toile qu'elle avait vue à l'aéroport de Schiphol. Le conducteur dit qu'il n'était pas peintre, juste l'une des personnes chargées de conserver le tableau en parfait état. Et cela ne relevait-il pas de la conservation ? – la question émanait de Frank Rodino, le deuxième vieillard, grand et corpulent. Oui, mais aussi de l'art. L'art assurait la « maintenance » de toutes ses grandes œuvres, même s'il ne se souciait pas de la santé des figures mais de ses propres priorités. Le chauffeur avait l'ordre d'évacuer le tableau et de le ranger, en effet, mais après avoir ajusté sa tension. Une telle œuvre ne pouvait être simplement empaquetée et envoyée à la maison.

Le jeune homme avait été très efficace. Presque au début du tremblement qui avait secoué les parois du Tunnel, il s'était approché d'eux et avait prononcé en anglais le mot « évacuation ». Il les conduisit à l'extérieur et les rangea dans une fourgonnette avec une remarquable rapidité. Il s'arrêta à peine pour donner un peignoir à Clara, qui était nue, la peau tendue par l'huile. Les vieillards n'avaient même pas ôté les vêtements qu'ils portaient dans le tableau. Puis, quand ils changèrent de fourgonnette sur le parking de l'hôtel, il leur expliqua que le Tunnel avait failli s'écrouler et qu'il avait l'ordre d'évacuer le tableau et de l'emporter au Vieil Atelier. Il parlait un anglais cultivé et fluide teinté d'un accent que Clara ne parvenait pas à identifier. Il était beau, peut-être un peu trop mince toutefois, et ce qui attirait le plus l'attention dans son aspect restait ces yeux d'un bleu très clair.

La cabine d'essayage dans laquelle ils se trouvaient était pourvue d'une table sur laquelle reposaient une mallette et un sac en toile cirée qui semblaient appartenir au conducteur. Il y avait également les boîtes d'étiquettes des trois figures. Le conducteur répartit les étiquettes et leur demanda de se les attacher. En raison de son énorme corpulence, Rodino eut des difficultés à se pencher et à chercher sa cheville. Puis il les fit s'asseoir sur des chaises, comme de bons élèves, et resta debout devant la table.

Il leur dit qu'il s'appelait Matt. Il travaillait à la Fondation en faisant un peu de tout.

— Exactement ce que je vais faire maintenant. Un peu de tout.

Matt essayait de se faire comprendre des figures. Il cherchait en permanence dans le regard de Krupka et de Clara, qui n'étaient pas anglophones, un signe de confusion, alors il répétait la phrase, ou s'il venait un mot au sens obscur, il faisait des gestes, ou le remplaçait par un autre. Cela les obligeait à être attentifs, malgré leur fatigue. Il avait ôté son gilet vert portant les mots « Équipe d'évacuation », et était en chemise et en pantalon. Blancs tous les deux. Le visage aussi. Matt tout entier était une accumulation de blancheur.

— Qu'allons-nous faire ? se renseigna Krupka.

— Je vais vous l'expliquer.

Il se retourna et ouvrit la mallette. Il en sortit quelque chose. C'étaient des papiers.

— Il s'agit d'une étape importante dans l'entretien de la tension d'un tableau, mais ne me demandez pas pourquoi. Vous avez suffisamment d'expérience pour savoir que vous êtes dans l'obligation de vous soumettre aux désirs de l'artiste, même s'ils semblent absurdes.

Il distribuait les feuilles de papier. Il commença par Krupka, poursuivit avec Rodino et passa à Clara. Ses yeux étaient très expressifs, enterrés dans un masque de peau lustrée.

La feuille contenait un court texte rédigé en anglais. Il s'agissait de quelques mots qui semblèrent incompréhensibles à Clara, une sorte de divagation philosophique sur l'art. Chacun d'eux, expliqua Matt, lirait à son tour tandis qu'il enregistrerait leurs voix. Il était important de bien lire, à voix haute et nette. Si nécessaire, on referait l'enregistrement.

— Ensuite nous avancerons, ajouta-t-il.

21 h 25

Les pires présages de Bosch se vérifièrent quand l'équipe de la sécurité arriva à l'hôtel et trouva la fourgonnette de *Suzanne* vide. Ce fut alors qu'il découvrit avec quel soin le tout avait été planifié. Une deuxième fourgonnette attendait là, et L'Artiste y avait tout simplement transféré le tableau. Le signal de la fourgonnette à l'arrêt continuait à parvenir mais l'œuvre ne s'y trouvait plus. Par chance, l'un des surveillants du parking l'avait vu effectuer le transfert, ce qui leur permettait de disposer de la description de la seconde fourgonnette. Le surveillant affirmait que seuls s'y trouvaient le chauffeur et les figures.

Van Hoore et Spaalze avaient immédiatement répondu aux appels de Bosch. L'agent d'évacuation affecté à *Suzanne* s'appelait Matt Andersen, âgé de vingt-sept ans, un individu « efficace, avec de l'expérience, au-dessus de tout soupçon », d'après Spaalze. Ses empreintes digitales, voix et mesures ne correspondaient pas aux données morphométriques de L'Artiste, mais Bosch, qui commençait à comprendre l'aide précieuse qu'il recevait de la Fondation, ne s'intéressa pas à cet aspect. Il était facile pour n'importe quel cadre important d'accéder aux données morphométriques et de les modifier.

— Lothar, je ne suis pas responsable... la voix de Van Hoore tremblait dans le combiné. Si Spaalze assure qu'Andersen est fiable, je *dois* le croire, tu comprends ?...

— Du calme, Alfred. Je sais que tu es déconcerté. Moi aussi.

Van Hoore s'était dégonflé. On aurait dit un enfant pleurnicheur qui éclaboussait le micro de salive.

— Mon Dieu, Lothar, mon Dieu ! Je parlerai moi-même à Stein, s'il le faut ! L'équipe d'évacuation est constituée d'agents chevronnés, de gens de confiance... ! Dis à Stein, s'il te plaît, que... !

— Calme-toi. Personne n'est responsable.

C'était vrai. Ou personne, ou tous. Tout en supportant l'angoisse de Van Hoore depuis le confessionnal du combiné, Bosch allait d'un côté à l'autre, donnant des ordres et des explications. Il constata que les autres réagissaient avec la même incrédulité que lui. L'inattendu ne peut se mêler à l'inattendu : la foudre ne tombe pas deux fois au même endroit. Warfell, par exemple, ne put prononcer un mot quand Lothar le mit au courant. Impossible, semblait proclamer son silence. « La *seule* tragédie autorisée est celle du Tunnel, Lothar, que me racontes-tu maintenant ? Que l'un des tableaux *a disparu* ? »

Avec Benoît, il eut une surprise. Il le trouva dans la rue, entouré de policiers anti-émeutes, de membres de la protection civile, de pompiers et probablement d'un détachement entier de soldats, mais quand il s'approcha de lui, Benoît lui fit un signe, l'emmena à l'écart et lui montra en cachette l'étiquette jaune attachée à son poignet.

— Je ne suis pas M. Benoît, murmura une voix nasillarde et à l'accent étranger en tenant fermement le coude de Bosch. Je suis son portrait. M. Benoît m'a laissé ici à sa place, mais n'en parlez à personne, s'il vous plaît...

Quand il se fut remis de sa surprise, Bosch comprit que Benoît devait être encore plus angoissé que lui, et avait placé cette œuvre en guise d'écran. Il se rappela la plaisanterie du pantin au comptoir du bureau des réclamations. Il se demanda si le modèle était ougandais.

— J'ai besoin de parler à M. Benoît, lui dit Bosch.

— M. Benoît vous entend en ce moment même, répondit le portrait. La cérublastine avait fait un travail magnifique : les traits étaient exacts. Prenez ma radio, vous pouvez lui parler par son intermédiaire.

Benoît entendait effectivement tout. À en juger par le ton de sa voix, il se trouvait dans le nirvana absolu : il n'y a aucun problème, je ne suis responsable de rien, tout va bien se passer. Il refusa de révéler à Bosch le lieu où il s'était caché. Il affirma qu'il ne s'agissait pas d'un retrait mais d'un repli tactique.

— M. Fuschus-Galismus ne nous a rien dit, Lothar ! gémit-il. Je veux parler du Christ et du « tremblement de terre » du Tunnel. Hoffmann le savait, mais pas nous !...

L'Artiste le savait lui aussi, pensait Bosch.

Quand il parvint à placer un mot dans la logorrhée frénétique de Benoît, il lui expliqua ce qui était arrivé à *Suzanne*. Benoît se tut soudain dans le combiné.

— Lothar, dis-moi que ça n'est pas la fin du monde !

— Ça l'est, dit Bosch.

Il promit de le tenir au courant et rendit sa radio au portrait. À cet instant, il aperçut un défilé de fourgonnettes qui pénétraient dans le Museumplein : les tableaux évacués rentraient. Ils étaient tous là, excepté *Suzanne*. Danielle descendit d'une fourgonnette. La fillette était une petite chose entre de très grands hommes en costume sombre. Ses cheveux bruns, son corps brillant d'ocres et son visage de marbre ressemblaient à une illusion d'optique. La première chose qu'elle fit en descendant du véhicule fut de lever le pied et de constater que la signature qui resplendissait à sa cheville gauche était toujours là. Bosch ne put se défendre d'un pincement au cœur en la voyant faire. Il comprit à quel point cette merveilleuse aventure était importante pour elle et, l'espace d'un instant, il fut presque d'accord avec la décision de ses parents. Il savait qu'il ne pourrait pas la prendre dans ses bras parce qu'elle était peinte et portait sur elle les vêtements du tableau, mais il s'approcha.

Nielle donnait la main au chauffeur de la fourgonnette d'évacuation, un homme grand et robuste au sourire agréable. Elle était très contente. En voyant Lothar, ses yeux cernés d'huile blanche se dilatèrent.

— Oncle Lothar !

Il fut très difficile de la convaincre de ne pas le prendre dans ses bras.

— Tu vas bien ? lui demanda-t-il. Elle lui répondit que oui. Où l'emmenait-on ? On la transférait dans l'une des *roulottes* du département de l'art : ils voulaient y réunir tous les tableaux avant de les mettre à l'hôtel. Non, elle n'avait pas eu peur. Le chauffeur était resté tout le temps avec elle et cela l'avait aidée à ne pas avoir peur. Ses parents avaient déjà été informés du fait qu'elle allait bien. Elle voulut raconter une anecdote à Bosch, mais elle n'en eut pas le temps, les agents étaient pressés. Roland était manifestement devenu très nerveux quand on lui avait expliqué que sa fille « n'avait subi aucune détérioration ». Roland ignorait que c'était l'expression consacrée pour parler des tableaux, et il avait tout d'abord cru qu'ils ne parlaient que de la peinture qui lui recouvrait la peau. Son père avait répliqué : « Cela m'est égal, qu'elle ait déteint ou non. Je veux savoir comment va *ma fille* ! » Ces mots faisaient rire Danielle aux larmes. Bosch pouvait comprendre l'angoisse de Roland, mais il ne le plaignait pas. « Prends ça au nom de l'art », pensait-il. Il dit au revoir à sa nièce et la rangea dans un coin sûr de son esprit. Il voulait que rien ne le dérange en ce moment.

Dans la *roulotte A*, il régnait une activité fébrile. Nikki était en contact permanent avec la police et avec l'équipe de Thea Van Droon. Bien qu'il fût absurde de supposer qu'ils avaient agi à temps, la KLPD avait établi des contrôles routiers à toutes les sorties d'Amsterdam. Un inspecteur de police voulait parler à Bosch pour lui demander des détails, mais ce dernier n'avait pas le temps. « Je ne suis là pour personne », dit-il. Il s'assit à côté de Nikki, devant l'un des terminaux informatiques reliés à l'atelier.

— Pas encore de trace de la fourgonnette, Lothar, commenta Nikki. Bon sang, qu'est-ce qu'on cherche ? Retrouver Póstumo Baldi fait-il partie de notre travail ?

Ce n'était pas le moment de dissimuler quoi que ce soit, pensa Bosch. Au diable le cabinet de crise, pensa Bosch : en ce moment, tout était en crise.

— Oui. Mais peu importe que ce soit Baldi ou non. Il est fou et va détruire *Suzanne* si nous ne l'en empêchons pas...

— Mon Dieu.

Bosch observait sur l'ordinateur les images de *Suzanne au bain*. La toile féminine était de nationalité espagnole, elle avait vingt-quatre ans et s'appelait Clara. Les vieillards étaient un Hongrois, Leo Krupka, et un Américain, Frank Rodino, un peu plus jeunes que Bosch. Rodino, l'Américain, était un individu gigantesque et représentait peut-être un certain type d'obstacle pour L'Artiste, dans le cas improbable d'un affrontement entre eux deux.

« Pense positif, Lothar. »

L'espace d'un instant, il ne fit rien d'autre que de contempler ces images. En particulier, le visage de la fille. La jeune fille lui rendait tranquillement son regard depuis la photo.

« Ce n'est pas une fille, c'est une toile. Nous sommes ce que les autres paient pour que nous soyons. »

Bosch ne la connaissait pas, il ne lui avait jamais parlé. Il lut son nom complet et tenta de le prononcer à voix basse. Le nom de famille lui demanda des efforts. Rieyes. Reies. Rayes. Mlle Rieyes ou Reiyes vivait à Madrid. Hendrickje et lui avaient passé des vacances à Majorque et Bosch avait visité Madrid, Barcelone, Bilbao et d'autres villes espagnoles pour diverses expositions.

Rien de cela n'avait d'importance en ce moment, mais le souvenir de ces détails l'aidait à penser à elle comme à un être humain en danger. Clara Raiyes ou Clara Reies avait un regard expressif et doux, mais dans le fond de ses yeux vibrait une lumière que même l'informatique de la photo n'avait pu camoufler. Bosch devina qu'il s'agissait d'une fille pleine de vie et d'illusions, du désir de bien faire, de donner le maximum. Il pensa à Emma Thorderberg et à sa joie énergique. Clara lui rappelait un peu Emma. De quelle façon Wood et lui, ainsi que la Fondation et le maudit peintre dont ils surveillaient les œuvres, de quelle façon paieraient-ils *tous* la destruction des *illusions* de cette fille ? Comment « grand-père Paul » restaurerait-il la vie et le bonheur qui émanaient de son visage ? Kurt Sorensen parviendrait-il à trouver une compagnie d'assurances qui pourrait lui rendre la vie ? Quelle somme d'argent cela représentait-il de la torturer à mort ? C'était une question à poser à Saskia Stoffels.

« Ce n'est pas une fille, c'est une toile... »

Il imagina soudain le regard de Póstumo Baldi posé sur lui. Un regard bleu et vide comme un ciel peint dans un tableau. *Ses yeux sont des miroirs*. Et le tranchant du découpe-toile de plus en plus près de ce visage...

Pense positif. Pensons positif. Nous allons tous penser positif.

« Ça va comme ça. »

Il s'écarta de l'ordinateur d'un bond.

— Nikki, trouve-moi une fourgonnette et trois agents. Il n'est pas nécessaire qu'ils fassent partie des groupes d'assaut. Trois agents armés, simplement.

Elle le regardait, surprise.

— Que comptes-tu faire, Lothar ?

Exact. C'était la question. Que comptes-tu faire, Lothar ? *Quelque chose*. N'importe quoi, mais *quelque chose*.

Je ne suis pas artiste et je n'aime pas l'art moderne, alors je dois faire quelque chose. Je ne suis bon qu'à ça : je dois faire, il faut que je fasse. Il suffit de penser positif : l'heure d'*agir de façon positive* est arrivée, non, Hendri ?

— Je te rappelle que toute la police d'Amsterdam est actuellement sur les traces de ce type, ajouta Nikki. Dans ses yeux, Bosch remarqua un brillant différent. Était-ce de l'inquiétude pour lui ? Cela l'amusa.

— Je m'en souviens, acquiesça-t-il.

— Tu vas avoir tout de suite la fourgonnette et les hommes, répondit Nikki, et la conversation prit fin.

21 h 30

Gustavo Onfretti les contemplait un par un. Ils étaient toujours peints et déguisés. Les élèves de *La Leçon d'anatomie* portaient leurs costumes puritains sombres et leurs fraises, et les syndics, leurs chapeaux à larges bords. Kirsten, la femme-cadavre, pliait son anatomie fantastique et nue sur un siège situé à l'autre bout de la *roulotte*. Il était lui-même assis à côté des modèles du *Bœuf* et portait encore son cache-sexe de couleur ocre. Son corps peint couleur terre et jaune vif lui faisait mal à cause du long effort sur la croix, dont il avait été décroché à peine une demi-heure plus tôt. La conservation avait réuni toutes les toiles dans les *roulottes* du département de l'art. Ils voulaient s'assurer, sans doute, qu'elles étaient en bon état et n'avaient pas subi de détériorations.

L'état d'Onfretti était acceptable, mais l'expression assombrie de son visage ressemblait à celle d'une personne ressuscitée.

Pourquoi *personne* ne savait-il *rien* des effets spéciaux de son tableau, puisque tout avait été planifié longtemps à l'avance par le département de l'art ? Pourquoi la conservation n'avait-elle pas été informée du fait que *La Descente de croix* était une action interactive et « mourait » à un moment donné, la terre tremblait et le ciel s'assombrissait ?

Il se rappelait le dévouement avec lequel Van Tysch avait tout planifié au cours des longues semaines de travail à Edenburg. « Une expérience frémissante », avait noté Onfretti dans son journal. L'instant de sa « mort » supposée, avec les cris et le tremblement mécanique du Tunnel, avait été peint et retouché à satiété. Le maître l'avait averti qu'il était très important que cet événement se produise à ce moment précis, et il avait fait installer une petite lumière d'avertissement à l'autre extrémité du Tunnel pour qu'Onfretti sache quand il devait commencer à crier. Mais on supposait que le public et le personnel de la conservation et de la sécurité étaient au courant et que les « tremblements » seraient de faible intensité. C'était du moins ce que lui avait dit Van Tysch.

Il se demandait pourquoi le maître lui avait menti.

En achevant de le peindre, Van Tysch l'avait embrassé sur la joue. « Je veux que tu te sentes trahi par moi », lui avait-il dit, subtilement.

Maintenant Onfretti pensait que cette phrase avait peut-être été autre chose qu'une subtilité.

21 h 31

En sortant de la *roulotte*, Bosch raisonna un peu.

Si L'Artiste avait fait sortir le tableau d'Amsterdam, alors on ne pouvait rien tenter. Il faudrait laisser la police ou l'équipe d'assaut localiser la fourgonnette et prier pour qu'ils arrivent à temps. Mais s'il avait décidé de le détruire *à Amsterdam* ? Il envisagea plusieurs endroits, et écarta immédiatement les parcs et les lieux publics. Les hôtels également, puisque les figures étaient encore peintes et pouvaient attirer l'attention. Il pensa alors à l'homme qui aidait L'Artiste depuis la Fondation. Lui avait-il trouvé un endroit tranquille pour mener à bien la destruction sans encombre ? Si c'était le cas, il avait dû prévoir que toute la police d'Amsterdam allait se lancer sur-le-champ à la recherche du tableau. L'endroit devait donc être *complètement sûr*. Un lieu vaste, abandonné...

Il se rappela alors ce que Nikki lui avait dit quelques instants auparavant.

Au cours de la dernière réunion, Van Hoore avait proposé que les tableaux évacués *nesoient pas* dirigés vers le Vieil Atelier, parce qu'il serait « fermé et vide », d'après ce que lui avait dit Stein lui-même.

Fermé et vide.

Il y avait une possibilité sur mille, et il était sûr de se tromper, mais il fallait prendre le pari. Suivons nos intuitions, n'est-ce pas, Hendri, ma chérie ?

Il vit les agents s'approcher. Il supposa que c'étaient ceux que Nikki lui envoyait. Il courut vers eux en pensant qu'il allait peut-être glisser sur le pavé humide. La pluie tombait dru.

— Et la fourgonnette ? demanda-t-il au premier. Il reconnut Jan Wuytters, à qui il avait parlé dans le Tunnel avant que tout ne s'effondre. Il vit un bon présage dans le fait qu'ils soient toujours ensemble.

La fourgonnette était garée sur Museumstraat. Ils coururent dans sa direction sous la pluie. Les gens sur la place s'étaient dispersés, mais il restait encore des voitures de police et des ambulances.

— Où allons-nous ? lui demanda Wuytters tandis qu'ils montaient dans le véhicule.

— Au Vieil Atelier.

Il pouvait se tromper, bien sûr, mais il fallait prendre le pari, il fallait prendre le pari.

Le visage de la jeune fille. La lame tournante.

Il fallait prendre le pari.

21 h 37

— Étrange, la sensation que produit tout cela sans mobilier ni décorations, n'est-ce pas ? Les chambres des invités ont des grabats, et ne sont ni pires ni meilleures que celle du maître. Davantage que monacal, cela semble vide, abandonné... Mais cette odeur de peinture donne un air différent : comme s'il s'agissait de quelque chose de nouveau, sur le point d'être étrenné, vous ne trouvez pas ?...

Stein ressemblait à un guide commentant les particularités du lieu aux touristes. Il fit signe à Wood de le suivre d'un geste de la main. Ils choisirent une sortie sur la gauche et s'introduisirent dans un monde d'échos et de ténèbres.

— Ce n'est pas si étrange, de toute façon. Nous avons l'habitude de décorer nos maisons avec des objets que nous avons trouvés au cours de nos voyages. Van Tysch a fait de même. Mais ses voyages ont toujours été intérieurs. Tout cela est le produit de ce qu'il a trouvé *en lui*. Les souvenirs de son esprit. La première fois où je suis entré au château rénové, j'ai pensé qu'il était très hollandais. Vous savez, le constructivisme, l'art pur de Mondrian, les figures illusoires et géométriques d'Escher... Mais je me trompais : chez Van Tysch, la nudité n'est pas une décoration, mais le vide ; pas l'art, mais son absence. Venez ici.

Dans la voix de Stein, il y avait de la fatigue. Un accent irrémédiable se dégageait de ses paroles. Il semblait distrait par une idée imprécise, comme si ses pensées avaient été des êtres vivants et minuscules virevoltant autour de lui.

Mlle Wood tenait en main l'aquarelle qu'elle avait rapportée de chez Victor Zericky. On y voyait une femme nue agenouillée par terre et penchée en avant, la tête inclinée, regardant le spectateur. Wood avait immédiatement reconnu la posture de *Suzanne* telle qu'elle l'avait vue à l'atelier pendant la séance de signatures. Elle pouvait comprendre que, en contemplant cette aquarelle dans son enfance, l'esprit du petit Bruno se soit enflammé. Elle pouvait également comprendre que, adulte, il souhaite la renouveler dans la figure sans défense et désirable de la *Suzanne* de Rembrandt. Les ponts tendus entre le passé et le présent, entre la vie et l'œuvre, étaient fréquents chez les peintres. Ce qui était déconcertant dans ce cas précis, c'étaient les implications. Elle avait décidé d'aller au château pour les connaître. « Il devra me laisser entrer et répondre à mes questions », pensait-elle. Mais ce fut Jacob Stein qui la reçut, debout devant la porte de la cour intérieure.

Ils remontaient maintenant un couloir. Dans le fond, on pouvait apercevoir une cour au sol en damier. La nuit déversait sa teinture de lune sur les dalles lointaines.

— Qui fournit de l'aide à Póstumo Baldi ? demanda Wood. Qui l'a tenu informé de tout ? Qui lui a donné les cartes, codes, accès, tours de garde des agents de ramassage, les renseignements sur les habitudes des tableaux ? Et qui l'a prévenu de ce qui se produirait aujourd'hui dans le Tunnel et de l'heure exacte à laquelle cela se produirait ?

Sur le visage de Stein flottait un pâle sourire.

— Alors vous savez même qu'il s'agit de Póstumo Baldi… Ah, *galismus*, notre chien de garde, notre cher et beau chien de garde… Van Tysch me disait souvent : « Méfiez-vous d'elle. Elle va flairer la trace et mordre la proie avant tout le monde. C'est la seule à pouvoir le faire. » Et il avait raison. Vous êtes parfaite.

L'éloge la fit frissonner.

— Répondez à mes questions, s'il vous plaît.

— Quand avez-vous su que c'était nous ? demanda Stein à son tour.

Le cerveau de Wood pensait à une vitesse vertigineuse.

— Je ne l'ai jamais su, dit-elle. Et elle ajouta : Pourquoi Van Tysch aurait-il voulu détruire ses propres œuvres ?

— Détruire ? *Fuschus*, mademoiselle Wood, qui parle de ça ? Nous sommes des créateurs, non des destructeurs. Nous sommes des artistes.

Ils traversèrent la cour dallée. Mlle Wood n'avait jamais visité cette partie du château d'Edenburg. C'était impressionnant : sols et murs nus, sans peinture. Le seul détail architectonique consistait en des colonnes à fût lisse. La nuit présentait de plus le même aspect lustré que la mer dans l'obscurité.

— Bien que, à dire vrai, je ne veuille pas m'attribuer la paternité de cette œuvre, ajouta Stein, sur un ton distrait.

Ils pénétrèrent dans une nouvelle salle, dallée et vide. Dans le fond il y avait une autre porte, mais celle-ci semblait en quelque sorte différente. Wood restait tendue. Elle savait que l'attitude de Stein avait pour but de la laisser sans défense tout en n'ayant pas besoin de l'affronter. Stein était habitué à manipuler les personnes, non à les vaincre. Cette pensée la maintint sur ses gardes.

C'était une porte métallique et elle possédait une serrure avec une combinaison de sécurité. Stein pianota sur le digicode, l'ouvrant dans un claquement et dévoilant un intérieur sombre. Puis il se retourna vers Wood d'un air théâtral.

— L'œuvre n'appartient qu'au maître. Mais il serait satisfait de savoir que vous serez l'une des premières personnes à la contempler.

Et il l'invita à entrer.

21 h 40

Le jeune homme appelé Matt était allé de l'un à l'autre en soulevant le magnétophone portable devant eux comme un objet sacré. Les paragraphes étaient brefs et ils n'avaient guère tardé à les lire. Krupka et Clara durent répéter une phrase sur laquelle ils avaient trop hésité. Clara avait un peu de mal à se concentrer sur ce qu'elle lisait, et tout autant sur ce qu'elle entendait dire aux vieillards. C'était dommage, parce que l'on aurait dit des réflexions très intéressantes sur la véritable signification de l'art. Le mot « *destruction* » était répété dans les trois paragraphes. D'autre part, elle devinait que le fait qu'ils comprennent ou non ce qu'ils étaient en train de lire n'avait pas d'importance. L'une des phrases qu'elle dut lire attira son attention. Cela pouvait se traduire par : « L'art qui survit est l'art qui est mort. » Elle la prononça avec la déférence attendue.

Matt éteignit le magnétophone, satisfait. L'ordre suivant ne prit pas Clara par surprise, elle s'y attendait, mais son anxiété augmenta de plusieurs degrés. En fait, elle constata qu'elle tremblait en obéissant rapidement.

Matt leur avait demandé de se déshabiller.

Les vieillards mirent beaucoup plus longtemps qu'elle à s'exécuter. Ils ne savaient même pas très bien comment ôter sans aide ces lourds vêtements peints à l'huile. Elle n'eut pour sa part qu'à se débarrasser du peignoir. Puis elle le replia et le posa sur la chaise. Krupka se déshabilla avant Rodino, qui se battait non seulement avec son immense tunique mais lui sembla hésitant, comme s'il n'avait pas très bien compris pourquoi ils faisaient tout ça. Clara fut tentée de l'aider, mais elle se retint. Cela aurait constitué une erreur hyperdramatique. Les vieillards étaient *détestables*. Elle était la victime sans défense. Les choses allaient devoir continuer ainsi. En fait, la seule pensée de ce qui pouvait arriver par la suite lui donnait des frissons de dégoût, mais, en même temps, un puissant sentiment de plénitude.

— C'est le maître qui a ordonné ça ? demanda Rodino.

— Les vêtements, s'il vous plaît, dit Matt avec une parfaite tranquillité.

Rodino obéit en silence. Krupka l'aidait. Clara, qui se tenait à une certaine distance d'eux, debout, entièrement nue et nerveuse, avait décidé de ne pas les regarder. Il lui était plus facile d'imaginer qu'ils étaient cruels si elle ne les regardait pas. Mais les doutes de Rodino étaient comme de l'eau froide jetée sur son visage. Pourquoi cette toile obèse et maladroite ne pouvait-elle se taire et obéir, comme l'avait fait Krupka ? Il était beaucoup plus odieux que Rodino, plus détestable, et donc meilleur tableau que lui. Concentrant ses pensées sur Krupka, Clara parvenait à éprouver des nausées de terreur. Elle soupçonnait Krupka de ne pas avoir besoin de feindre pour se jeter sur elle et lui faire du mal : depuis leur première rencontre à Schiphol, Krupka n'avait rien fait d'autre que de la regarder de ses yeux sensuels et brillants. Le Hongrois était bien évidemment un bon allié pour réussir le « saut dans le vide ».

Elle entendit le son mat d'un rideau qui tombe. Elle supposa que cela signifiait que Rodino était maintenant nu.

Elle garda le regard fixé au sol, entre ses pieds nus. Elle observait en raccourci l'étrange paysage de ses seins peints, les pointes dressées brillant de rose et d'ocre. Mais le silence était si grand qu'elle dut lever la tête.

Matt leur tournait le dos en cherchant quelque chose dans la mallette.

— Et maintenant ? demanda Krupka.

Le jeune homme se tourna vers eux. Il tenait quelque chose à la main. Une arme.

— Maintenant ça y est, dit-il avec simplicité.

21 h 50

Il était peut-être déjà trop tard. « Mais ne te donne pas pour vaincu avant qu'il n'y ait pas d'autre solution, Lothar », lui murmurait Hendrickje à l'oreille. Ils avaient traversé le pont sur l'Amstel à toute vitesse et enfilé jusqu'à Plantage sous l'épaisse barrière de la pluie. Les essuie-glaces ne parvenaient pas à dégager la vitre et Bosch avait l'impression qu'ils roulaient dans une ville engloutie par l'océan. Soudain, l'enceinte des bâtiments du Vieil Atelier apparut dans les phares comme de hautes falaises. Sur les murs brillait un bombage complexe. Il était signé par un groupe néonazi.

— Dirige-toi vers le parking souterrain, Jan, demanda Bosch.

La porte d'entrée était fermée, mais cela ne prouvait rien. « S'il les a conduits à l'atelier, il est évident qu'il dispose des clés. » L'un de ses hommes descendit et manipula la fermeture électronique qui donnait accès à l'intérieur. La fourgonnette descendit la pente en même temps que les lumières du parking s'allumaient. Les néons révélèrent, en clignotant, un lieu vide et silencieux. Mais Bosch n'écartait pas la possibilité que le véhicule s'y trouvât.

La fourgonnette à l'arrêt surgit par surprise, comme si elle les avait guettés, devant un groupe d'ascenseurs. De façon absolument imprévue pour Bosch, cette découverte, qui semblait confirmer sa théorie, le fit presque disjoncter. Il tourna sur son siège et frappa Wuytters au bras.

— Ici ! Freine !...

Le moteur n'était pas encore arrêté quand Bosch sauta du véhicule. Il était si nerveux qu'il avait oublié qu'il portait encore sur lui l'écouteur de la radio, et le câble du micro se prit dans la ceinture de sécurité, le retenant violemment en arrière tandis qu'il se levait de son siège. Il se débarrassa de l'appareil en jurant entre ses dents. Ses grosses mains tremblaient. Il était vieux ; c'était un avis qu'il n'avait pas le temps de méditer. Quitter la police lui avait servi à devenir riche, gros et vieux. Il courut vers la fourgonnette en sentant que ses hommes le suivaient. Il voulut leur crier quelque chose, mais il manquait de souffle. Il ne pouvait croire qu'il fût en aussi petite forme. Il pensa qu'il aurait peut-être un infarctus avant même d'avoir le temps de décider de ce qu'il allait faire.

La fourgonnette semblait vide, mais il fallait s'en assurer. Il essaya la porte avant et l'ouvrit, regarda à l'intérieur et respira un brûlant parfum d'huile. Il n'y avait personne.

« Bien, très bien, Lothar, idiot, tu as vérifié qu'ils étaient *peut-être* là. Et maintenant, où ? »

Le Vieil Atelier comprenait plus de cinq bâtiments différents. « Mais il a dû les emmener à l'atelier, pensa-t-il. C'est le lieu le plus sûr. » Le fait de savoir cela ne l'aidait cependant pas tellement non plus. L'atelier possédait cinq étages supérieurs et quatre souterrains. Où, pour l'amour de Dieu, où ?

« Réfléchis, vieil imbécile, réfléchis. Un lieu spacieux et tranquille. Il a besoin de faire des enregistrements. Et puis, il s'agit de trois figures... »

Ses hommes examinaient la partie arrière de la fourgonnette. Elle était vide, mais il était évident que, peu de temps auparavant, elle avait transporté un tableau.

— Le monte-charge, murmura soudain Bosch.

Il était essoufflé, mais courut vers l'ascenseur.

« S'il s'est garé là, il a dû utiliser le monte-charge, qui est plus près. Le monte-charge s'arrête au sous-sol, alors nous avons quatre étages possibles à vérifier. Il peut être dans n'importe lequel des quatre. »

Il s'arrêta et regarda ses hommes. Ils étaient tous jeunes et semblaient tous aussi déconcertés que lui. Leurs cheveux étaient luisants de pluie. Il fut lui-même surpris de l'assurance avec laquelle il donna les ordres et les répartit : deux d'entre eux inspecteraient les troisième et quatrième étages ; Wuytters et lui monteraient au deuxième et au premier. Le groupe qui les trouverait le premier se mettrait en contact avec l'autre par radio. Mais, avant tout, ils protégeraient l'œuvre : s'il fallait agir en urgence, ils devaient le faire.

— Je ne sais pas quelle apparence il a, ni s'il dispose d'une aide, ajouta-t-il, mais je sais que c'est un individu très dangereux. Ne lui laissez aucune chance.

Le monte-charge s'ouvrit et Bosch et ses hommes s'y engagèrent.

Les agents qui l'accompagnaient avaient sorti leurs armes. Wuytters portait un petit Walther PPK de rechange et Bosch le lui demanda. En sentant le poids familier de ce L majuscule métallique dans sa main, il frissonna. Il se demanda s'il avait beaucoup perdu de son adresse au tir : trop d'années passées sans utiliser d'armes à feu. Allait-il demander de l'aide ? Des renforts ? Appellerait-il April ? Son esprit était un nid de guêpes en feu. Il décida qu'il n'avait pas de temps à perdre. Ils étaient seuls. Ils allaient devoir trouver L'Artiste et l'arrêter.

Le monte-charge se mit en marche avec une immense lenteur.

21 h 51

Le début et la fin, pensa-t-elle. Le début et la fin étaient là, et elle les observait.

Elle aurait aimé à cet instant pouvoir compter sur l'opinion d'Oslo, mais elle comprit que le pauvre Hirum aurait mis du temps à s'exprimer, et même à retrouver une pensée cohérente, après avoir vu ça. Hirum Oslo aurait eu du mal à faire autre chose devant cette œuvre que de rester bouche bée et les yeux grands ouverts beaucoup plus longtemps qu'elle.

— C'est presque fini, murmura Stein en émettant de petits nuages de vapeur. Il manque bien sûr la destruction de *Suzanne*. Quand Baldi l'enverra, le tableau sera complet.

À quoi le comparer ? se demandait Mlle Wood en battant des paupières. Quel sommet de l'histoire de l'art pouvait-il être semblable à cela ? *Guernica ?* La chapelle Sixtine ? Elle tourna lentement autour pour le contempler, puisque le tableau gisait à terre. *La Pietà ? Les Demoiselles d'Avignon ?* Une frontière, une limite, un point au-delà duquel l'art changeait de signe ? L'instant où le premier homme plongea ses doigts dans la peinture et dessina un animal à l'intérieur de sa grottefoyer ? Le moment où Tanagorsky monta sur un podium et cria, devant un public étonné, « je suis la peinture » ?

Elle remua la bouche, rassembla de la salive et put avaler. Son cœur marquait un temps différent du flux lent des secondes dans cette pièce oppressée par le froid, un rythme affolé, écervelé.

Ni Stein ni elle ne voulurent désobéir au silence pendant un instant.

Ils se trouvaient à l'intérieur d'une pièce de huit mètres sur dix, entièrement hermétique, insonorisée et thermoréglable. La température, contrôlée grâce à des dispositifs extérieurs, se maintenait à plusieurs degrés au-dessous de zéro, conférant à l'air la qualité d'une chambre froide solennelle de boucherie. Toit, murs et sols avaient été doublés de plaques en acier bleu turquoise. La lumière était zénithale et blanche, bien que faible, provenant d'un rail de projecteurs. Ceux-ci étaient dirigés sur l'homme, le faisant flotter dans un lac de givre.

L'homme était Bruno Van Tysch. Entièrement nu et allongé sur le sol, les bras étendus au-dessus de la tête et les chevilles croisées dans une posture qui rappelait immédiatement la crucifixion, peint en ocre et bleu des pieds à la tête. Les veines des chevilles et des poignets étaient déchirées, et la profonde entaille devenait évidente avec un regard plus soutenu. Il était facile de voir que cela s'était produit peu de temps avant. Le sang coagulé sous chaque extrémité formait une aire compacte de couleur rouge sur le bleu du sol. De la sorte, Van Tysch semblait être cloué à son propre sang. D'énormes objets rectangulaires et plats comme des miroirs étaient étalés autour du corps. Il y en avait trois : un à droite, l'autre à gauche, placés de telle façon que leurs extrémités inférieures convergeaient dans une région adjacente aux chevilles du peintre, et un troisième placé en travers au-dessus de la tête, lui frôlant les mains. Mais ce n'étaient pas des miroirs. Celui qui se trouvait sur le côté droit de Van Tysch montrait le corps d'Annek Hollech en taille réelle, nue et étiquetée, presque placée dans la même posture que le peintre et détruite dix fois par les dix coupures pratiquées par la scie. Celui qui se tenait sur le côté gauche était éclairé avec les frères Walden dans une posture et une apparence similaires. Ce n'étaient pas de simples images vidéo : le gonflement florissant du ventre des jumeaux, par exemple, se dressait en relief sur le corps de Van Tysch comme une double montagne de sang. Wood supposa qu'elles avaient été enregistrées en RA avec un système qui permettait de les contempler sans décodeur. Le rouge des blessures des tableaux et le rouge plus brillant, sanguin et royal, des poignets et des pieds de Van Tysch formaient un tout qui contrastait avec la carnation des quatre cadavres. Le fond – pelouse dans le cas d'Annek, chambre d'hôtel dans celui des Walden – avait été habilement dissimulé dans une surface turquoise uniforme qui semblait prolonger le sol de la pièce blindée. L'ensemble possédait une symétrie écrasante et une beauté mystérieuse mais indéniable. Un observateur sensible aurait immédiatement pensé à une idée totalisatrice : l'artiste et sa création, l'artiste et son testament, l'immolation de l'artiste devant ses tableaux. Il y avait quelque chose de presque sacré dans cette famille nue et aux bras et aux jambes écartés, déchirée et immobile. Quelque chose d'éternel. L'écran horizontal, beaucoup plus grand que les autres et encore sombre, brisait l'ensemble. C'était là, pensa Wood, qu'apparaîtraient les images de la destruction de *Suzanne*.

— Ne me demandez pas de vous expliquer, dit Stein en observant l'expression de Wood. C'est de l'art, mademoiselle Wood. Je ne crois pas que vous le comprendriez. Et ce n'est pas non plus le travail de l'artiste de l'interpréter...

À cet instant une autre voix s'exprima, étrangère et inattendue. Mlle Wood eut presque un haut-le-corps devant l'arrivée imprévue de mots souterrains amplifiés à un volume inhumain. C'était Annek Hollech. De douces harmonies de Purcell tapissaient son discours tremblant.

— L'ART EST DESTRUCTION.

Brève pause. Accords solennels de funérailles baroques.

— AVANT, IL N'ÉTAIT QUE ÇA, DANS LES GROTTES ON NE PEIGNAIT QUE CE QUE L'ON VOULAIT SACRIFIER.

Pause.

Wood avait les cheveux dressés sur la tête. Elle était parcourue de frissons inlassables comme des fourmis rouges.

Dans le miroir, l'image d'Annek avait changé. Elle était toujours nue et détruite, mais son visage semblait bouger. La voix surgissait de là.

— L'ARTISTE DIT...

Stein et Wood écoutèrent le reste de l'enregistrement dans un silence respectueux.

Quand Annek s'arrêta, son visage redevint le masque creux de son cadavre. En même temps, un chœur d'anges sembla transmuter les traits des Walden, pleurnicheurs et légers, qui s'enhardirent et lancèrent les mots en l'air comme une prière ou une conjuration sacrée. À nouveau, ni Stein ni Wood ne voulurent les interrompre.

Quand les jumeaux s'abîmèrent enfin dans leur silence couvert de sang, Stein dit :

— Van Tysch voulait que ce soient les voix originales des toiles, bien que nous les ayons ensuite retouchées en studio. Elles sont programmées pour sonner régulièrement, vingt-quatre heures par jour, tous les jours.

L'art qui survit est l'art qui est mort, pensait Wood. Si les figures meurent, les œuvres perdurent. Maintenant elle comprenait. Dans son tableau posthume, Van Tysch avait trouvé la façon de transformer un corps en éternité. Rien ni personne ne pourrait détruire ce qui l'était déjà. Les régions inhospitalières du froid et l'électricité conserveraient ce tableau pour toujours.

Son tableau. Son dernier tableau.

— Van Tysch a préparé Baldi… murmura-t-elle. Dans cette pièce, dans laquelle tout son était un hôte étrange, sa voix ressembla à un cri.

Stein acquiesça.

— Pas à pas, depuis 2004, en secret. Quand il le peignit en 2001 pour un tableau ordinaire, *Figure XIII*, il comprit immédiatement que Baldi serait un matériel parfait pour réaliser sa dernière œuvre. Il l'appelait son « rôle ». « J'écris et je dessine sur Póstumo, Jacob, me dit-il, je prends des notes et j'élabore mon plan pour la dernière œuvre de ma vie. »

Stein regarda fugitivement Wood à travers la pénombre bleutée de la pièce. La buée les enveloppait tous deux comme si leurs propres esprits avaient décidé d'abandonner leurs corps sans trop s'éloigner.

— *Fuschus*, ne faites pas cette tête. Nous ne pouvions *rien* vous dire, vous ne comprenez pas ? Si vous aviez su quelque chose, vous auriez collaboré avec nous sans hésiter. Mais alors, l'œuvre serait aussi *vôtre* d'une certaine façon. Et vous n'êtes pas une artiste, April. Ni artiste, ni toile, ajouta-t-il, et elle perçut l'accent cruel avec lequel Stein avait insisté sur ces mots. Nous devions agir sans vous consulter, parce qu'il s'agissait de notre travail, non du vôtre.

— Je comprends, dit-elle.

— Personne d'autre n'est au courant : ni Hoffmann ni aucun autre collaborateur. Moi-même, je ne le sais que depuis deux mois. Bruno m'a amené ici et m'a tout expliqué. Il m'a montré cette pièce, et la forme qu'adopterait le tableau à la fin. Ce ne sera pas la première fois qu'une œuvre exigera un tel sacrifice des artistes, me dit-il. Ce ne sera pas non plus la première fois qu'un peintre veut détruire ses meilleures pièces avant de mourir. Il avait tout prévu avec soin, y compris le moment de distraction de *La Descente de croix* pendant l'exposition *Rembrandt*. Il savait que la police et son propre département de sécurité auraient pris de multiples précautions. Mais il avait confiance en Baldi : il l'avait soigneusement entraîné pour en faire l'instrument parfait, le papier sur lequel dessiner son chef-d'œuvre. Je lui ai dit que j'étais d'accord mais que la destruction de *Défloration* et de *Monstres* me faisait un peu de peine. « Ce sont tes meilleures œuvres, Bruno, celles que tu aimes le plus, celles qui représentent le plus pour toi », lui ai-je dit. « C'est précisément pour cela que je le fais, Jacob, m'a-t-il dit. Ce sont les créations que j'aime. Et je le fais par amour. » Il m'a demandé de l'aide pour les touches finales. Tout devrait s'achever aujourd'hui, 15 juillet 2006, jour du quatre centième anniversaire de la naissance de Rembrandt. Les artistes aiment clore les cercles, vous savez. Rembrandt est né ce jour-là, Van Tysch est mort ce jour-là. Je lui ai dit oui, que je l'aiderais. *Fuschus*, bien sûr que je le lui ai dit…

Et soudain, à l'immense surprise de Wood, qui s'attendait à tout sauf à ça, Stein se mit à pleurer. C'étaient des pleurs désagréables et faibles : cela faisait penser à un rhume passager.

— Je lui ai dit oui, et je le lui aurais dit mille et une fois… Mille et une fois… « Voici le pauvre Jacob, lui ai-je dit. Aie confiance en lui, parce qu'il est comme ton reflet... » Aujourd'hui tout devait être consommé. Aussi m'a-t-il dit : « tout consommé »... Je l'ai aidé à peindre son corps et... pour tout le reste. Je ne vais pas nier que cela a été l'ordre qui m'a coûté le plus d'efforts parmi tous ceux auxquels j'ai obéi pour sa cause...

Il séchait du revers de la main des larmes que Wood ne parvenait pas à distinguer. Elle pensa que Stein disait la vérité, mais pas *toute*. Il y avait un scénario écrit et Stein le jouait. « Van Tysch devait être remplacé, et son désir de mourir avec sa dernière œuvre tombait très bien pour toi, Jacob. Tu as sûrement déjà choisi l'artiste qui prendra la relève... Je me demande qui sera l'heureux... »

Un petit chevalet se dressait sur le sol, à côté du tableau. Tandis que Stein sanglotait, Wood s'approcha de lui. Le carton placé dessus et éclairé par une lampe de bureau montrait les deux mots écrits à la main en néerlandais, anglais et français.

— *La Pénombre ?*

Stein acquiesça.

— C'est ainsi que je me suis risqué à le baptiser... Il n'a pas voulu lui donner de nom, mais les tableaux sans titre ne conviennent pas pour la postérité... Vous savez d'où m'est venue cette idée ? Van Tysch insistait pour que la lumière soit faible. Et ses derniers mots ont été : « Jacob, souviens-toi de la lumière. Le plus important dans ce tableau est la pénombre. » Et il l'a répété plusieurs fois, de plus en plus bas : « La pénombre, la pénombre, la pénombre... » À l'instant de sa mort, le mot s'est dissous dans sa bouche. J'ai pensé que ce titre serait approprié...

— Et elle ? demanda Wood.

Elle désignait le corps de Murnika De Verne. La secrétaire de Van Tysch se trouvait dans un coin sombre de la pièce, à l'écart. Elle n'était peut-être qu'évanouie, mais Wood supposa qu'elle ne tarderait pas à mourir, parce que la robe noire légère fendue sur les côtés ne pourrait la protéger longtemps de la température extrême de ce terrifiant congélateur. Elle avait les jambes fléchies et le visage recouvert par une épaisse masse de cheveux emmêlés. Elle ressemblait à une poupée abandonnée par une fillette peu soigneuse.

— Elle va rester là, dit Stein. En fait, Murnika appartient également au tableau. *La Pénombre* est une œuvre totale, la plus grande qui ait jamais été réalisée, parce que Van Tysch voulait que nous en fassions *tous* partie. Non seulement Murnika, mais également vous et moi, Baldi et les tableaux détruits, les proches des tableaux, la police qui recherche Baldi, les réunions de Rip Van Winkle, chacune des décorations de ces réunions, l'intégralité de l'exposition *Rembrandt* en incluant, bien sûr, *La Descente de croix*, les tableaux de *Fleurs* et de *Monstres*, et le reste de l'œuvre de Van Tysch qui a dû être retirée... et, à partir de là, tous les artistes et modèles, tous les tableaux du monde, qui se sentiront impliqués, et le public qui contemplera un tableau hyperdramatique. Bref, l'humanité tout entière. Le fait de laisser une copie des enregistrements à côté des tableaux détruits obéissait à ce propos : Van Tysch voulait que nous nous impliquions tous dans l'œuvre comme des personnages étonnés et involontaires. La pénombre est l'unique œuvre d'*art taché* de Van Tysch, mademoiselle Wood, et nous sommes *tous* le matériau qui le compose. Il faudra bien sûr la dissimuler pendant un certain temps, mais viendra le jour où nous la ferons connaître... Alors les gens réagiront... Imaginez les visages exprimant l'horreur ou l'étonnement, les regards surpris, les ouïes terrifiées par les voix des tableaux parlant depuis leurs cadavres, le peintre immortalisé dans sa propre mort... Le centre de ce tableau est là, effectivement, mais nous nous trouvons tous autour de lui. Vous ne trouvez pas que la pièce se dilate ? Vous ne trouvez pas qu'elle atteint à l'infini ?...

Et, après un bref silence qu'aucun des deux n'employa à autre chose qu'à regarder dans les yeux de l'autre comme des joueurs d'échecs, ou comme un seul individu devant un miroir, Stein ajouta :

— Il est même possible que j'écrive un livre. Dans son cas, il ne sera pas utile de contempler l'œuvre pour en faire partie : il suffira de lire et de réagir.

« Réagir, en effet », pensait Wood en sentant que Stein ne se trompait pas sur ce point. Elle avait déjà réagi. Elle contemplait *La Pénombre* en sachant que c'était la plus grande œuvre de Van Tysch, peut-être l'œuvre d'art la plus importante et la plus sincère de tous les temps. Sa sensibilité le lui disait, sa passion le lui disait. Renoncer à *La Pénombre* ne signifiait pas seulement renoncer à l'art, mais aussi au sens obscur de l'existence. Une partie de l'âme de Wood, un territoire inconnu qui n'avait rien à voir avec la froideur de son cerveau calculateur, comprenait l'intention du maître, cette façon de « raturer » ses « créations chéries » de la même manière que son père raturait ses tableaux, ce moyen d'annuler sa dette envers son passé et de capter jusqu'à la dernière nuance de sa propre souffrance créatrice... *La Pénombre* était une œuvre libératrice. Par elle, Van Tysch lui apprenait, de sa mort, la façon de briser les liens et d'échapper aux souvenirs. À tous les souvenirs. « Je t'entends. Je te comprends. J'entends ton propos », avait-il voulu dire au maître. De ce point de vue, la destruction de *Défloration, Monstres* et *Suzanne,* était non seulement compréhensible, mais nécessaire. Le monde, comme Stein le supposait, ne le comprendrait jamais ; mais le monde ne comprend jamais le miracle d'un génie terrible.

Pour la première fois depuis de longues années, Mlle Wood se sentait heureuse. Ses yeux brillaient et sa respiration, dans l'atmosphère glacée de la pièce, était de plus en plus rapide.

Une vague terreur l'inquiéta soudain.

— Où se trouve Baldi en ce moment ?

Stein consulta sa montre en même temps qu'elle.

— Il est presque 10 heures. Si tout s'est bien passé, Baldi doit être au Vieil Atelier, en train d'accomplir son devoir. Vous pouvez imaginer qu'il ne doit pas tomber dans les mains de la police. Aucun policier ne pourrait comprendre ça. Les policiers sont des fonctionnaires à salaire fixe, comme vous, mais avec beaucoup moins de sensibilité que vous. Ils commenceraient à parler de crimes et de coupables, de justice et de prison, et se ficheraient parfaitement de tout l'art contenu dans une œuvre telle que celle-ci. Ils seraient capables… Ils seraient capables de l'abîmer. Voire de la laisser inachevée.

L'inquiétude de Wood allait croissant. Stein haussait ses épais sourcils d'un air interrogateur.

— Je dois prévenir Bosch, dit Wood.

— Bosch n'est absolument pas un problème, répliqua Stein. Il ignore où Baldi a emporté le tableau. À 22 heures précises, *tout sera consommé*…

— Je préfère m'en assurer.

Elle ouvrit son sac et prit son téléphone mobile. Elle avait les mains paralysées par le froid.

Ce n'était pas possible. Elle devait l'empêcher. Au moins ça, elle devait vraiment l'empêcher. C'était son Grand Œuvre, l'Œuvre transformatrice. Et elle protégeait son art parce qu'elle l'adorait avec la même terrible passion que le maître lui-même. Mlle Wood n'avait aucun doute quant à la tâche qui l'attendait.

Il était nécessaire d'empêcher à tout prix que *La Pénombre* reste inachevée.

21 h 58

Lothar Bosch observait Póstumo Baldi à travers la vitre sans tain de la cabine d'essais. Cette figure vêtue de blanc l'hypnotisait. C'était comme si Baldi avait été un dessin animé, un jeu à l'ordinateur qui aurait bougé en suivant des normes mystérieuses.

Wuytters et lui venaient de le découvrir tout au bout du couloir du premier sous-sol. La cabine était insonorisée et la vitre leur permettait de le contempler à son insu. Malgré le masque en cérublastine, et comme il l'avait soupçonné depuis le début, Bosch le reconnut immédiatement en observant ses yeux. « Ce sont des miroirs, pensait-il. Effectivement. »

Au moment où ils le surprirent, Baldi achevait de placer la femme. Les trois toiles étaient dûment étiquetées et nues, allongées sur le sol de la cabine. Elles ne semblaient pas avoir subi de détériorations. Baldi devait sans doute avoir réalisé les enregistrements et s'apprêter à les découper. Bosch frissonna.

— On y va, monsieur ? demanda Wuytters, levant son arme.

— Appelle d'abord les autres.

Ils s'étaient placés devant la porte de la cabine, dans l'expectative. Ils tenaient fermement leurs armes des deux mains. Wuytters brancha son micro et prévint les deux autres agents. Bosch constata que le jeune homme était aussi nerveux que lui, voire plus. Quand Wuytters eut fini de parler, il regarda Bosch à la recherche de nouvelles instructions. Ce dernier lui indiqua par signes de se préparer à ouvrir brusquement la porte de la cabine.

À cet instant son téléphone mobile sonna. Sans perdre de vue la figure de Baldi, et bien qu'il sût qu'il était impossible que ce dernier l'entende, il parla d'un air embarrassé. Il fut content d'entendre la voix de Wood et répondit immédiatement, dans un murmure angoissé, avant que celle-ci ne parle.

— April ? Mon Dieu, nous le tenons enfin ! Il était au Vieil Atelier ! Il est entré dans l'une des cabines d'essais et s'apprête à... !

Wood le fit alors taire énergiquement.

21 h 59

Tout s'était passé très rapidement. D'abord, ce tir imprévu. Ils étaient si démunis que ni Rodino ni Krupka ne parvinrent à ébaucher une réaction. Matt tira d'abord sur Rodino, qui porta la main à sa gorge et ouvrit démesurément les yeux. Ni Krupka ni elle ne purent voir l'aiguille plantée dans son cou. Alors, avec la même rapidité, il rechargea son arme, visa Krupka et tira à nouveau. Puis il se tourna vers elle. Instinctivement, Clara se protégea avec ses mains.

— Du calme, lui dit Matt en espagnol.

Il s'approcha et lui écarta les mains du cou avec la douceur d'un amant.

Une abeille de verre la piqua à la gorge. Ensuite, les contours de la pièce devinrent flous.

La première chose qu'elle vit en se réveillant fut Krupka, qui la regardait d'un air horrifié depuis le sol. Elle comprit qu'elle se trouvait elle aussi par terre, tout comme lui et Rodino, sur le dos, respirant avec difficulté.

Elle avait mal à la tête. Le sol était trop froid, ou alors elle était entièrement nue. La dureté de sa peau lui apprit en même temps qu'elle était toujours peinte à l'huile. Mais elle ne parvenait pas à se rappeler ce qu'elle faisait là, sous cette lumière de bloc opératoire, étendue comme un patient auquel on va appliquer le bistouri. Krupka et Rodino étaient nus eux aussi.

Autour de sa tête évoluaient des chaussures blanches. Les chaussures allaient et venaient, comme s'il leur avait manqué une destination précise. Une ombre se projetait par instants sur elle. Krupka levait la tête, les yeux dilatés par la terreur. Rodino gémissait. Clara essayait également de regarder vers le haut, mais les néons l'aveuglaient.

— Que faites-vous ? entendit-elle dire à Krupka. Ou peut-être disait-il : « Comment allez-vous ? » L'anglais de Krupka était difficile à comprendre, encore plus dans ces circonstances.

À nouveau des pas. Clara leva la tête et vit l'homme s'approcher avec un étrange appareil et se pencher sur elle. Il la maintint fermement en lui prenant une mèche de cheveux peints. Ce fut douloureux. Elle voulut lever les bras ou bouger, mais elle était trop faible et se sentait trop mal. Elle se rappela soudain qui était ce jeune homme au visage en plastique qui la regardait avec autant d'indifférence qu'un mur blanc. Il s'appelait Matt et leur avait dit qu'il allait les retoucher sur ordre de Van Tysch.

Matt approchait un appareil de ses yeux. Qu'était-ce ? On aurait dit un instrument classique de dentiste ou de coiffeur.

Les doigts de Matt évoluèrent à deux centimètres de son nez, et l'instrument se mit en marche. Elle ne put éviter un sursaut. C'était une sorte de disque giratoire qui vrombissait de façon assourdissante, grinçante. Ce son lui agaçait les dents, comme si quelqu'un avait traîné près de son oreille une table en métal sur un sol dallé.

Elle avait peur. Elle n'aurait pas dû, parce que tout cela était de l'art, mais elle avait peur. Et elle cria.

22 heures

Bosch écoutait Mlle Wood tout en observant Póstumo Baldi se pencher sur la jeune fille avec le découpe-toile.

— On entre, maintenant, monsieur ? criait Wuytters, frénétique.

Bosch, solennel gardien de la circulation, la paralysait d'un geste impérieux tout en gardant le combiné collé à l'oreille.

Il écoutait April Wood. La femme qu'il aimait et respectait le plus au monde. Quand elle fit une pause, il parvint à murmurer faiblement quelques mots.

— April, je ne comprends pas...

— Moi non plus, je ne comprenais pas, mais maintenant si, dit Wood. Il faudrait que tu voies ça, Lothar. Il faudrait que tu voies ça et que tu sois là... Il s'intitule *La Pénombre* et c'est... C'est un très beau tableau... L'œuvre *la plus belle et la plus personnelle* de Van Tysch... Un portrait autobiographique. Même les ratures des dessins de son père sont présentes... Tu devrais voir ça, Lothar... Mon Dieu, tu devrais voir ça !...

« April, tu devrais voir ça, pensa-t-il. April, mon Dieu, tu devrais voir ça ! »

Le visage de Jan Wuytters, teint en rouge, peint de sueur et de peur, se trouvait devant lui.

— Monsieur Bosch, il est en train de *découper* la fille !... Qu'est-ce qu'on fait ?...

La cabine était insonorisée. Mais Bosch aurait pu jurer que les cris de la jeune fille, purs comme de très fines aiguilles, traversaient les murs comme des spectres et se fichaient dans leurs tympans. Ce silencieux vacarme l'assourdissait bien davantage que les exclamations horrifiées de Wuytters ou les ordres frénétiques de Wood.

« Tu n'es plus policier, Lothar ! lui avait-elle dit avant de raccrocher. Tu travailles pour le département de l'art et pour le maître. Ordonne à tes hommes de protéger Baldi quand il aura fini, et ramène-le sain et sauf à Edenburg ! »

Le téléphone émettait maintenant un sifflement intermittent.

« Ce qu'il y a dans cette pièce, ce ne sont pas de foutues œuvres d'art, mais des êtres humains… Et ce type est en train de les foutre en l'air ! Il est en train de les couper en morceaux comme des bœufs à l'abattoir !… Ils ne sont pas des œuvres d'art, ils ne sont pas des œuvres d'art ! Ils n'en ont jamais été !… »

Il aurait voulu lui dire tout cela, mais elle avait déjà raccroché. Le silence de Wood était terrible, cruel. Mais quelle importance. Toute sa vie avait été un modeste échec. Il se sentait malade, assailli par les nausées. Il n'avait pas eu de véritable classe pour figurer au nombre des grands. Comme si cela ne suffisait pas, le seul travail d'envergure de sa vie lui avait été fourni par Van Tysch. Son frère le dépassait largement : Roland, lui, avait su se forger un avenir. Toucher un salaire décent était une chose, mais les convictions… Où étaient les convictions ?

Baldi en avait terminé avec la jeune fille et s'était relevé – oh, pure flamme virginale. Maintenant il faisait quelque chose sur la table. Peut-être jouait-il avec de l'argent, parce qu'il lâchait des pièces et en prenait d'autres. Non : il changeait la lame pour découper la figure suivante. Il n'y avait de sang nulle part. Quel être pur, lumineux. Quelle perfection dans tous ses traits. Quelle beauté. La beauté, en effet, peut être terrible. Un poète allemand que lisait Hendrickje le disait. Bosch ne lisait pas les poètes allemands et ne comprenait pas l'art moderne, mais il était capable de ne pas rougir de honte quand on lui donnait son avis sur un Ferrucioli, un Rayback ou un Mavalaki. Bon, il n'était pas aussi cultivé qu'Hendrickje, pas autant, peut-être, que son père l'aurait souhaité. Mais il savait apprécier la beauté.

Baldi était beau comme une aube enneigée à la sortie de la ville.

Bosch regardait Baldi. Il avait détourné le regard de la jeune fille. Il ne voulait pas voir l'œuvre. Pas encore, parce qu'elle n'était pas achevée.

« Ce ne sont pas des œuvres d'art. Aucun être humain n'est de l'art. Ou alors si. Peu importe. Ce qui compte, ce qui compte véritablement, c'est... »

Il écarta le téléphone de son oreille et le contempla comme s'il n'avait pas su ce que signifiait, là, placé sur sa paume, cet appareil énigmatique.

« ... Ce qui compte, ce sont les personnes. »

Quelle importance, en fin de compte. L'erreur était venue de Stein, pour avoir fait confiance à un individu aussi médiocre que lui. Van Tysch ne l'aurait jamais engagé, bien sûr. Il se sentait grotesque et vulgaire, un grand enfant examinant avec des gants de crin des filigranes en verre. Cette vulgarité lui répugnait. Hendrickje avait connu sa vulgarité. C'était peut-être pour cela qu'il avait toujours pensé qu'elle le détestait. Maintenant Mlle Wood le détestait elle aussi. Il était curieux de constater à quel point les esprits élevés pouvaient vous détester à l'improviste. Le mépris était un éclair émanant des dieux. Avec quelle commisération ils souriaient en vous voyant, quelle patience on lisait dans leur regard. Hendrickje et Mlle Wood, Van Tysch, Stein et Baldi, Roland, même Danielle : ils appartenaient tous à la race supérieure, celle des élus, celle de ceux qui, *eux*, comprenaient la vie et l'art et pouvaient leur accorder à tous deux une signification. Il n'était pas né pour les protéger, eux et leurs œuvres, et ne savait même pas faire ça.

Il émit un soupir et regarda tristement le visage décomposé du jeune Wuytters.

— Range ton arme, Jan. Nous n'allons pas intervenir. Ce type travaille pour Van Tysch. Il est en train de faire une œuvre d'art.

— Je ne comprends pas, murmura Wuytters, livide, regardant à l'intérieur de la pièce.

— Je sais, moi non plus, dit Bosch. Et il ajouta : C'est de l'art moderne.

22 h 01

Póstumo Baldi, L'Artiste, n'était pas un créateur mais un instrument de la création, comme les êtres qu'il détruisait maintenant. Un jour ce serait son tour, et il savait qu'il était prêt. Il était un sac vide, et il avait besoin de se remplir d'autres choses. Il en avait toujours été ainsi. Il essayait d'être meilleur chaque jour, de développer sa perfection pour se plier aux désirs de l'artiste. Une feuille vierge, comme l'appelait le maître.

Il avait mis longtemps à parvenir à ce point. Maintenant tout consistait à avancer. La préparation avec Van Tysch avait été exquise : pas une seule erreur, tout était parfait, tout glissait doucement. Le mérite en revenait au peintre, mais aussi à lui. Van Tysch avait posé sa main sur lui, et lui – un gant prodigieux – s'était adapté à ses formes. Sa mère avait également été une toile extraordinaire, bien que méprisée. Il parvenait à un sommet dont elle n'aurait jamais rêvé. Dans vingt-quatre mille ans on continuerait à parler de Póstumo Baldi, de la façon dont il avait suivi, avec une perfection absolue, toutes les instructions du maître, et de celle dont il était devenu L'Artiste sans l'être véritablement. On parlerait pendant des siècles de la façon dont il avait exécuté les sombres desseins du peintre le plus important de tous les temps. Parce qu'il vient un moment où *œuvre et peintre se confondent.*

Jan Van Obber lui avait dit un jour qu'il était ambitieux. Baldi l'admettait de bon gré. Bien sûr qu'il l'était. Un sac vide se gonfle à l'air, en fin de compte.

Avec une netteté délicate, il avait approché la feuille giratoire du visage de la figure féminine. La fille poussa un cri. Tous criaient à ce moment-là. Póstumo souffrait avec eux, était horrifié, se laissait entraîner par le courant brutal de la peur qu'il convoquait lui-même. Póstumo était lisse comme la peau qu'il découpait en franges linéaires toujours parfaites. (« N'oublie pas, quatre croix de Saint-André et deux coupures parallèles, lui avait dit Van Tysch. Fais toujours comme ça. ») Il pouvait comprendre la douleur de la toile lorsqu'elle était fendue jusqu'à la moelle. Le maître souhaitait que la toile le comprenne aussi, et Póstumo essayait de faire en sorte que les tableaux soient vivants et presque conscients de ce qui allait leur arriver, de ce qui leur arrivait. Ce n'était pas de la cruauté, bien entendu, mais de l'art. Et il n'était pas un assassin, seulement un crayon très affûté. Il avait tué et torturé selon des instructions précises sur dessin. Il avait souffert et pleuré avec les toiles. Et quand le moment serait venu, si nécessaire, il se soumettrait lui aussi à la terrible rigueur de l'acier.

Les yeux de la jeune fille aux cheveux peints en rouge louchaient quand Póstumo approcha la lame de son visage.

Soudain il comprit son erreur.

La lame qu'il avait choisie n'était pas la bonne. Il avait pensé détruire d'abord la figure la plus grande, celle du deuxième vieillard, mais avait finalement changé d'avis et s'était décidé pour la figure féminine. Mais le découpe-toile était préparé pour la plus épaisse. S'il la découpait avec cette lame, ce serait comme de lui désintégrer le visage en une accumulation d'éclats. Il ne voulait pas le pulvériser : il était nécessaire de bien marquer les croix.

Il lâcha délicatement la mèche de cheveux, éteignit le moteur et se redressa. Il regagna la table et chercha la lame la plus fine. Il employait différentes sortes de couperets, parfois pour chaque partie du corps, d'après la structure des os. Avec les jumeaux, il n'avait eu qu'un changement à faire, mais avec l'adolescente le processus avait été pénible parce qu'il s'agissait d'une anatomie légère, presque éthérée. Il ne voulait pas se rappeler les changements de couteaux successifs qu'avait requis la destruction de *Défloration*, les interruptions sur le corps de la fillette à demi découpé, le sang qui jaillissait, propulsé par un cœur qui battait encore. L'usage de différents découpe-toiles lui aurait facilité la tâche, mais il ne pouvait se risquer à porter tant d'objets sur lui. Son travail était minutieux, et la lenteur, presque obligatoire.

Il trouva la lame dont il avait besoin. Elle était devant la caméra vidéo-scanner qu'il avait sortie du sac en toile cirée, avec laquelle il filmerait ensuite les restes. Derrière lui, les toiles semblaient enfin endormies. Cela n'était pas un problème, elles se réveilleraient à la première entaille.

Il ôta la lame la plus épaisse du fuseau de métal et la lança sur la table. Il plaça la lame la plus fine. Il alluma le moteur pour l'essayer.

Il se retourna et se dirigea à nouveau vers la jeune fille.

22 h 02

Elle était sur le point de le traverser.

Le miroir. Enfin.

Elle s'était approchée de sa surface lisse et glacée et constatait que ce monde en glaçon était fascinant. Elle avait peur, bien sûr, peur d'ouvrir la porte d'une chambre close et d'y pénétrer dans l'obscurité. Une peur de petite fille : une sensation désagréable et tentante à la fois, la friandise cachée dans la maisonnette en chocolat de la sorcière. Viens, Clara, prends-la. Elle ferait les pas nécessaires et la prendrait, quoi qu'il arrive. Elle ferait n'importe quoi pour obtenir la récompense terrible et méritée.

« Regarde-toi dans le miroir, ordonnait le peintre. Ses yeux étaient incolores et sa blancheur infinie. Regarde-toi dans le miroir », répétait-il.

Matt l'avait lâchée un instant plus tôt, mais lui saisissait à nouveau les cheveux et approchait de son visage cet étrange appareil giratoire et assourdissant.

Elle savait que ce qu'elle allait contempler, ce qu'elle était sur le point de contempler, était *l'horrible*. La dernière retouche à son corps dans la grande œuvre de sa vie. « Allons-y, se dit-elle. Allons-y. Faisons preuve de courage. » Quelle autre chose le *véritable* art était-il, quelle autre chose était le chef-d'œuvre, sinon le résultat de la passion et du courage ?

Elle prit sa respiration et releva le visage, le présenta au sacrifice comme si elle avait couru vers un père affectueux qui lui aurait tendu les bras.

L'horrible. Enfin.

À cet instant se produisit le fracas, et tout s'acheva pour elle.

22 h 05

Bosch avait tiré directement à travers la vitre. Sur le sol de la pièce tournait maintenant un cylindre doté d'une vie propre. Le découpe-toile était resté allumé et sa lame fendait l'air avec rage.

Wuytters, qui avait rangé son arme en obéissant à ses ordres, le regardait avec une intense surprise. Bosch n'avait pas voulu le mêler à ce qu'il avait décidé de faire. Il devait être le seul coupable. Un prurit d'ancien policier l'avait poussé à s'assurer que Wuytters ferait son devoir jusqu'au dernier moment.

Tout était fini, mais Bosch restait immobile. Il n'abaissa pas son pistolet même quand on lui dit que Baldi était mort. Pas plus que quand on lui assura que les toiles étaient hors de danger, que Baldi n'était pas parvenu à découper la jeune fille lors de sa deuxième tentative, quand il avait changé de lame après que Wuytters et lui crurent qu'il l'avait découpée. L'écho du tir s'était apaisé, le fracas du verre brisé aussi, mais Bosch gardait toujours son arme en l'air.

Curieux, ce qui était arrivé à Baldi, pensait-il. Il avait vu sa tête recevoir le tir et le sang gicler comme de la peinture, mais n'avait aperçu aucune destruction de viscères, rien de réellement terrible, juste cette tache rouge qui colorait tout, salissant la blancheur lisse de son crâne. Il se rappela que, enfant, un encrier qu'il avait manipulé maladroitement avait produit le même effet sur son carnet à dessin. Il supposait que la cérublastine était la responsable de cette netteté. Il observa, à travers la fenêtre détruite, l'un des agents qui écartait les morceaux du masque, dévoilant la destruction. À l'intérieur, Baldi n'avait plus de visage. Son cerveau ressemblait à un papier déchiré. « Je regrette, pensa Bosch en regardant cette chose anti-esthétique, ce gribouillis d'os et de tissus blancs. Je regrette. J'ai détruit la toile. » Il savait pertinemment que Baldi n'était pas coupable. Il savait que l'art n'était pas coupable. Van Tysch non plus, Van Tysch était juste un génie.

Le seul coupable, c'était lui, Lothar Bosch. Un homme ordinaire.

Il parvint enfin à baisser les bras. Il vit que Wuytters restait à ses côtés, en le regardant.

— Tu sais quoi, Jan ? lui dit Bosch avec une immense lassitude. Je n'ai jamais aimé l'art moderne.

22 h 19

Wood écouta en silence. Puis elle raccrocha et s'adressa à Stein :

— Mon collaborateur, Lothar Bosch, a empêché Bruno Van Tysch d'achever son œuvre posthume. Il se considère comme pleinement responsable et acceptera toutes les conséquences qui dériveraient de sa conduite. Il m'a également dit qu'il avait décidé de présenter sa démission. Elle fit une pause. Je vous prie d'ajouter ma démission à celle de M. Bosch, mais reportez toute la responsabilité de cet acte *sur moi*. Je n'ai pas réussi à informer correctement M. Bosch sur ce qui arrivait et M. Bosch a agi suite à un jugement. Je suis la seule responsable de ce qui est arrivé. Merci beaucoup.

Stein se mit à rire. Ce fut un rire silencieux et peu joyeux. Il ressemblait d'une certaine façon aux pleurs qu'il avait exprimés quelques instants auparavant. Puis il se tut. Son visage trahissait une légère contrariété, comme s'il avait eu honte de sa propre conduite.

Sans attendre d'autre réponse, Mlle Wood s'éloigna au bout du couloir dallé.

La demi-lune qui illuminait la nuit d'Edenburg s'était élevée plus haut.

Qui, si je criais, m'entendrait
depuis la hiérarchie des anges ?

RILKE

Pendant un temps il y eut des sons. Puis le silence s'installa.

En pliant ses chaussettes et en les rangeant dans sa valise, Lothar Bosch pensa que c'était peut-être la seule paix et le seul bonheur auxquels les personnes telles que lui pouvaient aspirer en ce monde. Il n'y avait rien de mieux, se dit-il, que de lisser des chaussettes et de les placer soigneusement dans une valise. Il contempla les bagages à moitié faits et la valise béante sur le lit. Le sol de la terrasse ouverte de sa chambre envoyait une Hollande fraîche et aquatique à son odorat. Le lit, comme un mystérieux échiquier mou, était recouvert de pièces : colonnes de linge, chaussettes, livres et chemises. Bosch avait commencé le rituel sans grande envie, mais avait fini par l'apprécier. Et il pensait que ce n'était pas une si mauvaise idée que d'aller passer le reste de l'été à Scheveningen avec Roland et sa famille. En fait, cela commençait même à lui plaire. Il se retrouvait sans travail et il lui fallait, comme disait son frère, « commencer à mener une vie de retraité ».

Il allait également voir Danielle. Il lui avait acheté quelque chose de spécial dans une boutique de Rozengracht.

Les cadeaux destinés à Hannah et Roland avaient très vite été prêts. C'étaient des objets coûteux, puisque ses immenses économies de veuf sans enfants le lui permettaient : broche en diamants de la maison Coster, nouvel appareil photo numérique. Mais le cadeau de Nielle fut plus difficile à trouver. Au début, il avait pensé à un programme japonais pour ordinateur avec une créature presque humaine qu'il fallait soigner, éduquer, emmener au collège et protéger des dangers de l'adolescence jusqu'au moment où elle quitterait le foyer, ce qui n'arrivait jamais, sauf si le programme contenait des erreurs ou des virus. Mais dans un magasin de jouets de Rokin, il trouva mieux : un dalmatien mécanique qui pouvait bouger, aboyer et gémir si on le laissait seul pendant longtemps. Il allait l'acheter quand il vit, dans le même magasin, un énorme chien en peluche. C'était un animal majestueux et doux, un saint-bernard grand comme un traversin. Le saint-bernard ne faisait rien, il ne bougeait pas, n'aboyait même pas, mais il sembla beaucoup plus vivant à Bosch que le chien mécanique. Il donna les instructions nécessaires pour l'expédier à l'adresse de Roland à La Haye.

Ce fut alors, au moment où il revenait du magasin de jouets, en passant devant une boutique de Rozengracht, qu'il le vit.

Il réfléchit un instant et revint sur ses pas. Mais il ne voulut pas rendre le saint-bernard : il indiqua simplement de l'expédier à son domicile. Il déciderait plus tard ce qu'il ferait de ce monstre moelleux et sombre. Puis il se dirigea vers la boutique de Rozengracht et acheta, enfin, le cadeau définitif pour Danielle.

Le cadeau arriverait probablement avant lui. Il aboierait et gémirait comme le dalmatien mécanique mais ferait aussi pipi et caca sur la moquette et gratterait le bois des portes de ses griffes. Il ne serait pas aussi parfait qu'un ordinateur ni aussi aimable qu'un saint-bernard en peluche. Et, Bosch le savait, quand il serait abîmé, rien ni personne au monde ne pourrait le réparer ou le remplacer. Quand ce cadeau serait abîmé, il le serait complètement et pour toujours, et sa perte infinie dévasterait le cœur de plus d'une personne.

De ce point de vue, c'était très certainement le pire cadeau qu'il pouvait faire à une fillette de dix ans.

Mais Nielle lui trouverait peut-être des avantages.

Il était sûr que ce serait le cas.

Quand l'avion amorça sa descente, Mlle Wood jeta un coup d'œil à sa montre, sortit un miroir de son sac et vérifia l'état de son visage. Elle se trouva acceptable. Les traces de la tristesse s'étaient dissipées. Si tant est qu'elles aient existé, pensa-t-elle.

Elle avait reçu la nouvelle la veille, juste au moment où elle se préparait à émigrer à Londres après avoir fermé son bureau d'Amsterdam. Elle reconnut la voix du médecin à travers les kilomètres de distance qui la séparaient de cet hôpital privé. La voix assurait que tout avait été très rapide. Wood ne fut pas d'accord sur ce point. En fait, tout avait été très, très lent. « Votre père avait déjà perdu conscience », lui dit la voix. Ça, elle pouvait le croire. Où était la conscience de son père ? Où avait-elle été toutes ces années ? Où avait-elle été quand elle l'avait connu ? Elle l'ignorait.

Elle donna les instructions nécessaires. La mort ne s'arrête pas à la mort, il faut la conclure par des instructions économiques et bureaucratiques. Son père avait toujours souhaité reposer sous les décombres de la Rome millénaire. Toute sa vie il s'était senti plus romain que britannique, et c'était justement là le mot, romain. En fait, il méprisait l'Italie et ne s'était même pas soucié d'apprendre à parler correctement l'italien. Ce qui comptait pour lui, c'était Rome, la grandeur d'avoir un empire sous ses pieds. « Maintenant tu vas l'avoir sur les pieds. Profites-en, papa », avait-elle pensé. Le transfert du cadavre allait lui coûter aussi cher que le transfert de ses tableaux.

Son père voyagerait dans une caisse jusqu'à Rome. Les tableaux de son bureau d'Amsterdam allaient voyager sur des vols privés vers Londres. « Un bon résumé de ma vie », supposa-t-elle.

Elle rangea le petit miroir dans son sac, le ferma et le posa à ses pieds.

Elle n'avait pas encore décidé ce qu'elle ferait quand elle arriverait à Londres. Elle avait trente ans et supposait qu'il lui restait plus ou moins le même nombre d'années d'activité professionnelle. Le travail ne lui manquerait pas, certes, et elle avait déjà reçu plusieurs offres d'entreprises assurant la sécurité d'œuvres d'art qui voulaient travailler avec elle. Mais, pour la première fois, elle avait décidé de s'accorder une pause. Elle était seule et disposait de tout son temps. Peut-être plus qu'elle ne l'imaginait. Là-haut, dans le vide, flottant au-dessus des nuages londoniens, son unique famille et son unique travail morts pour toujours, Mlle Wood pensa qu'elle disposait peut-être de toute l'éternité.

Des vacances. Il y avait très longtemps qu'elle n'avait pas passé de bonnes vacances. Elle partirait peut-être dans le Devon. En été, le Devon était idéal. On jouissait de la tranquillité ou de la distraction, selon ce qu'on cherchait. C'était décidé, elle irait dans le Devon.

Immédiatement après y avoir songé, elle réalisa qu'Hirum Oslo vivait dans le Devon. Mais elle n'avait pas pensé à lui jusqu'alors. Elle n'écartait bien sûr pas l'idée de lui rendre visite et de lui demander tout ce qui était resté en suspens – pourquoi il avait payé une portraitiste pour faire un tableau avec une photo d'elle, par exemple. Mais maintenant elle ne se posait pas la question de revoir Hirum. Elle ne croyait pas que le voyage dans le Devon eût un rapport avec le fait d'aller le voir.

Absolument pas.

De toute façon, si elle s'ennuyait, elle pouvait le faire.

L'argent, c'est de l'art, pensa Jacob Stein. La nouvelle phrase semblait équivalente à la célèbre assertion de Van Tysch, mais en fait elle donnait un tour compliqué aux choses. Elle confirmait cependant les faits. Ces derniers jours, il avait réussi plusieurs coups de maître. Il s'était réuni en privé avec Paul Benoît, Franz Hoffmann et Saskia Stoffels et leur avait raconté toute la vérité. Puis ils avaient pris quelques décisions rapides. Deux jours plus tard, il en informa les investisseurs. Pour ce faire, il réunit leurs représentants dans une résidence sur l'île ionienne de Céphalonie, à dix kilomètres au nord d'Agios Spyridion, et décora le lieu avec de l'artisanat de Van der Gaar, Safira et Mordaieff. Il acquit également, juste pour l'occasion, cinq Langues adolescentes toutes nouvelles et très bien entraînées de Mark Rodgers.

— Nous sommes parvenus à contrôler la situation et même à en tirer des bénéfices, leur dit-il. Nous avons dit que Bruno Van Tysch s'était suicidé, ce qui est rigoureusement exact. Nous avons précisé que ce qui s'est passé avec le *Christ* fut un accident duquel personne n'est entièrement responsable, même si nous avons laissé entendre que Van Tysch savait ce qui allait se passer et l'avait conçu ainsi. Le public pardonne très rapidement aux fous et aux morts. Bien sûr, nous avons révélé les agissements de Póstumo Baldi jusqu'à un certain point. Nous avons dit qu'il était fou et qu'il pensait attenter contre *Suzanne au bain*. Tout cela a provoqué une véritable commotion. Il est encore trop tôt pour parvenir à des chiffres définitifs, mais les œuvres de *Rembrandt* ont connu depuis la semaine dernière une montée spectaculaire de leur valeur initiale. Dans le cas de *La Descente de croix*, par exemple, le prix a atteint une somme astronomique. Et il se passe la même chose avec *Suzanne*. C'est précisément pour cette raison que nous avons démantelé la collection *Rembrandt* et que nous avons décidé de renvoyer les figures originales chez elles après leur avoir enlevé l'apprêt et avoir effacé la signature. De la sorte, nous pourrons commencer à utiliser les remplaçants. Maintenant que le maître a disparu et qu'aucun remplaçant ne peut obtenir son approbation, il est indispensable d'ôter de l'importance aux originaux et d'utiliser des remplaçants dès le début pour que les collectionneurs s'habituent. Sinon, nous courons le risque que le prix des tableaux descende presque au niveau des copies non officielles.

Tandis que le soleil ionien lui dorait le visage, il décroisa les jambes, changeant ses pieds de place. La Langue allongée par terre devant lui, complètement nue et peinte en rose et en blanc, aveugle et sourde à cause des caches, tâta le terrain de sa tête blonde, avant de trébucher sur l'autre chaussure et continua à lécher.

— Nous avons décidé de ne pas révéler la destruction des originaux de *Défloration* et de *Monstres*, poursuivit-il. Les parties intéressées dans l'affaire garderont le silence et nous remplacerons secrètement les deux tableaux. Pour ce qui est du transfert…

Stein fit une pause tout en s'installant commodément dans son fauteuil. Ce faisant, il s'aperçut que le dos qui supportait la pression du sien cédait un peu. Ce n'était pas un défaut de conception : simplement, le modèle se plaçait pour mieux le satisfaire. Malgré leur sveltesse, les deux corps athlétiques qui constituaient le Fauteuil de Mordaieff étaient suffisamment entraînés pour résister au poids. De temps en temps, les très légers tremblements du postérieur juvénile le faisaient se balancer doucement, mais c'étaient des tremblements ajustés, contenus, délicats. Mordaieff faisait de bons meubles. On pouvait écrire avec une jolie calligraphie sur ces sièges de chair ; on pouvait illustrer un livre en miniature sans que la main ne tremble.

— *Fuschus*, le transfert a été assez simple croyez-moi, dit-il.

En réalité, pas tant que ça, mais il essayait de leur transmettre l'idée que l'argent résolvait tout. Ce qui était faux, bien sûr, mais pouvait devenir vrai à une seule condition : plus d'argent.

Deux ans auparavant, il avait vu pour la première fois une œuvre de Vicky Lledó. C'était *Lignes corporelles*. Elle participait à Londres à une exposition d'artistes qui résidaient dans la ville. La toile, qui était de nationalité britannique et s'appelait Shelley, ne lui plut pas tellement, mais Stein savait reconnaître un bon tableau peint sur une toile médiocre. Il n'en parla bien sûr à personne. Quelques mois plus tard, quand le tableau fut remplacé, Stein empaqueta Shelley et l'emporta à Amsterdam sous prétexte de quelques essais, bien qu'il ne l'ait pas interrogée personnellement. Enthousiasmée, Shelley répondit à toutes les questions. Le questionnaire incluait certaines recherches sur le caractère et la vie privée de Mlle Lledó. Stein conserva cette information pour plus tard. Il fallait préparer la passation de pouvoir – le « transfert », comme l'appelaient les investisseurs – parce que Van Tysch déclinait, et bien que Stein sût que le maître n'avait pas encore dit son dernier mot, il était indispensable d'anticiper. Cela faisait des mois qu'il rassemblait des informations sur des peintres inconnus. Tout le monde avait peur du transfert. Stein avait peur de la peur de tout le monde. Il se proposa de leur montrer que le miracle de procréer un génie est beaucoup plus facile que l'effort de prolonger sa vie.

Au début 2006, il avait déjà décidé que l'héritière serait Vicky Lledó. Que la balance de la postérité penche en faveur de Lledó avait ses avantages : c'était une femme, et cela marquerait un tournant remarquable dans la conception machiste que certains secteurs avaient de l'art HD ; elle n'était pas hollandaise, ce par quoi on démontrait que la Fondation Van Tysch accueillait volontiers les artistes européens ; enfin, cela freinerait la préoccupante ascension au pouvoir de gens tels que Rayback. Décerner à Vicky ce petit prix de la Fondation Max Kalima avait constitué le premier pas. « Je peux vous assurer que le maître a vu l'œuvre de Lledó, et il est fasciné », dit-il aux investisseurs. C'était faux. Le maître ne voyait rien au-delà de lui-même. Stein était sûr qu'il ignorait jusqu'à l'existence d'une jeune artiste espagnole appelée Vicky Lledó. Van Tysch ne s'intéressait qu'à l'élaboration de son chant du cygne, son adieu au monde, sa dernière œuvre, la plus risquée. Stein avait pris toutes les décisions.

La fin approchait, et il fallait inventer un nouveau début.

La Pénombre resterait intouchable et inachevée à Edenburg. Et elle resterait là jusqu'à ce que le monde soit prêt à la contempler et à ce que son apparition soit bénéfique. La première chose pouvait arriver à tout moment, ou était peut-être *déjà* en train d'arriver (le monde était presque toujours prêt à tout). En ce qui concernait la seconde, un comité d'investisseurs dirigé par lui-même et Paul Benoît planifierait à l'avance les étapes nécessaires pour faire connaître l'œuvre dans l'avenir. On parlerait du « testament du maître », de son « chant du cygne », de son « terrible secret ». « Un miracle requiert une révélation et un secret, Jacob, avait habilement dit Benoît. Nous avons la révélation. Il nous manque le secret. »

— Laissons mûrir l'idée, résuma Stein aux investisseurs. Et il caressa songeusement les cuisses allongées de son siège.

Pendant un temps il y eut des sons. Puis le silence s'installa.

Elle avait reçu une avalanche d'appels téléphoniques, de Jorge, surtout, très inquiet au début mais ensuite plus tranquille d'avoir pu lui parler. Quand comptait-elle rentrer ? Je ne sais pas, Jorge, on verra. J'ai envie de te voir. On verra. Elle pensa soudain qu'il ne lui manquait pas. Jorge était pour elle comme la voix du passé : inévitable, mais achevée. Elle reçut également des appels de Yoli Ribó, Alexandra Jiménez, Adolfo Bermejo, Xavi Gonfrell et Ernesto Salvatierra. Des appels de peintres et de toiles. L'un des plus affectueux fut Alex Bassan. Ils se réjouissaient tous qu'elle aille bien et qu'elle ait été signée par Van Tysch. Elle entendit même, une nuit insolite, la voix de son frère. Même son frère s'intéressait au bien-être de la peinture ! Sans abandonner complètement sa réserve habituelle d'avocat en dehors des tribunaux, José Manuel lui parla de maman, à quel point elle leur manquait à tous, de l'ignorance dans laquelle elle les tenait. « Nous ne savions rien, lui dit-il. Nous avons dû l'apprendre par Jorge Atienza. » Comment allait-elle ? Bien. Allait-elle rentrer bientôt ? Oui. Ils voulaient la voir. Elle voulait les voir elle aussi. En fin de compte, pensa-t-elle, la vie et l'art se fondaient sur la même chose : aller et voir.

Et Vicky ? Vicky ne l'appelait pas.

Elle soupçonna que c'était *elle* qui devait faire le premier pas, maintenant que la peintre était devenue si importante.

Vicky allait exposer une rétrospective pour la Fondation ; Jacob Stein l'avait annoncé au cours d'une conférence de presse. Parmi la douzaine d'œuvres qui seraient exposées, figureraient deux toiles qu'elle avait peintes avec Clara pour original : *Instant* et *La Fraise*. Stein avait ajouté que Vicky Lledó était l'une des représentantes les plus importantes de l'hyperdramatisme orthodoxe moderne, et que la Fondation Van Tysch, « maintenant que le maître n'était plus là », pousserait résolument les travaux de cette jeune artiste.

L'impact d'une telle nouvelle avait été puissant, à tel point que pendant un certain temps elle ne sut pas ce qu'elle devait éprouver. Elle finit par se réjouir pour Vicky, mais pensa ensuite qu'elle se réjouissait parce qu'elle ne l'aimait pas suffisamment pour la plaindre.

« Immortelles toutes les deux, comme nous le voulions. Bien. »

Puis, quand les appels s'achevèrent, elle éteignit la télévision. Les nouvelles étaient toujours les mêmes, et elle les connaissait par cœur. Elle ne s'autorisa pas non plus le son des nombreux disques de jazz que la conservation lui avait offerts pour se distraire. Elle se sentit bien comme ça, entourée de son silence personnel. Ou de son bruit.

Parce que la vie possédait son propre son, et elle s'en rendait compte maintenant. Elle sentit la vie revenir en elle de la même façon qu'on entend l'arrivée d'une vague différente. Ils avaient décidé de lui enlever l'apprêt, d'effacer la signature et de la renvoyer chez elle. Ils la laisseraient se reposer pendant un certain temps puis, si nécessaire, l'appelleraient pour exposer *Suzanne* à nouveau. Bien sûr, l'argent lui restait acquis, cela ne changerait pas. Ils lui reprirent les pastilles de F & W, et elle comprit en peu de temps qu'un être humain est une chose qui veut des choses. L'art reste tranquille et satisfait, mais la vie exige une satisfaction continue. Puis ils commencèrent à lui retirer l'apprêt. Quand elle regagna la chambre de l'hôpital où elle avait été admise et se regarda dans la glace, elle n'eut plus aucun doute ; elle était entièrement Clara Reyes. Ses cheveux blonds, sa peau aux pores ouverts, les cicatrices anciennes, le graphisme de sa vie, les odeurs, les vieilles formes. Elle restait épilée, bien sûr, mais c'était une image avec laquelle elle était parvenue à s'accorder. Son visage sans apprêt adoptait les expressions habituelles : ce monstre jaune qui stupéfiait Jorge. Elle n'était plus peinte et ne portait pas d'étiquettes. Il n'était pas facile de vivre sans étiquettes ni peinture, mais elle allait devoir s'habituer.

Et le vendredi soir, après avoir déjeuné et fait une longue sieste, elle entendit de légers coups à la porte.

Gerardo sourit en entrant.

— Alors c'est comme ça que tu es quand on t'enlève toute la peinture, petite. Tu sais, je te préfère comme ça. Au naturel, on pourrait dire.

Elle sourit. Elle était assise sur le lit, en pyjama, décoiffée, les yeux encore ensommeillés. Elle se laissa entourer par les bras de Gerardo et constata que sa présence la rendait très heureuse.

— On m'a dit qu'on te laissait sortir aujourd'hui, et j'ai voulu venir te voir, expliqua-t-il. Justus aurait voulu venir lui aussi, mais il m'a conseillé de venir « en éclaireur ». Il se mit à rire et ses yeux brillèrent, mais il retrouva ensuite son sérieux. Il avait appris l'attentat commis par ce fou et avait essayé de la voir depuis cet instant, bien qu'on lui ait dit plusieurs fois qu'elle allait bien. Comment vas-tu ? lui demanda-t-il.

— Je ne sais pas, répondit-elle avec sincérité. Bien, je suppose.

Elle avait la sensation d'avoir dormi et de s'être réveillée à l'hôpital. Elle se trouvait vide. « J'ai rêvé », pensait-elle. Mais que se passe-t-il quand tout ce que l'on est et tout ce que l'on a été fait partie du même rêve ?

Ils avaient du temps avant de partir à l'aéroport. Voulait-elle retourner dans un lieu particulier ? demanda-t-il. Clara observa les journaux pliés sur son lit. Elle avait appris que ce vendredi 21 juillet 2006 on finissait de démonter le Tunnel.

— J'aimerais passer par le Museumplein et les voir faire.

— Pas de problème.

Il faisait nuit et les étoiles commençaient à apparaître sur les eaux tranquilles des canaux. C'était une nuit splendide, une nuit d'été. La lune conservait sa puissance, essayant d'atteindre sa propre perfection. Gerardo conduisait en direction du Museumplein et Clara était près de lui.

— Je compte aller bientôt à Madrid, dit Gerardo en brisant subitement le silence dense. J'aimerais finir un tableau que j'ai laissé inachevé, ajouta-t-il en souriant.

Plus tard, elle désigna cet instant comme le moment exact où elle se rendit compte que *Suzanne* avait complètement disparu de son corps. Là, sur le siège sombre de la voiture de Gerardo, elle toucha ses jambes, ses bras, son visage, et elle sut. *Suzanne* était effacée. Au-dessous avait surgi Clara Reyes, pour le meilleur ou pour le pire. L'événement, pensa-t-elle, revêtait l'allure médiocre d'un échec de tentative de divorce.

Gerardo lui parlait.

— J'aimerais...

Il lui faisait une série d'aveux sincères qu'elle comprenait à peine, qu'elle parvenait à peine à écouter. Mais elle comprit que maintenant qu'elle était à nouveau Clara elle allait devoir s'habituer aux aveux sincères. Parce que *Suzanne* s'éloignait dans le ciel sombre et étoilé. *Suzanne* flottait dans l'immense Tunnel de la nuit, de plus en plus loin, de plus en plus indifférent. Bienvenue au monde, Clara. Bienvenue à la réalité.

Sur le Museumplein, le travail se déroulait dans le calme et la compétence. Plusieurs techniciens décrochaient chaque rideau : d'abord un mur, ensuite l'autre, puis le plafond. Ils avançaient le long de tout le parcours du fer à cheval. Ils n'interrompaient pas leur travail même la nuit : il fallait qu'Amsterdam se réveille sans le Tunnel, que le jour se lève sur la place nue, parsemée de ses statues et de ses jardins quotidiens.

Gerardo se gara à proximité et ils marchèrent le nez en l'air, comme des touristes fraîchement arrivés.

— Qu'éprouves-tu ? lui demanda-t-il. Elle regardait fixement l'immense démolition.

— Je ne sais pas. Embrasse-moi.

Tandis qu'ils marchaient, il lui vint une réponse.

— C'est comme si je respirais pour la première fois, dit-elle.

Ils s'éloignèrent. Clara regarda par-dessus son épaule.

À ce moment, les ouvriers décrochaient un rideau du plafond. L'immense carré s'effondra dans un bruit de vagues lointaines, entraînant sa propre noirceur avec lui. La clarté de la lune pénétra sans aucun effort dans la pénombre vide.

NOTE DE L'AUTEUR

En art, tout a été fait. L'imagination d'un romancier ne pourrait jamais lutter contre les chemins infinis et les voies d'expérimentation que peut trouver le lecteur pour peu qu'il se penche sur le fantastique univers de l'art contemporain. Malgré ça, l'hyperdramatisme n'existe pas, bien que plusieurs tendances telles que le body art utilisent le corps humain comme base principale de leurs œuvres. Les art-shocks, l'art « taché », les *animarts*, l'artisanat humain, etc., sont également des noms fictifs, même si les rencontres et actions sont des termes connus de tous les amateurs d'art moderne. L'achat et la vente d'êtres humains peints ne constitue pas, jusqu'à présent, un phénomène ordinaire. J'ignore si la situation changera dans l'avenir, mais j'ai tendance à penser que si quelqu'un découvre comment gagner de l'argent par ce biais, ce ne seront pas les considérations morales qui empêcheront un tel marché humain de se dérouler de façon aussi spectaculaire ou plus que dans mon livre.

Beaucoup d'autres choses sont fictives dans cette œuvre, en plus des personnages. Quelques bâtiments publics tels que l'Obberlund de Munich ou les « ateliers » d'Amsterdam, des galeries privées telles que GS ou Max Ernst et des hôtels tels que le *Wunderbar* ou le *Vermeer* sont imaginaires. Les coïncidences entre leurs noms et des lieux de la vie réelle doivent être considérées comme purement fortuites. Mais les musées cités sont réels, bien que le centre culturel du Museumsquartier de Vienne soit, d'après ce que je crois savoir, en construction. Il aura peut-être été inauguré quand ce roman sera publié. Bien entendu, les œuvres hyperdramatiques exposées dans ces musées sont fictives et il ne doit être établi aucune relation entre les caractéristiques de ces œuvres et les institutions réelles mentionnées dans le roman.

Certains titres de la bibliographie que j'ai consultée étaient trop importants pour ne pas être cités. Le classique *L'Histoire de l'art* d'Ernest Gombrich (Debate, 1997) et le non moins classique *Matériaux et techniques de l'art*, de Ralph Meyer (Thursen, Hermann Blume, 1993), sont devenus mes livres de chevet. Dans l'infinité d'études sur Rembrandt, *Rembrandt's Eyes*, de Simon Schama (Allen Lane, The Penguin Press, 1999), et *Rembrandt*, d'Emmanuel Starcky (Portland House, 1990), ont constitué de bons choix. Sur l'art contemporain, *Art du XXe siècle*, de Ruhrberg, Schneckenburger *et al.* (Taschen, 1999) et *Art of the Turn of the Millenium* de Riemschneider et Grosenik, eds (Taschen, 1999). Les deux vers de Rilke cités au début et à la fin proviennent de la première de ses *Élégies de Duino*. Toutes les citations de Carroll ont été extraites de son ouvrage *De l'autre côté du miroir et de ce qu'Alice y trouva*. Les points de suspension dans ces dernières indiquent les mots supprimés.

Il y a des lacunes que les livres ne peuvent combler. Parmi les personnes qui, par les conseils ou l'information qu'elles m'ont fournis, m'ont aidé à améliorer ce roman, je voudrais en mentionner deux qui ont fait preuve d'un dévouement très particulier. Antonio Escudero Nafs, grand ami et peintre extraordinaire, m'a conseillé sur plusieurs aspects fondamentaux de son art, et la non moins excellente peintre « Scipona » a supporté stoïquement mes questions concernant les inaugurations, galeristes et marchands d'art, en m'offrant à son tour une aide précieuse. Mon roman ne tournait cependant pas autour des tableaux sur toile, comme ils le supposaient, mais des tableaux humains, ce qui m'a obligé à prendre de grandes libertés avec l'information recueillie. Toutes les erreurs que peut présenter mon ouvrage sur le monde complexe de l'art doivent donc être imputées à ma négligence ou à ces libertés.

J. C. S.,
Madrid, 2001.

7919
Composition
NORD COMPO
Achevé d'imprimer en Slovaquie
par NOVOPRINT SLK
le 11 septembre 2018.

9782290342190
OTP L21EPLNJ03278B004
1er dépôt légal dans la collection : février 2006.

ÉDITIONS J'AI LU
87, quai Panhard-et-Levassor, 75013 Paris

Diffusion France et étranger : Flammarion